Sie wollte Leben retten – und veränderte die Welt.

Dr. D. M. Horstmann ist eine Frau. Nie hätte der Chefarzt des Vanderbilt-Hospitals ihrer Einstellung zugestimmt, wenn er das geahnt hätte. Doch nun ist sie da. Und Dorothy Horstmann geht unbeirrbar ihren Weg. Sie hat nur ein Ziel vor Augen: ein Mittel gegen Kinderlähmung zu finden. Die berühmten Forscher in ihrem Umfeld zweifeln an ihren Annahmen zur Verbreitung des Polio-Virus, aber sie wird ihnen beweisen, dass sie recht hat – um jeden Preis.

»Einen großen Applaus für dieses Buch.« *Bonnie Garmus, Autorin des Bestsellers »Eine Frage der Chemie«*

Lynn Cullen wuchs in Fort Wayne, Indiana, auf. Sie besuchte die Indiana University in Bloomington und Fort Wayne und belegte Schreibkurse an der Georgia State University.
Als ihre drei Töchter noch klein waren, schrieb sie Kinderbücher arbeitete. Lynn Cullen liebt es, zu reisen und in der Vergangenheit zu graben, und hat mehrere historische Romane veröffentlicht, die zu US-Bestsellern wurden. Die Autorin lebt heute mit ihrer großen Familie in Atlanta.

Maria Poets übersetzt seit vielen Jahren Belletristik aus dem Englischen. Sie lebt als freie Übersetzerin und Lektorin in Norddeutschland.

Weitere Informationen finden Sie auf www.fischerverlage.de

LYNN CULLEN

DIE
FORMEL
DER
HOFFNUNG

ROMAN

Aus dem amerikanischen Englisch
von Maria Poets

FISCHER
TASCHENBUCH

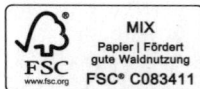

MIX
Papier | Fördert
gute Waldnutzung
FSC® C083411

Erschienen bei FISCHER Taschenbuch
Frankfurt am Main, März 2025

Für die deutschsprachige Ausgabe:
© 2023 S. Fischer Verlag GmbH,
Hedderichstr. 114, 60596 Frankfurt am Main
Die Nutzung unserer Werke für Text- und Data-Mining
im Sinne von § 44b UrhG behalten wir uns explizit vor.

Redaktion: Birgit Albrecht
Satz: Fotosatz Amann, Memmingen
Druck und Bindung: CPI books GmbH, Leck
ISBN 978-3-596-70883-3

Kontaktadresse nach EU-Produktsicherheitsverordnung:
produktsicherheit@fischerverlage.de

*Für die Kinder in meinem Leben, Keira, Ryan,
Will, Maeve, Vivi, Olivia und Sloane,
mit Dank an Dr. Dorothy Horstmann
für ihre Hilfe, sie zu schützen.*

Alle Wahrheiten sind einfach zu verstehen,
sobald sie entdeckt wurden.
Die Schwierigkeit ist, sie zu entdecken.

GALILEO GALILEI

1940 –1941

EINE EHEFRAU

1940

Arlene kam einfach nicht über die leeren Schwimmbecken hinweg. Es war der erste Juli. Das Wasser sollte nur so schäumen vor Kindern. Ein Rettungsschwimmer sollte auf seinem Holzthron lässig mit seiner Trillerpfeife spielen, Mütter sollten Thermosflaschen mit Kool-Aid herausholen, in Wachspapier eingepackte Sandwiches mit Eiersalat verteilen und die Steinchen der Beckeneinfassung von den schlaffen Windeln der Kleinsten fegen. Doch jetzt klaffte das Becken weit auf wie die Zahnreihe eines Kindes, in der sich gerade die erste Lücke zeigte. Der einzige Besucher war ein kurzhaariger schwarzer Hund, der ein Bonbonpapier fraß.

In bereits schweißnassen Kleidern versuchten Arlenes zweieinhalb und vier Jahre alte Mädchen von der Rückbank nach vorn zu klettern. Sie hielt sie mit einem Arm zurück, während sie den Anschlag an einem Telefonmast las:

GEFAHR!
KINDERLÄHMUNG!
POLIO!
DIE BADEANSTALT IST GESCHLOSSEN!
AUF ANORDNUNG DES GESUNDHEITSAMTES DER
STADT NASHVILLE IST DAS SCHWIMMEN VERBOTEN

»Mädels! Es ist geschlossen. Setzt euch wieder hin!«

Sie hatte nicht damit gerechnet, dass das Bad geöffnet sein würde. Es war den Großteil des Sommers über geschlossen gewesen. Sie war auf dem Weg ins Krankenhaus, um ihrem Mann das Mittagessen zu bringen, und hatte nur hier angehalten, damit die Mädchen es selbst sahen und sie nicht länger anbettelten, baden zu gehen.

Arlene fuhr weiter, durch den Park mit den hohen Bäumen, vorbei an leeren Schaukeln, vorbei an einem stillgelegten Karussell, vorbei an verwaisten Wippen. Kurz darauf kamen sie in ein Viertel mit weißen Fachwerkhäusern. Frauen in Schürzen hängten im Garten Wäsche auf, Katzen saßen draußen auf der Veranda neben dem Drahtkorb des Milchmanns, und Männer schoben den Rasenmäher über den dunkelgrünen Augustrasen. Nirgendwo waren Kinder zu sehen. Es wirkte wie ein Bild von Norman Rockwell, aus dem die Kinder herausgemalt worden waren.

Vor ein paar Jahren hatte sie in der Zeitung von Städten gelesen, die von Polio heimgesucht wurden und daraufhin wie Pestdörfer im Mittelalter unter Quarantäne gestellt wurden. Sie war entsetzt gewesen, als sie erfuhr, dass Polizisten am Stadtrand Straßensperren errichtet hatten, um die Polioopfer einzuschließen und die Gesunden auszusperren. So etwas gab es heute nicht mehr. Man konnte im Sommer herumreisen, wie man wollte, solange es einem nichts ausmachte, Angst um seine Kinder zu haben.

Als sie an einer Ampel wartete, balgten sich die Kinder auf dem Rücksitz. Arlene rieb sich die Augen. In Gedanken sah sie Mikey Brown vor sich, der sich mit seinen Beinschienen zur Kirche schleppte, und das kleine Mädchen im Rollstuhl, das von seiner tapfer lächelnden Mutter in den Supermarkt geschoben wurde. Sie erinnerte sich an eine von Barrys kleinen Patientinnen, die in einer eisernen Lunge leben musste und Arlene durch den angewinkelten Spiegel über ihrem neumodischen Apparat beobachtete. Aber ihre Mädchen konnten Gott sei Dank noch laufen.

Beim Krankenhaus parkte sie am Bordstein und lockte ihre Älteste, Suzie, vom heißumkämpften Platz unter der Ablage am

11

Heckfenster hervor. Sie richtete die Schleifen, die die Haare der Mädchen in kleinen Knoten auf ihren Köpfen zusammenhielten, und strich ihre Röcke glatt, dann tupfte sie ihre eigene feuchte Stirn mit dem Taschentuch ab, bevor sie die braune Papiertüte mit Barrys Mittagessen nahm.

Auf dem Weg zu Barrys Etage schärfte sie den Mädchen ein, dass sie im Krankenhaus unbedingt leise sein mussten. Sie dürften die kranken Menschen hier nicht aufwecken. Der Fahrstuhlführer zog die Tür auf, und sie entdeckte Barry beim Schwesternzimmer. Er trug den Laborkittel, den sie gebleicht, gestärkt und gebügelt hatte, und grinste sie an. Die Mädchen stürmten los. »DADDY! DADDY! DADDY!«

Mit je einem Kind, das sich an sein Bein klammerte, stapfte er zum Empfangstresen. Die Sekretärin dahinter hörte auf zu tippen. »Sind sie nicht herzallerliebst?«

»Darf ich?« Barry deutete auf die Schale aus geschliffenem Glas auf dem Tresen.

»Nur zu.«

Er fischte zwei Lollis für die Mädchen heraus. »Wer möchte einen Lutscher?«

Gierig schnappten sie sich die Süßigkeiten und kämpften mit dem Einwickelpapier. »Die sind neu«, erklärte er Arlene, als die Mädchen ihr die Lollis zum Auspacken reichten. »Saf-T-Pops. Der Stiel ist gebogen, so dass er sich nicht in den Gaumen bohrt, wenn ein Kind damit hinfällt.«

»Pfiffig.«

Die Familie schlenderte den Korridor entlang, in dem es stark nach Reinigungsalkohol und Jod roch. Die Mädchen lutschten an ihren Lollis, und Arlene hörte zu, als Barry ihr erzählte, wie beschäftigt er war. Das wusste sie natürlich. Seit er im letzten Juli seine zweijährige Assistenzzeit begonnen hatte, kam er häufig erst spätabends nach Hause. Er war dann so müde, dass er nur noch das Abendessen herunterschlingen konnte, das sie ihm aufwärmte, während er duschte, und dann ins Bett kroch. Heute sollte ein weiterer Assistenzarzt eintreffen. »Ein Kerl namens D. M. Horstmann«, sagte er. »Der gute D. M. sollte sich besser beeilen und mir zur Hand gehen, bevor der Vater dieser Kinder tot umfällt.«

»Barry« Sie fühlte sich heute selbst seltsam müde, als würde auf der zellulären Ebene ihres Körpers ein Kampf ausgefochten. Angst streckte ihre scheußlichen Tentakel bis in ihre Eingeweide aus. Es war jetzt schon das dritte Mal, dass sie sich so seltsam fühlte.

Ulkig, dass eine Schwangerschaft in gewisser Hinsicht wie Polio war – körperliche Distanz war die einzige Möglichkeit, sie zu verhindern.

Die Mädchen hatten die Standwaage entdeckt und hüpften darauf herum.

»Mädels!« Doch sobald sie ein Kind heruntergezogen hatte, krabbelte das andere bereits wieder auf die Trittfläche. Sie amüsierten sich prächtig und zerrten abwechselnd an dem Gerät und ihrem Dad, bis die zweijährige Trixie bei einem weiteren Versuch, glucksend die Waage zu erklimmen, nach hinten kippte. Ihr Kopf prallte auf die harten Bodenfliesen.

Arlene schrie auf. »Trix!« Sie riss das Kind sofort hoch, doch die Kleine bäumte sich auf und strampelte. Ihre Augen traten hervor, und das Gesicht lief rot an, doch sie schrie nicht.

»Barry! Sie erstickt!«

Arlene spürte einen Luftzug. Eine Frau eilte herbei, und mit einer geschickten Bewegung schnappte sie sich Trixie, ließ sich auf die Knie fallen, legte sich das Kind über den Unterarm und schlug sanft mit dem Handballen zwischen die Schulterblätter.

Eine rote Scheibe flog heraus, der gebogene Stiel dämpfte den Aufprall auf den Boden.

Hinter Arlene sagte eine tiefe Stimme: »Gut gemacht, Miss …«

Die Frau übergab Arlene das Kind und richtete sich zu ihrer vollen beachtlichen Größe auf. Arlene hatte noch nie eine so große Frau gesehen. Neben ihr sah Barry wie ein Schuljunge aus. Sie rückte ihren randlosen Hut über honigfarbenen Haarbüscheln gerade, während sie den eingestickten Namen auf dem Laborkittel des Sprechers las. Ein Lächeln erhellte ihr Gesicht. »Dr. Morgan! Genau Sie habe ich gesucht!«

Arlenes Blick sprang von dem Laborkittel zu Barry. Hugh Morgan war der Chefarzt. Barrys Boss.

Dr. Morgan legte den Kopf schräg. »Hatten wir bereits das Vergnügen …?«

»Ich bin Dorothy Horstmann.«

Auf Dr. Morgans knochiger Stirn bildeten sich Falten.

Die Frau holte Luft. »Dr. D. M. Horstmann«, fügte sie hinzu. »Ich bin Ihre neue Assistenzärztin. Bitte entschuldigen Sie meine Verspätung. Mein Bus hatte eine Reifenpanne.«

Arlene unterdrückte einen überraschten Aufschrei. D. M. Horstmann war eine *Frau*?

Dr. Morgans Haut schien zu eng für sein Gesicht zu werden. »Wir hatten letzten Winter telefoniert.«

»Ja!«

»Und ich habe Ihnen mitgeteilt, dass wir bedauerlicherweise keine freie Stelle mehr haben.«

»Ja, das haben Sie.« Sie öffnete ihre Tasche. »Stellen Sie sich nur vor, wie überrascht und dankbar ich war, als ich kürzlich dieses Bestätigungsschreiben erhielt.« Sie zog einen zusammengefalteten Brief hervor.

Dr. Morgan warf einen kurzen Blick darauf und gab ihn ihr zurück. Er schwankte leicht, wie ein Baum, auf dessen Stamm man eingehackt hatte und der kurz davor war, umzustürzen. Hatte er vergessen, wer D. M. Horstmann war?

Barry nahm Arlenes Arm. Sie ergriff die klebrigen Hände der

Mädchen, und er führte sie von der feindseligen Konfrontation fort.

»Vielen Dank, Dr. Horstmann!«, rief sie über ihre Schulter.

›Glaubst du, sie hat mich gehört?«, fragte sie Barry.

»Das spielt keine Rolle«, sagte er. »Sie wird nicht lange bleiben.«

1

Nashville, Tennessee, 1941

»He, Horstmann, wollen Sie einen Blödmann kennenlernen?«

Die Stimme drang durch das Getümmel, in dem Dorothy, ein moderner Gulliver, von winzigen kleinen Männern niedergerungen und gefesselt wurde. Anscheinend war sie in die geheimnisvolle Welt der Winzlinge gestolpert, und jetzt waren sie ziemlich erbost.

Mühsam öffnete sie ein Auge. Vor den Pappkartons im Lagerraum, in dem sich die Assistenzärzte gern ein Nickerchen gönnten, schaute ein Mann mit Babygesicht und rotem Kopf im weißen Kittel zu ihr herunter. Wahrscheinlich kein Traum. Barry Montgomery war wie sie Assistenzarzt im Vanderbilt. Aber ganz sicher war sie nicht. In den letzten achtundvierzig Stunden hatte sie dreißig Minuten geschlafen, was nicht ungewöhnlich war für die letzten zehn Monate im Vandy, und sie konnte ihren Sinnen nicht vertrauen.

Sie schloss ihre brennenden Augen. »Muss ich?«

»Ich glaube, diesen werden Sie sehen wollen, wenn man sich die Schwestern so ansieht.«

Aus dem Radio erklangen die letzten Töne eines Orchesterstücks. Dorothy hatte ganz vergessen, dass sie es eingeschaltet hatte, und jetzt verkündete das Geräusch klappernder Schreibmaschinen den Beginn einer Nachrichtensendung. Sie richtete sich auf und schaltete das Empfangsgerät aus.

»Wollen Sie die Nachrichten nicht hören?« Barry hatte drei Kinder, eines davon ein neugeborenes Baby, doch mit seinem fuchsroten widerspenstigen Haarwirbel und den rosigen Wangen sah er aus, als hätte er eher Steinschleuder und Mundharmonika in der Tasche und nicht Zungenspatel und Otoskop. Er war dreißig, ein Jahr älter als sie – sah sie auch noch so jung aus? »Was glauben Sie, in welches Land die Deutschen heute einmarschiert sind?«

Selbst im Halbschlaf machte sich ein unbehagliches Gefühl in ihr breit. Auf der anderen Seite des Globus spielten sich schreckliche Dinge ab, doch hier in den Staaten machten sie weiter, als wäre nichts geschehen. Es war unerträglich. »Gibt es denn noch Länder in Europa, die sie noch nicht besetzt haben?«

»Russland.« Barrys Stethoskop schlug gegen seinen weißen Kittel, als er sie auf die Füße zog. »Hoch mit Ihnen! Kommen Sie und sehen Sie sich diesen Kerl an – wenn Sie ihn durch die Mauer aus hechelnder Krankenschwestern sehen können.«

»Ich fasse es nicht, dass ich meinen kostbaren Schlaf dafür hergebe.«

»Schon gut. Sie können mir später danken.«

Ihr Traum war immer noch nicht ganz verflogen, als Barry sie den Flur hinunterschob. Es musste etwas damit zu tun haben, dass sie vorhin eine Gruppe A-Streptokokken unter dem Mikroskop betrachtet hatte. Wie robust diese Bakterien waren! Wenn sie sich in einer günstigen neuen Situation wiederfanden, wie auf einem Objektträger mit Blutagar, freuten sich die fröhlichen kleinen Hedonisten über ihr Glück und stürzten sich in eine wilde Fressorgie, woraufhin sie sich fortpflanzten und weiter fortpflanzten, bis nichts mehr übrig war, was sie aus diesem Leben noch heraussaugen konnten, und dann starben sie. Sie mochte die kleinen Monster fast gern, die so kühn waren, so hungrig, so versessen darauf, alles auszukosten. Sie würde sie mögen, wenn sie nicht Millionen Menschenleben kosten würden.

Ein unheilvolles mechanisches *Zisch*-STÖHN, *Zisch*-STÖHN drängte sich in ihre Gedanken. Hinter den Fenstern der Poliostation sah sie Krankenschwestern, die zwischen den weinenden Kleinkindern in ihren Wiegen und den Kindern im Ganzkörpergips hin- und herliefen. Andere Schwestern kümmerten sich um die Quelle des metallischen Stöhnens, die Beatmungsapparate, in denen einzelne Kinder lagen.

An der Universität hatte Dorothy einmal darum gebeten, in einer Eisernen Lunge liegen zu dürfen, um zu erleben, wie es sich anfühlte. Zwei Krankenschwestern hatten ihr die Bitte zögernd erfüllt und sich vielsagende Blicke zugeworfen, als sie sich auf eine Trage gelegt und befohlen hatte: »Schieben Sie mich hinein.«

Die Schwestern rollten sie neben das Beatmungsgerät und hoben sie wie bei *Gullivers Reisen* von der Trage auf die gepolsterte Liegefläche. Sie schoben die Liege in die Stahlröhre, schlossen den sargähnlichen Deckel und verriegelten ihn, so dass nur noch ihr Kopf herausschaute.

»Bereit!«

Jemand stellte das Gerät an. Mit einem Klicken sprang die Maschine an. Etwas drückte Dorothys Brust zusammen, als würde sich ein Elefant daraufsetzen. Nachdem jedes Fitzelchen Luft aus ihr herausgepresst worden war, stand der Elefant auf, und ein Tsunami aus Sauerstoff rollte über sie hinweg. Sie ertrank in Luft, bis der Elefant sich wieder setzte und alles aus ihr herausdrückte.

Sie klopfte an die Seiten des Tanks. Irgendwo aus ihren Lungen kratzte sie genug Luft zusammen und keuchte: »Hilfe!«

Die Schwester – Dorothy erinnerte sich noch immer an ihren Namen, Trudy – schob ihr Gesicht nur wenige Zentimeter über Dorothys. Ihr Atem roch nach dem Pfefferminzkaugummi, das zwischen ihren Zähnen und der Wange klemmte. »Gehen Sie mit. Lassen Sie los. Lassen Sie die Maschine die Arbeit machen.«

»Ich kann nicht!«

Dorothy spürte, wie jemand ihre Hand ergriff – Trudy hatte den Arm durch eine der Luken gesteckt. »Doch, Sie können.«

Beschämenderweise war sie den Tränen nah, doch Dorothy ließ zu, dass das Gerät die Luft aus ihren Lungen herauspresste und sie anschließend wieder freigab, damit frischer Sauerstoff in sie hineinströmen konnte. Sie atmete – nicht so, wie *sie* wollte, nicht bequem, nicht natürlich, nicht glücklich, aber sie atmete.

Noch heute fühlte sich diese Angst ganz frisch an, wenn sie über die aufgereihten Maschinen blickte. Der Spiegel über dem Kopfteil jedes Geräts zeigte das Entsetzen, die Verwirrung oder die Resignation des Kindes darin. Ihre Aufgabe als Ärztin war es, diese kranken Kinder zu heilen. Noch schlimmer, sie glaubten tatsächlich, sie könnte es.

Barry zog sie am Arm. »Kommen Sie, Horstmann. Sie werden Polio heute nicht besiegen.«

»Was, wenn ich es eines Tages schaffe?«

Er lachte. »Natürlich werden Sie das. Und ich finde die Quelle der ewigen Jugend.«

Am Ende des Flures hatte sich eine Menschentraube um die Schwesternstation gebildet. Der Mann im Mittelpunkt schien nicht sehr viel älter zu sein als Dorothy. Er sah geradezu lächerlich gut aus; das dunkle Haar war wie bei dem bekannten Matineeidol mit Pomade in Wellen gelegt, der Schnurrbart gepflegt und elegant. Er hatte sogar die gleiche Kinnspalte wie Laurence Olivier. Dem teuren Nadelstreifenanzug nach zu urteilen, könnte er tatsächlich ein Star sein, oder er hatte Geld. Die meisten Menschen in ihrem Beruf stammten aus reichen Elternhäusern, zumindest an den angesehenen medizinischen Hochschulen. Frauen waren an solchen Orten selten, Frauen aus Familien wie ihrer sogar noch seltener. Tatsächlich war sie in ihrem Fachgebiet bisher noch keiner anderen Person wie ihr begegnet. Sie war die menschliche Entsprechung eines Einhorns.

Barry sprach den Mann über die Schar der Krankenschwestern hinweg an. »Doktor, ich möchte Ihnen jemanden vorstellen.«

Als die Schwestern hörten, dass ein Arzt sprach, selbst wenn es nur ein Assistenzarzt war, machten sie den Weg für Barry frei.

»Entschuldigen Sie.« Dorothy versuchte, ebenfalls durchzukommen, doch die Schwestern waren nicht daran gewöhnt, einer Frau Platz zu machen. »Entschuldigen Sie bitte. Verzeihung.« Sie drückte den Arm einer Schwester, nachdem sie sie versehentlich angerempelt hatte, dann streckte sie dem jungen Dr. Aalglatt die Hand entgegen. »Ich bin Dorothy Horstmann. Ich freue mich, Sie kennenzulernen.«

Er hörte lange genug auf zu reden, um seinen Blick die beachtliche Strecke ihres Arztkittels von oben bis unten entlangwandern zu lassen. Sie wappnete sich. *Nur zu. Sagen Sie es.*

Er streckte seine Hand aus. »Dr. Horstmann, schön, Sie kennenzulernen. Albert Sabin. Dies ist mein Kollege ...«, er schob den jungen Mann neben sich nach vorn, »... Robbie Ward.«

Dr. Ward, grobknochig und bullig wie ein Footballspieler, schob das Kinn zurück und gaffte sie an. »Sie sind aber groß!«

Na bitte. Irgendwie legte der Anblick einer einen Meter fünfundachtzig großen Frau in den Gehirnen der meisten Menschen einen Schalter um, und sie platzten mit diesen vier Worten heraus. Es war verblüffend.

Bewundernd schüttelte er den Kopf. »Und ziemlich blond.«

Vermutlich qualifizierte das Vogelnest auf ihrem Kopf sie als Blondine. Sie lächelte Dr. Ward an, um ihn nicht in Verlegenheit zu bringen, falls er begriff, wie idiotisch er sich anhörte, dann wandte sie sich an Dr. Sabin. »Sind Sie nicht derjenige, der Ärzten rät, im Sommer keine Tonsillektomien durchzuführen, weil man einen Zusammenhang zwischen Mandelentzündungen und Polio vermutet?«

Er verbeugte sich. »Genau der.«

»Wie alt waren Sie, als Sie diesen Aufsatz verfassten?«, fragte Barry. »Zehn?«

»Sechsundzwanzig«, sagte Dr. Sabin. »Doch selbst ein Zehnjähriger hätte darauf kommen können, dass es eine schlechte Idee ist, mitten in der Poliosaison zu operieren.« Er verzog einen Mundwinkel. »Meistens liegt die Wahrheit auf der Hand, doch wir ignorieren sie.«

Oh ja. Das war *der* Dr. Sabin, der Wunderknabe. Sie hatte von ihm gehört, als sie sich in San Francisco durch ihr Medizinstudium gekämpft hatte. Als *er* an der Uni war, hatte er einen Test entwickelt, den Ärzte auf der ganzen Welt noch immer benutzten, um schneller zu bestimmen, welcher Bakterientyp eine Lungenentzündung verursachte. Es war allgemein bekannt, dass man ihm die Leitung der pädiatrischen Forschungsabteilung an der Cincinnati University angeboten hatte – einer unbedeutenden Einrichtung, bis er sie übernahm. Angeblich kamen viele Kollegen nicht mit seiner anmaßenden Arroganz zurecht und ärgerten sich über seine Überzeugung, er sei jedem anderen Lebewesen in seinem Denken weit voraus. Aber Dorothy konnte nicht erkennen, inwiefern er sich dadurch von den meisten anderen Medizinern unterschied.

Jetzt ging er den Flur hinunter, als wäre er der Chefarzt auf großer Visite und nicht ein junger Arzt auf Besuch. Dorothy und die anderen drei Ärzte folgten ihm. Dr. Ward ging neben ihr und musterte sie, als wollte er herausfinden, wer von ihnen größer war.

»Was führt Sie in unser bescheidenes Krankenhaus?«, fragte Barry Dr. Sabin.

Dorothy hörte den Sarkasmus heraus. Am Vanderbilt war nichts bescheiden. Manche Menschen sahen in der Universität gern das Harvard des Südens. Einige frischgebackene Ärzte, darunter auch Barry, entschieden sich allein wegen des Prestiges, als Assistenzarzt an dieses Krankenhaus zu gehen. Dorothy konnte etwas Prestige zwar ebenfalls gut gebrauchen, doch sie hatte sich für das Vandy entschieden, weil … nun, weil man sie hier genommen hatte. Und selbst das war ein Versehen gewesen. Dr. Morgan hatte vergessen, dass Dr. D. M. Horstmann eine Frau war, als er sie auf Grundlage ihrer Bewerbung eingestellt hatte. Er hatte immer noch nicht herausgefunden, wie er sie wieder loswerden konnte.

Robbie Ward antwortete für Dr. Sabin. »Das ist streng geheim.«

»Eigentlich gar nicht«, sagte Dr. Sabin. »Ich habe von den National Institutes of Health die Erlaubnis erhalten, jedes Polioopfer im Umkreis von 400 Meilen um Cincinnati zu obduzieren. Sie haben hier einen siebenjährigen Jungen, der heute Morgen verstorben ist, und hier bin ich.«

Dorothy wandte den Blick ab, ein scharfer Schmerz durchbohrte ihr Brustbein. Das Kind war mit Schwächegefühl in den Armen und den unteren Extremitäten eingeliefert worden. Innerhalb von zwei Stunden waren die Lähmungen so weit vorangeschritten, dass sie nicht einmal genügend Zeit hatten, ihn in eine Eiserne Lunge zu legen, damit er atmen konnte. Er starb, während Dorothy verzweifelt einen Luftröhrenschnitt machte. Zwölf Minuten lang hatte sie versucht, ihn wiederzubeleben, nachdem der Oberarzt ihn bereits für tot erklärt hatte. Der Arzt hatte sie aus dem Zimmer geschickt und ihr gesagt, sie solle sich »zusammenreißen«. So war sie im Labor gelandet, wo sie wie betäubt das Treiben der tödlichen, mikroskopisch kleinen Streber beobachtet hatte.

»Sie sind den ganzen Weg nach Tennessee gekommen nur für eine Leiche?«, fragte Barry. »Haben Sie in Ohio nicht genug davon?«

Dr. Sabin hob sein Kinn mit der Olivier-Spalte. »Offensichtlich nicht.«

»Man fährt vier Stunden bis hierher«, sagte Barry.

»Dreieinhalb«, korrigierte Dr. Sabin, »wenn Robbie am Steuer seines Cabrios sitzt. Wenn er der Medizin jemals überdrüssig wird, könnte er Rennfahrer in *Le Mans* werden.« Dorothy fiel auf, dass er den Namen französisch aussprach. Ein Mann von Welt.

Robbie strich sich mit der Hand über die Halbinsel aus sandfarbenem Haar, die sein zurückweichender Haaransatz übrig gelassen hatte. »Ich fahre nicht zu schnell. Es stimmt allerdings, dass meine Frau sich weigert, mit mir auszufahren, wenn das Verdeck unten ist.«

»Seien Sie froh, wenn Sie nicht im Februar hinten auf seinem Motorrad mitfahren müssen«, sagte Dr. Sabin.

»Wie bitte?«, rief Robbie. »Es war nicht meine Idee gewesen, mit der Harley zu diesem Fall zu fahren!«

Dorothy fragte laut: »Warum machen Sie so viele Obduktionen?«

Die Männer sahen sie an, als ihr Männerclubgeplauder abrupt unterbrochen wurde.

»Sie fahren im Land herum, um Patienten post mortem zu untersuchen, die nicht Ihre sind – warum?« Sie lächelte. Immer lächeln. Immer entwaffnen. »Ich kann mir angenehmere Gründe für eine Autofahrt vorstellen.«

Dr. Ward sah sich um, als könnte hinter dem Trinkbrunnen ein Spion lauern. »Wir arbeiten an etwas ganz Großem. Wenn wir fertig sind …«

Ein Blick von Dr. Sabin brachte seinen Kollegen zum Schweigen.

»Darf ich hospitieren?«, sagte Dorothy.

»Bei der Autopsie?«, rief Dr. Ward. »Sie wollen bei einer Autopsie hospitieren?«

»Es wäre nicht meine erste.« Sie mochte Obduktionen zwar nicht besonders, aber immer noch lieber, als zum Beispiel Mäusen Krankheitserreger zu spritzen. Der Obduzierte konnte nicht länger leiden; eine Maus schon. Doch sie hatte es nicht geschafft, den

Jungen zu retten, und hatte das Gefühl, es ihm schuldig zu sein. Sie musste herausfinden, was schiefgelaufen war. Sie würde alles tun, um dem Tag näher zu kommen, an dem sie keiner Mutter mehr erklären musste, dass sie ihr Kind an Polio verloren hatte.

Dr. Sabin zuckte die Achseln. »Ich sehe keinen Grund, weshalb Sie nicht dabei sein sollten. Sie werden Gesellschaft haben.«

2

Dorothy spähte durch das Fenster der Galerie. Es würde eine überaus seltsame Obduktion werden. Nicht nur, dass sie in einem chirurgischen Operationssaal anstelle der Leichenhalle stattfand – Dr. Sabin hatte auch seine eigenen Instrumente mitgebracht, ganze Arztkoffer voll. Jetzt trug er OP-Kleidung, Maske und Handschuhe, als wäre sein Patient noch am Leben, und begutachtete seine Ausrüstung. Dutzende von Skalpellen, Sägen, Scheren und Zangen lagen vor ihm wie die Tasten einer Orgel, die er zu spielen beabsichtige. An seiner Seite bereitete Robbie, der Assistent des Meisters, Objektträger und Glasfläschchen vor. Der Leichnam war noch nicht hereingebracht worden.

In derselben Reihe wie Dorothy saß der Chefarzt Dr. Morgan (der sich immer noch nicht davon erholt hatte, eine Frau in seiner Ärzteschaft zu haben) und beobachtete das Treiben mit tief in den Höhlen liegenden Augen. »Das ist doch lächerlich.«

Die neun anderen anwesenden Ärzte nickten.

Er beugte sich vor, um in das Mikrophon zu sprechen. Das Licht einer Deckenleuchte spiegelte sich auf seiner knochigen Stirn. »Wozu diese aufwendige Inszenierung, Dr. Sabin?«

Dr. Sabin schaute im hellen Licht der Operationsleuchten nach oben, sichtlich verärgert, weil sich die Ankunft des Leichnams verzögerte. »Da sich die Sache noch etwas hinzuziehen scheint, gestatten Sie mir, Ihnen einige Hintergrundinformationen zu liefern. Wie Sie wissen, sagt unser geschätzter Kollege Simon Flexner, dass das Poliovirus über die olfaktorischen Nervenbahnen in den Körper gelangt und von dort aus direkt das zentrale Nervensystem befällt.«

»Ja, das wissen wir«, sagte Dr. Morgan. »Sie könnten Ihre Maske abnehmen, damit wir Sie besser verstehen können – Sie werden den Leichnam schon nicht infizieren, wenn er dann mal da ist.«

Ein paar der Ärzte lachten.

Unten im Operationssaal hatte Dr. Sabin ihn nicht gehört, oder zumindest tat er so. »Und da Dr. Flexner das sagt, was tut die Wissenschaftsgemeinde? Sie sucht nach Wegen, um das Virus am Eintreten durch die Nase zu hindern. Sie verschreibt Nasenstöpsel und gibt Kindern Zinkpuder oder Pikrinsäure in die Nase. Nichts davon funktioniert oder noch schlimmer. Einige der Kinder haben ihren Geruchssinn für immer verloren. Unsere Kollegen scheinen Hippokrates vergessen zu haben: ›Erstens nicht schaden.‹«

»Wir vergessen Hippokrates keineswegs«, erklärte ein Arzt, »wenn wir versuchen, ein Kind zu retten!«

Dr. Sabin wartete, bis es auf der Galerie wieder ruhiger wurde. »In der Zwischenzeit sterben weitere Kinder an Polio. Doch niemand fragt sich, ob es nicht sein könnte, dass Flexners Schlussfolgerung auf einer fehlerhaften Arbeit beruht.«

»Aber warum sollten wir das denken?«, rief Dr. Morgan ins Mikrophon. »Simon Flexner ist die führende Autorität in Sachen Polio.«

Dr. Sabin legte seinen Kopf schräg und lächelte leicht. »Wenn etwas nicht funktioniert, sollte man sich dann nicht fragen, *warum* es nicht funktioniert?«

Hinter dem Glas murrten die Ärzte. Neben Dorothy sagte Barry: »Für wen hält der sich?«

Dr. Sabin warf einen finsteren Blick auf die Tür des Operationssaals, ehe er fortfuhr: »Erstens beruhte Flexners Schlussfolgerung, das Poliovirus würde durch die Nase in den Körper gelangen, auf

Untersuchungen an Rhesusaffen. Was, wenn sich das Poliovirus bei ihnen anders verhält als bei anderen Primaten, allen voran dem Menschen? Ich habe bereits herausgefunden, dass dies der Fall ist. Was für den Rhesusaffen gilt, gilt nicht notwendigerweise für uns.

Zweitens ist mir aufgefallen, dass die Obduzenten in Flexners Studien verschmutzte Skalpelle verwendet und keinen Wert auf Sterilität gelegt haben. Vermutlich dachten sie, das spiele keine Rolle mehr, da die Patienten bereits verstorben waren. Aber sehen Sie, es *spielt* eine Rolle. Wenn Polioviren auf einem Skalpell ein ansonsten sauberes Gewebestück kontaminieren, könnte man daraus falsche Schlüsse ziehen.« Er blickte zu der Reihe Ärzte hinauf. »Dasselbe gilt für einen Obduzenten, der keine Maske trägt.«

»Glauben Sie, Sie könnten Polio haben?«, spottete Dr. Morgan.

»Haben wir bewiesen, dass das unmöglich ist? Meine Herren, wenn es um Polio geht, haben wir so gut wie nichts bewiesen.« Er lief jetzt auf und ab, seine Verärgerung wuchs. »Flexners Arbeit war schlampig, aber wir haben sie nicht in Frage gestellt, weil Flexner der Beste war. All die Jahre, die wir vergeudet haben wegen einer früheren Fehlannahme.«

Der Chefarzt beugte sich zum Mikrophon. »Woher wissen Sie, dass sie vergeudet sind?«

»Wo ist der Leichnam?«, polterte Dr. Sabin. »Robbie! Los, suchen Sie ihn.«

Robbie trollte sich.

Widerwillig richtete Dr. Sabin seine Aufmerksamkeit wieder auf die Galerie über sich. Mit finsterer Miene zog er seine Maske herunter. »Bei allen sterilen Gewebeentnahmen, die Dr. Ward und ich bisher durchgeführt haben, konnten wir kein einziges Mal das Poliovirus im Bulbus olfactorius nachweisen. Es ist schlichtweg nicht da.«

»Sie behaupten also, Simon Flexner hätte sich geirrt!«, sagte Morgan.

»Im Kern – ja.«

»Aber wie gelangt das Virus dann ins Nervensystem, um die Lähmungen hervorzurufen? Welchen Weg nimmt es?«

»Jetzt wird es interessant.« Dr. Sabin hielt inne, als würde er diese Information nur widerwillig teilen. »Beim Rhesusaffen ist das Poliovirus im Gewebe des Verdauungstrakts vielleicht nicht nachzuweisen, aber beim *Menschen* ist es das definitiv.«

Dorothy ließ sich zurücksinken. Das ergab keinen Sinn. Polio war eine Erkrankung des Nervensystems, sie lähmte ihre Opfer, manchmal so weit, dass sie nicht mehr atmen konnten, wie das arme Kind, das sie obduzieren würden. Doch andere Wissenschaftler hatten bereits Polioviren im menschlichen Stuhl nachgewiesen. Wollte Sabin damit andeuten, dass das Virus den Verdauungstrakt nicht nur passierte, sondern darin heranreifte? Wie gelangte es dorthin? Wie konnte es die Kinder von dort aus lähmen?

Robbie stürmte in den Operationssaal. »Es gibt eine Verzögerung bei der Freigabe der Leiche.«

Dr. Sabin riss die Hände hoch. »Das kann nicht sein. Ich habe alle nötigen Papiere.«

»Die Mutter weigert sich.«

»Weiß sie denn nicht, dass es zum Wohl der Wissenschaft ist?«, rief er, als wäre das die wichtigste Motivation im Leben aller Menschen.

»Ein paar Krankenschwestern reden mit ihr, aber sie können sie nicht umstimmen.«

»Tun Sie etwas!«, schrie er.

Seine Ideen brannten in Dorothy wie ein Schluck Whiskey. Sich jetzt zurückzuziehen tat weh, aber jemand musste helfen.

Sie bahnte sich ihren Weg an Hosenbeinen vorbei. »Entschuldigung. Entschuldigen Sie bitte.« Stirnrunzelnd machte Dr. Morgan ihr Platz, als sie den verchromten Mikrophonkopf nach oben bog. Ihre Stimme durchschnitt die Luft. »Dr. Sabin.«

Er beschattete seine Augen. »Dr. Horstmann?«

»Ich kenne die Mutter. Ich kann versuchen, mit ihr zu reden.«

»Ja«, sagte Dorothys Oberarzt. »Ja, lassen Sie Dorothy gehen.«

Dr. Morgan entließ sie mit einer Handbewegung. »Gehen Sie. Dies ist ohnehin kein Ort für Frauen.«

Dorothy saß im Warteraum neben der Mutter des Patienten, einer jungen Frau mit zarten Armen und Handgelenken, die neben Dorothy mit ihren kräftigen Wikingerknochen einer anderen Spezies anzugehören schien.

»Mrs. Brooks, mein aufrichtiges Beileid zum Tod Ihres Sohnes Richard.«

Die Frau hob das Gesicht. Weiche rosige Schwellungen hatten die Augen zu schmalen Schlitzen werden lassen. »Ich kenne Sie. Sie sind diejenige, die herausgekommen ist und mir gesagt hat, dass er gegangen ist.« Zwischen den Zeilen schwangen die Worte mit: *Sie sind diejenige, die ihn verloren hat.*

»Ist Mr. Brooks hier?«

Die Frau zupfte an dem schlaffen Volant an ihrem Hals. »Es gibt keinen Mr. Brooks. Er ist letztes Jahr an einem blutenden Magengeschwür gestorben.«

Dorothy wollte nur, dass die Frau jetzt nicht allein war, und nun hatte sie es bloß noch schlimmer gemacht. »Gibt es jemanden, der bei Ihnen sein kann?«

»Meine Schwester Carolyn. Aber ich habe sie losgeschickt, um einen Anwalt zu suchen.« Der Kopf der Frau schwang auf ihrem dünnen Hals vor und zurück, und die weichen braunen Locken wippten im Takt mit. »Ich weiß, dass ich irgendwelche Papiere unterschrieben habe, aber ich habe meine Meinung geändert. Ich kann Richard das nicht antun.« Sie schluckte hörbar. »Ich bin seine Mutter. Zählt das nicht?«

»Doch. Es zählt. Vollkommen.«

Die Mutter starrte auf den Schnappschuss in ihrer Hand. »Ich weiß, dass Sie ihn für die Forschung haben wollen.«

»Ja. Um anderen zu helfen.«

Mrs. Brooks Gesicht verzerrte sich. »Können Sie nicht einfach Affen nehmen?«

»Es heißt, dass man den Menschen am besten am Menschen studiert.« Dorothy seufzte. »Ich fürchte, das ist wahr.«

Mrs. Brooks ließ das Foto in ihrem Schoß sinken. »Er hatte 38 Grad Fieber und hat sich übergeben. Er sagte, er wolle ins Bett. Seine Arme und Beine fühlten sich komisch an, er konnte sie nicht richtig bewegen, aber er wollte einfach nur ins Bett.« Sie ballte die Fäuste und bohrte den Daumennagel in das Foto. »Ich wollte ihn ins Krankenhaus bringen, aber er bettelte mich an, es nicht zu tun. Er fürchtete sich vor dem Krankenhaus. Es ist der Ort, an dem sein Dad gestorben ist.«

»Es tut mir so leid.«

»Ich sagte zu Richie, in Ordnung, schlaf ein wenig. Wir werden sehen, wie du dich morgen fühlst.« Sie hob den Kopf. »Ich habe ihn umgebracht, weil ich gewartet habe.«

»Sie haben Ihr Bestes getan.«

»Aber das hat nicht gereicht!«

Genauso wenig wie Dorothys Behandlung ihres Sohnes. Der Raum zwischen ihr und dieser armen Mutter war so dicht mit Schuldgefühlen gefüllt, dass man sie in Blöcke hätte schneiden können.

»Haben Sie Kinder?«, fragte Mrs. Brooks.

Ihre Blicke trafen sich.

»Nein. Ich wünschte, ich hätte eines.« Dorothy hatte noch nie einer Seele davon erzählt. Sie gestand es sich selbst kaum ein.

Mrs. Brooks berührte den gezackten Rand des Fotos. »Wann immer ich etwas Schwieriges tun musste, sagte ich mir, du hast ein Baby zur Welt gebracht, Milly. Wenn du die Qual der Geburt überstanden hast, dann kannst du alles schaffen.«

Dorothy hatte während ihres Praktikums in der Geburtshilfe genügend Babys auf die Welt geholfen, um feierlich zu nicken.

Mrs. Brooks sah, dass Dorothy wusste, was sie meinte. »Aber eine Geburt dauert Stunden. Dies hier ... das wird niemals aufhören. Was soll ich mir jetzt sagen? Wie soll ich weiterleben?«

Dorothy würde nicht wegsehen. Diese Frau hatte die Wahrheit verdient. »Ich weiß es nicht. Aber Sie werden es.«

Sie saßen zusammen, der Kummer der Frau erfüllte den leeren Warteraum.

Mrs. Brooks schaute vom Schnappschuss auf. »Wenn ich ihn den Ärzten überlasse, wird es anderen helfen?«

Dorothy nickte. »Ja.«

»Dann nehmen Sie mein Baby. Jemand muss doch *irgendetwas* gegen diese schreckliche Krankheit machen.« Die Frau schaute wieder auf das Foto hinunter.

Dr. Sabin war nicht der einzige Held.

An diesem Abend saß Dorothy im Diner gegenüber dem Krankenhaus vor einer Tasse angebranntem Kaffee und sah zu, wie Barry sich ein weiteres Stück Zucker aus der Schale fischte. Das Restaurant war vernebelt von Tabakqualm und dem Dampf bratender Hamburger, an den Tischen saßen junge Privatdozenten mit Pfeife und ausgebeulten Aktentaschen, Medizinstudenten mit glasigem Blick und Zigarette rauchende Doktoranden mit aufgerollten Hemdsärmeln. Bis auf die zwei Kellnerinnen mit weißen Hauben und Schürzen und eine Krankenschwester, die mit einem Arzt an einem Tisch saß, war Dorothy die einzige Frau.

»Ich weiß nicht, was Sabin und Ward vorhaben, außer Aufmerksamkeit zu erregen.« Barry ließ den Zuckerwürfel in seine Tasse plumpsen und rührte um. »Ist es wirklich wichtig, wie das Poliovirus ins Nervensystem gelangt? Was zählt, ist, wie wir es behandeln, sobald es da ist.«

Dorothy schaute über den Rand ihrer eigenen Tasse. Es machte eine Menge aus. Um Polio zu besiegen, musste man das Virus im Körper außer Gefecht setzen, *bevor* es das Nervensystem angriff. Dabei würde es außerordentlich helfen, wenn man wüsste, wo im Körper man es am besten angreifen konnte. Wieso leuchtete ihm das nicht sofort ein?

»Wie auch immer, es tut mir leid, dass Sie die Vorstellung verpasst haben, Dot, aber danke, dass Sie die Mutter zur Vernunft gebracht haben. Wenn Sie sie nicht festgehalten hätten, bis diese beiden Pfeifen fertig waren, wäre die Vorstellung ausgefallen.«

Ihr kochte das Blut in den Adern. »Ich habe weder versucht, sie zu überreden, noch habe ich sie festgehalten. Es war ihre Entscheidung, uns ihren Sohn zu überlassen. Sie wollte ihren Beitrag zur Forschung leisten.«

Er legte den Kopf in den Nacken, um seine Tasse bis auf den letzten Tropfen zu leeren. »Danke jedenfalls, dass Sie sich geopfert haben. Das war sehr anständig von Ihnen.«

Sah er denn nicht, was für ein Opfer diese Frau gebracht hatte? Sie wollte gerade erwidern, dass ihr Einsatz überhaupt nichts mit Anstand zu tun hatte, als Albert Sabin das Diner betrat.

3

Jemand hatte in der Jukebox etwas von Glenn Miller ausgewählt. Das Stimmengewirr der zumeist jungen Männer übertönte fast das Wimmern der Klarinetten und das Klirren des billigen Bestecks auf den Keramiktellern. Über der Wolke aus Bratfett und Zwiebelgeruch, die vom Grill aufstieg, tickte eine Kit-Kat-Uhr Dorothys nächster Schicht entgegen. Aber warum sollte sie in ihre Wohnung zurückkehren? Sie war viel zu aufgeregt, um schlafen zu können.

Barry lehnte sich gegen die hohe Rückenlehne seiner Bank. Er trug das karierte Sporthemd mit dem offenen Kragen, das seine Frau für ihn gestärkt und gebügelt hatte. Sein kürbisfarbenes Haar wirkte wie angeklebt – bis auf diese eine widerspenstige Strähne, mit der Dorothy eine gewisse Verbundenheit empfand, weil ihr ganzes Haar aus widerspenstigen Strähnen bestand. Einmal mehr sah er eher aus wie ein kleiner Junge als wie ein Erwachsener im arbeitsfähigen Alter. »Glauben Sie wirklich, Sie werden beweisen, dass die olfaktorischen Nervenbahnen nichts mit Polio zu tun haben?«

Dr. Sabin, der neben Dorothy saß, hielt inne. Die Ärmel seines makellosen schwarzen Anzugs ruhten auf der Tischkante. »Ja.« Er biss von seinem Hamburger ab.

Ihr Blick wanderte zu seiner Hand, mit der er das Brötchen hielt. An seinem Finger steckte ein Ehering. Das hatte sie sich schon gedacht. Jeder heiratete auf dem College, wenn nicht sogar direkt nach der Highschool. Außer ihr. Oh, mit ihr schlafen wollten viele Männer. Sie erlebte es immer wieder – je kleiner sie waren, desto mehr wollten sie sie zurechtstutzen. Aber kein Mann wollte auf Dauer Mary Todd für ihren Abraham Lincoln spielen.

»Was glauben Sie, wie es sonst in den Körper gelangt?«

Dr. Sabin kaute zu Ende und schluckte. »Nun, Barry, meine Arbeit ist noch nicht veröffentlicht. Ich müsste Sie umbringen, wenn ich es Ihnen erzählen würde.«

Barrys Wangen wurden noch rosiger, als sie es ohnehin schon waren. Das sollte ein Witz sein, aber andererseits auch nicht. Wenn jeder Wirtschaftszweig ein Dschungel war, in dem nur die Stärksten überlebten, war der akademische Urwald einer der härtesten. Jeder kämpfte darum, in seiner Domäne der König zu sein. Sabin musste glauben, er habe etwas, das ihn zum König machen würde.

»Aber worauf zielen Sie ab?«, fragte Barry.

Dorothy mischte sich ein. »Er vermutet, dass das Poliovirus durch den Mund in den Körper gelangt. Was bedeutet, dass wir ganz neu überlegen müssen, wie es sich im Körper ausbreitet, wenn wir es jemals besiegen wollen.«

Dr. Sabin ließ seinen Hamburger sinken und schaute sie an.

»Na dann viel Glück«, sagte Barry. »Die Menschen werden jeden Mann für einen Gott halten, der Polio besiegt.«

»Oder jede Frau«, sagte sie. Sollte Sabin sie doch anstarren. Sie war daran gewöhnt. »Ich weiß nicht, ob man dann ein Gott ist, aber auf jeden Fall hat man etwas sehr Gutes getan.«

»Sie dürfen natürlich auch ein Gott sein.« Barry stand auf. »Bitte entschuldigen Sie, dass ich Sie beide jetzt verlassen muss, aber meine Frau wartet auf mich, und ich habe …« Er schaute zur Katzenuhr, deren Schwanz über dem Grill hin- und herschwang, »… etwa sechs Stunden, um ihr und den Kindern zu beweisen, dass ich noch am Leben bin, und etwas Schlaf zu bekommen.« Er grüßte und ging, so dass Dorothy sich in der heiklen Lage befand, mit einem gutaussehenden, fast fremden Mann auf derselben Bank in einer Nische zu sitzen. Er war so nah, dass sie seine Hitze spürte, als er sich erneut seinem Essen widmete.

»Wartende Ehegatten scheinen das Thema des Abends zu sein«, sagte er leichthin. Ein englischer Akzent schlich sich in seine Stimme. »Robbies scheint ihn am Telefon festzuhalten. Ich möchte Sie nicht von Ihrem fernhalten.«

»Ich bin nicht verheiratet.« Sie spürte, wie sich die Blutgefäße in ihrem Gesicht füllten. Sie war wieder auf der Highschool, die einsame Bohnenstange, die allein an der Wand lehnte.

»Macht es Ihnen etwas aus, wenn ich hierbleibe, bis Robbie zurückkommt?«

»Überhaupt nicht.« Sie trank etwas Wasser. Oh ja, in seiner Stimme lag eindeutig ein Hauch von *very british*. Sie stellte sich eine Kindheit mit Nannys, Ponyreiten und Privilegien vor.

Er schob seinen Teller über den Tisch und setzte sich auf die andere Bank der Nische. »Wie kommen Sie darauf, dass wir ganz neu überlegen müssten, wie sich das Poliovirus im Körper ausbreitet?«

Sie spürte, wie sich ihre Gliedmaßen mit dem größeren Abstand entspannten. »Darauf läuft es doch hinaus, oder nicht? Zumindest dachte ich das, als Sie sagten, Sie würden bei Ihren Obduktionen im Darmgewebe nach Polioviren suchen.«

»Wie kommen Sie darauf, dass sich das Virus im Darmgewebe finden lässt?«

»Das haben Sie selbst gesagt. Ich wüsste gerne, was Sie glauben, wie es dort hinkommt.«

Er musterte sie aus schmalen Augen, lächelte und nahm seinen Hamburger.

War das der streng geheime Teil, den sein Partner erwähnt hatte? Es wäre auf jeden Fall eine Neuigkeit in der Welt der Wissenschaft. Ein Geheimnis, das er gewiss gut hüten würde.

Sie drängte ihn trotzdem.

»Denken Sie dabei an einen Impfstoff?«

»Einen Impfstoff? Würden wir damit nicht das Pferd von hinten aufzäumen?«

»Ich verstehe, dass Sie vorsichtig sind, nach dem, was mit Dr. Brodie passiert ist.«

Vor zwei Jahren hatte der Wissenschaftler Maurice Brodie siebentausend Kindern und Erwachsenen in New York einen Impfstoff injiziert, der in einer Formaldehydlösung abgetötete Polioviren enthielt. Es endete mit einer Katastrophe, drei Kinder waren direkt nach der Gabe gelähmt. Als Brodie bald darauf starb, hieß es, er habe einen Herzinfarkt erlitten, doch viele in der Wissenschaftsgemeinde glaubten, er sei aus Verzweiflung über das Leid, das er angerichtet hatte, von eigener Hand gestorben.

Dr. Sabin schluckte seinen Bissen herunter. »Brodie hat sich von anderen zur Eile drängen lassen. Ich kannte ihn – er war ein guter Mann. Sie sollten keine Gerüchte über ihn verbreiten.«

»Ich habe keine Gerüchte über ihn verbreitet. Ich sagte nur, dass ich verstehe, warum Sie vorsichtig sind, was eine Polioimpfung angeht.«

Er schob sich den letzten Bissen seines Hamburgers in den Mund. »Wenn Sie unbedingt über medizinische Fortschritte reden wollen«, sagte er und wischte sich die Finger an der Serviette ab, »sollten wir über Penizillin sprechen. Zwei englische Gentlemen, Dr. Florey und Dr. Heatley, haben Flemings Mittel erfolgreich einem 43-jährigen Polizisten verabreicht ...«

»Ja, ich weiß. Der Mann hatte sich beim Rosenschneiden einen Kratzer auf der Wange geholt und durch Streptokokken hervorgerufene Abszesse im Gesicht entwickelt. Er bekam eine Sepsis, die er vermutlich nicht überlebt hätte, also pumpten sie ihn mit Penizillin voll.« Auch Dorothy las die wissenschaftlichen Fachzeitschriften. »Er hat überlebt.«

»Bis er wenige Tage später doch starb. Aber er hätte vermutlich länger gelebt, wenn ihnen nicht das Penizillin ausgegangen wäre, bevor er vollständig geheilt war. Jetzt, wo klar ist, dass Penizillin Millionen Leben retten könnte, können die Arzneimittelhersteller das Mittel gar nicht schnell genug für den Einsatz auf den Schlachtfeldern Europas produzieren. Sie werden sehen, Penizillin wird, sobald es in ausreichender Menge zur Verfügung steht, den Gang der Geschichte verändern.« Er holte tief Luft. »Stellen Sie sich vor, wie es sich anfühlen muss, so eine Entdeckung zu machen.«

Sie dachte an die unersättlichen Streptokokkenbakterien in ihrem Labor, die unter dem Mikroskop das Agar verschlangen. Die kleinen Ungeheuer würden eines Tages ihren Meister finden, genau wie die Staphylokokken und andere Bakterien. Weniger Kinder würden an Streptokokken im Rachenraum sterben. Weniger Kinder würden einer Hirnentzündung erliegen, die als harmlose Ohrenschmerzen begonnen hatte, oder an etwas so Simplem sterben wie einer entzündeten Blase am Zeh, wie es dem Sohn von Präsident Coolidge im Teenageralter passiert war. Dorothy stellte sich vor, Eltern nicht mehr so albtraumhaft häufig mitteilen zu müssen, dass sie ihr Kind verloren hatten.

Drüben auf dem Grill brutzelten die Hacksteaks für die Hamburger. Dr. Sabin würde bald aufbrechen. Sie nahm den letzten Schluck Kaffee und griff nach ihrer Handtasche.

»Erzählen Sie mir von sich«, sagte er.

Sie musste schlucken. Das hatte sie nicht erwartet.

Eine neue Platte fiel in der Jukebox auf den Teller, Billie Holiday schmachtete im lärmigen Diner aus dem Lautsprecher. Dr. Sabin lächelte. »Lassen Sie mich raten – Sie kommen von einer Farm.«

Unwillkürlich musste sie lachen. »Komme ich nicht.«

Er drohte ihr mit dem Finger. »Das glaube ich nicht. Sie haben so eine goldige Art …«

Sie war nicht sicher, wodurch sie sich am meisten gekränkt

fühlte. Hielt er sie für so unbedeutend, dass er sich diese Vertraulichkeit erlauben konnte, oder glaubte er, sie sei gerade erst vom Kohlanhänger gefallen?

Er lächelte. »Es ist nur so, dass ich selbst einige Zeit auf dem Land gelebt habe.« Ach ja. Die Ponys und Nannys. »Es war eine sehr glückliche Zeit.«

»Kommen Sie aus New York oder England oder …?«

Er unterbrach sie. »Wo kommen Sie her, wenn nicht von einer Farm?«

Sie packte ihre Handtasche. »San Francisco.«

»Exotisch. Ich war noch nie dort.«

Erinnerungen stiegen in ihr auf, an den klebrigen lackierten Holztresen unter ihren Armen, wenn sie nach der Schule ein Solei verschlang. An das metallische Quietschen der Straßenbahn in ihren Gleisen in der Carl Street, das Knistern des Stromabnehmers an der Oberleitung. Rubinrotes Licht, das durch das Buntglasfenster einer Villa fällt, während ein Kind am Klavier eine falsche Note spielt.

Mit einem Schaudern verdrängte sie die Bilder.

Dr. Sabin beobachtete sie. »Wo wurden Sie ausgebildet?«

Sie atmete aus. »San Francisco City and County Hospital.«

»Sie sind in der Stadt auf die Universität gegangen, in der Sie aufgewachsen sind.«

»Ja.« Sie schaute zur Tür.

»Ich auch.«

Sie würde zu viel sagen. Sie machte Anstalten, aus ihrer Bank zu rutschen.

»Ich sollte eigentlich Zahnarzt werden«, sagte er.

Aufrichtig interessiert hielt sie inne. »Sie?« Sie sollte Klavierlehrerin werden. Sie mochte Musik, und in der Highschool war der stetige Strom zahlender Schüler das einzige Einkommen der Familie gewesen, nachdem die Bar, in der ihre Eltern arbeiteten, wegen der Prohibition geschlossen worden war. Sie hatte sich damit abgefunden, ihr Leben lang zu den Häusern von süßen, unmusikalischen, reichen Kindern zu fahren, bis irgendwann zufällig ein einsamer Holzfäller-Typ auf der Suche nach einer Frau vorbeikommen würde.

Doch eines Abends brachte der Vater eines Schülers, ein Arzt, sie nach Hause, als er zu einem Notfall herausgewunken wurde; ein Kleinkind hatte ein Farnblatt gegessen. Dorothy sah zu, wie er dem erschlafften Kind Brechwurzelsirup einflößte, und kurz darauf konnte das kleine Mädchen nach heftigem Erbrechen den tränenüberströmten, aber glücklichen Eltern zurückgegeben werden. In diesem Moment kam ihr der Gedanke, dass ihre Ansprüche vielleicht zu niedrig waren. Wie wunderbar wäre es, Menschen zu heilen! Wenn nur jemand in der Lage gewesen wäre, ihren Pop zu heilen.

In der folgenden Woche schaute sie sich genauer in der vergoldeten Villa des Arztes um, während seine Tochter Chopin verstümmelte. Ihr Interesse war geweckt. All dieser Luxus rührte daher, dass er Menschen heilte?

Auf der Heimfahrt fragte sie den Arzt, ob sie ihm einmal bei der Arbeit zusehen könne. Er hatte die buschigen Brauen über der Hornbrille hochgezogen. Vielleicht hatte er gedacht, sie würde es sich anders überlegen, sobald sie einmal zugesehen hatte, wie er einen komplizierten Bruch richtete. Vielleicht empfand er Mitleid mit Henry Horstmanns ungeschlachter Tochter. Wer weiß – vielleicht gefiel ihm auch die Vorstellung, seine eigene Mozart mordende Tochter könnte eines Tages selbst so eine verrückte Bitte vortragen. Aus welchem Grund auch immer, er willigte ein. Dorothy durfte eine Woche lang bei seinen Runden im Krankenhaus mitlaufen, was ihn bei den anderen Ärzten nicht unbedingt beliebt machte.

Während dieser Zeit wurde sie Zeuge, wie ein sechzehnjähriger

Junge mit Meningitis, in Fötusstellung und bewusstlos, am Mittwoch experimentell mit einem Sulfonamid behandelt wurde. Am Donnerstag wachte er auf, streckte sich und lächelte seine Mutter an. Da wusste Dorothy, dass sie Medizin studieren würde. *Sie* würde auch solche Wunder vollbringen. Sie sah keinen Grund, warum Frauen es nicht schaffen sollten. Ihre Mutter und sie führten den Haushalt. Ärztin zu werden und sich um das Wohlergehen anderer zu kümmern schien die natürlichste Fortsetzung davon zu sein.

Zum Glück war sie so naiv gewesen.

»Mein Onkel wollte, dass ich in seiner Praxis in New York City mitarbeite«, sagte Sabin. »Aber während des Studiums fand ich heraus, dass ich die Arbeit an Zähnen hasse, und habe aufgehört. Er hat mich verstoßen.«

»Was haben Sie dann gemacht?«

»Ich habe Medizin studiert und am Bellevue Hospital meine Ausbildung gemacht, bis ich mich endlich ins Rockefeller Institute eingeschmeichelt habe, um zu forschen. Ich habe einfach nicht lockergelassen. Ich kann ziemlich … hartnäckig sein.«

Das glaubte sie gern. Aber er hatte es damit bis ins Rockefeller Institute geschafft. Geld konnte das bewirken. Sie zwickte sich in Gedanken selbst. *Sei nicht neidisch auf ihn. Du bist, was du bist. Komm damit klar.*

»Ich war noch nie in New York«, sagte sie mit einem leisen Lachen, als sei es ganz erstaunlich, dass sie es noch nie bis dorthin geschafft hatte. Die Wahrheit war, dass Nashville die einzige Stadt war, die sie jemals gesehen hatte, abgesehen von Spokane, wo sie geboren worden, und San Francisco, wo sie aufgewachsen war. Sie hatte vor, das eines Tages zu ändern.

»Es ist eine großartige Stadt. Ich könnte Sie herumführen. Der Broadway, die Metropolitan Oper, das Oscar's für einen Drink im Waldorf, das neue Rockefeller Center …«

Sie herumführen! Der Mann war verheiratet, sie würde sich von ihm nirgendwohin führen lassen. Aber es gab etwas, auf das sie schon immer neugierig gewesen war, so albern es auch war.

»Waren Sie jemals auf einer Konfettiparade?«

Er begann zu strahlen. »Sie sind wunderbar. Die Geehrten, der Autokorso, die jubelnde Menge, selbst die Wolkenkratzer – alles wird von einem Wirbelsturm aus Papier verdeckt.« Je begeisterter er erzählte, desto schwächer wurde sein englischer Akzent. »Der Lärm der Sirenen, der Jubel und die Schiffshörner auf dem Fluss sind ohrenbetäubend. So ein Getöse haben Sie noch nie gehört. Können Sie sich vorstellen, wie es sich anfühlen muss, im Mittelpunkt dieser Bewunderung zu stehen?«

Schrecklich, dachte sie. »Das können Sie mir erzählen, sobald man eine Parade für Sie organisiert hat, für die Entdeckung des Polioimpfstoffs.«

Er wurde still. Sie spürte, dass es wichtig war, jetzt nicht zu lächeln.

Ohne sie aus den Augen zu lassen, bückte er sich, als wollte er etwas aufheben, das unter den Tisch gefallen war, oder seine Hosenbeine hochziehen. »Ich war auf Lindberghs Parade, und auf der für die Frau, die durch den Ärmelkanal geschwommen ist, Gertrude Wie-heißt-sie-doch-gleich.« Er richtete sich auf. »Ich war auf den Paraden von Amelia Earhart und Admiral Byrd, als er aus der Antarktis zurückkam. All das Konfetti!«

Er beugte sich über den Tisch und berührte Dorothys Haar. Er ließ seinen Finger lange verweilen, es war fast eine Liebkosung. War es eine Liebkosung?

»Hoppla, ich glaube, Sie haben ein Stückchen davon in Ihrem Haar.« In seiner Handfläche lag ein weißes Stück Papier.

Sie tastete ihren Kopf ab. »Wo habe ich das denn her?«

»Von der Parade, die man für Sie ausgerichtet hat.«

Er hatte es vom Fußboden aufgehoben. Was für ein schrecklicher Süßholzraspler! »Eine schöne Bescherung! Jetzt verteile ich schon Konfetti!«

»Sie sind perfekt.«

Ihr Herz sank. Darum ging es ihm also. Er war nur ein weiterer Mann, der sie bezwingen wollte.

Doch bevor sie die Flucht ergreifen konnte, begann er, ihr von seinem Leben in New York zu erzählen. Von seinem Zimmer im vierten Stock ohne Fahrstuhl in der Bleeker Street, als er ein einfacher Medizinstudent war; von seiner wilden Zeit beim New Yorker Gesundheitsamt, als er und sein Kumpel verängstigte Bewohner in Mietskasernen, zumeist Ausländer, überreden mussten, ihre kranken Kinder herauszubringen, damit sie ihnen helfen konnten.

Sie vergaß ihr Bedürfnis, zu fliehen. Manchmal mischte sich ein leichter Brooklyneinschlag in seine arrogante schmallippige Ostküstensprechweise. Dann wiederum schimmerte der englische Akzent durch, nur um von einer osteuropäischen Betonung gekapert zu werden. Hatte er diesen Akzent bei der Arbeit in den Mietskasernen aufgeschnappt? Was Akzente anging, war sie eine Expertin.

In der Highschool hatte sie jede Spur ihres deutschen Einschlags verbannt, aber sie arbeitete immer noch an ihrer Grammatik. Die Sprache verriet einen schneller als alles andere.

»Als Will Brebner und ich …«

Sie riss die Augen auf. »Will Brebner? Doch nicht derselbe Will Brebner, der …«

»… der starb, nachdem er bei der Forschung am Poliovirus von einem Laboraffen gebissen wurde? Genau der. Er unterhielt sich gerade mit mir, als der Affe ihn biss.«

»Oh nein. Das tut mir aufrichtig leid.«

Ihre Kellnerin kam, um zu fragen, ob sie Kuchen wollten. Er scheuchte sie fort, bevor Dorothy sagen konnte, ob sie gern ein Stück hätte.

»Brebner war ein großartiger Wissenschaftler. Ein großartiger Freund. Wir wurden beide inspiriert von dem Buch *Mikroben-jäger*. Wir nannten uns die ›Seuchendetektive‹. Kitschig, was?«

»Nein, überhaupt nicht. Ich liebe diesen Teil der Medizin.«

»Wir wollten den Fall Polio aufklären.« Dr. Sabin sah sich im Restaurant um, das vom Lärm männlicher Stimmen und Geschirr-geklapper erfüllt war. »Jetzt bin nur noch ich übrig.«

Was sollte sie dazu sagen? »Es ist gut von Ihnen, dass Sie für ihn weitermachen.«

»Oh, an mir gibt es nichts Gutes.« Er sprach leise. »Er hat auf-geschrien, als der Affe ihn gebissen hat. Als ich seine Wunde mit Jod einpinselte, machte er Witze über Tiere, die seine Finger mit Bananen verwechselten. Es hat ihn hier erwischt.« Er tippte an die Stelle zwischen Ring- und Mittelfinger.

Erneut fiel ihr Blick auf den Ehering.

»Ich sagte ihm, er solle ins Krankenhaus gehen. Er wollte nicht. Er sagte nein, es gehe ihm gut, und machte sich wieder an die Arbeit.«

Die hemdsärmeligen Doktoranden am Nachbartisch brachen auf. Dr. Sabin wartete, bis sie verschwunden waren, ehe er fort-fuhr.

»Die Bisswunde schien gut zu verheilen. Dann, drei Tage spä-ter, begann die Stelle anzuschwellen und wurde rot. Ein häss-licher roter Streifen wanderte seinen Arm hinauf. Als er Fieber be-kam, meldete er sich in der Ambulanz vom Bellevue Hospital, wo sie ihm eine Tetanusspritze verpassten. Sein Zustand verbesserte sich. Nach weiteren drei Tagen waren wir sicher, dass er über den Berg war. Seine hübsche junge Braut backte uns einen Kuchen, um zu feiern. Erdbeerkuchen.«

Dorothy zuckte zusammen.

»Am nächste Tag wachte er mit heftigen Schmerzen von der Hüfte abwärts auf. Er konnte kein Wasser lassen. Die Reflexe in den Beinen und im Abdomen funktionierten nicht. Er bestand darauf, dass wir ihm ein Antikörperserum gaben, aber das half nicht. Am nächsten Tag konnte er die unteren Gliedmaßen nicht mehr bewegen. Er begann, unkontrolliert zu hicksen, und dann konnte er nicht mehr atmen. So schnell es ging, schoben wir ihn in eine Eiserne Lunge – in dasselbe Gerät, in das er die kränksten seiner eigenen Patienten gesteckt hatte.«

Das mechanische Zischen einer Eisernen Lunge schien für einen Moment den Krach im vollen Diner zu übertönen.

»Fünf Stunden lang blieb ich bei Bill Brebner und sah ihm beim Sterben zu – als er Krampfanfälle hatte, als er Schaum vor den Mund bekam, als ich sein Todesröcheln hörte. Er war neunundzwanzig Jahre alt. Ich war sechsundzwanzig.«

»Es tut mir so leid.«

»Wissen Sie, was mich immer noch verfolgt? In diesen fünf Stunden, in denen mein bester Freund starb, war mein einziger Gedanke, dass es nicht Polio ist. Die Symptome stimmten nicht. Er hatte etwas anderes.« Er rieb sich den Mund, sichtlich aufgewühlt. »Was stimmt nicht mit mir?«

»Sie sind Wissenschaftler.«

Er lächelte schwach. »Ich fand heraus, dass Bill ein brandneues Virus hatte – das erste Herpesvirus, das erwiesenermaßen von einem Tier auf einen Menschen übertragen wurde. Ich habe es B-Virus genannt, nach Brebner. Als würde das genügen.«

»Die Welt ist durch dieses Wissen eine bessere.«

»Bill Brebner hilft das nicht mehr.«

In der Küche klapperten Teller. Sabin ließ nicht zu, dass sie den Blick abwandte. »Ich war bei seiner Obduktion dabei. Bei der Autopsie meines besten Freundes. Ich habe gesehen, wie sie ihn auseinandergenommen haben. Und das ist der springende Punkt – ich habe daraus gelernt. Ich musste ein eiskalter Hund sein, aber ich habe daraus gelernt. Ich würde jedes Mal wieder zusehen.«

Auf seine provozierende, herausfordernde Art reckte er sein Kinn in die Höhe. »Bleiben Sie bei der klinischen Medizin. Man muss herzlos sein, wenn man in der Forschung etwas erreichen will.«

»Was, wenn ich herzlos bin?«

»Sie? Herzlos? Ich denke nicht.«

Ein Lächeln wuchs auf seinem Gesicht, als sie ihn anstarrte. Sie erwiderte es nicht. »Ich bin es leid, dass Polio den Mrs. Brooks dieser Welt ihre Richies raubt.«

»Was?«

»Ich sagte, dass ich herzlos sein werde, wenn es nötig ist.«

»Ich glaube, Sie wissen nicht, was das bedeutet.«

Mit einem Klingeln schwang die Tür zum Diner auf. Dorothy fuhr zusammen, ihr Herz pochte.

Robbie Ward stürmte auf ihren Tisch zu wie ein Footballstar mit dem Ball. »Tut mir leid! Notfall zu Hause. Das Pony meiner Kleinen hat bei einer Aufführung mitgemacht, und ich musste alles darüber hören.«

»Dann auf, Gentlemen!«, sagte Dorothy. »Sie beide sollten sich besser mit Ihren Proben auf den Weg machen.«

Dr. Sabin ließ sich nicht hetzen. Er stand auf und griff in seine Manteltasche. »Wenn Sie einmal in Cincinnati sind und gerne mein Labor sehen möchten, hier ist meine Karte. Sie haben Forschergeist«, fügte er hinzu, als sie sie entgegennahm. »Was Ihr Herz angeht, steht das Urteil noch aus.« Er setzte den Hut auf und breitete die Arme aus, damit sie vorgehen konnte.

Als sie an seiner Sitzbank vorbeikam, fiel ihr Blick zufällig nach unten. Dort neben dem Tischbein lag eine weiße Papierserviette. Eine Ecke von der Größe des Konfettischnipsels fehlte.

4

Cincinnati, Ohio, 1941

Wer wollte schon ein Einhorn? Offenbar niemand. In den letzten zwei Monaten war allen Kollegen, die Dorothy kannte, sowohl aus dem Vanderbilt als auch aus ihrem Studium, nach ihrer Assistenzzeit entweder eine Anstellung oder ein Stipendium angeboten worden. Selbst Barry war nach Baylor berufen worden, an die Alma Mater seines Papas. Die Alma Mater von Dorothys Papa war die Schule der harten Schläge gewesen.

Daran würde sie jetzt nicht denken. Sie war in Cincinnati und machte einen Sonntagmorgenspaziergang durch den grünen Stadtteil Walnut Hills, um die Zeit totzuschlagen, bis ihr Bus nach Nashville abfuhr. Am Vorabend war sie in die Stadt gekommen, zur Hochzeitsfeier einer ihrer Lieblingskrankenschwestern aus der Klinik. Sie hatte keine Ahnung, wie man gemächlich spazieren ging, also stolzierte sie forsch an Rasenflächen vorbei, die nach Ahorn und gemähtem Gras rochen. Unvermittelt fand sie sich an der Kirche wieder, in der die Trauung stattgefunden hatte. Die Fenster des Altarraums waren, wie man ihr erklärt hatte, von Tiffany. Im Morgenlicht mussten sie atemberaubend sein.

Sie stand vor dem Steingebäude und legte den Kopf in den Nacken, um einen besseren Blick auf das Fenster zu bekommen, als Orgelmusik und ein liebenswert unharmonischer Gesang durch die offene Tür nach draußen drangen. Ihr schien, als könnte sie die Zusammengehörigkeit der Menschen, die dort drin versammelt waren, körperlich spüren – und ihr eigenes schreckliches Getrenntsein.

»Sie sind aber groß!«

Dorothy blinzelte. Neben ihr stand ein winziges Männchen und hielt seinen Strohhut fest, als er zu ihr aufschaute. Mit einer vom Alter rostigen Stimme fragte er: »Wie groß sind Sie?«

Dorothy schob ihre Tasche am Arm ein Stück höher. »Vermutlich zu groß.«

Sie spürte die üblichen neugierigen Blicke in ihrem Rücken, als sie über den Kirchhof und hinaus auf die Straße schritt. Sie ging weiter, zu ihrem Hotel, um ... um was? Auf ihrem Bett zu sitzen und sich in ihrer Einsamkeit zu suhlen?

Sie zog die weißen Handschuhe aus und wühlte in ihrer Handtasche. Ein Auto fuhr vorbei, der aufgewirbelte Kies drückte ihren Rock gegen die Nylonstrümpfe.

Er hatte gesagt, sie solle ihn besuchen, wenn sie einmal in Cincinnati sei. Sie brauchte zwar dringend eine Stelle, aber sie hatte nicht vorgehabt, sich bei ihm zu melden. Obwohl die Kinderstation des Krankenhauses von Cincinnati sich in der Polioforschung langsam einen Namen machte und obwohl sie wünschte, sie könnte diesem Miststück Polio in den Hintern treten, hatte sie um dieses Krankenhaus und den Chefarzt der Pädiatrie einen großen Bogen gemacht. Sie war gut darin, Menschen einzuschätzen. Das ergab sich so mit einem Vater wie Pop, und sie wurde das Gefühl nicht los, dass Sabin nicht ganz offen zu ihr gewesen war. Abgesehen von seinem Bekenntnis zur Herzlosigkeit gab es etwas, das er zurückhielt, etwas, von dem sie ahnte, dass es sie zu Fall bringen könnte. Ob sie herzlos genug sei – was für ein Unsinn!

Und doch wühlte sie sich bereits durch ein Nest aus Taschentüchern, Lippenstiften und Haarklammern. Wahrscheinlich brauchte sie sich keine Sorgen machen, ihm zu begegnen. Wer war schon an einem Sonntag im Labor?

Sie fand seine Karte.

Eine verschwommene Gestalt bewegte sich auf der anderen Seite der Milchglastür. Er musste genauso besessen von der Arbeit sein wie sie. Sie ergriff den Türknauf und tauchte ein in einen Gifthauch aus Bunsenbrennerqualm und Formaldehyd.

Dr. Sabin wich von seinem Platz neben einer jungen Frau zurück, die in ein Mikroskop schaute. Ihr Gesicht war hinter einer Kaskade blonder Haare verborgen, die sich aus ihrer Laborhaube gelöst hatten. Hastig richtete die Frau sich auf. Dorothy starrte auf die Schulter der Frau. Hatte Dr. Sabins Hand gerade darauf gelegen?

»Miss Horstmann?« Dr. Sabin stand auf, ein aufrichtiges Lächeln im Gesicht. »Sind Sie es wirklich?«

Sie überlegte, ob sie ihn daran erinnern sollte, dass sie *Dr.* Horstmann war. »Ich fürchte, ja.«

»Wie lange ist es her? Zwei Monate? Was führt Sie nach Cincinnati?«

»Eine Hochzeit.«

»Sieh an, sieh an. Ich bin froh, dass Sie mich besuchen. Barbara«, sagte er zu der Frau, »das ist Miss Horstmann. Sie ist Assistenzärztin im Vanderbilt. Verzeihung, bitte. Es muss Dr. Horstmann heißen, nicht wahr?«

Die Frau war hübsch und jung, jünger als Dorothy und eindeutig nicht groß und plump wie ein Neandertaler. Sie strich ihre verirrten Haarsträhnen zurück und streckte ihre Hand im Gummihandschuh aus – bevor sie sie mit einem einnehmenden Lachen wieder zurückzog. »Tut mir leid. Sie werden mir nicht die Hand schütteln wollen, nicht einmal mit Ihren Handschuhen. Dieser spezielle Poliostamm ist ein wahres Scheusal.«

»Barbara bereitet die Gewebeproben aus meinen Autopsien auf«, sagte Dr. Sabin.

Leises Interesse keimte in Dorothy auf. »Führen Sie immer noch Ihre Untersuchungen durch?«

»Ja. Bis zum Ende der Poliosaison. Tatsächlich habe ich gerade heute einen Anruf aus Cleveland erhalten, um dort eine weitere Obduktion vorzunehmen – sie haben dort eine regelrechte Epidemie. Siebenundneunzig Fälle akuter Lähmung, sechs Tote bisher. Es wird meine zweite Autopsie dort an diesem Wochenende. Ich breche auf, sobald Robbie hier ist.« Er wandte sich an Barbara. »Sie können noch den Rest des Gewebes aus der Kühlbox spülen. Und Sie sollten wirklich eine Maske tragen. Dieser Stamm gefällt mir nicht, nicht einmal zwischen den Glasplättchen.«

»Ja, Sir.« In Barbaras Stimme schwang deutliche Zuneigung mit. »So wunderbar Dr. Sabins Studien auch sind«, sagte sie zu Dorothy, »ein noch größeres Wunder ist es, dass ich hier bin, um davon zu erzählen.«

»Ist der Virenstamm wirklich so gefährlich?«, fragte Dorothy.

»Er ist ziemlich übel, aber die wilde Fahrt von hier nach Cleveland ist noch schlimmer.« Barbara grinste ihn an. »Hinter dem Steuer ist Dr. Sabin der reinste Mr. Toad.«

Dr. Sabins Lächeln erstarrte. »Toad?«

»Aus Toad Hall, so wie Sie mit Ihrem Wagen rasen. Als Kind mochte ich Mr. Toad immer am liebsten.«

Seine Stimme wurde kalt und sehr britisch. »Ich musste schnell fahren. Ich musste zum Leichnam.«

Dorothy sah interessiert zu. Er war beleidigt. Er hatte keine Ahnung, wer Mr. Toad war. Sie selbst hatte in ihrer Kindheit auch nicht bei ihrer Mutter auf dem Schoß gesessen und sich vorlesen lassen. Sie hatte auf dem Tresen gehockt, während ihre Mutter Gläser gespült hatte und den Männern aus dem Weg gegangen war. Aber bevor sie sich für das Medizinstudium eingeschrieben hatte, hatte sie einen Abschluss in Englisch gemacht, um ihre Kommunikationsfähigkeiten zu verbessern. Ein Kurs hatte sich mit Kinderliteratur beschäftigt. *Der Wind in den Weiden* war ihr also vertraut.

»Die wahnsinnige Autofahrt ist es wert«, sagte Barbara beschwichtigend. »Ihre Autopsien sind nicht wie die anderen. Er benutzt niemals dasselbe Instrument zwei Mal«, erklärte sie Dorothy. »Wenn er seine Taschen öffnet, um alles vorzubereiten, sieht es aus wie bei einem Skalpellhändler.«

»Und, würden Sie etwas kaufen?«, fragte er.

»Von allem etwas, Sir, auf jeden Fall.«

Er verschränkte die Arme. »Setzen Sie Ihre Maske auf.« Er wandte sich an Dorothy. »Würden Sie heute gerne mit Robbie und mir mitkommen?«

Barbara öffnete den Mund, schloss ihn aber rasch wieder.

»Barbara sollte mitfahren«, sagte Dorothy. »Sie wird genau wissen, was sie zu tun hat, wenn sie schon öfter dabei war.«

Sie schaute gerade zur Tür, um sich wieder zu verabschieden, als diese aufschwang. Eine ältere Frau mit beeindruckend toupierten Haaren platzte herein. Sie ließ ihre Brille an der Kette auf ihren Busen fallen. »Dr. Sabin, ein Telefonanruf für Sie.«

»Sagen Sie ihm, er soll warten. Dr. Horstmann, ich denke, Sie werden feststellen, dass unser Vorgehen einzigartig ist.«

Die Frau rührte sich nicht von der Stelle. »Es ist Dr. Larry Anderson von der Mayo-Klinik.«

»Sagen Sie ihm, ich rufe zurück.«

Die Frau blieb hartnäckig. »Er sagt, es sei dringend. Außerdem hat Mrs. Sabin angerufen. Sie möchte Sie an das Dinner heute Abend mit einem gewissen Dr. Salk nebst Gattin erinnern.«

Auf seinem Weg nach draußen deutete Dr. Sabin auf Dorothy. »Kommen Sie mit mir zur Autopsie.« Er schwieg kurz. »Es sei denn, Sie fühlen sich nicht herzlos genug.«

Ehe sie antworten konnte, war er verschwunden.

Barbara setzte eine Maske auf und widmete sich wieder ihrem Mikroskop, offenkundig fertig mit Reden.

Dorothy wusste nicht, ob sie bleiben oder gehen sollte. »Wie ist es, mit Dr. Sabin zu arbeiten?«

Barbara verdrehte die Augen über dem Rand ihrer Gazemaske. »Er scheint mir sehr ... ehrgeizig zu sein.«

»Man braucht schon sehr viel Ehrgeiz, um Polio zu bekämpfen«, sagte Barbara unerschütterlich.

Dorothys Herz wurde weicher. Die arme Frau musste in ihn verliebt sein. »Verstehen Sie mich nicht falsch. Polio in den Griff zu bekommen, ist eine würdige Motivation. Es motiviert auch mich! Aber er hat noch etwas an sich. Es ist, als würde der Teufel an seine Tür klopfen.« Sie merkte, dass sie die andere Frau beleidigt hatte. Sie milderte ihren Tonfall. »Ich kann ihn mir gut hinterm Lenkrad vorstellen. Er muss ein schrecklicher Autofahrer sein.«

»Sie fahren alle zu schnell zu den Autopsien. Sie sollten erst Dr. Ward sehen.«

»Waren Sie denn schon bei vielen Obduktionen mit ihnen?«

Barbara zögerte einen Moment. »Ja. Bei den meisten.«

»Und dabei sind Sie nur eine Laborassistentin.« Sie spürte förmlich, wie sich Barbaras Nackenhaare sträubten. »Entschuldigen Sie. Ich meinte nicht ›nur‹. Sie sind die Räder, auf denen der Zug rollt. Es ist nur so, dass Laborassistenten normalerweise nicht bei Autopsien dabei sind.«

»Ich habe vor, Medizin zu studieren.«

»Wirklich? Gut! Geben Sie nicht auf. Es wird nicht leicht.«

»Dr. Sabin stellt mir ein Empfehlungsschreiben aus.«

Als wäre das alles, was sie bräuchte. Und vielleicht genügte es tatsächlich, wenn man klug war, aus einer guten Familie kam und der Vorgesetzte ein Auge auf dich geworfen hatte. Auch gut. Man musste sämtliche Möglichkeiten nutzen, die sich einem boten.

Robbie Ward stieß die Labortür auf, als wäre er ein Quarterback, der sich seinen Weg durch die Tackler übers Feld bahnt. »Na, sieh einmal an, Dorothy Horstmann! Ich habe Dr. Sabin im Flur getroffen. Wie ich höre, machen Sie eine Spritztour mit uns.«

»Eigentlich bin ich mir nicht sicher ...«

»Unsinn, natürlich kommen Sie mit. Sabin hat es gesagt.«

»Aber ich habe nicht ...«

»Gewöhnen Sie sich daran, zu tun, was er sagt. Es macht die ganze Sache wesentlich leichter.«

5

Mit einem Tablett voller Cocktailgläser bahnte sich Dr. Sabins Gattin ihren Weg durch den Nebel aus Zigarettenrauch und *Tabu* in ihrem Wohnzimmer. Ihre Haut erinnerte an Porzellan, sie verfügte über gefällige Kurven und wirkte beschwingt. Mit einem bezaubernden Lächeln, das so unbeirrt war wie das einer Puppe, schien sie ihren Mann geflissentlich zu übersehen, der sich gerade über seine Laborassistentin Barbara beugte. Möglicherweise versuchte er nur, Bing Crosby zu übertönen, dessen schmachtende Stimme aus der Musikkommode drang. Vielleicht diskutierten sie lediglich über irgendwelche Laborergebnisse. Aber so, wie Mrs. Sabin die beiden ignorierte, kam es Dorothy vor, als würde die Hausherrin weder das eine noch das andere glauben.

Was für eine peinliche Party! Als Giraffe unter Zebras war sie es gewohnt, allein unter lauter Paaren abseits zu stehen. Es war für sie nichts Neues, allein an den Cocktailwürstchen auf Zahnstochern zu knabbern. Aber dies hier war noch schlimmer. Dieses Mal war der Gastgeber unübersehbar sauer auf sie, und Dorothy hatte kein Lächeln mehr übrig, um ihn umzustimmen.

Wenn sie nur nicht zugestimmt hätte, zur Autopsie mitzukommen! Sie hätte direkt zurück nach Nashville fahren sollen, aber nein, jetzt saß sie hier fest und musste den ersten Zug morgen früh nehmen. Dabei war die Obduktion selbst durchaus interessant gewesen. Sabins Methode, keine Gewebeprobe zu kontaminieren, war ausgesprochen effektiv. Aber die Fahrt zurück nach Cincinnati war unerträglich gewesen.

Sie hatten Clevelands Stadtgrenze noch nicht erreicht, als Dr. Sabin, immer noch grinsend, weil er eine Gruppe Ärzte mit seinem Genie zum Staunen gebracht hatte, sich zu ihr umgedreht hatte. Sie saß auf der Rückbank von Robbies Cabrio, wo sie der Hitze des Sommernachmittags schutzlos ausgesetzt war. »Was denken Sie?«

Sie hielt ihr flatterndes Seidentuch fest. »Über die Autopsie? Was denken *Sie?*«

Sie fing Robbies Blick im Rückspiegel auf.

»Ich denke, ich habe ein weiteres Beweisstück gesammelt, das meine Argumentation untermauert«, sagte Dr. Sabin. »Und ich halte die Ärzte vom Case Western für zweitklassig.«

Stirnrunzelnd warf Robbie einen Blick zum Beifahrersitz. »Warum denken Sie das, Boss?«

Ehe er antworten konnte, sagte Dorothy: »Als wir die Poliostation besucht haben, sah ich einen der Ärzte, der auffallend freundlich zu einem ehemaligen Patienten war. Ein Junge im Teenageralter war zurückgekommen, um ein Mädchen zu besuchen, das er kennengelernt hatte, als sie beide in der Eisernen Lunge lagen. Der Junge hatte sogar eine Rose dabei – er hatte keine Ahnung, dass das Mädchen gestorben war.«

Dr. Sabin lächelte schief. »Für so etwas haben wir Krankenschwestern.«

Sie versuchte, ihr freundliches Gesicht beizubehalten.

»Ich sehe, dass Ihnen das nicht gefällt«, sagte Dr. Sabin. »Aber wenn Ihre Stärke in der Forschung liegt, dürfen Sie Ihre Zeit nicht mit Dingen vergeuden, die andere für Sie erledigen können.«

»Mitgefühl zu zeigen, ist niemals Zeitverschwendung.«

Lächelnd schüttelte er den Kopf. »Ich wusste, dass Sie nicht herzlos genug für die Forschung sind. Ein guter Wissenschaftler muss jede Unze seiner Konzentration auf die vor ihm liegende Aufgabe richten.«

Sie packte ihren Schal fester, der seinen eigenen Kampf gegen den Fahrtwind ausfocht. »Gibt es nicht einen Unterschied zwischen Herzlosigkeit und Zielstrebigkeit?«

Im Rückspiegel machte Robbie große Augen.

Dr. Sabin drehte sich um und schaute nach vorn.

Das Cabrio flog an Maisfeldern vorbei. An einer Kreuzung mit einem Lebensmittelladen in einem weißen Schindelhaus drehte Dr. Sabin sich wieder zu ihr um. »Vielleicht werde ich es bereuen, aber ich hätte Sie gerne in meiner Truppe.«

Im Rückspiegel formte Robbie tonlos mit den Lippen *Wie bitte?*

Als sie nicht sofort antwortete, sagte Dr. Sabin: »Es sei denn, Sie haben für die Zeit nach Ihrer Assistenzzeit bereits eine andere Stelle angenommen.«

Das hatte sie nicht, und sie war verzweifelt. Trotzdem, von ihm ging etwas Unaufrichtiges aus, und sein traulicher Umgang mit seiner Laborassistentin gefiel ihr auch nicht besonders, obwohl es sie kaum schockierte – man brauchte nur irgendeine alleinstehende Krankenschwester zu fragen. Aber welche Wahl hatte sie? Sie brannte darauf, Polio zu besiegen. Sie war es leid, dieser Krankheit mit Quarantäne als einziger Waffe gegenübertreten zu müssen. Da könnte sie genauso gut als Pestärztin mit einem Schnabel voll getrockneter Kräuter und Rosenblätter ihre Runden drehen.

»Wie es aussieht, haben Sie Schwierigkeiten, sich zu entscheiden. Ich werde Ihnen helfen. Vergessen Sie es, ich ziehe mein Angebot zurück.« Er drehte sich so heftig um, dass die Sprungfedern im Sitz quietschten, und ignorierte sie für den Rest der Fahrt nach Cincinnati. Er war immer noch nicht wieder aufgetaut, als er sie bei sich zu Hause absetzte, ehe er noch einmal ins Labor fuhr und rechtzeitig zum Dinner wieder zurückkehrte.

Jetzt fragte Mrs. Sabin sie: »Einen Frozen Daiquiri?«

Dorothy nahm einen Cocktail von Mrs. Sabins Tablett. »Danke.«

Sie führte das Glas an den Mund. Allein der Geruch des Rums versetzte sie zurück in ihre Jugend, und sie sah ihre Mutter vor sich, wie sie einem Gast einen Drink einschenkte. Ihr sanfter Pop ließ die klirrende Bierkiste, die er in die Bar schleppte, wie ein Spielzeug erscheinen.

Ein junges Paar trat näher. »Darf ich?«

Der Geruch von schmutziger Baumwolle stieg vom zerknitterten Anzug des Mannes auf, als er sich ein Glas nahm. Er sah aus wie so viele Forschungskollegen, die Dorothy kannte: ein Babygesicht, halb verhungert und verbissen. Dieser hier schien ein paar Zähne zu viel im Mund zu haben, obwohl er ein breites Grinsen hatte. Doch er hatte eine hübsche Frau, schlank, elegant, fast einen Kopf größer als er – was sie Dorothy auf der Stelle sympathisch machte – und so aufgeweckt, wie er angetrunken war. Das Paar sah aus, als sei es höchstens Mitte zwanzig. Sabin war vermutlich die einzige Person auf dieser Dinnerparty, die älter als dreißig war. Allerdings würde Dorothy noch diese Woche ebenfalls dazugehören.

»Mein Gott, ist der köstlich!« Der Mann nippte an seinem Drink, während seine Frau sich ebenfalls ein Glas nahm. Ihr Parfüm zog an Dorothy vorbei – sie war die Quelle von *Tabu*. »Was sagten Sie, wie man ihn nennt?«

Unter ihrem Lächeln biss Mrs. Sabin die Zähne zusammen, als sei sie fest entschlossen, ihren Mann auf gar keinen Fall anzusehen. Sabin stand immer noch mit Barbara drüben bei der Musikkommode. »Frozen Daiquiri. Man mischt ihn in einem Mixer an. Ich habe ihn im Stork Club in New York getrunken und wollte ihn unbedingt nachmachen.«

»Der Stork Club!« Der Ehemann pfiff anerkennend. »Das ist nicht irgendein Club!«

»Ich war nur einmal dort«, sagte Mrs. Sabin. »Joan Crawford ist an unserem Tisch vorbeigegangen.«

»Joan Crawford!« Die Ehefrau lachte. »Ich habe mich schon immer gefragt, ob ihre Augenbrauen aufgemalt oder echt sind.«

»Das weiß ich nicht. Ich hatte keine Gelegenheit, sie richtig anzusehen. In dem Moment zählte Albert gerade die vielen Fehler in der letzten Veröffentlichung unserer Gastgeber auf.« Sie wollte noch mehr sagen, hielt dann jedoch inne.

»Sylvia, reden Sie schon wieder über Ihren bösen Jungen?« Robbie Ward schlenderte mit einem charmanten Lächeln auf sie zu. Seine Frau hatte sich bei ihm untergehakt. Robbie war ein netter Mann. Ein echter Kumpeltyp, wie Dorothy festgestellt hatte, nachdem sie den ganzen Tag mit ihm verbracht hatte. Kein Wunder, dass Sabin ihn eingestellt hatte. Selbst wenn Robbie jemals eine Entdeckung machen würde, könnte Dr. Sabin ihn problemlos beiseiteschieben und die Lorbeeren einheimsen. Das passierte ständig – ältere Wissenschaftler beanspruchten die Arbeiten ihrer jüngeren Mitarbeiter für sich und setzten ihren Namen unter eine Studie, nur weil sie aus ihrem Labor kam.

»Dr. und Mrs. Ward, Dr. Horstmann, haben Sie Dr. Salk schon kennengelernt?«, fragte Mrs. Sabin, als Robbie sich einen Drink nahm. »Und dies ist seine Gattin, Donna.«

»Ich bin schon seit Jahren ein Bewunderer Ihres Chefs«, sagte Dr. Salk zu Robbie. »Ich habe ihn in Woods Hole kennengelernt, am Biologischen Institut.«

Mrs. Ward fragte Mrs. Salk: »Was führt Sie hierher?«

»Jonas überlegt, ein Stipendium an der University of Michigan anzunehmen, sobald er sein Praktikum im Mount Sinai beendet hat.«

Dorothy starrte auf die gläserne Hirtenfigur auf dem Kaminsims. Die University of Michigan hatte sie sowohl für ein Stipendium als auch eine Festanstellung abgelehnt; eine weitere Erinnerung daran, wie töricht es von ihr gewesen war, Dr. Sabins Angebot nicht sofort anzunehmen.

»Sie haben uns die Reise übers Land zum Vorstellungsgespräch bezahlt«, sagte Mrs. Salk. »Können Sie sich vorstellen, dass Jonas noch nie eine Kuh gesehen hat?«

Dr. Salk grinste entschuldigend und zeigte dabei sämtliche Zähne. »Ich bin ein Stadtjunge. Erste Generation New Yorker.«

»Sie werden mehr als genug Kühe gesehen haben, wenn Sie Ohio verlassen«, sagte Mrs. Ward.

Der junge Arzt und Robbie begannen eine Diskussion über das Studium der Inneren Medizin in Michigan. Die beiden überboten sich damit, den Direktor, der Dorothy abgelehnt hatte, in den höchsten Tönen zu loben. Auf der anderen Seite des Raumes wandte Barbara Johnson sich von Dr. Sabin ab. Er legte ihr eine Hand auf die Schulter und drehte sie wieder zu sich um.

Mrs. Sabin sah es ebenfalls. Sie hob ihr Tablett. »Einen Drink?«, fragte sie Mrs. Ward.

»Nein, danke, Sylvia. Vermutlich hat Robbie noch gar nichts erzählt.« Mrs. Ward wurde rot. »Ich erwarte schon wieder ein Kind.«

Es entstand eine unangenehme Pause.

Mrs. Sabin brach das Schweigen zuerst. »Schon wieder? Nun, das ist ja wunderbar! Wann ist es so weit?«

Dorothy bemerkte die gepresste Heiterkeit in der Stimme ihrer Gastgeberin, und Mrs. Ward errötete erneut. Es musste doch allgemein bekannt sein, dass Mrs. Sabin keine Kinder bekommen konnte.

Beim Essen reichte Robbie den Brotkorb an Donna Salk weiter. »Wo, sagten Sie, haben Sie den alten Sabin kennengelernt?«

Dr. Salk nahm ein Brötchen und strich sich übers Gesicht. Dorothy war erleichtert, denn sie musste die ganze Zeit auf die Nudel starren, die an seinem Kinn klebte. »Woods Hole.« Die Nudel hatte überlebt. »Auf Cape Cod. Im Biologischen Institut.«

»Ja, genau‹, sagte Dr. Sabin. »Damals … wann war das doch gleich?«

»1930.« Die Nudel wackelte. »Ich war zur Hälfte mit dem College durch – mit siebzehn.«

»Sie waren mit siebzehn zur Hälfte mit dem College durch?«, rief Robbie. »Wann sind Sie denn auf die Highschool gekommen?«

»Mit dreizehn. Ich habe drei Klassen übersprungen.« Dr. Salks Frau deutete auf ihr eigenes Kinn, und er wischte sich endlich die Nudel weg. »Ich erinnere mich, dass Dr. Sabin damals Medizin studiert hat. Ich habe gemerkt, dass er ein Genie ist.« Er kicherte. »Ich wollte sein wie Sie«, sagte er zu Dr. Sabin.

Robbie nahm sich noch eine Portion Bœuf Stroganoff. »Sind Sie sicher?«

Alle außer Mrs. Sabin und Barbara Johnson kicherten. Barbara schob eine Gabel voll Fleisch auf ihren Broccoli zu, wobei die blonde Mähne ihr Gesicht verdeckte. Während der ganzen Mahlzeit wirkte sie abgelenkt. Sie antwortete nicht, wenn sie angesprochen wurde, reichte gedankenlos die Servierteller weiter und lachte zu spät über einen Witz. Irgendetwas stimmte nicht mit ihr.

»Was haben Sie mit sechzehn gemacht, Dorothy?«, fragte Mrs. Ward.

Dorothy unterbrach ihre Jagd auf die Gurkenscheiben in der Salatschüssel. »Ich habe Klavierunterricht gegeben.«

Niemand sagte etwas. Nach einer kurzen Pause bemerkte Mrs. Ward: »Wie reizend.«

»Jonas und ich haben uns ebenfalls 1930 in Woods Hole kennengelernt«, sagte Mrs. Salk.

»Ja«, sagte ihr Mann mit seinem albernen Grinsen, »aber ich wollte nicht sein wie *du*!«

Mrs. Salk lächelte nachsichtig, als die Männer lachten. »Aber du hast meinem Vater ganz schön zugesetzt, um mich zu bekommen.«

»Stimmt.« Dr. Salk nahm einen Schluck Wasser. »Ihr Vater wollte nicht, dass ein armer Schlucker wie ich seinen ganzen Stolz heiratet. Er ist ein bekannter Zahnarzt in New York, und ich war nur irgendein *Schmock*, der als Erster aus der Familie einen Collegeabschluss hatte. Ihr Vater hat unserer Heirat erst zugestimmt, als ich mein Medizinstudium abgeschlossen hatte – auf den Hochzeitseinladungen sollte entweder ›Dr. Salk‹ oder gar nichts stehen. Außerdem bestand er darauf, dass ich mir einen zweiten Namen für die Einladung ausdenke.«

»Edward«, sagte seine Frau.

»Wie ein englischer König.« Dr. Salk lachte gutmütig.

Robbie stocherte in seinem Essen. »Sie haben eigentlich keinen zweiten Vornamen?«

»Keinen englischen.« Er zuckte die Achseln. »Vermutlich klang ich in den Ohren meines Schwiegervaters nicht amerikanisch genug. Keinen zweiten *Goi*-Namen zu haben, verrät einen als jüdischen Immigranten. Mir macht es nichts aus, für einen ›neuen Mann‹ gehalten zu werden – ich bin sogar ein wenig stolz darauf –, aber meinem Schwiegervater behagt es offenkundig nicht.«

Vom Kopfende des Tisches aus starrte Dr. Sabin ihn ablehnend an.

Mrs. Ward sagte: »Sylvia erzählte mir, dieses Haus sei Teil der Underground Railroad gewesen.«

Das schien Mrs. Salk zu gefallen. Auch Barbara blickte auf.

»Das sagt man zumindest.« Dr. Sabin stieß ein Stück Fleisch in seine Nudeln. »Entlaufene Sklaven konnten vom Fluss bis zum Bach im Wald am Ende unseres Grundstücks gelangen. Wir sind nur eine Meile von Ohio entfernt.«

Mrs. Ward schüttelte den Kopf. »Denken Sie nur an die Schrecken und die Tapferkeit, die dieser Ort gesehen hat!«

»Manchmal, wenn ich abends allein bin, kann ich es spüren. Ich glaube, dass schreckliche Ereignisse ihre Spuren an einem Ort hinterlassen.« Mrs. Sabin schaute zu ihrem Gatten. »Aber vielleicht rührt es gar nicht daher.«

Ihr schimmerndes Haar schwang nach vorn, als Barbara Johnson ihren Stuhl auf dem Teppich zurückschob und aufstand. »Bitte entschuldigen Sie mich.«

Jeder sah ihr nach, als sie aus dem Raum eilte. Dorothy kam der unangenehme Gedanke, ob die Frau schwanger sein könnte.

Mit fester Stimme fragte Mrs. Sabin: »Arbeiten Sie zurzeit an einer wissenschaftlichen Veröffentlichung, Dr. Salk?«

Erstaunen, Freude und zum Schluss Kummer zeigten sich auf dem eifrigen Gesicht des jungen Mannes. »Ich arbeite daran. Ich weiß, ich weiß – als Dr. Sabin in meinem Alter war, gingen schon eine ganze Reihe Aufsätze auf sein Konto.«

»Vier«, sagte Dr. Sabin, »wenn Sie sechsundzwanzig sind.«

»Ich bin achtundzwanzig, und ich habe zwei Veröffentlichungen«, sagte Robbie. »Na ja, eineinhalb.« Er sah Dorothy an. »Und Sie?«

»Ich will nur eine Anstellung«, sagte sie.

Dr. Salk und Robbie lachten. Sie konnten sich nicht vorstellen, dass sie keinen Witz machte.

Dr. Salk spießte ein Stück Fleisch auf. »Was halten Sie von den Arbeiten von Dr. Paul und Dr. Trask zu Polio?«

»Albert«, sagte Mrs. Sabin, »sind das nicht die Herren aus Yale, die mit uns in den Stork Club gegangen sind?«

Robbie griff nach dem Brotkorb. »Trask und Paul veranstalten den reinsten Werbezirkus. Sie reisen im Land herum und sammeln Abwasser und tote Fliegen, sobald es irgendwo einen Polioausbruch gibt. Sie haben einen Haufen kranker Kinder? Rufen Sie die Männer aus Yale!«

Dorothy machte sich im Geiste eine Notiz: Lebenslauf fertig machen und die Männer aus Yale anrufen.

»Soweit ich weiß, sind die beiden wohlhabend und unabhängig«, sagte Dr. Salk über das Kratzen des Bestecks auf dem Porzellan hinweg. »Sie schlendern mit ihren Probenfläschchen durch die Gassen, als wären sie junge Burschen auf den Anwesen ihrer Familien, die Schmetterlinge einfangen und Vogeleier sammeln. Ich für meinen Teil versuche, mich so fern wie möglich von Abwässern und toten Fliegen zu halten. Als Kind hatte ich mehr als genug davon.«

Die Wards lachten verlegen.

Was hatte sie schon zu verlieren? Sabin hasste sie bereits. »Wir haben es heute gemacht«, sagte Dorothy. »In Cleveland.«

Alle schwiegen verdutzt.

»Sie haben Abwasserproben gesammelt?« Dr. Salk grinste, als würde er glauben, sie mache einen Scherz.

»Ja, tatsächlich, das haben wir. Und Fliegen. Werden Sie Ihre Ergebnisse mit Dr. Trask und Dr. Paul teilen?«, fragte sie Sabin.

Das Ticken der Standuhr in der Ecke war plötzlich überdeutlich zu hören. Robbie schaute zu Dr. Sabin und platzte heraus: »Albert und ich untersuchen das Vorkommen von Polioviren im Abwasser.«

»Wir stehen noch am Anfang«, sagte Dr. Sabin rasch. »Ganz am Anfang.«

Robbie runzelte die Stirn, als sähe er das anders. »Wir werden mehr aus den Daten herausholen, als Trask und Paul sich je hätten träumen lassen. Sie berichten lediglich, ob sie Polioviren in ihren Proben gefunden haben, um die Ausbrüche nachzuverfolgen. Wir dagegen werden sie benutzen, um zu zeigen …«

»Haben Sie schon von Sister Kenny gehört?«, fragte Dr. Sabin niemanden Bestimmtes. »Ein Arzt der Mayo-Klinik, ein gewisser Dr. Anderson, rief mich heute an, um mir von ihr zu erzählen.«

Robbie blinzelte, sah ihn stirnrunzelnd an und schwenkte dann um. »Sister Kenny?« Er strich Butter auf sein Brötchen.

»Sie ist Krankenschwester im australischen Sanitätskorps«, sagte

Dr. Sabin. »Offenbar ist sie in unser Land gekommen, um uns zu erklären, dass wir unsere Poliopatienten allesamt falsch behandeln. Sie hat eine neue Methode.«

»Ich habe schon von ihr gehört.« Dr. Salk fletschte regelrecht die Zähne. »Sie war vor kurzem in New York, an meinem Krankenhaus. Eine Frau, die uns Ärzten erzählt, was wir zu tun haben! Ich kann Ihnen voller Stolz mitteilen, dass man sie umgehend hinausgeworfen hat.«

»Wie sieht ihre Behandlung aus?«, fragte Robbie.

Dr. Salk wedelte mit seiner Gabel herum. »Die Patienten werden nicht mehr eingegipst. Keine Schienen oder Verbände, um die Gliedmaßen oder den Rücken davon abzuhalten, sich zu verdrehen. Stattdessen legt sie heiße, nasse Wollpackungen auf die gelähmten Stellen. Sie glaubt, dass die Lockerung der gelähmten Muskeln die Patienten heilen wird, können Sie sich das vorstellen?« Er schaute zu Dr. Sabin, damit dieser in seine rechtschaffene Empörung einstimmte, und schaufelte weiter Nudeln in sich hinein.

»Diese *Sister* glaubt, sie könnte sich über jahrelange Erfahrung hinwegsetzen und mir nichts, dir nichts die Standardbehandlung auf den Kopf stellen?«, fragte Robbie.

Der Schaden war bereits angerichtet. »Das müsste Ihnen doch gefallen«, sagte Dorothy zu Dr. Sabin. »Führen Sie nicht genau aus diesem Grunde Ihre Obduktionen durch?«

»Was für Obduktionen?«, fragte Dr. Salk.

»Dr. Sabin geht einer Theorie nach, wie das Poliovirus in den Körper gelangt«, sagte Dorothy.

»Ach?« Dr. Salk schaute zwischen ihr und Dr. Sabin hin und her. »Wie gelangt es denn hinein? Etwa nicht durch die Nase?«

Dr. Sabin starrte sie an.

Diese Männer. Man sollte doch meinen, dass der Sieg über Polio ihnen wichtiger wäre als ihre Revierkämpfe.

Mit bleichem Gesicht kehrte Barbara an den Tisch zurück. Hatte sie sich übergeben?

»Jonas«, fragte Dr. Sabin, »wer sorgt im Moment im Rockefeller Institute für Furore?«

Die Männer spielten noch eine Runde Wer-kennt-wen, während die Unterhaltung ihrer Gattinnen sich um die Frage drehte, welche Sehenswürdigkeiten sich die Salks zwischen Cincinnati und Ann Arbor unbedingt anschauen sollten. Dorothy passte weder zur einen noch zur anderen Gruppe und nahm sich noch etwas Stroganoff. Als sie hörte, dass Barbara Johnson das Haus durch die Küche verließ, ohne sich zu verabschieden, horchte sie auf.

»Was ist denn mit Barbara los?«, fragte Mrs. Ward.

Dr. Sabin unterbrach Dr. Salk mitten im Satz. »Anscheinend hat sie heute eine kontaminierte Gewebeprobe berührt.«

Alle hörten auf zu reden.

»Sie hatte direkten Kontakt.«

Robbies Haaransatz schoss nach oben. »Mit welchem Typ?«

»Dem aus Cleveland.«

Die beiden Männer starrten sich über den Tisch hinweg an. Dorothy spürte, dass Dr. Salk sie auf der Suche nach einer Erklärung ansah.

Mit dünner Stimme fragte Mrs. Ward: »Kann man auf diesem Weg Polio bekommen?«

Nach einem langen Moment des Schweigens faltete Mrs. Salk ihre Serviette zusammen, stützte die Ellenbogen auf den Tisch und beugte sich zu Mrs. Sabin. »Erzählen Sie mir mehr von der Underground Railroad. Glauben Sie, dass jemals Sklaven auf ihrer Flucht durch diese Räume hier gekommen sind?«

6

New Haven, Connecticut, 1941

Vom Glockenturm auf der anderen Seite des Campus drang Musik durch die Koppelfenster – Weihnachtsmusik, obwohl es erst der vierte Dezember war. Vor sechsundsechzig Minuten hatte eine Frau mittleren Alters mit Tweedrock und Perlenkette Dorothy stirnrunzelnd in das prächtig getäfelte Arbeitszimmer geführt, in dem es nach Pfeifentabak mit Kirscharoma und Büchern roch, und sie dann allein gelassen.

Dorothy war nicht an die Gepflogenheit der Ostküstenbewohner gewöhnt, ihre Räume auf die Oberflächentemperatur des Merkur aufzuheizen, sobald es draußen kalt wurde. Jetzt schwitzte sie in ihrem Herren-Kamelhaarmantel – dem einzigen Mantel, der lang genug für sie war. Innerhalb einer Stunde hatte sich ihre Gefühlslage komplett gewandelt. Angefangen mit der Erleichterung, gerade noch rechtzeitig diese Gelegenheit für ein Vorstellungsgespräch in Yale bekommen zu haben, dann Stolz über die Einladung, gefolgt von Besorgnis, dass die verspätete Ankunft ihres Gesprächspartners wenig Gutes verhieß, bis zu Scham, weil sie sich überhaupt hier bewarb. Natürlich hatten sie es sich noch einmal anders überlegt. Sie war töricht gewesen, etwas anderes zu glauben. Sie wusste, wer sie war.

Die Tippgeräusche im Vorzimmer verstummten. Sie hörte Stimmen, dann betrat ein Gentleman das Arbeitszimmer. Er ließ sich so schwungvoll in den Ledersessel hinter dem Schreibtisch fallen, dass seine Robe sich aufblähte. »Bitte verzeihen Sie, dass Sie warten mussten.«

Dorothy sprang auf und reichte ihm die Hand, wie ein Mann es getan hätte, wenn sein Vorgesetzter den Raum betrat.

Der Gentleman stand ebenfalls langsam wieder auf und legte den Kopf in den Nacken, als hätte man ihm vor dem Empire State Building eine Augenbinde abgenommen. Mit missmutiger Miene schüttelte er ihr die Hand. »Francis Blake. Setzen Sie sich.«

Sie setzte sich. *Lächle. Lächle, als wärst du nicht Henry Horstmanns Tochter.*

Mit einem Grunzlaut ließ er sich erneut nieder. Im Sonnenlicht, das zusammen mit den Weihnachtsliedern durch die bleiverglasten Fenster drang, glänzte sein schwarzes Haar. Es klebte von der Pomade so flach auf seinem schmalen Kopf, dass es wie aufgemalt wirkte. »Sie hatten Dr. Paul erwartet.«

»Ja.«

Sie war auf Dr. Pauls Einladung hergekommen. Sobald sie aus Cincinnati nach Hause gekommen war, hatte sie ihm geschrieben. Zu ihrem Erstaunen hatte er ihr geantwortet.

Er wollte mehr über ihre pädiatrische Ausbildung wissen, insbesondere über ihre Erfahrung bei der Behandlung von Poliopatienten. Ihre Antwort hatte einen weiteren Brief zur Folge, in dem er sie um ihre Ansichten zum Nutzen von Antikörperserum und Nasenspray fragte. Als sie ihm schrieb, dass sie weder das eine noch das andere für besonders sinnvoll hielt, hatte er sie angerufen. Er erklärte, er halte es für klüger, eine Möglichkeit zu finden, diese Seuche zu *kontrollieren*, anstatt sie *heilen* zu wollen. Und das, sagte er, sei Aufgabe der klinischen Ärzte, die die Krankheit am besten kannten. Ob sie sich nicht für ein Stipendium bewerben wolle?

Sie hatte sofort zugesagt.

Ein Treffen mit ihm zu arrangieren, war allerdings nicht einfach gewesen. Die Mitglieder der Polioeinheit von Yale waren ständig damit beschäftigt, Ausbrüchen im ganzen Land nachzujagen. Erst nach mehreren Monaten, in denen immer wieder Treffen aufgrund seiner Notfalleinsätze abgesagt worden waren, hatten sie diesen Termin vereinbart, und keinen Moment zu früh. Ihre Zeit als Assistenzärztin am Vanderbilt, die wundersamerweise bereits um sechs Monate verlängert worden war, würde in drei Wochen enden. Dr. Morgan musste zwar widerwillig zugeben, dass sie keine totale Katastrophe war, doch er hatte seine Grenzen.

Jetzt sagte Dr. Blake: »Dr. Paul ist nicht hier.«

Dorothy wartete auf weitere Erklärungen. *Sag einfach nichts. Gib ihnen Zeit, und die Leute erzählen dir schon, was du wissen musst, wenn du einfach nur den Mund hältst. Menschen mögen es nicht, wenn man schweigt.*

Dr. Blake verschränkte die Arme und runzelte die Stirn. »Sie sind groß.«

Sie nickte.

»Wie groß sind Sie?«

»Einen Meter fünfundachtzig. Darf ich Ihnen meinen Lebenslauf zeigen?« Sie zog ihn aus ihrer Aktentasche und hielt ihm die Papiere entgegen.

Er bedeutete ihr, sie auf den Schreibtisch zu legen, dann nahm er einen Brieföffner mit Elfenbeingriff in die Hand. »Dr. Paul wurde zu einem Grippeausbruch in New Jersey gerufen. Trask ist mit ihm gefahren. Wir untersuchen nicht nur Polio, wissen Sie.«

»Soll ich noch einmal wiederkommen?«

»Nein.« Er ließ den Brieföffner zwischen den Fingern hin- und herschwingen wie einen Schlagstock. »Er hat mir die Entscheidung überlassen.«

Sie spürte, wie ihre Hoffnungen sich zerschlugen. Sie lächelte noch fester.

»Ich habe einmal eine Frau eingestellt. Vor drei Jahren.« Der Brieföffner fiel klappernd auf das polierte Holz. Er hob ihn wieder auf. »Sie hat sich in einen Studenten verliebt und meine Abteilung blamiert. Ich bin nicht geneigt, noch einmal das Risiko einzugehen, eine Frau einzustellen.«

Dorothy wurde in ihrem Mantel noch heißer. Sie sah ihre Chancen auf diesen Job schwinden, auf jeden Job. »Und wenn ein Mann einen ähnlichen Fehler macht? Stellen Sie dann auch nie wieder einen Mann ein?«

»Wie bitte?«

»Würden Sie nicht viel mehr davon ausgehen, dass es ein Fehler dieses speziellen Mannes war, und zur Tagesordnung übergehen? Doch wenn eine Frau etwas falsch macht, wird es fünfzig Jahre lang nicht vergessen. Jede andere Frau wird verdächtigt.«

Er hörte auf, mit dem Brieföffner herumzuspielen. »Ich kann nicht behaupten, dass mir Ihre Haltung gefällt.«

Seine gefiel ihr genauso wenig. Sie stand auf. »Ich danke Ihnen für Ihre Zeit, Dr. Blake.« Sie dachte daran, ein Lächeln hinzuzufügen.

»Es tut mir leid, dass Sie Ihre Zeit vergeudet haben. Guten Tag.« Er beschäftigte sich mit ein paar Papieren.

Sie stand vor seinem Schreibtisch. Egal, ob er sie mochte oder nicht, dies hier war ihre letzte Chance. Zu diesem späten Zeitpunkt hatte sie nichts anderes in Aussicht, nicht einmal an der medizinischen Fakultät in San Francisco mit ihrer kleinen Forschungsabteilung. Ihre ganze Ausbildung, die Entbehrungen, die sie auf sich genommen hatte, all ihre Hoffnungen, ihre Familie unterstützen zu können, und ihr Versprechen an die Kinder, die litten oder – sie zuckte zusammen – gestorben waren, wären umsonst gewesen.

»Mir tut es ebenfalls leid. Dr. Paul hat mir erzählt, dass der Schwerpunkt Ihrer Polioforschung auf der Prävention liegt. Ich hielt das für eine interessante Strategie, im Gegensatz zur Konzentration auf die Behandlung. Ihr Ansatz könnte sich auch für die Entwicklung eines Impfstoffs eignen – aber in dem Punkt bin ich vielleicht auch zu sehr durch meine Zusammenarbeit mit Albert Sabin beeinflusst. Es wäre ein anderer Weg, der Poliomyelitis vorzubeugen.«

Er schaute auf. »Sie haben mit Dr. Sabin zusammengearbeitet?« Er schnappte sich ihren Lebenslauf und blätterte ihn durch. »Davon sehe ich hier nichts.«

»Ich habe ihm in diesem Sommer bei einer seiner bemerkenswerten Obduktionen in Cleveland assistiert.«

»Sie kennen Dr. Sabin?«

»Ja. Ich hatte sogar das Vergnügen, mit ihm und anderen Kollegen bei ihm zu Hause zu Abend zu essen, und habe einige Zeit in seinem Labor verbracht. Ich überlege, auf seine Bitte hin in der Kinderklinik in Cincinnati anzufangen.« Alles davon enthielt ein Körnchen Wahrheit.

Dr. Blake zog ein Blatt Papier aus dem Stapel auf seinem Schreibtisch und legte es Dorothy vor. »Das hier geht gleich Anfang des Jahres in Druck. Lesen Sie.«

TIME Magazine, für die Ausgabe vom 4. Januar 1942

Wissenschaftler haben möglicherweise herausgefunden, wie sich die Kinderlähmung verbreitet. Die gewöhnliche Stubenfliege überträgt nach Aussage der hochkarätigen Polioforscher Albert Bruce Sabin und Robert Ward von der Cincinnati University die Krankheit. In ihrem Aufsatz über Polio, der vor vierzehn Tagen in der *Science* erschienen ist, schildern sie, wie sie und die Yale-Experten John Rodman Paul und James Bowling Trask den Sommer damit verbracht haben, Fliegen zu fangen; eine Arbeit, die vielleicht helfen wird, die Poliomyelitis endlich unter Kontrolle zu bekommen.

Im letzten Juli und August, während der Polioausbrüche im ländlichen Connecticut und Alabama sowie in Cleveland und Atlanta, fingen die Ärzte in den betroffenen Gebieten Tausende Fliegen. Sie zermahlten die Insekten in sterilem Wasser oder Äther und verabreichten die Mischung Affen im Futter, als Injektion oder als Nasentropfen. Die Affen erkrankten an Polio.

Sie konnte Dr. Blakes Verärgerung spüren, als er in seinem Sessel herumrutschte. Sie sprang zum letzten Absatz.

Dr. Sabin wies darauf hin, dass diese Entdeckung endlich das alte Rätsel lösen könnte, warum Polio vor allem im Sommer auftritt. Und sie untermauert frühere Theorien, laut denen die Krankheit vom Verzehr kontaminierter Lebensmittel herrührt.

»»Hochkarätiger Polioforscher««, schnaubte Dr. Blake. »Als wäre Sabin der Sprecher für alle, die sich bemühen, Polio zu bezwingen. Dr. Paul und Dr. Trask arbeiten schon seit vier Jahren an der Frage, ob Stubenfliegen Polio übertragen. Sie haben Aufsätze zu ihren Forschungen im *JAMA* und in der *Science* veröffentlicht, und jetzt drängelt Sabin sich vor und schafft es in die internationalen Schlagzeilen. Als hätte er auch nur eine einzige Fliege gefangen.«

»Aber das hat er tatsächlich. Ich habe ihm und Dr. Ward im Sommer geholfen, ein paar Exemplare zu sammeln.«

»Was hat er vor?« Dr. Blakes Blick hinter den Brillengläsern wurde schärfer. Sie hatte diesen Schimmer schon früher gesehen – auf den Gesichtern von Männern am Tresen, wenn sie Pläne schmiedeten, während Pop das Geschirr spülte und Dorothy Comics las.

»Ich glaube, Dr. Sabins Interesse an Stubenfliegen hat etwas mit seinen Forschungen zum Einfluss des Poliovirus auf das Darmgewebe zu tun.«

»Ja und?«

Dr. Sabin wollte seine Arbeit offenkundig geheim halten, aber sie hatte herausgefunden, welche Spur er verfolgte. War sie verpflichtet, Stillschweigen darüber zu bewahren? War es überhaupt richtig, den Mund zu halten? Sollten nicht alle ihr Wissen bündeln, um auf dasselbe Ziel hinzuarbeiten – Polio zu besiegen? Sie fuhr fort.

»Fliegen bringen die Krankheitserreger aus dem Kot, in dem sich das Poliovirus befindet, auf Lebensmittel, die von Menschen aufgenommen werden. Anschließend vermehrt sich das Virus im menschlichen Darm. Das deutet darauf hin, dass das Poliovirus durch den Mund in den Körper gelangt.« Plötzlich hatte sie das Gefühl, in ihrem monströsen Mantel zu schmelzen.

»Ich habe seinen Aufsatz gelesen«, sagte Dr. Blake. »Wenn das der Fall wäre, wie gelangt das Virus dann vom Darm in das zentrale Nervensystem, um den Patienten zu lähmen? Wie gelingt ihm der Sprung in die Nervenbahnen? Was ist das fehlende Glied?«

»Das ist die Millionen-Dollar-Frage.«

Sie musste raus aus diesem Zimmer und diesem Mantel. »Vielen Dank für Ihre Zeit.« Sie wandte sich zum Gehen.

»Nein. Warten Sie.«

Sie blieb stehen und widerstand dem Drang, sich den Kragen zu lockern.

»Vielleicht könnten Sie etwas Aufmerksamkeit auf unsere Arbeit in der Poliogruppe lenken. Trask und Paul mögen kein Interesse daran haben, Schlagzeilen zu machen, aber unseren Spendern gefällt es. Interessieren Sie sich für Schlagzeilen, Miss – Verzeihung, Dr. Horstmann?«

»Ich interessiere mich dafür, Polio zu besiegen, Dr. Blake. Ich interessiere mich dafür, einen Durchbruch zu schaffen, mit allem, was dazu nötig ist. Und Durchbrüche sorgen oft für Schlagzeilen.«

»Sie haben recht.« Sein glatter Haarschopf bewegte sich, als er die Stirn runzelte. »Vielleicht passen Sie doch ganz gut in die Poliogruppe.«

»Ich würde sehr gerne mit Dr. Paul und Dr. Trask zusammenarbeiten, aber wenn das nicht möglich ist …«

»Es wäre durchaus möglich. Dr. Paul hat sich sehr für Sie ausgesprochen.«

Es war nicht gut, zu eifrig auszusehen und ihn zu verschrecken. Sie wartete auf sein Angebot.

»Wären Sie bereit, zu reisen?«, fragte Dr. Blake. »Paul und Trask wissen nie, wo sie an einem bestimmten Tag sein werden. Sie gehen dorthin, wo Polio ist. Es ist keine Arbeit für eine Ehefrau oder Mutter.«

»Ich bin weder das eine noch das andere.« Sie ignorierte den winzigen Stich. »Und ich habe auch nicht vor, daran etwas zu ändern.« Ihr Herz schlug heftiger bei der Vorstellung, am Bahnsteig einen rumpelnden Zug einfahren zu sehen oder die Treppe zu einem wartenden Flugzeug hinaufzusteigen. »Ich wollte schon immer reisen.«

»Dann, denke ich, sind wir uns einig. Wie klingt eine Stellung als Stipendiatin des Commonwealth Fund im Bereich für Präventivmedizin an der Medizinischen Fakultät?«

»Sehr gut, Sir.«

»In vier Wochen fangen Sie an. Am dritten Januar.«

Am liebsten wäre sie zu Boden gesunken und hätte geweint. Rettung in letzter Sekunde! Sie hielt ihre Stimme ruhig. »Das passt mir ausgezeichnet.«

Er reichte ihr die Hand. Verstohlen wischte sie ihre verschwitzte Hand an ihrem Mantel ab, bevor sie sie schüttelte. Seine Hand war so weich, dass sie in ihrer zu zerfließen schien. Diese Hand hatte noch nie im Leben einen Wischlappen ausgewrungen oder Gläser gespült.

Noch während sie Dr. Blake die Hand schüttelte, überkam sie das Bedürfnis, Pop auf der Stelle alles zu erzählen. *Ich werde reisen, Pop! Ich werde die Kinderlähmung bekämpfen! Ich bin in*

Yale, Pop, Yale! Mutter würde es ihm zwar immer wieder erklären müssen, doch Dorothy sehnte sich danach, jeden Zoll seines Gesichts zum Strahlen zu bringen.

»Sagen Sie«, sagte Dr. Blake, »an diesem Wochenende findet eine Poliomyelitis-Konferenz statt. Sie beginnt Freitag, also morgen. Würde es Ihnen etwas ausmachen, hinzugehen? Sie könnten für uns die Augen und Ohren aufsperren. Man tagt im Waldorf.«

Im Waldorf Astoria? Dem Schlupfwinkel von Königen und Berühmtheiten?

»Sabin wird auch dort sein.«

Sie blinzelte nicht. »Ich hätte großes Interesse.«

»Gut. Ich werde Mrs. Beasly bitten, alles zu arrangieren.« Er griff zum Telefon und rief sie herein.

»Bringen Sie uns Aufmerksamkeit, Dr. Horstmann«, sagte er, als sie auf die Sekretärin warteten. »Aber von der richtigen Sorte.« Er griff erneut nach dem Brieföffner. »Ich fürchte, Sabin wird einiges von der falschen Sorte bekommen, falls die Geschichte mit diesem Mädchen je publik wird.«

»Mit was für einem Mädchen?«

»Seiner Laborassistentin. Sie haben versucht, es unter den Teppich zu kehren, aber solche Dinge kommen am Ende immer heraus.« Er sah ihren Gesichtsausdruck. »Wussten Sie es nicht? Das arme Ding hat sich in seinem Labor mit Polio infiziert, nachdem es mit einem lebenden Virus in Kontakt gekommen ist. Seitdem ist sie komplett gelähmt und wird den Rest ihres Lebens im Rollstuhl verbringen.«

7

New York, New York, 1941

Was drei Tage doch ausmachten! Am Donnerstagmorgen war Dorothy noch eine Außenseiterin gewesen, die in ihrem Herrenwollmantel schwitzte. Am Sonntagnachmittag scharrten ihre runderneuerten Absätze über den kastanienbraunen Plüschteppich der Treppe vom Bull & Bear Restaurant im Waldorf. Zugegeben, sie hatte das billigste Gericht auf der Mittagskarte genommen, Welsh Rarebit, was zwar exotisch klang, sich aber lediglich als getoastetes Käsesandwich entpuppte. Jetzt hallten ihre Schritte vom farbenfrohen Bodenmosaik im Foyer des Waldorf wider. Der Rosenduft eines Blumenstraußes, der groß genug war, um eine ganze Badewanne zu füllen, folgte ihr von seinem Platz auf der Marmorsäule bis zu den Fahrstuhltüren. Sie drückte auf den Knopf.

Damen mit Hüten, die mehr kosteten, als sie im Jahr verdiente, schwebten an ihr vorbei. In den letzten drei Tagen der Virus-Konferenz hatte sie mehr Pelze an Frauen gesehen als an Tieren im Zoo von San Francisco. *Bleib ruhig,* sagte sie sich. *Tu so, als seist du daran gewöhnt. Dies ist Amerika; hier kannst du sein, wer immer du behauptest zu sein – du musst nur verrückt genug sein; bereit, hart genug zu arbeiten; und entschlossen genug, auf keinen Fall zurückzublicken.*

Die auf die Messingtüren aufgeprägten Art-déco-Damen glitten auseinander. »Die Etage, bitte«, sagte der Liftboy.

Dorothy betrat die Kabine. Das »Neunundzwanzigste« blieb ihr jedoch im Halse stecken. Neben dem Weihnachtskranz an der auf

Hochglanz polierten Vertäfelung der Rückwand stand der echte Laurence Olivier.

Steifbeinig betrat sie die Kabine. Sie war sich nur zu bewusst, dass sie ihr gutes Wollkleid bereits den vierten Tag in Folge trug. Auf einer Konferenz mit lauter Wissenschaftlern war das vollkommen in Ordnung, denn die bemerkten einen zerknitterten Kragen oder einen abgetupften Ketchupfleck nicht einmal, heulten aber auf, wenn man unter dem Mikroskop die Gewebeprobe einer Bauchspeicheldrüse mit der einer Gallenblase verwechselte. Doch für eine Begegnung mit dem König der Bühne und des Lichtspielhauses war es ganz und gar unpassend. Die Leute behaupteten, das Waldorf Astoria, das höchste Hotel auf der Welt, sei ein aufeinandergestapeltes Beverly Hills, und das stimmte. Hier stand sie jetzt also mit Laurence Olivier in einem der Fahrstühle.

Trug er Wimperntusche?

Eine einzelne dunkle Locke fiel ihm in die berühmte Stirn. »Guten Abend.« Seine Stimme war noch genauso voll und melodiös wie damals, als er den gequälten Heathcliff in *Sturmhöhe* gespielt hatte. Sie ging Dorothy direkt ins Mark. Er lächelte. »Sie sind aber groß.«

»Ja, das bin ich.«

»Halten Sie bitte die Tür auf!«, rief eine Frau.

Verblüfft sah sie Sylvia Sabin herbeieilen, wohlgeformt und mit cremezarter Haut in einem roten Wollmantel.

Dorothys Gesicht wurde heiß. Dr. Sabin hatte sie auf der Konferenz ausgewählt, hatte sie ständig an seiner Seite behalten und sie überall vorgestellt, als wäre sie sein Schützling und als hätte es nie ein Zerwürfnis gegeben. Sie kannte Männer wie ihn. Das alles gab es nicht umsonst.

»Neunundzwanzigste«, sagte Mrs. Sabin zum Liftboy. Sie blinzelte Dorothy an. »Sie sind doch Dr. Horstmann, richtig?«

»Welche Etage, bitte?«, fragte der Liftboy erneut.

Bevor Dorothy antworten konnte, betrat noch jemand die Fahrstuhlkabine, und ein Hauch von *Tabu* wehte herein.

»Achtundzwanzigste, bitte.« Donna Salk, hutlos, atemlos und voller Energie, die von ihrer engen Schößchenjacke kaum gebändigt werden konnte, wich zurück. »Sylvia? Dr. …«

»Horstmann«, sagte Mrs. Sabin.

»… Dr. Horstmann!« Mrs. Salk legte eine Hand an ihren Hals. »Das ist ja fast wie ein Klassentreffen!«

Dorothy nannte dem Liftboy ihre Etage. Die Kabine setzte sich in Bewegung.

Mrs. Salk ignorierte den König mit der Kinnspalte, der nur vier Fuß hinter ihr stand. »Wie wunderbar, Sie beide zu sehen! *Sie* sind natürlich hier, Sylvia, Albert ist ja der Star auf der Virus-Konferenz. Und Dr. …«

»Horstmann«, sagte Mrs. Sabin.

»Dr. Horstmann … nun! Haben Sie beide viel zu tun in der Stadt?«

»Ich habe früher hier gelebt«, sagte Mrs. Sabin kühl.

»Ah, richtig«, sagte Mrs. Salk. »Ihr Gatte war ja am Rockefeller Institute. Mein Vater hatte seine Praxis in Manhattan. Als ich aufwuchs, hat Mutter immer darauf bestanden, hier zu wohnen, wenn wir zum Einkaufen in die Stadt kamen.« Sie seufzte. »Ich dachte, ich hätte genug von diesem Ort. Dieser ständige Krach – klappernde Essenswagen in den Fluren, lachende Leute vor der eigenen Tür, Taxis, die Tag und Nacht in den Straßen hupen. Man sollte meinen, für das Geld könnten sie wenigstens bessere Fenster einbauen, damit man nachts schlafen kann. Verzeihung«, sagte sie zum Liftboy. »Ich wollte Ihren Arbeitgeber nicht beleidigen.« Sie wandte sich wieder an Mrs. Sabin. »Aber jetzt, wo wir nach Michigan ziehen, kann ich den Gedanken plötzlich nicht ertragen, das alles zu verlassen.«

»Ihr Gatte hat das Stipendium also bekommen?«, fragte Mrs. Sabin.

»Ja. Jonas ist ganz angetan. Er bewundert Tom Francis. Sie sind entschlossen, einen Impfstoff gegen die Grippe zu finden.« Mrs. Salk bedachte Dorothy mit einem aufmunternden Lächeln. »Und Sie sind hier, weil …«

Hinter ihr räusperte Laurence Olivier sich. Selbst das war wohlklingend.

Mrs. Salk drehte sich zu ihm um. »Sie sollten diese Frau kennenlernen, Mr. Olivier.«

Dorothy wappnete sich. Saß ihr Haar?

»Ihr Gemahl ist Albert Sabin.«

Dorothy schluckte ein Lachen herunter. Sie hatte tatsächlich gedacht … *Du liebe Güte, deine neue Arbeit ist dir schon zu Kopf gestiegen.*

»Er ist der berühmte Polioforscher«, fuhr Mrs. Salk fort. »Sie haben vielleicht in der *Time* oder in den Zeitungen von ihm gelesen.«

Sobald er im Mittelpunkt stand, schien Laurence Olivier regelrecht anzuschwellen. »Albert Sabin. Ich habe ihn kennengelernt. Wir haben beide auf einer Wohltätigkeitsveranstaltung des March of Dimes in Washington eine Rede gehalten.«

Der Fahrstuhl hielt an. »Achtundzwanzig«, sagte der Liftboy.

»Bye, Sylvia!« Mrs. Salk winkte, als sie ausstieg. »Bye, Mr. Olivier! Bye, Dr. …«

»Horstmann«, intonierte Laurence Olivier.

Die Tür schloss sich, die Kabine fuhr rumpelnd weiter.

»Wird er demnächst eine Impfung gegen Kinderlähmung entwickeln?«, fragte Laurence Olivier. Die Stimme Gottes. Er hatte die Stimme eines Gottes.

»Sie haben noch einen langen Weg vor sich«, sagte Mrs. Sabin.

Ein langer Weg? Niemand dachte groß über einen Impfstoff nach; sie konnten nicht damit anfangen, solange sie nicht herausgefunden hatten, wie das Poliovirus vom Darm in die Nervenbahnen gelangte. Aber Laurence Olivier fragte nicht Dorothy. Er fragte die Gattin des berühmten Dr. Sabin.

Die Fahrstuhltür öffnete sich. »Neunundzwanzig.«

»Vivian und ich hätten gern ein Kind«, sagte er zu Mrs. Sabin. »Ich könnte es nicht ertragen, es durch Polio zu verlieren. Wir zählen auf Ihren Gatten, Madam.«

Dorothy verließ den Fahrstuhl nach Mrs. Sabin. Die Tür schloss sich, und sie blieben auf dem dicken Teppich mit dem eingewebten Medaillonmuster zurück.

Mrs. Sabin schob ihre Handtasche über ihren Unterarm. »Hätten Sie nicht Lust, auf einen Drink mit auf mein Zimmer zu kommen?« Als Dorothy zögerte, schaute sie auf ihre Uhr und lachte. »Zwei Uhr. Ich weiß, es ist noch zu früh für Alkohol, aber …« Ihre Handtasche schwang hin und her, als sie die Arme ausbreitete. »… wir sind hier in New York. Es ist eigentlich schon fast zu spät.«

»Ich muss den Zug zurück nach Nashville erwischen.«

»Bitte. *Bitte.* Nur einen, wenn Sie wollen.«

»Ich bleibe nur eine Minute.« Dorothy nahm das breite Kristallglas von Mrs. Sabin entgegen. »Ich muss noch packen. Und ich möchte nicht stören, wenn Dr. Sabin zurückkommt.«

»So schnell wird er nicht kommen.« Mrs. Sabin schenkte sich Whisky vom Barschrank in ihrem Zimmer ein. »Mit seinen Kollegen zu diskutieren ist viel zu spannend.« Sie kam herüber und streifte ihre Schuhe ab, ehe sie sich in den Clubsessel neben Dorothy fallen ließ. »Schon auf der Highschool hat er sich in seinem Debattierclub hervorgetan. Seine Lehrer rieten ihm, Anwalt zu werden.«

»Das kann ich mir vorstellen.«

Mrs. Sabin nippte an ihrem Drink. »Wenn er Anwalt geworden

wäre, wäre er einer dieser Ankläger, die ihre Gegner in der Luft zerreißen. Er zieht seine Energie aus dem Gewinnen. Manchmal frage ich mich, ob für ihn das Gewinnen wichtiger ist als das, wofür er kämpft.«

Dorothy schaute über den Rand ihres Glases. Ihr wurde klar, dass Mrs. Sabin bereits zum Lunch etwas getrunken haben musste.

»Ich weiß nicht, ob Albert es Ihnen erzählt hat, aber ich bin Fotografin.«

»Nein, er hat nichts gesagt.« Glaubte die Frau, er würde über irgendetwas anderes reden außer über seine Forschung – und sich selbst?

»Obwohl Albert gerne glaubt, ich sei eine Sängerin. Ich habe gesungen, als wir uns kennenlernten.«

»Oh.«

Mrs. Sabin hob ihren Drink. »Ich erinnere mich daran, als sei es gestern gewesen. Ich bemühte mich, meine Noten zu treffen, als ich merkte, dass ein junger Mann mit welligem Haar mich aus der ersten Reihe anstarrte.« Sie schwieg, ihr Glas ruhte an ihren Lippen. »Wenn ich es mir recht überlege, sah er wirklich aus wie Laurence Olivier.« Sie trank.

»Das kann ich mir vorstellen.«

»Ohne die Wimperntusche.« Sie trank erneut und wischte sich den Mund mit dem Fingerknöchel ab. »Während meiner ganzen Nummer hat er mich nicht aus den Augen gelassen, als wäre er ein hungriger Löwe und ich eine unschuldig äsende Gazelle. Unter seinem Blick bekam ich eine Gänsehaut, und trotzdem rührte sich etwas in mir.« Sie hob die Schultern. »Ich war wie verhext.«

Dorothy rieb das Glas mit ihrem unangetasteten Drink zwischen den Händen. Sie musste unbedingt hier raus.

»Mein Mann ist ein Jäger, Dr. Horstmann.«

Dorothy schaute auf.

»Das haben Sie sicherlich schon bemerkt.« Mrs. Sabin rappelte sich hoch und lief auf Strümpfen zum Fenster. Sie winkte Dorothy zu sich.

Dorothy ging zu ihr und überlegte, wie sie sich am elegantesten verabschieden konnte. Sie wollte nicht hier sein, wenn Dr. Sabin kam.

»Sind sie nicht wunderschön?«

Tief unter ihnen strömten winzige Frauen und Männer in der funkelnden Wintersonne über den Gehweg. New Yorker Weltgewandtheit, bei ihnen allen – was für aufregende Leben mussten sie führen!

»Ich war gestern in der Met. Um die Fotografien zu sehen.« Mrs. Sabin stellte ihr Glas auf die Fensterbank. »Ich ging an den Stieglitzes vorbei, bis mir klarwurde: Wo sind eigentlich die Werke der Frauen? Ich begann, nach ihnen zu suchen, aber alles, was ich sah, war noch mehr Zeug von Alfred Stieglitz oder von seinen Jüngern oder seinen Feinden.« Sie klopfte ihre Rocktaschen ab, bis sie eine Packung Zigaretten gefunden hatte. »Sie nennen ihn den ›Paten der Modernen Fotografie‹, als hätte ein einziger Mann sie erfunden, obwohl Dutzende von Männern – und *Frauen*, das muss ich betonen – die Kunst weiterentwickelt haben. Warum hat die Geschichte die Angewohnheit, einen einzelnen Mann herauszupicken und ihm den ganzen Ruhm zu überlassen?«

Sie klappte ein schlankes silbernes Feuerzeug auf und hielt ihre Zigarette in die Flamme. »Er hat Georgia O'Keeffe nackt fotografiert, wussten Sie das?«

»Wer?«

Mrs. Sabin blies den Rauch aus. »Stieglitz. O'Keeffe war seine Frau. So hat sie angefangen. Die Leute strömten herbei, um seine Nacktbilder von ihr zu sehen, und als er ihre Gemälde in seiner Galerie zeigte, hatte sie bereits ein Publikum, das neugierig auf die Arbeiten der berühmten Nackten war. Sie hielt ihr Interesse wach, indem sie Bilder malte, die auf ihre Weise genauso erotisch waren wie Stieglitz' Nacktfotos von ihr.« Sie zog an ihrer Zigarette. »Sie sagt, ihre großen Blumenbilder würden keine Vaginas zeigen, aber haben Sie sie schon einmal gesehen?« Sie stieß den Rauch aus. »Das sind Vaginas.«

Dorothy beobachtete die Miniaturen unten auf der Straße. Es lief immer wieder auf dasselbe hinaus, auf das Bestreben, sich fortzupflanzen. In dieser Hinsicht unterschieden sich Menschen gar nicht so sehr von Bakterien.

Ein Schlüssel klapperte im Türschloss. Dr. Sabin kam mit strahlendem Gesicht ins Zimmer. Er warf die Schlüssel auf die Kommode, dann sein fast leeres Päckchen Old Golds. Er lockerte gerade seine Krawatte, als er sie beide entdeckte.

»Dr. Horstmann? Was für eine Überraschung! Sylvia – wolltest du mir nicht sagen, dass sie hier ist?«

Er schlenderte zum Fenster und küsste den Hinterkopf seiner Frau. Sie atmete tief ein, als freue sie sich, ihn zu sehen – oder als wollte sie ein Parfüm erschnuppern.

»Hat Dorothy dir erzählt, dass sie einen Job bei Trask und Paul angenommen hat?«

»Nein. Du hast es mir erzählt, Albert. Drei Mal.«

»Sie hätte zu mir kommen sollen«, sagte er freundschaftlich. »Sie werden sich noch wünschen, Sie hätten sich für mich entschieden, wenn ich Polio ausrotte.«

»Ich hoffe einfach nur, dass einer von uns es schafft.« Dorothy spürte, dass Mrs. Sabin sie beide beobachtete, während sie rauchte.

Er zog seine Krawatte ab. »Möge der beste Mann gewinnen.«

Mrs. Sabin nahm einen Schluck von ihrem Drink. »Sie wissen doch, dass Sie diese Stelle bekommen haben, weil Albert sich für Sie eingesetzt hat, nicht wahr? Er hat Dr. Paul noch am Abend des Dinners bei uns zu Hause angerufen. Wie er Sie gelobt hat! Bei ihm klang es, als wären Sie in der Medizin ebenso unentbehrlich wie Äther. Mindestens.«

Dorothy konnte sich nicht überwinden, ihm zu danken. Sie hatte das Stipendium aufgrund ihrer eigenen Verdienste bekommen. Oder etwa nicht?

Dr. Sabin ging zu seiner Frau und legte ihr den Arm um die Taille. »Es klingt, als hätte Sylvia sich heute ein wenig zu gut amüsiert. Sie müssen sie bitte entschuldigen.«

»Da gibt es nichts zu entschuldigen«, sagte Dorothy.

»Danke!«, sagte Mrs. Sabin mit belegter Stimme.

»Ich sollte gehen. Vielen Dank für die reizende Unterhaltung.« Dorothy ging in Richtung Tür.

»Sie sollten vorsichtig sein, was Sie sich wünschen«, rief Mrs. Sabin ihr nach.

Sie blieb stehen, eine Hand auf dem Türknauf.

»Albert hat sich für Barbara Johnson eingesetzt, und jetzt sehen Sie sich an, was mit ihr passiert ist. Sie sitzt im Rollstuhl.«

»Sylvia, es reicht.« *Verzeihung,* formte er tonlos mit den Lippen in Dorothys Richtung.

Dorothys Hand ruhte immer noch auf dem Türknauf. »Wird Miss Johnson wieder gesund werden?«

»Sagen Sie es mir!«, rief Mrs. Sabin. »Er hat sie nach Warm Springs geschickt.« Sie drehte sich zu ihrem Mann um. »Warum hast du das getan? Ich habe sie im Krankenhaus besucht, als ich hörte, dass sie Polio hat. Aber als ich das zweite Mal hinging, war sie verschwunden. Die Krankenschwester sagte, du hättest sie nach Warm Springs geschickt.«

»Warm Springs hat die beste Heilanstalt für Poliomyelitis im Land«, sagte er.

»Aber sie lag in der Eisernen Lunge! Sie war noch nicht bereit für eine Heilbehandlung. In Cincinnati hat sie die Pflege bekommen, die sie gebraucht hat.«

Dr. Sabin schwieg. »Du wusstest nicht, dass es ihr schon wieder besser ging, Sylvia. Sie wurde schon durch Kürass-Ventilation beatmet und war bereit für den nächsten Schritt.«

»War sie das? Oder warst du derjenige, der bereit war, sie zu verlassen?«

Im Flur waren Stimmen zu hören. Eine Frau schien ganz aufgeregt zu sein.

»Albert, sieh nach, was da los ist.«

»Bitte entschuldigen Sie mich.«

Dorothy trat zurück, als er das Zimmer verließ und die Tür offen ließ.

»Was ist los?«, fragte Dr. Sabin jemanden.

Eine männliche Stimme rief: »Sie haben das Spiel der Giants im Radio unterbrochen! Die Japaner greifen Pearl Harbor an!«

»Sie greifen an?«

»Sie bombardieren! Hawaii! Aus der Luft! Sie sagen, unsere Männer hätten sich verteidigt, aber ...«

Sabin kam ins Zimmer zurück. »Habt ihr das gehört?«

Sylvia war bereits am Radio.

Beklommenheit kroch in Dorothy hoch, während das Radio sich aufwärmte und Albert sich durch ein Gewirr aus Frequenzen wählte. Sie hörten die knappe Meldung.

Es war wahr. Die Vereinigten Staaten wurden angegriffen.

Der Sprecher beendete seinen Bericht; Orchestermusik setzte ein. Mrs. Sabin lehnte sich an ihren Mann, der ihr Haar küsste.

»Ich muss meine Familie anrufen.« Dorothy verließ das Zimmer. Noch während sie den Flur hinunterging, hatte sie das Gefühl, eine Falltür hätte sich unter ihr geöffnet. Sie wusste nicht, wann oder wie sie die Bewegung spüren würde, doch so sicher, wie die Sträuße in der Hotelhalle nach Rosen dufteten, hatte die Welt soeben ihren Lauf verändert.

1942

EINE GROSSMUTTER

Eine Mutter ist immer eine Mutter. Die Rolle verändert sich, aber sie wird im Laufe der Zeit nicht einfacher. Nein, Anna Horstmann hatte nicht die gleichen Probleme wie ihre verwitwete älteste Tochter, Catherine, die ihr am Tisch gegenübersaß und ihren schmollenden Fünfzehnjährigen anflehte, sein Sauerkraut zu essen. Catherine machte sich Sorgen, ihr Paul könnte krank werden, wenn er nur Fleisch aß, doch Mrs. Horstmann wusste, dass dem nicht so war. Der Junge würde essen, was er brauchte – er wusste, was ihm schmeckte, und vergorener Kohl gehörte nicht dazu.

Mrs. Horstmann sorgte sich jedoch ernstlich um seine Mutter. Seit drei Wochen aß Catherine kaum noch etwas, seit ihr achtzehnjähriger Sohn Peter nach der Bombardierung von Pearl Harbor und der Kriegserklärung aus dem Haus gerannt war, um sich der Marine anzuschließen. Er würde schon bald im Pazifik in See stechen. Ihre Tochter zum Essen zu bewegen war nicht so leicht, wie ihr etwas vorzusetzen, das ihr schmeckte.

Mrs. Horstmann ermahnte sich, ruhig zu bleiben. Sie hatte sich gut um ihren erwachsenen Sohn Bernard gekümmert, Catherines jüngeren Bruder, dessen Gemüt seit der Geburt viel zu zerbrechlich für diese Welt war, als dass er ohne Hilfe zurechtkäme. Catherine selbst hatte ebenfalls das Erwachsenenalter erreicht, obwohl sie als Mädchen jede Kinderkrankheit durchgemacht hatte, und zwar heftig. Ganz anders als Dorothy, die Jüngste, die robust wie ein Bulle aus ihrem Bauch gekommen war. In dieser Hinsicht war Dorothy wie ihr Vater. Aber was war aus ihm geworden?

Mrs. Horstmann holte tief Luft.

Stirnrunzelnd sah sie auf ihren glänzenden Haufen Sauerkraut und rief sich in Erinnerung, dass sie Catherine glücklich unter die Haube gebracht und sie nach dem Tod ihres Mannes wieder bei sich aufgenommen hatte. Jetzt half sie ihr, ihre Kinder großzuziehen, auch wenn das bedeutete, dass sie länger im Cone Valley Bar & Grill arbeiten musste. Sie tat, was immer nötig war.

Ihre Hand im Schoß wanderte zum Brief in der Schürzentasche. Und dann war da noch Dorothy.

Mrs. Horstmann zwang sich, eine Gabel voll mit Fleisch, Spätzle und ihrem guten Sauerkraut zu nehmen. Sie vermischte es auf der Zunge, als könnte sie den Happen dadurch leichter herunterschlucken. Auf der anderen Tischseite ließ ihr Mann es sich schmecken. Die Ärmel seines braunen Pullovers waren hochgeschoben und zeigten die angegrauten Locken, die seine Unterarme bis zu den Händen bedeckten. Sie konnte immer darauf zählen, dass es Henry schmeckte, selbst in diesen Zeiten. Manchmal dachte sie, dass eine Schwäche des Geistes auch eine Gnade sein konnte.

Wenn man ihn jetzt ansah, würde man nicht wiedererkennen, was für ein Prachtkerl ihr Mann einmal gewesen war. Letzte Woche war sie mit Catherine im Filmtheater gewesen, um sich *Tarzans geheimer Schatz* anzuschauen, und der Hauptdarsteller, Johnny Weissmüller – Pah! – war im Vergleich zu Henry Horstmann in seiner Jugend ein mickriger Jüngling. Jedes Mädchen im Dorf hatte ihm schöne Augen gemacht. Er war im gleichen Alter wie ihr Bruder gewesen, vier Jahre älter als sie.

Eines Tages, sie war zwölf und er sechzehn, hatte ihre Mutter sie aufs Feld geschickt, mit Brot und Käse für die Männer, die ihr Weizenfeld abernteten. Henry war unter ihnen, und sein blondes Haar glänzte in der Sonne, wenn er seine Sense schwang wie ein junger Gott. Als sie ihm den Korb reichte, sah sie, dass sein schönes Gesicht mit Quaddeln übersät war, von der Streu, die seine Haut wie winzige Nadeln durchbohrte.

Als er ihre Reaktion auf seine vorübergehende Entstellung sah, zog er sich das Hemd über den Kopf und kam wankend in gebückter Haltung auf sie zu. »Ich bin ein Monster! Ich werde dich fangen, kleine Maid!«

Sie lachten beide, er jagte sie über das abgeerntete Feld, wo die Stoppeln sich in ihre nackten Füße bohrten. »Komm her, kleine Schwester!«

Sie stürzte. Als er ihr aufhalf, sah er, dass ihre Füße blutig waren.

Er warf sich das Hemd wieder über die Schultern, sein geschwollenes Gesicht war zerknirscht. »Kleine Schwester! Es tut mir leid. Was für ein dummes Spiel – ich wollte dir nicht weh tun.«

Seine Augen mit den Schlupflidern waren von einem so klaren strahlenden Blau, seine Reue war so aufrichtig, dass sie vor Liebe zu ihm fast aufschrie.

Danach suchte sie seine Nähe, wann immer es möglich war. Auf dem Markt, nach der Kirche, aber nicht in der Schule – die hatte er mit vierzehn Jahren verlassen und half auf dem Bauernhof der Familie mit. Er war freundlich zu ihr, aber nur so, wie jeder es zur jüngeren Schwester eines Freundes wäre.

Mit zwanzig wurde er zur Armee eingezogen, wie jeder deutsche Junge in seinem Alter. Als er aus dem Dorf marschierte und mit den anderen Jungs *Muss i denn* sang, dachte sie, sie würde ihn nie wiedersehen. So viele von ihnen kehrten nicht zurück, sobald sie einmal die Welt gesehen hatten.

Zwei Jahre später, als sie achtzehn war, erhielt sie einen Brief. Henry war in Amerika, in einer Stadt namens Spokane. Er arbeitete für seinen Onkel, der dort ein Restaurant hatte. Nach all der Zeit könne er sie nicht vergessen. Ob sie ihn immer noch gernhabe?

Er wusste, dass sie ihn gernhatte?

Wenn sie ihn immer noch gernhabe, schrieb er, würde er sie zu sich holen, sobald er eine bessere Arbeit gefunden hatte.

Sie wartete nicht.

Wie hocherfreut sein Onkel gewesen war, als sie unangekündigt im Restaurant aufgetaucht war! Seine Freude, sie zu sehen, ließ sie ihre Müdigkeit vergessen, obwohl die Reise von Hamburg zu den Großen Seen und dann weiter mit dem Zug durch wildes Land bis nach Spokane abwechselnd aufregend und erschreckend gewesen war. Henrys Onkel schien mehr beeindruckt davon, dass sie noch alle ihre Zähne hatte, als dass sie während ihrer Reise ein wenig Englisch gelernt hatte. Als er sie bat, ihre Zähne sehen zu dürfen, kam ihr das wie eine merkwürdige Sitte vor, aber dies hier war Amerika. Henrys Onkel rief eine Frau herbei, damit sie ihr »zeigte, wie der Hase lief«, und Anna fragte sich, warum er wohl so stolz auf seinen Hasen war. In diesem Moment kam Henry mit einem Fass um die Ecke.

Seine blauen Augen strahlten so hell, dass ihr das Blut im Kopf rauschte.

Kurz darauf waren sie verheiratet.

Bald kam ein Baby.

Das Restaurant war kein Restaurant.

Innerhalb kürzester Zeit bekam sie ein weiteres Kind, wie es eben so war, wenn man nicht aus dem Bett kam. Sie liebte es, schwanger zu sein. Sie liebte es, sich vorzustellen, wie das Baby in ihren Bauch gekommen war und dass die Babys aussehen würden wie ihr wunderschöner Papa.

Sie war gerade das fünfte Mal schwanger – lassen Sie uns jetzt nicht an die beiden Kinder denken, die sie verloren hatte –, als Henry krank wurde.

Eines Tages kam sie vom Markt nach Hause und fand ihn mitten in der Stube, wo er auf einem Fußhocker kauerte. Sie hatten damals eine hübsche Stube und ein kleines Häuschen mit hübschen zuckergussähnlichen Verzierungen an der Traufe. Er hatte Onkel Henrys Restaurant verlassen und eine Stelle bei der Eisenbahn angenommen, wo er sich bis zum Schaffner hochgearbeitet hatte.

Er hatte auf diesem Schemel gesessen, als sie zum Markt aufgebrochen war, was schon merkwürdig genug war. Ein großer Mann wie er, der auf einem Fußhöckerchen kauerte? Mitten im Zimmer? Er sah aus wie ein Zirkusbär, der auf einem winzigen Ball balancierte. Aber dass er jetzt, eine Stunde später, immer noch dort hockte? Ein eiskalter Schauder erfasste sie.

Sie fragte, warum er dort saß.

Er knurrte: »Lass mich in Ruhe.«

Henry sprach nie so mit ihr.

Sie wusste nicht, warum, aber die Frage kam ihr plötzlich in den Sinn. »Henry, wie ist mein Name?«

Er starrte sie an, Angst beschattete diese Augen, die so blau waren wie der Junihimmel über dem Rhein.

Entsetzt wich sie zurück, als er aufsprang und durch ihr hübsches kleines Haus galoppierte, so wie damals vor vielen Jahren, als er für sie das Monster gespielt hatte. Er kroch ins Bett und verlor das Bewusstsein. Er war immer noch nicht wieder wach, als der Pferdewagen des Arztes vorfuhr.

»Hirnfieber«, sagte der Doktor. »Enzephalitis. Ich kann nichts für ihn tun.«

»Wird er überleben?«

»Wenn ja, werden Sie ihn vielleicht nicht wiedererkennen, wenn er aufwacht.«

Aber würde er *sie* wiedererkennen? Das war alles, was für sie zählte.

Nach drei Tagen wachte er auf. Doch er hatte sein Englisch vergessen und konnte sich nicht lange genug konzentrieren, um mehr als die einfachsten Aufgaben zu bewältigen. Er verlor seine Stelle bei der Eisenbahn. Er fing wieder in Onkel Henrys Restaurant an, das kein Restaurant war, und trottete dort herum wie ein zahnloser Grizzly.

Aber er erkannte sie. Und die Kinder. Und er freute sich über ihr Essen. Und über Musik. Und über sie. Oh, besonders über sie freute er sich.

Die Leute bemitleideten sie. Die dachten, der »arme Henry« würde ihr nichts als Kummer bereiten. Doch so war es nicht. Seine Krankheit hatte alle Schichten weggeätzt, die sich durch das raue Leben abgelagert hatten, und nur seinen Kern aus reiner Liebe übrig gelassen. Ihr geliebter Henry hatte sie nicht verlassen. Nein, ihr Kummer rührte daher, dass sie keine Zeit hatte, der kleinen Dorothy ihre mütterliche Liebe zu schenken. Sie war so beschäftigt damit, Henry zu helfen, sich in seinem Leben zurechtzufinden, während sie Mühe hatte, die Familie zusammenzuhalten, dass sie nur selten Gelegenheit hatte, das Kind zu herzen. Stattdessen gab sie es Henry.

Die beiden wurden unzertrennlich.

Sobald Dorothy laufen konnte, trottete sie ihrem Vater hinterher. Während Mrs. Horstmann in Onkel Henrys Restaurant, das kein Restaurant war, Bier und gebratene Würstchen servierte, half Dorothy ihrem Papa, den Müll zu verbrennen, Kaugummi vom Gehweg zu kratzen oder den Film aus Zigarettenrauch vom Spiegel über der Bar zu wischen. Dorothy war dabei, wenn Henry Fässer hochhob, Böden wischte und gelegentlich neunmalklug daherredete.

Zuerst schmerzte es Mrs. Horstmann, dass ihre Tochter um ihren Vater herumsprang, wenn er so niedere Arbeiten verrichtete. Doch wenn sie sah, wie glücklich die beiden zusammen waren, schluckte sie ihren Stolz und ihren Kummer, nicht besser für sie sorgen zu können, herunter. Auch ihre Eifersucht – die sie sich nicht eingestehen wollte – auf Henry, weil ihm das Herz ihrer Jüngsten gehörte, schob sie beiseite und ließ es einfach geschehen. Schon bald begann Mrs. Horstmann selbst zu überlegen, wie sich die beiden zusammen amüsieren könnten. Und das bereitete ihr ebenfalls Freude.

Sobald sie genug Geld beiseitegelegt hatte, entzog Mrs. Horstmann sich Onkel Henrys Zugriff und siedelte mit der ganzen Familie nach San Francisco um, dem »Paris des Westens«, was vielversprechend klang. Sie fand ein winziges Reihenhaus in einer einfachen Wohngegend nahe der Universität und dachte, es wäre gut für die Kinder, wenn sie Kontakt zu Studenten bekämen. Vielleicht könnte sie sogar den Dachboden herrichten und einen Collegestudenten als Pensionsgast aufnehmen; sie würde natürlich nur an jemanden vermieten, der potenziell als Ehemann für Dorothy in Frage käme. Doch der einzige Arbeitgeber, der sie, Henry und Dorothy aufnahm, war eine weitere Bar. Und dann kam die Prohibition.

Es gab eine Zeit, in der nur Dorothy arbeiten konnte. Man stelle sich das vor, ein dreizehnjähriges Mädchen, das ihre Eltern und ihren geistig zurückgebliebenen großen Bruder über Wasser hielt! Catherine war Gott sei Dank schon verheiratet und bedeutete keine zusätzliche Last für Dorothy. Nach der Schule gab Mrs. Horstmanns Jüngste Klavierunterricht, denn sie hatte schon als kleines Kind auf Onkel Henrys Instrument spielen gelernt. Sie beschwerte sich nie darüber, dass sie darauf verzichten musste, tanzen zu gehen, oder was es sonst noch an Unterhaltung für junge Leute gab. Das hatte Mrs. Horstmann zusätzlichen Kummer bereitet.

Und jetzt wollten die Leute in Yale sie haben. Natürlich wollten die sie. Wen sollten sie sonst finden, um für sie ins Feuer zu laufen? Im ganzen Land dorthin zu fahren, wo die Kinderlähmung grassierte – und was würde sie davor bewahren, sich selbst anzustecken? Dorothy sagte zwar, sie wäre sicher, aber Mrs. Horstmann wusste es besser. Selbst ihr Präsident hatte Polio bekommen.

Mrs. Horstmann stocherte mit der Gabel in ihren Nudeln herum. Ihr war der Appetit vergangen. Eine Mutter ist immer eine Mutter, auch wenn ein Kind nicht immer ein Kind bleibt.

8

New Haven, Connecticut, 1942

Während der Rest des Landes sich auf den Krieg vorbereitete, hatte Dorothy sich auf den Januar in Connecticut vorbereitet. Ohne Erfolg. Sie hatte gewusst, dass es Schnee geben könnte, aber sie hätte nicht gedacht, dass über Nacht gut dreißig Zentimeter fallen würden. Sie hatte gewusst, dass es kalt sein würde, aber sie hatte nicht mit einer Eiseskälte gerechnet, die so tief ging, dass ihr die Zehen und Finger einfroren. Jetzt versuchte sie, die schmerzenden Gliedmaßen in ihren wollenen Hüllen zu bewegen, während sie im Gänsemarsch zwischen ihren beiden neuen Kollegen marschierte, deren Gummigaloschen auf dem freigeschaufelten Gehweg knirschten.

Dr. Pauls Worte flatterten im harten Wind wie die Fransen seines orange-schwarz gestreiften Schals – die Farben von Princeton, wie sie später erfahren sollte. Ein Kind lernte nichts über Elitehochschulen, wenn es das Tagesgericht vom Grill von der Fensterscheibe einer Bar schrubbte.

»Der typische Epidemiologe befasst sich leidenschaftslos mit großen Gruppen von Menschen«, sagte er mit einer gepflegten Stimme, die für seine kleine Statur viel zu groß wirkte. »Es ist die Multiplikation der Beobachtungen, die ihm seine Ergebnisse liefert. Er beschäftigt sich mit Zahlen und Statistiken. Der *klinische* Epidemiologe dagegen …«

Dr. Trask, lang, wortkarg und knochig, in mehrere Schichten kratzigen Tweed gehüllt, warf mit seiner Baritonstimme von hinten ein: »Das ist Dr. Pauls Bezeichnung. Bei uns in Yale werden Sie nur klinische Epidemiologen finden.«

»Dann bin ich also auch einer«, sagte Dorothy so fröhlich, wie ihr erfrorenes Gesicht es zuließ.

Dr. Paul, ein auf elfenhafte Weise einnehmender Mann, drehte sich um und schaute unter den Ohrenklappen seines warmen Filzhutes zu ihr hoch. Seine babyblauen Augen waren wässrig von der Kälte. »Das ist korrekt. Selbst unsere Stipendiaten in der Epidemiologie gehören zur klinischen Sorte.«

Sie spürte den Stich, als sie daran erinnert wurde, dass sie nur eine befristete Anstellung hatte. Dabei war sie sicher, dass er keine Ahnung hatte, wie sehr es sie schmerzte. Sie sagte sich, dass man einfach mehr Erfahrung brauchte, um in Yale eine Festanstellung zu bekommen. Sie hatte Glück, überhaupt Arbeit zu haben, und dann noch hier.

»Wie ich bereits sagte«, fuhr Dr. Paul fort, »wir *klinischen* Epidemiologen beginnen mit einem kranken Individuum. Dann tasten wir uns behutsam in das Umfeld vor, in dem dieses Individuum erkrankt ist – das Zuhause, die Familie, der Arbeitsplatz, die Gemeinde. Unser Ziel ist es, das Muster zu erkennen, in das der Patient sich einfügt.«

Dorothy dachte an ihren Vater. Als er an Enzephalitis erkrankte, hatte sich da jemand gefragt, wo er sich angesteckt hatte? »Der einzelne Kranke taucht nie aus dem Nichts auf«, sagte sie.

Sie spürte, wie jemand ihr von hinten auf den Mantel klopfte. Dr. Trask brummte: »Ganz genau.«

»Es ist offenkundig kein neues Konzept.« Dr. Paul führte sie über den geräumten Gehweg zu einem großen, nichtssagenden Gebäude auf dem ansonsten imposanten Campus. »Dieser Ansatz war das Kernstück der klassischen Hausarztpraxis, bei dem der Arzt die Patienten und die Gemeinde noch persönlich vor Ort betreute. Aber jetzt, wo sich die Behandlung in die Krankenhäuser verlagert hat, wird die klinische Epidemiologie nur noch von den Ärzten praktiziert, die das bewusst tun.«

»Wir sind altmodisch«, polterte Dr. Task, »auf neue Weise.«

Dorothy krümmte ihre Finger in den Handschuhen noch fester. Altmodisch zu sein, auf welche Weise auch immer, brachte selten gute Schlagzeilen. Als sie an diesem Morgen in Dr. Pauls Büro gekommen war, hatte das *Time*-Magazin mit dem Artikel, der Dr. Blake so auf die Palme gebracht hatte, auf seinem Schreibtisch gelegen, unter seiner Kaffeetasse. Er schien sich wenig daraus zu machen, dass neben dem »hochkarätigen« Dr. Sabin auch sein eigener Name erwähnt wurde.

Dr. Paul hielt ihr die Tür auf. Trotz seiner Mütze mit den Ohrschützern und der kleinen gelben Feder darauf war sie immer noch einen ganzen Kopf größer als er, so dass seine Augen auf einer Höhe mit ihrem Busen waren. Sie war dankbar für ihren dicken Mantel.

»Mir hat der Begriff ›Präventivmedizin‹ noch nie gefallen«, sagte er und schien gar nicht zu merken, was er direkt vor sich hatte. »Dr. Blake hat unserer Abteilung diesen Namen verpasst, aber für meinen Geschmack ist das viel zu überheblich. Er vermittelt den Eindruck, große Dinge stünden vor der Tür.«

Sie schob sich an ihm vorbei durch die Tür. »Aber wollen wir denn nicht den Eindruck vermitteln, dass etwas Großes bevorsteht?«

Er entledigte sich seines orange-schwarzen Schals, als Dr. Trask eintrat. »Selbst wenn es so wäre, wäre es unschicklich, damit zu prahlen.« Als er ihr Stirnrunzeln sah, lächelte er. »Meine Nanny hatte es sich zur Lebensaufgabe gemacht, allen Familienmitgliedern einzubläuen, niemals die Aufmerksamkeit auf sich zu lenken. Um Aufmerksamkeit zu heischen, ist etwas für *Emporkömmlinge*. Anscheinend hatte sie damit Erfolg.«

Im Foyer streiften die Männer ihre Gummigaloschen ab. Dr. Blake hatte ihr das Stipendium bewilligt, um für Aufsehen zu sorgen, doch das dürfte in diesen Zeiten schwierig werden. Es gab zu viele wichtige Themen. »Sollten wir nicht stolz darauf sein, dass wir die führenden Seuchenspürhunde der Nation sind?«

»Seuchenspürhund?« Dr. Paul lachte. »Du lieber Himmel, Sie waren zu oft mit Albert Sabin zusammen. Er verbreitet diesen Unsinn von den ›Seuchendetektiven‹, seit ich ihn kenne. Wir sind Wissenschaftler. Das sollte genügen.«

»Wir können nicht alle Albert Sabin sein«, dröhnte Dr. Trask. Er verzog sein zerfurchtes Gesicht zu so etwas wie einem Lächeln. »Gott sei Dank.«

»Aber wir sind doch so etwas wie Spürhunde«, sagte Dorothy. »Oder nicht?«

»Wir sind Wissenschaftler, Dr. Horstmann«, sagte Dr. Paul, »keine Varietékünstler. Wir sind nicht hier, um das Volk zu begeistern oder zu unterhalten. Wir sind hier, um zu lernen.«

»Damit wir Menschen retten können«, sagte sie.

»Wenn Sie auf diese dramatische Formulierung bestehen, meinetwegen.«

Er ging durch den Flur voran. Der typische Laborgeruch nach Bunsenbrennergas und beißendem Formaldehyd drang durch die Milchglastüren. Das Tappen von ledernen Schuhsohlen auf Bodenfliesen begleitete sie die Treppe hinunter ins Untergeschoss des Gebäudes.

»Und jetzt zu unseren wertvollsten Lehrmitteln.« Als er die Tür öffnete, stieg ihr ein stechender Latrinengeruch in die Nase.

Dorothy hielt sich die Nase zu und betrat den dämmrigen Raum. Regalreihen, nicht unähnlich jenen in einer Bibliothek, dehnten sich vor ihr aus, doch anders als in einer Bücherei enthielten sie keine Bücher, sondern verzinkte Metallkäfige. Als ihre Augen sich an das Dämmerlicht gewöhnt hatten, sah sie kleine schwarze Hände, die die Streben einiger Käfige umklammerten. Kleine menschenähnliche Wesen, grau und pelzig, kauerten mit hochgezogenen Schultern in den Zellen. Dorothy kam aus der klinischen Medizin und hatte noch nicht oft mit Labortieren gearbeitet, doch für die Arbeit in der Forschung würde es nötig sein. Das hatte sie nicht bedacht, als sie ihren Vertrag unterschrieben hatte.

Ein Mann löste sich aus dem Schatten, ein Makakenjunges klammerte sich an seinen Hals. Der Mann war klein und dick, wie ein mächtiger, abgesägter Baum, und so muskulös, dass der Latz seiner Latzhose über seiner Brust spannte.

Dr. Paul klopfte dem Mann auf den kräftigen Arm in dem weißgrau melierten Hemd. »Hallo, Eugene. Hatten Sie ein schönes Weihnachtsfest?«

»Sehr gut, danke. Und Sie?« Er war schwarz, wie jeder der wenigen Labortierpfleger, die Dorothy bisher kennengelernt hatte. Er strahlte Ruhe aus, was wie ein Wunder schien für jemanden, der so viel Zeit mit dem Tode geweihten Tieren unter der Erde verbrachte.

»Dr. Horstmann, das ist Eugene, unser oberster Tierpfleger. In seiner Obhut haben wir nur sehr wenige Exemplare verloren, was wir sehr zu schätzen wissen, wenn man bedenkt, wie wertvoll diese Tiere sind. Wie viel kostet ein Langschwanzmakak wie dieser hier?«, fragte er Dr. Trask.

Trasks donnernde Stimme schien die Käfige zum Beben zu bringen. »Acht Dollar das Stück.«

Dorothy bekam als Stipendiatin vier Dollar am Tag. Um keine Eifersucht aufkommen zu lassen, weil sie im Verhältnis weniger wert war als ein Affe, rief sie sich ins Gedächtnis, dass sie im Gegensatz zu diesen Geschöpfen nicht ihr Leben für die Forschung gab.

»Sehr erfreut, Sie kennenzulernen, Mr. …« Sie reichte ihm die Hand.

»Oakley.« Er streckte seine Hand aus, was das Makakenbaby

prompt als Einladung auffasste, ihm auf den Kopf zu klettern. Mit einer Hand, die breiter war als das Tier, setzte er sich die verängstigte Kreatur behutsam wieder auf die Schulter, während er Dorothy die Hand schüttelte.

»Vorsicht, Eugene«, sagte Dr. Paul. »Dieses Jungtier wird sich an Sie gewöhnen, und dann werden Sie es mit nach Hause nehmen müssen, um es aufzuziehen.«

Der angespannte Kiefer, als er Dorothy ansah, und die schützende Hand, die den Affen umfing, verrieten Eugenes schlechtes Gewissen. Vermutlich hatte er diesen Babyaffen und viele andere kleine Äffchen schon oft mit nach Hause genommen. Ob ihre Kollegen das wussten?

Sie glaubte, dass sie diesen Mann sehr mögen könnte.

Als die anderen Ärzte weitergingen, hob Dorothy die Hand, um das verängstigte Tier zu berühren. »Darf ich?«

Schutzsuchend drängte sich das Baby an Eugene. Der glänzende Haarschopf des Jungen, die winzigen Erhebungen der Wirbelkörper an seinem Rücken, seine mageren Ärmchen und Beinchen weckten in Dorothy den heftigen Wunsch, es zu halten. Ihre Finger näherten sich dem Kleinen.

Er kreischte auf, schreckte andere Tiere auf, die wiederum die nächsten alarmierten. Plötzlich hallte ein hundertstimmiges Geschrei von den Betonwänden wider.

Dr. Trasks Lächeln für sie war freundlich. Seine Stimme übertönte den Lärm mit Leichtigkeit. »Es ist besser, jeden Kontakt mit ihnen zu vermeiden, der über die eigentliche Aufgabe hinausgeht.«

»Lassen Sie Eugene das machen«, sagte Dr. Paul, als der Tierpfleger sich langsam von ihnen entfernte und das Tier beruhigte. »Sie könnten sonst Probleme bekommen. Denken Sie daran, was Bill Brebner zugestoßen ist.«

»Ich habe davon gehört«, sagte sie.

»Sabin hat es geschafft, daraus noch Kapital zu schlagen. Das B-Virus, fürwahr.« Dr. Trask schnaubte. »Erstaunlich, dass er es nicht das S-Virus genannt hat.«

Dr. Paul spähte in einen Käfig, dann las er das Schild an der Tür. »Sabin wird schon bald Fortschritte machen, da können Sie sicher sein.«

»Aber nicht ohne uns.« Dr. Trask schaute in den Käfig, als wollte er herausfinden, was die Aufmerksamkeit seines Kollegen geweckt hatte. »Ohne unsere Studien kommt er nicht weiter. Egal, was er glaubt, er kann das Rätsel des Poliovirus nicht allein lösen.«

Im hinteren Teil des Raumes lehnte Eugene an einem Tisch und streichelte den schmalen Rücken des Tieres mit Daumen und Zeigefinger. Dieser Mann liebte genau jene Kreaturen, die er großzog, damit sie Schmerzen erlitten. Wie machte er das mit sich selbst aus?

Dorothy riss sich zusammen. »Zumindest hat Dr. Sabin Fragen gestellt. Am Ende wollen wir doch alle das Beste, für die Kinder, für alle.«

»Manchmal frage ich mich genau das«, sagte Dr. Paul.

Sie wanderten zurück zum Gebäude der wissenschaftlichen Fakultäten, wo sie sich im Vestibül erneut ihrer Winterkleidung entledigten. Mrs. Beasley hörte auf zu tippen und erhob sich, als sie Dr. Pauls Vorzimmer betraten. »Ihr Besucher ist früher eingetroffen«, sagte sie forsch. Sie schaute zu Dorothy und senkte stirnrunzelnd den Blick.

»Ich glaube, diesen Besucher werden Sie mögen«, sagte Dr. Paul zu Dorothy. »Kommen Sie.«

Robbie Ward erhob sich von seinem Stuhl in Dr. Pauls mahagonigetäfeltem Heiligtum.

Nachdem sich alle begrüßt hatten, sagte Dr. Paul: »Dr. Ward sagte mir, sie beide hätten sich letzten Sommer kennengelernt, als er Forschungsstipendiat bei Dr. Sabin war.«

Robbie grinste Dorothy an. »Ja. Eine Leiche hat uns zusammengeführt.«

»Gibt es genug Plätze für alle?«, fragte Dr. Paul. Ein Stuhl fehlte, und er wies Mrs. Beasley an, einen zu bringen. Sie warf Dorothy einen bekümmerten Blick zu, ehe sie verschwand.

»Setzen Sie sich, setzen Sie sich«, sagte Dr. Paul und deutete auf einen Platz für Dorothy.

Widerstrebend ließ sie sich nieder, während die Männer stehen blieben. Um ihre Verlegenheit zu überspielen, fragte sie Robbie: »Was treibt Dr. Sabin gerade?«

»Er wollte noch seine Studien in Cincinnati abschließen, bevor er seinen Dienst in der Armee antrat, aber man hat ihn bereits in den Pazifik geschickt, um sich eine durch Mücken übertragene Enzephalitis anzusehen. Als Erstes fragte er die Ärzte vor Ort, wie das Vieh in der Gegend auf die Enzephalitis reagierte. Erkrankt es daran? Und was macht Sabin, als die Ärzte verneinen, obwohl die Moskitos das Blut der Kühe dem Menschenblut vorziehen? Er sagt ihnen, sie sollten ein paar Kühe zu den schlafenden Soldaten stellen! Dann werden die Kühe gestochen und unsere Jungs verschont.«

Die Männer lachten.

»Die armen Kühe«, murmelte Mrs. Beasley, während sie sich mit einem zusätzlichen Stuhl abmühte.

»Meine Frau hofft, Sie zu sehen«, sagte Robbie zu Dorothy, als sie alle saßen.

»Dafür sollte es noch hinreichend Gelegenheit geben.« Dr. Paul gab Mrs. Beasley ein Zeichen, ihnen Kaffee zu bringen. »Dr. Ward wird sich der Polioeinheit anschließen.«

»Sind Sie ebenfalls Stipendiat?«, fragte Dorothy ihn.

Robbie schaute kurz zu Dr. Paul, der sich etwas von seiner Krawatte wischte.

»Wir brauchen Dr. Ward dringender denn je. Mit dem Krieg …«
Dr. Paul strich seine Krawatte glatt und hob den Kopf. »Ich fürchte, Uncle Sam wird bald Anspruch auf Dr. Trask und mich erheben und uns häufiger als je zuvor von der Forschungsgruppe abziehen.«

»Ich bekam heute Morgen die Aufforderung, nach Chicago zu kommen«, sagte Dr. Trask. »In einem Ausbildungslager grassiert irgendein unbekanntes Fieber.«

Dr. Paul seufzte und schaute zur Tür, wo der Kaffee blieb. »Polio macht keine Pause, nur weil Krieg ist. Beim nächsten Ausbruch wird jemand da sein müssen, wenn Epidemiologen angefordert werden und James und ich nicht verfügbar sind.«

»Eine Anforderung, die *klinische* Epidemiologen am besten erfüllen«, sagte Robbie. Er sah mit scherzhaft hochgezogenen Brauen zu Dorothy.

Wie gut Robbie die Parteilinie kannte. Sie fragte sich, bei wie vielen Vorstellungsgesprächen er wohl gewesen war.

»Sie werden sich gemeinsam einarbeiten«, sagte Dr. Paul, »und dann, Dr. Horstmann, können Sie ihm assistieren. Darf ich Ihnen Ihren neuen außerordentlichen Professor vorstellen?«

Es war, als wäre es plötzlich totenstill im Raum. Dorothy konnte nur ihr eigenes pochendes Herz hören.

Sie diskutierten, welche Aspekte des Poliovirus sich am besten während der Wintermonate studieren ließen, bevor es im Frühling zu frischen Ausbrüchen kam. Dorothy war nicht ganz bei der Sache. Robbie Ward war als Epidemiologe nicht besser qualifiziert als sie. Und jetzt war er ihr Boss.

Mrs. Beasley kam mit dem Kaffee. Sie schenkte ein und reichte ihnen die Tassen. Ihr gelber Kaschmircardigan wurde am Hals von einer Spange zusammengehalten. Der Tweedrock raschelte leise, als sie das Zimmer verließ. Dr. Paul schaute ihr nach. »Wussten Sie, dass sie in Mathematik promoviert hat? Eine bemerkenswerte Frau. Recht gescheit.«

9

Warm Springs, Georgia, 1942

So also fühlte sich eine Hitzewelle Ende Mai in Georgia an: heiß, dschungelartig und still, als würde die dampfende Luft einem jeden Willen rauben, sich zu bewegen. An diesem Nachmittag hatte sie ein Eichhörnchen gesehen, das bäuchlings auf dem Ast eines Baumes lag. Jetzt, wo sie das Gefühl hatte, überall zu kleben, würde sie sich auch gern ausstrecken, und das nicht nur wegen der Hitze. Sie war seit Sonnenaufgang auf den Beinen, machte Rachenabstriche bei gelähmten Poliopatienten und ihren bekümmerten Familien, nahm verängstigten Kindern Blut ab, stellte Fliegenfallen auf und sammelte Abwasserproben – ein typischer Arbeitstag für einen klinischen Epidemiologen. Draußen auf dem Parkplatz war der Kofferraum ihres Universitätsautos voll mit Probenfläschchen, die auf der Fahrt von Atlanta Richtung Süden in den mit Trockeneis gefüllten Metallkisten geklirrt hatten. Jetzt, wo sie Polionester bis nach Meriweather County zurückverfolgt hatte, würden die Fläschchen erneut klirren; neunzig Minuten lang, auf der Fahrt zurück nach Atlanta und zu ihrem gelobten Hotelbett. Aber noch war es nicht so weit.

Ihre Augen gewöhnten sich langsam an das abendliche Dämmerlicht. Jemand legte eine Schallplatte auf, und das verträumte Säuseln von Glenn Millers Trompete stieg mit den blinkenden Glühwürmchen zu den Pinien auf, während Kellner mit Getränken zwischen den vom Kerzenschein erhellten Tischen umherliefen. Hinter ihr lachte jemand – eine junge Frau genoss die Aufmerksamkeit eines Verehrers. Dorothy war noch nie in einem

Country Dance Club gewesen, aber sie vermutete, dass diese Szene überall spielen könnte – wenn man über die Rollstühle, Krücken und Streckapparaturen hinwegsah, die zwischen den Feiernden herumstanden. Hier war es, als würden keine Söhne auf Flugzeugträgern Bombenflieger im Pazifik beschießen und keine Brüder dazu ausgebildet werden, Bajonette und Granaten in Europa einzusetzen. Hier spielte sich eine andere Art von Krieg ab.

Neben Dorothy stand die Direktorin der Einrichtung, eine freundliche Frau mit Perlenohrringen, perfektem Chignon und einem Seidenkleid mit Wasserfallkragen, das Kultiviertheit ausstrahlte. Fast liebevoll schüttelte sie den Kopf, während sie die Tanzveranstaltung betrachtete. »Ist das nicht herrlich?«

»Oh ja. Vielen Dank für die Führung. Als mir klarwurde, dass es nicht weit bis Warm Springs ist, musste ich kommen und es mir ansehen.«

»Die beste Heilanstalt für Poliomyelitis auf der Welt.«

Ein Conférencier im Smoking sprang auf die Tanzfläche und schnappte sich das Mikrophon aus dem Halter. »Seid nicht so SCHÜCHTERN!«, rief er schnaufend. »Schnappt euch einen Partner und TANZT!«

Schwitzende Helfer, deren weiße Hemden und Hosen an die Uniformen von Limonadenverkäufern erinnerten, schoben schlingernd Rollstühle von den Tischen weg. Kleine Kinder auf Krücken hüpften aufs Parkett. Junge Paare stapften mit klirrenden Beinschienen zwischen den Tischen hindurch. Dorothy dachte an die Geburtstagsbälle des March of Dimes, die sie in den letzten Jahren immer im Januar besucht hatte. Bei den Feierlichkeiten anlässlich Roosevelts Geburtstags wurden Menschen im ganzen Land dazu ermuntert, zu »tanzen, damit die anderen laufen können«. Wer von den Gästen dieser Bälle, die zur Musik einer Big Band Foxtrott tanzten, dachte dabei schon an diese Parallelwelt, in der jeder Tanzschritt ein Sieg war?

»Würden Sie sich gerne zu uns setzen?«, fragte die Direktorin.

»Ich würde gerne, aber nein, danke. Ich muss zurück ...« Dorothy verstummte. Die Frau, die dort an ihren Haltegurten zerrte, während ihr Helfer sie zu den Tänzern schob ... war das nicht Barbara Johnson?

Dorothy hatte vergessen, dass man Sabins Laborassistentin hierhergeschickt hatte. Dabei war es erst, wie lange, nicht einmal sechs Monate her, dass Mrs. Sabin im Waldorf wegen Barbara kurzzeitig die Fassung verloren hatte. Es kam ihr viel länger vor. Barbara sah älter aus, als Dorothy sie in Erinnerung hatte, ihr Gesicht war dünner, die cremeweiße Haut um ihren Mund wirkte erstarrt. Doch ihr blondes Haar mit der üppigen Tolle verriet sie. Ihre Hände, die merkwürdig gekrümmt auf ihrem Schoß lagen, erweckten den Eindruck, dass sie sich ihr Haar nicht selbst gebürstet hatte.

»Oh, ich sehe gerade jemanden, den ich kenne. Würden Sie mich bitte entschuldigen?«

Sie wich zwei Liebenden in Rollstühlen aus, die sich an den Händen hielten. »Miss Johnson?«

In Barbaras leerem Blick blitzte so etwas wie Wiedererkennen auf. »Dr. ...?«

»Horstmann. Aber bitte nennen Sie mich Dorothy. Wie schön, Sie zu sehen!« Sie deutete auf die Handgriffe von Barbaras Rollstuhl. »Darf ich, bitte?«

Eine kurze Pause, dann: »Ich denke schon. Danke, Milton«, sagte sie zu dem Helfer.

Dorothy übernahm. »Wohin?«

»Weg von hier.«

Sie wendete den Rollstuhl und schob ihn einen gepflasterten Weg entlang. Die Musik hinter ihnen wurde leiser. Sie sprachen nicht, während sie zunächst durch ein Waldstück und dann an einem Glaspavillon vorbeikamen, auch nicht, als sie etwas erreichten, das wie eine lange, weiße Holzremise aussah – Umkleide-kabinen für mehrere miteinander verbundene Schwimmbecken.

Neben einer Bank, nahe genug an einem der Becken, dass sie den Schwefelgeruch der heißen Quelle riechen konnte, hielt Dorothy an. »Ist es Ihnen hier recht?«

»Geht schon.«

Dorothy stellte den Rollstuhl fest und setzte sich daneben. Was sagte man zu jemandem, der so viel verloren hatte?

In der Ferne rief der Conférencier in sein Mikrophon: »Wer ist bereit für die Andrew Sisters?«

Ein körperloser Ruf ertönte: »Boogie-Woogie!«

Barbara sagte: »Wussten Sie, dass ich hier ein Star bin? Ich bin die Forscherin, die gelähmt wurde, während sie versuchte, das Heilmittel zu finden. Damit stehe ich irgendwo zwischen der Polio-königin und einer Figur aus dem Gruselkabinett.«

»Und wie geht es Ihnen damit?«

»Nicht gut.«

Ein paar Fledermäuse flatterten durch die milde Maidämme-rung; Frühlingspfeifer quakten in ihren Verstecken. »Es tut mir auf-richtig leid, Barbara.«

»Das ist es nicht, was ich von Ihnen brauche.«

Dorothy nickte. »Was brauchen Sie von mir?«

Sie merkte, dass Barbara nachdachte. Sie wartete, während Venus strahlend am Himmel erwachte, dann der Kleine Wagen. Immer mehr Sterne blitzten in der Dunkelheit auf, bis die Milch-straße ihren hauchdünnen Schleier ausgeworfen hatte.

Barbara fragte: »Haben Sie Dr. Sabins Aufsatz gelesen?«

»Welchen?«

»Den, für den ich die Gewebeproben vorbereitet habe. Letzten Sommer.« Sie lächelte. »Da hatten die Poliojungs etwas, worüber sie reden konnten, was? Wir haben ein für alle Mal widerlegt, dass das Virus durch die Nase in den Körper gelangt, und nachgewiesen, dass der Mund das Einfallstor ist. Vielleicht kommen wir jetzt endlich weiter.«

Barbara sagte »wir«, als wäre es ihr Aufsatz. Aber hatte sie nicht auch ihren Teil dazu beigetragen? Obwohl ihr Name niemals über dem Artikel erscheinen würde, hatte sie ihre Gesundheit dafür hergegeben.

»Haben Sie in der letzten Zeit irgendwelche Fortschritte gemacht?«, fragte Barbara.

Dorothy drängte die Tränen zurück, die ihr in der Nase stachen. Sie hätte nicht herkommen sollen, so müde, wie sie war. »Heute interessieren sich alle für Stubenfliegen. Wer hätte gedacht, dass Fliegen einmal der letzte Schrei sein würden? Ein Großteil meiner Arbeit dreht sich um sie; ich fange sie, untersuche sie und entnehme ihnen lebende Viren. Meine Gruppe versucht herauszufinden, wie lange das Virus von Poliopatienten mit dem Stuhl ausgeschieden wird und wie lange die Fliegen es mit sich herumtragen können. Kein besonders angenehmes Thema!«

»Nichts davon ist es. Ich nehme an, Sie kennen den anderen Aufsatz von Dr. Sabin und Robbie Ward vom letzten Herbst, die Arbeit über das Poliovirus und Fliegen? Ich habe an den Statistiken dazu gearbeitet, als ich meinen Unfall hatte.«

Dorothy holte tief Luft. »Die Jungs müssen Sie wirklich vermisst haben.«

Schlagartig legte sich Stille über die Nacht.

Dorothy bemühte sich um einen heitereren Tonfall. »Ich habe gehört, dass andere Wissenschaftler Spuren nachgehen, bei denen das Poliovirus im Brunnenwasser gefunden wurde. Die Schweden wollen es unbedingt in Früchten nachweisen, wie Äpfeln, die auf den Boden gefallen sind. Eine Gruppe hier sucht sogar im Rückenmark von Hühnern danach.«

»Viel Glück damit.« Barbaras Lachen war echt. »Wir haben früher jede Menge alberner Briefe bekommen, voller verrückter Vorschläge. Eine Dame hat geträumt, dass Polio entweder von Käfern oder von Murmeltieren übertragen wird. Sie war nicht sicher, von welchen von beiden, aber wir sollten dem unbedingt nachgehen. Ein Mann schrieb, dass wir Polio mit Hundekot heilen könnten.«

»Wie das?«, rief Dorothy.

»Ich weiß nicht, aber wenigstens würde dann der Nachschub niemals ausgehen.« Als sie fertig waren mit Lachen, sagte sie: »Apropos verfügbare Materialien, ein Arzt aus Berlin schrieb uns, er hätte großen Erfolg damit, den Patienten ihren eigenen Urin zu spritzen. Man dürfe sich nur nicht von den Nebenwirkungen wie der Infektion, den Gelenkschmerzen, der niedergedrückten Stimmung, den Halsschmerzen und dem Fieber irritieren lassen.«

»Grundgütiger!«

»Unglaublich, aber so beschäftigt er auch war, Dr. Sabin hat sich immer die Zeit genommen, Antwortbriefe an alle ›Helfer‹ zu diktieren. Zu Laien war er erstaunlich freundlich. Aber sobald sie irgendetwas mit Medizin zu tun hatten und einen dummen Vorschlag gemacht haben, dann helfe ihnen Gott. Mehr als einmal hat er einen Arzt mit einem ausgefallenen Vorschlag in seinem Antwortschreiben ›schwachsinnig‹ genannt.«

›Das kann ich mir gut vorstellen.«

Eine Eule rief nach ihrem Gefährten. Dorothy und Barbara schauten hinauf zu den Pinien, von wo das Geräusch gekommen war.

Dorothy wurde ernst. »Was mir Sorgen bereitet, ist, dass wir immer noch nicht wissen, wie das Poliovirus den Sprung vom Darm ins Nervensystem schafft, um die Menschen zu lähmen. Es müsste im Blut zu finden sein, aber da ist nichts. Aber wie gelangt es in das Nervensystem, wenn nicht durch das Blut?«

Barbara verstand sofort. »Sie werden die Infektionen nicht stoppen können, solange Sie das nicht wissen. Wer arbeitet an dem Problem?«

»Niemand. Fast alle unsere Mittel gehen in den Krieg. Die meisten Wissenschaftler wurden entweder eingezogen oder arbeiten an den Infektionskrankheiten, die die Truppen betreffen. Dr. Trask ist in einem Ausbildungslager in Chicago, Dr. Paul ist drüben in Europa. Wahrscheinlich haben Sie gehört, dass Dr. Sabin sein Labor geschlossen hat. Die Armee wollte ihn haben. Robbie Ward musste zu uns kommen.«

»Robbie? Ward? In Yale? Das wusste ich nicht.«

»Ja.«

»Aber er interessiert sich doch gar nicht für Epidemiologie, oder?«

»Er interessiert sich genug. Die Polioeinheit konnte noch ein paar weitere Ärzte einstellen, aber wir können die Ausbrüche kaum eindämmen, ganz zu schweigen davon, ihre Dynamik zu verstehen. Polio schert sich einen Dreck um den Krieg. Es lähmt die Kinder wie eh und je.«

Ein Helfer tauchte auf. »Wollen die Damen vielleicht …«

»Nein«, sagten sie wie aus einem Munde.

Er sah Barbara an. »Sind Sie sicher, dass Sie nicht …«

»Nein, danke, Wilbur.«

Als er sich trollte, sagte Barbara: »Wenigstens können Sie zu den Ausbrüchen fahren.«

Dorothy verzog das Gesicht. »Ich weiß Ich habe Glück. Wirklich, es tut mir leid, Barbara. Es tut mir leid, dass es Sie getroffen hat.«

Zwischen den Pinien auf der anderen Seite der Schwimmbecken raschelte es. Ein Reh trat ins Mondlicht, grazil und geschmeidig.

Barbara seufzte. »Ich habe gehört, dass Dr. Sabin zur Armee gegangen ist. Die hohen Tiere hier sind ganz begeistert, wenn sie mir erzählen können, was er so treibt. Sie glauben, wir müssen dicke Freunde und Kollegen gewesen sein. Schließlich hat er dafür gesorgt, dass ich hier aufgenommen wurde.«

Waren sie das nicht gewesen – dicke Freunde und Kollegen? Oder sogar mehr?

Das Reh entschied, dass sie eine Bedrohung darstellten, und sprang davon. Nur der weiße Spiegel blitzte noch einmal kurz auf.

Barbara starrte in den Wald, in den das Tier verschwunden war. »Das letzte Mal habe ich Albert Sabin gesehen, als wir vor dem Universitätsausschuss erscheinen mussten, der meine Beeinträchtigung untersuchte. Er erklärte dem Gremium, dass ich für meinen Anteil und meine Hilfe an seiner Forschung belobigt und für meine zarte Seele geehrt werden sollte. ›Zarte Seele!‹ Diese Wichtigtuer dachten, ich sei in ihn verliebt. Sie dachten, er würde meine Ehre verteidigen, als hätte ich das kontaminierte Gewebe auf mich fallen lassen, während ich ihn angeschmachtet habe. Ich habe einen Moment nicht aufgepasst, das war alles. Es hatte nichts mit ihm zu tun. Aber die konnten sich nicht vorstellen, dass eine Frau ihre Arbeit leidenschaftlich liebt, nicht den Mann.«

Dorothy brach in Schweiß aus, im Nu war ihre bereits feuchte Kopfhaut klatschnass.

Barbara sah sie an. Das Licht, das von den Schwimmbecken reflektiert wurde, schimmerte flirrend auf ihrem Gesicht. »Finden Sie einfach einen Impfstoff, in Ordnung? Es ist die einzige Möglichkeit, wie wir dieses Ding stoppen können. Mit Sabin oder ohne ihn – würden Sie das für mich tun?«

Dorothy schluckte. »Ja. Ich werde es versuchen.«

»Und machen Sie keinen dummen Fehler und enden wie ich. Wir kämpfen gegen ein Ungeheuer, ein echtes Miststück von einem Virus. Enden Sie nicht wie ich, Dorothy. Ich zähle auf Sie.«

Dorothy beugte sich vor, um Barbara eine Strähne aus dem Gesicht zu streichen. »In Ordnung.«

Barbara atmete tief ein. »Gut.«

Eine Stunde später schnitt der Lichtkegel von Dorothys Scheinwerfern eine blasse Schneise durch die Dunkelheit. Insekten schwirrten über der Straße, die sich über bewaldete Hügel wand. Das sanfte Auf und Ab des schnurrenden Wagens, der warme Fahrtwind durch das offene Fenster und ihre eigene Erschöpfung erweckten eine Melodie in ihr zum Leben, die ihr als Dauerschleife durch den Kopf ging. Die sanft-melancholischen Anfangsakkorde von Beethovens *Mondscheinsonate*.

Als Dorothy acht Jahre und gerade neu in San Francisco war, waren sie und ihr Vater einmal zu einer Musikvorstellung in einem Theater um die Ecke gegangen, in der Haight Street. Jemand aus der Bar hatte Mutter die Karten geschenkt.

»Amüsiert euch gut, ihr zwei!«, hatte ihre Mutter gesagt, als sie die Bar verließen. Doch Dorothy war bereits im siebten Himmel, weil sie etwas mit Pop unternahm. Er war groß und sah gut aus. Sie hatte dieselben blauen Augen mit den tiefhängenden Lidern, doch bei ihm sahen sie besser aus. Als sie die Haight Street entlanggingen, hielt Dorothy nach Frauen Ausschau, die sich nach ihm umdrehten. Das kam häufig vor, obwohl Pop es niemals zu merken schien. Damals in Spokane machten die Damen, die über Onkel Henrys Restaurant arbeiteten, einen Riesenwirbel seinetwegen und versuchten, ihn dazu zu bewegen, Englisch zu sprechen. Doch er lachte immer nur über sich, denn er war ein hoffnungsloser Fall. Aber er nutzte die Gelegenheit, alle Damen, die Klavier spielen konnten, zu überreden, es Dorothy beizubringen, nachdem er sie einmal auf dem alten Instrument im Restaurant hatte klimpern hören.

Dorothy liebte ihn abgöttisch. Und jetzt war sie mit ihm an so einem großartigen Ort, einem richtigen Palast mit roten Samtsitzen, Vorhängen und Wänden, alles über und über mit Gold verziert. Als die Musik einsetzte, schnappte sie nach Luft. Die Melodie schien ihr direkt bis ins Mark zu gehen.

Eins-zwei-drei, eins-zwei-drei, eins-zwei-drei reihten sich die Basstöne entschlossen aneinander, wie Ruderer entlang der Küste. Wie elektrisiert war sie gewesen, als die höheren Töne, die der Pianist mit seiner rechten Hand anschlug, sich von den strebsamen Bässen seiner Linken lösten und ihren eigenen Weg gingen. Die Oberstimme schrie mitleidsvoll auf, nur um sogleich wieder zu verstummen; sie erklomm emotionale Höhen, nur um tief zu fallen, doch der Bass war immer da, um sie aufzufangen, und ruderte unbeirrt weiter.

Dorothy zitterte angesichts von so viel Schönheit, als ihr Vater sich zu ihr beugte. Er roch wie immer nach Bier, das jemand in der Kneipe verschüttet hatte, und seinem eigenen pfeffrig-süßen Duft aus Schweiß und Seife.

»Ich mag die tiefe Stimme«, flüsterte er. »Es ist ihr egal, ob die hohe Stimme sich in den Vordergrund drängt. Sie weiß, dass sie stark ist.«

Sie hatte zu ihrem Vater geschaut, der sie mit stolzer Freude anlächelte, als würde er ihr die Musik schenken. Als er ihren Blick sah, beugte er sich vor und küsste sie auf den Scheitel.

Eine Hirschkuh und ihr Kitz sprangen aus dem Unterholz.

Dorothy trat auf die Bremse. In den Kisten im Kofferraum schlug klirrend Glas aneinander.

Es war fast Mitternacht, als sie im Hotel ankam und sofort die Glasfläschchen auf Schäden untersuchte. Nur vier waren zerbrochen, sie hatten Abwasserproben aus Atlanta enthalten. Dorothy wischte den Dreck mit den Lumpen auf, die sie zu diesem Zweck im Kofferraum aufbewahrte, dann tauchte sie alles in Bleichmittel, das sie ebenfalls zu diesem Zweck dabeihatte. Sie könnte am Morgen ins Klärwerk fahren und neue Proben holen. Im Foyer sprach der Nachtportier sie an.

Sie wandte sich ihm zu.

Der Nachtportier war ein drahtiger junger Mann mit einer Augenklappe, die seinen struppigen blonden Haarschopf in zwei Hälften teilte. Sein linker Ärmel war zusammengefaltet und an der Schulter festgesteckt. Er hatte ihr erzählt, dass er in Pearl Harbor gewesen war, und sie hasste es, was der Krieg jungen Männern antat. »Ein Telegramm, Ma'am.«

Sie dankte ihm und öffnete es im Weitergehen.

24. Mai 1942
Dr. Dorothy Horstmann
Winecoff Hotel, Atlanta
Trask infiziert m. Hämolyt. Strp. Im Armeelager Chicago.
Starb binnen 48 Std. Untröstlich.
Beryl Beasley

1944 – 1945

EINE KRANKENSCHWESTER

1944

Zweieinhalb Jahre nach dem Beginn des Krieges gegen Deutschland fiel in den Wäldern vor dem verschlafenen Städtchen Hickory in North Carolina eine Holzbohle mit einem gewaltigen Krachen zu Boden. Ein Gefängnisaufseher brüllte Männer an, die bis zur Brust in einem Graben standen, den sie für eine Wasserleitung aushoben. Der Lärm des Hämmerns und Sägens und die gotteslästerlichen Flüche der Männer erfüllten den Kiefernwald, während ein Armeejeep aufheulend vorbeifuhr. Ein Poliokrankenhaus so schnell aus dem Boden zu stampfen, dass es aussah, als würden die Männer es direkt aus der roten Erde ziehen, war laute Arbeit. Sie arbeiteten erst seit vierundfünfzig Stunden daran, und schon war das Dach auf dem Hauptgebäude, und die ersten Patienten wurden aufgenommen.

Es war nicht schnell genug.

Krankenwagen, Automobile und Pferdekarren stauten sich auf der unbefestigten Straße. Vom Kontrollpunkt am Pförtnerhaus bis zum Armeezelt, vor dem Margaret O'Shea jetzt stand, stieg Angst aus den Fahrzeugen auf, fast so deutlich wahrnehmbar wie Rauch aus einem Ofenrohr.

Wird der kleine Johnny je wieder laufen können?

Können Sie Bobbys Schmerzen beenden?

Wird Mary sterben?

»Margaret?« Dr. Farraguts Stimme kam aus dem Aufnahmezelt. »Margaret, sind Sie da?«

»Ja. Entschuldigung.« Sie hielt einem Jungen im Teenageralter die Fliegengittertür auf. Er trug ein kleines Mädchen, dessen Beine unter seinem rosafarbenen Bademantel hervorlugten. Hinter ihm trottete ein Mann, der seinen Hut tief ins Gesicht gezogen hatte, jedoch nicht tief genug, um die Tränen zu verbergen, die ihm über sein ledriges Gesicht liefen.

Dr. Farragut folgte ihnen zur Tür. »Bringen Sie sie nach Hause«, sagte er zu ihnen. »Wir rufen Sie an. Haben Sie die Nummer?«, fragte er Margaret.

»Ja, Sir.«

Über seine Maske hinweg sah er Margaret mit weichem Blick an. Und schon breitete sich hier, in der stickigen Hitze, inmitten verzweifelter Patienten, verängstigter Kinder und der Bedrohung durch Tod und bleibende Schäden, ein warmes Gefühl in ihrer Brust aus. Waren sie Unmenschen, weil sie sich in Zeiten von Polio liebten?

Seit sie Chicago vor eineinhalb Tagen verlassen hatten, hatte sie nur auf der Rückbank des Autos geschlafen und außer Sandwiches mit Tomaten und Mayonnaise nichts gegessen. Unterwegs hatte sie sich in den schmierigen Waschräumen der Tankstellen gewaschen. Jetzt behandelte sie Patienten in einem heißen, stickigen Zelt in einem Wald, in dem es vor Ungeziefer nur so wimmelte. Alles, um mit ihm zusammen zu sein. Sie mussten diese arme Familie fortschicken, weil die Betten den gelähmten Patienten vorbehalten waren, nicht denjenigen, die nur sehr krank waren und Fieber hatten, wie dieses kleine Mädchen – und Margaret konnte nur daran denken, ob Dr. Farragut, Ted, sie heute Abend wieder in den Arm nehmen würde. So verrückt konnte die Liebe einen Menschen machen. Sie ließ alles andere verschwimmen, selbst Entbehrungen, selbst Polio.

Eine große Frau, nein, eine wunderschöne Riesin mit unordentlichem blondem Haar, einem langen, schmalen Oberkörper und breiten Hüften näherte sich mit einer Kiste, in der Glas klirrte. Ihre

Augen wurden fast von den Schlupflidern verdeckt, und ihr großer Mund verbreiterte sich zu einem entschuldigenden Lächeln, das zu sagen schien: Wenn sie schon in diesem Wahnsinn sein musste, dann war sie froh, dass sie es mit Margaret zusammen war.

»Ich bin Dorothy Horstmann von der Polioeinheit in Yale.«

Ted – Dr. Farragut – schaute stirnrunzelnd zu ihr hoch. »Hier ist die Aufnahme. Sie wollen zum Krankenhaus.«

Dorothy Horstmann schaute zu dem Teenagerjungen, der gerade seine Schwester in den Pick-up der Familie legte. Auch Margaret sah zu, wie der Junge eine Decke über die Sitzbank breitete, das kleine Mädchen behutsam darauflegte und ihren Bademantel über ihr glattzog. Bewundernd schaute das Kind zu seinem Bruder hoch.

»Können Sie das Kind nicht aufnehmen?«, fragte Dorothy Horstmann.

Dr. Farragut nahm seine OP-Mütze ab und wischte sich mit dem Arm über das sandfarbene Haar. »Sie glauben, ich sollte sie aufnehmen?« Er setzte seine Mütze wieder auf. »Sehen Sie das hier, Yale?« Er deutete auf einen tiefliegenden schwarzen Kombi, der zwischen einem blassgrünen Ford und einem von einem Maultier gezogenen Karren über die Straße kroch. Seine Chromverzierungen funkelten in der Sonne.

»Den Leichenwagen?«

Aus dem Inneren des Zelts ertönte eine Stimme mit einem starken Bostoner Akzent. »An manchen Orten gibt es keine Krankenwagen mehr, also hat man die Leichenwagen zwangsverpflichtet. Das war zu erwarten.«

Dr. Horstmann spähte durch das Fliegengitter zu dem Mann, der neben einem hin- und herschwingenden Ventilator auf einem Faltstuhl saß.

»Kommen Sie herein! Stellen Sie Ihre Last ab. Halten Sie ihr bitte die Tür auf, Liebes?«, sagte er zu Margaret.

Die Fliegengittertür quietschte in den Angeln, als sie sie für den Neuankömmling aufhielt. Dorothy Horstmann freute sich sichtlich, als sie den gemütlichen Mann mit dem kantigen Kinn und den spitzen Ohren sah. Jeder in der Poliowelt kannte Basil O'Connor, den Leiter der National Foundation for Infantile Paralysis, der Stiftung, die es sich zum Ziel gesetzt hatte, die Kinderlähmung zu besiegen.

Margaret folgte ihr ins Zelt, um alles für den nächsten Patienten vorzubereiten. Im Inneren herrschten über 30 Grad, es war so heiß, dass der Latz von Margarets Uniformschürze schweißnass war. Doch Mr. O'Connors Hemdsärmel waren heruntergerollt und mit diamantenen Manschettenknöpfen verschlossen. Sein einziges Zugeständnis an die Hitze war, dass die Jacke seines Nadelstreifenanzugs über der Lehne des Faltstuhls hing. Er kleidete sich mit der Extravaganz eines Straßenkindes, das es zu etwas gebracht hatte, und genau das war er auch.

Jeder kannte seine Geschichte. Als rauflustiger Sohn eines Klempners, der als Zeitungsjunge schließlich alle Touren in der Stadt übernahm, hatte er es bis nach Dartmouth und Harvard geschafft. Dann hatte er das große Los gezogen und war Partner in der New Yorker Anwaltskanzlei von Franklin Roosevelt geworden, bevor Roosevelt Präsident wurde. Roosevelt, der um O'Connors Zauberkünste wusste, übertrug ihm die Leitung seiner neuesten Investition – eines heruntergekommenen Gasthauses an einer heißen Quelle in Georgia. O'Connor verwandelte es in eine Polioheilanstalt von Weltrang und entwickelte daraus die NFIP, oder den »March of Dimes«, wie der Sänger Eddie Cantor es nannte, die erfolgreichste Spendenorganisation dieser Zeit. Es hieß, es gäbe einen Grund, warum der arme Junge aus Taunton, Massachusetts, solch ein Wunder vollbringen konnte: Er konnte eine kluge Idee aus einer Meile Entfernung riechen. Margaret fragte sich, warum er hier war.

Mr. O'Connor nahm die Brille von seinen elfenhaften Ohren. »Wir nehmen Leichenwagen, weil die Krankenhäuser die Bestattungsunternehmen vor Ort um Hilfe bitten, wenn ihnen die Krankenwagen für den Transport der Kinder ausgehen. Dieser Ausbruch hat erst vor zwei Wochen angefangen, und in den Krankenhäusern von Charlotte und Gastonia gibt es bereits keine freien Betten mehr. Sie haben Zelte auf den Rasenflächen vor den Häusern aufgestellt.« Er zog ein Taschentuch aus seiner Hosentasche. »Ich sagte, zum Teufel damit. Wir bauen ein hochmodernes Poliokrankenhaus mit dreihundert Betten, Wohnungen für die Angestellten und einer angeschlossenen Heilanstalt. Innerhalb von fünf Tagen.« Er begann, seine Brillengläser zu polieren. »Oder weniger.«

»Ich muss wieder raus«, sagte Dr. Farragut. »Ich habe keine Zeit zum Plaudern. Margaret, sind Sie so weit?«

»Eigentlich, Ted«, sagte Mr. O'Connor und tupfte sich die Nase ab, »habe ich Dr. Horstmann kommen lassen. Zumindest habe ich darum gebeten, jemanden von der Polioeinheit aus Yale zu schicken. Wo sind die anderen, Dot?«

»Im Krankenhaus sind nur noch Joe Melnick und Robbie Ward. Ich bin hier, um Blutproben von denen zu nehmen, die nicht aufgenommen werden.«

»Blutproben?«, fragte Mr. O'Connor. »Ist das üblich?«

»Für mich schon.« Dr. Horstmann warf einen Blick auf den Pickup. »Ich muss unbedingt diese Familie noch erwischen, bevor sie abfahren.« Sie wühlte in ihrer Kiste, nahm drei Glasspritzen, setzte ihre Maske auf und lief hinaus ins Sonnenlicht.

»Wollen Sie sie nicht zurückpfeifen?«, fragte Ted. »Wir haben hier keinen Platz für sie. Sie hält alles auf.«

»Ich denke, das sollten Sie sich noch einmal überlegen, Ted.« Mr. O'Connor rutschte auf seinem Faltstuhl herum. »Sie könnte Ihnen sehr von Nutzen sein. Sie ist ausgebildete Ärztin. Internistin und Epidemiologin.«

»Großartig. Margaret, bringen Sie mir noch ein paar Zungen-spatel.« Als sie nicht sofort reagierte, runzelte er die Stirn.

»Margaret?«

»Verzeihung.« Sie gab ihm die Zungenspatel.

Mr. O'Connor setzte seine Brille wieder auf und lehnte sich, ge-mächlich wie ein General auf dem Schlachtfeld, auf seinem Falt-stuhl zurück. »Sie sollten Dr. Horstmann bitten, Ihnen zur Hand zu gehen, wenn sie nicht gerade Vampir spielt. Sabin sagt, sie sei der aufsteigende Stern in der Polioforschung.«

Ted schob die flachen Stäbchen in die Brusttasche seines wei-ßen Kittels. »Sabin? Albert Sabin?«

»Jupp.«

»Was für eine Knallcharge!«

»Ted!«, tadelte Mr. O'Connor mild. »Es ist eine Dame anwe-send.«

»Verzeihung, Margaret. Ich hörte, dass diese K… Ich hörte, dass *Sabin* direkt vor dem Krieg auf einer Konferenz gesprochen hat. Er besaß die Frechheit, sich aufs Podium zu stellen und zu verkün-den, dass Claus Jungebluts Vitamin-C-Therapie bei Polio komplet-ter Unsinn sei, und dann legte er auch gleich die Gründe dafür dar – und Claus Jungeblut saß in der ersten Reihe direkt vor ihm! Wie er den armen Mann vor den Augen seiner Kollegen nieder-gemacht hat, war unverschämt.«

Mr. O'Connor lächelte mit der Hälfte seines Mundes. »Hatte Sabin denn nicht recht?«

»Doch. Verdammt soll er sein.« Ted kritzelte auf seinem Klemm-brett herum. »Keine Tinte. Margaret, geben Sie mir einen anderen Stift.«

Sie hatte gerade einen neuen Stift geholt, als Dr. Horstmann zu-rückkehrte. »Ich habe sie noch erwischt, Gott sei Dank. Ihr nächs-ter Patient wartet draußen. Hätten Sie etwas dagegen, wenn ich den Patienten Blut abnehme, während Sie sie untersuchen?«

»Dr. Horstmann«, sagte Mr. O'Connor, »warten Sie. Ich habe Sie nicht gesehen, um es Ihnen persönlich zu sagen – der Krieg hat mir meine Zeit gestohlen. Die letzten zwei Jahre scheinen nicht existiert zu haben. Oder ich habe nicht existiert. Oder beides! Wie auch immer, ich möchte Ihnen sagen, wie leid es mir um Dr. Trask tut.«

Sie zögerte, dann zog sie ein Probenfläschchen aus ihrer Kiste. »Danke. Wir vermissen ihn.«

»Das mit Dr. Trask tut mir auch leid«, sagte Ted. »Ich komme aus Chicago und habe alles darüber gehört.«

Jeder, der im öffentlichen Gesundheitssektor in Chicago arbeitete, hatte davon gehört. An jenem Tag vor zwei Jahren, als Margaret sich um eine Stelle als Krankenschwester beworben hatte, wurde in den Büros des Gesundheitsamtes darüber geredet.

»Dr. Trask war ein guter Mann«, sagte Dr. Horstmann. »Er dachte nie an sein eigenes Risiko, wenn er ins Feuer lief.«

»Was Sie nicht sagen.« Mr. O'Connor beugte sich vor. »Das ist ein guter Satz. ›Unsere Ärzte laufen ins Feuer.‹ Das müssen wir irgendwo einsetzen.«

Ein Mann im Overall drückte sein Gesicht an die Fliegengittertür. »Ist hier jemand? Ich habe hier draußen einen Jungen, der Probleme mit dem Atmen hat.«

Fragend legte Ted den Kopf schräg. »Margaret? Mein Stift?«

Sie legte ihm den Stift in die Hand.

»Meine Güte, Sie sind heute aber verträumt. Denken Sie an etwas Besonderes?« Über den Rand seiner Maske warf er ihr einen vielsagenden Blick zu.

Sie folgte Ted hinaus in die heiße Sonne, bevor ein weiteres Leben verlorenging.

10

Hickory, North Carolina, 1944

Dorothy war erschöpft. Seit zwei Jahren dämmten sie überall im Land Ausbrüche ein, obwohl es ihnen wegen des Krieges an Personal und Mitteln fehlte und sie permanent übermüdet waren. Sie sollte sich von diesem Kerl nicht ärgern lassen. Unter normalen Umständen, in seinem Krankenhaus in Chicago, wo Scharen von freundlichen Krankenschwestern, Laborassistenten und Pflegern dafür sorgten, dass alles wie am Schnürchen lief, war Dr. Farragut vielleicht ein umgänglicher Zeitgenosse. Sie wusste, dass es etwas ganz anderes war, freundlich zu bleiben, wenn man sich sputen musste, um Kinder rechtzeitig aus Autos zu holen und zu beatmen, bevor sie keine Luft mehr bekamen.

Jetzt deutete Ted mit dem Daumen auf einen blassgrünen Ford hinter dem Leichenwagen ganz vorn in der Reihe. »Hey, Yale. Sie nehmen den da. Ich nehme diesen hier.« Er wartete Dorothys Antwort nicht ab und beugte sich in den Leichenwagen.

Ihre Maske war durchweicht vom Atem und Schweiß, ihr Mieder schnürte ihre Oberschenkel ein, und an ihre Blase durfte sie gar nicht erst denken. Aber es gab einen Grund, weshalb sie ihr Unbehagen und seine Spitzen ertrug, während sie Patienten aufnahm und Blutproben sammelte.

Sie hatte das Poliovirus im Blut eines Patienten gefunden.

Letzten Sommer war ein neunjähriges Mädchen aus New Haven ins Krankenhaus eingeliefert worden. Sie hatte achtunddreißig Grad Fieber und Muskelschmerzen, ihr Rücken, der Nacken und der linke Oberschenkel waren steif, doch wie bei 95 Prozent aller Poliomyelitisfälle schritt die Krankheit bei ihr nicht weiter fort. Binnen einer Woche war sie wieder zu Hause und zeigte keine Symptome mehr. Doch achtundvierzig Tage später, als Dorothy die Proben routinemäßig untersuchte, war es ausgerechnet die Probe dieses Mädchens mit einem so milden Verlauf, die bei einer Maus, die damit infiziert wurde, Lähmungen hervorrief. Jetzt war sie entschlossen, eine zweite positive Probe zu finden.

Sie zupfte kurz an ihrem Mieder und näherte sich dem blassgrünen Ford. In ihren Ohren schrillte der Lärm der Hämmer, die Bretter zusammenfügten, der Sägen, die das Holz zuschnitten, und der Schaufeln, die sich ins Erdreich gruben.

Die Frau auf dem Beifahrersitz kurbelte das Fenster herunter. Sie war jung und hatte sich die Haare mit einem rosa Band zurückgebunden.

»Guten Tag. Ich bin Dr. Horstmann.«

»Pst. Sie schläft endlich. So lange hat sie seit zwei Tagen nicht mehr geschlafen.« Die blauen Adern unter der zarten Haut an den Schläfen der jungen Mutter pulsierten, als sie sich umdrehte, um ihr Kind anzuschauen. »Sieht sie nicht aus wie ein Engel?«

Dorothy spähte auf die Rückbank. Ein Bettlaken verdeckte das Gesicht der Patientin.

Auf dem Fahrersitz umklammerte der Vater das Lenkrad, als würde er den Wagen in einem Schneesturm durch die Berge lenken.

»Sir«, bat Dorothy ihn, »könnten Sie sie bitte ins Zelt tragen?«

Er drehte sich um, langsam wie ein Automat. Seine Pupillen glänzten.

Dorothy wich zurück. Hatte er getrunken?

Sie holte tief Luft, dann bat sie die Mutter: »Erzählen Sie mir von Ihrer Kleinen.«

»Ihr Name ist Shirley. Shirley Blanche Reese. Sie ist fünf Jahre alt. Sie singt gerne, und sie ist ziemlich gut darin.«

»Wann ist sie krank geworden?«

Ein Schatten legte sich über das hübsche Gesicht der Mutter. »Gestern Morgen. Sie wachte mit Fieber auf. Grundgütiger, sie glühte regelrecht! Dann fing sie an, sich zu übergeben. Sie sagte, ihr Hals tue ihr weh, der Rücken, ihre Beine. Als sie versuchte aufzustehen und es nicht schaffte, sind wir sofort zum Arzt in die Stadt gefahren. Er hat uns nach Charlotte geschickt, und die haben uns direkt hierher geschickt.«

»Kann sie inzwischen wieder gehen?«

»Ich weiß es nicht. Ich habe sie nicht aufgeweckt, um es herauszufinden. Sie schläft, seit wir Charlotte verlassen haben. Sie brauchte dringend Ruhe.« Als Dorothy die hintere Tür öffnete, zuckte sie zusammen. »Pst! Sie sind Ärztin, sagen Sie? Entschuldigen Sie bitte, aber Sie sehen gar nicht so aus.«

»Ja, Ma'am.« Dorothy zog das Laken zurück. Ihr Blut rauschte in den Ohren.

Sie schaute kurz zur Mutter, schluckte und legte dem reglosen Kind zwei Finger an den Hals.

Ihr Herz schlug heftig, und sie sammelte sich kurz, bevor sie die Hand zum Vordersitz ausstreckte.

Schweigend legte sie der Mutter eine Hand auf die Schulter.

◈

Als Dorothy ins Zelt kam, um den Leichenbeschauer anzurufen, war Basil O'Connor verschwunden. Stattdessen kauerte ein kleiner Mann mit einem großen Filzhut auf einem der Faltstühle. Er wartete, bis sie den Anruf erledigt hatte, dann stand er auf, nahm den Hut ab, unter dem sich eine glänzende Glatze verborgen hatte, umschlossen von einem dunklen Haarkranz. Um seinen Hals hing eine Kamera.

»Ich bin Alfred Eisenstaedt vom *Life*-Magazin. Basil O'Connor schickt mich. Das mit dem Kind tut mir übrigens leid.«

Sie nickte und ging zurück zur Mutter des Kindes.

Der Leichnam wurde abgeholt, und diese ruhige Krankenschwester, Margaret, brachte die immer noch weinende Mutter zum Krankenhaus. Als Dorothy in das Zelt zurückkehrte, war der Mann immer noch da.

»Kann ich Ihnen helfen?« Sehnsüchtig schaute Dorothy zu den Waschräumen bei der Kantine.

»Basil O'Connor möchte, dass ich einen der Ärzte hier eine Weile begleite, für einen Artikel über die Eröffnung des Krankenhauses. Aber wenn Sie wollen, dass ich verdufte …«

Ted kam herein. »Tut mir leid, dass Sie sie erwischt haben, Yale. Das war hart.« Stirnrunzelnd sah er den *Life*-Reporter an. »Wer ist das?«

Der Fotograf stellte sich vor und erklärte, warum er hier war.

Der Arzt aus Chicago deutete auf Dorothy. »Nehmen Sie ihn mit, Yale.«

»Nein. Sie brauchen Unterstützung.«

Er schüttelte den Kopf. »Gehen Sie schon. Gehen Sie und machen Sie, was immer Sie getan haben, bevor ich Sie vereinnahmt habe. Sammeln Sie mit Ihren Leuten nicht normalerweise Fliegen und Kot?«

Dorothy sah auf die Schlange wartender Fahrzeuge, die sich am Pförtnerhaus vorbei bis in den Wald zog. Was würde zuerst platzen, ihre Blase oder sie?

»Sehen Sie, Yale, wenn Leute wie Sie nicht herausfinden, wie diese Krankheit funktioniert, werden Leute wie ich niemals das Ende einer Schlange wie dieser hier zu sehen bekommen. Kapiert?« Der Arzt warf ihr ein kurzes, dankbares Lächeln zu. »Und jetzt raus hier. Ich will Sie hier nicht haben. Sie bringen Unglück.« Mit dem Klemmbrett in der Hand ging er zum nächsten Wagen.

Der Fotograf breitete seine Hände aus. »Ich werde wie eine

Fliege an der Wand sein. Sie werden nicht einmal merken, dass ich da bin.«

Der Schrei der Mutter hallte noch in ihren Ohren nach, als Dorothy fünfundsechzig Minuten später auf dem Rücksitz eines Armeejeeps hin und her geworfen wurde. Der Fahrer mit Helm und entschlossener Miene folgte dem Pick-up eines Farmers auf einer Straße, die so schmal war, dass der Berglorbeer von beiden Seiten an den Fahrzeugen kratzte.

Der Jeep rumpelte über einen Stein, und Dorothy wurde fast von der Rückbank geschleudert. Auf dem Beifahrersitz griff der *Life*-Reporter nach seinem Hut, der ihm vom Kopf flog. Sie fing ihn in der Luft auf und reichte ihn nach vorn.

»Gut gefangen!« Er schob ihn über seinen Haarkranz. »Wenn ich fragen darf ...«, er hob seine Stimme, um das Rumpeln des Jeeps zu übertönen, »... was hoffen Sie im Haus dieser Patientin zu finden?«

»*Scheiße* und Fliegen«, murmelte sie.

»Wie bitte?«

Sie holte tief Luft. »Kot und Fliegen. Ich werde Stuhlproben und Fliegen sammeln.« Sie deutete auf die Fliegenfalle zu ihren Füßen. »Wir versuchen immer noch, herauszufinden, wie Polio von einem Menschen zum anderen übertragen wird.«

Seine Augenbrauen verschwanden unter dem Hut. »Das wissen Sie nicht?«

»Wir wissen nicht einmal, wie Polio sich im Körper verhält.«

»Immer noch nicht?«, rief er. Sie fuhren durch ein Schlagloch. »Es dauert doch schon, wie lange, dreißig Jahre?«

Sie versuchte, ihre Wut im Zaum zu halten. »Es tauchen immer wieder neue Fragen auf, die wir nicht beantworten können, weil wir zu beschäftigt damit sind, die Menschen am Leben zu halten.«

Der Jeep erreichte eine Lichtung. Hühner gingen flügelschlagend in Deckung, als die beiden Fahrzeuge auf einem unbefestigten Vorplatz anhielten. Der Jeep kam zum Stehen, und sie wurden nicht länger durchgeschüttelt.

Kinder quollen aus dem schmucklosen Haus, als der Fahrer ihr aus dem Fahrzeug half. Er schob seinen Helm zurück, um ihre volle Größe zu erfassen. Der Geruch von Kiefern, Pferdedung und frischgebackenem Brot hing in der Luft.

Die Mutter kam auf die Veranda und trocknete sich die Hände an der Schürze ab. Dorothy stellte sich vor, dann sagte sie, dass sie ihr leider mitteilen müsse, dass ihre Tochter an diesem Morgen mit bulbärer Poliomyelitis im Krankenhaus aufgenommen werden musste.

Die Mutter schlug die Hände vor dem Mund zusammen. »Wie schlecht geht es ihr?«

»Im Moment kann sie nicht allein atmen, es tut mir leid. Sie liegt in einem Beatmungsgerät.«

Die Mutter blinzelte.

»Einer Eisernen Lunge«, sagte Dorothy.

Die Augen der Mutter füllten sich mit Tränen, als sie begriff. »Ist sie jetzt behindert?«

»Nein, überhaupt nicht. Die meisten Kinder bekommen genügend Muskelkraft zurück, um selbständig zu atmen. Und die Krankengymnasten werden alles tun, damit sie wieder laufen kann.«

»Sie kann also nicht laufen?«

»Im Moment nicht. Aber wir geben sie nicht auf.«

Die Mutter zuckte zusammen, dann schluckte sie sichtlich und wischte sich mit dem Schürzenzipfel über die Augen. Sie richtete sich auf. »Werden die anderen Kinder es auch bekommen?«

Dorothys Blut geriet in Wallung. Das Virus schlich sich in den Körper, begann seine ruchlose Reise zu den Nervenzellen und schaltete ein Kind aus, das gerade eben noch mit dem Seil gesprungen war, Rollschuh gelaufen war oder den Hund gefüttert hatte. Sie tat, was sie konnte, um dieses bösartige Ding zu fangen, in die Ecke zu treiben und dann von allen Seiten zu beleuchten, aber es genügte nicht. Alles, was sie der Mutter sagen konnte, war: »Nur etwa acht von hunderttausend Kindern zeigen schwere Symptome.«

»Aber meine Louise gehört dazu.«

»Ja, Ma'am. Es tut mir leid.«

»Wie kann ich verhindern, dass die anderen es auch bekommen?«

»Wir wissen es nicht, Ma'am. Deswegen bin ich hier.«

Der *Life*-Reporter knipste den ganzen Nachmittag mit seiner Leica. Während Dorothy Fliegenfallen aufhängte – unter dem großen Interesse der Kinder, die sich durch nichts erschüttern ließen, nicht einmal, als sie die Fallen mit verfaultem Fisch füllte –, war Mr. Eisenstaedt mit der Kamera dabei. Er machte Fotos, als sie gelbe Gummihandschuhe anzog, um Wasser aus dem Brunnen zu holen. Seine Kamera klickte, als sie mit einem Probenfläschchen in den Bach watete, die neugierigen Kinder im Schlepptau. Selbst als sie schwankend mit einem Eimer aus dem Plumpsklo kam, wich er nicht zurück, obwohl sie ihn warnte, dass sich das Poliovirus in Fäkalien nachweisen ließ und ein Kind, das jetzt gelähmt war, hier lebte.

»Ihnen ist doch klar«, sagte sie, während es im Eimer schwappte und sie ihre liebe Mühe damit hatte, »dass wir immer noch nicht sicher sind, wie Polio übertragen wird.«

»Darauf haben Sie mich hingewiesen.«

»Damit will ich sagen, dass Sie Ihre Kontakte einschränken sollten, bis wir wissen, *wie* es übertragen wird. Und kommen Sie um Himmels willen nicht in die Nähe von diesem Dreck.«

Er rollte seinen Film weiter und machte noch ein Bild. »In Ordnung.«

Sie stellte den Eimer so weit wie möglich von ihm entfernt ab. »Erwachsene sind nicht immun gegen diese Krankheit, will ich damit sagen.«

»Ich weiß« Er hob seine dicken Brauen, die gebogen waren wie bei einer Eule. »Was ist mit Ihnen? Haben Sie keine Angst, Sie könnten es bekommen?«

»Das ist mein Beruf. Ich mache mir eher Sorgen um Sie.«

»Das brauchen Sie nicht.« Er hob seinen Belichtungsmesser, las ihn ab und konzentrierte sich auf seine Kamera. »Wenn ich die in der Hand halte …«, er machte ein Bild davon, wie sie ein Probenfläschchen füllte, »… habe ich keine Angst.«

»Viren kümmern sich nicht darum, ob Sie Angst haben oder nicht.«

Er drehte seinen Film weiter. »Und warum fürchten Sie sich nicht? Epidemiologen wie Sie wissen besser als jeder andere, wie übel diese Viren sind, doch wie Basil O'Connor mir sagte, laufen Sie regelmäßig ›ins Feuer‹. Einer Ihrer Kollegen ist sogar vor gar nicht allzu langer Zeit dabei gestorben. Dr. Trask. Sie sollten sich unter Ihr Bett verkriechen, aber Sie sind hier und sammeln lebende Polioviren ein. Woher nehmen Sie den Mut?«

»Ist es Mut? Ich habe es *satt*, so oft von etwas so Winzigem besiegt zu werden, das man nicht einmal im Mikroskop sehen kann.« Sie holte Luft und füllte ein weiteres Probenfläschchen. »Woher nehmen Sie Ihren Mut, Mr. Eisenstaedt?«

Er ließ seine Kamera sinken. »Ich habe von meinem Fenster aus zugesehen, wie mein bester Freund und seine Familie in ein Gefangenenlager der Nazis gebracht wurden. Meine gesamte Nachbarschaft wurde abgeholt, kleine Kinder, die ihren kofferschleppenden Vätern folgten, Mütter, die ihre Babys beruhigten, Großeltern, die sich an den Händen hielten …«. Er wandte den Blick ab, dann holte er Luft. »Meinen Eltern ist es gelungen, uns da rauszubringen.« Grimmig lächelte er sie an. »Auch in meinem Fall ist es nicht unbedingt Mut. Nur guter, altmodischer Zorn.«

Eines der kleinen Mädchen kam hinaus auf den Hof gehüpft, eine schmutzige Puppe klemmte unter ihrem Arm. »Mama sagt, Sie sollen zum Abendessen kommen!« Das Kind spähte in den Eimer. »Igitt!«

Dorothy wartete, bis sie sicher war, dass Mr. Eisenstaedt sah, dass sie ihn verstanden hatte, bevor sie sich an das Kind wandte.

Nachdem Mr. Eisenstaedt und sie sich gewaschen hatten, setzte die Mutter ihnen eine Mahlzeit aus gebuttertem Maisbrot und frischen Erbsen vor, übergossen mit Milch aus dem Brunnenhaus. Dorothy beendete den Tag damit, dass sie den Kindern Blut abnahm, die sich jetzt »Demilogen« nannten, wie Dorothy. Sie saß auf der vorderen Veranda, wo sie sich vom Kampf mit dem jüngsten Mädchen erholte, einer quirligen Dreijährigen, die sich wie ein Dachs gegen die Nadel gesträubt hatte. Mr. Eisenstaedt packte seine Ausrüstung zusammen.

»Warum untersuchen Sie das Blut der Kinder?« Er legte die Kamera in ihren mit Samt ausgeschlagenen Koffer. »Ihre Mutter sagt, kein anderes Kind sei krank geworden, nur das Mädchen, das jetzt im Krankenhaus liegt.«

Dorothy blickte von ihren Notizen auf und rieb sich die rechte Seite ihres Rückens, da war diese eine Stelle, die immer schmerzte, wenn sie müde wurde. »Eigentlich finden wir nur selten Polioviren im Blut, selbst bei denen, die gelähmt sind. Ich habe es nur einmal gesehen.«

»Und warum tun Sie es dann? Es kommt mir ziemlich sinnlos vor, zappelnden Kindern Blut abzunehmen, in dem kein Virus zu finden ist.«

Sie schluckte. »Was, wenn das Virus doch im Blut ist und wir es irgendwie übersehen? Es war dort, dieses eine Mal.«

Er griff nach seinem Notizblock.

Sie hob eine Hand, um ihn aufzuhalten. »Bitte drucken Sie das nicht. Diese Idee ist nicht sehr verbreitet. Die Wissenschaftsgemeinde würde mich für verrückt halten.«

Er beobachtete sie aus seinen hellen braunen Augen. »Gut. Ich werde nichts darüber schreiben. Aber wenn Sie etwas herausfinden, lassen Sie es mich wissen, ja?«

Die Kinderschar tauchte laut schnatternd wieder auf. Einer der kleinen Jungs nahm das Blitzgerät in die Hand. »Mister, was ist das beste Bild, das Sie je gemacht haben?«

Mr. Eisenstaedt klappte sein Stativ zusammen. »Das ist einfach: das von Joseph Goebbels, wie er mich anstarrt, als er herausfindet, dass ich Jude bin. Nachdem ich ihn den ganzen Morgen fotografiert habe.«

»Was?«

Er nahm dem Jungen das Blitzgerät aus der Hand und zerzauste ihm die Haare. »Ich glaube, das Bild, wo Dr. Horstmann dir Blut abnimmt, wird auch ziemlich gut. Wenn sie es benutzen, schicke ich dir eine Ausgabe der Zeitschrift.«

»Ich will auch in die Zeitung!«, rief eines der anderen Kinder.

»Ich auch!«

»Ich auch!«

»Wenn es nach mir ginge, kämt ihr alle hinein.«

Die Kinder jubelten.

Die Mädchen umlagerten Dorothy, spielten mit den Kämmen in ihrem Haar und strichen mit den Fingern über den Rüschenkragen ihres Kleides, während er die letzten Teile seine Ausrüstung in Kisten verpackte. Als er fertig war, zog er Dorothy auf die Füße.

»Es war mir ein Vergnügen, mit Ihnen ins Feuer zu laufen, Dr. Horstmann.«

Sie schaute hinunter in sein aufgewecktes, eulenhaftes Gesicht. »Mir auch. Mehr, als Sie ahnen, Mr. Eisenstaedt.«

Er tätschelte ihren Arm. »Ich glaube, ich weiß es.«

11

New Haven, Connecticut, 1944

Vier Wochen später dröhnte der Mixer in Dorothys Ohren, als Robbie ins Labor schlenderte und mit einer Ausgabe des *Life*-Magazins winkte. Dorothy ließ die Maschine fünfzehn weitere Sekunden brüllen, bis das Blut gründlich mit dem sterilen Wasser durchmischt war, dann schaltete sie sie aus. »Was hast du gesagt?«

»Ich sagte, ein Star wurde geboren.«

Sie schaute auf das *Life*-Titelbild. Ein strenger, mit Orden behangener ausländischer General ragte wie ein Monolith über das Datum: 31. Juli 1944.

»Einen Moment.«

Robbie blätterte in der Zeitschrift, während sie die Mischung in Fläschchen füllte, diese in eine Winkelzentrifuge tat und das Gerät einschaltete. Vielleicht würden sich in dieser Charge des Serums Polioviren im Blut nachweisen lassen. Es war da, irgendwo, sie wusste es.

Sie hatte fünfzehn Minuten, in denen die Mischung sich drehte. Sie zog ihre Gummihandschuhe aus. »Also, was ist los?«

Robbie schlug das *Life*-Magazin auf. »Wie konnte das passieren? Du bist hier drin. Die Krankenschwestern, die sich an ihren Zelten sammeln, sind hier drin. Dieses grässliche Aufnahmezelt und dieser Griesgram aus Chicago mit seiner gutaussehenden Krankenschwester sind da drin. Sogar die Sträflinge, die einen Graben ausheben, haben es geschafft. Aber kein Wort von mir.«

Sie hob die Stimme über das Jaulen der Zentrifuge. »Ich kann nichts dafür, wenn Al dich und Melnick nicht fotogen findet.«

»›Al.‹ Aha. Mr. Eisenstaedt ist also jetzt ›Al‹. Gibt es etwas, das ich über euch beide wissen sollte?«

Sie schlug ihm spielerisch auf den Arm, während sie ihm über die Schulter blickte. Die Doppelseite in der Zeitung war wie ein Fotoalbum von diesem ersten aufreibenden Tag in Hickory. Hier war der verzweifelte Junge, der seine kleine Schwester aus dem Aufnahmezelt trug. Da der Ted-aus-Chicago, der einen Patienten in einem Leichenwagen untersuchte. In der Mitte der Seite umkreisten die Farmkinder ihre Mutter und Dorothy, die ihnen zeigte, wie man eine Fliegenfalle baute. Grundgütiger, sie sah aus wie eine Amazone in einem karierten Rüschenkleid!

Neben diesem Foto war eines von Dorothy, wie sie dem jüngsten Bruder Blut abnahm. Auch wenn sie zusammenzuckte, als sie sich selbst sah, staunte sie über die Einzelheiten, die Al in einer einzigen Aufnahme eingefangen hatte: den Jungen, der sein schmerzverzerrtes Gesicht abwandte; die Angst in den Gesichtern der Geschwister; den starren Blick der schmutzigen Puppe im Arm des jüngsten Mädchens; Dorothys eigene konzentriert gerunzelte Stirn. Alles zeugte von der Schwere des Augenblicks. Merkwürdig, dass man die Tragik einer Situation gar nicht vollkommen erfasste, wenn man mittendrin steckte. Erst hinterher begriff man, was man überlebt hatte. Und dann staunte man.

Dr. Paul betrat das Labor, das Kinn halb hinter seiner Fliege verborgen. Er schaute kurz zu Dorothy auf und starrte dann missmutig zu Boden.

›Haben Sie das gesehen?« Robbie grinste immer noch. »Dorothy wird als einziger Arzt namentlich erwähnt. Sieht aus, als hätten wir unsere eigene Berühmtheit.«

›Yale wird ebenfalls erwähnt«, sagte Dorothy rasch.

Dr. Paul runzelte die Stirn.

Robbie schien es nicht zu bemerken. »Genau wie diese anmaßende Frau aus Australien, Sister Wie-heißt-sie-doch-gleich …«

»Kenny«, sagte Dorothy.

»… Sister Kenny mit ihrer Methode, Kinder zu verbrühen, ich meine, zu heilen. Aber niemand bekommt so viel Aufmerksamkeit wie Sie. Ich bin nur erstaunt, dass Sabin nicht hier drin ist, selbst aus dem Pazifik, aus siebentausend Meilen Entfernung. Ein Poliowunder ohne unseren Sportsfreund ist kein Wunder.«

»Ich habe den Artikel gesehen. Dorothy, haben Sie kurz Zeit?«

»Natürlich. Aber die Zentrifuge braucht noch elf Minuten.«

»Robbie, geben Sie bitte darauf acht.«

Er führte Dorothy hinaus in den Flur. Er hielt seine kleine Statur kerzengerade, während er vor ihr ging. Warum nutzte er die Zeit nicht, um ihr etwas zu erklären, um jeden Moment sinnvoll zu nutzen, wie es seine Gewohnheit war? Ihre Absätze klapperten auf den Fliesen.

Als sie in seinem Büro ankamen, hatte sie Bauchschmerzen. Irgendetwas stimmte nicht. Er deutete auf einen Stuhl. »Bitte, setzen Sie sich.«

Hatte sie ihre Studie verpfuscht? Ein anderer Gedanke ließ sie erstarren: Hatte jemand anders vor ihr Polioviren im Blut nachgewiesen?

Hinter dem Mahagonischreibtisch, der für einen doppelt so großen Mann gebaut worden war, stützte Dr. Paul sich auf seine Unterarme. »Ich mache es kurz, Dorothy, aus Respekt. Aufgrund des Krieges wurden uns die Mittel gekürzt. Ich kann Sie nicht länger hier beschäftigen.«

Sie spürte es wie einen Schlag auf die Lungen.

»Die Männer in unserer Abteilung haben Familie, Kinder … Sie verstehen. Ich kann keinen von ihnen entlassen. Ich weiß, dass Sie das Beste für Ihre Kollegen wollen. Und das Beste für das Projekt.«

Ihre Arbeit, ihre Wohnung, ihr Leben … was sollte sie tun, wohin sollte sie gehen? Wer hatte das Geld, um in mageren Kriegszeiten einem Einhorn Unterschlupf zu gewähren, ganz zu schweigen davon, ihre Forschung zu finanzieren? Sie war so kurz davor zu beweisen, dass das Vorhandensein von Polioviren im Blut kein Zufallstreffer gewesen war. Sie wusste nicht, warum sie es nicht bei jeder Infektion fanden, aber sie wäre verdammt, wenn sie es nicht herausfinden würde. Es ergab einfach Sinn, dass sich das Virus durch das Blut verbreitete – wie sonst sollte es aus dem Verdauungstrakt herauskommen? Wenn sie sie das nur beweisen lassen würden, hätten sie einen Ansatzpunkt, wo und wie sie Polio aufhalten könnten. Wie konnten sie sie jetzt stoppen?

»Sie verstehen das doch, nicht wahr, Dorothy?«

Sie fühlte sich wie eine Ertrinkende.

»Ja. Natürlich.« Sie lächelte sogar.

12

San Francisco, Kalifornien, 1944

Auf der Poliostation in San Francisco war es Weihnachten geworden. Jemand hatte ein dürres Mammutbäumchen auf einen der metallenen Vorratsschränke gestellt und es mit Lametta und roten und grünen Papiergirlanden geschmückt. In jedem der verdunkelten Fenster hing ein Kranz aus grünem Zellophan mit einer kerzenförmigen Glühbirne, die allerdings wegen des Krieges nicht angeschaltet werden durfte. Bing Crosby schmachtete »White Christmas« von der knisternden Schallplatte, die eine Krankenschwester mitgebracht hatte, was sehr zur feierlichen Stimmung beitrug, solange man nicht auf das Plakat blickte, mit dem die Regierung versuchte, Krankenschwestern für den Krieg zu rekrutieren.

Doch es roch nicht nach Weihnachten. Auch der intensivste Duft nach Pfefferminzzuckerstangen, die von einer Kirchengruppe gespendet worden waren und jetzt halb aufgegessen auf den Nachttischen lagen, konnte es nicht mit dem strengen Geruch kochender Schafswolle aufnehmen. Er überlagerte die Gerüche von Franzbranntwein, Desinfektionsmittel und anderen Ausdünstungen aus den Krankensälen. Seit die amerikanischen Kliniken die Kenny-Methode übernommen hatten, fand man jederzeit mit verbundenen Augen den Weg zur Poliostation, indem man einfach dem Gestank eines heißen, nassen Mutterschafs folgte.

Dorothy überprüfte die Anzeigen am zischenden Beatmungsgerät ihres Patienten. Der Druck war gut, und sie machte einen Vermerk. In einem Bett in der Nähe lag der fünfjährige Mikey, wie die meisten anderen Poliopatienten, ob männlich oder weiblich,

Kleinkind oder Heranwachsender, nur mit einem leinenen Lendentuch bekleidet. Er beobachtete, wie eine Krankenschwester einen dampfenden Streifen einer Armeedecke mit Zangen aus dem Dampfkochtopf hob. Die maskierte Schwester war nicht weniger bekümmert als ihr wartender Patient und warf den Streifen, tropfend wie Spaghetti aus dem Topf, auf seinen Schenkel.

Tränen klebten in Mikeys Wimpern, doch er weinte nicht. In ihren vier Monaten hier im Universitätskrankenhaus in San Francisco wurde Dorothy es nie müde, über den Mut ihrer jungen Poliopatienten und den der Schwestern, die mit den Kindern litten, zu staunen. Sie waren die wahren Helden dieser Epidemie. Die Widerstandskraft der Kinder – nicht nur der Poliopatienten, sondern der Patienten auf allen Stationen – und die Stärke der sie pflegenden Schwestern hatten ihr die Augen geöffnet, und sie begriff, dass ihr die Gelegenheit geschenkt worden war, etwas Wundersames zu erleben. Sie war dankbar, wirklich. Aber sie war auch wütend. Diese Kinder sollten niemals auf diese Weise um ihr Leben kämpfen müssen.

Die Krankenschwester, ein zierliches Mädchen namens Evelyn, wickelte den heißen Streifen um Mikeys Bein, legte ein Gummituch darüber und befestigte beides mit einem Baumwolltuch, das sie ebenfalls um das Bein band. Diese Packung würde eine Stunde draufbleiben, so wie die anderen Wollumschläge, die sie um den anderen Schenkel, seine Waden, die Füße, den Bauch und die Arme wickelte. Anschließend würde die Prozedur wieder von vorn anfangen.

Dorothy spürte, dass sie jemand ansah. Die vierjährige Janice musterte sie über den Spiegel am Kopfende des Beatmungsgeräts, das sie gerade überprüfte. Das weiche junge Gesicht des Kindes war so ernst wie das eines Bestatters.

»Hi, Janice. Darf ich kurz in dein kleines Häuschen schauen, um zu sehen, wie es dir geht?«

Oh, diese vertrauensvollen, unschuldigen Augen!

Dorothy war gerade dabei, Janice' Panzer zu entriegeln, als im Flur Unruhe aufkam. Die Rufe der Krankenschwestern und das Dröhnen einer herzlichen Stimme wurden von trampelnden Schritten begleitet.

»Glaubst du, dass der Weihnachtsmann zu Besuch kommt?«, flüsterte Dorothy.

Die kleine Janice runzelte ungläubig die Stirn, als eine große, weißhaarige Frau in den Krankensaal stapfte. Wie ein Bulldozer schob sie sich von einem Bett zum nächsten, die Feder auf ihrem Hut, mit dem sie wie der gestiefelte Kater aussah, wippte im Takt zu ihren wackelnden Hängebacken. Die Tasche an ihrem Arm schlenkerte gegen ihren grünen Umhang.

»HALLO, KINDER!«

Schwester Evelyn ließ die Zange sinken, die fast so lang war wie ihre Unterarme. »Ma'am! Bitte! Sie werden die Patienten erschrecken.«

»Sie erschrecken?« Die Frau schlug ihren Umhang zurück. »Ich heile sie!« Sie deutete auf den dampfenden Stoffstreifen, den Schwester Evelyn mit der Zange festhielt. »Ist das auch schön heiß?«

»Du hattest recht«, flüsterte Dorothy Janice zu. »Das ist nicht der Weihnachtsmann. Ich bin gleich wieder da.«

Sie stellte sich der Frau entgegen. »Sister Kenny …«

Sie strahlte Dorothy an. »*Sie* weiß, wer ich bin!«

Es war schwierig, es nicht zu wissen. Das breite, flache Gesicht der australischen Krankenschwester, einem Lebkuchenmännchen nicht unähnlich, war in zahllosen Zeitschriften und Zeitungsartikeln abgedruckt. Die Welt bettelte nach einer Heilung für Polio, und Sister Kenny kam dem im Moment am nächsten.

»Sister Kenny …«

»Frohe Weihnachten, Schwester …«

»Dr. Horstmann.«

»*Dr*. Horstmann! Nun!« Sister Kenny musterte Dorothys Arztkittel rasch von oben nach unten, um sich zu überzeugen. »Sie sind aber groß. Größer als ich, und das will schon etwas heißen!«

»Womit haben wir diese … Überraschung verdient?«

Sister Kennys Wangen blähten sich zu einem Lächeln auf. »Sie verfilmen meine Geschichte in Hollywood. Rosalind Russell spielt mich – sie sieht mir ziemlich ähnlich, würde ich sagen. Ich habe sie gerade am Set besucht. Stellen Sie sich nur ihre Freude vor! Nachdem ich allen meine Ratschläge gegeben habe, wollte ich unbedingt die kalifornische Küste hochfahren. Ich habe Wale gesehen! Es war so eine Freude für ein Mädchen aus dem australischen Busch wie mich.«

Sie wandte sich an die verblüfften Kinder in ihren Betten. »Jungen und Mädchen, ich möchte, dass ihr die Person kennenlernt, die sich die Methode ausgedacht hat, mit der ihr wieder laufen können werdet.« Sie hob die Arme, und ihre Umhängetasche rutschte gegen ihre gut gepolsterte Brust. »Mich!«

Mikey brach in Tränen aus.

»Freudentränen, echte Freudentränen!«, rief Sister Kenny.

Dorothy beugte sich zu ihm, um ihn zu trösten. Die Kinder fürchteten die Kenny-Methode. Krankenschwestern hassten es, sie anzuwenden. Die Wirksamkeit dieser Vorgehensweise war wissenschaftlich nicht zu beweisen. Trotzdem, es war immer noch besser, als die Kinder in Ganzkörpergips zu sperren, und sie schien oft zu wirken. Die traurige Tatsache war, dass sie bei der Behandlung von Polio genauso wenig vorankamen wie bei der Prävention.

Eine Krankenschwester, die Sister Kenny aus dem Flur gefolgt war, zog ein Blatt Papier aus der Tasche. »Darf ich ein Autogramm von Ihnen haben?«

Sister Kenny strahlte. »Natürlich!« Sie kramte einen Füllfederhalter aus ihrer Tasche und zog die Kappe ab. »Warten Sie nur, bis Sie meinen Film sehen! Er erzählt die erschütternde Geschichte meines Kampfes, um die Kenny-Methode nach Amerika zu bringen. Was für Ärger mir die Ärzte gemacht haben, wie sie mich zurechtgewiesen und beschimpft haben, obwohl ich doch nichts anderes wollte als Erlösung bringen! Ich bin sicher, dass Sie wissen, was ich meine«, sagte sie zu Dorothy. »Ich wette, die Jungs machen Ihnen die Hölle heiß!«

Die Schallplatte blieb hängen, und Bing Crosby sang: »*I'll be … I'll be … I'll be …*«

Dorothys Herz pochte. »Wir alle wollen das Beste für die Patienten.«

Sister Kenny hielt der Krankenschwester ihr Autogramm hin und nahm ein Stück Papier einer anderen entgegen, während die Schallplatte weiterhin am Kratzer hängen blieb. »Wirklich? Ich habe viele Ärzte kennengelernt, die nur den Status quo aufrechterhalten wollen. Seien Sie doch ehrlich, Dr. …«

»Horstmann.«

»*I'll be … I'll be …*«

»Seien Sie doch ehrlich, Dr. Horstmann. Die Leute sind aus anderen Gründen dabei. Ich will nur diejenige sein, die Errettung von dem Leid bringt. Und Sie? Was wollen Sie? Für sich selbst, meine ich. Würde BITTE jemand diese Schallplatte anhalten?«

Eine Krankenschwester ging zum Gerät und nahm den Arm vom Plattenteller. Im Raum wurde es still, bis auf das Stöhnen der Eisernen Lungen.

»Kommen Sie schon, es ist nicht falsch, etwas zu wollen. Man muss doch wissen, worum man bittet, wissen, was man *will*, und dann dieses Ziel verfolgen und sich um nichts und niemanden scheren.« Die Feder von Sister Kennys Stift kratzte auf dem Papier. »Das gilt für alles im Leben.«

Schwester Evelyn war mit der Packung auf Mikeys anderem Bein fertig. »Sie meinen«, sagte Dorothy, »das Einzige, was zwischen Wollen und Bekommen steht, ist zu wissen, worum man bitten soll?«

»Ja.«

Dorothy spürte Ärger in sich aufsteigen. Das kam ihr nicht gerecht gegenüber ihren kleinen Patienten vor, die ohne eigenes Verschulden gelähmt waren. »Wenn das wahr wäre«, sagte sie und bemühte sich um einen leichten Tonfall, »wären wir dann nicht alle Millionäre?«

»Der einzige Grund, warum wir nicht alle Millionäre sind ...«, Sister Kenny schraubte ihren Stift zu, »... ist, dass wir nicht alle tun wollen, was nötig ist, um Millionäre zu sein. Das Gleiche gilt für Verkehrspolizisten, Geistliche oder Nobelpreisträger. Wir sind, was wir uns für uns selbst gewünscht haben, ob uns das bewusst ist oder nicht.«

Dorothy öffnete den Mund, um zu protestieren, doch dann hielt sie inne. Was, wenn doch etwas daran war?

»Ich werde Sie nicht vergessen. Das Mädchen, das größer ist als ich! Sie sind die Erste.« Sister Kenny wühlte in ihrer Tasche. »Wer will mein Buch? Es ist wunderschön!«

❖

Lange nachdem die Ausgaben von *And They Shall Walk* neben den klebrigen Zuckerstangen auf den Nachttischen verteilt worden waren und Sister Kenny mit ihrer Feder hinausstolziert war; nachdem Dorothy die Nacht durchgearbeitet und sich ein paar Stunden Schlaf in ihrem Büro gestohlen hatte, machte sie sich an die Schreibarbeiten, bevor sie auf ihrer Morgenvisite Studenten herumführen würde. In diesem Moment kam ein Kollege zur Tür hereingestürmt.

Martin, blass und mit Leberflecken übersät, war achtundzwanzig, sah aber aus wie achtzehn. Dabei hatte er schon drei Kinder. Da so viele Männer im Krieg waren, war Dorothy mit ihren dreiunddreißig Jahren die graue Eminenz der Kinderstation.

»Von Ihren Freunden in Yale.« Er warf das Journal auf ihren Schreibtisch und schob schnaubend seine Brille ein Stückchen höher. »Sie werden auch erwähnt. Seite 284.«

»Danke.« Sie hatte nicht gewusst, dass irgendeine ihrer Arbeiten in Yales Journal *Präventivmedizin* veröffentlicht worden war. Sie hatte die Forschungsgruppe verlassen müssen, ohne ihre Studien abschließen zu können.

Sie wartete, bis Martin gegangen war, und schlug die entsprechende Seite auf.

Die Isolierung des Poliomyelitis-Virus in humanen extraneuronalen Quellen

IV. Suche nach dem Virus im Blut von Patienten
Von Robert Ward, Dorothy M. Horstmann und Joseph L. Melnick

Mit pochendem Herzen überflog sie den Artikel. In den vier Monaten, seit sie hier draußen war, hatte sie wenig von Robbie und den anderen gehört. Hatten sie weitere Hinweise gefunden? War das der Beweis, dass sie auf etwas gestoßen war? Sie mussten einige ihrer Ergebnisse benutzt haben – warum hatten sie ihr es nicht erzählt?

Sie blätterte zur Zusammenfassung vor. Der letzte Absatz schien ihr entgegenzuleuchten.

Das Virus wurde im Blut einer Patientin nachgewiesen ... Die Ergebnisse diese Studie legen nahe, dass das Poliovirus nicht regelhaft im menschlichen Blut zu finden ist.

Sie meinte fast zu hören, wie eine Tür mit lautem Krachen ins Schloss fiel. Ihre ganze Arbeit: mit einem Satz zunichtegemacht.

Selbst wenn sie je wieder ein Forschungslabor fand, das sie einstellen würde, würde sie niemals die Geldmittel erhalten, um einer Spur nachzugehen, die als Sackgasse galt. Sie war abgedrängt worden, und ihr blieb nur noch die Behandlung der Patienten. Sie würde den Schaden aufnehmen, den das Poliovirus verursachte, anstatt im Labor für seine Zerstörung zu kämpfen.

Sie kramte ihre leere Kaffeetasse hervor und ging hinaus in den Flur.

Ein riesiger Pullover tauchte direkt vor ihr auf. Bevor sie reagieren konnte, stieß sie gegen eine Mauer aus Wolle, die angenehm nach Mann roch.

Riesige Hände umklammerten ihre Arme. »Verzeihung.«

Sie schaute hoch, und noch höher, gute fünfzehn Zentimeter über ihren Kopf. Unter seidigem braunem Haar bildeten sich Lachfältchen um grün-graue Augen.

Sie schluckte die Worte herunter, ehe sie damit herausplatzen konnte. *Sie sind aber groß.*

Sie lachte laut.

Sein Lächeln verschwand.

»Nein … Oh nein.« Er dachte, sie würde sich über ihn lustig machen. Dabei sah er so nett aus. Warum war sie auch so eine Närrin. Ohne Vorwarnung brach sie in Tränen aus.

Alarmiert sah er sie an. Er griff in die Hosentasche und reichte ihr ein Taschentuch.

Sie nahm es. »Danke.« Nachdem sie sich rasch die Augen getrocknet hatte, gab sie es ihm zurück. »Bitte verzeihen Sie. Ich weiß gar nicht, was mit mir los ist.«

»Sie brauchen sich nicht zu entschuldigen. Wir sind in einem Krankenhaus. Sie sind hier nicht allein.«

»Das ist es nicht. Es ist nur … Ach, ich weiß nicht, was ich rede. Es tut mir leid.«

»Bitte.« Er hatte einen Akzent, der leicht britisch klang, aber weniger abgehackt. »Keine Entschuldigungen mehr. Darf ich Ihnen die auffüllen?«

Ihr Blick wanderte zur Kaffeetasse, von der sie ganz vergessen hatte, dass sie sie in der Hand hielt. »Ich habe letzte Nacht nicht geschlafen.«

Er nickte entschieden, als hätte sie ihm eine vollkommen vernünftige Erklärung für ihr lächerliches Auftreten geliefert.

Das allein war Grund genug, dass sie sich in ihn verliebte.

13

Sein Name war Arne Holm. Er war Däne und stammte aus einer Stadt namens Kongens Lyngby, einem Vorort von Kopenhagen. Er war in San Francisco, erzählte er Dorothy, um mit den Leuten von Abbott Laboratories zu verhandeln und die Versorgung mit Penizillin für sein Krankenhaus in Dänemark zu gewährleisten, nachdem genug davon für die Kriegsanstrengungen der USA produziert worden war. Er war in Dorothys Krankenhaus gekommen, um mit den Ärzten über ihre Erfahrungen mit dem neuen Medikament zu sprechen, und hatte auf dem Flur der Kinderstation gerade nach dem Oberarzt gesucht, als sie zusammenstießen. Er lachte erneut darüber, als sie in der Cafeteria des Krankenhauses einen Doughnut aßen. In dem spartanisch eingerichteten Raum roch es nach verbranntem Kaffee.

»Ich hatte es eilig, ›auf den Oberarzt zu stoßen‹, wie Sie es nennen, aber ich wollte Sie nicht zerquetschen.«

»Keine Sorge, ich stehe noch.«

Seine Augen waren von einem außergewöhnlichen rauchigen Grau. Die Iris schien aus Samt zu bestehen. Dorothy konnte nicht aufhören, ihm in die Augen zu starren – wenn sie nicht das lange, glatte Gesicht betrachtete. Selbst der kleine Leberfleck auf der glatten Haut seiner Wange war hübsch. Und das alles bei einem Mann, der einen ganzen Kopf größer war als sie.

Ein Fleck Puderzucker auf seiner anderen Wange hob sich, als er grinste. »Ich vermute, da braucht es schon mehr als mich, um Sie umzuhauen.«

Oh, Sie haben Ihre Sache schon sehr gut gemacht, dachte sie und rührte in ihrem Kaffee. Als sie aufblickte, sprang ein knisterndes Prickeln zwischen ihnen hin und her, während der kleine Tisch zwischen ihnen wie ein Zwergenmöbel wirkte. Was hatten manche Menschen nur an sich, dass man auf den ersten Blick in sie vernarrt war, so wie sie selbst nach einem verrückt waren, aus keinem vernünftigen Grund? Es war selten, und es war magisch.

Sie nahm einen Schluck von dem Zeug in ihrer Tasse, um sich zu fassen. Es schmeckte wie Teer. »Haben Sie interessante Berichte von den Ärzten der anderen Stationen über das Penizillin bekommen?«

»Einer der Ärzte erzählte mir, sie hätten damit einen Patienten mit einem septischen Schock geheilt. Der Patient hätte sonst keine Chance gehabt. Seine Infektion reagierte nicht auf Sulfonamide.«

»Das ist bei Sulfos leider häufig der Fall.«

Er nickte. »Ein anderer Arzt berichtete mir von seinem Glück bei einer Lungenentzündung. Es sind genau die Berichte, auf die ich gehofft hatte.«

»Auf der Kinderstation haben wir ebenfalls Erfolge. Erst vor zwei Wochen kam ein fünfjähriges Mädchen mit Diphtherie, das kurz vorm Ersticken war. Sie reagierte nicht auf die Behandlung mit Diphtherieserum, aber nach einer zehntägigen Kur mit Penizillin war sie wohlauf und wieder zu Hause bei ihren Eltern. Ein Wunder.« Sie holte tief Luft, denn dieser Fall war auch für sie persönlich sehr wichtig gewesen.

Ihre Tasse klapperte auf dem Resopal, als sie sie abstellte. »Ich bin auch ganz begeistert von der Wirksamkeit von Penizillin gegen Gruppe-A-Streptokokken.«

»Ach ja?«

»Stellen Sie sich nur vor, dass Eltern nicht länger befürchten müssen, eine Halsentzündung ihres Kindes könnte zu Scharlach oder rheumatischem Fieber führen. Bei einem Streptokokkenbefall des Rachenraums droht nicht länger eine dauerhafte Schädigung des Herzens oder gar der Tod. Ich glaube, die Kinderheilkunde wird in Zukunft ganz anders aussehen. Ich für meinen Teil freue mich darauf, nicht mehr so oft die Überbringerin tragischer Nachrichten zu sein.«

»Das ist sehr gut.« Er holte tief Luft und lächelte mit ihr zusammen. »Sehr gut, wirklich. Was würden Sie sagen, wie nah an hundert Prozent wirkt Penizillin gegen Streptokokken?«

Sie hielt ihre Serviette hoch, als wollte sie ihm das Gesicht abwischen. »Darf ich? Sie haben dort etwas Puderzucker.«

»Bitte.« Er hielt still für sie.

Sie wischte ihm den Puderzucker von der Wange. Die Berührung ließ sie erbeben, und sie sagte: »Es liegen noch nicht viele Studien über die Wirksamkeit des Penizillins vor, aber es ist trotzdem angebracht, wenn die Zeitungen und Zeitschriften von einem ›Wundermittel‹ sprechen.«

»*Vidunder middel*. Wundermittel.«

Sie versuchte vergeblich, das dänische Wort auszusprechen.

»Keine Sorge, Dr. Horstmann. Ich mag das Wort in Ihrer Sprache. Wunder. Das ist ein gutes Wort. Wie ein frischer Lufthauch.«

Sie wiederholten das Wort mit diesem Bild im Kopf und lachten.

»Die Streptokokkenbakterien finden vermutlich nicht, dass Penizillin ein Wunder ist«, sagte sie. »Ich habe zu viele von ihnen in der Petrischale gesehen und stelle mir ständig vor, wie sie fressen, sich fortpflanzen und auf Kosten ihres Wirts vermehren, diese bösartigen kleinen Vielfraße. Jetzt erleben sie selbst, wie sich so eine Seuche anfühlt.«

»Das ist das Ende der Welt für sie.« Er hob seine Kaffeetasse. »Darauf sage ich *skål*.«

Sie versuchte, mit ihm anzustoßen.

»Nein!« Er zog seine Tasse zurück, dann merkte er, dass sie sich getadelt fühlte. »Verzeihung. Manchmal kann ich einfach meinen

Mund nicht halten. Ich wollte damit nur sagen, dass wir in Dänemark der anderen Person dabei in die Augen schauen.« Er sah sie mit diesen samtigen salbeifarbenen Augen an.

Ihre Blicke trafen sich, und er sagte: »Sobald man sich ansieht, sagen wir vollkommen überzeugt: *skål.*«

Ihr Puls wurde schneller. »*Skål.*«

Als sie sich wieder zurücklehnten, passte die Farbe seines restlichen Gesichts zum Apfelrot seiner Wangen. Er wirkte überrascht über die Tasse in seiner Hand und trank daraus.

Schließlich fragte er: »Woher kommen Sie, Dr. Horstmann?«

»Von hier.« Ganz bestimmt konnte er ihr Herzklopfen hören.

»Sie haben Glück. San Francisco ist eine zauberhafte Stadt.«

»Ich glaube, ich kenne sie zu gut, um sie so zu sehen.«

»Das ist schade. Ich bin erst seit drei Tagen hier, aber ich liebe es. Darf ich Ihnen ein wenig von der Stadt zeigen?« Als er ihren Gesichtsausdruck sah, lachte er. »Ich meine es ernst. Darf ich Sie herumführen? Sie können mir sagen, wenn ich etwas nicht richtig verstanden habe.«

Sie machten Pläne für den nächsten Tag, an dem sie frei hatte.

In der nächsten Woche würde er wieder nach Hause fahren.

14

Im Wohnzimmer roch es nach Haaren, und der gut geheizte Ofen wärmte die Küche. In seiner braunen Strickjacke voller Flusen sah Pop aus wie ein Bär, als er von seinem Sessel die Hände nach Dorothy ausstreckte. »*Schatzi!*« Das Blau seiner Augen verschwand fast unter den tiefhängenden Lidern, als er krähte: »Du bist nach Hause gekommen!«

Dorothy hängte ihren Mantel auf, dann trat sie um den Kartentisch herum, an dem ihr dreiundvierzigjähriger Bruder Bernard saß, zu beschäftigt damit, noch eine Karte des Staates Kalifornien aus Knetmasse zu basteln, um aufzuschauen. Sie tätschelte seine Schulter und ging weiter, vorbei am buschigen Weihnachtsbaum mit dem Lametta und der bunten Lichterkette, zu Pop auf seinem durchgesessenen Thron.

»*Schatzi! Mein Schatzi!*« Er klopfte ihr auf den Rücken wie auf ein Trommelfell und machte sie fast taub, als er ihr das Ohr küsste. Seit ihrer Rückkehr nach San Francisco vor vier Monaten wohnte sie zu Hause, aber für Pop war jeder Tag ein Tag der Heimkehr.

Er ließ sie los, dann rieb er sich die Hände, groß wie Porterhousesteaks. »*Schatzi*, leg unsere Lieblingsplatte auf.«

Er lehnte sich zurück und faltete seine riesigen Hände, so dass seine brüchigen Nägel über den Fingerknöcheln lagen.

Sie nahm die schwere Schellackplatte aus der braunen Papierhülle und legte sie auf den Plattenspieler der Musiktruhe aus poliertem Walnussholz. Eine Neuanschaffung, die sie ihrer Anstellung im Krankenhaus zu verdanken hatten.

»Nein, nein, nein, nein, nein, nein. Nicht dieses dumme Gerät. Leg sie auf *unser* Gerät. Das, das wir mögen.« Er deutete auf das alte Grammophon, das auf dem verschrammten Tisch neben ihm stand. Er lehnte sich erneut zurück und schloss die Augen, darauf vertrauend, dass sie tun würde, worum er sie gebeten hatte.

Sie ging zum Grammophon, legte die Platte auf und drehte an der Kurbel, dann setzte sie den schweren Arm mit der Nadel auf die Platte. Die *Mondscheinsonate* klimperte aus dem geriffelten Trichter des Grammophons.

»Danke, Dorothy«, sagte er auf Deutsch, seiner einzigen Sprache. Es war nur gut, dass er seinen Platz so gut wie nie verließ. In diesen paranoiden Kriegszeiten hielten die Leute überall nach Spionen Ausschau. Allein ein deutscher Akzent war verdächtig. An einem Telefonmast war ihr ein neues Plakat mit einem fratzenhaften Deutschen aufgefallen, auf dem die Bürger gemahnt wurden, ihren Nachbarn gegenüber argwöhnisch zu sein.

Ihr Lied dudelte im Hintergrund, Pop summte nickend mit, und Dorothy schaute aus dem Fenster neben seinem Sessel. Eine morgendliche Nebelbank, ungewöhnlich für den Winter, glitt über die spitzen Giebel der Reihenhäuser auf der anderen Straßenseite. Eine Rotkreuzmitarbeiterin, deren blauer Mantel und rote Mütze im Nebel leuchteten, lief den Gehweg entlang. Es war ein typischer Anblick in San Francisco während des Krieges, so wie die Gruppen seilspringender Mädchen in der Zeit, als Dorothy ein Kind war. Sie konnte immer noch das kleine Mädchen hören, das sie einst war, wie es in den Kinderreim mit einstimmte, wenn sie nicht gerade Pop half. Zum *Wusch* des Springseils sangen sie:

Ich hatte ein Vögelein,
das saß auf der Wippe.
Mach auf das Fensterlein!
Herein fliegt die Grippe.

Sie war sieben gewesen, als die Spanische Grippe zum ersten Mal in der Stadt gewütet hatte. Ganz plötzlich, so war es ihr vorgekommen, musste jeder in der Stadt eine Maske tragen, und das für eine Ewigkeit, jedenfalls für ein siebenjähriges Mädchen, obwohl es eher ein Monat gewesen war. Als nur wenige Menschen erkrankten, wurde entschieden, dass San Francisco verschont geblieben war, und die ganze Stadt wurde eingeladen, die Masken abzunehmen.

Am angekündigten Tag läuteten die Kirchenglocken, und Sirenen heulten. Die Menschen strömten auf die Straßen. Alle zusammen rissen sie sich den Mundschutz ab und reckten ihre Gesichter zum Himmel, als sei die ganze Stadt neu geschlüpft.

Sie rannte durch die tanzenden Nachbarn und rufenden Händler, ihre Schuhe wirbelten die Gazemasken mit den Baumwollbändern auf, die die Straßen bedeckten. Pop war in der leeren Bar und wischte den Boden.

»Papa! Pop! Wir sind frei!«

»Was?«

Er ließ seinen Mopp fallen und kam trampelnd mit ihr, als sie ihn an der Hand hinaus auf die Cole Street zog, wo die Feiernden ihre Masken in die Luft warfen und lachten.

Pop und sie sahen einander in die Augen, als sie langsam ihre eigenen Masken abnahmen und sie – tada! – fortwarfen.

Sie deutete auf seinen Schnurrbart, der schief unter seiner keilförmigen Nase hing.

»Danke, *Schatzi*.« Er kämmte ihn mit dem Finger gerade. »Jetzt ist meine Scheuerbürste auch frei.«

Wie lange hatte es danach gedauert, bis die Pandemie über sie hereinbrach? Für ein Kind war es schwer einzuschätzen. Sie wusste nur noch, dass in der nächsten Zeit, während sie und ihre Freundinnen von dem »Vö-ge-lein« sangen, Mary Kiess' Mutter und Milly Strassers Vater und Ester Hellers Schwester und der Kaufmann in der Stanyan Street und ihr Priester und der Postbote starben. Die Schulen waren geschlossen, und ständig läuteten die Totenglocken, doch ihr Seil schlug die ganze Zeit auf den Boden, und das Nebelhorn in der Bucht blökte sein trauriges *Huuu*.

Und dann erwischte es den Vater ihrer besten Freundin, Rosie.

Der Gesang verstummte.

Das Seil rührte sich nicht mehr.

Es war furchterregend, als das Wohnzimmer nebenan, in dem sie mit Puppen gespielt und mit Buntstiften Pferde auf das Papier vom Schlachter gemalt hatte, voller schwarz gekleideter Menschen war. Es war noch schrecklicher, als sie sah, wie ihre beste Freundin schluchzte.

Dorothy war am Rand des Wohnzimmers entlanggekrochen, vorbei an den hinter ihren Masken murmelnden Nachbarn, vorbei am Sofa, auf dem sich vermummte Verwandte drängten, vorbei am gerahmten, von kleinen amerikanischen Flaggen flankierten Foto von Rosies Vater, um zu ihrer Freundin zu gelangen, die mit tränenverschmiertem, rotem Gesicht hinter dem Schaukelstuhl kauerte. Dorothy erstickte fast an dem Geruch, der von den stark parfümierten Frauen ausging, die sich um Rosies Mutter versammelt hatten, als eine der Damen aus der Nachbarschaft sie erblickte.

Mrs. Kaiser, eine kleine Frau mit scharfem Blick, die genauso aussah wie ihr bissiger Dackel, wandte sich an Mrs. Aldacruz. »Ist das nicht Henry Horstmanns Tochter?«

Dorothy wand sich unter den missbilligenden Blicken der Frauen wie ein Wurm, den man an einen Haken gehängt hatte.

»Warum nimmt Gott die Guten zu sich?«, wollte Mrs. Kaiser von ihrer Nachbarin wissen, »und verschont die Nutzlosen, wie diesen zurückgebliebenen Henry Horstmann?«

Die Hässlichkeit des Wortes traf Dorothy wie ein Pistolenschuss in den Rücken: *zurückgeblieben.*

»Er sollte in einem Heim sein. Was denkt Anna sich nur?«

Pop hatte ein Heim. Und was bedeutete »zurückgeblieben«?

Dorothy wusste, dass Pop anders war als andere Väter. Er war netter und besser. Viel lustiger. Doch als sie sich neben ihre weinende Freundin kniete, fügte sich alles mit schrecklicher Klarheit zusammen. Warum er kein Englisch konnte oder nicht lesen und schreiben oder mehr als die einfachsten Aufgaben erledigen konnte. Sie hatte immer geglaubt, er wäre einfach so unbekümmert, dass es ihm nichts ausmachte, in der Bar Erbrochenes aufzuwischen, dass es ihm Spaß machte, ihrer Mutter die Führung des Haushalts zu überlassen und sich von Dorothy herumführen zu lassen. Doch in diesem Moment begriff sie, und der kalte Schauder ging ihr bis ins Mark: Pop hatte keine Wahl. Mit ihm stimmte etwas nicht. Er war nicht so gut wie andere Männer.

Jetzt öffnete Pop ein Auge, als die Musik aus dem Grammophon schallte. »Hörst du zu?«

»Pop, ich muss gehen.«

Er schlug beide Augen auf. »Wohin? *Schatzi!* Nein! Bleib bei mir. Die gute Stelle im Lied kommt doch noch.« Mit seiner Bärentatze deutete er auf die Musik.

Sie sagte die einzigen Worte, mit denen er sie gehen lassen würde: »Ich muss mich fertig machen. Ich treffe mich mit einem Kollegen.«

»Einem Kollegen?«

Bernard schaute von seiner Knetmasse auf, mit der er gerade die Gipfel der Sierra Nevada formte.

Pops Hängelider hoben sich, als er lächelte. »Wird mir dieser Kollege gefallen? Mag er Beethoven?«

»Ja, Pop. Aber du darfst es Mutter nicht erzählen.«

Er grinste. »Unser Geheimnis. Ich sage nichts.«

Sie wusste, dass er nichts verraten würde. Er würde es sich nicht lange genug merken können.

Mutter war draußen in der Küche und rollte Teig auf dem Arbeitstisch aus. Ihr Nudelholz quietschte und knirschte. Dorothy küsste ihr kastanienbraunes Haar mit den weißen Strähnen, das nach Kochen und Talg roch, dann zog sie einen Umschlag aus ihrer Tasche. Sie legte ihn neben den elektrischen Mixer auf den Tresen.

»Warum benutzt du nicht den Mixer?« Dorothy hatte ihr das Gerät vor zwei Jahren zu Weihnachten geschenkt. Staub bedeckte das verchromte Gehäuse.

»Das werde ich.« Mit kräftigen Bewegungen rollte Mutter das Nudelholz über den Teig. »Bleib doch zum Abendessen. Ich mache dein Lieblingsessen – *bayrisches Gulasch.*«

Dorothy hob den Deckel des Topfes auf dem Herd. Der verführerische Duft von Fleisch, Zwiebeln und Karotten, die im Wein köchelten, stieg ihr in die Nase. Sie legte den schweren gusseisernen Deckel zurück. »Ich kann nicht. Ich muss los.« Sie zwickte sich etwas vom Nudelteig aus der Schüssel ab.

»Wohin?«

»Zurück ins Krankenhaus.« Das war keine vollständige Lüge. Sie würde sich dort mit Arne treffen.

Ihre Mutter rollte weiter den Teig aus. »Ich verstehe nicht, warum du nie zu Hause bist. Ich mache es hier nett für dich. Ich koche, ich räume für dich auf. Ich habe dir das beste Bett gegeben.«

»Ich wollte es nicht, Mutter.«

»Ich will, dass du es hast! Ich war so glücklich, als du zu uns zurückgekommen bist. Ich konnte es nicht glauben – ein Geschenk! Aber du bist nie hier.« Sie sprach Englisch mit einem schweren Akzent. Ob sie deswegen schon einmal auf der Straße belästigt worden war? Ihre Mutter würde es nicht sagen, wenn es so wäre. Dorothy konnte sich nicht erinnern, dass ihre Mutter sich ihr jemals anvertraut hätte.

»Ich würde alle aufwecken, bei meinen Arbeitszeiten.«

»Dorothy.« Mutter hörte auf, den Teig zu bearbeiten, und drehte sich zu ihr um. Die Augen hinter den dicken Brillengläsern wirkten riesig. »Deinem Vater geht es nicht gut.«

Dorothys Herz zog sich zusammen. Das wusste sie. Sie wusste, dass seine Vergesslichkeit immer häufiger in Verwirrung umschlug, und sie konnte es nicht ertragen.

»Bleib um seinetwillen. Er fragt den ganzen Tag nach dir. Kannst du nicht für ihn bleiben?«

»Ja, Mutter, das werde ich. Aber nicht heute.«

»Wann?«

»Bald.«

»Warum nicht heute?«

»Bald, ich verspreche es.« Normalerweise dauerte es bei Männern nicht lange, bis sie wieder verschwunden waren. Mit diesem würde es garantiert nicht lange dauern – Arne würde nächste Woche nach Dänemark zurückkehren.

›Bye, Mutter. Ich liebe dich.« Sie stibitzte sich noch etwas von dem Teig und lief durchs Wohnzimmer, wo Pop nach Luft schnappte und rief: »*Schatzi!* Du bist wieder zu Hause!«

An diesem Nachmittag trug Mr. Holm einen grünen Wollschal und einen marineblauen Cabanmantel, der anderen Männern bis zum Knöchel gereicht hätte. Er überragte den Weihnachtsbaum, der immer noch im Foyer des Krankenhauses stand, obwohl es bereits der 27. Dezember war. Das Licht fiel von oben auf sein feines braunes Haar, das wie ein Stück Taft glänzte. Als er sie erblickte, wie sie über die gesprenkelten Fliesen lief, lächelte er mit unzähligen Lachfalten.

»Sie sehen wunderschön aus.« Er lächelte schief. »Darf ich das sagen?«

»Ja. Danke.« *Hör auf, so irre zu lächeln*, ermahnte sie sich. »Ich bin bereit für Ihre Runde durch meine Heimatstadt.«

»Ich bin bereit, Sie Ihnen zu zeigen, aber nur unter der Bedingung, dass Sie mich Arne nennen.«

»In Ordnung. Und ich bin Dorothy.«

»Darf ich Sie Dorte nennen? Das ist Dänisch für ›Dorothy‹. Ich fürchte, es würde mir ohnehin herausrutschen. Es passt zu Ihnen.«

»Ich fasse es als Kompliment auf.« Würde sie die ganze Zeit, in der sie zusammen waren, so grinsen?

»Man scheint sich für uns zu interessieren.«

Sie mussten wie Besucher von einem Planeten der Titanen wirken. »Sieht ganz danach aus.«

»Sollen wir gehen?« Er winkelte den Arm für Dorothy an.

Draußen hatte sich der Nebel gelichtet, und ein blauer Himmel bildete den Hintergrund für die weißen Gebäude auf dem Campus. Sie schlenderten los und zogen entweder die Blicke auf sich, oder die Leute schauten demonstrativ weg. »Hier haben wir einen typischen Dezembertag in San Francisco«, sagte er, ohne die Blicke zu bemerken. »Ich behaupte, es ist typisch, weil es so ist, seit ich vor einer Woche angekommen bin.«

»Das kommt mir vernünftig vor.«

»Zu Hause in Dänemark haben wir im Dezember Wolken, dazu ständig Wind und Regen. Außerdem haben wir nur sieben Stunden Tageslicht. Die Sonne geht mitten am Morgen auf und am Nachmittag wieder unter.«

»Das klingt … dunkel.«

Er grinste. »Das könnte man meinen, aber so ist es nicht. Wir kompensieren es, indem wir Kerzen anzünden – reihenweise. In Wahrheit können wir es gar nicht abwarten, dass die Tage kürzer werden, damit wir unsere Kerzen herausholen können.«

»Wie raffiniert, Limonade aus Zitronen zu machen.«

»›Limonade aus Zitronen machen‹. Eine gute Umschreibung – die werde ich mir merken. Ich sammle Sprichwörter und Redensarten. Korrigier mich, wenn ich sie falsch benutze.«

Sie schlenderten den Hügel hinauf, dann blieben sie vor einem verzierten viktorianischen Gebäude stehen. Davor stand ein Totempfahl der Pazifikindianer, der genauso fehl am Platze war wie eine von Dorothys Haarsträhnen, die sich gelöst hatte.

»Hier haben wir das Anthropologische Museum.« Er tippte den Totempfahl mit seinem Regenschirm an.

Sie tat, als würde sie die Schnitzereien zum ersten Mal betrachten, obwohl die kauernden Adler auf dem Pfahl alte vertraute Freunde waren. Sie war nur ein Stück weiter die Straße hinunter aufgewachsen und hatte ihnen oft einen Besuch abgestattet. »Ich verstehe.«

»Ich habe mich schon immer für Anthropologie interessiert. In Dänemark haben wir unsere Wikinger. Hier habt ihr eure kalifornischen Indianer. Beide sind längst verschwunden. Nun, die kalifornischen Indianer noch nicht so lange – 1916, glaube ich. Ein Mann namens Ishi war der letzte.«

»Du weißt von Ishi?« Jedes Schulkind in Nordkalifornien hatte von Ishi gehört, dem »wilden« Indianer, der aus dem Wald kam, halb verhungert und allein, der letzte seiner Art auf der Erde.

»Mir wurde gesagt, dass Ishi genau hier lebte, in diesem Gebäude. Er wurde als lebendiges Ausstellungsstück im Museum präsentiert. Die Leute schlenderten an ihm vorbei, während er Pfeilspitzen herstellte oder Kaninchen häutete.«

»Du weißt eine Menge über ihn.« Als sie ein Mädchen war, war sie in das Museum gegangen, nur um Ishis Foto und die Pfeilspitzen zu sehen, die er gemacht hatte. Wie sehr sich ihr junges Herz nach ihm gesehnt hatte!

»Einer der Ärzte von der Universität freundete sich mit ihm an«, sagte Arne, »und brachte ihn dazu, ihm zu zeigen, wie man mit Pfeil und Bogen jagte. Der Arzt fragte ihn Löcher in den Kopf, um alle Geheimnisse über das Bogenschießen ...«

»Er fragte ihn Löcher in den Bauch, meinst du vermutlich.«

Er dachte über den Unterschied nach und lachte. »Das stelle ich mir auch nicht angenehmer vor! Er fragte Ishi Löcher in den *Bauch*, um all seine Geheimnisse zu erfahren, und dann wurde er selbst der weltweit führende Experte über die Jagd mit Pfeil und Bogen. Sie waren dicke Freunde, er und Ishi, beste Freunde, aber als Ishi an Tuberkulose starb, wer obduzierte Ishi? Sein Freund, der Arzt – entgegen Ishis Religion, wie ich hinzufügen möchte. Er schickte Ishis Herz in ein Labor, sein Gehirn in ein anderes und so weiter. Er verteilte die Stücke, als sei sein bester Freund eine wissenschaftliche Kuriosität gewesen, kein Mensch.«

Sie dachte flüchtig an Dr. Sabin und was er ihr vor Jahren über die Autopsie seines Freundes gestanden hatte. Wie leicht es war, die Grenze zwischen dem Streben nach Wissen und menschlichem Anstand zu überschreiten.

Arne legte den Kopf schräg. »Ich sehe, dass ich dich aufgewühlt habe. Das tut mir leid. Das war nicht mein Wunsch gewesen.« Er reichte ihr seinen Ellenbogen, um sie fortzuführen. »Für den Rest des Tages werden wir nur noch von glücklichen Dingen sprechen«, sagte er fest. »Heute wird ein Tag des Lichts sein. Ich werde dich nicht länger in San Francisco herumführen …«

»Aber das machst du sehr gut!«

»Nein. Ich habe dich traurig gemacht. Aber ich kann dich in die dänische Kunst der Hygge einführen.«

»Hüggel?«

»Hygge. Ich glaube, diese neue Tour wird dir besser gefallen.«

»Was ist Hüggel?«

»Hygge? Nun, fangen wir mit diesem ersten Beispiel an.« Er nahm seinen Schal ab und wickelte ihn, solange seine Wärme noch darin war, Dorothy um den Hals. »Du wirst nur selten einen Dänen ohne Schal sehen. Ein weicher ist am besten.« Er zögerte, dann band er ihn fröhlich zusammen. »Gestrickt von jemanden, den man liebt, ist noch besser.«

Wer ihm diesen Schal wohl gestrickt hatte? »Aber jetzt hast du deine Hygge verloren.«

Aus diesen samtigen salbeifarbenen Augen schaute er zu ihr herunter. »Sobald du einmal erlebt hast, was Hygge bedeutet, verlierst du es so schnell nicht wieder.«

Sie gingen weiter. Dorothy sog seinen Duft aus dem Schal ein, und er musterte sie verstohlen und lächelte.

»Erzähl mir von dir«, sagte sie.

»Da gibt es nicht viel zu erzählen. Ich unterrichte Englisch – nun ja, ich habe es unterrichtet. An einer staatlichen Schule.«

Sie schwieg. »Du bist Lehrer? Ich hatte angenommen, du wärst Arzt oder Krankenhausverwalter, weil du hier bist, um Penizillin für dein Krankenhaus zu bekommen – obwohl das eigentlich keine Rolle spielt.«

»Ja.«

Sie wartete auf weitere Erklärungen.

Sie gingen weiter. In ihren neuen Schuhen bekam sie Blasen an den Fersen und den Zehenspitzen, während sich das Schweigen zwischen ihnen ausdehnte. Dänemark war jetzt von Deutschland besetzt. Würde es einem Lehrer gestattet sein, das Land zu verlassen? Würde irgendjemand das Land verlassen können? Im Krieg gab es keine zivilen Atlantikpassagen. Sie dachte an das Plakat von heute Morgen, auf dem vor Spionen gewarnt wurde. Vielleicht hätte sie nicht darüber die Nase rümpfen sollen.

»Es muss schwierig gewesen sein, hierher zu kommen«, sagte sie.

Zwei buschige Montereykiefern standen wie Zwillinge am Eingang zum Golden Gate Park Wache. »Ein Park!«, rief er aus. »Das wird sehr gut für unsere Hygge, besonders wenn es dort Teiche und Wildtiere und so etwas gibt. Die Natur ist ein Freund der Hygge, genau wie Gefährten, menschliche und andere.«

Als Arzt lernte man, direkt zu sein, selbst wenn man die Antwort fürchtete. »Mr. Holm, wie sind Sie in die USA gekommen?«

Er zuckte zusammen.

Die Absätze ihrer grässlichen Schuhe klapperten im Takt zu seinen Schritten über den Gehweg. Mit jeder Sekunde, in der er nicht antwortete, sank ihr Herz tiefer.

Er zeigte auf einen Getränkestand vor ihnen. »Ah, da können wir etwas zu trinken kaufen. Ein heißes Getränk kann uns bei unseren Bemühungen um Hygge helfen.« Er sah ihr in die Augen. »Bitte erlaube mir, dir eine Schokolade zu kaufen.«

Sie war diese Hygge allmählich leid. Sie war die Enttäuschungen leid, diesen abscheulichen Krieg, der alles verdarb, selbst einen Spaziergang durch den Park, der bis auf die Blasen an ihren Füßen wunderschön sein könnte. »Ich sollte zurückgehen.«

Er blieb stehen und sah ihr ins Gesicht. »Ich bin kein deutscher Spion, falls du das glaubst. Denk darüber nach – wer würde jemanden von meiner Größe auswählen, um Geheimaufträge zu erfüllen? Ich kann mich nicht gerade unauffällig anschleichen.«

Widerstrebend musste sie lachen. Aber wer war er dann?

»Einen Moment.« Er lief mit ihr zum Getränkestand.

Das Gesicht des Mannes in der Bude war mit Aknenarben übersät. Als Dorothy und Arne auf ihn zuschlenderten, sackte sein Unterkiefer nach unten, bis er wie eine Kartoffel in einem leeren Sack aussah. »Du liebe Güte! Sie beide sind aber groß! Sind Sie Zwillinge oder so?«

»Sie sollten erst unsere Mutter sehen«, sagte Arne.

Dorothys Blick fiel auf das Plakat, das im Fenster der Bude hing. Es zeigte die Nahaufnahme einer Hand neben den rauchenden Überresten eines Gewehrs. Stacheldraht im Hintergrund deuteten ein Schlachtfeld an. JEMAND HAT GEPLAUDERT, stand dort. VERSIEGELE DEINE LIPPEN.

Arne nahm zwei dampfende Pappbecher vom Tresen. »Jetzt lass es uns noch einmal versuchen.«

Der Becher wärmte Dorothys Hände, als sie von der Schokolade probierte. Sie schmeckte leicht nach Wachs. Sie schlenderten durch einen Hain aus struppigen Eukalyptusbäumen. »Erzähl mir von dir«, sagte er. »Du bist in San Francisco aufgewachsen ...«

Sie holte tief Luft. »Ich habe hier studiert, war als Assistenzärztin in Nashville und dann in Yale.«

»Yale. Beeindruckend.«

Sie sagte ihm nicht, dass sie entlassen worden war.

»Und davor – bist du hier aufgewachsen?«

»Ja.« Jetzt war sie an der Reihe, zu schweigen. Über Pop zu sprechen schien ihn zu entehren. Er war so viel mehr als ein Mann mit einem Hirnschaden.

Der Park wurde baumreicher; die Bambusmauern des Japanischen Gartens kamen in Sicht. Schon bald schlängelte sich der Weg über einen murmelnden Bach voller Steine und durch Reihen mit verdrehten Kiefern. Gräser, Moose und Farne wucherten hier, so dass sogar die Luft grün schmeckte. Niemand war zu sehen.

Beim Teehaus machten sie halt, und Dorothy ging zum Fenster. Der Raum schien vor Verlassenheit zu vibrieren.

Wie oft hatte sie als kleines Mädchen hier hineingespäht und zugeschaut, wie gutgekleideten kalifornischen Müttern und ihren Töchtern Tee serviert wurde. Wie akkurat und geschickt die japanischen Damen waren, die sie bedienten, wie ehrenvoll. Jede ihrer beherrschten Bewegungen war allein durch ihr Schweigen anmutig und eindringlich. Sie schienen einer anderen Spezies anzugehören als ihre eigene Mutter, die in der Bar, in der auch Pop arbeitete, Drinks ausschenkte und Geschirr spülte.

Arne duckte sich, um ebenfalls durch das Fenster zu spähen. »Dieses gemütliche Haus strahlt besonders viel Hygge aus.« Er trat an die Vorderseite. »Orientalisches Teehaus.«

»Orientalisch? Heißt es nicht mehr Japanisches Teehaus?«

Er deutete auf das hastig angebrachte Schild, das das Original verdeckte.

»Wir dürfen jetzt noch nicht einmal mehr ›japanisch‹ sagen? Was ist nur aus uns geworden, dass wir alles und jeden verdächtigen?«

Er sah sie lange genug an, um ihren eigenen Verdacht gegen ihn zu erkennen. »Darum müssen wir immer nach dem Guten Ausschau halten«, sagte er sanft.

»Offen gesagt weiß ich nicht mehr, was noch gut ist. Wir sind die Guten, aber wusstest du, dass alle japanischen Amerikaner hier in San Francisco aus ihren Häusern geholt worden sind, am Ort unserer Hygge-Tour?«

Er schüttelte den Kopf.

»Alte Leute, Kinder, ganze Familien, jeder, der zu einem Sechzehntel oder mehr Japaner ist, wurde in Lager in der Wüste gebracht. Umsiedlungslager. Warum benennen wir sie nicht als das, was sie sind – Konzentrationslager, hier in Amerika.«

Er wartete mit einem sanften Lächeln. »Dorte, du kannst überall Schlechtes finden, wenn du hinschaust, und hinschauen musst du, wenn du es bekämpfen willst. Aber du musst auch auf das Gute schauen, um dich daran zu erinnern, wofür du kämpfst.« Er verzog das Gesicht. »Ich weiß es aus eigener Erfahrung.«

Als er sah, dass sie ihn beobachtete, lächelte er, doch hinter seinen graugrünen Augen lauerte Traurigkeit. »Dies ist eine Hygge-Tour, also suchen wir heute nach dem Guten. Was das angeht, kenne ich ein Delikatessengeschäft ganz in der Nähe, in dem sie das perfekte Corned-Beef-Sandwich servieren.« Er streckte den Arm aus und fasste sie am Ellenbogen. »Du fängst da an, wo du anfangen kannst.«

15

Eine Wolke aus dem scharfen Aroma von Gewürzen und gegrilltem Fleisch ließ das Fenster des Delis in der Haight Street beschlagen. An ihrem kleinen Tisch legte Dorothy ihre Hand um das Brot, als würde das Sandwich dann irgendwie besser in ihren Mund passen. Arne hatte diese Probleme nicht.

Er kaute an einem riesigen Bissen, nahm noch einen und schluckte auch diesen herunter, ehe er sagte: »Das Essen hier ist streng koscher. Es ist ziemlich köstlich, ja?«

»Oh ja.« Sie probierte noch einen Happen. Er musste Jude sein. War er ein Flüchtling? Aber warum sollte er dann in ein von den Nazis besetztes Land zurückkehren?

»Du sagtest, dass du Englisch an der Schule unterrichtet hast.« Sie wischte sich die Lippen ab. »Meinst du die Sprache oder die Literatur?«

Er senkte den Kopf mit dem glänzenden Haar. »Beides!«

Seine Geschichte ergab keinen Sinn, aber konnte sie es nicht einfach vergessen, nur für heute? »Ich habe am College einen Abschluss in Englisch gemacht, bevor ich Medizin studiert habe.«

»Und welche Bücher haben dir gefallen?«

»Jane Austen für den Anfang.«

Er kaute geräuschvoll und schluckte. »Das ist ja klar.«

Sie deutete auf eine Stelle an seinem Kinn, wo ihm etwas Senf hingetropft war. »Aber mein Lieblingsbuch ist *Sturmhöhe*. Du hasst Heathcliff für seine Grausamkeit, aber du hast auch Mitleid mit ihm, wenn du erfährst, dass er nur Herzschmerz erlebt hat.«

»Ich staune darüber, dass Emily Brontë das Buch geschrieben hat, obwohl sie so abgeschieden im Moor von Yorkshire lebte«, sagte er und wischte sich übers Kinn. »Wie gut sie das Tier im Menschen kannte, trotz ihrer Isolation.«

Hinter einem schwarzen Vorhang an der Rückseite des Restaurants tauchte ein kleiner Mann mit glänzendem Schädel und einem silbernen Haarkranz auf. »Mr. Holm!«, rief er und wischte sich die Hände an seiner Schürze ab. »David erzählte mir, dass Sie hier sind.«

Arne sprang mit einem Aufschrei auf und beugte sich hinunter, damit sie sich auf den Rücken klopfen konnten, dann kam die Frau des Mannes heraus, und es gab erneutes Rufen und Küssen. Nachdem Dorothy den Levys vorgestellt worden war, sagte Mr. Levy zu Arne: »Ich mache gerade etwas ganz Besonderes in der Küche. Kommen Sie mit nach hinten und probieren Sie.«

Mrs. Levy, die Dorothy mit ihren flaumweichen Haaren gerade mal bis zu den Rippen reichte, nahm ihre Hand, als die Männer nach hinten in die Küche stapften. »Ich freue mich so sehr, Arne mit einer netten Frau zu sehen. Und noch dazu einer Ärztin! Er verdient alles Glück der Welt, nach dem, was er getan hat.«

Sie ließen die Hände los. »Und was war das?«

»Sie wissen schon, seine Mission zur Evakuierung der Juden.« Dorothy schüttelte den Kopf.

»Sie wissen es nicht? Oh, er hätte es Ihnen erzählen sollen! Arne ist ein Held!«

»Ist er das?«

»Wenn es für Sie zählt, bei der Rettung von siebentausend dänischen Juden zu helfen, dann ist er es. Er und eine Gruppe Schullehrer haben den Plan ausgeheckt.«

»Du liebe Güte!«

»Sie haben ganz gewöhnliche Fischer angesprochen, Besitzer von Ferienhäusern – jeden, der ein kleines Boot besitzt. Er hat selbst eine Familie in seinem Haus versteckt.«

Er war also kein Jude?

»Dann, in einer einzigen Nacht, vor einem Jahr im Oktober, brachte die Flotte aus kleinen Booten sie alle ins neutrale Schweden. Seine Gruppe hat fast jeden Juden aus Dänemark herausbekommen, darunter auch meine Tante und meinen Onkel. Aber die Behörden fanden heraus, wer für dieses Wunder verantwortlich war. Er kann nicht zurück nach Dänemark, aber das will er ja auch gar nicht.«

Er konnte nicht zurück? Ihr hatte er erzählt, er würde Penizillin für sein Krankenhaus in Dänemark besorgen.

»Warum will er nicht zurück?«

Mrs. Levy warf einen besorgten Blick in Richtung Küche. »Vielleicht sollten Sie ihn das fragen.«

Nach dem Essen liefen sie an den mit Erkern verzierten Reihenhäusern und Ladenfronten der Haight Street entlang. Die Bedenken wegen Arnes Geheimniskrämerei überwogen den Schmerz ihrer wundgelaufenen Fersen und Zehen, die sie daran erinnerten, dass Eitelkeit sich niemals auszahlte. Wer war dieser Mann, der an ihrer Seite schlenderte? Er hatte behauptet, hier Penizillin für ein Krankenhaus in Dänemark zu besorgen, doch Mrs. Levy hatte ihr gerade erzählt, dass er aus dem Land vertrieben worden war. Er hatte mit den Ärzten in ihrem Krankenhaus geplaudert, als wäre er ein Kollege, doch er hatte selbst zugegeben, dass er von Beruf Lehrer war. Er war hier in den Vereinigten Staaten, in einer Zeit, in der Überseereisen unmöglich waren und die Einreise in das Land verboten war – wer hatte ihn hereingebracht? Und die Geschichte, die er Mrs. Levy erzählt hatte, er hätte siebentausend Juden zur Flucht vor den Nazis verholfen! War er überhaupt Däne?

Sie achtete darauf, ihre Stimme freundlich klingen zu lassen. »Ich wusste nicht, dass du ein Held bist.«

Arne warf ihr einen kurzen Blick zu. »Wer hat dir das erzählt?«

»Mrs. Levy.«

Sie schaute zu ihm auf. Sein Gesicht verfinsterte sich.

Sollte er nicht damit prahlen? Wenn sie siebentausend Menschen gerettet hätte, würde sie wenigstens ein paar Andeutungen machen. »Du solltest stolz auf dich sein. Du hast all diese Menschen gerettet.«

»Sie haben sich selbst gerettet. Ich habe nur geholfen, Boote für sie zu finden, in denen sie entkommen konnten.«

»Aber Mrs. Levy sagt, du hättest die Flucht organisiert.«

»Ich war einer von vielen.« Er schaute hinunter auf ihre Füße. »Ist alles in Ordnung? Du humpelst.«

»Ja.«

Zweifelnd runzelte er die Stirn.

»Schlechte Schuhe. Ich glaube, ich habe Blasen.«

Sie schaute gerade auf ein vorbeifahrendes Auto, als ihre Füße sich vom Boden lösten. Plötzlich lag ihr Rücken auf einem seiner Arme, und ihre Knie hingen über dem anderen. Sie wurde über die Straße getragen wie ein Riesenbaby.

»Was tust du da?«

»Das Gute, das ich tun kann.«

»Aber – ich muss dir den Rücken brechen!«

»Gestatte mir dieses Privileg, bitte.«

Ein junges Paar kam vorbei, ihre Köpfe drehten sich gleichzeitig nach ihnen um. Eine Frau mit einem Kinderwagen schnappte nach Luft und schob den Wagen schneller. Hatten sie noch nie gesehen, wie Zeus seine Hera über die Straße schleppte?

Gegen ihren Willen musste sie lachen. »Die Leute starren uns an.«

»Lass sie! Vielleicht sind wir das einzige Gute, was sie heute sehen.«

Die Vorstellung gefiel ihr, bis sie dachte: Wollte er etwa auf diese Weise bis zum Krankenhaus zurücktorkeln?

»Die Straßenbahn kommt bald. Du kannst mich in einen Wagen setzen.«

»Das kann ich nicht machen. Ich würde mir wie ein Flügel vorkommen.«

»Du meinst, wie ein Flegel.«

»Flegel«, sagte er zu sich selbst. Lauter sagte er: »Ich will kein Flegel sein. Wo wohnst du? Ich könnte dich dorthin bringen.«

»Nein!« Sie brachte nie einen Mann mit nach Hause. Mutter und Pop würden ihn nie wieder gehen lassen. Sie räusperte sich. »Nein, danke.«

Sein Gesicht, das nah genug an ihrem war, damit sie sein Rasierwasser riechen konnte, verriet Besorgnis. »Ich kann dich nicht wegschicken, wenn du verletzt bist. Halte mich nicht für dreist, aber ich wohne im Stadium Hotel.«

Sie schauten beide zum Hotelgebäude im viktorianischen Stil am Ende des Blocks.

»Darf ich dich dorthin bringen? Ich habe Heftpflaster in meinem Gepäck. Ich kann dich zusammenflicken und dich dann hinbringen, wo zu willst.«

Falls dieser Mann ein Spion war, dann war er lausig darin, sich unauffällig zu verhalten. Seine Herzensgüte ließ ihn wie ein Leuchtturm in der Dunkelheit leuchten. Und sein Rücken war nicht gebrochen.

»Du bist sehr großzügig. Danke.«

Als er sie ins Hotel trug, erstarrte der Portier vor seiner Wand mit den Schlüsseln. Eine Rechnung glitt ihm aus der Hand.

»Meine Schwester ist in Schwierigkeiten«, rief Arne ihm zu. »Tut mir leid«, flüsterte er.

Sobald sie den Fahrstuhl verlassen und sein Zimmer erreicht hatten, stellte er sie gerade lange genug ab, um den Schlüssel ins

Schloss zu stecken. Zweifel über die Schicklichkeit, wenn auch nicht ihre Sicherheit, kamen ihr in den Sinn, als sie spürte, wie ihre Beine erneut hochgehoben wurden.

»Jetzt willst du mich also schon über die Schwelle tragen?«

»Was meinst du?«

Sie errötete. »Ich kann laufen.«

Er trug sie zu seinem Bett und legte sie feierlich ab. Jetzt war er an der Reihe, zu erröten. »Ich verschwinde nur kurz und hole die Pflaster.« Er eilte ins Badezimmer und hob unterwegs die schmutzigen Socken auf.

»Gibt es hier keine Kerzen?«, rief sie ihm nach. »Das ist nicht besonders hygge.«

Sie hörte das Wasser laufen und dass er in einer Tasche wühlte. Als er zurückkam, hatte er einen nassen Waschlappen und eine Blechdose Heftpflaster dabei. »Ich habe die Kerzen durch einen kleinen Weihnachtsbaum ersetzt. Aber ich habe ihn am Weihnachtstag ins Krankenhaus gebracht.«

»Du hattest einen Weihnachtsbaum? Hier?«

»Einen kleinen. Ich muss zugeben, dass ich ein wenig Heimweh habe. Ich dachte, so ein Baum würde mich etwas aufmuntern. Aber nein, am Heiligabend einen Baum zu haben ohne die Familie ist das Gegenteil von Hygge.« Er öffnete die Dose mit dem Heftpflaster. »Es ist eine ganz schlechte Idee, allein zu tanzen.«

»Du hast am Heiligabend getanzt?«

»Um den Weihnachtsbaum herum. Macht ihr das nicht?«

Sie schüttelte den Kopf.

»Das kann ich nicht glauben! Es ist eine der Lieblingstraditionen der Dänen. Die ganze Familie fasst sich an den Händen und singt, während wir um den Baum herumtanzen.«

»Ihr tanzt *und* singt? Wirklich? Jeder? Selbst die Erwachsenen?«

Er lachte leise. »Ich glaube, den Erwachsenen gefällt es am besten. Selbst wenn man nur zu zweit ist.«

Es war, als hätte man einen Stöpsel bei ihm gezogen. Sämtliche Energie schien ihn zu verlassen, und er sackte in sich zusammen. Sein Blick wanderte zu ihren Beinen, was ihn noch trauriger zu machen schien. »Du trägst Strümpfe.«

»Ja.« Verlegen zog sie den Rock über ihre Knie.

»Verzeihung. Du musst mich wirklich für einen Flegel halten.« Er schüttelte den Kopf. »Ich halte mich für einen Helden, weil ich die Wunden eines Arztes verarzte. Ich hatte das mit den Strümpfen vergessen.« Mit einer theatralischen Geste stellte er die Dose mit dem Heftpflaster neben Dorothy aufs Bett und zog sich zurück. »Möchtest du vielleicht mein Bad benutzen?«

»Danke.« Sie nahm die Dose und den Waschlappen und humpelte ins Badezimmer, wo sie sich auf die Toilette setzte, die Schuhe auszog und ihre Strumpfhalter löste.

Sie hob die Stimme, um durch die geschlossene Tür zu dringen, als könnte sie damit ihre Verlegenheit überspielen. »Jetzt, wo du es erwähnst, erinnere ich mich an eine Szene aus einer Geschichte von Hans Christian Andersen, in der der Tanz um den Weihnachtsbaum beschrieben wird. *Der Tannenbaum.*«

Seine Stimme drang durch die Tür. »Ja.«

»Ich liebe diese Geschichte. Der arme Kerl!« Sie rollte einen Strumpf herunter, zupfte ihn von den blutigen Stellen an den Fersen und Zehen und wiederholte die Prozedur beim anderen Bein. »Er wollte doch nur ein Weihnachtsbaum sein.« Sie biss die Zähne zusammen, als sie eine aufgescheuerte Blase mit dem nassen Waschlappen abtupfte. »Wie stolz er war, als er von allen Bäumen im Wald ausgewählt wurde, um gefällt zu werden. Er wusste nicht, dass er seinen eigenen Tod bejubelte.« Ihre Wunden brannten, als sie die Blechdose öffnete. »Vielleicht ist das nicht die beste Hygge-Geschichte«, rief sie. Ihre Stimme hallte von den Fliesen wieder.

Auf der anderen Seite war es still.

Schließlich sagte er durch die Tür: »Aber vielleicht ist es die wahrhaftigste seiner Geschichten. Vielleicht streben wir alle nach unserem eigenen Ende.«

Wer immer dieser Mann war, tief in ihrem Inneren wusste Dorothy, dass er ein guter Mann war. Entschieden schloss sie die Dose und verließ das Badezimmer. »Dann sollte man dieses Streben ruhmvoll gestalten.«

Als er den Blick hob, streckte sie ihm die Blechdose mit dem Heftpflaster entgegen. »Kannst du mir bitte helfen?«

Er zögerte, dann nahm er die Dose. Er öffnete den leise scharrenden Metalldeckel, nahm ein Pflaster heraus, entfernte die Schutzhülle und klebte es, behutsam wie ein Vater, der sein Kind versorgte, auf die aufgescheuerte Ferse, die sie ihm hinhielt.

Sie hielt ihm ihre Wunden hin, und er bedeckte sie. Seine warmen Finger streiften ihre Füße und Zehen. Als er fertig war, verschloss er den Deckel und ließ sich neben Dorothy aufs Bett sinken.

Er legte seinen kleinen Finger über ihren. So blieben sie sitzen, mit verschränkten Fingern, und die Spannung überwand knisternd den Raum zwischen ihnen, bis er plötzlich Luft holte und Dorothy an sich zog. Die Wolle seines Ärmels strich raschelnd über ihr Kleid.

Sie drehte sich so, dass sie ihn ansehen konnte. Er berührte ihre Lippen mit seinen.

Sie glaubte, sie würde vor Lust zerschmelzen, als er sich unvermittelt von ihr löste und aufstand.

»Das ist mein Hotelzimmer und nicht anständig. Ich darf kein Flegel sein.«

»Ein Flegel? Das bist du nicht!«

Er seufzte, dann zog er sie vom Bett hoch. »Bereit zum Aufbruch?«

»Nein. Eigentlich noch nicht.« Sie legte die Handflächen auf die

Mauer seiner Brust. Allein seinen Atem zu spüren brachte sie um den Verstand. »Diesen Moment werden wir vielleicht nie wieder haben.«

»Garantiert nicht. Es gibt keinen Moment, den wir jemals noch einmal erleben. Jeder Moment ist ein Anfang und ein Ende.«

Musste er immer philosophieren? »Oh, Arne. Können wir nicht einfach …« Sie brachte ihre Lippen an seine. Und für einen zeitlosen, überwältigenden, herrlichen Moment, den keiner von ihnen für den Rest seines Lebens vergessen würde, fehlten Arne Holm die Worte.

Dorothy hatte nicht gewusst, dass sie so viel reden – oder küssen – konnte. Es war Nacht, als sie das Hotel verließen, und sie lehnten beim Gehen ihre Köpfe aneinander, als wären ihre Seelen körperlich verschmolzen.

Nach einer langen, warmen Stille sagte er: »Ich glaube, du würdest Dänemark mögen.«

»Würde ich das? Ist es nicht düster?«, scherzte sie. »Es braucht all diese Hygge. Und wurdest du nicht hinausgeworfen?«

Er löste sich von ihr und blieb stehen. Seine Miene war ernst. »Dorte, wirst du nach Dänemark kommen? Nicht jetzt – nicht, solange es von diesen hasserfüllten Männern besetzt ist. Aber es wird nicht immer besetzt sein, das verspreche ich dir. Es gibt zu viel Widerstand.«

»Bleib hier«, bat sie.

»Ich kann nicht. Ich habe eine letzte Aufgabe zu erledigen.«

»Mit dem Penizillin?«

Er zögerte. »Ja.«

Sie gab ihm noch eine Gelegenheit, sich zu erklären. »Bringst du es zu einem Krankenhaus? In Dänemark?«

»Ich bringe es dorthin, wo es gebraucht wird.« Als er ihren Gesichtsausdruck sah, sagte er: »Ich schwöre dir, ich bringe es nicht zu den Nazis, falls du das glaubst. Aber erinnerst du dich an das Schild, das wir im Park gesehen haben? Auf dem stand, dass jemand gepudert hat?«

Sie dachte eine Sekunde nach. »Du meinst geplaudert. Und das bedeutet, dass du mir nicht vertraust.«

Er küsste sie. »Doch, ich vertraue dir. Glaub mir, *elskede*, das tue ich. Und ich werde dir alles erzählen, wenn wir uns wiedersehen.«

Sie fühlte sich elend. »Aber woher weißt du, dass wir uns wiedersehen werden?«

»Ich brauche keine Monate, um zu wissen, dass das zwischen uns etwas Gutes ist und dass es richtig ist. Und für etwas so Gutes und Richtiges müssen wir kämpfen. Und deshalb werde ich dafür kämpfen, wieder bei dir zu sein. Und deshalb, Dorte, werde ich gewinnen.« Er schob ihr eine Haarsträhne hinters Ohr. »Du wirst sehen.«

1945

EINE SEKRETÄRIN

Beryl spannte gerade ein Blatt Papier in ihre Schreibmaschine, als Dr. Paul hereingestürmt kam. Sein Grinsen war so breit wie seine rote Fliege.

»Sie hat die Stelle angenommen!«

Beryl brauchte nicht zu fragen, wen er meinte. In ihren elf Jahren als seine Sekretärin hatte sie erst einmal erlebt, dass Dr. Paul über eine Neueinstellung aufgeregt war wie ein Kind, das zu Weihnachten einen Welpen geschenkt bekommen hatte. Es war bei derselben Person gewesen, wegen der er auch jetzt so aus dem Häuschen war. »Herzlichen Glückwunsch.«

Er rieb sich seine sorgfältig gepflegten Hände, zierlich wie die eines Kindes. »Ich hätte nicht gedacht, dass sie zurückkommt. Ich musste ihr eine Stelle als außerordentlicher Professor anbieten, um sie zum Einlenken zu bewegen. Ein Stipendium hat nicht gereicht.«

Beryl drehte die Walze, bis das Papier an der richtigen Stelle für die Adresse war, während er wieder in seinem Büro verschwand. Dr. Horstmann wäre gekommen, ganz gleich, was er ihr angeboten hätte. Die Frau brannte dafür, Polio auszurotten. Sie würde am Empire State Building hochklettern und sich am Ankerturm des Luftschiffs wie King Kong auf die Brust schlagen, wenn sie glauben würde, das würde sie weiterbringen. Sah er das denn nicht? Wenn Dorothy nicht sofort zugeschlagen hatte, als er sagte, er wolle sie wieder in der Forschungsgruppe haben, gab es etwas anderes, das sie zurückgehalten hatte. Aber es lag nicht an dem beleidigenden Angebot eines weiteren Stipendiums. Hatte er die Kränkung beim ersten Mal nicht erkannt, als er sie übergangen und stattdessen Robbie Ward eine außerordentliche Professur angeboten hatte?

Dr. Paul war freundlich, aber er war blind. Manchmal war Beryl es leid, sich damit zu befassen. Nur zwei Dinge hielten sie hier: Erstens wusste sie, dass sie wahrscheinlich nie wieder einen Chef finden würde, der weniger blind war als er. Und zweitens war die Wahrscheinlichkeit, einen Weg zu finden, um Polio wenn nicht zu heilen, so doch zu verhindern, bei der Yale-Forschungsgruppe von allen Orten auf der Welt am größten.

Sie tippte die Statistiken zwar nur ab, aber das bedeutete nicht, dass sie die Daten nicht interpretieren konnte. Nach einem leichten Rückgang der Poliofälle während der ersten beiden Kriegsjahre stiegen die Zahlen jetzt wieder. Mit Sicherheit würde es noch schlimmer werden. Angesichts des Versprechens, dass die Soldaten bald aus Europa heimkehren würden, jetzt, wo der Krieg dort gewonnen war, und den verstärkten Kriegsanstrengungen gegen Japan, in der Hoffnung, die Kampfhandlungen dort ebenfalls zu beenden, wurden die Familien in diesem Sommer unbekümmerter. Sie schwammen in Seen und Badeanstalten und gingen in Parks. Die heimkehrenden Soldaten würden für eine Rekordernte an Babys sorgen, die das gierige Ungeheuer verschlingen konnte.

Ihr Blick wanderte zu dem gerahmten Foto auf ihrem Schreibtisch. Sie war darauf vorbereitet, zu sagen, das Kind sei ihre Nichte, doch keiner ihrer Arbeitgeber hatte sie je danach gefragt. In Wahrheit war Emily wie eine Tochter für sie. Beryl liebte sie mit einer mütterlichen Inbrunst, die sie genauso unvorbereitet getroffen hatte wie die Freundschaft zu ihrer Mutter, Paula, aus der mehr geworden war. Es versetzte Beryl jedes Mal einen Stich ins Herz, wenn sie sah, wie das Kind auf den verkrüppelten Beinen seinen Freundinnen nachhinkte. Kein Kind sollte das erleiden müssen. Es war hart genug, die eigenen Schwierigkeiten zu bewältigen, auch ohne einen weiteren Schicksalsschlag.

Sie drehte das Papier weiter bis zur Grußzeile. Im Büro nebenan hörte sie Dr. Paul in seinem Schreibtisch wühlen. Es würde ein schlechter Poliosommer werden, doch die Forschungsgruppe war damit beschäftigt, die Wirksamkeit von DDT gegen Fliegen zu eruieren. Lasen die Männer denn ihre eigenen Statistiken nicht? Die Gesundheitsbehörde könnte die Armeelaster, die durch die Normandie gerumpelt waren, so umrüsten, dass sie die Chemikalie tonnenweise in den Straßen der USA versprühen könnten. Sie könnten das üble Zeug flächendeckend mit ehemaligen Bombern aus der Luft über das ländliche Amerika verteilen. Doch selbst Beryl konnte erkennen, dass DDT zwar die Fliegen tötete, nicht aber Polio ausrottete. Auf wie viele Arten mussten sie es noch messen, um das zu erkennen? So manchen Abend hatte Paula ihre liebe Mühe, Beryl zu trösten, wenn sie sich über die Blindheit des Forscherkollegiums beklagte.

Komm zurück, Dorothy! Komm zurück. Wir brauchen dich hier, um diesem Unsinn ein Ende zu bereiten.

Dr. Paul tauchte in der Tür zu seinem Büro auf. »Mrs. Beasley, haben wir noch Stifte mit neuen Radiergummis? Ich habe meinen letzten verbraucht, als ich in der Karte eingezeichnet habe, wo wir in Paterson sprühen sollten. Ach, und würde es Ihnen etwas ausmachen, ein paar Sandwiches zum Lunch zu holen? Für den üblichen Trupp.«

Als sie in ihren Schreibtisch griff und einen Stift herausholte, schüttelte er bewundernd den Kopf. »Sie sind meine Rettung.«

16

Die Augusthitze lockte sie in Scharen nach draußen, kleine Mädchen in Kleidern mit Puffärmeln, die ihre Arme im Sprühregen wie Windmühlenflügel kreisen ließen; knochige kleine Jungen, weit ausschreitend wie Tambourmajore. Die mutigsten unter ihnen stürzten sich auf den Lastwagen, bekamen eine Ladung DDT ins Gesicht und klatschten auf die breite Stoßstange, ehe sie zurück zu ihren Freunden rannten.

Die Probenfläschchen in Kisten, die über Dorothys Schultern hingen, klapperten, als sie mit den Armen wedelte. »HEY!«

Ein Blick auf sie, und die Bande, die dem Wagen nachjagte, rannte johlend davon. Sie sangen schon »Fee-fie-foe-fum«, wann immer sie das Kinderheim betrat. Sie mit Nadeln zu piksen, hatte sie bei den Kindern nicht gerade beliebt gemacht, und für ihre Studie musste sie die meisten der Kinder in diesem Heim piksen. Wenn die Kinder sie für ein Ungeheuer hielten, sie sich dafür aber von diesem Gift fernhielten, dann war ihr das nur recht.

»Dorothy? Dorothy Horstmann?«

Sie drehte sich um. Albert Sabin, in seiner khakifarbenen Offiziersuniform elegant wie eh und je, kam lächelnd näher.

Sie stellte fest, dass sie sich freute, ihn zu sehen. Alle früheren Bedenken ihm gegenüber wurden durch die Erleichterung gemildert, die man empfand, wenn ein Soldat wohlbehalten in die Staaten zurückgekehrt war. »Was tun Sie denn hier? Wir dachten, Sie wären noch im Pazifik.«

»Dasselbe könnte ich Sie fragen.« Er machte Anstalten, sie auf die Wange zu küssen, als sie in eine Pfütze trat, die vom DDT in allen Farben schillerte.

Scheiße!

Er griff nach der größeren Kiste mit den Proben. »Lassen Sie mich das nehmen. Auf dem Marktplatz von Kairo habe ich Esel gesehen, die weniger beladen waren.« Er schulterte die Kiste mit seinem klirrenden Inhalt. Sie stritten sich kurz um die andere, bis er aufgab und sich mit einer Kiste begnügte. »Wie lauten unsere Befehle, Sir?«

»Zum Wagen«, sagte sie. »Aber ich halte Sie auf.«

»Ich war gerade auf dem Weg zum Bahnhof.«

Sie blieb stehen. »Zum Bahnhof geht es dort entlang.«

Er lief weiter in die Richtung, die sie eingeschlagen hatte. »Gehen Sie voran.«

»Ich möchte nicht, dass Sie Ihren Zug verpassen.«

Er antwortete nicht, sondern lief einfach weiter.

Stirnrunzelnd schloss sie zu ihm auf. Ihre Kiste mit den Proben schlug ihr gegen die Hüfte. »Wann sind Sie zurückgekommen? Ich habe gerade gelesen, dass Sie einen Impfstoff für das Sandfliegenfieber entwickelt haben ...«, sie hatte ihn eingeholt, »... und dass Sie kurz davor sind, einen Impfstoff gegen die Japanische Enzephalitis fertigzustellen.«

»So ist es.« Er schob den Gurt seiner Kiste höher. »Was trage ich hier eigentlich?«

»Das Übliche. Ich bin wieder in Yale.«

»Ich wusste gar nicht, dass Sie dort aufgehört hatten.«

»Für etwa ein Jahr.« Von dem fünf Monate eine einzige Qual gewesen waren, weil sie nichts von Arne gehört hatte.

»Woran forschen Sie?«

Sie konzentrierte sich wieder auf die Unterhaltung. »An der Auswirkung der Ausrottung von Fliegen durch DDT auf die Fallzahlen bei Polio.«

Er nickte erfreut. Es war sein Aufsatz gewesen, in dem erstmals die Vermutung geäußert worden war, Stubenfliegen könnten für die Verbreitung von Polio verantwortlich sein. Damit hatte er die breite Kampagne der Gesundheitsbehörden ausgelöst, die jetzt alles dransetzten, Fliegen zu vernichten. Ihre Studie für die Polioeinheit war ein direktes Ergebnis davon.

»Und wie läuft es?«, fragte er.

»Nicht besonders vielversprechend. In Gebieten, die wir von Hand besprühen, werden zwar viele Fliegen getötet, aber die Anzahl der Fälle geht kaum zurück.« Wenn es nach ihr gegangen wäre, hätten sie zuerst untersucht, welche Wirkung DDT auf Kinder hatte, bevor sie mit den großflächigen Besprühungen begonnen hätten. Sie sah ihn erwartungsvoll an. »Was führt Sie nach Paterson?«

Er schob die Tasche über seiner Schulter höher. »Ich bin gerade aus Okinawa zurückgekehrt.«

Das war keine richtige Antwort, aber ... »Okinawa!«

Die Nachrichten in diesem Sommer waren voll von Berichten über Selbstmordbomber und Nahkämpfe dort. Die japanischen Soldaten kämpften, als wäre es ihnen egal, ob sie starben, und die meisten taten es. Es hieß, dass nur fünf Prozent von ihnen überlebten. Die Amerikaner waren zwar die Sieger, doch viele zerbrachen an dem Blutbad, das sie erlebt hatten. »Okinawa« war zu einem Synonym für »Gemetzel« geworden.

»Ich war dort, um Gewebeproben mit Enzephalitis zu sammeln«, sagte er.

»Mitten im Armageddon?«

»Ich habe meine Untersuchungen in einer Höhle durchgeführt und war einigermaßen sicher.«

»In einer Höhle!«

Er hob die Achseln. »Ich bin nur dankbar, dass ich nicht in Nagasaki war.«

Ein eiskalter Windhauch schien sie zu streifen. Letzte Woche war die zweite Atombombe über dieser Stadt abgeworfen worden, drei Tage, nachdem die erste Atombombe Hiroshima getroffen hatte. Eine neue Art von Krieg hatte begonnen, in dem auf einen Schlag ganze Städte ausradiert wurden. Obwohl in den amerikanischen Zeitungen keine Bilder der Bombardierungen gezeigt werden durften, war bekannt, dass Hunderttausende Kinder, Frauen und Männer gestorben waren. Das Ausmaß des Leides war unvorstellbar. Über Nacht hatten sich die Regeln der Menschlichkeit verändert.

»Sie sollten zu Hause mit einer Flasche Whiskey im Bett liegen.« Sie blieb neben ihrem Dienstwagen stehen, einem braunen Chevrolet von der Form und der Farbe eines Junikäfers. »Im Ernst, warum sind Sie *hier*?«

Er schaute auf seine Uhr. »Ich könnte den ganzen Tag erzählen, aber ich muss den Zug erwischen.«

»Wohin wollen Sie?«

»New York.«

»Steigen Sie ein.« Als er die Stirn runzelte, fügte sie hinzu: »Sie können genauso gut mit mir fahren. Ich komme auf dem Rückweg nach New Haven durch die Stadt.«

»Danke. Aber ich habe schon meine Zugfahrkarte.«

Sie nahm ihm die Kiste mit den Proben ab. »Steigen Sie ein. Ich entführe Sie nach New York und besorge Ihnen eine Mahlzeit. Kein Mann, der gerade aus einer Höhle in Okinawa nach Hause gekommen ist, wird hungrig bleiben, solange ich in dieser Angelegenheit etwas zu sagen habe.«

Heiße, schmutzige Luft, die nach Abgasen stank, wehte durch das heruntergekurbelte Fenster des universitätseigenen Junikäfers. Auf dem Beifahrersitz neben Dorothy schlief Dr. Sabin wie ein Toter.

Er hatte den Kopf zurückgelehnt, die khakifarbene Krawatte seiner Uniform war gelockert, sein Mund stand offen. Fünfzehn Minuten nachdem sie Paterson hinter sich gelassen hatten, war er eingeschlafen. Dorothy nahm an, dass es ziemlich anstrengend sein musste, unter Stalagmiten Experimente durchzuführen, während draußen Männer versuchten, sich gegenseitig abzuschlachten.

In Fort Lee hielt sie an einem leeren Howard Johnson's an. Jedes Fenster des Restaurants war mit Brettern vernagelt, selbst die Gauben und die Kuppel. An der Tür hing ein Schild:

BIS AUF WEITERES GESCHLOSSEN
WEGEN GASKNAPPHEIT UND ARBEITSKRÄFTEMANGEL

An der Fensterscheibe, durch die man früher die Menschen frittierte Muscheln hatte essen sehen, hing ein altes Plakat der Regierung. Es zeigte eine wunderschöne Frau, die einen hocherfreuten Matrosen umgarnte. *Er hat sich freiwillig für den U-Bootdienst gemeldet,* stand dort.

Würde das Leben je wieder dasselbe sein? Der Krieg war fast zu Ende, aber die Angst vor der Nachricht, dass ein Freund oder Verwandter gestorben war oder vermisst wurde, hing immer noch wie ein übler Geruch in der Luft. Die Angst vor einem Angriff auf die Vereinigten Staaten per U-Boot und Luft lauerte noch immer knapp unterhalb der Schwelle des Bewusstseins, und jedes Mal, wenn die Sirenen für eine Luftschutzübung heulten, wurde diese Angst wiederbelebt. Bisher hatte es zwar noch keine Angriffe gegeben, doch erst letzten Monat war ein unbewaffneter Bomber der US-Armee, dessen Pilot sich im Regen verflogen hatte, zwischen dem 78. und den 79. Stock in das verdunkelte Empire State Building gekracht. Drei Besatzungsmitglieder und elf Menschen einer katholischen Kriegshilfeorganisation waren getötet worden.

Trotzdem machte angesichts all dieses Schmerzes und dieser Fremdheit jeder irgendwie weiter. Die Menschen lasen die Zeitung, gingen zur Arbeit, kauften Brot und Margarine beim Kaufmann, kochten das Abendessen und legten sich schlafen, nachdem sie Radio gehört und sich die Zähne mit Zahnpulver geputzt hatten, wie sie es immer getan hatten. Dorothy hatte sich immer gefragt, wie die Menschen das Grauen des amerikanischen Bürgerkrieges überlebt hatten. Jetzt wusste sie es. Ganz gleich, wie viel Mangel und Einschränkungen es gab oder wie viel Angst in der Luft lag – solange der Krieg nicht buchstäblich vor deiner Tür ausgefochten wurde oder deine Liebsten verwundet, vermisst oder getötet wurden, ging das alltägliche Leben einfach weiter. Selbst wenn du wusstest, dass der Mann, in den du dich verliebt hast, niemals zurückkehren würde, ging das Leben weiter.

Vor ihnen, über den Baumwipfeln, kam die George Washington Bridge in Sicht, deren Stahlträger an einen rechteckigen Eiffelturm erinnerten. Neben ihr zuckte Dr. Sabin im Schlaf.

Als sie nicht sofort von Arne gehört hatte, war sie nicht überrascht gewesen. Internationale Kommunikation war aufgrund des Krieges nur beschränkt möglich. Wenn sie schon nicht den Mann selbst haben konnte, sehnte sie sich danach, wenigstens mit jemandem zu sprechen, der ihn kannte. Also war sie zu den Levys gegangen, um ihr Herz zu erleichtern. Das Herz erleichtern. Die Formulierung hätte Arne gefallen.

Von den Levys musste sie erfahren, dass Arne Holm verheiratet gewesen war.

Er hatte seine Frau verloren, ein Jahr bevor er Dorothy kennenlernte. Ein tragischer Tod, sagten sie mit bekümmerten Stimmen. Sie war erwischt worden, als sie eine jüdische Familie in Sicherheit bringen wollte. Sie war vor einem Polizeirevier in der Nähe von Kopenhagen hingerichtet worden.

Dorothy hatte sich die Neuigkeit mit entsetztem Schweigen angehört. Kein Wunder, dass er es ihr nicht erzählt hatte. Wie sehr er seine Frau geliebt haben musste! So sehr, dass er den Schmerz nicht ertragen konnte, über sie zu sprechen. Seine Zeit mit Dorothy musste ein Versuch gewesen sein, seine geliebte Frau zu vergessen – ein fehlgeschlagener Versuch, wenn sie sein Schweigen in den letzten langen Monaten bedachte. *Du bist eine Närrin, zu glauben, dass du jemals wieder von ihm hören wirst,* schalt sie sich, während der Junikäfer winselnd an der Mautstelle zum Stehen kam. *Du musst dir diesen Mann aus dem Kopf schlagen.*

Vor ihr hing der schaukelnde Highway über dem klaffenden Abgrund des Hudson River. Dorothy sah auf ihre Uhr. Kurz vor fünf. In zehn Minuten würden sie über die Brücke sein. Nicht schnell genug.

Als sie weiterfuhr, kurbelte sie ihr Fenster hoch. Sie hasste Brücken über Gewässer ganz allgemein und Hängebrücken mit ihren dünnen Kabeln im Besonderen. Es könnte etwas damit zu tun haben, dass sie einmal ihren Pop von der brandneuen Golden Gate Bridge holen musste, als sie Medizin studiert hatte. Ihre Mutter hatte sie verzweifelt aus dem Anatomieunterricht geholt, nachdem sie in der Bar einen Tipp bekommen hatte, ein paar »Freunde« hätten ihn dort abgesetzt, aus »Jux«.

Als sie sich jetzt dem ersten Stützpfeiler näherte, umklammerte sie das Lenkrad mit festem Griff. Sie stellte sich vor, die gewaltigen Stahlseile würden reißen, die Brücke würde frei schwingen und das Auto in den Abgrund stürzen.

Sie hatten es fast bis zur Mitte geschafft, als das Hupkonzert begann. Zuerst war es nur ein Lieferwagen, der von der New Yorker Seite kam. Dann begann ein anderes Fahrzeug zu hupen, dann noch eines, bis alle Autos und Lastwagen um sie herum hupten. Wollte jemand springen? Ihr wurde schlecht.

Dr. Sabin richtete sich auf. »Was ist los?«

»Ich weiß es nicht.«

Die Menschen begannen, sich aus ihren Autofenstern zu lehnen und zu winken, als würden sie nicht in größter Höhe in der Luft stehen, mit nicht mehr als ein paar Fuß Beton und ein paar Stahlstreben zwischen ihnen und dem Nichts.

Dr. Sabin knöpfte seinen Kragen zu, dann rief er durch das Fenster zu einem Lieferwagenfahrer hoch, der fröhlich neben ihnen hupte. »He, was ist denn los?«

Das Doppelkinn des Fahrers drückte auf seine Fliege. »Wissen Sie es nicht? Haben Sie in einer Höhle gelebt?«

»In der Tat«, rief Dr. Sabin, »das habe ich.«

»Japan kapituliert! Truman wird es jeden Moment verkünden!«

Der Verkehr kam zum Erliegen. Zwei Wagen vor ihnen sprangen ein Seemann und eine junge Frau aus einem Wagen und begannen, einen Jitterbug zu tanzen. Der Wind blähte seine weite Hose und ihren getupften Rock. Das Bild von Pop, wie er sich an das rote Metallgeländer klammerte, während sein Hemd im Wind flatterte, ging Dorothy durch den Kopf. Wie sich herausstellte, hatte ihr mutiger Riese von einem Pop Höhenangst.

»Ist alles in Ordnung mit Ihnen?«, fragte Dr. Sabin.

»Ich mag Brücken nicht.«

Sie spürte seine Hand an ihrem Oberarm. Er drückte sanft. »Keine Angst. Ich halte Sie.«

Schweiß durchnässte ihre Kopfhaut. Sie sah sich selbst, einen Arm um Pop gelegt, wie sie sich Schritt für Schritt dem Land näherten.

»Hey. Hey … alles wird gut.« Dr. Sabin ließ sie los. Plötzlich brüllte er laut. »He, kommen Sie her und sehen Sie diese erstaunliche Wissenschaftlerin!«

Sie sah ihn an.

»Ich habe Sie dazu gebracht, mich anzusehen!« Er lachte. »Anscheinend habe ich den Dreh immer noch raus. Das kommt noch aus meinen Tagen als Marktschreier.«

»Sie waren ein Marktschreier?«

»Auf der Highschool, und ich war gut, wage ich zu behaupten. Meine Angebote fanden am meisten Beachtung, auch wenn es kein Weiberkram war. Mein Liebling war ...«, er hob die Stimme, »... BABYS IN BRUTKÄSTEN! Versäumen Sie es nicht, sich die BABYS IN BRUTKÄSTEN anzusehen! Kommen und sehen Sie die KLEINSTEN LEBENDEN KINDER DER WELT!«

Sie versuchte, den Wind auf ihrem Gesicht zu ignorieren. »Meinen Sie das ernst?«

»Vollkommen. Ich habe auf Coney Island bei der Ausstellung mit Babybrutkästen gearbeitet. Ein Gebäude mit einer langen Reihe Kästen, die aussahen wie lauter kleine Eiskästen mit einer Glastür, und hinter jeder lag ein frühgeborenes Baby. Die Krankenschwester hat ein Baby herausgenommen und es neben ein Milchfläschchen gehalten, um der Menge zu zeigen, wie klein es im Vergleich war. Ein gewisser Dr. Martin Couney führte den Vorsitz, zusammen mit seiner Tochter, die selbst zu früh auf die Welt gekommen war, und seiner Krankenschwester. In dem Sommer, als ich dort war, hat er kein einziges Baby verloren.«

Immer mehr Menschen gesellten sich zu den Tanzenden auf der Brücke. Warum blieben sie nicht einfach in ihren Autos sitzen?

»Der einzige Unterschied zwischen Dr. Couney und jedem anderen Arzt mit frühgeborenen Patienten war, dass er beschloss, dass das Unmögliche möglich war. Er brachte mich dazu, dass ich ein Held sein wollte, so wie er.«

Sie sah ihn erneut an.

Er lachte. »Selbst Schausteller haben Träume.«

»Für einen reichen Jungen waren Sie auf jeden Fall ziemlich abenteuerlustig.«

»Reicher Junge? Wie kommen Sie denn darauf?«

»Ist im Jungenclub der Mediziner nicht fast jeder wohlhabend?«

Ein weiteres Pärchen war aus dem Auto direkt vor ihnen gestiegen und tanzte um die bauchigen Kotflügel herum.

Dr. Sabin schaute kurz zu ihr, dann wandte er den Blick ab. »Ich erinnere mich, wie ich als kleiner Junge mit den deutschen Truppen marschiert bin.«

Bitte, Leute, steigt wieder in eure Wagen.

»Wie kleine Jungen überall auf der Welt sind meine Brüder und ich mit ihnen die Hauptstraße meiner Heimatstadt entlangmarschiert.«

»Wann war das?«, fragte sie widerstrebend.

»Im Ersten Weltkrieg, als die Deutschen mit den Russen um einen Zipfel kämpften, der jetzt zu Polen gehört und in dem meine Familie lebte. Białystok. Die Stadt ist durch mehr Hände gegangen als ein Schneeanzug in einer Familie mit sechs Söhnen.«

»Sie sind aus … Polen?«

»Als die Deutschen einmarschiert sind, waren die Russen bereits geflohen und hatten unser gesamtes Vieh mitgenommen – das Einzige von Wert, was wir besaßen. In einer der Hauptstraßen gab es eine Kirche mit einem großen, freien Platz drum herum, dort haben die Deutschen ihren Marsch unterbrochen und Pause gemacht.«

Er lächelte, als sie ihn ansah. »Ich setzte mich an die Kirchenmauer, neben einen jungen deutschen Soldaten – jung, sage ich, denn als er seinen Helm abnahm, sah ich, dass er noch pausbäckig und rosig war wie ein Junge. Er hatte weiße Augenbrauen und helles Haar. Ich hatte tagelang nichts gegessen, also verfolgte ich mit großen Augen jeden Bissen der dicken Scheibe Pumpernickel, der in seinem Mund verschwand, dick mit Butter beschmiert wie die Scheibe selbst. Als er sah, dass ich jeden seiner Bissen verfolgte, hörte er auf zu essen, holte eine zweite Scheibe heraus und gab sie mir. Seitdem hat mir nichts mehr so köstlich geschmeckt.«

Er seufzte, bevor er fortfuhr. »Ich musste mit meinem älteren

Bruder auf den Feldern Essen für meine Familie stehlen. Er war vier Jahre älter als ich. Wir haben lange Streifzüge unternommen und versucht, von diesem und jenem Bauern etwas zu bekommen, ein kleines Stück Brot, ein paar Kartoffeln, etwas Gemüse. Die deutsche Armee war mit Pferd und Wagen auf dem Vormarsch, aber wir wagten es nicht, um eine Mitfahrt zu bitten. Doch als sie diese zwei mageren Kinder am Straßenrand sahen, haben sie uns eingesammelt und uns mitfahren lassen. Von den vorigen Besatzern waren wir solche Freundlichkeit nicht gewohnt. Als die Russen das Sagen hatten, war es ganz anders gewesen.«

Immer mehr Menschen stiegen aus ihren Autos, rauchten Zigaretten und unterhielten sich. Dr. Sabin holte sein eigenes Päckchen hervor und bot Dorothy eine Zigarette an. Sie schüttelte den Kopf.

»Während der russischen Besatzung war es nicht gut, Jude zu sein. Die Pogrome begannen oft in den Kirchen, nach einer Predigt, in der es hieß, die Juden hätten ihren Gott getötet. Aufgehetzt durch die Anschuldigungen von der Kanzel betranken sich die Soldaten und Randalierer aus dem Ort. Anschließend brachen sie in Häuser ein oder legten Feuer oder töteten jeden Juden, der zufällig vorbeikam.« Er schob sich eine Zigarette zwischen die Lippen. »Und die Polizei stand einfach daneben.«

Er zündete seine Zigarette an und ließ das Feuerzeug zuschnappen. »Deshalb gab es auch keine Konsequenzen ...«, er blies den Rauch aus, »... als ein fünfjähriger Junge, der an einer Kirche vorbeiging, von einem Mob angegriffen wurde. In den Zeitungen wurde nicht darüber berichtet, und niemand beschwerte sich darüber, außer seine Eltern, die aber nur arme jüdische Weber waren. Die Russen warfen Ziegel nach ihm, Steine, was immer sie in die Finger bekamen. Einer der Ziegel traf seinen Wangenknochen.« Er deutete auf seinen Augenwinkel, auf eine Narbe von der Größe eines Daumenabdrucks, die fast verblasst war. »Seine Eltern fürchteten, er könnte erblinden. Aber er wurde nicht blind. Nicht vollständig.« Er öffnete seine Augen ganz weit. »Er kann immer noch sehen.«

»Oh, Albert, das tut mir leid.« Sie ließ die Hände am Lenkrad. »Ich dachte die ganze Zeit, Sie wären der Sohn einer wohlhabenden und privilegierten Familie.«

Er legte seinen Lower-East-Side-Akzent ab. »Vierzehn ich war, als wir entflohen nach Amerika. Von Englisch kannte ich kein Wort nicht. Ich sollte folgen meine Eltern, in die Seidenmühlen, als Weber am Stuhl.«

»Und, taten Sie das?«

Seine Stimme bekam wieder ihren gebildeten Klang. »Aber in unserer neuen Wohnung gab es keinen Platz für mich, also schickten sie mich zu meinem ›reichen‹ Onkel nach New York City, wo ich mir in seiner kleinen Wohnung ein Zimmer mit meiner Cousine teilte. Meine Cousine wollte Schauspielerin werden, also ließ sie sich von mir ihren Text vorlesen – eine ausgezeichnete Methode, um Englisch zu lernen, wie ich hinzufügen möchte. Ihr Name ist Sylvia Sidney. Vielleicht haben Sie von ihr gehört.«

»Sylvia Sidney! *Die* Sylvia Sidney? Sie arbeitet mit allen führenden Männern Hollywoods zusammen.«

»Was sie zur führenden Lady macht – ja, sie ist meine Cousine. Durch sie habe ich begriffen, dass man in Amerika aus sich machen kann, was man will. Ich habe zugesehen, wie Sophia Kosow zu Sylvia Sidney wurde. Es war Sophia, die Abram Saperstein dazu brachte, sich in Albert Sabin zu verwandeln. Albert *Bruce* Sabin, sollte ich sagen. Gefällt Ihnen der Klang? Mit vierzehn habe ich mir selbst den zweiten Vornamen gegeben. Ich fand, Bruce klinge irgendwie elegant.«

Als sie sich ihm zuwandte, erkannte sie den verachteten, abgelehnten und auch trotzigen Vierzehnjährigen in seinen Zügen. Sie verspürte einen Stich in ihrem Herzen. Wieso hatte sie, Henry

Horstmanns Tochter, diesen Jungen, der wie sie große Träume hatte, nie erkannt?

»Soll ich Sie Abram nennen?«

Er lachte. »Auf gar keinen Fall. Der süße kleine Abram ist schon lange tot. Lang lebe der zähe alte Albert.«

»Lang lebe der zähe alte Albert!«

Er blies den Rauch zum Fenster hinaus. »Meine Eltern haben sich in Paterson, New Jersey, niedergelassen, wo sie immer noch leben. Es ging ihnen gut, als ich sie heute besucht habe.«

»Deshalb also waren Sie dort.«

Er drückte seine Zigarette im Aschenbecher aus. »Ich sollte Ihnen das alles wahrscheinlich gar nicht erzählen.«

»Doch, das können Sie. Ich werde nichts weitertragen.«

»Sie können mir glauben, ich erzähle das sonst niemandem.«

»Das glaube ich Ihnen.« Sie holte tief Luft. »Ich habe meine eigenen Geheimnisse.«

»Ich weiß.«

»Sie wissen es? Was wissen Sie?«

Er lächelte und tippte sich an die Stirn. »Sie halten alles gut verschlossen dort drin.«

Sie sahen sich in die Augen. Die Arroganz in seinem Blick, die sie so geärgert hatte, als sie ihn für den Sohn von Blaublütern gehalten hatte, bekam eine ganz neue Bedeutung. Diesen Druck, sich ständig beweisen zu müssen, kannte sie nur zu gut.

Als sie zusammen lachten, war es kameradschaftlich.

Genauso plötzlich, wie der Verkehr zum Erliegen gekommen war, ging es weiter. Die Menschen rannten zu ihren Fahrzeugen. Autohupen unterstrichen die Musik, die auf allen Fahrspuren der Brücke aus den Fenstern schallte, zusammen mit Gesprächsfetzen, als würden alle an einer riesigen Cocktailparty unter freiem Himmel teilnehmen.

Er legte ihr erneut eine Hand auf den Arm. Sie startete den

Motor. Es dauerte zwanzig angespannte Minuten, in denen sie sich auf den Gehsteig konzentrierte, bis sie die New Yorker Seite der Brücke erreicht hatten.

»Ich habe Ihnen eine Mahlzeit versprochen, Dr. Sabin«, sagte sie, als sie wieder sprechen konnte, obwohl sie sich plötzlich erschöpft fühlte.

Er ließ ihren Arm los. »Albert.«

Ihre Haut fühlte sich für einen Moment wie beraubt an, aber das war eine ganz normale körperliche Reaktion auf das Nachlassen eines länger anhaltenden Drucks. Das war alles. Wirklich. »Wo pflegen Neandertaler aus Okinawa wie du üblicherweise zu speisen?«

»Da kenne ich genau das Richtige.«

17

New York, New York, 1945

Hitze strahlte von der Straße am Fuß der Brücke ab, als sie den
Junikäfer Richtung City lenkte. Ein Autoradio war nicht nötig, um
zu bezeugen, dass Präsident Truman die Kapitulation Japans offiziell bekanntgegeben hatte. Die vielen New Yorker, die draußen
auf den heißen Gehsteigen unterwegs waren, sprachen Bände.
Während der Wagen sich durch die Seitenstraßen schob, von denen
Dorothy irrtümlicherweise gedacht hatte, sie käme hier schneller
voran, versammelten sich Mütter mit Wickelkindern auf den Stufen der Brownstones, Jungen in gestreiften Hemden und Khaki-
shorts rannten vor den Wohnblöcken hin und her, Scharen von
Mädchen im Teenageralter tänzelten über den Gehweg, die gepols-
terten Schultern eng aneinandergeschmiegt. Alte Paare schlurften
vorbei, einer beim anderen untergehakt. Es schien, als wäre die
ganze Stadt auf den Beinen.

Der Wagen kroch bis zur Ecke von Central Park. Albert deutete
durch die Windschutzscheibe. »Fahr in die Lexington.«

Ein Verkehrspolizist winkte sie über die Straße. Schon bald be-
schatteten Wolkenkratzer und vielgeschossige Apartmenthäuser
die Straße, die Bürgersteige waren voll mit Damen in hochhacki-
gen Schuhen, Männern in Anzügen und Arbeitern in Overalls. Der
brodelnde Menschenstrom ergoss sich in südliche und östliche
Richtung auf die Mitte Manhattans zu, jeder war in Feierlaune.
Wann würde Truman sprechen? Wann würden die vier grausamen
Kriegsjahre endlich aufhören, Jahre, in denen man den Kopf eingezogen und nicht aufgemuckt hat, Jahre, in denen man durch-

gehalten und Opfer gebracht hat, in denen man nicht zu träumen wagte; Jahre, in denen alle den Atem angehalten haben, während sie ihr Leben gelebt und darauf gewartet haben, dass die Herrschaft der Tyrannen endlich zu Ende ging?

Dorothy lenkte das Auto am Waldorf Astoria vorbei, als ein Duesenberg aus einer Parklücke ausscherte, der erste freie Parkplatz seit Meilen.

»Ich glaube, das ist ein Zeichen, dass wir aussteigen und von hier aus die U-Bahn nach Gramercy Park nehmen sollten.« Sie parkte ein.

»Vielleicht soll diese Mahlzeit einfach nicht sein.«

»Jetzt erst recht«, sagte sie und stellte den Motor aus.

Doch sobald sie auf dem Gehsteig standen, war klar, dass sie gegen den Strom schwimmen müssten, um zur nächsten U-Bahn zu gelangen, und das war unmöglich. »Wo wollen denn alle hin?«, rief sie einem Pulk Soldaten zu, größtenteils Matrosen in blauer Uniform.

Ein Seemann, der mit seinem weichen rosigen Gesicht und der fettigen Haut wie ein Teenager wirkte, starrte sie an. »Lady, Sie sind aber groß!«

»Das ist fein beobachtet. Wo gehen Sie hin?«

»Times Square!«, antwortete sein rothaariger Kumpel.

»Warum?«, fragte Albert.

»Um das Nachrichtenband am Times Tower zu sehen, wenn das Ende des Krieges gemeldet wird!«

»Alle gehen hin!«, sagte Babyface.

Ohne sie zu fragen, schloss Albert sich der Menge an und bog mit den anderen zwischen den Wolkenkratzern Richtung Westen auf die Neunundvierzigste ab. Er erwartete, dass Dorothy ihm folgte.

Kopfschüttelnd tat sie es.

Weitere Menschen stießen auf dem Gehweg dazu. Gruppen von

Sekretärinnen. Angehörige des Women's Army Corps in Khaki-jacken und Röcken, Geschäftsleute, die in der Augusthitze ihre Hüte auf den verschwitzten Köpfen zurückgeschoben hatten, Menschen jeder Hautfarbe und jeder Art quetschten sich auf dem Bürgersteig, ihre schiere Anzahl schob sie alle dicht zusammen. Die Luft roch nach Körpern, Zigaretten, Unrat und Aufregung.

Sie waren jetzt Teil des Seemannsrudels. Als der Matrose mit dem Babygesicht langsamer wurde und sagte, er suche nach dem RCA-Gebäude im neuen Rockefeller Center, zog ihn der rothaarige Matrose weiter.

»Hey!«, rief Babyface. »Ich versuche, etwas zu sehen! Die Hall of Motions ist hier drin.«

»Willst du zerquetscht werden?«

»Ich habe gehört, sie stecken dich in einen Raum und spielen die Geräusche von explodierenden Bomben ab, um zu sehen, wie du dich während einer Luftschlacht hältst. Du drückst einen Handgriff, durch den elektrischer Strom fließt, und das Gerät zeigt, wie schreckhaft du bist.«

»Dafür brauchst du eine Maschine?«, rief der Rotschopf. »Ich kann dir sagen, was *du* tun würdest. *Du* würdest dir in die Hosen scheißen.«

»Es sind Damen anwesend«, sagte Albert.

Die Matrosen schauten auf das Eichenlaub auf seinem Abzeichen des Medizinischen Corps auf seinem Ärmel. »Oh, stimmt, Doc. Pardon.«

»Hey!«, rief ein gutaussehender Kamerad und sah genauer hin. Sein welliges Haar, das unter der pechschwarzen Matrosenmütze hervorquoll, konnte es gut mit der Fülle von Alberts Haaren aufnehmen. »Hey, sind Sie nicht dieser berühmte Polioarzt? Dr. … Dr. …«

Dorothy richtete einen Seemann auf, der gestolpert war. »Jungs, darf ich euch Dr. Sabin vorstellen?«

Der gutaussehende Kerl schnippte mit den Fingern. »Stimmt. Ich bin aus Cincinnati – Sie haben da einmal vor dem Rotary Club gesprochen. Mein Dad hat mich vor dem Krieg mit hingenommen.«

Die anderen Matrosen reckten im Weitergehen die Hälse, um ihn zu sehen.

»Also, Doc«, sagte der hübsche Bursche, »wann werden Sie Polio das Fürchten lehren?«

Albert runzelte die Stirn, erfreut, erkannt zu werden. »Ich arbeite daran.« Er schaute zu Dorothy, die ihn beobachtete. »Genau wie diese ausgezeichnete Wissenschaftlerin, Dr. Horstmann.«

»Eine Frau als Wissenschaftler?«, rief der Rotschopf. »Ich habe noch nie eine kennengelernt.«

»Wir sind so etwas wie Einhörner«, sagte Dorothy trocken.

»Sie sind genau wie andere Wissenschaftler«, sagte Albert feierlich, als wäre das ein Kompliment.

Sie wurde von der Menge gegen ihn gedrückt. Dort, wo ihre Körper sich berührten, schien eine Art elektrischer Strom zu fließen.

Die Menge trug sie zum Times Square. Vom Lärm der Tausenden Feiernden, der von den Bürogebäuden widerhallte, wurde ihr schwindelig. Ein Mann mit einer Kamera in der Hand schob sich durch die Menge. Es dauerte einen Moment, bis Dorothy schaltete und sie ihn erkannte. »Mr. Eisenstaedt! Hier drüben!«

Sie umarmten sich, als er zu ihnen stieß. »Wie geht es Ihnen?«, rief sie laut.

Die gebogenen Brauen, dicht wie der Schnurrbart von Groucho Marx, verschwanden unter seinem Hut. »Es ist überwältigend! All diese Menschen!«

»Haben Sie schon ein paar gute Fotos gemacht?«, rief sie.

»Das werde ich erst wissen, wenn ich in meiner Dunkelkammer bin«, rief er zurück.

Albert schrie: »Das sagt meine Frau auch immer.«

Mr. Eisenstaedt blickte über die wogende Menge. »Sie ist Fotografin?«

»Sie wäre es gerne.« Er streckte die Hand aus. »Albert Sabin.«

»Dr. Sabin«, sagte Dorothy, »das ist Alfred Eisenstaedt. Er ist der Fotograf, der Hickory zu einem Wunder gemacht hat.«

Mr. Eisenstaedt lachte, dann sah er sich um, während er sagte: »Basil O'Connor hat dafür gesorgt, dass ich ›das Wunder von Hickory‹ mehrere Male erwähnt habe. Der Artikel wurde mit jeder Seite wundersamer.« Er stellte sich auf die Zehenspitzen, um über die Menge hinwegzublicken. Als er wieder herunterkam, grinste er Dorothy an. »Sind Sie in letzter Zeit ins Feuer gerannt?«

»Jeden Tag. Und Sie?«

»Immer.«

In diesem Moment löste sich der gutaussehende Matrose aus seinem Pulk und schnappte sich eine einsame Krankenschwester, die die Anzeigentafel beobachtete. Der Matrose packte sie und kippte sie nach hinten.

Mr. Eisenstaedt schaute durch den Sucher seiner Kamera. »Oh mein Gott. Es ist das Wunder von Hickory!« Er ging in die Hocke. *Klick, ratsch, klick, ratsch.*

Die Krankenschwester hob die Faust gegen den Matrosen, doch er nahm sie, hielt sie fest und drückte die Frau noch weiter nach unten. Die Umstehenden jubelten.

Klick, ratsch. Klick, ratsch.

»Armes Mädchen«, sagte Dorothy.

»Armes Mädchen?«, sagte Albert. »Sie muss sich geschmeichelt fühlen, dass der Matrose sie küssen will.«

»Wenn sie es nicht will, ist es kein Kompliment, sondern ein Übergriff.«

Die Krankenschwester befreite sich, dann wischte sie sich unter dem Johlen der Schaulustigen den Mund ab. Sie sah aus, als würde sie gleich anfangen zu weinen.

Die brodelnde Menge um sie herum vermischte sich und formte sich neu wie die Glassplitter in einem Kaleidoskop. Mr. Eisenstaedt winkte Dorothy zu und trabte auf die Anzeigentafel zu.

Albert beobachtete sie. »Du siehst Dinge, die andere Menschen nicht sehen.«

Sie sahen sich an, ein Moment der Stille inmitten des Tumults. »Was siehst du in mir?«, fragte er. »Ich bin neugierig.«

Sie sah ihm in die Augen, die kein einziges Mal blinzelten. Sie sah Stolz. Sie sah Einsamkeit. Sie sah sich selbst.

Ein ohrenbetäubender Jubel setzte ein. Sie drehten sich um und sahen, wie die Anzeigentafel ihre Nachricht um das Times-Gebäude herum verbreitete.

+++ OFFIZIELL +++ TRUMAN VERKÜNDET DIE KAPITULATION JAPANS +++ OFFIZIELL +++

Konfetti und die langen Papierstreifen aus dem Ticker flatterten aus den Bürofenstern und bedeckten die tobende Menge. Es war, als wäre man in einer Pfanne voll mit aufplatzendem Mais.

Albert berührte sie an der Schulter. Sie sahen sich an, reglos wie Figuren in einer Schneekugel, während es überall um sie herum Konfetti schneite. Alle küssten sich, als wäre es Silvester.

Seine Stimme war ganz leise inmitten des Lärmens. »Ich würde dich gerne küssen. Aber nur, wenn du es für ein Kompliment halten würdest.« Er zupfte ihr Konfetti aus dem Haar. »Würden Sie, Dr. Horstmann, dieses Kompliment annehmen?«

Würde sie? Für einen Moment war sie ein vierzehnjähriges, viel zu großes Mädchen auf dem Weg, Klavierunterricht zu geben, das einen unsicheren Jungen ansah, der sich gerade erst in »Albert Bruce« umbenannt hatte. Ihr Blick musste ihm verraten haben, was er wissen musste.

Seine Lippen waren weicher, als sie es sich vorgestellt hatte.

Mr Eisenstaedt kam mit einer Flasche Schaumwein angelaufen.

»Wo haben Sie die denn her?«, fragte Albert unbekümmert.

»Sie wären überrascht, was die Menschen mir alles geben, wenn sie herausfinden, dass ich für *Life* arbeite.«

»Dann mal her mit der Flasche.« Dorothy nahm einen kräftigen Schluck, wollte sie schon zurückgeben, hielt inne und nahm noch einen Schluck. Sie wischte sich den Mund mit der Hand ab, als sie die Flasche an Albert weitergab. Er trank, dann gab er sie Mr. Eisenstaedt zurück, der leise lachend weiterwanderte.

Albert rieb ihren Arm. »Wenn doch nur ...«

Sie entzog sich ihm, aus Angst, was er sagen würde. »Bitte. Sag diese Worte nicht. Es ist der destruktivste Satz in der englischen Sprache. Ganze Leben werden verschwendet, indem man ihn nur denkt.«

»Na gut.« Er nahm sie am Ellenbogen und führte sie aus dem Gedränge heraus.

Sie schaute über die Schulter zurück und erwartete fast, eine Lücke zu sehen, die sie in der Luft hinterlassen hatten.

1948

EINE EHEFRAU

Kurz nachdem sie das Haus in Cincinnati gekauft hatten, hatte Sylvia sich die Dunkelkammer gebaut – buchstäblich, denn sie hatte eigenhändig das Holz zugesägt und an die Wände genagelt. Sie hatte die Kammer im Keller eingerichtet, dem einzigen Teil des Hauses, für den Albert keine Verwendung hatte. Mit der konstanten Temperatur von kühlen achtzehn Grad war er perfekt für die Entwicklung von Fotos geeignet. Wie eine Höhle, dachte Sylvia, als sie das Foto, das sie gerade entwickelte, in der Wanne mit dem Fixierer hin- und herschwenkte.

Bei Höhlen musste sie an die Mammoth Cave denken, die sie auf einer der Bildungsreisen ihrer Familie als Mädchen besucht hatte. Alle Reisen in ihrer Kindheit waren Bildungsreisen gewesen. Ihr Vater, ein Bauingenieur, der mit dem Architekten Frank Lloyd Wright zusammengearbeitet hatte, bestand darauf, dass jeder wache Moment im Leben seiner Kinder der Erweiterung des Wissens zu dienen hatte. Sie wurden zu Vorträgen über Wissenschaft und Geschichte geschleppt, auf Ausflüge zu Naturwundern, Museen und historischen Stätten mitgenommen, in Konzerte, Ausstellungen und Lesungen. Von wegen Wiegenlieder – ihre Mutter, eine hervorragende Sopranistin, sang ihnen Mozartarien vor. Die Tregilluses wurden dazu erzogen, Genies zu werden oder, wenn sie Mädchen waren, Genies zu heiraten. Der Kosename der Familie für Sylvia lautete »Dodo«. Der Legende nach hatte sie ihn erhalten, weil ihr Bruder nicht »Sylvia« sagen konnte. Aus welchem Grund auch immer, die anderen kleinen Tregillus-Genies amüsierten sich köstlich, wenn sie sie so nannten.

Sylvia legte den nassen Abzug in die Wasserschale. Der kleinen Dodo hatte es in Mammoth Cave nicht gefallen, wie sie sich jetzt erinnerte. Als sie mit ihrer Familie dort gewesen war, war es noch kein Nationalpark gewesen. Der Einheimische, der sie herumführte, hatte einen Hals wie eine Eidechse. Sylvias Vater hatte ihn gebeten, die berühmten Hieroglyphen sehen zu dürfen, die die einst hier lebenden Indianer hinterlassen hatten.

Als der Mann ihnen ein paar Kritzeleien an der Höhlenwand zeigte, musste Sylvia die ganze Zeit an die Person denken, die diese Zeichen gemalt hatte. Was, wenn es ein Mädchen gewesen war, das sich in der Höhle verlaufen hatte? Sie konnte den ohrenbetäubenden Herzschlag des Mädchens hören, als die Flamme ihrer Binsenfackel dahinschwand. Das Mädchen war noch Jahre später in ihren Albträumen aufgetaucht, genau wie die blassen Höhlenfische, die keine Augen hatten, weil sie schon vor langer Zeit vergessen hatten, wie man sie benutzt.

Jetzt brannte Sylvias Brust vor Zuneigung zu ihrem kindlichen Ich, als sie das tropfende Foto eines Kindes hochhielt. Das Bild zeigte ein kleines Mädchen, das in einer Pfütze herumtrampelte, während seine Mutter sehnsüchtig durch das Fenster eines Bekleidungsgeschäfts spähte. Zwei verschiedene Welten, eingefangen in einem Rahmen. Sylvia hängte es neben ein Foto von einem Krabbelkind, das versuchte, aus seinem Kinderwagen zu entkommen. Ein pummeliges Beinchen hing über die Seite seiner Folterkammer, und das Babygesicht zeigte die wilde Entschlossenheit eines Häftlings bei einem Gefängnisausbruch. Sylvia nahm die Fotos überall in Cincinnati mit ihrer Rolleiflex auf, die sie sich vom ersten Geld gekauft hatte, das sie mit Nachhilfeunterricht selbst verdient hatte. Die meisten der Bilder zeigten Kinder.

Sie hängte das Bild zum Trocknen auf, dann ging sie zu ihrem

Vergrößerungsgerät zurück. Als sie ein Negativ gegen das Licht hielt, waren ihre Hände so nah an der Rotlichtlampe, dass sie ihre eigenen Knochen erkennen konnte. Der Gedanke, dass sich ein komplettes anderes Wesen in ihr verbarg und sein eigenes einsames Leben lebte, faszinierte sie.

Albert und sie versuchten, Kinder zu bekommen. Sie hatte geglaubt, sie würden ihre Bemühungen vielleicht verstärken, sobald der Krieg zu Ende war. Doch Albert hatte seine Dienstzeit beim Medizinischen Corps um ein weiteres Jahr verlängert, und als das Jahr zu Ende war, war er die ganze Zeit auf Reisen. Polio hatte sich nach dem Krieg wie Buschfeuer ausgebreitet. Wie aus heiterem Himmel redeten plötzlich alle, die mit Polio zu tun hatten, davon, einen Impfstoff zu finden. Wenn Albert zu Hause war, hatten sie oft andere Wissenschaftler zu Gast, entweder zum Dinner oder, genauso regelmäßig, Übernachtungsgäste, die Sylvia in einem oder mehreren ihrer sechs Schlafzimmer unterbrachte. Wissenschaftler schienen nicht an Hotels zu glauben.

Doch darauf hatte sie sich eingelassen, als sie ihr Genie geheiratet hatte. Er arbeitete; sie unterstützte seine Arbeit. Wenn er gut aussah, sah auch Dodo gut aus. Das war die Abmachung.

Sie hatte gerade einen weiteren Abzug in die Wanne mit dem Entwickler gelegt, als Albert die Dunkelkammer betrat.

»Tür zu!«, schrie sie. Obwohl sie ihm seit Jahren erklärte, dass er, wenn er ohne Vorwarnung hereinplatzte, Licht einließ und damit möglicherweise die Arbeit eines ganzen Tages ruinierte, stürmte er immer noch einfach so in die Dunkelkammer. Das Klischee des zerstreuten Wissenschaftlers.

Seufzend küsste sie ihn. Sie standen nebeneinander und schauten auf die trocknenden Bilder vor ihnen an der Wäscheleine. Sie hatte die Arme verschränkt, er nahm sich die Krawatte ab.

Sie musterte ihn. »Im roten Licht sehen wir aus wie ein Teufelspaar«, sagte sie liebevoll.

Er sagte nichts und war mit den Gedanken ganz woanders.

»Wie war die Arbeit?«, fragte sie.

»Gut.« Er fing an, sein Hemd aufzuknöpfen. »Diese Bilder sind sehr gut, Sylvia.«

Sein Lob durchströmte sie wie Wein. »Danke.«

»Was wirst du mit ihnen anfangen?«, fragte er.

»Ich weiß es nicht.« Dabei wusste sie es. Sie träumte Tag und Nacht davon.

»Wirst du sie verkaufen? Wirst du der nächste Ansel Adams und berühmt?«

Er sagte es neckend. Ansel Adams war der einzige Fotograf, den Albert kannte.

»Vielleicht.« Ihr Ziel war es nicht, wie Ansel Adams zu werden. Margaret Bourke-White, das war eine andere Geschichte. Margaret Bourke-White – Fotografin der ersten Ausgabe der *Fortune*, danach beim *Life*-Magazin, Chronistin der großen Depression – beleuchtete das verborgene Leben. Sylvia wollte sein wie sie. Miss Bourke-White war mit einem berühmten Schriftsteller verheiratet gewesen, Erskine Caldwell. Ihr gemeinsames Buch, *You Have Seen Their Faces*, dokumentierte das Leben der Armen, denen sie auf einer Fotoreise durch den Süden begegnet waren. Caldwell hatte die Texte geschrieben, Bourke-White die Fotos beigesteuert. Miss Bourke-White und ihr Mann waren beide berühmt. Ein Team.

Sylvia war am Boden zerstört gewesen, als sie geschieden wurden.

Albert legte ihr den Arm um die Taille. »Du bist genauso gut wie Ansel Adams.«

Die Fröhlichkeit in seiner Stimme ließ sie sich umdrehen und ihn genauer ansehen. Stand er kurz vor einer Entdeckung? Oder hatte er neue Geldmittel bekommen? Irgendetwas war mit ihm los.

Er hauchte ihr einen flüchtigen Kuss auf die Wange. »Ich weiß nicht, wie du es hier unten aushältst. Es ist feucht wie in einer Höhle.« Er löste einen Manschettenknopf. »Mach dir keine Gedanken wegen des Abendessens. Ich muss zurück ins Labor.«

»Gibt es etwas Neues?«

Er hielt inne. »Ich fahre morgen zu einer Konferenz nach Washington. Ich bleibe zwei Nächte weg.«

»Du fährst schon wieder? Wer kommt noch?«

Er machte ein abschätziges Geräusch. »Die Üblichen. Basil O'Connor hat die Konferenz einberufen. Er verschwendet meine Zeit und hält mich von meiner Arbeit ab.«

»Dann geh doch nicht hin.«

»Wenn du der Beste bist, gehst du.«

Sie spürte, wie er ihr entglitt, obwohl er direkt neben ihr stand und seinen anderen Manschettenknopf öffnete. Sie rückte die Schale mit dem Entwickler gerade. »Wird Dorothy Horstmann auch dabei sein?«

»Ich weiß es nicht.«

»Du weißt es nicht? Korrespondierst du nicht mit ihr?«

Die Erinnerung an ihren Streit, als Sylvia im letzten Winter diesen Brief gefunden hatte, hing zwischen ihnen wie ein leises Klingeln. An Dorothys liebevollem Ton in dem Brief gab es nichts misszuverstehen, da konnte er leugnen, so viel er wollte.

Er betrachtete ein trocknendes Foto und klapperte mit den Manschettenknöpfen in der Hand. »Das hier gefällt mir am besten.«

»Hast du sie in letzter Zeit gesehen?«

»Wen? Falls du von Dorothy sprichst, sie ist in Yale.«

»Nicht in London?«

»Nicht mehr.« Er holte tief Luft. »Sylvia, sie wird wohl kaum ihre ganze Arbeit aufgeben, um quer durchs Land zu einem Stelldichein mit mir zu reisen, falls es das ist, was du denkst.«

»Du reist viel. Sie reist auch viel. Versuch nicht, mich für verrückt zu erklären.«

»Du bist nicht verrückt, Sylvie. Du hast nur zu viel Zeit für dich.«

Sie starrte ihn an. Neben dem Durchfüttern und Beherbergen geiziger Wissenschaftler, dem Bezirzen der Verantwortlichen von Universität und March of Dimes bei Wohltätigkeitsveranstaltungen sowie dem Vorausahnen von Alberts Bedürfnissen hatte sie kaum Zeit für ihre Fotografie, ganz zu schweigen davon, sich wilde Komplotte zwischen ihm und Dorothy auszudenken. Was hätte sie denn sonst glauben sollen, als Albert letztes Jahr von einem Virologie-Symposium in Schweden nach Hause gekommen war und sich vor Begeisterung über die fabelhafte Dorothy Horstmann fast überschlagen hatte?

»Ich habe diesen Brief nicht vergessen, Albert.«

»Fängst du schon wieder damit an?«

Sie wusste, was sie gelesen hatte. Sie hatte es sich nicht ausgedacht, dass Dorothy ihm für *seinen* Brief gedankt hatte und ihn dann an »all diese herrlichen skandinavischen Tage« erinnert hatte, die sie gehabt hatten. Dorothy hatte gefragt, wann er sie in London besuchen würde, wo sie, wie sie schrieb – eine Spur zu charmant, dachte Sylvia –, die Bunsenbrenner in ihrem Kellerlabor, das vormals eine Maschinenhalle gewesen war, voll aufgedreht lassen musste, damit ihr Gesicht warm blieb.

»Die arme Dorothy in ihrem reizenden Londoner Keller.«

»Was?« Er richtete seine Aufmerksamkeit wieder auf die Fotos an der Leine. »Wie hast du diese Frau dazu bekommen, für dich zu posieren?« Er deutete auf das Bild der Mutter, die durch das Ladenfenster schaute.

»Ich habe sie nicht gefragt.«

Er ging. Sie schloss die Tür rasch hinter ihm, dann überprüfte sie die Abzüge auf dem Tablett, ob sie durch das Licht Schaden genommen hatten. Ein paar Minuten später hörte sie sein Duschwasser durch die Rohre rauschen.

18

Washington, District of Columbia, 1948

Die National Foundation for Infantile Paralysis hatte die Idee eines
»Runden Tisches« für die erste Konferenz zur Entwicklung eines
Polioimpfstoffs wörtlich genommen. In einem Raum, der nach
der Tinte des Vervielfältigungsapparats und abgetragenen Herren-
anzügen roch, war Dorothy eine von zwei Frauen an dem größten
runden Tisch, den sie je gesehen hatte. Basil O'Connor machte
niemals halbe Sachen. Er hatte sämtliche führenden Köpfe der
Polioforschung an diesen gewaltigen Tisch geholt, und er hatte sie
im besten Hotel in Washington untergebracht. Dorothy war dankbar, unter ihnen zu sein, auch wenn sie noch müde war von ihrem
Umzug. Erst letzte Woche war sie nach New Haven zurückgekehrt, nachdem sie ein Jahr in London gelebt hatte.

Jetzt hatte sich Albert Sabin erhoben, der sich mit seinem perfekt geschnittenen Anzug und der passenden Weste von seinen
unordentlichen Kollegen abhob. Er reckte sein gespaltenes Kinn
und lächelte die Kollegen an, die sich um die polierte Holzplatte
versammelt hatten. Dorothy stellte fest, dass er es sorgsam vermied, sie anzuschauen.

So würde es also von nun an sein. Gut. Umso besser.

»Normalerweise zitiere ich ja nicht aus nicht professionellen
Zeitschriften, doch heute würde ich gerne einen Absatz aus der
Time über den Stand der Poliomyelitisforschung vom Juni 1947
vorlesen, aus der dunklen Zeit also.« Er lächelte erneut. »Das war
erst letztes Jahr.« Er schlug eine Zeitschrift auf.

»›Verschließe den Eimer, trink nie aus dem Fluss.
Achte auf Sauberkeit, bei jedem Genuss.
Töte Ratten und Mäuse, verjag Kakerlaken.
Nur so schlägst du Polio 'nen echten Haken.‹«

Ein paar der Herren lachten. Andere applaudierten.

Er las weiter vor: »Letzte Woche hat ›Red River Dave‹ Mc Enery in San Antonio den *Polio Song* täglich über die lokale Radiostation gejodelt.«

»Warum haben Sie es nicht gejodelt?«, warf jemand ein – einer der Jungs von der Johns Hopkins, glaubte Dorothy.

Er lächelte. »Das erspare ich Ihnen lieber.«

Die Zigarettenspitze zwischen die Zähne geklemmt, gab Basil O'Connor allen ein Zeichen, sich wieder zu beruhigen.

Albert fuhr fort: »»In San Antonio, mit dreißig Infektionen, gab es eine regelrechte Poliopanik. Landesweit lag die Inzidenz bei Kinderlähmung mit achthundertdreizehn Fällen fast siebzehn Prozent über dem Vorjahr. Doch der einzige Staat, in dem die Krankheit mit einem Fall pro tausend Einwohnern epidemische Ausmaße angenommen hatte, war Florida, wo hundertsechsundzwanzig Menschen erkrankten und sechs starben.«« Er sah sich am Tisch um, als wollte er seine Worte unterstreichen, ehe er fortfuhr »»Die National Foundation for Infantile Paralysis schickte ein spezielles »Polioteam«, geleitet von Dr. David Steven Grice von Harvard, per Flugzeug nach Miami. Mit von der Partie waren eine Epidemiologin aus Yale, Dr. Dorothy M. Horstmann‹ ...‹, er machte eine Pause, um Dorothy in die Augen zu schauen, was ihr einen kurzen Schrecken versetzte, »»... eine orthopädische Krankenschwester und vier Physiotherapeuten. Drei andere »fliegende Sonderkommandos« aus Polioexperten wurden von der Northwestern, aus Stanford und der D. T. Watson School für Physiotherapie rekrutiert, die bei jedem Ausbruch innerhalb von zwei Stunden zum Ort des Geschehens eilen können.‹«

Er ließ die Zeitschrift sinken. »Nette Erwähnung, Dr. Grice.« Er suchte erneut Dorothys Blick und löste noch einen Schock bei ihr aus. »Dr. Horstmann.«

Neben ihr stupste Robbie Ward sie an, als sich alle Köpfe zu ihr umwandten. Sie spürte, wie das Lächeln rund um den Tisch herum aufblühte. Sie alle argwöhnten, dass sie und Dr. Sabin eine Affäre hatten.

Wut kochte in ihr hoch. Würden sie anderen Kollegen, die einfach nur am selben Thema arbeiteten, ebenfalls vorwerfen, eine Affäre zu haben? Obwohl sie über die Ungerechtigkeit und die Falschheit ihrer Vermutungen schäumte, wurde sie rot, als sie an Stockholm dachte.

Es war in den »Dunklen Jahren« gewesen, im Herbst letzten Jahres. Albert und sie fuhren mit einem Schnellboot den Söderström hinunter, die blau-gelbe schwedische Flagge flatterte wie ein Hahnenschwanz hinter ihnen. Der schwedische Gesundheitsminister, ein schlaksiger Mann mit schmalem Gesicht und langer Oberlippe, schaute zwischen ihnen beiden hin und her. Sie saßen auf der Bank im Heck, nur eine Armlänge von der Flagge entfernt – und voneinander.

»Sie sagen also«, sagte er in ausgezeichnetem Englisch, »Sie hätten das Poliovirus in Stockholms Wassersystem gefunden.«

Alle Blicke richteten sich auf das grüne Wasser, das in Wellen vom Boot wegrollte. Albert nickte Dorothy zu. Sie sollte antworten.

»Ja.« Eine feuchte Brise zerrte an dem Hut, den sie mit Nadeln an ihrem widerspenstigen Haar festgesteckt hatte. Als sie ihn festhielt, stützte Albert ihren Arm. »Das Virus wurde in Ihrem Wasser gefunden«, sagte sie.

»Aber«, sagte der Minister hoffnungsvoll, »man kann sich dadurch nicht die Krankheit holen?«

»Nein«, sagte Dorothy.

»Das leuchtet mir nicht ein. Unser großartiger Dr. Kling legt in seiner *Théorie hydrique* dar, dass das Poliovirus im Wasser lebt. Sie sagen ebenfalls, dass das Virus im Wasser lebt. Viele unserer öffentlichen Gesundheitsmaßnahmen basieren auf diesem Prinzip.«

»Wir haben diese Theorie insofern bestätigt«, sagte Dorothy, »dass wir das Poliovirus im Wasser nachgewiesen haben. Meine Gruppe hat von 1940 bis 1945 eine Studie im East River in New York City durchgeführt und dabei tatsächlich Polioviren im Wasser gefunden, vor allem in den epidemischen Jahren, aber ...«

»*Aber*«, sagte Albert unterstützend.

»... aber sie vermehren sich dort nicht. Das Virus, das von infizierten Menschen ausgeschieden wird, gelangt ins Wasser, aber es infiziert von dort aus niemanden mehr. Die Yale-Forschungsgruppe glaubt, dass die Poliomyelitis keine Krankheit ist, die durch Wasser übertragen wird.«

Der Minister schaute in das smaragdgrüne Wasser. »Dann ist es ja gut.« Er beugte sich vor und tauchte seine Hand in die Fluten, dann führte er die gewölbte Hand zu seinem Mund.

»Es könnte allerdings«, fügte Albert hinzu, »andere Organismen enthalten, wie zum Beispiel Typhuserreger, Parasiten wie Giardien und verschiedene andere Keime ...«

Der Minister schüttelte seine Hand aus und wischte sie am Hosenbein ab.

»Sagen Sie, Dr. Sabin«, sagte er und rückte mit der sauberen Hand seinen Hut zurecht – die andere lag schlaff in seinem Schoß, ein verpestetes Ding – »wie kommen Sie mit einem Impfstoff gegen die Kinderlähmung voran? Wir tun, was wir können, um unser Volk davor zu schützen, aber Sie wissen genauso gut wie ich, dass es nicht genügt, die Menschen aufzufordern, im Haus zu bleiben und kein Fallobst zu essen. Wir brauchen einen echten Schutz. Schweden leidet unter einem der schwersten Ausbrüche weltweit.«

»Verschiedene Labore arbeiten daran, auch mein eigenes. Und Ihr Dr. Gard macht große Fortschritte.« Albert legte seinen Arm auf die Rückenlehne von Dorothys Sitz. »Aber wir müssen immer noch viele Fragen klären, bevor wir ernsthaft Fortschritte machen können.«

»Uns ist noch nicht klar«, sagte Dorothy und war sich seines Armes sehr bewusst, »wie das Virus übertragen wird. Es würde helfen, wenn wir nachvollziehen könnten, welchen Weg es im Körper nimmt. Wir sind sicher, dass sich das Poliovirus im Darm vermehrt, aber wir wissen immer noch nicht, wie es dorthin gelangt.«

Alberts Arm rutschte auf ihre Schultern. »Jedenfalls nicht durch den Verzehr schmutziger Äpfel.«

Sie spürte das Gewicht seines Arms, als alle lachten.

Der Minister drehte sich um und betrachtete den Rücken des Bootsführers. Albert und sie saßen schweigend da. Er fühlte sich anscheinend vollkommen wohl damit, dass sein Arm auf ihrer Schulter ruhte, sie dagegen weniger. Ja, sie waren Freunde, vor allem nach der Siegesfeier am V-Day am Times Square, als durch das Reden über die Kindheit eine neue Verbindung zwischen ihnen entstanden war – nun, zumindest nachdem er seine Geschichte preisgegeben hatte. Dann war da noch dieser Kuss gewesen, aber der hatte sich nie wiederholt. Eine Anomalie im Strudel dieses historischen Moments. Sie waren nur zwei Seuchendetektive, die – beide vielleicht bis zur Besessenheit – versuchten, Polio zu besiegen. Starke Gefühle zwischen Gleichgesinnten sollten nicht mit etwas anderem verwechselt werden.

Niemals.

Der Minister drehte sich wieder zu ihnen um. »*Könnte* Polio durch das Blut transportiert werden?«

Dorothy richtete sich auf, Alberts Arm fiel herunter. »Wie bitte?«

»Ich habe eine Abschrift Ihres Vortrags von 1944 gelesen«, sagte der Minister zu Albert. »Darin legen Sie dar, dass Sie das Poliovirus im Blut von drei verschiedenen Affen gefunden haben. Folgt daraus nicht ...«

»Sie kennen diesen Vortrag?«, rief Albert. »Ich hatte gedacht, niemand hätte ihn zur Kenntnis genommen, immerhin herrschte damals Krieg.« Er schaute zu Dorothy, die ihn in stummem Zorn ansah. Er wusste, dass sie mit dieser These ihren Ruf aufs Spiel gesetzt hatte, und er hatte ihr nicht einmal erzählt, dass er darüber gesprochen hatte? »Die Richtung wurde nicht weiter verfolgt.«

Sie hörte kaum etwas anderes, bis das Boot an den Steg glitt.

Der Minister rieb sich die Hände. »Jetzt würde ich Sie gerne an einen besonderen Ort zum Abendessen ausführen. Die anderen Wissenschaftler des Symposiums erwarten uns bereits.«

Der Bootsführer machte das Boot fest, und der Minister sprang heraus. Albert half Dorothy beim Aussteigen und brachte dadurch das Boot aufgrund ihrer Körpergröße unnötig zum Schaukeln, was sie nur noch wütender machte. Sie beeilte sich, dem Minister vom Steg zu folgen.

Albert ergriff ihren Arm. »Könnten Sie uns einen Moment allein lassen?«, bat er den Minister.

Sie schluckte ihren Ärger herunter, als der Minister zwischen ihnen hin- und herschaute. Er verbeugte sich. »Ich werde sehen, ob alles so weit vorbereitet ist.«

Als er weg war, ließ Albert sie los. »Dorothy.«

Demonstrativ rieb sie sich den Arm.

»Ich hätte dir von diesen Ergebnissen erzählen sollen.«

»Warum hast du es nicht getan? Du weißt, dass es mir wichtig ist. Warum hast du es mir verheimlicht?«

»Es gab nichts zu verheimlichen.« Er strich sich übers Haar. »Ich habe es dir nicht erzählt, weil ich mich geschämt habe.«

»Geschämt!«

»Weil ich übereilt gehandelt habe. Die Ergebnisse beruhten auf schlampiger Arbeit. Ich hätte diese speziellen Befunde in meinem Vortrag nicht erwähnen sollen, solange ich keine handfesten Beweise dafür hatte.«

»Du hättest es mir trotzdem erzählen können. Du weißt, dass ich mich dafür interessiere.«

»Es *gab* aber nichts zu erzählen. Ich habe keine Ahnung, was ich da gesehen habe. Ich wusste nicht, in welchem Stadium der Infektion die Affen waren oder auch nur, welche Affen überhaupt infiziert waren – die Blutproben stammten aus einer ganzen Gruppe. Als ich versuchte, die Ergebnisse zu reproduzieren, um das herauszufinden, kam nichts dabei heraus. Ich wollte dich nicht enttäuschen, indem ich dir erzähle, dass ich in einer Sackgasse gelandet war.«

»Es hätte mein Wissen erweitert.«

»Nein, das hätte es nicht. Es hätte dich nur entmutigt, und das wollte ich nicht. Ich weiß, wie viel dir diese Theorie bedeutet.«

»Meine Theorie ist nicht für mich.« Sie breitete die Arme aus. »Sie ist für die Welt.«

Er zog sein Kinn zurück. »Hui, wie überaus bescheiden!« Er lächelte. »Aber mir gefällt es.«

Sie hielt sich den Mund zu, konnte jedoch nicht verhindern, dass sie laut auflachte. Er lachte mit ihr, und bald darauf lachten sie nur, weil sie lachten. Er legte ihr einen Arm auf die Schulter, wie man es bei einer lieben Freundin tat oder bei einer Geliebten, bis ihr Gelächter zu leisem Glucksen abebbte.

Sie wurden still. Das Tuckern von Booten auf dem Fluss, das Plätschern der Wellen an den Anlegern mit ihren grünen Bärten aus Seetang, das Rauschen der Automobile in der Stadt kehrten zurück. Seine braunen Augen, sein fester Wille zogen sie an, und für einen Moment waren sie wieder am Times Square und standen im Konfettiregen. Er strich ihr eine Strähne aus der Stirn.

Jemand rief: »Da sind Sie ja!«

Sie wichen auseinander, als Dr. Paul angetrabt kam.

»Wo haben Sie gesteckt?«, fragte Dorothy etwas zu herzlich. »Wir haben Sie auf dem Bootsausflug vermisst.«

Dr. Pauls Blick schoss zwischen ihnen hin und her. »Mein Auto ist nicht angesprungen, als ich bei Dr. Kling aufbrechen wollte. Die Universität hat einen Wagen geschickt und mich direkt zum Restaurant gebracht.«

»Ich bin froh, dass Sie es geschafft haben.« Albert klopfte ihm auf den Rücken. »Sollen wir etwas essen?«

Erst nach dem Abendessen, als Dr. Paul und sie ins Hotel zurückgekehrt waren und aus dem Fahrstuhl stiegen, sah Dr. Paul zu ihr hoch. Sein kleines, akkurat gepflegtes Gesicht wirkte besorgt.

»Dorothy. Sie müssen nicht nur an Ihren eigenen Ruf denken. Es geht auch um Yales Reputation.«

Mehr sagte er nicht, und sie auch nicht.

Als sie nach Hause gekommen war und dort ein Angebot des Lister Instituts vorgefunden hatte, für ein Jahr in London zu forschen, hatte sie sofort zugesagt. Sie würde einen Ozean zwischen sich und Albert bringen und so allem Gerede ein Ende bereiten.

Wenn es doch auch nur ihre Einsamkeit beendet hätte.

»Sind wir heute so viel weiter, was unser Verständnis von Polio angeht, als wir es vor einem Jahr waren?« Albert stand an der runden Mahagonitischplatte und starrte zwei Kollegen an, die feixende Blicke auf Dorothy und ihn geworfen hatten. »Bob? Tom? Wie viele verschiedene Stämme der drei Poliotypen gibt es? Wissen Sie es? Wissen Sie überhaupt mit Sicherheit, dass es nur diese drei Typen gibt?«

Dorothy hörte das Rascheln der vervielfältigten Seiten. Viele der Forscher schauten nach unten, wie Schulkinder, die hofften, nicht von der Lehrerin aufgerufen zu werden. Nur wenige dieser Stümper wollten sich mit der Fleißarbeit herumschlagen, die Poliostämme zu typisieren. Sie waren hier, um die Welt zu retten, nicht, um Infektionskeime zu katalogisieren. Ihr selbst ging es nicht anders.

Basil O'Connor hob die Hand. »Gut, die erste Frage bei unserer Jagd nach dem Impfstoff lautet also, mit wie vielen Stämmen und Typen wir es zu tun haben. Und die zweite Frage, Dr. Sabin?«

Albert wartete, bis es keine feixenden Blicke mehr zu ihm und Dorothy gab. Merkte er denn nicht, dass sie umso mehr wie ein Liebespaar wirken mussten, je mehr er sich zu ihrer Ehrenrettung mit den anderen Forschern anlegte?

»Die zweite Frage lautet«, sagte er mit finsterer Miene, »woher Forscher einen sicheren, stetigen und reichlichen Vorrat von jedem Virustyp bekommen, um den Impfstoff herzustellen?«

Die Jungs von der Johns-Hopkins-Gruppe senkten den Blick. Sie hätten gar nicht so geheimnisvoll zu tun brauchen. Jeder, der sich mit Polio beschäftigte, wusste, dass sie an der Vermehrung des Virus im Gewebe arbeiteten. Tatsache war, dass jeder aus der Polioforschung alles über alle anderen wusste. Oder es zumindest glaubte.

»Drittens …«

Sie schaute auf und stellte fest, dass Albert sie beobachtete. Sie wandte den Blick ab, als hätte ein Dämon sie aufgespießt. Diese törichten Briefe, die sie aus London geschickt hatte! Ermutigt von ihrer neuentdeckten Kameradschaft, hatte sie zu hoch gepokert. Sie hatte vorgegeben, jemand zu sein, der sie nicht war, kess und übertrieben freundlich, und sich hinter dem Ozean zwischen ihnen versteckt. Er musste es falsch verstanden haben.

Ein messerscharfer Schmerz brannte hinter ihrem Brustbein. Hatte sie nicht gewollt, dass er es so verstand? Ach, die verwirrten, selbstzerstörerischen Torheiten der Einsamen!

»Drittens – auf welchem Weg genau gelangt das Virus ins zentrale Nervensystem? Wir müssen den genauen Ort und Zeitpunkt bestimmen, damit ein Impfstoff wirkt.«

Die Blicke wandten sich erneut in ihre Richtung. Würde sie immer als die Verrückte gelten, die im Blut nach dem Virus suchte, wo es sich hartnäckig nicht finden ließ?

»Zusammen mit meinen Kollegen Dr. Bodian und Dr. Francis«, fuhr Albert fort, »werde ich die erste dieser drei Aufgaben, die Typisierung der Stämme, koordinieren. Die vier Labore, die sich dazu bereiterklärt haben, die Typisierung zu übernehmen, die University of Kansas, die University of Pittsburgh, die University of Southern California und die University of Utah, werden uns zuarbeiten.«

Auf der anderen Seite des Raumes hob Jonas Salk die Hand. Einer seiner tintenverschmierten Ärmel war aufgerollt, der andere heruntergerutscht. »Schicken Sie Ihre Stämme nach Pittsburgh! Ich nehme die Herausforderung gerne an!«

Köpfe wandten sich in seine Richtung. Die Forscher aus den anderen Laboren runzelten die Stirn, selbst als Basil O'Connor an dem Ring an seinem kleinen Finger drehte und interessiert seinen von der Brillantine glänzenden Kopf schräg legte.

Albert räusperte sich. »Danke, äh, Dr. Salk. Dann sollte ich meine nächste Bemerkung vielleicht besonders an Sie richten.« Er wartete, bis das verhaltene Gelächter am Tisch verstummt war. »Ich würde jetzt gerne die Methode für die Typisierung beschreiben, die ich für diese Arbeit am effektivsten halte.«

Während er sein gewissenhaftes Vorgehen beschrieb, wanderte Dorothys Aufmerksamkeit auf die andere Seite des Tisches, wo die einzige andere Frau ihren braunen Pagenkopf über ihre Notizen beugte. Dorothy war Isabel Morgan schon bei anderen Fachtagungen begegnet, das war kaum zu vermeiden gewesen. Ihre Kollegen steckten sie bei jeder Gelegenheit zusammen, in der Erwartung, sie würden auf der Stelle beste Freundinnen werden, immerhin waren sie beide Frauen und überhaupt. Die Wahrheit war, dass sie nicht mehr mit Isabel Morgan gemeinsam hatte als das Extrabein an ihrem Y-Chromosom.

Isabel Morgan war in New York City aufgewachsen und hatte es sich im Sommer auf Cape Cod gutgehen lassen. Sie war die verhätschelte Tochter eines Nobelpreisträgers und seiner Frau, einer angesehenen Biologin. Ziemlich weit entfernt von Dorothys Kindheit, in der sie Pop geholfen hatte, die Toiletten in der Bar zu putzen. Dr. Morgan hatte wie Albert am prestigeträchtigen Rockefeller Institute angefangen und war dann als vollwertiges Mitglied in die Forschungsgruppe der weltberühmten Virologen an der Johns Hopkins University aufgenommen worden – nicht als irgendeine Aushilfskraft, die sich von einem Stipendium zum nächsten hangeln musste. Sie waren im selben Alter, sechsunddreißig, was nur noch mehr Salz in Dorothys offene Wunden bedeutete.

Stirnrunzelnd sah sie diesen perfekten kastanienbraunen Pagenkopf an, als Dr. Morgan aufblickte, Dorothys Blick sah und lächelte.

»Ich übergebe jetzt das Wort meiner Kollegin, Isabel Morgan«, sagte Albert. »Wie Sie wissen, hat Dr. Morgan eine andere Methode entwickelt, um die verschiedenen Typen zu unterscheiden. Wie sie mir sagte, geht sie vollkommen anders an die Aufgabe heran als ich. Das kann nicht gut sein!«

Männliches Gelächter erhob sich rund um den Tisch. Dr. Morgan legte mit starrem Blick ihren Stift nieder.

»Sie wissen natürlich, dass ich nur scherze«, sagte er zu ihr.

Jeder wusste, dass er es nicht tat.

Sie erhob sich mit raschelndem Rock und begann mit dem

polierten Akzent der Ostküstenelite zu sprechen, zu der sie gehörte. Den leeren, lächelnden Mienen ihrer männlichen Kollegen nach zu urteilen, wehten ihre hübschen Worte an den Ohren der Anwesenden vorbei wie die Blütenblätter eines Gänseblümchens im Wind. Nur Jonas Salk schien zu merken, wie wichtig das war, was sie sagte. Sein Mund klaffte mit jedem Schritt ihrer Erklärung weiter auf.

»Gibt es noch Fragen?«, fragte sie, als sie fertig war.

Jonas' Hand schoss in die Höhe.

Dr. Morgan lächelte über seinen Eifer. »Ja?«

»Sie sagen, Sie hätten ein *abgetötetes* Poliovirus benutzt, um die Stämme an Affen zu testen?«

»Ja. Ich habe es mit Formaldehyd inaktiviert.«

Albert hielt sich nicht damit auf, die Hand zu heben. »Sie haben es in Formaldehyd abgetötet, so wie Brodie …« Er hob die Brauen. Es war nicht nötig, den Satz zu beenden. Jeder hier wusste, wie er weiterging. *… bei seinem Impfstoffversuch, bei dem Kinder verkrüppelt wurden.*

»Ja, Dr. Sabin. Ich habe Dr. Brodies Methode benutzt.« Dr. Morgan hob ihr Kinn, als würde sie einen Angriff abwehren. Es war in der Tat ein Angriff. Indem sie mit ihrer Arbeit an Brodies anknüpfte, setzte sie ihre Karriere aufs Spiel. »Ich habe herausgefunden, dass Formaldehyd sehr gut funktioniert. Keiner der Affen in meinem Experiment hat sich durch das abgetötete Virus, das ich ihnen verabreicht habe, mit Poliomyelitis infiziert. Ich denke, Brodies Fehler bestand darin, dass ihm nicht klar war, dass es drei verschiedene Typen des Poliovirus gibt. Er hätte alle drei in seiner Rezeptur berücksichtigen müssen. Sein Impfstoff hat zwei der Typen hervorragend abgetötet, doch sobald der dritte Typ hinzukam, war der Impfstoff wertlos.«

»Da haben Sie's!« Aufgeregt schob Jonas seine verschmierte Brille hoch. »Wenn das, was Sie sagen, stimmt, dürfen wir keine

Zeit damit vergeuden, herauszufinden, wie sich das Virus im Körper verbreitet. Wir müssen nur alle Typen kennen und sie dann in den Impfstoff einarbeiten. Innerhalb kürzester Zeit könnten wir der Öffentlichkeit einen Impfstoff präsentieren.«

Alberts Stuhl quietschte, als er aufstand. »Doktor Salk, ich habe noch nie etwas so Unverantwortliches gehört.«

Das Gesicht des jüngeren Mannes lief rot an. »Es ist nicht verantwortungslos, wenn man zwei kleine Söhne zu Hause hat.«

»Sie glauben, ich hätte es nicht eilig, weil ich keine Kinder habe?« Albert schien über die Berge aus Papieren, die ihn von seinem Kollegen trennten, anzuschwellen. In einer anderen Situation hätte er womöglich zugeschlagen.

Basil O'Connor stand energisch auf. »Meine Herren! Wir sind uns doch alle einig: Wir wollen einen sicheren Impfstoff, und wir wollen ihn so schnell wie möglich. Vielleicht müssen wir dafür in ganz neuen Bahnen denken.«

Die Kollegen wurden lebendig, riefen ihre Ansichten in die Runde, bis das Mahagoni des Konferenztisches zu vibrieren schien.

»Kollegen!« Mr. O'Connor machte besänftigende Gesten. Als die Männer sich wieder beruhigt hatten, sagte er: »Was haben Sie gesagt, meine Liebe?«

Dr. Morgan warf Dorothy einen kurzen Blick zu. *Meine Liebe!*

»Ich sagte, ich würde meinen Impfstoff nicht an Kindern testen.«

Mr. O'Connor spielte mit dem Ring an seinem kleinen Finger. »Das würden Sie nicht? Warum nicht? Geht es nicht genau darum?«

»Wir haben noch viel zu viel Arbeit vor uns, bevor wir auch nur daran denken können. Was, wenn wir einen Typ übersehen haben? Ich könnte nicht damit leben, wenn auch nur ein einziges Kind durch einen Impfstoff, an dem ich mitgewirkt habe, mit Polio infiziert würde.«

Jonas plusterte sich wie ein Gockel. »Wenn ich das Sagen hätte, würden wir sie erwischen, jeden einzelnen Stamm – darauf können Sie sich verlassen. Ich werde keine Eltern im Stich lassen. Bei mir werden ihre Kinder sicher sein.«

Dorothy merkte, wie die anderen Wissenschaftler sich zusammenrissen, um nicht die Augen zu verdrehen. Wenn es so einfach wäre, alle Stämme zu identifizieren, wäre es schon längst geschehen. Doch Mr O'Connor nickte wie der wohltätige Königsmacher, der er war. »Genau das will die Öffentlichkeit hören. In der Tat, das ist perfekt. Darf ich Sie damit zitieren, Dr. Salk? Draußen warten ein paar Reporter.«

Jonas grinste breit. »Sicher. Warum nicht?«

19

Beim Lunch in einem lauten, verrauchten Restaurant, dessen Tische von streitlustigen Wissenschaftlern bevölkert waren, säbelte Robbie Ward an einem Steak herum. »Was halten Sie davon, dass Salk versucht, die Typisierung an sich zu reißen?«

»Lassen Sie ihn ruhig machen.« Dr. Paul spießte mit Hilfe des Messers etwas Salat auf seine Gabel. »Wir brauchen jemanden, dem kein einziger Typ entgeht. Der Impfstoff muss sie alle abdecken.«

Fasziniert sah Dorothy ihm beim Essen zu. Er aß im europäischen Stil, ohne die Gabel von einer manikürten Hand in die andere zu wechseln, etwas, das sie selbst sich in der Highschool abgewöhnt hatte. Wie anders sah diese Art des Essens bei ihren Eltern aus, wenn sie zusammengekauert nur wenige Zentimeter über den Tellern hingen.

»Salk macht es ganz offenkundig, um die Aufmerksamkeit auf sich zu lenken«, sagte Robbie. »Haben Sie ihn nach dem Treffen mit diesen Reportern gesehen? Er brüstete sich wie ein Filmstar, der für *Photoplay* posiert.«

»Soll er doch seinen Ruf aufs Spiel setzen. Nichts motiviert einen Wissenschaftler mehr, als seinen guten Ruf zu behalten.« Dr. Paul schob den Salat in seinen kleinen, adretten Mund, dann schaute er zum Johns-Hopkins-Tisch. »Ich frage mich, ob die auch solche philosophischen Diskussionen führen.«

Robbie zerquetschte seine Ofenkartoffel, bis sie aus der Folie quoll. »Das bezweifle ich. Die sind vollauf damit beschäftigt, das

Virus im Gewebe zu reproduzieren, außer Isabel Morgan. Anscheinend verfolgt sie ihre eigene Spur und perfektioniert ihre Methode, Brodies Impfstoff mit verschiedenen Stämmen zu testen.«

»Ich fürchte, mit ihr wird es ein schlimmes Ende nehmen.« Dr. Paul schüttelte den Kopf. »Man kann nicht behaupten, dass niemand versucht hätte, sie aufzuhalten. Bodian und Howe sagen, sie lässt sich nichts sagen.«

Dorothy legte ihre Serviette auf den Tisch und stand auf. »Bitte entschuldigen Sie mich.«

»Hey!« Robbie packte sie am Handgelenk. »Wo wollen Sie hin? Laufen Sie nicht zur anderen Seite über. Wir lieben Sie, Dottie!«

»Ich werde versuchen, es nicht zu vergessen.«

Als sie auf dem Weg zur Damentoilette den Gastraum durchquerte, stellte sich ihr ein Hilfskellner in den Weg, vor sich einen Kasten, in dem das dreckige Geschirr klapperte. »Sie sind aber groß!«

»Wirklich? Immer noch?«

Sie trug gerade vor dem Spiegel Lippenstift auf, als Isabel Morgan den mit Blumentapete verzierten Raum betrat. Dorothys Puls meldete Alarm.

Dr. Morgan stellte sich neben sie. »Diese Farbe steht Ihnen.«

»Danke.« Bis sie ihre Spiegelbilder nebeneinander sah, war Dorothy gar nicht klar gewesen, dass sie nur wenige Zentimeter größer war als Dr. Morgan. Sie waren zwei große Frauen und noch dazu verrückte Wissenschaftlerinnen, nach den Maßstäben des *Ladies' Home Journal* so selten und rätselhaft wie der legendäre Bigfoot. »Gute Arbeit übrigens, Ihre Technik beim Typisieren.«

»Danke. Wie ich sehe, werde ich die Einzige sein, die sie anwendet, solange Sabin so sehr auf seine Methode pocht.«

»Dr. Salk schien interessiert.«

Dr. Morgan verdrehte die Augen. »Ein weiteres Argument, das gegen mich spricht.«

»Ich weiß nicht – Mr. O'Connor wirkt ganz angetan von ihm.«

»Da haben Sie recht. Mr. O'Connor scheint in der Tat zufrieden mit ihm zu sein. Als ich nach dem Treffen in der Halle an ihnen vorbeikam, sah er geradezu heiter aus, während die Reporter über Jonas herfielen.«

Dorothy drehte ihren Lippenstift zu. »Die Menschen warten verzweifelt auf gute Nachrichten.«

»Das tun wir alle. Der Mann, mit dem ich liiert bin, fleht mich an, ihm mein experimentelles Vakzin für seinen Sohn mitzubringen. Er kann nicht verstehen, warum ich mich weigere, seinem Sohn einen unerprobten Impfstoff zu geben. Ich bekomme Gänsehaut, wenn ich nur allein daran denke.«

Dorothy verstaute den Lippenstift in ihrer Handtasche und holte ihren Kamm heraus. »Wir wissen zu viel und haben erlebt, was passiert, wenn die Menschen es zu eilig haben. Wir können es uns nicht erlauben, das Vertrauen der Öffentlichkeit zu verlieren – sobald es einmal verspielt ist, ist es nur schwer zurückzuerlangen.«

»Würden Sie das bitte meinem Freund erklären?«

Dorothy kämmte schweigend ihre widerspenstigen Haare und überprüfte die empfindliche Stelle in ihrem Herzen, die sie nur bemerkte, wenn sie darauf gestoßen wurde, wie ein alter Knochenbruch aus der Jugendzeit. Vier Jahre waren vergangen, doch die Wunde, die Arne hinterlassen hatte, war noch längst nicht verheilt.

Dr. Morgan fing Dorothys Blick im Spiegel auf. »Wir sollten wirklich Freundinnen sein. Unseretwillen – nicht, weil die Männer uns in einen Topf werfen.«

Dorothy spürte, wie ein Gewicht von ihr genommen wurde. »Sehr gerne.«

»Ich glaube, sie hoffen auf einen Zickenkrieg.«

»Ha!«

Dr. Morgan kämmte ihren Pagenkopf. »Apropos Zickenkrieg, können Sie sich diesen Kleinkrieg zwischen Sabin und Salk erklären? Sabin ist schrecklich grob zu dem armen Kerl.« Sie zögerte. »Entschuldigung. Sie sind mit Albert befreundet, nicht wahr?«

»Nicht mehr als mit allen anderen.«

»Ich dachte, es wäre mehr als das.«

Dorothys Wangen wurden heiß.

Dr. Morgan beobachtete Dorothys Spiegelbild. »Warten Sie, das klingt missverständlich. Ich meinte nur, dass Sie beide sich auf dasselbe Problem konzentrieren, auf den Weg, den das Virus im Körper nimmt. Er redet über Sie, wissen Sie.«

»Oh nein!«

»Keine Sorge – er ist voll des Lobes.« Dr. Morgan lachte. »Das könnte für Albert das erste Mal sein.«

Dorothy wollte schon widersprechen, doch dann sah sie ein, dass das vermutlich stimmte.

Dr. Morgan verstaute ihren Kamm in ihrer Handtasche und streckte ihre Hand aus. »Dr. Horstmann, es war mir ein Vergnügen. Wenn ich Ihnen bei Ihren Forschungen jemals behilflich sein kann ...«

Sie schüttelten die Hände. »Das Gleiche gilt für mich, Dr. Morgan.«

»Bitte, nennen Sie mich Ibby. Wenigstens nennen die Männer mich so.«

Dorothy dachte an ihren eigenen Spitznamen, Dottie. Pünktchen. »Möchten Sie denn so genannt werden?«

Dr. Morgan zögerte. »Eigentlich nicht.«

»Wie möchten Sie lieber genannt werden?«

»Ich habe nichts gegen Isabel.«

»Lassen Sie es mich wissen, wenn ich Ihnen bei Ihrer Forschung helfen kann, Isabel.«

»Das mache ich.« Grinsend stopfte Isabel sich ihre Handtasche unter den Arm. »Und genießen Sie Alberts Sonnenschein, solange er währt. Hat er nicht irgendwann jeden angegriffen?«

1949

EINE MUTTER

Wenn man die beste Butter der Stadt haben wollte, sollte man besser zu Rosner's gehen, wo sie direkt aus dem hölzernen Butterfass geschöpft und in Wachspapier gewickelt wurde. Es hieß, das Geheimnis seien glückliche Kühe – man müsse achtgeben, was sie zu fressen bekämen. Rosner's lag unten an der State Street und wurde von Violas Leuten nicht häufig aufgesucht, aber das machte ihr nicht viel aus. Viola war bekannt für ihre Kochkünste, und gute Butter war das Herzstück einer guten Küche. Wenn man wirklich mit etwas glänzen wollte, musste man noch einen Schritt weitergehen – in diesem Fall im wahrsten Sinne des Wortes.

Außerdem gefiel ihr der Spaziergang. Er führte sie am Rand des Yale-Campus entlang, einem aufregenden Ort, an dem es normalerweise nur so wimmelte von jungen Leuten mit einer Zukunft. Sie wollte, dass ihre Jungs sich dort wohlfühlten. Ihr Mann arbeitete für Yale, und zwar nicht nur als Hausmeister wie sein Vater und seine Cousins. Sein Arbeitsplatz lag im Forschungslabor, wo er maßgeblich an den Experimenten beteiligt war, in denen es um die Erforschung der Kinderlähmung ging. Einer seiner Kollegen, Dr. Dorothy Horstmann, kam an diesem Abend zum Dinner. Und dafür brauchte sie unbedingt gute Butter.

Es war Juni, und die Eichhörnchen, die an den Bäumen hinaufhuschten, waren das einzige Lebenszeichen auf dem Campus, als Viola ihre Jungen, Eugene Jr. und Robert, an den stattlichen Gebäuden entlangführte.

»Mama«, sagte Robert, »können wir uns das Eisenwarengeschäft anschauen?«

Viola hatte seine Schuhe zugebunden und stand auf, ein knirschendes Bein nach dem anderen. »Ja.« Sie hatte schon als Teenager schlechte Knie gehabt. Der Himmel wusste, in welchem Zustand sie heute wären, wenn sie nicht Eugene begegnet wäre. Er hatte sie davor bewahrt, für die Petermans zu arbeiten, indem er sie in ihrer Hochzeitsnacht geschwängert hatte. Mrs. Peterman hatte vier ungestüme Jungs und ein Mädchen, das genauso schlimm war, doch Mrs. P. wollte, dass man bei ihr vom Fußboden essen könnte.

Eine Mutter mit zwei kleinen Jungen blieb stehen, um sich die Auslage des benachbarten Stoffgeschäfts anzuschauen. Die Mutter, ein adrettes, hübsches Ding mit einem kleinen rosa Haarreifen, lächelte erst Viola, dann Eugene Jr. und Robert an.

»Meine Jungen würden gerne dort stehen.«

Viola lächelte, doch ihr Herz zog sich zusammen. Wollte die Frau damit sagen, dass sie Platz für sie machen sollten? Sie war in Atlanta aufgewachsen, und diese Lektionen hatte sie nicht verlernt.

Die Frau schaute erneut zu ihnen, dann lächelte sie und zeigte dabei ihre hübschen Zähne. »Wie schaffen Sie es, dass Ihre Jungen sich so gut benehmen? Solche feinen kleinen Gentlemen, ordentlich wie kleine Soldaten! Meine sind eher wilde Rabauken.«

Viola sah Eugene Jr. und Robert an, die zu ihr aufblickten und auf einen Hinweis von ihr warteten. Ihr Herz brannte heiß in ihrer Brust. Über ihren weinroten Krawatten zum Anklemmen und den schneeweißen gestärkten Hemden, die sie stets mit äußerster Umsicht bügelte, leuchteten ihre Gesichter wie bei zwei kleinen Engeln. Eine kleine Ecke von Eugene Jr.s Schneidezahn fehlte, und eines von Roberts Augen war einen Hauch kleiner als das andere, wenn man ganz genau hinsah, aber es waren wirklich zwei hübsche Burschen. Sie wusste nicht, warum Gott ihr solche perfekten Jungs geschenkt hatte. Viola machte sich jede einzelne Sekunde ihres Lebens Sorgen um sie.

Am liebsten wäre sie auf ihre schlimmen Knie gesunken und hätte ihre Jungs an die Brust gedrückt – Eugene Jr., der verlegen lachte, und Robert, der seinen großen Bruder erstaunt ansah. Wenn sie die beiden doch nur verschonen könnte. Doch alles, was sie tun konnte, war, sie an ihre weichen, zarten Hände zu nehmen und endlich diese Butter zu holen.

Lange Zeit hatte Viola gedacht, der Name von Eugenes Boss sei »Dr. Horseman«, der Pferdemann. Das fand sie witzig, als sie jetzt diese Zähne sah, die sich in ein Brötchen gruben – sie waren lang, wie alles an ihr. Doch Dr. H. war eine nette Lady, und mit diesem goldenen Haar, das zu richtigen Hügeln toupiert war, und diesen freundlichen Augen war sie hübsch, auch wenn sie mindestens dreißig Zentimeter zu groß war.

»Die sind so köstlich.« Dr. Horstmann tupfte ihren Mund mit der Serviette ab. Sie aß geziert wie eine Prinzessin, dachte Viola. Sie musste reiche Eltern haben. »Was ist Ihr Geheimnis, Mrs. Oakley?«

»Butter.«

Dr. Horstmann lachte. »Ja, ich habe ein bisschen viel davon genommen. Diese hier ist besonders lecker. Aber das Brötchen selbst, warum ist es so …«

»Butter.«

Auf der anderen Seite des Tisches bestrich Eugene sein eigenes Brötchen mit einem goldenen Klacks. »Viola geht dafür extra in einen Laden in der State Street.«

»Rosner's«, sagte Viola.

»Der Weg hat sich auf jeden Fall gelohnt.« In Dr. Horstmanns Augenwinkeln bildeten sich kleine Fältchen. »Alles ist einfach fabelhaft. Vielen Dank für dieses köstliche Mahl.«

Viola wand sich bei diesem Lob. Das kam dabei heraus, wenn man in seinem ganzen Leben nie richtig wahrgenommen wurde. »Wie geht es mit dieser Studie voran?«

»Wir machen Fortschritte, würden Sie nicht auch sagen, Eugene?«

»Ja.«

Alle aßen. Viola horchte nach den Jungen. Sie waren oben und ruhig. »Eugene sagt, Sie suchen im Blut nach dem Poliovirus?«

»Das ist zumindest mein Ziel. Aber zuerst muss ich nachweisen, dass es einen Zusammenhang zwischen der Entwicklung von Antikörpern im Blut und der Resistenz gegen eine Infektion gibt. Ich versuche zu zeigen, dass die Antikörper nur gegen den Typ schützen, mit dem das Individuum sich infiziert hat.«

»Wie suchen Sie danach? Wenn ich fragen darf.«

»Eugene, erzählen Sie es ihr.«

Eugene räusperte sich. Er war ohnehin schon stämmig, doch wenn er ihr etwas Wichtiges erklärte, schien er noch größer zu werden. »Zuerst haben wir den Affen das Poliovirus im Futter gegeben. Dann haben wir tägliche Stuhlproben genommen, und Blutproben ...«

»... wobei Eugene die Tiere beruhigt hat«, fügte Dr. H. hinzu, »was sehr wichtig ist, wenn Sie nicht gebissen werden wollen.«

»Die Tiere haben Angst.«

Dr. H. erschauderte. »Ich bin einmal gebissen worden, bevor ich mit Eugene zusammengearbeitet habe. Ich muss gestehen, ich bin prompt ohnmächtig geworden.« Sie deutete auf einen schartigen weißen Halbmond in dem Hautstück zwischen Daumen und Zeigefinger. »Wenn Affen zubeißen, dann richtig.«

»Das liegt daran, dass sie Angst haben«, sagte Eugene.

»Ich bin es so leid, dass ich ihnen weh tun muss. Ich bringe es nur über mich, weil ich weiß, dass Sie ihnen so viel Gutes tun, wie Sie können.«

Eugene bekam diesen strengen Blick, den er immer bekam, wenn er versuchte, nicht zu lächeln. »Die Affen helfen uns, Polio loszuwerden, und ich helfe ihnen.«

»Ich wüsste nicht, was ich ohne Sie täte.«

Als sie ihren Mann so glücklich sah, hatte Viola Mühe, ihren Bissen Hühnchenauflauf herunterzuschlucken. »Dieser Laborant, der in deinem Labor von einem infizierten Affen gekratzt wurde und starb ...« Sie schluckte hart. »Er hat sich geweigert, sich von Eugene helfen zu lassen, und darauf bestanden, die Affen selbst zu behandeln.«

Die Luft schien zu erstarren. Viola spürte, wie sich ihrem Mann die Nackenhaare sträubten. Sie hatte etwas Falsches gesagt.

Dr. Horstmann legte ihre Gabel mit dem Broccoli ab. »Was ist das für eine Geschichte mit dem Mann? Ich habe ihn nie kennengelernt. Er wurde eingestellt und verstarb in dem Jahr, in dem ich in San Francisco war.«

Das kann ich Ihnen sagen, hätte Viola am liebsten gesagt, *der Mann war ein Idiot. Er hat Eugene behandelt wie den letzten Dreck. Er hat darauf bestanden, sich selbst um das Tier zu kümmern, und jetzt sehen Sie, was es ihm gebracht hat. Er ist tot.* Doch sie sagte nur: »Haben Sie heute etwas Interessantes herausgefunden?«

Eugene aß weiter, eine Braue typisch dickköpfig hochgezogen. Es war nicht ihre Absicht gewesen, ihn in Verlegenheit zu bringen.

Dr. H. holte tief Luft und stieß den Atem langsam wieder aus. »Ja, das haben wir tatsächlich.« Sie sah Eugene an. »Becky hat sich bisher noch nicht mit dem Lansing-Stamm infiziert, mit dem wir sie gefüttert haben.«

Eugene nickte, sein Mund war eine schmale Linie. Becky war sein Lieblingsschimpanse.

»Wir werden sie im Auge behalten«, sagte Dr. H. »Ich glaube, die Antikörper erfüllen ihren Zweck.«

»Morgen werden wir den Stamm testen, den Isabel Morgan mir geschickt hat«, sagte Dr. H. gerade. »Sie sagte, es sei ein neuer, vom Typ 2.«

»Hoffentlich ist er nicht so virulent wie der Mahoney«, sagte Eugene. »Bis jetzt zeigt noch keiner der Schimpansen Lähmungserscheinungen, toi, toi, toi.«

Zusammen mit Dr. H. klopfte er auf den Holztisch.

Viola saß so still dabei wie der Brotkorb neben ihrem Teller. Als es Zeit war, das Geschirr abzuräumen, ließ sie nicht zu, dass Dr. Horstmann ihr half, egal, wie sehr sie protestierte, und Dr. H. machte einen ziemlichen Wirbel. Aber sie und Eugene diskutierten gerade über ihre Polioexperimente, und Viola würde sie nicht unterbrechen. Vielleicht kam etwas Gutes dabei heraus.

◆

Nachdem sie ein letztes Mal nach den Jungs gesehen hatte, kam Viola ins Schlafzimmer.

Eugene hatte sich bis auf das T-Shirt und die Shorts ausgezogen. »Warum hast du von diesem Mann angefangen, der gestorben ist?« Er zog die Bettdecke zurück und kletterte darunter. Die korallenfarbenen Chenillerüschen zitterten. »Das ist ein heikles Thema.«

Sie stellte ihr Wasserglas auf den Nachttisch.

Er sah ihr Gesicht. »Hör zu, es tut mir leid. Aber wenn ich jemals aus dem Keller rauskommen und mehr im Labor arbeiten will, darf ich Dr. Horstmann nicht vor den Kopf stoßen.«

»Sie wirkte nicht beleidigt. Außerdem ist sie nicht einmal ein richtiger Professor. Sie kann dir nicht helfen! Sie kann nicht einmal sich selbst helfen.«

Viola kroch neben ihn unter die Decke.

Eugene faltete die Hände auf dem Berg aus Chenillerüschen auf seiner Brust. »Ich bin froh, dass ich *eine* Möglichkeit habe, gegen

Polio zu kämpfen. Ich tue, was immer nötig ist, um das Ungeheuer zu töten, das unsere Linda geholt hat.« Es raschelte leise, als er den Kopf drehte, um sie anzusehen. »Du weißt, dass ich keine Ruhe finde, bis ich es geschafft habe.«

Die alte Wunde brannte so heftig, dass es ihr den Atem verschlug. Sie sah Lindas entsetzten Blick – ihre kleine Linda, noch so zart, so unschuldig. Obwohl sie danach noch zwei Kinder bekommen hatte, war der Schmerz nicht weniger geworden.

Eugene drehte sich wieder um und starrte gegen die Zimmerdecke.

Dieser Mann glaubte, er könnte als Tierpfleger Polio besiegen! Genauso gut könnte er versuchen, das Wasser mit einem Teelöffel aus einem sinkenden Schiff zu schöpfen.

Sie betrachtete sein Profil, die vertrauten Konturen, die sie so sehr liebte. Aber war es wirklich *so* unverschämt, dass er glaubte, er würde an dem Kampf teilnehmen? Immerhin tat er *etwas*, etwas Gefährliches, etwas, das nur wenige Männer jemals tun würden oder könnten, etwas, das ihm das Herz zerriss – für ihre Linda. Eugene Oakley war der mutigste Mann, den sie kannte.

Sie schmiegte sich eng an ihn. Er blickte nach unten, dann legte er seinen Arm um sie. »Was tust du da?«

»Der Hühnerauflauf heute war fade«, sagte sie. »Findest du nicht auch, dass eine Prise Cayenne gefehlt hat?«

»Ist das alles, was du zu sagen hast?«

Sie legte ihre Hände auf sein kratziges Kinn, dann schob sie ihr Gesicht ganz nah an seins. »Du weißt, dass das noch nicht alles war.«

20

An Bord der RMS Queen Mary, 1949

Salziger Wind peitschte über das Promenadendeck, und Dorothy drückte den grünen Rock des Schnittmusters Nr. 3789 herunter, der sich in einer besonders heftigen Bö blähte. Für das erste Abendkleid, das sie je genäht hatte, war es ganz passabel geworden – außerordentliche Professoren, die einen Großteil ihres Gehalts nach Hause schicken, können es sich nicht leisten, sich ihre Abendgarderobe bei Saks von der Stange zu kaufen. Sie hatte das Kleid zwischen den Kurzreisen nach Kalamazoo und Dallas genäht, und jetzt stand sie drei Stockwerke hoch an der Reling der *Queen Mary*, auf der *echten* Queen Mary, dem *Ozeanriesen*, und versuchte, ihren Rock zu bezähmen.

Sie fühlte sich leicht benommen. Sie war in New York an Bord gegangen, direkt nachdem sie aus Kairo zurückgekehrt war. Davor war sie bei Ausbrüchen in Maine, Massachusetts, Michigan und Texas gewesen, und das war nur der Juli gewesen. Wie es schien, war Henry Horstmanns Mädchen das Aushängeschild der Polioeinheit geworden, bekannt für ihre Fähigkeit, in der ganzen Welt aufzukreuzen und besorgte Behörden zu beruhigen – sie, deren Kindheitsvorstellung von einer exotischen Reise aus einer Fahrt mit Pop in der Straßenbahn am Golden Gate Park vorbei zum Playland bestanden hatte.

Sie sog die Ozeanluft ein, dann betrat sie den Großen Salon und tauchte in den Klang gedämpfter Trompetentöne ein.

Auf dem Tanzboden des Großen Salons schoben sich unzählige Tänzer über das Parkett. Dorothy beobachtete sie, die Abendhandtasche an ihre mit grünem Rayon bedeckte Brust gedrückt, bis sie in der Menge einzelne bekannte Gesichter ausmachte. Da war der elfenohrige Basil O'Connor, der schwungvoll mit einer jungen Frau tanzte, die Zigarettenspitze zwischen die Zähne geklemmt. Da war Mr. Harry Weaver höchstselbst nebst Gattin, der Kollege mit dem winzigen Mund in ihrem Alter, der von Basil O'Connor zum Vorsitzenden der Impfkommission auserkoren worden war. Und da war Albert Sabin mit – Sylvia.

Das Blut rauschte Dorothy in den Ohren. Sie strich ihr Kleid glatt und tadelte sich im Geiste dafür, wie sehr ihr Herz raste. *Er ist dein Kollege und nicht mehr, und das ist seine Frau.*

»Da sind Sie ja, Dorothy!« Dr. Paul kam herbeigetrottet, tadellos in seinem Smoking. »Sie sehen wunderschön aus.« Er errötete heftig. »Kommen Sie zu uns an den Tisch.«

Seine Hand ruhte leicht an ihrer Taille, als er sie zu dem Tisch führte, an dem die Jungs von der Johns Hopkins und der University of Michigan in eine Diskussion vertieft waren, die wilde Kritzeleien auf der Rückseite von Visitenkarten und heftiges Gestikulieren beinhaltete.

»Enders hat die Gammaglobuline ins Spiel gebracht, und dann ist die Hölle losgebrochen«, erklärte Dr. Paul ihr. »Sie streiten sich schon seit einer Stunde.« Seine Fingerspitzen zitterten an ihrer Taille. »Gentlemen, Dorothy ist hier.«

»Hi, Dottie.«

»Hallo, Dot.«

»Hey, Kleine.«

»John!« Tommy Francis von der University of Michigan rief Dr. Pauls Namen. »Seien Sie der Schiedsrichter: Liegt die Zukunft der Poliobekämpfung in Therapeutika wie Gammaglobulinen oder in den Impfstoffen?«

Dorothy mischte sich ein. »Weder noch. Sie liegt in der klinischen Epidemiologie.«

Dr. Paul ließ sie los, um die Hände über dem Kopf zusammen-
zuschlagen und zu schütteln wie ein preisgekrönter Champion.
Die Männer stöhnten.

»Klingt ganz nach Ihnen, John«, sagte jemand. »Haben Sie sie
dafür bezahlt, das zu sagen?«

Dr. Paul grinste. »Das ist zu viel der Ehre.«

Das war es in der Tat. Bis jemand herausfand, welchen Weg das
Poliovirus durch den Körper nahm, so dass sie eine *sichere* und
wirksame Impfung entwickeln konnten, war Prävention ihre beste
Strategie. Darauf wäre sie auch ohne Dr. Paul gekommen.

»Wie gut, dass wir nicht davon abhängig sind, dass uns der
Impfstoff aus diesem Schlamassel holt«, sagte einer von der Johns-
Hopkins-Bande. »Denn dort ist die Person, die beim Wettlauf
führt.« Er deutete mit einem Nicken quer durch den Raum. »Aber
sie wirkt ein wenig, nun ja, beschäftigt.«

Die Männer folgten wie eine Herde Böcke seinem Blick zu dem
Tisch, an dem Isabel Morgan mit einem Mann in Offiziersuniform
saß. Sie berührten sich fast an der Stirn, wobei Isabel sich weiter
vorbeugte als ihr Galan, wie Dorothy feststellte.

»So ein Pech aber auch, Sportsfreund. Wie es aussieht, ist deine
Ibby vergeben«, sagte jemand aus der Johns-Hopkins-Mannschaft
zu einem Kollegen, der die Unterlippe vorschob und ein gespielt
trauriges Gesicht zog.

Nachdem die Getränke bestellt waren, wandte sich ihr Chef mit
einem nervösen Lächeln an Dorothy.

»Würden Sie gerne tanzen?«

Die Böcke am Tisch erstarrten mitten im Streitgespräch. Grinsen legte sich über die Gesichter.

Diese Dummköpfe. »Sehr gerne.«

Auf der Tanzfläche weigerte sie sich, den Tisch der feixenden
Schakale zu beachten. John und sie mussten lächerlich aussehen,
als würde eine Dänische Dogge mit einem Zwergspitz Walzer tan-

zen. Aber er hatte sie eingestellt, als niemand anders sie haben wollte, und hatte ihr alles beigebracht, was er über klinische Epidemiologie wusste – ihr wissenschaftlicher Vater, der kultivierte Vater, den sie nie hatte. Dabei würde er *niemals* auch nur annähernd Pop ersetzen, was ihre Zuneigung anging. Einen Vater wie Pop zu haben hatte sie stark gemacht.

»Sie sind eine ausgezeichnete Tänzerin«, sagte Dr. Paul, als sie an der Tanzkapelle vorbeiwogten. »Zusätzlich zu Ihren vielen anderen Talenten.«

Sie lachte.

»Ich meine es ernst. Mit Ihrer Anmut, Ihrem Charme, Ihrer breiten Erfahrung und Ihrem Verstand – Dorothy, Sie sind die kultivierteste Frau, die ich kenne.«

Als sie zu ihm hinunterschaute, sah sie das Flehen in seinem Blick. Sie begriff nicht, was er wollte. Vielleicht brauchte sie es auch nicht zu verstehen. Oh, diese verrückte, verdrehte Welt der Männer und Frauen. »Das ist sehr liebenswürdig von Ihnen.«

»Ich meine es ernst.«

»Dorothy!« Sylvia löste sich von ihrem Gatten, um in ihrem schimmernden und durchscheinenden rosa Abendkleid durch die Tanzenden zu schweben. »Ich hatte gehofft, Sie zu sehen!«

Albert machte Anstalten, ihr zu folgen, blieb dann jedoch neben einer der dreistöckigen Marmorsäulen am Rand der Tanzfläche stehen, um sich eine Zigarette anzuzünden.

Dorothy roch Rosenduft, als Sylvia und sie sich umarmten. Von nahem konnte sie sowohl sehen als auch spüren, dass Sylvia glühte. War denn jeder hier auf diesem Schiff aufgedreht?

»Wie geht es Ihnen?«, fragte sie Sylvia. »Fotografieren Sie noch?«

»Das wissen Sie noch!«

»Natürlich. Es ist interessant.«

»*Ich* bin interessant?« Sie lachte. »Das höre ich zum ersten Mal.«

Albert tauchte hinter Sylvia auf. »Guten Abend, Dr. Paul,

Dr. Horstmann.« Er drückte seine kaum angerauchte Zigarette im Kristallaschenbecher an Dorothys Tisch aus, dann legte er seiner Frau eine Hand auf die Hüfte.

»Es ist mir ein Vergnügen, Ihre reizende Gattin zu treffen«, sagte Dr. Paul. »Sie sollten sie nicht ständig verstecken.«

»Wo ist denn Ihre Frau, John?«, fragte Sylvia ihn.

»Ach, diese Konferenzen sind nichts für sie.«

»Dies ist meine erste Konferenz in Übersee«, sagte Sylvia. »Ich bin nur auf Drängen von Alberts Chef hier, der darauf bestand, dass ich besser anfangen sollte, Albert auf seinen Reisen zu begleiten, wenn wir jemals noch ein Kind bekommen wollen. Als würden wir uns mit den Bienen und Blumen nicht auskennen!« Sie schaute über ihre Schulter und sah, dass ihr Gatte ein finsteres Gesicht zog. »Wir sind hier unter Freunden, Albert. Stell dich nicht so an.«

»Ich freue mich, dass Sie mitkommen konnten!« Selbst in ihren eigenen Ohren klang Dorothy zu enthusiastisch.

Die Kapelle setzte zu einem neuen Stück an.

»Die Andrew Sisters! Ich liebe sie!«, rief Sylvia.

»Dann sollten wir tanzen.« Schlecht gelaunt führte Albert sie an der Hand fort.

»Wollen wir ebenfalls?«, fragte Dr. Paul.

Dorothy ließ sich wieder aufs Parkett führen, wo die Sabins zwischen den Tanzenden verschwunden waren. Schon sprang Dr. Paul leichtfüßig an ihrer Seite. Wenn jemand über ihnen wäre und durch die Glasdecke in den Schiffssalon schauen würde, müsste ihm das Wirbeln der Tänzer wie eine Fischschule erscheinen, mit dem Drehen und Schimmern und Schimmern und Drehen, als würden sie auf ein unsichtbares Zeichen reagieren. Welchen sechsten Sinn benutzten die Menschen, um auf die Bewegungen der anderen zu reagieren und nicht ständig zusammenzustoßen?

»Sylvia schien richtiggehend zu strahlen, nicht wahr?«, sagte Dr. Paul über die Musik hinweg.

»Ja! Ganz reizend!«

»Das arme Ding«, sagte er. »Wie man so munkelt, erholt sie sich von einem Zusammenbruch.«

Isabel Morgan, mit Nerzstola und Saphirohrringen, hatte sich bei ihrem Gentleman untergehakt und lachte mit den Wissenschaftlern am Tisch der Böcke, als Dorothy und Dr. Paul dazustießen. Auf der Tanzfläche hatte sich eine Conga-Linie gebildet, und Dr. Paul hatte sich entschuldigt.

Dorothy breitete die Arme aus. »Isabel, endlich, leibhaftig!«

»Endlich!«

Sie umarmten sich. Im letzten Jahr waren sie trotz der Entfernung beste Freundinnen geworden, hatten Briefe, Laborproben, Theorien und Gerüchte ausgetauscht. Wenn ein Einhorn ein zweites fand, klammerten sie sich aneinander.

Jetzt schienen die kräftigen Wangen ihrer Freundin von innen zu leuchten. Sie war wunderschön in ihrer Freude.

Dorothy lächelte, als sie sie so sah. »Wie kommst du mit deinen Studien voran?«

Einer der Böcke kippte seinen Highball herunter. »Dot ist die einzige Frau auf der Welt, die eine andere Frau als Erstes nach ihren Studien fragt.«

»Haben Sie Ibby noch nicht kennengelernt?«, sagte Isabels Begleiter.

Alle lachten, auch Isabel. »Dorothy, John«, sagte sie. »Darf ich Ihnen meinen Verlobten vorstellen, Colonel Joe Mountain.«

Verlobter? Dorothy empfand einen leisen Stich. War es Eifersucht? Angst, ihre Verbündete zu verlieren?

Dr. Paul hörte kurz auf, sich nach ihrer Tanzeinlage den Nacken

240

abzuwischen, um ihm die Hand zu schütteln. »Sind Sie der Joe Mountin, der in Atlanta das Zentrum für übertragbare Krankheiten aufgebaut hat? Es ist höchste Zeit, dass wir uns kennenlernen. Ich würde gerne mit Ihnen über unsere jüngsten Studien zu Fliegen sprechen.«

Selbst wenn die Orden an seiner Uniformjacke Isabels Gentleman nicht als Mann des Militärs ausgewiesen hätten, hätten es seine aufrechte Haltung und die Kühle in seinen blassen Augen auf jeden Fall getan. »Das ist ein anderer Joe Mountain, fürchte ich. Sein Name schreibt sich M-O-U-N-T-I-N. Ich bin nur ein Computerprogrammierer.«

»Nur!« Isabel legte ihm den Arm um die Taille. »Sie sollten seinen Computer sehen. Er nimmt ein ganzes Zimmer ein! Die Zeitungen nennen ihn das ›Riesenhirn‹. Joe ist das riesige Gehirn hinter dem Riesenhirn.«

»Es ist groß«, sagte er kühl.

»Ich habe einmal einen von diesen Computern gesehen«, sagte einer der Böcke, »in Westinghouse. Der Mann, der ihn bediente, erinnerte mich an die Szene im *Zauberer von Oz,* wo der kleine Scharlatan verzweifelt an den Hebeln seiner raumfüllenden Maschine zieht. Er war nur eine Maschine und gar kein Zauberer.«

Alle Blicke wichen dem stirnrunzelnden Colonel aus.

Dr. Paul schob seine Unterlippe vor. »Haben Sie geschäftlich in Europa zu tun, Colonel Mountain?«

Isabel drückte ihren Verlobten. »Ich fahre zur Poliokonferenz, und Joe reist durch Dänemark.«

»Sie suchen also etwas Ruhe und Erholung?«

»Wegen des Essens fahre ich jedenfalls nicht«, sagte Joe trocken. »Eingelegte Heringe stehen nicht ganz oben auf meiner Liste.«

»Eine Freundin der Familie hat versprochen, uns Dänemark zu zeigen«, sagte Isabel.

Instinktiv hob Dorothy ihre Hand ans Herz. Sie ließ sie wieder sinken. »Du solltest deine Freundin nach Hygge fragen.« *Siehst du? Ich kann über dänische Dinge sprechen, ohne zusammenzubrechen.*

Einem der Böcke fiel seine Pomadenlocke übers Auge. »Huuga?«

Die Sabins lösten sich aus der Conga-Linie. Albert führte Sylvia zum Tisch, ihre Brüste spannten unter dem schimmernden Abendkleid. Das war nicht das typische beige, sackförmige Kleid ohne jeden Schick, das von Wissenschaftlergattinnen anscheinend bevorzugt wurde.

»Hey, Al«, rief ein anderer Bock. »Was ist Huuga?«

Albert verstärkte seinen Griff um Sylvias Taille. »Die dänische Kunst, es sich behaglich zu machen. Warum?«

Die Böcke brüllten.

»Was ist daran so lustig?«, fragte Sylvia.

»Gibt es irgendetwas, das er nicht weiß?«, rief jemand.

»Offenkundig«, sagte Sylvia, »kennt er sich nicht mit Bienen und Blümchen aus, zumindest laut seinem Chef.« Sie lächelte. »Aber er lernt schnell.« Sie grinste über das erneute Gelächter.

Ein gutaussehendes junges Paar schlenderte auf den Tisch zu. Drohende Gefahr lag plötzlich in der Luft, so spürbar, als würde ein neuer Hirschbulle den Platzhirsch am Brunftplatz herausfordern.

»He, Hilary«, sagte einer der Böcke. »Wissen Sie, was Huuga ist?«

Hilary Koprowski schaute zu seiner dunkelhaarigen, umwerfend schönen Frau, die selbst eine bekannte Ärztin war. Falls seine Anstellung in den Lederle Laboratories zur Entwicklung des Polioimpfstoffs sich nicht bezahlt machen sollte, könnte Dr. Koprowski mit seinen blonden Locken jederzeit Arbeit in Hollywood finden. Als höchstbezahlter Wissenschaftler in dieser Gruppe, der in der Privatwirtschaft angestellt war, würde er das aber vermutlich niemals nötig haben.

Er zuckte die Achseln. »Hygge ist der dänische Weg, es sich gemütlich zu machen, richtig?«

Ein Stöhnen erhob sich über die Cha-Cha-Cha-Musik.

»Klugscheißer«, sagte jemand.

»Hey«, sagte ein anderer übermäßig pomadisierter Bock, »weltbester Experte, darf ich Ihnen den weltbesten besten Experten vorstellen?«

Koprowski ließ seine perfekten Zähne aufblitzen. »Ich gehe davon aus, dass ich Letzterer bin.«

»Wohl kaum«, sagte Albert. »Es sei denn, Ihre Expertise rührt daher, dass Sie Ideen stehlen.«

Ein paar Böcke raunten leise.

»Wie kommen Sie mit der Arbeit am Impfstoff voran, Hilary?«, fragte ein Mann von der Johns Hopkins.

»Ausgezeichnet«, sagte Koprowski. »Ich teste ihn an Freiwilligen.«

Seine wunderschöne Frau stieß ihn an. »Hilary, hör auf. Sie werden dir noch glauben.«

»Machen Sie sich deswegen keine Sorgen, Irena«, sagte Albert »Ich glaube niemals ein Wort, das er sagt.«

Das Gelächter wurde noch unbehaglicher. Wie die meisten Forscher an einer Universität glaubte Albert, dass die Kollegen, die in einem kommerziellen Labor arbeiteten, Marionetten der Unternehmen waren, bei denen sie angestellt waren. Tatsache war allerdings, dass Forscher an der Universität genauso von außen kontrolliert wurden – in der Polioforschung waren sie fast komplett vom Geldsegen des March of Dimes abhängig. Wissenschaftler waren nichts ohne Spendengelder, dessen war Dorothy sich nur zu schmerzlich bewusst.

Beide Lager fuhren fort, sich gegenseitig zu beschimpfen. Dorothy, die erst kürzlich in Kairo drei Wochen lang selbst den Ton angegeben hatte, hatte sich noch nicht wieder den Panzer zugelegt, den sie brauchte, um den ganzen Unsinn zu ertragen. Sie stellte sich neben Isabel.

»Die guten Zeiten gehen nie zu Ende.«

Isabel lachte, während sie sich an ihren Offizier klammerte, der die Jungs beim Sticheln beobachtete, als würde er einen Fechtkampf verfolgen. »Niemals.«

Dorothy zupfte an den toupierten Haaren an ihrem Nacken. »Wenn du nicht mit deinen Freunden durch Dänemark reisen würdest, hätte ich gerne mehr darüber erfahren, wie du das Poliovirus auf Nervengewebe heranzüchtest.«

»Komm doch mit uns«, sagte Isabel und rief damit ein Stirnrunzeln bei ihrem Verlobten hervor, »dann erzähle ich dir alles darüber. Es funktioniert hervorragend, bei allen drei Typen. Genauso viel Glück habe ich mit der Immunisierung der Affen, die ich damit gefüttert habe.«

»Das ist wunderbar!«

Isabel nickte. »Nur ein paar weitere Versuche …«

»Ah, sie ist fertig.« Howard Howe, ein weiterer Bursche aus der Johns-Hopkins-Bande, stellte sein Glas ab. Er war ein geisterhafter Mann mit einem schiefen Gesicht, das von der Form her an einen Fußabdruck erinnerte, und er hatte die abstoßende Angewohnheit, jemand anderen anzuschauen als den, den er ansprach. »Seien Sie doch nicht so pingelig, Ibby.« Er lächelte Dorothy an, obwohl seine Worte sich eindeutig an Isabel richteten. »Ihr Impfstoff ist so weit, dass er an Menschen getestet werden kann.«

»Wir können nicht mit einem halbgaren Impfstoff auf Kinder losgehen, Howie«, sagte Isabel.

»Sie hatten ausgezeichnete Erfolge bei Affen!«, rief er ihr zu, wobei er weiterhin Dorothy ansah. »Dutzende sind jetzt vollständig immunisiert. Aber ist es nicht der Sinn und Zweck des Ganzen, Menschen vor Polio zu schützen?« Er schaute kurz zu Isabel, bevor er sich wieder an Dorothy wandte. »Oder wollen Sie etwa, dass Sabin uns schlägt?«

Seine Worte fielen genau in einen Moment der Stille am Tisch. Alle Blicke richteten sich auf Albert.

Dr. Paul stopfte sein Taschentuch in die Brusttasche seines Smokings. »Stecken Sie die Säbel ein, meine Herren – und Damen. Wir wollen doch alle dasselbe: die Welt von Polio befreien.«

»Und zwar *sicher*«, sagte Albert. »Wir veranstalten hier kein Wettrennen ...«

Howie richtete seinen eindringlichen Blick auf Sylvia. »Oh doch, das tun wir.«

Sylvia deutete auf ihr Dekolleté. »Ich?«

Albert starrte Howie an. »Wie befinden uns gegen nichts anderes im Wettlauf als gegen Polio.«

Howie versprühte beim Lachen Speicheltröpfchen. »Ich würde sagen, das ist ein ziemlich wichtiger Wettlauf!«

»Howie, mein Freund.« Koprowski schüttelte seinen umwerfenden Kopf. »Wissen Sie denn nicht, dass der wichtigste Teil eines Rennens darin besteht, so zu tun, als wäre es gar keines?«

Sylvia wich vor Howies stierem Blick zurück »Ich verstehe euch einfach nicht. Ihr hockt hier auf diesem Schiff und streitet euch, anstatt euch zusammenzureißen, um das Leben von Kindern zu retten!«, sagte sie.

Genau in diesem Moment setzte der Schlagzeuger der Band zu seinem eindringlichen Trommelsolo an. *DUMP-dump-dump-dump-dump. DUMP-dump-dump-dump-dump. DUMP-dump-dump-dump-dump.* Ein Schrei ertönte, als Paare zum Takt von *Sing, Sing, Sing* auf die Tanzfläche strömten.

Sylvia hob ihre Stimme. »Ich weiß jedenfalls, warum *ich* hier bin!« Sie hakte sich bei ihrem Gatten unter. »Ich will tanzen.«

Albert versteifte sich. »Ich denke, damit sind wir fertig.«

Die Böcke musterten ihn neugierig. Die meisten von ihnen hatten Ehefrauen zu Hause, von denen viele einen Haufen Kinder großzogen, Frauen, die ihre eigenen Träume aufgegeben hatten, damit ihre Männer Entdeckungen und sich einen Namen machen konnten. Was passierte mit einer Ehefrau, die nicht spurte?

»Ich tanze mit Ihnen«, sagte Dorothy.

Albert reichte ihr die Hand seiner Frau. »Ich bin im Rauchersalon.« Er verließ den Großen Salon.

Als Dorothy und Sylvia die Tanzfläche betraten, war diese bereits so überfüllt mit Damen und Herren, die in Abendkleid und Smoking den Lindy Hop tanzten, dass sie nur noch wenige Schritt von ihrem Tisch entfernt Platz fanden. Dorothys Knochen erbebten vom Springen auf den Fersen, als einer der Böcke sagte: »Ich habe schon immer gedacht, dass Dottie lesbisch ist, seit sie mir mal einen Korb gegeben hat.«

21

»Diese hier kleidete sich gerne wie ein Mann, müsst ihr wissen.«

Dorothy betrachtete das lebensgroße Porträt einer Frau mit gepuderter Perücke und einem Haufen Röcke. Isabel Morgans Freundin Bente Larsen wartete auf sie, ihre Augen funkelten wie halbversteckte Juwelen unter ihren schweren, faltigen Lidern. Die vom Alter gezeichnete, papierene Haut spannte über den Wangenknochen, wenn sie lächelte.

»Vor euch seht ihr Königin Caroline Mathilde, die ursprünglich aus Großbritannien stammte«, sagte sie in ausgezeichnetem Englisch mit britischem Akzent. »Ihr Bruder war der wahnsinnige König George III.«

Isabels Galan, Colonel Mountain, warf einen Blick auf das Gemälde, unerschütterlich in seiner aufrechten Haltung. »Ich sehe eine gewisse Familienähnlichkeit. Das vorstehende Kinn, die hervorquellenden Augen.«

Steif klammerte er sich in seiner blauen Air-Force-Uniform wie ein Teenager an Isabels Hand, obwohl er mindestens zehn Jahre älter war als sie und Isabel selbst kein Backfisch mehr. Am Tag bevor ihre Konferenz planmäßig zu Ende gehen sollte, hatten sie Dorothy eingeladen, sie auf ihrem Ausflug zu begleiten. Sie war froh, dass sie mitgekommen war, und das nicht nur, weil sie Zeit mit Isabel verbringen konnte. Erstaunt stellte sie fest, dass es in Kopenhagen von Riesen wie ihr selbst nur so wimmelte, Männern wie auch Frauen. Einige von ihnen schlenderten hier im Schloss Rosenborg an den Kunstwerken vorbei. Obwohl sie in der Menge herausragten wie Giraffen inmitten von Zebras, schenkte ihnen niemand die geringste Beachtung, ganz zu schweigen davon, dass man sich ihnen in den Weg stellte, um sie darüber zu informieren, dass sie sehr groß waren. In Dänemark groß zu sein war … normal.

Isabel beugte sich an Dorothy vorbei und fragte: »Bente, wie lautet noch einmal der Name der Königin?«

»Caroline Mathilde.«

»Ich finde sie hübsch, auf eine muntere Art und Weise.«

Bente reckte den Kopf mit dem weißen Haarschopf, um die Plakette an der Wand zu studieren. »Sie war erst fünfzehn, als dieses Bild entstand.«

»Das erklärt alles«, sagte Isabel zu Joe. »Hast du schon einmal ein fünfzehnjähriges Mädchen gesehen, das *nicht* hübsch gewesen wäre?«

Er runzelte die Stirn, seine Antwort auf fast alles. »Ich finde sie nicht hübsch«, sagte er. Und das war's auch schon.

Bente betrachtete die Porzellanbüste eines Kindes. »Caroline Mathildes Gemahl, Christian VII., war ziemlich verrückt. Noch verrückter als ihr Bruder, der wahnsinnige George, wenn das überhaupt möglich war.«

»Waren damals alle Könige wahnsinnig?«, fragte Joe – natürlich mit seinem üblichen Stirnrunzeln.

»Caroline Mathilde war nicht verrückt«, sagte Bente, »trotz ihrer Angewohnheit, Männerkleidung zu tragen, wenn sie die Truppenparade abnahm. Eigentlich könnte man es eher als Beweis ihrer geistigen Gesundheit werten, dass sie Hosen bevorzugte. Sehen Sie sich nur diese Reifröcke an – breit wie Picknickkörbe! Sie sehen aus wie Theatervorhänge. Wer würde nicht gerne Hosen tragen, wenn man so ein Gewicht mit sich herumschleppen muss?«

»Ich hasse es, Frauen in Hosen zu sehen«, sagte Joe.

Ein Mann betrat den Saal, hochgewachsen, mit seidigem Haar und eckigem Gesicht. Die Arme und Beine ragten aus der weiten Kleidung hervor wie bei einer Holzpuppe. Er blieb stehen, um eine kunstvoll gearbeitete Uhr zu betrachten. Dorothy hatte das Gefühl, einen Schlag auf den Solarplexus erhalten zu haben. Sie brauchte ein paar Sekunden, um zu glauben, dass er nicht Arne war, und dann noch ein paar Sekunden, um die Erinnerungen an Arnes Berührung, seine Stimme, seine Herzlichkeit zurückzudrängen.

»Caroline Mathilde nahm sich den Arzt ihres Mannes zum Liebhaber«, sagte Bente. »Sie und dieser Arzt führten das Land, während ihr Gemahl bis zum Exzess trank oder seinen Kopf gegen die Wand hämmerte.«

Joe runzelte die Stirn. »Er hämmerte seinen Kopf gegen die Wand?«

»Buchstäblich. Bis er blutete.«

»Er war eifersüchtig«, konstatierte Joe.

»Mag sein, aber er hatte mit dieser Angewohnheit begonnen, lange bevor sie einen Liebhaber hatte«, sagte Bente. »Er war unberechenbar und gewalttätig, nicht nur gegen sich selbst, sondern auch anderen gegenüber.«

Der Nicht-Arne betrachtete ein aus Elfenbein geschnitztes Schiffsmodell. Dorothy seufzte. »Sie muss sehr verzweifelt gewesen sein.«

»Sie hatte ein Kind von diesem anderen Mann«, sagte Bente, »und jeder wusste, wer der Vater ist.«

Isabel zog Joes Hand näher zu sich. »Wenigstens ist sie glücklich geworden.«

Bente schaute in Richtung des Dänen. »Ist sie das? Sie wurde von den Soldaten ihrer Schwiegermutter mit Bajonetten aus dem Land gejagt und in einem Schloss in Deutschland eingekerkert, wo ihr Bruder, der wahnsinnige König George, sie schmachten ließ. Sie war gerade dabei, Fluchtpläne zu schmieden, als sie an Scharlach erkrankte.«

»Scharlach, hm«, sagte Joe. »Wie ein Kind.«

»Sie war kaum älter als ein Kind«, sagte Bente. »Sie war sechsundzwanzig.«

»Starb sie daran?«, fragte Isabel.

Bente nickte.

Dorothy vermied es kategorisch, zum Nicht-Arne hinüberzuschauen. »Was für eine Schande. Sie hätte überleben können, wenn die Menschen damals schon Penizillin gehabt hätten. Was sie wohl getan hätte, wenn sie wieder auf den Thron gekommen wäre?«

»Sie hätte sich als Despotin entpuppen können«, sagte Joe. »Ein weiblicher Hitler. Gut, dass uns das erspart geblieben ist.«

Bente holte tief Luft. »Wir hätten hier niemals einen Hitler gehabt, ob weiblich oder was auch immer. So sind wir Dänen nicht. Wir sind friedfertig.«

Joe lächelte, als hätte er sie bei einem Fehler ertappt. »Stammten die Wikinger nicht aus Dänemark?«

Isabel schlug ihn sanft auf den Arm. »Hör auf.«

»Nun?«, sagte er grinsend.

Nachsichtig schüttelte Isabel den Kopf. »Wenn wir schon ›Was wäre, wenn‹ spielen, was wäre, wenn es dich nie gegeben hätte? Was, wenn du nicht hier gewesen wärst, um die Luftschläge gegen Deutschland zu leiten, Nacht für Nacht, im ganzen letzten Kriegsjahr? Deine Bombardierungen haben Hitler zur Strecke gebracht. Wie viel länger hätte der Krieg ohne dich gedauert?«

»Lass uns jetzt nicht *Ist das Leben nicht schön?* spielen«, sagte er mit mürrischer Miene, schaffte es jedoch nicht, die Dankbarkeit aus seiner Stimme zu verbannen.

Isabel legte den Kopf an seine Schulter. »Wir haben so ein Glück, dass es dich gibt.« Sie schlenderten zur anderen Seite des Raumes.

Bente zog an den Enden ihres Schals, dann merkte sie, dass Dorothy sie beobachtete. »Mein Mann und ich waren auch so, als wir frisch verheiratet waren. Er war Biologe, aus Cambridge – so habe ich eure Sprache gelernt. Wir waren gut mit Isabels Eltern befreundet.« Sie schaute zu Isabel, dann senkte sie die Stimme. »Ich kann nicht behaupten, dass mein Carl nicht eifersüchtig gewesen wäre, als Tom Morgan für seine Arbeiten in der Genetik den Nobelpreis bekommen hat. Carl hatte gedacht, er hätte selbst ein paar Entdeckungen gemacht. Wissenschaftler sind schreckliche Konkurrenten, nicht wahr?«

»So scheint es.«

»Ich nehme an, sie müssen *irgendetwas* haben, was sie antreibt. *Etwas* muss sie dazu bringen, in ihren tristen Laboren auszuharren, wenn der Himmel blau ist, die Vögel singen und ihre jungen Frauen in hübschen neuen Kleidern auf sie warten.«

Der Nicht-Arne verschwand durch die Tür, die in den nächsten Saal führte. Was schadete es schon, wenn sie einfach fragte?

»Kennen Sie zufällig einen Arne Holm aus Kongens Lynby?«

»Arne Holm? *Den* Arne Holm?«

»Ist das ein verbreiteter Name?«

»Es ist ein sehr geachteter Name, wissen Sie.«

»Sie haben also von ihm gehört?«

»Welcher Däne hätte es nicht? Er, Aage Bertelsen und ein paar andere haben den Plan geschmiedet, der die meisten dänischen Juden vor dem Konzentrationslager bewahrt hat. Kannten Sie ihn?«

Kannten. Vergangenheit. »Flüchtig.«

»Aus den Staaten? Ich meine gehört zu haben, dass er dorthin gegangen ist, nachdem …« Sie runzelte die Stirn, dann räusperte sie sich.

»Nachdem seine Frau starb?«

Bente nickte.

Dorothy bemühte sich um eine neutrale Miene. »Ich bin ihm in San Francisco begegnet.«

»Hat er Ihnen erzählt, dass er alles vorbereitet hat, damit die Eigentümer selbst der kleinsten Jollen jüdische Familien im Oktober '43 nach Schweden in die Freiheit rudern konnten?«

»Er hat es mir nicht erzählt, aber jemand anders. Er hat nicht darüber gesprochen.«

»Es war vermutlich keine besonders glückliche Erinnerung für ihn, bei seinem Verlust. Kein Wunder, dass er sich als Freiwilliger für die Mission mit den Weißen Bussen gemeldet hat.«

»Was sind die Weißen Busse?«

Bente stieß einen Seufzer aus, der in jeder Sprache Bedauern bedeutete. »Sie haben nie davon gehört?«

»Bente!«, rief Isabel von der anderen Seite des Saals. »Bente, kannst du uns bitte etwas zu dieser faszinierenden Uhr sagen?«

Bente sah Dorothy entschuldigend an, dann ging sie zu den beiden Turteltauben.

❖

Nach einer erfolgreichen Privatvorstellung der königlichen Uhr und einer Führung durch den Schlossgarten spazierten sie zur berühmten Statue der kleinen Meerjungfrau. Bente und Dorothy gingen voran. Die Straßen waren von hohen Gebäuden mit steilen Ziegeldächern gesäumt, und eine Brise, die nach Meer und Trockenfisch roch, zerrte an ihren Röcken und Schals.

Bente sah sich nach Isabel und Joe um, die direkt hinter ihnen liefen. »Vielleicht sollten wir ihren Weg mit Rosenblättern bestreuen«, sagte sie zu Dorothy.

»Lieber nicht. Wir gäben schreckliche Putten ab.«

Bente lachte glucksend, dann rief sie den Verliebten zu: »Wir sind fast dort!«

»Sie haben mich nicht gehört«, sagte sie, als sie sich wieder an

Dorothy wandte. »Wie das bei Liebenden so ist, haben sie nur Augen und Ohren füreinander. Der Ärger fängt an, wenn sie glauben, dass die anderen sie auch nicht sehen.«

Dorothy sah sie fragend an, doch Bente führte die Gruppe nur zum Rand des Hafens und auf eine kleine Landzunge, die in das graue Hafenbecken gebaut worden war. Direkt vor ihnen standen Menschen um etwas herum, das am Strand zu liegen schien. Als ein Paar beiseitetrat, damit der Mann durch seine Kamera schauen konnte, kam die kleine Bronzestatue einer nackten Frau in Sicht, die auf einem Stein am Hafen saß.

Die vier blieben davor stehen.

»Das ist es?«, sagte Joe.

»Das ist es«, sagte Bente. »Das ist *Die kleine Meerjungfrau.*«

»Besonders groß ist sie ja nicht«, sagte Isabel. »Wozu die ganze Aufregung?«

Bente atmete hörbar ein. »Wir lieben unseren H. C. Andersen. Was soll ich dazu sagen?«

Hinter ihnen sagte ein Mann: »Wir waren heute in seinem Haus.«

Die vier drehten sich um und entdeckten Albert und Sylvia Sabin.

Dorothy trat zurück, damit ein paar Touristen *Die kleine Meerjungfrau* fotografieren konnten, während Albert Isabel auf die Wangen küsste. Die Sabins sahen sehr mondän aus, er in einem farbig abgesetzten Sporthemd und sie in einem schweren Rock mit breitem Gürtel und einer riesigen Sonnenbrille auf der Nase.

»Was macht ihr zwei hier?«, fragte Isabel ihn gutmütig. »Joe, erinnerst du dich noch an Albert Sabin und seine Frau …«

»Sylvia«, sagte Sylvia.

»Und dies ist Bente Larsen.« Isabel lachte. »Dorothy brauche ich euch ja nicht vorzustellen.«

»Ganz bestimmt nicht.« Sylvia hauchte Dorothy einen Kuss auf die Wangen.

Albert küsste Dorothy ebenfalls, wie jeder amerikanische Gentleman im Urlaub es tun würde.

Sylvia nahm ihre Sonnenbrille ab. »Albert hat eure Gruppe gesehen und hatte es prompt eilig, euch einzuholen.« Sie nahm seinen Arm, um sich an ihn zu schmiegen. »Wir haben gerade das Hotelzimmer verlassen«, sagte sie und gab sich keine Mühe, ein lausbubenhaftes Lächeln zu unterdrücken.

Albert trat ein kleines Stück zur Seite. »Wir waren in Odense«, stellte er klar.

Bente korrigierte seine Aussprache der Stadt. »Ich weiß, nichts klingt so, wie es scheint. Wenn es um die Aussprache des Dänischen geht, darf man seinen Augen nicht trauen.«

»Fast wie einem Virus«, sagte Albert.

»Oder Ehemännern«, sagte Sylvia. Sie lachte.

Bentes Blick flog zwischen den beiden hin und her. »Haben Sie H. C. Andersens Geburtshaus besucht, als Sie dort waren?«, fragte sie mit flacher Stimme.

»Ja! Es ist kaum mehr als eine Hütte«, sagte Sylvia. »Wie konnten die Menschen nur so leben?«

»Viele Menschen haben so gelebt«, sagte Albert. »Oder noch schlimmer. Nicht alle sind so bequem im Mittelwesten aufgewachsen wie du.«

Er sagte es in einem heiteren Ton, doch danach herrschte einen Moment Schweigen.

Bente ergriff das Wort. »Der arme H. C. Er stammte aus ärmlichsten Verhältnissen.«

»Vielleicht hat ihn das inspiriert«, sagte Dorothy.

»Wahrscheinlich hat es ihn eher behindert«, sagte Albert.

Sylvia schaute zwischen ihnen beiden hin und her. »*Ich* fühle mich inspiriert zu einem Drink. Sonst noch jemand?«

Sie zogen sich in ein nahegelegenes Restaurant zurück, wo Albert seine Frau zu ihrem Platz geleitete, sich dann auf den Stuhl neben Dorothy setzte, eine Zigarette anzündete und sich zurücklehnte.

»Endlich!« Er blies den Rauch von Dorothy fort. »Wir können reden!« Er beugte sich vor. »Liegt es an mir oder hält Koprowski sich bedeckt, was seine Fortschritte beim Impfstoff angeht? Hat er einen oder nicht? Wenn ja, wie gut kann er schon sein? Wir haben noch nicht einmal sämtliche Stämme des Virus identifiziert.«

Sylvia beobachtete sie mit einer unangezündeten Zigarette zwischen den Fingern. Als Joe sein Feuerzeug aufklappte und anfing, sich mit ihr zu unterhalten, lächelte sie ihm überrascht zu.

Dorothy wandte sich Albert zu. »Du hast recht. Koprowski führt etwas im Schilde. Aber was mir Sorgen macht, ist, dass sämtliche Jungs aus Pittsburgh außer Jonas ganz versessen darauf sind, eine Behandlung mit Gammaglobulinen zu entwickeln. Ist das nicht eine immense Zeitverschwendung? Sie könnten niemals genügend davon produzieren, um die Nachfrage zu befriedigen.«

Albert machte ein tadelndes Geräusch. »Nicht, wenn die Nachfrage größer ist als je zuvor und inzwischen Kinder wie Erwachsene gleichermaßen erkranken. Wir können es streng genommen nicht mehr ›Kinderlähmung‹ nennen, wenn junge Erwachsene die am schnellsten wachsende Gruppe Poliopatienten darstellen. Wir verlieren diese Schlacht, Dorothy.«

Sie schwieg, um ein Glas Wasser zu trinken, und musterte gedankenverloren die anderen ihrer Gruppe. »John Paul hat mir etwas erzählt, das mir seitdem keine Ruhe lässt. Als er diesen Sommer kurz vorm Polarkreis mit den Eskimos in Chesterfield Inlet gearbeitet hat, stellte er fest, dass nur Kinder unter drei Jahren verschont geblieben waren, bei einem Ausbruch, der zwanzig Prozent der gesamten Bevölkerung betraf.«

Albert drückte seine Zigarette aus. »Ja und?«

»Nur Babys, die *gestillt* wurden, wurden verschont. Sobald sie entwöhnt wurden, was in dieser Kultur etwa im Alter von drei Jahren so weit ist, konnten sie sich mit der Kinderlähmung anstecken. Es ist, als gäbe es etwas in der Muttermilch, das sie schützt.«

Etwas in seinen Augen veränderte sich. Sein Blick wurde intensiver. »Muttermilch?«

Ihr Kellner, ein dünner älterer Herr, kam mit einem Tablett voll kleiner eisgekühlter Gläser, die mit einer trüben Flüssigkeit gefüllt waren.

»*Snaps!*«, verkündete Bente, als der Kellner sie auf dem Tisch verteilte. »Ein Getränk für besondere Gelegenheiten.«

»Sieht interessant aus.« Joe schnappte sich sein Glas und wollte schon daran nippen.

»Oh nein, halt, stopp!«

Joe runzelte die Stirn.

»Es gibt ein ganz bestimmtes Ritual.« Bente nahm ihr kleines Glas zwischen Daumen und Zeigefinger. »Erhebt eure Gläser.« Ihr Ärmel streifte raschelnd ihren Pullover. »Bereitet euch darauf vor, alles mit einem Schluck herunterzukippen, aber zuerst seht ihr eurem Partner tief in die Augen.« Sie richtete ihren Blick auf Joe, der immer noch ein finsteres Gesicht zog, weil er zurechtgewiesen worden war. »Und jetzt sagen Sie ›*skål*‹!«

Der Gedanke an Arne kam wie aus dem Nichts. Dorothy tastete nach ihrem Glas. Als sie sich wieder im Griff hatte, wartete Albert mit erhobenem Glas auf sie.

Hinter ihm prostete Sylvia seinem Rücken zu. »*Skål*«, sagte sie zu niemandem.

Dorothy beugte sich um Albert herum und prostete Sylvia zu. »*Skål.*«

»Und jetzt«, sagte Bente, »schaut ihr eurem Partner noch einmal in die Augen und wiederholt die Prozedur mit allen, die am Tisch sitzen.«

»Und wie schaffen die Leute es, dass das Essen nicht kalt wird?«, nörgelte Joe, während er Dorothy zuprostete.

Von der Vorspeise, die zusammen mit dem *Snaps* serviert worden war, waren nur ein paar Büschel Kresse übrig geblieben. Die Gläser selbst waren leer. Joe erhob sich vom Tisch. »Es wird Zeit für uns, wir brechen auf.«

Er half Isabel beim Aufstehen.

»Oh«, rief Isabel. »Dorothy und ich hatten noch gar keine Gelegenheit, zu reden.«

»Das holen wir später nach«, sagte Dorothy.

»Wir auch, Albert«, sagte Sylvia. »Wir sollten gehen.«

Er öffnete den Mund, schloss ihn dann aber wieder, bevor er mit ihr zusammen aufstand.

»Möchten Sie etwas zum Abendessen bestellen?«, fragte Bente.

Dorothy hatte keine anderen Pläne.

Nachdem ihr älterer Kellner gekommen war und sie die Speisekarten zurückgegeben hatten, sagte Bente: »Es ist leicht, sich zu einem Alphamännchen hingezogen zu fühlen.«

Ein eiskalter Finger schien über Dorothys Rücken zu streichen. Es war sinnlos, so zu tun, als wüsste sie nicht, was Bente meinte.

Bente faltete ihre Hände auf dem Tisch. Die Knöchel waren so faltig wie die Knie eines Elefanten, die Finger waren an den letzten Gelenken gekrümmt. Dennoch strahlten diese Hände Anmut aus. Dorothy konnte diese Finger vor sich sehen, als sie noch jünger und schlanker gewesen waren. Früher einmal mussten sie wunderschön gewesen sein. Bente war, wie Dorothy merkte, als sie ihr ins Gesicht sah, ebenfalls einmal wunderschön gewesen.

Dorothy stellte sich die junge Frau vor, als Bente weitersprach. »Das liegt an der Genetik. Mein Gatte hat die genetische Grundlage bestimmter Charaktereigenschaften erforscht, aber das kann ich Ihnen auch so sagen: Wir haben keinen Einfluss darauf, zu wem wir uns hingezogen fühlen. Wir haben keine Kontrolle darüber, wen oder was wir anziehend finden, auch wenn wir so tun, als ob.« Falten kräuselten sich im Gesicht der jungen Bente, als sie lächelte. »Es muss schrecklich schwer sein, Dr. Sabin zu widerstehen.«

»Wir sind nur Kollegen.«

Bente legte ihre Hände in den Schoß. »Ich habe Isabels Vater geliebt.«

Dorothy sah sich im Restaurant um, das sich allmählich mit Paaren füllte, die für das Abendessen fein gekleidet waren. Sie genoss Alberts Gesellschaft, das stimmte. Die Art und Weise, wie sie sich gegenseitig inspirierten, war berauschend. Um ehrlich zu sein – sie schwelgte in ihrer Kameradschaft, sie provozierte ihn dazu, und dann klammerte sie sich daran mit dem Verlangen einer Frau, die einen Mann liebt, der seine tote Frau liebt. Denn in Wirklichkeit war es Arne, den sie immer noch liebte. In ihrer kurzen gemeinsamen Zeit hatte sie eine tiefe Verbundenheit mit ihm gespürt, und sie könnte immer noch laut aufheulen wie ein verwundetes Tier, weil sie ihn verloren hatte. Solche Gefühle könnten dazu führen, dass sie Fehler machte, wenn sie keine Ruhe bewahrte.

»Ich habe viele Jahre damit vergeudet«, sagte Bente, »mich nach dem zu sehnen, was ich nicht bekommen konnte.«

Der Kellner brachte ihre Salate. Bente lächelte ihn an. »*Tak.*«

Sie stocherten im Salat herum, jede von ihnen in Gedanken an einem anderen Ort in einer anderen Zeit. Schließlich sagte Dorothy: »Erzählen Sie mir von den Weißen Bussen.«

Bente machte ein besorgtes Gesicht. »Das ist vielleicht nicht der beste Zeitpunkt.«

»Bitte.«

In jeder Sprache drückte Bentes tiefes Einatmen Zweifel aus. »Also gut.« Sie legte ihre Gabel in das zerrupfte Grün.

»Ende 1944 lief der Krieg schlecht für Deutschland, wie Sie wissen. Die Flugzeuge der Alliierten – Amerikaner, Briten, Kanadier – hatten den Luftkrieg gewonnen und bombardierten Städte im ganzen Dritten Reich. Zu dieser Zeit hörten wir in Skandinavien, dass unsere Gefangenen in deutschen Konzentrationslagern zu Hunderten an Krankheiten starben. Die Idee kam auf, dass ein Stab aus Ärzten und Krankenschwestern in einer Buskarawane vom neutralen Schweden aus die kränksten Dänen, Finnen und Norweger aus den Lagern holen sollten. Die Deutschen stimmten dem Vorhaben zu.«

Dorothy hob die Brauen. »Tatsächlich?«

Bente schüttelte den Kopf, ihr weißen Haare erzitterten. »Nicht aus Altruismus. Wie ich sagte, zerstörten die Alliierten Deutschland aus der Luft. Nicht nur Fabriken, sondern auch Eisenbahnen und Brücken waren die Ziele. Und Straßen. Die Nazis begriffen, dass jeder, der darauf unterwegs war, Gefahr lief, durch die Alliierten zu sterben. Sie sagten sich: ›Lasst die skandinavischen Retter kommen. Warum sollen wir Kugeln auf sie verschwenden, wenn die Yankees das für uns erledigen können?‹«

Ein junges Paar wurde zum Tisch neben ihnen geführt, ihre Gesichter strahlten vor Liebe. Bente wartete, bis Dorothy ihre Aufmerksamkeit wieder auf sie richtete.

»Als die Schweden begriffen, was die Deutschen vorhatten, malten sie die Busse strahlend weiß an, in der Hoffnung, dass die Bomber sie sehen und erkennen würden, dass es Krankentransporte waren. Sie statteten die Busse mit Betten und Medizin aus, und sie deckten sich mit Penizillin ein. Es hieß, dass viele Gefangene sich in einem kritischen Zustand befänden und sofort behandelt werden müssten.«

»Arne hat in den Staaten Penizillin gekauft – für Krankenhäuser, dachte ich.«

»Dort haben sie es also herbekommen. Das wusste ich nicht.

Davon stand nichts in den Zeitungen. Ich weiß nur, dass die Männer und Frauen der Weißen Busse damit viele Leben gerettet haben. Zumindest diejenigen, die aus Deutschland herausgekommen sind.« Sie holte tief Luft. »Sie waren sehr mutig, sich auf dieses Himmelfahrtskommando einzulassen. Bei Arne konnte ich es verstehen, nachdem, was mit seiner Frau …« Sie seufzte, dann tupfte sie ihre trockenen Lippen mit der Serviette ab. »Nun, jetzt ist er bei ihr.«

»Was meinen Sie damit?«

»Ach, meine Liebe. Wissen Sie es nicht? Arne Holm ist tot. Er starb bei einem Einsatz mit den Weißen Bussen.«

Der Kellner kam. Dorothy starrte durch die Tränen auf den Teller vor ihr.

Als Bente schließlich weitersprach, hatte ihre Stimme einen weichen Singsang angenommen, wie bei einer Mutter, die ein Kind tröstete, das hingefallen war. »Sieh einmal an! *Stjerneskud* – das bedeutet Sternschnuppe. Es soll *smørebrød* sein, eine Art offenes Sandwich, das wir normalerweise zum Mittag essen, aber ich finde, dafür ist es ziemlich außergewöhnlich.«

Dorothy starrte auf das gebratene Fischfilet, bedeckt mit orangen Lachsstreifen, winzigen Krabben und Spargelstückchen, angemacht mit Mayonnaise und Dill.

Sie blickte auf. »Joe hat Luftangriffe über Deutschland geflogen.«

Bente hielt inne, den Salzstreuer in der Hand. »Ich weiß, meine Liebe.«

»Es könnten seine Bomben gewesen sein, die Arne getötet haben.«

»Ja. Das wäre wohl möglich.« Bente stellte den Salzstreuer ab, dann griff sie über den Tisch und stieß dabei ihr Messer klappernd vom Teller. Ihre Hand lag warm auf Dorothys. »Sie dürfen nicht darüber nachgrübeln.«

Sie wollte sich losreißen. Wie sollte sie jemals wieder mit Joe sprechen oder mit Isabel?

Bente drückte ihre Finger und zog die Hand zurück. »Ein Vorteil des fortgeschrittenen Alters ist es, dass man begreift, auf wie komplizierte Weise wir alle miteinander verbunden sind.« Sie lachte. »*Ich* zumindest habe so lange gebraucht, um das zu lernen.«

Die junge Schönheit, die Bente einst gewesen war, schien zu vergehen, bis nur noch die klaren blauen Augen an sie erinnerten, die unter den faltigen Lidern aufblitzten. »Wenn wir nur wüssten, wie tief wir alle miteinander verbunden sind, würden wir uns vielleicht mehr Mühe geben, freundlich zueinander zu sein.«

Sie nahm ihr Messer und ihre Gabel. »Jetzt essen Sie den Fisch, meine Liebe. Er ist sehr gut.«

22

Jemand spielte Gershwin, als Dorothy nach dem Abendessen mit Bente das Hotelfoyer betrat. Obwohl die Dämmerung noch nicht eingesetzt hatte – im August wurde es in Dänemark erst um neun Uhr dunkel – brannten überall Lampen, und auf jedem der modernen Slingback-Sessel kauerte ein Wissenschaftler. Sie waren alle da: Die Männer der University of Michigan hatten sich mit den Jungs von der Johns Hopkins verschworen; die vom Rockefeller Institute schmiedeten Pläne mit denen von den National Institutes of Health; die Pitt-Burschen steckten die Köpfe mit den Baylors zusammen. Nur die Yalies fehlten, sie waren ein Stamm der Früh-ins-Bett-Geher, wie ihr Häuptling John Paul. Die anderen entspannten sich vor dem letzten Konferenztag und feilten an den Rivalitäten, die sich im Laufe der Woche zugespitzt hatten.

Im Mittelpunkt dieser geschäftigen Versammlung hämmerte Hilary Koprowski *Rhapsody in Blue* in die Tasten eines Stutzflügels. Seine dunkelhaarige Gattin saß neben ihm auf der Klavierbank und nippte an einem Glas Wein. Unbeteiligt, gelangweilt und hinreißend. Dorothy hatte gehört, dass Irena Koprowska zusammen mit Dr. Georgios Papanicolaou an einem Test zur Erkennung von Gebärmutterhalskrebs bei Frauen arbeitete. Sie und Dr. Papanicolaou, Spitzname »Dr. Pap«, behaupteten, sie könnten Krebszellen in einer winzigen Probe Cervix auf dem Objektträger finden. Jetzt hatten sie das Wissen, um Tausende Frauen pro Jahr zu retten, indem sie den Krebs in einem frühen Stadium feststellen konnten. Ganz im Gegensatz zum Poliovölkchen, das nach mehr als dreißig Jahren immer noch rätselte, wie sich das Virus im Körper verbreitete. Irena musste sie für einen Haufen Dummköpfe halten. Die Art, wie das schwarze Kleid ihre geschmeidige Gestalt umspielte, die Lässigkeit, mit der ihre behandschuhten Finger die brennende Zigarette hielten, und ihr Blick unter den schweren Lidern sprachen Bände.

Jemand winkte: Sylvia, allein und schillernd in einem trägerlosen Kleid, rot wie Blut mit einem hohen Sauerstoffgehalt. Sie winkte von einem Sofa hinter dem Klavier aus in Dorothys Richtung.

Dorothy ging auf sie zu. Auf halber Strecke sah sie Albert sich seiner Frau nähern, einen Drink in jeder Hand.

Sie blieb stehen.

»Hi, Dot!« Howie Howe winkte ihr von seinem Platz neben einer Topfpflanze zu.

Dorothy ging weiter.

Sylvia nahm gerade ihr Glas von Albert entgegen, als Dorothy die beiden erreichte. Lächelnd schaute Sylvia zu ihr auf. »Hallo, Sie. Leisten Sie uns im sozialen Sibirien Gesellschaft. Offenbar bringt niemand seine Gattin mit zu solchen Treffen. Ich fürchte, ich mache einen Paria aus Albert.«

Dorothy würde ihr gerne sagen, dass Albert das sehr gut ganz allein schaffte. »Das stimmt nicht. Irena ist auch hier.«

»Sie ist keine Gattin«, sagte Sylvia. »Sie ist …«

Albert nippte an seinem Drink. »Eine Göttin?«

Sylvia stieß ihn an. »Hey!«

»Ich meinte die Göttin Athena – intelligent.«

»Das ist ja noch schlimmer! Ich kenne doch deine Sehnsucht nach einem schönen Verstand! Du hast lieber eine Frau in deinem Labor als im Bett.«

»Sie beide!« Dorothy seufzte. Sie war diesen Sumpf aus Anspielungen leid. Aber das hatte sie sich selbst zuzuschreiben, oder nicht? Sie hatte zugelassen, dass sie aus Einsamkeit einen Narren aus sich machte.

Koprowski kam zu einem krachenden Ende. Die letzte Note hing in der Luft.

»Hey, Albert«, rief einer der Pitts-Burschen über die Pfiffe und den Applaus, die den Raum erfüllten, »können Sie das besser?«

Albert wartete, bis sich alle beruhigt hatten. »Das habe ich gar nicht nötig. Während Hilary heute Abend die Tasten bearbeitet hat, habe ich ein Telegramm vom *Time*-Magazin bekommen.« Er tippte auf ein zusammengefaltetes Blatt Papier, das aus der Brusttasche seines Jacketts ragte. »Sie zeigen Interesse an einer Story mit mir.«

Irena auf dem Klavierhocker ergriff das Wort, ihre raue Stimme war durchsetzt vom polnischen Akzent ihrer Muttersprache. »Wenn Sie mit ihnen sprechen, sagen Sie ihnen bitte, dass mein Gatte eine kleine Geschichte hat, die er gerne erzählen würde.«

Koprowski neigte sich zu seiner Frau. »Irena!«

»Was für eine Geschichte wäre das?«, fragte einer der Johns-Hopkins-Jungs.

Sie hob den Kopf, ihr Blick war die reinste Verlockung. »Eine Geschichte über eine Ratte.«

»Wagen Sie es nicht, so über Sabin zu reden!«, scherzte einer aus Baylor.

»Sehr witzig«, murmelte Albert.

Koprowski stieß seine Gattin mit der Schulter an. »Liebling, das wollen sie doch gar nicht hören.«

»Erzähl es ihnen!«

»Ja, erzählen Sie es uns«, sagte Howie Howe zu ihm, obwohl er dabei Sylvia ansah, die verwirrt zurückwich.

Koprowski zuckte die Achseln. »Also gut. Wenn es sein muss.«

Er schwenkte auf der Klavierbank herum, um die Menge anzuschauen. »Es war im letzten Jahr. Die Jungs im Labor und ich hatten Baumwollratten Typ-2-Polioviren ins Gehirn injiziert. Anschließend zermahlten wir ihre Gehirne mit einer Salzlösung, um eine Art Suppe zu erhalten, die wir weiteren Ratten injizierten, deren Gehirne wir erneut zermahlten und sie erneut Ratten zu …«

»Wir haben verstanden«, unterbrach Albert ihn ungehalten. »Sie haben das Virus so lange dieser Prozedur unterzogen, bis Sie eine abgeschwächte Form davon hatten.«

Koprowski verneigte sich. »Korrekt. Als wir das Gefühl hatten, es sei schwach genug, haben wir es an Schimpansen verfüttert. Gott sei Dank blieben sie symptomfrei, selbst als wir sie dem virulentesten Typ-2-Stamm aussetzten, den wir kennen, Mahoney.«

»Dem Mahoney-Stamm«, sagte jemand. »Wow!«

Albert ließ sein Feuerzeug aufschnappen und zündete sich eine Zigarette an. »Gratulation.« Er blies den Rauch aus. »Ihre Schimpansen haben kein Polio bekommen.«

»Nein. Ich hielt das für ziemlich bedeutsam, aber wenn ich Ihrer Argumentation folge, bedeutet das nicht, dass das Vakzin auch beim Menschen wirkt. Aber wen sollte ich bitten, dieses Risiko einzugehen? Wen?« Er strich sich über das Revers seines Smokings und machte eine theatralische Handbewegung. »*Moi.*«

»Ich bin froh, dass du mir damals nichts von deinen Plänen erzählt hast«, sagte Irena.

»Du brauchst dir niemals Sorgen um mich zu machen, Liebling. Meine Arbeit ist solide.« Er liebkoste ihren Nacken und fuhr dann fort. »Mein Assistent, Thomas Norton, bestand darauf, mitzumachen. Also haben Norton und ich uns einen Becher Rattenhirncocktail eingeschenkt …« Er deutete auf Irenas halbleeres Weinglas. »Darf ich, Liebling?« Er prostete der Menge zu. »Wir haben die Gläser erhoben, angestoßen und mit einem Zug geleert.« Er trank Irenas Wein aus, dann schmatzte er vernehmlich. »Es schmeckte wie Lebertran.«

Im ganzen Raum wurde gestöhnt oder gelacht oder beides.

Er bedeutete den Männern, sich zu beruhigen. Als der Raum wieder still war, schaute er seine Gattin an und lächelte. »Dann fragte Norton mich: ›Wollen Sie noch einen Schluck, Chef?‹, und ich sagte: ›Nein danke, ich muss noch fahren.‹«

Die Männer brüllten.

»Kindisch«, sagte Albert leise zu Dorothy.

Sylvia zuckte die Achseln, ihr Satinkleid raschelte leise. »Ich fand es witzig.«

Koprowski sonnte sich in der Begeisterung seiner Kollegen und wandte sich wieder den Tasten zu. Schon bald war die Luft erfüllt von seiner lebhaften Interpretation von Mozarts *Alla Turka.*

Howie Howe nahm Sylvia mit seinen farblosen Augen in den Blick. Zu Albert sagte er: »Sie haben uns noch gar nicht gesagt, über was Sie mit den *Time*-Reportern reden wollen.«

Die anderen wurden still.

Albert wusste, wen Howie mit seiner Bemerkung meinte. Er drückte seine Zigarette aus. »Das ist nicht annähernd so interessant wie ein Bericht darüber, wie jemand einen Rattenhirncocktail getrunken hat.«

Koprowski unterbrach sein Spiel. »Was ist es dann?«

»Nur etwas darüber, dass Muttermilch gegen Polio zu immunisieren scheint.«

Dorothy starrte ihn an. Das war John Pauls Studie; sie hatte ihm erst heute Nachmittag davon erzählt. John hatte noch nicht einmal einen Aufsatz dazu verfasst.

Albert würde ihn doch gewiss erwähnen, oder?

Dorothy spürte, wie jemand ihr auf die Schulter tippte. Sie drehte sich um und sah sich einem Mann gegenüber, der sie weit überragte. Das seidige braune Haar und die Bartstoppeln auf dem kantigen Kinn schimmerten im Lampenlicht. Sein Lächeln zog seine Augen- und Mundwinkel nach oben wie eine Jalousie, durch die das Tageslicht hereinfällt.

»Hallo, Dorothy«, sagte Arne.

23

Dorothy blinzelte. Das war nicht wirklich Arne. Innere Unruhe
hatte dieses grinsende Gespenst vor ihr erscheinen lassen. Sie hatte
ihn heraufbeschworen – die hochgezogenen Schultern, das Hemd
mit dem breiten Kragen, den Filzhut, den er vor dem Oberkörper
von den Ausmaßen eines Reisekoffers hielt. Sie blinzelte erneut.
Nein, dieser Mann war echt. Sie konnte den Duft seines Rasier-
wassers riechen.

»Ich hatte gehofft«, sagte er, »dass ich dich hier finden würde.«

Er musste ein weiterer Doppelgänger von Arne sein. Noch ein
Mann wie der, den sie auf Schloss Rosenborg gesehen hatte, oder
wie diejenigen, die sie im Laufe der Jahre erschreckt hatten, wenn
sie im Lebensmittelgeschäft Äpfel ausgewählt hatten, eine Straße
in einer Stadt entlanggegangen waren oder ein Filmtheater betreten hatten. Ein genauerer Blick verriet ihr, dass dieser Mann dünner war als Arne. Im Gegensatz zu Arne mit seinem glatten Gesicht war die Haut dieses Mannes mit kleinen Narben übersät, als
hätte er heftig unter Windpocken gelitten. Er sprach auch anders.
Ein kaum merkliches Stocken, als hätte er Mühe, die Worte zu finden. Ihr Arne, ganz Philosoph, hatte nie Probleme gehabt, seine
Gedanken zu äußern.

»Ich kam«, sagte dieser Mann auf seine bedachtsame Art, »als
ich die Nachrichten las … von dem Poliomyelitiskongress … in
Kopenhagen.«

Wer war er? Offensichtlich kannte er sie. Hatte sie ihn bei einem
Ausbruch kennengelernt? In einem Krankenhaus irgendwo? Wäh-

rend ihres Jahres in London, als sie deprimiert und einsam gewesen war, war sie ein paar Mal abends ausgegangen, wenn sie zu verzweifelt gewesen war. Doch da hatte sie ihn ganz sicher nicht getroffen.

Sie errötete. »Wie geht es dir?«

Er schürzte die Lippen zu einem verlegenen Lächeln. »Die Frage lautet, wie es dir geht, Dorothy?«

Koprowskis galoppierende Klaviermusik und das Gelächter der Böcke dröhnten in ihren Ohren. Sie blinzelte, um ihren benebelten Kopf klarzubekommen. Fühlte sich so eine beginnende Demenz an?

Eine Hand schob sich zwischen sie und den Fremden. »Albert Sabin.« Albert bleckte die Zähne, ohne zu lächeln. »Ich glaube, wir sind uns noch nie begegnet.«

Die Männer reichten sich die Hände. Der Fremde sagte: »Arne Holm.«

Ihre Knie gaben unter ihr nach. Beide Männer packten je einen Ellenbogen.

»Mir geht es gut.« Schock – Erleichterung – Freude – Übelkeit – überwältigten sie, bis ihre Nerven bei Zorn hängen blieben, der ihre Beine wieder stärkte. Ausgerechnet *jetzt* tauchte er auf? In fast fünf Jahren hätte er auch einmal schreiben können.

»Woher kennen Sie beide sich?«, fragte Albert.

»Ich bin …« Arne sah Dorothy hilfesuchend an. Sie sagte nichts. »… Dorothys alter Freund.«

Alter *Freund!* Erneut flammte Ärger in ihr auf. Tränen stiegen ihr in die Augen, was sie nur noch wütender machte.

Arne sah ihren Gesichtsausdruck. »Vielleicht ist es ein schlechter Zeitpunkt.«

»Das könnte sein«, stimmte Albert zu. »Es war nett, Sie kennenzulernen, Sportsfreund.« Er machte Anstalten, ihn nach draußen zu begleiten.

Sylvia hielt ihren Mann zurück. »Hallo«, sagte sie zu Arne. »Ich bin die Ehefrau.«

»Hallo, Ehefrau.«

Ihre langen Handschuhe streiften ihr rotes Oberteil, als sie den Arm ausstreckte, um ihm die Hand zu schütteln. Dann hielt sie Albert am Arm fest. »Sagen Sie, wo kann man sich hier in der Nähe denn ein wenig amüsieren?«

»Ich bin nicht … der Mann, der so etwas weiß« Arne schenkte ihr ein zerknittertes Lächeln. »Ich war nicht mehr in Kopenhagen … seit dem Krieg.«

Dorothy konnte sich nicht bremsen. »Und wo *warst* du?«

»In Odense.« Er sah sie an, als würde er sie anflehen, zu verstehen.

Sylvia lachte. »Sie meinen Oden-see! Ich werde nicht einmal versuchen, es richtig auszusprechen. Albert und ich waren heute dort. Was für eine entzückende Stadt!«

Warum sah er sie immer noch so an? Viereinhalb Jahre lang hatte er sich nicht bei ihr gemeldet.

»Für so eine entzückende Stadt hat sie aber einen erbärmlichen Postdienst«, sagte Dorothy. »Es scheinen keine Briefe von dort verschickt zu werden.«

Arne ließ den Kopf hängen. »Den Postmeister … trifft keine Schuld. Die Post ist nicht viel wert für dich … wenn du im Krankenhaus bist.«

»Sind Sie Arzt?«, fragte Sylvia.

»Nein, Patient … im Krankenhaus für acht Monate … fünf Tage davon bewusstlos. Danach verbrachte ich zwanzig Monate … in einer Heilanstalt in … dieser ›entzückenden‹ Stadt. Ich habe jetzt großen Respekt … für Krankengymnasten, Sprach- und Beschäftigungstherapeuten. Ich gehe, ich spreche …« Er sah zu Dorothy. »… und schreibe jetzt auch wieder, dank ihnen.«

»Du liebe Güte«, sagte Sylvia. »Haben Sie Polio?«

»Nein.« Arne holte tief Luft. »Heldenkomplex.«

In Dorothys Ohren begann es zu rauschen, nicht unähnlich dem Rauschen eines Fernsehapparats nach Sendeschluss. »Du warst in einem Weißen Bus.«

Er nickte.

»Ihr wurdet bombardiert.«

Er nickte erneut, langsamer.

»Aber du hast überlebt.«

Seine Augen füllten sich mit Tränen. »Pardon. Ich Idiot.« Er wischte sich mit dem Fingerknöchel die Tränen fort. »Ich dachte nicht .. ich werde diesen Moment immer vor mir sehen.«

Sylvia sah zwischen ihnen hin und her. »Meine Liebe, was ist ein ›weißer Bus‹?«

Dorothy hatte Mühe, nicht loszuschreien angesichts seines Leides. Diese Grausamkeit, die Dummheit, die schiere Niedertracht, zu der Menschen fähig waren. All die geraubten Leben, die vergeudeten Leben, der Raub ihrer und seiner besten Jahre. Wie konnte man diese Jahre zurückbekommen? Wie konnte man diese Stücke wieder zusammensetzen? Konnte es überhaupt jemals gelingen?

»Du weißt Bescheid über mich«, staunte er.

»Von den Weißen Bussen habe ich erst heute erfahren, aber ich habe gehört, dass du ...« Ihre Blicke trafen sich. *Du bist am Leben. Oh, Arne.*

Albert verschränkte die Arme, ohne dass Sylvia ihn losließ. »Was sagten Sie, wie Sie beide sich kennengelernt haben?«

Dorothy studierte Arnes Gesicht, seine Narben, seinen Kummer, den sie jetzt ganz deutlich sah. Wie sehr sie sich danach sehnte, dieses Gesicht mit beiden Händen zu umfassen!

Sylvia legte Dorothy zwei Finger auf den Rücken und schob sie sanft an. »Geht schon, ihr zwei. Raus mit Ihnen. Sie brauchen uns altes Ehepaar nicht.«

»Vielleicht möchten sie gar nicht gehen«, sagte Albert.

Sylvias rotes Korsett bebte. »O Albert. Für einen Mann, der die kleinste Anomalie in einem Stück Herzgewebe unter dem Mikroskop erkennt, kannst du schrecklich blind sein.«

24

Der modrige Geruch von Seetang hing in der Luft, Wellen schwappten gegen die Steinmauern. Über das knirschende Scharren von zwei Paar Schuhen auf dem Pflaster hinweg konnte Dorothy die Boote hören, die an die Anleger stießen, der dürre Wald ihrer Masten wurde von den Straßenlaternen erhellt. Auf der anderen Seite überschatteten hohe Holzhäuser, bis auf wenige hell erleuchtete Fenster dunkel, den Hafen. Sie schloss die Augen und versuchte, es zu glauben.

»Nyhavn ist heute ziemlich schäbig«, sagte Arne, »aber früher war die Gegend hier noch verrufener. Ein Ort für Bordelle und Besäufnisse.«

Sie konzentrierte sich wieder auf die Gegenwart. »Das Rotlichtviertel?«

»Ist das ... nennt man es so? Rotviertel?«

»Rotlichtviertel.«

»Ich verstehe. Ja. H. C. Andersen hat hier gelebt ... den Großteil seines Erwachsenenlebens.«

Sie stellte ihm Fragen, nur um seine Stimme zu hören. »Warum beschäftigt ihr Dänen euch so mit diesem Mann?«

Er lachte. »Ihr Amerikaner habt euren amerikanischen Traum. Ich nehme an, wir haben auch unseren Traum. Der Sohn des armen Schusters wurde ... der Gefährte von Königen. Er ist unsere eigene Vom-Tellerwäscher-und-Millionär-Geschichte.«

»Vom Tellerwäscher *zum* Millionär.«

Er nickte. »Sein Geschäftsmodell waren Geschichten, die seine

Arbeit ... in die meisten Häuser der westlichen Welt brachten. Das ist eine ziemliche Leistung, wenn du darüber nachdenkst.«

Sie hatte sich nicht geirrt – je mehr er sprach, desto sicherer wurde seine Stimme. Freude prickelte in ihr wie Champagner. »Und Hans Christian Andersen lebte hier in Nyhavn?«

»In diesem Haus.« Er zeigte auf ein vierstöckiges Gebäude mit so vielen Fenstern, dass die Fassade wie ein Spitzendeckchen aussah. »Im ersten Stock. Genau da.«

Sie schauten zu einem der Fenster, ein gelbes Rechteck, das in der Nacht leuchtete.

»H.C., geboren in Armut, war zu Gast in Königshäusern auf der ganzen Welt. Er lebte sogar fünf Wochen bei der Familie von Charles Dickens ... bis Dickens ihn bat, zu gehen. Es wird berichtet ... dass es ein unangenehmer Besuch war. H.C. konnte kein Wort Englisch.«

Das Licht in dem Fenster erlosch.

»Aber Dickens' jüngste Kinder wollten nicht. H.C. hat sie mit Scherenschnitten unterhalten. Ihnen war es egal, wenn seine Worte Kauderwelsch waren. Sie bewunderten ihn.«

»Worte sind nicht die einzige Möglichkeit, zu kommunizieren.«

Sie spürte, dass Arne zu ihr herunterschaute. »Vielleicht ist es sogar die schwerfälligste Methode«, sagte er. »Oder die unzuverlässigste, wenn es darum geht, die Wahrheit zu übermitteln.«

»Und doch sind wir Menschen am meisten darauf angewiesen.«

»Vielleicht sind wir als Spezies an diesem Punkt auf Abwege geraten.« Selbst als sie nur schweigend nebeneinanderstanden, konnte sie spüren, wie ihr Körper – nein, dieses unergründliche Wesen in ihr – sich nach seinem verborgenen Selbst sehnte, es schließlich umklammerte, bis sie beide vor Freude umeinander wirbelten. Sie konnte kaum atmen, so unglaublich war dieses Wunder.

Eine Eule glitt geräuschlos nur wenige Zentimeter über ihren

Köpfen durch die kühle Meeresluft. Dorothy zog den Kopf ein, dann lachte sie. »Hast du das gesehen?«

»Eine freundliche Seele.« Er legte einen Arm um sie. Zusammen betrachteten sie den Himmel, ihr Kopf ruhte an seiner Schulter. Über den Dächern glitten silberne Wolken durch die Dunkelheit.

Er hielt sie fest, auch als sie weitergingen. »H.C. sehnte sich nach der Bewunderung der Reichen und Mächtigen, aber er ist immer wieder hierher zurückgekehrt. Die längste Zeit war das verrufene Nyhavn der Ort, den er sich ausgesucht hatte, um dort zu leben und zu arbeiten.«

»Es war das, was er kannte.«

»Ja, die Menschen kehren oft zu dem zurück, was sie kennen. Sie glauben, sie hätten es nicht besser verdient. Kalt?«, fragte er, als sie erschauerte.

Sie legte eine Wange an seine Schulter. »Jetzt nicht.«

Mit der Zeit, während sie weitergingen, erzählte er ihr von seiner Verletzung. Er erzählte ihr, dass er die Ärzte hatte sagen hören, er sei nur noch »ein Krüppel«, und dass er sterben wollte, sobald er begriffen hatte, dass er möglicherweise immer so gebrochen bleiben würde. Nur der Gedanke an sie hatte ihn weiterleben lassen.

»Aber was, wenn du nicht auf mich gewartet hättest?«, sagte er. »Oder wenn du wie durch ein Wunder gewartet hättest, mich aber nicht mehr wollen würdest, sobald du siehst, in welchen Zustand ich bin?«

Ganz hinten in ihrer Kehle schmeckte sie das Salz ihrer Tränen. »Ich dachte, du würdest mich nicht lieben. Ich dachte, du würdest um deine Frau trauern und dass du mich deswegen verlassen hast. Warum hast du mir nichts von ihr erzählt?«

Sie blieben stehen. Er zog sie dicht zu sich.

»Dorte, es tat mir zu sehr weh, über sie zu sprechen. Ich habe sie geliebt, von ganzem Herzen. So liebe ich, wenn ich liebe.«

Sie schaute nach unten.

»Als sie starb, dachte ich, ich würde nie wieder lieben. Ich wollte es nicht.« Er hob ihr Kinn an. »Dann traf ich dich.«

Sie lehnte ihre Stirn an seine Kehle.

»Stell dir meine Angst vor, dich zu verlieren«, sagte er, und seine Stimme dröhnte in ihrem Kopf. »Die längste Zeit war mein Verstand zu zerrüttet, um zu wissen, wie ich nach dir suchen sollte, auch wenn eine der Krankenschwestern das Schreiben für mich hätte übernehmen können.« Ihre Stirn bewegte sich mit, als er schluckte. »Als ich langsam wieder zu Sinnen kam, schämte ich mich, dass du meinen Körper in seinem hässlichen Zustand sehen könntest. Und sobald es mir gut genug ging, dass ich das Krankenhaus verlassen konnte, schämte ich mich, weil so viel Zeit vergangen war.«

»Schluss mit der Zeitverschwendung.« Sie hob ihr Gesicht. »Schluss mit der Scham. Das gilt für uns beide.«

Er holte tief Luft. »Ich kann nicht sagen, ob das möglich ist. Ich habe es nicht versucht ... ich weiß nicht ... ob ich noch ein ganzer Mann bin.«

Sie führte seine Hand an ihren Mund und küsste sie. »Es gib nur einen Weg, das herauszufinden, oder?«

Sie führte ihn zurück ins Hotel.

Sie lagen in ihrem Bett, die Tagesdecke war auf den Boden gerutscht. Ihr Körper glühte immer noch, und sie klammerte sich an ihn wie eine Schiffbrüchige an ein Stück Treibholz. Es war das erste Mal, dass sie sich einem Mann voll und ganz hingegeben hatte. Es würde nicht das letzte Mal sein.

»Wirst du jemals aufhören, zu grinsen?«, fragte sie.

»Offenbar nicht.«

Glück durchströmte sie, strömte um sie herum und zwischen

ihnen hin und her, während sie die Nachwirkungen ihres Liebesspiels auskosteten.

Mit einem Seufzer drehte sie sich auf den Rücken und legte ihren Kopf auf seine Brust. Sie lachte leise. »Für den Rest meines Lebens werde ich Howie Howes Gesicht nicht vergessen, als wir zusammen durchs Foyer zum Fahrstuhl gegangen sind.«

»Im ganzen Raum wurde es still.«

Sie lachte erneut, dann grub sie ihre Nase in die Haut seiner Brust und atmete tief ein.

»Vielleicht hätten wir getrennt hochkommen sollen«, sagte er.

Sie rollte den Kopf auf seinen Rippen hin und her. »Ich wollte keinen weiteren Moment mit dir für *sie* verschwenden. Was hätte es auch gebracht? Jemand hätte es ohnehin herausgefunden. Zwei Riesen wie wir können unmöglich unbemerkt durchs Foyer huschen.«

»Dann sollte ich vielleicht eine anständige Frau aus dir machen.«

»Ich mache mir nichts aus dem, was die denken«, sagte sie ein wenig verletzt. Hielt er sie für unanständig?

Er drehte sich auf die Seite, um sie anzusehen. »Mir sind sie auch egal. Und es ist mir auch gleichgültig, ob unsere Liebe von einem Gericht bestätigt wird oder nicht. Aber ich mache keine Witze, wenn ich sage, dass ich immer mit dir zusammen sein will. Ich habe es gewusst, als wir uns begegnet sind. Unsere Seelen sind alte Freunde. Alte Liebende. Jetzt, wo sie sich gefunden haben, dürfen wir nicht zulassen, dass sie wieder getrennt werden.«

Sie schwieg, obwohl das Wesen in ihr tanzte.

»Ich weiß, dass es noch viel zu klären gibt.« Er zog eine Grimasse. »Wie dieser unwichtige Punkt, auf welchem Kontinent wir leben wollen. Aber der große Punkt ist, dass wir zusammengehören.«

Er stützte sich auf den Ellenbogen und musterte das Zimmer.

»Was ist?«, fragte sie.

»Wie es aussieht, stehe ich ohne Ring da, mit dem ich dir meine ewige Treue schwören kann.«

»Oh, ich brauche keinen …«

»Ich will dich nicht buchstäblich binden. Ich will dich nicht besitzen, Dorte, selbst im Fall unserer Heirat.«

»O Arne!«

»Ich möchte dir nur ein Zeichen meiner Ergebenheit schenken. Ein Ring wäre besser, aber …« Er griff zum Nachttisch und drehte sich wieder zu ihr um. Auf seiner Handfläche präsentierte er ihr einen kleinen blau-weißen Porzellanteller. »Dorothy Horstmann, willst du dies als Pfand für meine Liebe, für jetzt und immer, nehmen?«

»Einen Aschenbecher?«

Er seufzte. »Wenigstens ist es Royal Copenhagen.«

Sie lachte. »Ja. Ja, Arne Holm, ich werde deinen Aschenbecher annehmen.« Sie schob ihr Gesicht dicht an seins. »Ja, ich werde dich lieben, jetzt und immer. Ja.« Sie küsste ihn mit jedem Wort. »Ja. Ja. Ja.«

Er zog sie auf sich; sie kostete die Festigkeit seines Körpers unter ihrem aus. Seine Augen waren dunkel vor Staunen, als er die Hände hob und ihr Gesicht berührte.

1950 – 1951

EINE WISSENSCHAFTLERIN

1950

Eine Schmeißfliege, glänzend wie eine Radkappe, summte am Fliegengitter des Küchenfensters, wütend, weil sie nicht zu den Rosen durfte, die dort draußen blühten. Im Garten spielte Jimmy, der Stiefsohn von Isabel Mountain, geborene Morgan, mit dem Nachbarsjungen Baseball. Er schaute in ihre Richtung – Isabel hob die Hand und winkte ihm zu – und rief seinem Freund etwas zu. Sie ließ die Hand wieder sinken, die sich merkwürdig schwer anfühlte, und konzentrierte sich wieder auf das Betty-Crocker-Kochbuch, das geöffnet auf dem Tisch lag, und auf ihre Aufgabe.

»KÄSESOUFFLÉ – *schmackhaft und verführerisch*« klang nicht weiter schwierig. Sie würde herausfinden, wie man die Soße zubereitete und Eier trennte, genau, wie sie gelernt hatte, Knöpfe anzunähen, Wäsche zu waschen und den Boden zu wischen. Aufgaben, um die sich die Haushälterin gekümmert hatte, als sie aufgewachsen war, aus deren Erledigung sie jedoch eine gewisse Befriedigung zog, jetzt, wo sie mit Joe verheiratet war. Ein Soufflé zuzubereiten war nichts, verglichen mit dem Zusammenpanschen eines Vakzins gegen Polio. Das war auch ein wenig wie Kochen nach Rezept gewesen – Maurice Brodies Rezept, um genau zu sein, möge er in Frieden ruhen. Man nahm nur einen Teil vom Stuhl eines Polioopfers (bei dem der Virenstamm identifiziert war) und drei Teile Salzlösung, schleuderte es in der Zentrifuge, gab die Mischung auf ein speziell kultiviertes Nierengewebe, züchtete das Virus, pürierte es im Mixer, tötete es mit Formaldehyd ab, gab es durch ein Sieb und voilá! Impfstoff! Zumindest für diesen einen Virenstamm.

Siebenundzwanzig Minuten später hatte sie erfolgreich eine Schüssel mit käsigem Glibber in den Ofen verfrachtet und ließ sich mit dem *Time*-Magazin am Küchentisch nieder. Sie hatte dreißig Minuten Zeit, sich zu erholen, danach würde sie sich aufraffen müssen, um der braunen Pilzsoße den Kampf anzusagen. Zum Glück stand der Waldorfsalat, ihr Projekt für den Abschluss des Mittagessens, bereits im Kühlschrank.

Sie hatte immer noch einen Fleck Eiweiß an der Wange und auf ihrer rüschenbesetzten Küchenschürze, als sie die Zeitschrift durchblätterte. Sie suchte nach ihrer Lieblingsrubrik, Medizin, um zu sehen, welche ihrer Freunde es diese Woche hineingeschafft hatten. Ihr eigener Name war vor drei Jahren in der Rubrik aufgetaucht, als sie die erste Version ihres Impfstoffs entwickelt hatte. Seitdem musste sie Anfragen von Reportern mit oberflächlichen Verlautbarungen wie »Ich arbeite an den Feinheiten« oder »Es sind noch weitere Testreihen nötig« oder »Fast fertig!« abwimmeln. Ein Reporter der *New York Times* hatte an dem Tag, an dem sie ihre Sachen gepackt hatte, um Joe zu heiraten, im Labor angerufen und um einen Lagebericht gebeten. Howie Howe hatte überaus bereitwillig an ihrer Stelle mit dem Mann gesprochen. Howie hatte überhaupt nichts Neues zu erzählen gehabt, aber jetzt, wo sie weg war, würde er schon bald etwas Neues haben. Definitiv. Sie war das einzige Hindernis auf seinem Weg gewesen.

Ihr Blick blieb bei einer Anzeige für American Airlines hängen. Eine Hausfrau träumte von einer Reise, doch die Frau mit Perlenkette und Schürze schien nicht von ihren eigenen Ferien zu träumen, sondern von denen ihrer Männer – ihr Gatte warf glücklich die Angelschnur aus, während ihr Sohn irgendetwas mit seinem Kescher fing. Die Dame würde offenbar ihre Ferien damit verbringen, den Herren ihre Sandwiches zu schmieren.

Die Medizinrubrik begann auf der nächsten Seite. »In der Muttermilch«, lautete die Schlagzeile.

Der Titel lenkte sie von ihrer Aufgabe ab; ihre Gedanken gingen ihre eigenen Wege. Eine Routineabfrage, ob sie schwanger sein könnte, wurde eingeleitet: Übelkeit – nein. Müdigkeit – nein, es sei denn, man zählte den Überdruss hinzu, der auf die Langeweile folgte, wenn man den Staubsauger über den Teppich schob und die Musiktruhe abstaubte. Empfindliche Brüste – nein.

Bitte, hoffentlich war es nicht zu spät für sie, um eigene Kinder zu bekommen.

Sie richtete ihren Blick wieder auf die Seite, als ein Schmerz durch ihren Brustkorb strahlte.

Da Polio eine Krankheit ist, die normalerweise bei warmen Temperaturen auftritt, stürzten Ärzte sich vor zwei Wintern auf die Gelegenheit, einen Polioausbruch unter Eskimos im tief eingefrorenen Chesterfield Inlet zu untersuchen, in Kanadas Nordwestterritorien kurz unterhalb des Polarkreises. Eine auffällige Tatsache stach schon bald hervor: Obwohl Kinder unter drei Jahren genauso an Polio erkranken können wie ältere Kinder und Erwachsene, litt keines der Kleinkinder an den verheerenden Lähmungserscheinungen dieser Krankheit. Entsprechend der lokalen Tradition unter den Eskimos werden die Kinder bis zum Alter von drei Jahren von der Mutter gestillt.

Diese Übereinstimmung war so auffällig, dass Dr. Albert B. Sabin von der Forschungsabteilung des Kinderkrankenhauses in Cincinnati …

Isabel las nicht weiter. Die Jungs im Labor hatten gesagt, dass Sabin bei der Poliokonferenz letzten August in Kopenhagen mit diesem Thema geprahlt hätte, aber sie war zu sehr mit Joe beschäftigt gewesen, um darauf zu achten. Als sie jetzt darüber nachdachte, fiel ihr ein, dass Dorothy Horstmann ihr sogar noch früher von John Pauls Beobachtungen unter den Eskimos erzählt hatte. John muss der Arzt gewesen, der sich »auf die Gelegenheit gestürzt« hatte, wie der Reporter es formuliert hatte. Was mochte er wohl von Sabin halten, über den jetzt aufgrund seiner Entdeckung geschrieben wurde?

Sie musste Dorothy anrufen. Die Poliojungs würden sich doch gewiss die Mäuler deswegen zerreißen. Die Stimmung musste ziemlich gereizt sein, da sie in letzter Zeit bei der Entwicklung des Impfstoffs keinen Durchbruch zu vermelden hatten – bis Salk und die anderen mit der Typisierung fertig waren. Und währenddessen forderte Polio mehr Menschenleben als je zuvor. Der Kollege, der letztes Jahr den Medizinnobelpreis erhalten hatte, hatte ihn für die Erfindung der Lobotomie des Frontallappens bekommen. Wer immer bei Polio einen Durchbruch erzielte, würde so jemanden garantiert aus dem Rennen schlagen. Die Öffentlichkeit, die wie ein Kaninchen auf die Schlange auf den nächsten Poliosommer starrte, würde denjenigen vergöttern, der den Impfstoff ermöglichte. Kein Wunder, dass Howie ganz begierig darauf war, die Sache anzugehen.

Ihr Blick wanderte zu einer Anzeige für Klimaanlagen neben dem Artikel, in der eine Frau, nur mit einem Slip bekleidet, mitten in einem frostigen Eisblock saß *Eisberg-Wetter in Ihrem Schlafzimmer!* versprach die Überschrift. Die Frau bürstete zufrieden ihr Haar, während sie in den Spiegel schaute, so wunderschön präpariert in ihrem Eisblock wie eine Fliege in einem Bernsteinstück.

Isabel sprang auf und rannte in Joes Arbeitszimmer.

Sie fand ihr Adressbuch und wählte die Nummer der Universität. Ja, sagte die Sekretärin, Dr. Horstmann sei da. Ja, sie würde nachsehen, ob sie sie fand.

Isabel sah, wie ihr Stiefsohn draußen im Garten einen Dreckklumpen auf seinen Freund warf, während sie darauf wartete, dass Dorothy ans Telefon kam. Sie weinte fast, als sie Dorothys Stimme hörte.

»Hallo? Isabel? Isabel, bist du das?«

»Tut mir leid. Ich hatte etwas im Hals.« Sie riss sich zusammen. »Ich habe gerade die letzte Ausgabe der *Time* durchgeblättert und musste dich anrufen. Hast du den Artikel über Sabin gelesen?«

Eine Pause entstand. »Ich habe es gesehen.«

»Und John Paul? Was sagt er dazu, dass Sabin sich mit seiner Arbeit schmückt?«

»John ist John – er freut sich darüber. Er ist froh, dass jemand seine Feldforschung aufgegriffen und etwas damit angefangen hat.«

»John Paul ist nicht normal.«

»Nein.«

Sie lachten beide.

»Du hättest ihn beim Treffen der Bakteriologen im Frühling sehen sollen«, sagte Dorothy am anderen Ende der Leitung. »Er strahlte wie ein Dad bei einer Talentshow, als Albert seinen Aufsatz über Muttermilch und Polio vorstellte. Im Anschluss unterhielt Albert die Gruppe mit Reaktionen, die er von der Öffentlichkeit erhalten hat, nachdem eine lokale Zeitung Wind von seinen Studien bekommen hatte. Nicht nur, dass Mütter ihm anboten, ihm ihre eigene Milch zur Verfügung zu stellen, was sehr freundlich und großzügig war ...«

»Die Menschen würden alles tun, um zu helfen«, sagte Isabel.

»Aber einige schlugen, nun ja, interessante Alternativen vor. Ein Mann bot die Milch seiner Schafe an. Eine Frau wollte die Milch ihrer Ziege UND ihr Blut schicken. Sabin hat uns alle angeschaut und gesagt: ›Mir tut nur die Ziege leid.‹«

Es fühlte sich so gut an, zu lachen. Isabel stellte fest, dass sie das seit Tagen nicht mehr getan hatte.

»Aber Muttermilch scheint tatsächlich etwas zu enthalten, das therapeutisch wirkt«, sagte Dorothy, »so abwegig es auch klingt. Keine einzige Maus, die damit gefüttert wurde, hat Symptome entwickelt, wenn sie dem Poliovirus ausgesetzt war. Jetzt muss Albert nur noch herausfinden, um was für eine magische Substanz es sich dabei handelt.«

Isabel fragte sich, ob Dorothy und Albert wohl immer noch so dick befreundet waren. Es hatte eine Zeit gegeben, da hätte sie schwören können, dass sie mehr als nur Kollegen waren. »Siehst du ihn immer noch so oft?«

»Unsere Wege kreuzen sich.« Dorothy führte das nicht weiter aus.

Draußen vor dem Fenster des Arbeitszimmers schubsten Jimmy und sein Freund einander. »Sabin würde es doch nicht wagen, seine – ich meine, Johns – Theorie über Muttermilch an Menschen zu testen, oder?«, fragte Isabel.

»Es wäre ideal. Wie sonst sollen wir mit Sicherheit wissen, ob es funktioniert? Aber ich weiß nicht, wie er so einen Test aufbauen sollte. Wie könnte er absichtlich Menschenkinder dem Poliovirus aussetzen?«

»Niemand würde das jemals tun.«

»Niemand, der anständig ist.«

Jimmy stieß seinen Freund zu Boden. »Vielleicht werden wir es irgendwann an Kindern testen müssen«, sagte Isabel. »Die Ausbrüche werden mit jedem Jahr schlimmer. Eltern könnten darauf bestehen, dass wir das Risiko eingehen.«

Dorothy schwieg einen Moment. »Sprichst du immer noch von der Muttermilch?«

Isabel hatte alles aufgegeben, weil sie ihre Versuche nicht weiter fortführen konnte. Sie wollte nicht für den Tod auch nur eines Kindes verantwortlich sein. Sie wollte nicht, dass auch nur ein einziges Kind wegen ihrer Arbeit in einer Eisernen Lunge gefangen sein musste. Doch vielleicht war es ihr Fehler, so vorsichtig zu sein. Irgendwo auf der Welt starb in diesem Moment ein Kind an Polio.

»Isabel? Hallo?«

»Hast du irgendetwas Neues aus meinem Labor gehört?«

»Deinem Labor?«

»Von Howie vielleicht?«

»Nein. Sollte ich?«

Draußen wälzten die Jungs sich auf dem Rasen. »Nein. Ich wollte nur … ach nichts. Woran arbeitest du gerade?«

»An derselben alten Sache. Ich will unbedingt beweisen, dass das Poliovirus sich über die Blutbahn verbreitet. Ich fürchte, inzwischen mache ich mich damit ziemlich lächerlich. Die alte ›Virus-im-Blut‹-Dorothy. Ich habe einen Versuchsaufbau entworfen, um es aufzuspüren, aber es ist sehr kosten- und zeitintensiv. John will, dass ich mich auf andere Dinge konzentriere. Aber …« Dorothy atmete heftig aus. »Ich *weiß*, dass es wichtig ist. Es bringt mich um, dass ich davon abgezogen werde.«

»Du darfst nicht lockerlassen. Bestehe darauf, dass sie dir die Mittel bewilligen. Hol dir Basil O'Connor ins Boot … O nein. Dorothy, ich muss Schluss machen. Mein Stiefsohn verprügelt den Nachbarsjungen.«

Isabel legte auf. Keiner der Jungs schien zu bluten. Sie nahm den Hörer auf und wählte erneut.

Dave Bodians Sekretärin nahm ab. Ja, er war in seinem Büro. Sie stellte Isabel zu ihm durch.

»Ibby?«

Sie freute sich, allein die Stimme ihres Kollegen zu hören, die genauso gemütlich und weich war wie sein Gesicht mit der Knollennase.

»Ibby, was für eine Überraschung! Wie geht es unserer kleinen Madonna in diesen Tagen? Behagt dir das Eheleben?«

»Es ist wunderbar, danke. Sag mal, was hältst du von Sabins Artikel in der *Time* von dieser Woche?«

Er zögerte, als wäre er überrascht, dass sie ihn wegen so einer Belanglosigkeit anrief. Doch schon bald plauderten sie wie in alten Zeiten. Ja, er interessierte sich immer noch für die Reinfektionsraten bei Affen. Er bekam einfach nicht heraus, wie lange die Antikörper nach einer Infektion das Virus abwehrten. Er wusste nicht einmal, wie die Antikörper produziert wurden, da das Poliovirus nicht im Blut nachzuweisen war.

»Woran arbeitet Howie gerade?«

»Ich bin mir nicht ganz sicher. Er ist in letzter Zeit viel unterwegs.«

»Unterwegs?«

»Du kennst doch Howie. Er schleicht gerne herum und hält sich bedeckt, wie eine Art wissenschaftlicher Jack the Ripper. Er erzählt weder uns noch unserer Sekretärin jemals, wohin er geht. Aber ich habe keine Zeit, mir deswegen Sorgen zu machen – er taucht immer auf, wenn ich ihn brauche. Du kennst ja Howie.«

Sie kannte Howie. »Hast du die Vorräte meines Impfstoffs überprüft?«

»Dein Impfstoff?« Es schien ihm die Sprache verschlagen zu haben. »Warum?«

Draußen begann ein Junge zu heulen, doch die Ahnung, dass sein Geschrei etwas zu bedeuten haben könnte, fasste nicht recht Fuß in ihren Gedanken.

»Ich habe heute mit Dorothy Horstmann gesprochen«, sagte sie.

Bodian schwieg, nicht bereit, das Thema ihres Impfstoffs einfach fallenzulassen.

Es ging sie nichts an, ob Howie ihr Vakzin testete oder nicht. »Sie arbeitet immer noch daran, das Poliovirus im Blut nachzuweisen«, sagte sie.

»Dottie? Immer noch? Sie ist wirklich hartnäckig, was?«

»Sie sagt, sie sei sicher, dass es dort ist.«

»Dorothy hat eine gute Spürnase – laut Sabin ist sie ein Genie. Was läuft da eigentlich zwischen den beiden?« Er wartete Isabels Antwort nicht ab. »Vielleicht sollten wir auf sie hören. Es hat mir nie eingeleuchtet, dass das Virus vom Darm direkt ins Nervensystem einwandern soll, und jetzt, wo ich Antikörper im Blut gefunden habe, wird mein Zweifel doppelt so groß. Du sagst, sie hätte Beweise?«

»Isabel!«, bellte Joe aus der Küche. »Wo steckst du? Hier brennt etwas an!«

»O nein! Ich muss Schluss machen.«

»Ärger im Paradies?«

»Bye, Dave!«

Sie rannte zurück in die Küche, wo Rauch aus den Schlitzen der Ofentür quoll wie Geister aus der Hölle.

»Was ist hier los?« Joe, noch mit Hut, riss seinen Sohn an der Tür am Ellenbogen zurück. Ein dickes Rinnsal Blut lief von Jimmys Nase bis zu seinem Mund. »Ich komme nach Hause, und dieser Bursche wälzt sich im Dreck, während unser Haus beinahe abbrennt. Wo warst du?«

»Hier!« Howie hatte es viel zu eilig. Jemand musste ihn aufhalten, ihren Impfstoff Kindern zu verabreichen, bevor er fertig war. Wenn ein Kind starb, selbst wenn auch nur ein einziges gelähmt wurde, würde ihr Impfstoff zu Recht in der Versenkung verschwinden. Dieses Werkzeug des Guten und all ihr Schweiß, ihre Tränen und die besten Jahre ihres Lebens, die sie freiwillig gegeben hatte, um es zu finden, wären verloren. »Nirgendwo!«

25

Hershey, Pennsylvania, 1951

Alle großen Tiere waren beim Treffen am Runden Tisch dabei.
Paul. Bodian. Enders. Sabin. Auch die weniger großen Namen
waren vertreten: der gutaussehende Hilary Koprowski, der verstö-
rende Howie Howe, der eifrige Salk. Sogar Isabel Morgan Mountain war aus der Emeritierung zurückgekehrt und saß neben Dave
Bodian. Die Augen im Nerzkopf ihrer Stola funkelten im Licht des
Projektors. Und dann war da Dorothy, die den summenden Projektor bediente. Der Gestank des heißgelaufenen Apparats vermischte sich mit dem Geruch von Rasierwassern, Zigaretten und
nasser Wolle. Draußen vor dem Fenster des Hotels von Hershey
nieselte es sanft.

»Dottie«, sagte John Paul, »könnten Sie den Fokus scharf stellen? Ich schließe die Jalousien.«

Dorothy drehte die Linse, bis das Foto am anderen Ende des
nebligen Lichtkegels klar zu erkennen war. Es zeigte Dr. Paul, der
in einem fellbesetzten Parka wie Admiral Peary aussah. Er schien
sich in einer Hütte zu befinden, wo er ein kleines Kind abhorchte.
Die besorgten Eltern des Mädchens sahen vom Fußende des Bet-
tes aus zu.

Der leibhaftige Dr. Paul, der jetzt wieder seine übliche Fliege
und den schweren Tweed trug (es war März – seine leichte Wolle
für den Sommer würde er nicht vor dem Memorial Day herausholen), wandte sich zur Leinwand. Sein Körper ragte in den Lichtstrahl des Projektors hinein, der die pelzbekleidete Dr.-Paul-Ver-
sion auf seinen Anzug warf. »Diese Patientin und ihre ausgedehnte

Familie führten mich zu der Entdeckung. Als wir die Blutseren auf Antikörper testeten ...«

Am ganzen Tisch scharrten Ledersohlen auf den Bodenfliesen, während er fortfuhr. Die Kappen von Füllfederhaltern klickten. Jeder im Raum war mit John Pauls Studie gut vertraut. Wenn sie nichts davon gehört hatten, bevor Albert Teile der Arbeit für die *Time* entwendet hatte, hatten sie spätestens im Anschluss davon gehört. Jetzt, da die Neuigkeit keine mehr war, galt ihr einziges Interesse nur noch Alberts Reaktion. Selbst im dunstigen Dämmerlicht spürte Dorothy, wie sich alle Blicke in Alberts Richtung wandten. Würde er sich bei John entschuldigen? Würde John es einfordern? Warum bestand Albert immer darauf, den Bösewicht zu geben?

Johns Ärmel verdeckte das Foto, als er Dorothy bedeutete, das nächste Dia zu zeigen. Sie drückte den Schieber in den Projektor. Eine Grafik tauchte auf der Leinwand auf.

»Jetzt«, rief er, »kommt der Moment der Wahrheit.«

Die einzige Bewegung im Raum war der Rauch, der im Lichtkegel des Projektors waberte. Wenn es jemanden gab, der sich nach Drama sehnte, dann waren es diese Stümper, die weite, öde Teile ihres Lebens wie festgeklebt über dem Mikroskop verbrachten. Jetzt warteten sie gespannt, ob Paul Sabin die verdiente Abreibung verpassen würde.

Eine Büroklammer fiel auf eine Tischplatte.

John räusperte sich. »Als ich diese Ergebnisse gesehen habe, wurde alles klar: Sobald man einmal einem Poliovirustyp ausgesetzt war, ist man möglicherweise ein *Leben lang* immun. Ich bin überzeugt, dass wir eine *permanente* Immunität gegen Poliomyelitis erschaffen können, indem wir milde, symptomlose Infektionen mit geschwächten *lebenden* Virenstämmen hervorrufen und damit das nachahmen, was wir hier in natura sehen. Aus diesem Grund schließe ich mich Dr. Sabin an ...«, er wandte sich an

Albert, »… und plädiere dafür, nach einem Lebendimpfstoff gegen Polio zu suchen.«

Es herrschte ein verblüfftes Schweigen. Er schloss sich mit Sabin *zusammen, anstatt* ihn zum Duell zu fordern? Wenn die Rollen vertauscht gewesen wären, hätte Sabin ihn bei lebendigem Leib gehäutet.

»Es tut mir leid, Howie«, sagte John zu Dr. Howe. »Ich kann nicht guten Gewissens den Impfstoff mit den abgetöteten Viren unterstützen, von dem Sie mir erzählt haben.«

Die Poliojungs sahen einander im Dunkeln an. Endlich, ein Kräftemessen!

Howie brauchte einen Moment, um sich zu räuspern. »Dr. Sabin, wie weit sind Sie bei der Entwicklung Ihres Impfstoffs? Ist er einsatzbereit?«

Alberts Stimme klang belegt vor Verachtung. »Sie wissen, dass ich nicht weitermachen kann, bevor die Ergebnisse der Typisierung der Stämme vorliegen.«

Jonas Salk winkte der Menge zu wie Prinzessin Elisabeth in ihrer Kutsche.

»Howie«, fuhr Albert fort, »Sie kennen die Ergebnisse der Typisierungen noch nicht. Alles, was Sie haben, ist Ibby Morgans Arbeit auf der Grundlage des Rezepts, das Brodie in den dreißiger Jahren zusammengebraut hat.«

John gab Dorothy ein Zeichen, das Licht im Raum einzuschalten. Sie biss die Zähne zusammen. Sie müsste in ihrem Labor sein und arbeiten. Damit würde sie ihre Zeit besser nutzen, als wenn sie hier bei diesem Hahnenkampf zusah. Beim Wettlauf gegen Polio war die Zeit wie Treibsand: Je angestrengter sie versuchte, voranzukommen, desto tiefer wurde sie heruntergezogen, bis sie feststeckte.

Auf Johns Drängen hatte sie ganze Arbeit geleistet und nachgewiesen, dass Schimpansen, die mit dem Poliovirus von einem der drei Stämme gefüttert worden waren, sich nicht noch einmal mit demselben Stamm anstecken konnten. Aber sie brannte darauf, noch einen Schritt weiterzugehen! Wenn sie nur die Erlaubnis, die Mittel und die Zeit hätte, ihr Experiment zu starten, bei dem sie systematisch im Blut nach dem Virus suchen könnte. Doch neben ihrer letzten Studie musste sie an der Universität Epidemiologie unterrichten, Visiten im Krankenhaus abhalten und für die Polioeinheit zu Ausbrüchen fliegen. In den letzten drei Jahren war sie nur selten zu Hause bei ihrer Familie gewesen, was ihr auch dann das Herz gebrochen hätte, wenn die fröhlichen Briefe ihrer Mutter es geschafft hätten, ihre Verzweiflung über Pops immer häufigere geistige Aussetzer zu verbergen.

Und dann waren da noch die Briefe, die sie Arne schuldete. Sie war im Rückstand, vier seiner romantischen Briefe, in denen er ihr gemeinsames Leben plante, gegen einen hastigen von ihr. Wie viel länger würde er sich noch mit einer Fernbeziehung mit so einer unzuverlässigen Geliebten zufriedengeben? Sie würde einiges an Schaden zu beheben haben, wenn sie im August für die zweite Internationale Poliokonferenz nach Kopenhagen zurückkehrte.

Sie schaltete das Licht ein.

Isabel Morgan stand auf, der Nerzkopf auf ihrer Schulter starrte, im Schock eingefroren, ins Leere.

»O hallo, Dr. Morgan.« Albert verbeugte sich. »Oder sollte ich jetzt Dr. Mountain sagen?«

»Sie kennen doch unsere Ibby.« Howie richtete seinen Blick auf Tom Francis von der University of Michigan, obwohl er mit Albert sprach. Dr. Francis deutete verwirrt auf sich. »Zu Hause zu bleiben und für den Mother's March zu sammeln reicht unserem Mädchen nicht.«

Basil O'Connor beugte sich vor. Seine Ansteckblume, eine Nelke, streifte den Tisch. »Machen Sie den Mother's March nicht schlecht, Howie. Dabei wird so viel Geld gesammelt wie sonst nirgends. Hartnäckige Mamas klopfen jedes Jahr im Januar an die Türen und sammeln das Geld für alles, was Ihr kleines Herz begehrt, vergessen Sie das nicht. Vielen Dank, Mutter«, sagte er zu Isabel.

Sie starrte ihn an, ehe sie sagte: »Ich bin sehr froh über die vielen Spendengelder, Mr. O'Connor, denn mein Impfstoff wird sie brauchen, um weiterentwickelt zu werden. Bis jetzt wissen wir nur, dass er bei Affen wirkt.«

»Das ist nicht wahr!«, rief Howie. »Ich habe es an Schimpansen erprobt, seit du gegangen bist.«

»Aber«, fuhr Isabel fort, »es liegt noch viel Arbeit vor uns, ehe wir das Vakzin …«

»Ich habe es auch an Kindern getestet.«

Allen Anwesenden verschlug es die Sprache. Ein Notizbuch rutschte zu Boden.

»Howie, das hast du nicht getan«, sagte Isabel.

Ein Lächeln teilte Howies schmales Gesicht in zwei Hälften. »Doch. Ich habe es sechs geistig zurückgebliebenen Individuen an der Rosewood Training School in Owings Mills, Maryland, gegeben. Und innerhalb von zwanzig Tagen konnte ich in jedem Individuum erhöhte Antikörperwerte nachweisen.«

»Aber der Impfstoff ist noch nicht so weit, dass er an Menschen getestet werden könnte! Ich habe ihn aus dem Nervensystem von Affen gewonnen. Es könnte ein menschliches Gehirn zerstören, und das weißt du auch.«

Die Jungs rutschten auf ihren Stühlen hin und her. Jonas Salk flüsterte Dr. Francis etwas zu.

»Der Direktor der Schule flehte mich an, diese Kinder zu impfen«, sagte Howie. »Sie hatten die üble Angewohnheit, sich gegenseitig mit Kot zu bewerfen, und es hatte einen Ausbruch in der Gegend gegeben. Er sagte, er nehme lieber die Risiken einer Polioimpfung in Kauf, als die Kinder schutzlos zu lassen, und ich war ganz seiner Meinung.«

»Aber ist den Kindern die Gelegenheit gegeben worden, eine Entscheidung zu treffen?«, rief Isabel. »Wo waren ihre Eltern?«

»Du weißt, dass die Kinder keine Entscheidung treffen konnten. Und es gab keine Eltern, die man hätte fragen können – es waren alles Kinder, die im Stich gelassen worden waren. Der Direktor hat nur an ihr Wohlergehen gedacht. Ohne die Impfung hätten sie garantiert Polio bekommen.«

»Wem immer Sie es gegeben haben«, rief Albert erbost, »es war eine lausige Wahl. Ein Totimpfstoff bietet nur partiellen Schutz – wenn man die Impflinge nicht vorher durch diese Mixtur zum Krüppel macht.«

Mr. O'Connor ließ sich zurücksinken und zupfte an seiner Nelke. »Eltern verlangen *jetzt* nach Hilfe, Albert. Sie haben keine Zeit, so lange zu warten, bis Sie den perfekten Impfstoff aus lebenden Viren entwickeln.«

»Was, wenn schon ein Impfstoff fertig ist?«, sagte jemand am anderen Ende des Tisches.

Alle Köpfe wandten sich dem goldlockigen, gutaussehenden und glänzend gelaunten Hilary Koprowski zu, der zurückgelehnt auf den zwei hinteren Stuhlbeinen balancierte.

»Was, wenn ein Lebendimpfstoff bereit ist, erprobt zu werden?«, sagte er. »Am Menschen.«

Alberts Mund klappte auf. »Was sagen Sie da?«

»Ich bin nicht der Einzige, der den Rattenhirn-Cocktail getrunken hat.« Schwungvoll und mit einem vernehmlichen Krachen stellte Koprowski seinen Stuhl auf alle vier Beine. »Zwanzig Freiwillige im Letchworth-Village-Heim haben mein Vakzin mit dem lebenden Typ-2-Poliovirus geschluckt. Alle nicht immunen Kinder haben Typ-2-Antikörper entwickelt. Kein einziges zeigte Anzeichen einer Erkrankung.«

Ein verblüfftes Schweigen legte sich über die Runde. Tom Francis blickte von seinen Notizen auf und beugte sich zu Jonas. »Worum ging es – Affen?«

Jonas schüttelte den Kopf. »Kinder.«

Albert warf seinen Stift nach ihm, als wäre er ein Tomahawk. »Wie *können* Sie es wagen!«

Koprowski wich dem Geschoss aus.

»Warum haben Sie das getan?«, rief Albert. »Warum?«

Koprowski verschränkte die Arme und neigte seinen blonden Schopf. »Jemand musste es tun.«

»Wie können Sie dabei so gelassen bleiben? Sie hätten eine Epidemie auslösen können!«

Koprowski spreizte die Hände. »Als Louis Pasteur diesen neunjährigen Jungen vor der Tollwut gerettet hat, war das ein Experiment. Als Edward Jenner seinen Pockenimpfstoff an seinem kleinen Sohn getestet hat, war das ein Experiment. Wir müssen irgendwo anfangen, Albert.«

»Wir haben noch nicht alle Typen erfasst. Wir wissen nicht einmal, wie Antikörper gebildet werden.«

Dorothy sagte: »Wenn ich mit meiner Arbeit weitermachen könnte und ...«

»Ich werde in wenigen Wochen mit den Typisierungen fertig sein«, platzte Jonas heraus. »Und *müssen* wir überhaupt wissen, wo die Antikörper herkommen, die wir im Blut finden? Spielt das eine Rolle, solange ein Impfstoff es schafft, sie zu produzieren?«

Alberts Hemdbrust schien anzuschwellen. Die Worte platzten aus ihm heraus: »Wie können Sie es wagen, solche Fragen zu stellen! Sie haben kein Recht darauf, in diesem Raum zu sein, wenn Sie solche Fragen stellen! Sie haben kein Recht, in diesem Raum zu sein, wenn Sie die Antwort nicht kennen!«

Jonas' Zähne lächelten weiter, obwohl der Rest seines Gesichts entgleiste.

Mr. O'Connor erhob sich. »Liebe Mitstreiter, wir sind doch alle Freunde hier. Wir machen jetzt erst einmal fünfzehn Minuten Pause. Im Hinterzimmer gibt es doch Kaffee, oder, Dorothy?«

Würde er Sabin auch fragen, ob es Kaffee gab? Oder irgendeinen anderen dieser Stümper?

»Ich glaube, ja.«

Die Luft in Hershey, Pennsylvania, roch tatsächlich nach Schokolade. Für den Moment waren die Streitigkeiten bei Kaffee und Kuchen in den Hintergrund getreten, und Dorothy hatte ihren Platz an der Kaffeemaschine verlassen und war auf den Parkplatz des Hotels getreten. Die Luft war vom süßen Aroma des Kakaos erfüllt, als würde jede Hausfrau der Stadt einen der berühmten Schokoriegel auf ihrem Herd schmelzen.

Dorothy ignorierte das Knurren unter den Schichten aus Mantel, Kleid, Unterhose und Mieder, das der Duft in ihrem Magen hervorrief. Sie war blind für die Hotelpagen, die Gepäck in einen Cadillac luden, und für das, was ihre Augen ihr über die bevorstehende Ankunft des Frühlings verrieten: Rotkehlchen, die über den Asphalt hüpften, im Schlamm pickten und mit Würmern von der Farbe von Rootbeer davonflogen. Auf der anderen Straßenseite schob eine Mutter einen Kinderwagen, ihre weißen Handschuhe hielten den Griff fest, ihr weitgeschnittener Rock wippte unter ihrem Mantel.

Die Mutter könnte einer Anzeige für Lebensversicherungen entsprungen sein, für Babynahrung, Aluminiumverkleidung oder Autos … das perfekte Bild moderner weiblicher Schönheit und Erfüllung. Das könnte Dorothy auch haben. Nun, den Teil mit der Schönheit vielleicht nicht, aber mit etwas Glück das Baby. Sie wurde erst im Juli neununddreißig. Es war noch nicht zu spät.

Warum kämpfte sie gegen die natürliche Ordnung der Dinge

und blieb in Yale? Sie könnte bei Arne sein und wenn schon kein Baby haben, so zumindest versuchen, eines zu machen – das allein war eine reizvolle Vorstellung. Sie könnte das hygge Leben in Dänemark leben, Kerzen anzünden, kuschelige Pullover tragen und sich an ihren Mann schmiegen. Warum klammerte sie sich an ihre Stelle in Yale, wo sie nach all den Jahren, all der Arbeit, immer noch nur eine außerordentliche Professorin war? Sie würde niemals über ihre Rolle als Hostess für eine Horde Schafsböcke, die sich regelmäßig die Hörner stießen, hinauskommen. Dabei war sie *sicher*, dass sie beweisen könnte, wie das Poliovirus sich im Körper fortbewegte, wenn man ihr nur die Gelegenheit dazu gäbe. Sie könnte Leben retten, wenn man sie nur machen ließe. Sie konnte verstehen, warum Isabel aufgehört hatte.

Die Tür zum Hotel wurde aufgestoßen.

»Da sind Sie ja!«, rief Dr. Paul. »Du liebe Güte! Hier draußen kann man tatsächlich die Schokoladenfabrik riechen.« Er musterte Dorothy genauer. »Alles in Ordnung bei Ihnen?«

»Ist die Pause vorbei?«

»Noch nicht ganz. Hören Sie, Dottie, ich muss Ihnen etwas sagen – Bodian redet dort drin gerade über seine neue Studie zum Vorkommen des Poliovirus im Blut.«

Jedes Blutgefäß in ihrem Körper zog sich zusammen. Sie hatte das Gefühl, zu verdorren.

Dr. Paul verzog das Gesicht. »Ich dachte, Sie würden schreien.«

Das war's. Ihr Zeichen, loszulassen. Sie hatten alles Gute aus ihr herausgesogen, ihren Stolz, ihre Begeisterung, ihren Ehrgeiz, selbst ihre beste Idee. Ihr blieb nur noch, den Zapfhahn der Kaffeemaschine zu bedienen.

»Das ist mir egal.«

Er musterte sie aufmerksam. »Was? Sie werden nicht schreien? Ich hatte darauf gehofft.« Er runzelte die Stirn. »Ich war sicher, Sie würden schreien.«

Sie sollte ihm von ihren Plänen mit Arne erzählen. Sein Versprechen mit einem kleinen blauen Aschenbecher war solider als alles, was John ihr jemals angeboten hatte.

»Ist irgendetwas daran witzig?«, fragte er.

»Nein. Ja. Nun, eigentlich nicht. John, da gibt es etwas, das ich Ihnen sagen muss.«

»Sagen Sie nicht, Sie haben ein Angebot von einer anderen Universität akzeptiert! Bitte gehen Sie nicht! O Dottie, nicht jetzt!« Er zerrte an seiner Fliege. »Hören Sie, ich werde mit dem Angebot mithalten, zumindest werde ich Blake dazu bringen, sein Bestes zu tun. Das sollte Ihnen die Sache versüßen: Dottie, ich verspreche, dass Sie Ihre Mittel bekommen.«

»Wofür?«

»Für die Studie, nach der Sie sich seit zehn Jahren sehnen. Ich werde Ihnen das Geld besorgen. Ich werde es von meinem privaten Konto auslegen, wenn es sein muss, obwohl ich wette, dass ich O'Connor etwas abluchsen kann.«

»Meine Studie zum Poliovirus im Blut?«

Als er grinste, schien sein Kinn auf den Hals zu rutschen. »Genau die.«

»Ich weiß nicht, was ich sagen soll.«

»Sagen Sie ja! Sagen Sie ja, Sie wollen helfen, Kinder und Erwachsene davor zu bewahren, gelähmt zu werden! Ja, Sie wollen Leben retten! Ja, Sie wollen das Rätsel um den Lebenszyklus des Poliovirus lösen!«

»Das alles will ich in der Tat.« Wem sollte sie etwas vormachen? Sie lebte für all das.

»Ich könnte mich irren«, sagte sie.

»Bodian glaubt das nicht.«

»Ich hatte andere Pläne.«

»Wirklich?« Er könnte nicht überraschter aussehen, wenn sie verkündet hätte, sie hätte den Badeanzugwettbewerb bei der

Miss-Amerika-Wahl gewonnen. »Sie wollen doch gewiss Bodian zuvorkommen. Es ist Ihre Idee, Dot. Jetzt ist es an der Zeit, sich ihrer anzunehmen.«

Stücke des Puzzles begannen, sich zusammenzufügen. Sie wusste genau, welche Virenstämme sie benutzen wollte, wusste genau, wie sie das Serum vorbereiten wollte. Sie würde Eugene mit ins Boot holen; eine Routine entwickeln, um die Symptome systematisch zu erfassen; sie würde keine weiteren Unterbrechungen mehr dulden, sondern nur noch weitermachen, immer weiter. Sie könnte die Arbeit beenden, bevor sie in diesem Herbst nach Kopenhagen aufbrach, dann könnte sie dort bleiben und ein neues Leben mit Arne beginnen. Sie könnte eine Stelle an der Universität dort drüben finden, und dann Entdeckungen *und* Babys machen. Sabin hatte eine Familie; Robbie Ward hatte auch eine. Selbst Jonas Salk hatte das alles. Warum sollte sie es nicht bekommen?

Dr. Paul ergriff ihre Hände. »Nun, Dottie, was sagen Sie?«

26

New Haven, Connecticut, 1951

Zwanzig Tage später, sechs Uhr dreißig am Morgen. Auf der Polio-station gab es keine Fenster, doch selbst mit den surrenden Neon-röhren über den Köpfen spürte man, dass es draußen dunkel, win-dig und winterlich war, wie es die Frühlingsmorgen in Connecticut häufig waren. Auf der Station mit dem typischen Gestank nach nassem Schaf quietschten die Gummisohlen der Krankenschwes-tern auf dem Fußboden, während sie Bettpfannen holten oder auf das traurige Weinen nach Wasser oder Mom reagierten. Fünf Kleinkinder in Windeln und Wickeltüchern klammerten sich an die Gitterstäbe ihrer Kinderbettchen, eines war hysterisch, drei heulten aus Mitgefühl mit, eines zitterte vor Schreck. Dorothy hob das verzweifelteste Kind hoch, ein kleines Mädchen, das den Ge-ruch von Babypipi und Zinksalbe verströmte.

Durch ihre Maske drückte Dorothy ihre Lippen auf den feuch-ten Haarflaum des brüllenden Kindes. Das Baby war vom Schreien glitschig wie eine Robbe.

»Hey, schhhhh. Ich bin ja da.«

Das Kind war zu sehr in seinem Elend, um sie zu hören.

Während sie das verkrüppelte Bein des Babys versorgte, hielt sie das Kind ganz fest und begann, Beethovens *Mondscheinsonate* zu summen.

»Ma'am!« Eine Krankenschwester stellte eine Waschschüssel so energisch auf einen Nachttisch, dass es nur so spritzte. »Legen Sie das Baby wieder hin! Besucher sind hier nicht gestattet.«

Eine andere Schwester, eine herzliche Frau namens Jeanne,

schaute von dem Beatmungsgerät auf, an das sie ihre Wange gepresst hatte und in dem sie mit einer Hand herumtastete. »Peggy, nein!« Ihr Ärmel scheuerte an der elastischen Dichtung, als sie den Arm herauszog. »Das ist ein Arzt. Entschuldigen Sie, Dr. Horstmann.«

Dorothy sprach ganz leise, um das Baby auf ihrem Arm nicht noch mehr zu ängstigen. »Ein verständlicher Fehler. Ich hätte meinen Kittel tragen sollen.«

Die Krankenschwester musste neu sein. Hier auf der Poliostation kannten alle Dorothy, weil man (a) einen riesengroßen weiblichen Arzt nicht so schnell wieder vergaß und weil sie (b) häufig auf die Station kam, wenn sie in der Stadt war. Wenn sie keine Studenten arbeitete, machte sie zumindest ihre inoffizielle Morgenvisite. Diese Woche war sie jeden Morgen gekommen, bevor sie ins Labor gegangen war. Sie wollte sich ins Gedächtnis rufen, aus welchem Grund sie gleich Leiden verursachen würde.

Jetzt nahm Dorothy die Hintertreppe hinunter zum Tunnelsystem tief in den Eingeweiden des Krankenhauses. Als sie sich in dem niedrigen Gang duckte, rieb sie sich die Arme. Hier war es das ganze Jahr über kalt und nur schwach beleuchtet.

Und sie traf nur selten eine andere Seele. Nur wenige medizinische Angestellte wussten überhaupt von der Existenz dieses Systems unmarkierter Gänge, und wenn sie es taten, mieden sie es, aus Angst, sich zu verlaufen. Dorothy genoss merkwürdigerweise die Herausforderung, ihren Weg durch dieses Labyrinth zu finden, und auch den leisen Schauder, dass tatsächlich die Möglichkeit bestand, sich zu verlaufen. Sie wusste nicht, was das über sie verriet.

Schließlich erreichte sie ihr Ziel, wo sie die Stufen hinaufsprang, so wie man im Dunkeln ins Bett sprang, um den Monstern darunter zu entkommen. Sie ging einen Kellergang entlang und betrat das Tierlabor, wo Eugene damit beschäftigt war, ein paar Baby-Rhesusaffen zu füttern.

»Schon was gefunden?« Dorothy zog sich eine Gummischürze an, die neben der Tür hing.

»Nichts.«

Dorothy seufzte erleichtert, während sie zum ersten Käfig ging. Ein Rhesusaffe, dem Eugene den Namen Yvonne gegeben hatte, kauerte in einer Ecke. Dorothy steckte einen Finger durch die Gitterstäbe.

Eugene kam zu ihr. »Sie wird beißen.«

»Ich weiß. Es wäre ihr gutes Recht.«

Vor elf Tagen hatte Dorothy mit Eugenes Hilfe Yvonne das Blutserum von einem Langschwanzmakaken injiziert. Zuvor hatten sie dreizehn Makaken mit Bananen, vermischt mit lebenden Polioviren, gefüttert und ihnen anschließend jeden Tag Blut abgenommen. Das daraus gewonnene Serum hatten sie für diese Studie Rhesusaffen injiziert. Jeder Rhesusaffe erhielt das Serum von einem der dreizehn Makaken, ein Rhesusaffe für jeden Tag. Yvonne hatte das Blut von Tag fünf bekommen.

Wenn es doch nur eine humanere Methode gäbe, das Virus im Blut zu finden! Doch die beiden Elektronenmikroskope im Land standen für diese Art von Arbeit nicht zur Verfügung, also mussten die Affen dafür bezahlen. Jetzt zog sich Dorothys Herz zusammen, wie es das immer tat, wenn Eugene die Äffin aus ihrem Winkel zog.

Er hielt das Tier so, dass Dorothy es untersuchen konnte. Währenddessen machte er leise ein paar winselnde Grunzlaute.

Er sah, dass Dorothy ihn musterte. Er hob eine Schulter, als hätte sie ihn ertappt.

»Die ganze Zeit«, sagte sie, »habe ich nie gefragt. Warum tun Sie das?«

»Ihre Mütter reden so mit ihnen.«

»Woher wissen Sie das?«

»Ich höre ihnen zu.«

Es gab Wissenschaftler, die Eugene deswegen aufzogen. Sie fanden es putzig, wenn sie ihn Dr. Doolittle nannten. Üblicherweise bändigten Tierpfleger die Versuchstiere durch brutale Gewalt und Riemen; Eugene war mit seiner Methode, die Tiere zu trösten und ihre Angst und ihr Opfer zu respektieren, eine Ausnahme. Doch Dorothy stellte fest, dass sie ihre Arbeit dank seiner Methode wesentlich schneller und effizienter erledigen konnte. Wenn die Tiere nicht in Panik waren, wenn sie sich wie Kinder in einer Eisernen Lunge ihrem Schicksal hingaben, litten sie nicht so sehr, wofür Dorothy dankbar war. Sie hielt Eugene für ein Genie, doch sie sorgte sich auch um ihn. Ein Herz, das so viel ertrug, würde gewiss irgendwann brechen.

Die Untersuchung war beendet: Yvonne zeigte keinerlei Symptome. Dorothy war hin und her gerissen zwischen Erleichterung und Verzweiflung. Sie ließ diese Tiere umsonst leiden, und Kinder starben weiterhin an Polio.

Um neun Uhr sechsundzwanzig war Dorothy, die Höhlenforscherin, durch das unterirdische Tunnellabyrinth zur medizinischen Fakultät zurückgekehrt und stand wieder in ihrem Labor. Niemand war dort. Sie stellte den Plattenspieler an. Der Arm hob sich ruckend und bewegte sich zur ersten Rille der Platte, während sie die Maske aufsetzte und Gummihandschuhe anzog.

Bing Crosbys Schmachten schwebte an Bechern, Flaschen und Geräten aus Edelstahl vorbei.

»Be careful, it's my heart.«

Sie nahm eine Probe zentrifugierten Blutes aus dem Tiefkühlschrank und machte sich daran, die Mitte aus dem gefrorenen Stück herauszuschneiden. Erfolg oder Misserfolg, sie musste die Studie bis August abgeschlossen haben, wenn sie zum Poliokongress nach Kopenhagen fahren und anschließend ein neues Leben mit Arne beginnen würde. Er hatte geschrieben, dass er bereits eine Wohnung in einem Vorort von Kopenhagen gefunden hatte, wo er eine Anstellung als Redakteur bei einer Zeitschrift bekommen hatte.

Sie schnitt vorsichtig mit ihrem Skalpell, auch wenn sie mit einem Teil ihrer Gedanken bei Arne war. Die Erinnerung an seinen sauberen Geruch, an das Gefühl seines Pullovers über der festen Brust, an die Freude in seinem Lachen ließen ihr Herz vor Aufregung schneller schlagen. Komisch, dass man sich selbst bei denjenigen, die einem am nächsten standen, nur an Teile von ihnen oder an bloße Empfindungen erinnerte, aber nie an die ganze Person oder auch nur das gesamte Gesicht.

Bing sang weiter. »*It's not the note I sent you that you quickly burned, it's not the book I lent you that you never returned, remember it's ...*«

Eugene platzte ins Labor. »Dorothy, es ist Yvonne!«

Dr. Paul drängte hinter ihm in den Raum. »Oh, hallo, Eugene. Sag mal, Dottie ...«

Dorothy hob die Hand, um ihn aufzuhalten. »Was ist los, Eugene?«

Sein Gesichtsausdruck schwankte zwischen Unmut und einem Lächeln. »Yvonne. Sie humpelt.«

»Aber ich habe sie doch erst vor einer Stunde untersucht!«

»Ich weiß. Aber als ich gerade noch einmal nach ihr gesehen habe ... es ist ihr linkes Hinterbein.«

»Yvonne?« Dorothy stand auf. Sämtliches Blut schien ihren Kopf zu verlassen. »Sie hat Polio?«

John schaute zwischen ihnen hin und her. »Wer ist Yvonne?«

Dorothy zwang sich, ihm zu antworten. »Mein Rhesusaffe. Sie hat Polio vom Blutserum bekommen – wie viele Tage, nachdem wir den Langschwanzmakak damit gefüttert haben?«

»Fünf«, sagte Eugene.

»Tag Fünf!« Sie warf die Arme um ihn und hielt dabei ihre behandschuhten Hände wie Schwimmflossen von ihm weg.

»Aber die Inkubationszeit ist doch viel länger«, sagte John. »Die ersten Symptome zeigen sich erst nach zwölf bis vierzehn Tagen.«

Sie ließ Eugene los und klopfte ihm mit dem Handrücken auf die Schulter. »Genau darum geht es. Wir haben immer zu spät gesucht. Das Poliovirus ist im Blut, John, schon ab Tag fünf nach der Infektion – genug, um andere damit anzustecken.«

»Bist du sicher?«

»Absolut!« Sie winkte Eugene vergnügt zu, als er das Labor verließ.

John schüttelte den Kopf. »Nun, dann werde ich dir wohl glauben.«

Sie zog ihre Handschuhe aus und setzte die Maske ab. »Ich wusste, dass es dort ist.« Sie ließ sich schwer auf ihren Hocker fallen. »Ich wusste es.«

John rieb sich übers Kinn. »Dorothy, ein positiver Affe macht noch keine Studie.«

»Ich weiß! Ich werde ganz von vorne anfangen, mit weiteren Versuchstieren, mehr Stämmen, um sicherzugehen, dass es nicht nur ein Glückstreffer war. Es wird mehrere zusätzliche Monate Arbeit bedeuten, aber – John, ist das zu fassen? Es ist da! Oh, ich kann es einfach nicht glauben. Es ist da!« Sie schlang die Arme um ihn und drückte ihn kurz, dann setzte sie die Maske wieder auf und machte Anstalten, die Handschuhe anzuziehen.

»Bevor du anfängst, mit was immer du gerade tust, muss ich dir etwas sagen.«

Sie ließ ihren Gummihandschuh um ihr Handgelenk schnappen. »Was?« sagte sie und grinste hinter ihrer Maske.

»In Tahiti ist es zu einem Ausbruch gekommen, dem ersten überhaupt«, sagte John. »Es ist ein einziges Rätsel. Warum jetzt? Sie hatten noch nie Polio dort gehabt.«

»Hmm.« Sie setzte sich an den Labortisch, ohne richtig zuzuhören.

»Dottie, die Weltgesundheitsorganisation hat darum gebeten, dass du der Sache auf den Grund gehst.«

»Die WHO? Ich? Wann?«

»Du solltest so schnell wie möglich aufbrechen.«

»Aber ich stecke mitten in dieser Studie! Sie ist noch lange nicht abgeschlossen! Du hast ihnen doch nicht gesagt, dass ich fahre, oder?«

»Es ist eine Ehre, Dottie. Ein Privileg. Sie haben ausdrücklich nach dir gefragt. Du hast einen ausgezeichneten Ruf als talentierte Ermittlerin und für deine Art, mit ausländischen Behördenvertretern umzugehen. Manche sagen, du wärst die Beste auf der Welt.«

»Das ist nett, aber ...«

»Ein Aufsatz wird dabei herausspringen.«

»Bei *dieser* Studie wird auch ein Aufsatz herausspringen. Ein sehr wichtiger.«

»Sie haben mich auch gebeten, zu fahren, Dot. Ich dachte, nun ja, ich dachte, du und ich könnten zusammenfahren. Wir sind ein gutes Gespann.« Die Gänsehaut über seiner Fliege wurde rot.

»Ich kann nicht fahren, John. Nicht jetzt.«

»Ich verstehe, dass du an deiner Studie arbeiten willst. Bodian macht inzwischen vielleicht ebenfalls Fortschritte.«

»Dave Bodian ist mir egal. Mir ist das hier wichtig. Überleg doch nur, was das für die Impfstoffentwicklung bedeutet. Jetzt wissen wir, wo wir Polio aufhalten können – im Blut!« Sie empfand einen Stich. »Ich muss es Albert erzählen!«

»Ist das nicht etwas verfrüht? Salk hat noch nicht einmal die Ergebnisse seiner Typisierungen bekanntgegeben – das soll erst in Kopenhagen passieren. Ein Impfstoff kann nicht entwickelt werden, bevor wir jeden Stamm kennen. Wir haben noch Zeit, Dorothy. Das hier wäre die perfekte Gelegenheit, dich auf der Weltbühne zu präsentieren, und dann kannst du zurückkommen, ohne etwas verpasst zu haben. Basil O'Connor wird dich garantiert mit Fördergeldern überschütten. Und die WHO wird diesen Gefallen nicht vergessen. Denk wenigstens darüber nach.«

27

Kopenhagen, Dänemark, 1951

Draußen auf dem See am Stadtrand von Kopenhagen durchschnitt eine Rudermannschaft die Spiegelung der hohen weißen Wolken auf dem Wasser. Eine spätsommerliche Brise zupfte an den Chiffonvolants um Dorothys Hals und ließ die duftenden Zweige einiger Kiefern auf und ab wippen. Auf der Terrasse mit Blick auf den See saß Dorothys Gesellschaft. Sie seufzte. Das Wiedersehen mit Arne hatte sie innerhalb von drei Nächten in ein zerfließendes, wollüstiges Etwas verwandelt. Während er sich mit den anderen unterhielt, wollte sie ihm nur in die samtigen graugrünen Augen schauen und die zarte Haut an seinen Handgelenken streicheln, während sie an die erregenden gemeinsamen Momente zurückdachte. Aber sie konnte nicht.

Von der anderen Seite des Tisches, über die weiße Tischdecke und die nach Dill und Lachs riechenden Reste auf den Tellern hinweg, am Tafelaufsatz aus Rosen und an Albert vorbei, der sich von Jonas Salk weglehnte, während Jonas mit seinem hölzernen Klappstuhl immer näher rückte, verspürte sie ein fast körperlich wahrnehmbares Ziehen. Und richtig – John Paul beobachtete sie. Du liebe Güte, er erwartete irgendeine Art von Antwort. Sie hatte kein Wort von dem gehört, was er gesagt hatte.

»Was hast du doch gleich gesagt, John?«

»Ich sagte, nur verrückte Hunde und Engländer und du, meine Liebe, gehen in der Mittagssonne nach draußen.« Er lächelte Arne, der neben ihr saß und selbst ziemlich glasige Augen hatte, steif zu. »Ich habe deinem … Freund … gerade von unserer Zeit in Tahiti erzählt.«

Jetzt hörten die anderen am Tisch ebenfalls zu – Albert mit einem Stirnrunzeln.

»Ich fürchte, das stimmt«, sagte sie lachend. »Du konntest mich nicht im Haus halten. Die Sonne fühlt sich unglaublich gut an, wenn man Anfang April aus Connecticut kommt.«

»Deshalb bist du so braun gebrannt«, sagte Arne. Letzte Nacht hatte er die Trägerlinien ihres Sommerkleides mit dem Finger nachgezeichnet. Sie tauschten ein Lächeln.

John bemerkte ihren stummen Austausch, genau wie Albert. Sie hatte ihnen ihre Beziehung zu Arne nicht weiter erklärt, da sie ihn letztes Jahr in Kopenhagen kennengelernt hatten. Soweit die beiden wussten, war er ihr »alter Freund«, obwohl es offensichtlich zu sein schien, dass sie ihr das nicht abkauften.

»Du warst ganz versessen auf das Meer«, sagte John fest.

Sie dachte daran, wie sie in das klare türkisfarbene Wasser gewatet war, bis der nasse Saum ihres Kleides an den Waden klebte. John und ihre Gastgeber hatten am Strand unter dem Schutz eines Strohdachs gesessen und ihr zugewunken, sie solle zurückkommen. Doch sie hatte diesen Moment zu sehr genossen. Wer hätte gedacht, dass *sie* jemals auf Tahiti in der Brandung stehen würde? Sie hatte einen langen Weg zurückgelegt, von den Treppenstufen vor der Bar, auf denen sie mit Pop gehockt und die Leberwurstbrote gegessen hatte, die Mutter ihnen geschmiert hatte.

John beobachtete sie und Arne immer noch. »Weißt du noch, wie du dir am Strand die Füße verbrannt hast?«

»Niemand hat mir gesagt, dass schwarzer Sand *heiß* wird.«

»Streng genommen …«, John räusperte sich, »… habe ich es dir gesagt.«

»Aber es war so wunderschön. Es glitzerte wie zerstoßene

schwarze Diamanten«, erklärte sie Arne. »Das liegt an dem Vulkanglas.«

»Sie hätten sie in dem Bastrock sehen sollen«, sagte John, »beim Bauchtanz mit den einheimischen Frauen. Sie hat einfach mitgemacht und die Hüften mit ihnen geschwungen.« Sie wurde rot.

Albert stellte seine Champagnerflöte ab. »Ich war während des Krieges zu oft im Pazifik, um jemals wieder Gefallen an Asien zu finden. Dort bekommt mich niemand mehr …«

»Waren Sie nicht gerade auf einer Konferenz in Singapur?«, fragte Jonas.

»… freiwillig hin.«

»Nun denn …« Jonas nahm einen Schluck Champagner, offensichtlich immer noch ganz beseelt davon, dass er gestern die Ergebnisse des Typisierungsprojekts vorgestellt hatte. »Ich freue mich, hier zu sein. Es ist meine erste Überseekonferenz.« Zu Dorothy sagte er: »Danke, dass Sie mich zu dieser kleinen Party eingeladen haben.«

Sie lächelte. Jonas hatte sich selbst eingeladen, nachdem er zufällig mit angehört hatte, wie sie Albert von dem Empfang erzählte, den Arnes Chef bei sich zu Hause für ein paar internationale Wissenschaftler ausrichten würde. Aber sie freute sich für Jonas, dass er diesen erstaunlichen Ort zu sehen bekam. Das »Zuhause« von Arnes Chef, einem Verleger, hatte sich als modernisiertes Schloss am Waldrand mit Blick auf einen See entpuppt. Es war witzig, einen solchen Ort mit jemandem zu besuchen, der genauso überwältigt zu sein schien, wie sie es war.

»Sagen Sie«, fragte John Arne, »was für eine Geschichte hat dieser Ort?«

Albert nippte an seinem Champagner, sein Blick ruhte auf Dorothy.

»Es wurde im 18. Jahrhundert erbaut, soweit ich weiß«, sagte Arne, »von jemandem, der den gleichen Nachnamen hatte wie ich.

Er hat seinen Namen in ›Holmskiold‹ geändert, als er Geheimrat der Königin wurde. Er wurde reich, indem er ihr diente.«

»18. Jahrhundert?« Dorothy richtete sich auf. »War das die Königin, die sich gerne wie ein Mann kleidete?«

»Du hast von unserer Caroline Mathilde gehört?« Arnes strahlendes Grinsen verriet seine Rührung. »Gibt es irgendetwas, das du nicht weißt?«

Dorothy wandte den Blick ab und betrachtete die Luftbläschen in ihrem Glas, die wie das Glück in ihrer Brust aufstiegen.

»Dottie ist in der Tat ein Wunder«, sagte John zuverlässig.

»Das ist sie wirklich«, sagte Arne strahlend. »Nicht wahr?«

John und Albert sahen sich stirnrunzelnd an, dann zu Arne.

»Wie sich herausstellte, Dorte«, sagte Arne, »war dieser Holm ein Feind deiner Caroline Mathilde. Er half ihrer Stiefmutter, sie zu stürzen, wofür er von der Königinwitwe großzügig belohnt wurde.« Seine Augen funkelten. »Aber vielleicht nicht großzügig genug für seinen Geschmack. Am Ende hat er bei der Königinwitwe und in allen Regierungsämtern, die sie ihm zuschob, Gelder unterschlagen.«

Albert musterte Arne. »Manche Leute können es einfach nicht lassen.«

»So ein Gierhals«, sagte Jonas und nahm sich noch eine Champagnerflöte von einem vorbeikommenden Kellner.

»Eigenartig, wie das Universum immer wieder die Balance zu finden scheint«, sagte Arne. »Die Königinwitwe hat Caroline Mathilde bestohlen; Holm hat sie bestohlen.« Er gab einem anderen Kellner ein Zeichen.

»Daran glauben Sie doch nicht wirklich!«, spottete Albert.

»An den Ausgleich?«, sagte Arne. »Sollte ich nicht? Ein Mann mit meinem Namen hat diesen Ort mit den Erlösen seiner Königin erbaut, und jetzt sitze ich hier und genieße die Früchte seiner Arbeit mit meiner.«

Jonas hob sein Glas. »Hoch lebe Königin Dot!«

John verzog den Mund zu einem Lächeln.

Albert runzelte lediglich die Stirn.

Ein Kellner brachte ein Tablett mit Canapés. »Bitte sehr!«, sagte Arne. »Jedermanns Lieblingsessen, *smørrebrød*. Du musst lernen, es zu lieben, wenn du hier leben wirst«, sagte er zu Dorothy, als der Kellner einen Teller vor sie stellte. »In Dänemark kann man eingelegten Heringen nicht entkommen.«

Johns bitteres Lächeln verschwand ganz. »Hier leben?«

»Sie arbeiten für eine Zeitschrift?«, fragte Jonas Arne. Er nahm ein dreieckiges Stück belegtes Brot mit den Fingern.

Arne zeigte Dorothy, wie man Kapern und dünne rote Zwiebelringe auf den Hering stapelte und das Ganze dann mit der Gabel aufspießte. »Ja. Als Redakteur.« Er fütterte Dorothy mit einem Happen. »Schmeckt es dir?« Mit einem erwartungsvollen Lächeln lehnte er sich zurück.

»Mmmm.« Sie tupfte sich die Lippen mit der Serviette ab, während sie schluckte.

Jonas schlang seinen eigenen Happen herunter. »Werden Sie einen Artikel über den Poliokongress bringen? Ich würde mich freuen, Sie auf den neuesten Stand zu bringen, wenn Sie mögen.«

»Haben Sie so auch das Interview mit Maxine Davis im *Good Housekeeping* bekommen, Jonas?«, sagte Albert nicht gerade freundlich. »Haben Sie sie nett gefragt?«

»Sie haben von dem Artikel gehört?« Dr. Salks breites Grinsen schwankte zwischen Stolz und Verlegenheit.

»Ich habe ihn gesehen.«

Dorothy hatte ihn ebenfalls gelesen, nachdem Albert sie sofort nach Erscheinen wutentbrannt angerufen hatte.

»Haben Sie *Good Housekeeping* angerufen?«, fragte Albert scharf.

»Nein. Mr. O'Connor hat die Verbindung hergestellt. Er wollte, dass ich ein paar Leute von der Presse kennenlerne.«

»Basil war das?« Albert starrte ihn an. »Er hat *Sie* empfohlen?«

Dr. Salk lachte. »Genau das habe ich auch gedacht. Darf ich?« Er deutete auf Alberts unangerührte Portion. »Wenn Sie das nicht essen wollen . .«

Albert schob ihm den Teller zu.

Jonas schlang das zweite Brot herunter. »Ich dachte, ich sollte etwas zum Typisierungsprojekt erzählen«, sagte er mit vollem Mund.

Alberts Miene wurde düster. »Aber das haben Sie nicht, oder? Sie mussten behaupten, dass jeder Impfstoff mit lebenden Viren gefährlich sei, sogar tödlich. Dass es nicht dem neuesten Stand der Wissenschaft entspräche. Sie wissen, dass ich auf einen Lebendimpfstoff hinarbeite. Jetzt wird die Öffentlichkeit skeptisch sein.«

»Ich habe nur ...«

»Ist Ihnen nicht klar, wie viel härter ich werde arbeiten müssen, damit die Menschen diesem Impfstoff vertrauen, wie viele zusätzliche Versuche und Studien nötig sein werden, um sie zu überzeugen, dass mein Impfstoff genauso sicher ist wie der Totimpfstoff jetzt, nachdem Sie eine Nachfrage dafür erschaffen haben? Wenn ich es nicht besser wüsste, würde ich glauben, dass Sie selbst an einem dieser ›überlegenen‹ Totimpfstoffe arbeiten.«

Jonas zuckte die Achseln. »Eltern wollen einen Impfstoff.«

Alberts Augen funkelten vor Wut. »Ich wusste es! Ich wusste es, als der Artikel die Vorteile erwähnte, wenn man Wirkverstärker benutzt. Kein Laie weiß etwas über Wirkverstärker oder interessiert sich dafür, ob man Impfstoffe damit puffern kann. Ich wusste, dass Sie etwas im Schilde führen, als Sie so eine unbestimmte Empfehlung aussprachen. Sie müssen selbst einen Wirkverstärker benutzen.«

»Ich habe nur versucht, den Menschen Hoffnung zu machen.« Jonas nahm einen Schluck Champagner.

»Sie sind nicht der einzige besorgte Vater auf dem Markt, Jonas.

Ich bin jetzt auch Vater. Aber ich bin nicht so in Eile, dass ich ein minderwertiges Produkt liefern würde.«

Jonas tupfte sich den Mund mit seiner Serviette ab und stand auf. »Könnten Sie mir vielleicht den Weg zeigen? Ich müsste mal für kleine Jungen«, bat er Arne.

Sobald er gegangen war, sagte John: »Sie waren etwas grob zu ihm, meinen Sie nicht?«

»Er richtet Schaden an.«

John runzelte die Stirn. »Vielleicht sollten Sie sich besser auf Ihren eigenen Impfstoff konzentrieren. Was halten Sie von Dots neuer Studie? Sie spielt Ihnen direkt in die Hände.« Er schaute zu Arne. »Dottie *muss* nach Kopenhagen sofort nach Hause und sich wieder an die Arbeit machen. Es wird sie mindestens bis Ende des Jahres beschäftigen.«

Arne wandte sich zu ihr und erwartete, dass sie etwas sagte. Doch ein Herr vom Nebentisch kam herüber und bat Arne, ihn allen in ihrer Gruppe vorzustellen, dann bat er John und Arne, kurz mit ihm zu seinem Tisch zurückzukehren.

»Ich kann es immer noch nicht fassen, was dieser Kerl sich geleistet hat«, sagte Albert zu Dorothy, als sie weg waren.

»Welcher Kerl?«

»Salk, dieser Idiot.«

»Albert. Jonas ist ganz in Ordnung.«

»Nein, ist er nicht. Er ist der personifizierte Ehrgeiz in Gestalt eines kichernden Pfuschers.«

»Albert!«

»Es gibt niemanden, auf den dieser Kerl nicht treten würde, um auf der Leiter seines Erfolgs nach oben zu kommen.«

Unwillkürlich musste sie lächeln. Er hatte gerade sich selbst beschrieben. »Ich gebe zu, er ist sehr ... motiviert. Aber wenn er die Möglichkeit hat, etwas Gutes zu bewirken ...«

»Er ist ein Idiot.«

»Ich wüsste gerne, wie weit er mit einem Impfstoff ist.«

Albert starrte sie finster an. »Seine Forschung kann nur scheiße sein.«

»Also wirklich, Albert!«

»Tut mir leid. Bitte entschuldige.« Er stieß einen Laut der Verzweiflung aus. »Du hast recht. Kein Grund, in Panik zu geraten. Kerle wie er erreichen nie irgendetwas. Sie machen nur viel Wirbel, und dann stürzt alles in sich zusammen.« Seine Lippen wurden schmal. »Was ist das eigentlich mit dir und diesem Arne?«

Sie stellte ihr Champagnerglas ab. »Albert, ich muss dir von meiner Studie erzählen. Wie John sagte, wird es deine Arbeit beeinflussen. Ich wollte schon viel weiter damit sein, bevor ich hierherkam, aber dann saß ich in Tahiti fest.«

Mit einer kurzen Pause nahm er zur Kenntnis, dass sie seine Frage nicht beantwortet hatte. »Inwiefern beeinflusst es meine Arbeit? Und wo hast du die ganze Konferenz über gesteckt? Ich habe dich hin und wieder irgendwo im Raum gesehen, und Simsalabim, warst du wieder verschwunden. Wenn ich es nicht besser wüsste, würde ich fast meinen, du gehst mir aus dem Weg.«

Sie streckte die Hand über die Teller und Gläser, an der Vase mit den Rosen vorbei und ergriff seine Finger. »Albert, ich habe das Poliovirus im Blut gefunden.«

Seine Augen leuchteten auf. »Was? Warum hast du mir das nicht erzählt?«

»Ich erzähle es dir jetzt. Die Studie ist noch längst nicht abgeschlossen, aber der Beweis liegt zweifelsfrei vor: Das Virus zeigte sich ganz früh im infizierten Versuchstier. Fünf Tage nach der oralen Gabe.«

»Fünf Tage!« Er pfiff leise. »Das ist eine Woche bevor es das Nervensystem befällt.«

»Genau! Albert, der Grund, weshalb wir es in der Vergangenheit nie im Blut gefunden haben, ist, dass wir nicht früh genug danach gesucht haben. Die Antikörper müssen das Virus im Blut vernichten, bevor es ins Nervensystem gelangt.«

»Dorothy!« Er schüttelte ihre Finger. »Das ist eine *Riesensache*!«

Arne kehrte an den Tisch zurück und strich seine Krawatte über dem weißen Hemd glatt. Als er ihre strahlenden Gesichter und die ineinander verschränkten Hände sah, hielt er inne. »Was habe ich verpasst?«

»Alles!«, sagte Albert.

Eine zierliche junge Frau, wie sich herausstellte, die Tochter des Verlegers, kam und ergriff Arne am Handgelenk. Er ließ sich von ihr wegführen und schaute dabei über die Schulter zu Dorothy.

»Ich bin verwirrt«, sagte Albert. »Was ist er für dich?«

»Arne?«

»Ja, Arne.«

Ihr »zukünftiger Gatte«? Ihr »Liebhaber«? Ihr »Verlobter-dank-eines-Aschenbechers«? In diesem Moment klang alles entweder schwach oder kitschig oder albern, was Arne alles nicht war.

John kam vom Nachbartisch herbeigeschlendert, zusammen mit Jonas. »Dottie, sieh nur! Sie machen ein Rennen!«

Jeder schaute zum See, wo drei Rudermannschaften das Wasser mit ihren schmalen Booten durchschnitten. Zuerst lag ein Boot um eine Nasenlänge vorn, dann nahm das andere seinen Platz ein. Schlag um Schlag fuhren sie um die Wette und brachten die Zuschauer auf der Terrasse auf die Beine. Alle Blicke ruhten auf der führenden Mannschaft, als das dritte Boot nach vorne schoss und als erstes die Ziellinie überquerte. Die Menschen auf der Terrasse jubelten.

Albert drehte sich mit einem Lächeln zu ihr um, das verriet, dass er sie nicht vom Haken lassen würde. »Jeder mag einen Gewinner.«

Warum sagte sie ihm nicht einfach die Wahrheit über Arne und sich? »Stimmt, so ist es.«

Als Dorothy an diesem Abend in den rosa Abendhimmel schaute, wehte eine Meeresbrise durch ihre kurzgeschnittenen Locken. Über dem Gewirr aus orangefarbenen Ziegeln und Dachfirsten markierte hier und dort ein Haufen Zweige die Überreste eines Storchennestes auf einem Schornstein. Die dekorative Eisenkugel, die den Giebel des Nebenhauses verzierte, schien zum Greifen nah. Ohne es zu merken, summte Dorothy die *Mondscheinsonate*, während sie über die roten Dächer schaute.

Arne kam von hinten und küsste sie seitlich auf den Hals. »Gefällt dir, was zu siehst?«

»Ja.«

Er reckte den Hals nach vorn, um ihr ins Gesicht zu sehen. »Geht es dir gut?«

»Oh ja. Ich genieße die Aussicht.«

»Du weißt, das alles könnte dir gehören.«

»Warum fühle ich mich wie Christus, der vom Satan in Versuchung geführt wird?«

»Oh, so übel bin ich nicht.« Er küsste sie auf den Nacken. »Wie kommst du eigentlich mit Dr. Pauls Schwärmerei für dich zurecht?«

»Aber wirklich, Arne!«

»Du kannst es nicht leugnen. Es ist offensichtlich, dass er in dich verliebt ist.«

»Er ist verheiratet!«

»Eine Heirat kastriert einen Mann nicht, *elskede*.«

»John ist immer ein Gentleman.«

Er legte seine Wange an ihr Haar. »Bei ihm kann ich das glauben. Aber ist Dr. Sabin auch einer?«

»Natürlich.«

»Das glaube ich nicht ganz.«

In der Ferne bellte ein Hund und durchbrach die Stille der Nacht. »Arne, nicht jeder Mann ist in mich verliebt.«

»Männer wissen nicht, was sie einer Frau gegenüber empfinden sollen, die auch ihre Kollegin ist. Sie können Aufregung über ihre Arbeit leicht mit Anziehung verwechseln. Besonders, wenn die Frau so unwiderstehlich ist wie du.«

Sie drehte sich zu ihm um. »Ich bin nicht unwiderstehlich.«

Er lachte leise. »Lass mich das beurteilen.« Er schob ihr eine Locke hinters Ohr, und dann noch einmal, als der Wind sie wieder gelöst hatte. »Sag mir, *elskede,* was ist Dr. Sabin für dich?«

»Ein Kollege.«

Er wartete.

»Er ist verheiratet!« Sie lachte.

Er runzelte die Stirn über ihren schwachen Versuch, witzig zu sein. Er verdiente eine aufrichtige Erklärung. Aber was *war* Albert für sie?

Sie legte eine Hand an Arnes Wange, wie ein Angebot.

Er küsste sie. »Was hältst du davon, dich deinen ach so verheirateten Freunden im Eheglück anzuschließen?«

»Ich sage ja, das weißt du doch, sobald die Zeit gekommen ist.«

»Ich meine jetzt.«

»Jetzt?«

»Morgen zum Beispiel.«

»Morgen!«

Er küsste erneut ihre Hand. »Du klingst überrascht.«

»Ich … das bin ich auch.« Sie hatten die ganze Woche darüber diskutiert – sie würde ihre Studie abschließen und zu Weihnachten zurückkommen. Sie musste ihre Arbeit beenden. Ihr ganzes Leben hatte sie auf dieses Ziel hingearbeitet.

»Ich wollte dich nicht zerschrecken.«

»Verschrecken. Das hast du auch nicht.«

»Ich versuche nicht, dich in die Falle zu locken. Wir Dänen bestehen nicht darauf, zu heiraten, um unsere Liebe zu zeigen. Aber wenn das Nicht-verheiratet-Sein dich davon abhält, zu bleiben ...« Er umfasste ihre Hände. »Ich möchte, dass du bleibst, *elskede*. Jetzt, wo wir diese Tage zusammen hatten, kann ich es nicht ertragen, ohne dich zu sein.«

»Aber ich komme doch zurück. In zwei Monaten. Meine Studie . .«

»Mein Chef hat Freunde an der Universität. Du kannst deine Studie hier beenden.«

»Ich kenne auch Leute an der Universität.«

»Siehst du? Sie werden dich zur ordentlichen Professorin machen – die Universitäten hier behandeln Frauen nicht so geringschätzig. Bei meinem Chef und deinen Verbindungen werden wir dir die Mittel für deine Studie organisieren. Ich habe ihn schon gefragt. Er war sehr beeindruckt von dir.«

»Du hast ihn gefragt? Und er ist beeindruckt?«

Wenn sie schwanger werden würde, würde man sie dann feuern? In den Vereinigten Staaten würde man es tun. Falls sie das Glück hatte, schwanger zu sein, würde sie ihre Studie zum Vorkommen der Viren im Blut beenden müssen, ehe man ihr irgendetwas ansah. Sie müsste so schnell wie möglich ein Labor, die nötigen Geldmittel und Mitarbeiter finden.

Eodian hatte diese Sorgen nicht.

Arne legte seine Arme auf ihre Schultern. »Wir könnten morgen zum Standesamt gehen.«

»Ich habe morgen Sitzungen.«

Er schwieg.

Jonas hatte bereits die Ergebnisse seines Typisierungsprojekts bekanntgegeben. Die anderen Sprecher hatten sich bereits bis zum Überdruss über verschiedene andere Themen gestritten. Sie und Albert hatten vor, über ihre Studie zu diskutieren, aber ...

»Ich könnte sie vermutlich ausfallen lassen.«

Er machte das dänische *Ich-denke*-Luftholen. »Was, wenn wir zum Amt gehen, sobald sie aufmachen? Danach könntest du immer noch zu deinen Sitzungen gehen.« Er lächelte. »Als verheiratete Frau.«

»Oh Arne.«

»Ich habe keine Ringe. Vielleicht kann ich welche kaufen, während du auf den Sitzungen bist. Wir können sie ganz für uns tauschen.«

»Ich mag meinen Verlobungsaschenbecher sehr gerne.«

»Ich habe gesehen, dass du ihn mitgebracht hast.«

»Ich nehme ihn überall mit hin. Selbst nach Tahiti.« Sie schüttelte den Kopf und lachte. »Das alles ist so verrückt.«

»Ist es das?« Er zog sie an seinen warmen Körper. »Ist es das wirklich?«

28

Am nächsten Morgen wachte Dorothy neben Arne mit dem Gefühl auf, jemand hätte eine Rolle Vierteldollarstücke in ihrem Brustkorb verschüttet. Als sie jetzt hinter Jonas Salk am Buffet wartete, das man auf einem Korridor in der Universität aufgebaut hatte, in dem es nach Bohnerwachs und Büchern roch, schienen die Münzen ständig gegen das empfindliche Gewebe ihrer Lungen zu rollen und erzeugten eine leichte Atemlosigkeit. Ihre Aufregung hatte sich nicht gelegt, nachdem man ihnen auf dem Standesamt gesagt hatte, sie sollten um elf Uhr wiederkommen. Während Arne die Verzögerung nutzte, um Ringe zu kaufen, war sie zu den Sitzungen des Poliokongresses gegangen, wo momentan, im Hörsaal direkt hinter dem Buffet, ein Arzt aus Pittsburgh seine Ausführungen zur Wirkung von Gammaglobulinen auf Polio zusammenfasste. Sie presste ihre Hände auf den Solarplexus.

Atme.

Dr. Salk stand vor einer Reihe Kaffeekannen. »Welche ist die mit dem Sanka?«

Dorothy deutete auf die Kanne mit der Aufschrift SANKA.

Er grinste breit, und seine Zähne blitzten auf. »Danke.«

Grinsend, als würde er sich darüber freuen, was für ein netter Kerl er sei, weil er sich selbst bediente, hob er die Kaffeekanne an. Ein brauner Strahl schoss aus der Tülle in die Tasse, wobei nur ganz wenig auf das weiße Tischtuch spritzte.

Er suchte den Tisch vor sich ab.

»Zucker?«, fragte Dorothy.

Er nickte.

Sie zeigte auf die Schale vor ihm.

»Danke.« Er nahm einen Würfel mit seinen Fingern, ließ ihn in seine Tasse plumpsen und nippte daran. Sie dachte an seine elegante, tüchtige Frau.

Er musterte Dorothy über den Rand seiner Tasse hinweg. »Sie sind ja richtig herausgeputzt. Sie sehen hübsch aus.«

Das Netz ihres halben Hutes verfing sich in ihren Locken, als Dorothy an ihrem braunen Reisekostüm aus Leinen mit der engen Taille, den ausgestellten Schößchen und einer Reihe selbstgefertigter Knöpfe an der Vorderseite herunterschaute – Arne würde heute Nachmittag nach der Zeremonie gut beschäftigt sein. Der Aufruhr in ihrer Brust verstärkte sich.

Jonas Salk sah sich um, während sie sich einen Kaffee nahm. »Ich dachte, es gäbe vielleicht irgendwo ein paar Schnittchen.«

»Vielleicht kommen sie noch.« Sie schob ihre Nervosität beiseite. »Was halten Sie von Dr. Hammons Arbeit zu Gammaglobulin?«

Dr. Salk spähte hoffnungsvoll den Korridor hinunter, dann richtete er seine Aufmerksamkeit wieder auf Dorothy. »Was?«

»Dr. Hammons Arbeit muss Ihnen sehr vertraut sein, da Sie von derselben Universität und der gleichen Abteilung kommen.«

»Nicht besonders.« Er seufzte schwer. »Vermutlich bekommen wir keine Schnittchen.«

»Hammon verfolgt einen interessanten Ansatz; er injiziert seinen Patienten Blutserum mit Antikörpern«, sagte sie und rührte ihren Kaffee um. »Aber er muss den Kindern eine Menge Gammaglobulin spritzen, damit sie überhaupt einen Schutz haben.«

»Vier bis elf Milliliter, das stimmt, direkt in den Hintern.«

Sie schnappte nach Luft. »Autsch. Ein Teelöffel voll von diesem zähen Zeug, das muss weh tun. Die armen Kinder.«

»Das ist nicht das Schlimmste. Haben Sie es nicht gehört? Sein

Versuch ist eine Katastrophe. Die Eltern der Kinder in der Studie bestanden darauf, dass ihre Kinder das echte Zeug bekommen anstelle des Placebos, also haben sie die Angelegenheit selbst in die Hand genommen und sichergestellt, dass sie es bekommen. Sie haben Ärzte bestochen und sogar das Plasma gestohlen. Die Aufzeichnungen sind allesamt verzerrt.«

»Das ist aber ärgerlich.«

»Ich glaube nicht einmal, dass es funktioniert, jedenfalls nicht lange genug. Gammaglobulin ist Zeitverschwendung, trotzdem hat der March of Dimes Hammon fast eine Million Dollar gegeben. Das ganze Geld geht jetzt den Bach runter.« Er schaute sich verstohlen um. »Erzählen Sie es niemandem, aber wissen Sie, für wen noch das ganz große Geld ausgegeben wird?«

»Für wen?«

»Für mich.«

»Das ist ja großartig, Jonas.«

»Ich habe einen Totimpfstoff perfektioniert, der sowohl sicher als auch wirksam ist – eine tolle Sache.« Er grinste. »Eine limitierte Versuchsreihe war ausgesprochen erfolgreich – aber das dürfen Sie niemandem erzählen!«

Sie wollte ihn nicht mit offenem Mund anstarren. »Mit Kindern?«

Sein Blick sprang zum Hörsaal und wieder zurück. »Pst! Ich muss die Ergebnisse nur noch hochrechnen, und dann …«

Die Türen des Hörsaals öffneten sich. Wissenschaftler strömten in den Korridor.

»Dottie!« John Paul schlängelte sich durch die Menge. »Dottie, mein Gott, siehst du gut aus«, sagte er, als er sie erreicht hatte.

»Das habe ich ihr auch schon gesagt«, sagte Jonas.

Dr. Paul schenkte ihm ein winziges Lächeln. »Entschuldigen Sie uns. Dot, kann ich kurz mit dir reden?«

Er führte sie durch die Halle in einen Hof, in dem Unmengen von gelber Chrysanthemen blühten.

»Ich habe dich gesucht. Wo warst du?«

Die Münzen purzelten in ihrem Brustkorb hin und her.

Er gab ihr keine Gelegenheit, zu antworten. »Ein paar der Männer aus Bodians Mannschaft haben geplaudert. Dot, er hat das Poliovirus in der Blutbahn gefunden. Genau wie du.«

Das Rumpeln in der Brust hörte auf. Alles hörte auf.

»Soweit ich verstanden habe, hat er vor kurzem einen Durchbruch erzielt und beginnt demnächst die nächste Phase seiner Studie. Nach dem, was ich aufgeschnappt habe, hast du immer noch Zeit, deine Arbeit abzuschließen. Du kannst ihn immer noch schlagen.«

Ihr Herzschlag setzte wieder ein und pochte in ihren Ohren.

»Ich weiß, was du denkst, Dot, und ich nehme es dir nicht übel.«

»Ach ja?«

»Vermutlich würdest du mich am liebsten umbringen.«

»Ich hätte nichts dagegen.«

Er zog sein Kinn zurück, als er merkte, dass sie keinen Scherz machte. »Aber ich denke, wir können die Situation noch retten.«

Sie sah auf ihre Uhr. Neun Uhr fünfundvierzig. In einer Stunde würde sie sich mit Arne treffen, und schon bald würde ihr Eheleben beginnen. Sie glaubte, dass sie beides haben könnte, ihre Karriere und eine Familie in Amerika, aber vielleicht hatte Isabel Morgan recht. Die Jungs würden ihr niemals eine Chance geben, obwohl jetzt alle Hände gebraucht wurden, um Polio zu besiegen. Nur nicht ihre Hände. Oder Isabels. Oder die irgendeiner anderen Frau, besonders nicht, sobald diese Frau die Ehefrau von jemandem war – oder noch schlimmer, eine Mutter.

»Ich glaube nicht, dass das möglich ist.«

»Bitte, Dot, hör mir zu. Vergiss die lange Heimreise. Ich kann dir einen Platz in einem Armeeflugzeug besorgen, das am Nachmittag Richtung Washington startet. Du kannst in diesem Flieger sitzer und heute Abend wieder im Labor sein. Lass uns Bodian in seinem eigenen Spiel schlagen.«

»Das ist kein Spiel, John. Es geht um das Leben von Menschen. Wir hätten dieses Wissen schon vor Jahren haben können ...« Sie brauchte nicht hinzuzufügen, *wenn du mich gelassen hättest.*

»Bitte verzeih mir, Dot.«

Verzeihen? »Wir hätten in unserem Verständnis von Polio schon so viel weiter sein können, so viel weiter bei der Entwicklung eines Impfstoffs. Stattdessen spielen die Leute mit Gammaglobulin herum. Gammaglobulin, um Himmels willen! Du weißt, dass man niemals genug davon herstellen könnte, als dass es eine echte Lösung wäre.«

Er fasste sich an die Stirn und ließ die Hand wieder sinken. »Männer sind schwach, albern, kurzsichtig und selbstsüchtig. Oder vielleicht spreche ich auch nur von mir.« Sein Adamsapfel hob und senkte sich. »Aber manchmal haben wir die Gelegenheit, das Richtige zu tun. Dies hier ist meine Gelegenheit. Wirst du in diesen Flieger steigen, Dottie?«

Sie hörte das Poltern von Arnes Schritten, als er zwei Stufen auf einmal nahm. Er platzte ins Schlafzimmer, einen Strauß gelber Chrysanthemen in der Hand.

»John Paul sagt, du hättest die Konferenz verlassen. Ich bin zum Standesamt gerannt, für den Fall, dass du ohne mich dorthin gegangen sein könntest, und dann zurückgerannt! Warum bist du hier? Dorte, wir werden zu spät kommen!«

Sein Blick fiel auf das Bett und den offenen Koffer, in den sie gerade eine ordentlich gefaltete Bluse legte. Seine Ohren schienen an seinem Kopf nach unten zu wandern. »Was tust du da?«

Sie musste weiterpacken. »Arne, ich muss weg.«

Verständnislos schüttelte er den Kopf.

»Sie schicken mich nach Hause, um meine Studie abzuschließen.« Sie schaute zu ihm. *Nein, sieh nicht hin.* »Bodian hat dieselbe Entdeckung gemacht wie ich und bringt seine Studie gerade zu Ende. Ich muss vor ihm fertig werden. John hat schon an Eugene und mein Labor telegrafiert, dass sie alles vorbereiten sollen, und mir für heute Nachmittag einen Flug nach Washington besorgt.«

»Einen Flug? Und du wirst mitfliegen?« Seine Stimme brach ungläubig.

»Ich muss.«

»Du musst nicht«, sagte er tonlos.

Sie holte tief Luft und drehte sich zu ihm um. »Doch. Ich muss wirklich.«

»Jetzt erkenne ich, was das Wichtigste für dich ist.«

»Du bist das Wichtigste für mich. Wirklich! Und das wirst du auch immer sein. Aber dies hier ist größer als ich.« Sie packte ihn am Arm, als er sich abwenden wollte. »Ich kann die Arbeit in ein paar Monaten beenden. Dann komme ich für immer zurück. Es ist nur eine kleine Verzögerung in unseren Plänen.«

Draußen hupte ein Auto.

Arne riss sich von ihr los, dann schleuderte er die Blumen auf einen Sessel. Am Fenster sagte er: »Da ist ein Taxi.«

Sie folgte ihm zum Fenster. »Arne, bitte. Ich komme schon bald zurück. Dann werde ich ganz dir gehören, versprochen.«

»Wirst du das?«

»O ja, das werde ich. Ich verspreche es! Ich werde die beste Ehefrau und die beste Mutter sein, wenn wir das Glück haben, und eine verflixt gute Wissenschaftlerin außerdem. Das hat es vorher schon gegeben – Marie Curie hatte ihre Arbeit und eine Familie. Sie hatte ein erfülltes Leben.«

»Sie starb jung aufgrund der Strahlenschäden, *elskede*.«

Madame Curie hatte sich nach dem Tod ihres Mannes auch mit

einem jüngeren Mann eingelassen und wurde deswegen in den Zeitungen als Ehebrecherin bezeichnet, doch das würde Dorothys Position im Moment vielleicht nicht gerade stärken. Sie winkte ab. »Ich will darauf hinaus, dass sie den Nobelpreis gewonnen hat und trotzdem eine Familie hatte. Arne, das schaffe ich auch.«

Das Taxi hupte erneut.

»Gib mir nur diesen Moment, und ich werde es wieder gutmachen, du wirst sehen.«

Er nahm den kleinen blauen Aschenbecher vom Nachttisch. »Den hier solltest du besser mitnehmen.«

Widerstrebend nahm sie ihn und presste ihn an die Brust. »Bedeutet das Lebewohl?«

»Ich weiß nicht. Ist es so?«

»Arne, ich muss das tun. Es wird Leben retten.«

»Leben oder deinen Ruf? Hat dieser andere Mann, Bodian, dieselbe Entdeckung gemacht? Kann er deine Arbeit nicht genauso gut weiterführen?«

Ihr Herz blieb stehen. Er hatte recht. Sie ließ sich aufs Bett sinken.

Er stöhnte und zog sie zu sich hoch.

Sie legte ihre Wange an die kratzige Wolle seines Jacketts, und er drückte sein Kinn auf ihren Scheitel.

Das Taxi hupte erneut.

Sie schaute hoch in sein wunderschönes, verwundetes Gesicht »Was tue ich da?«

Er küsste ihre Stirn, dann löste er sich sanft von ihr. »Du tust, was du für das Richtige hältst.«

1952

EINE EHEFRAU

Eine Krankenschwester eilte mit einem Rollstuhl herbei. »Mommy, Sie sollten nicht stehen.«

Sylvia hielt sich weiterhin am Empfangstresen fest. Ihr Bauch ragte unter ihrem dicken Wintermantel hervor, als versuchte er zu fliehen. Sie warf einen Blick über die Schulter und sah gestärkte weiße Flügel, die über der weißen modischen Brille zu kauern schienen. Hinter den Gläsern blinzelten die blauen Augen einer Frau, die gut zehn Jahre jünger war als sie.

»Es ist kalt draußen.« Die Krankenschwester spähte durch die doppelverglasten Türen. »Parkt Ihr Gatte den Wagen?«

Sylvia drehte sich wieder um und holte tief Luft. Eine Wehe setzte ein. Zusammen mit dem Schmerz kroch Angst in ihr hoch. Dies war ihr zweites Kind. Sie wusste, was sie erwartete.

Die Aufnahmeschwester, eine ältere, stramme Frau mit riesigen Nasenlöchern, drehte das Klemmbrett mit dem Formular zu sich, das Sylvia gerade ausgefüllt hatte. Sie warf einen Blick darauf und erbleichte, was sie vermutlich nicht häufig tat, angesichts der panischen Männer und Frauen, die sie im Laufe der Jahre erlebt haben musste.

»Helfen Sie ihr in den Stuhl!«, blaffte die Frau die Krankenschwester an. »Jetzt! Bitte entschuldigen Sie, Mrs. Sabin.«

Die Schwester wollte Sylvia zum Rollstuhl drängen, doch Sylvia ließ den Empfangstresen nicht los. Ihr ganzer Körper krampfte sich zusammen, während ihre Gebärmutter sich schmerzhaft zusammenzog. Sie konnte sich nicht bewegen.

Sie hätte schon viel eher ins Krankenhaus kommen sollen. Sie hatte auf Albert gewartet.

»Mrs. Sabin, wo ist Ihr Mann?«

Sylvia schüttelte den Kopf.

Die Aufnahmeschwester stand hinter ihrem Pult auf und ging, gefolgt von der Krankenschwester, zu den Türen. Die Aufnahmeschwester fragte Sylvia: »Nimmt er einen anderen Weg?«

Die Wehe ließ wieder nach. Als Sylvia wieder sprechen konnte, sagte sie: »Er ist nicht dort draußen. Ich bin selbst gefahren.«

»Ist er schon im Krankenhaus?«

»Sagen Sie es mir.«

Sie hatte seine Sekretärin angerufen und eine Nachricht hinterlassen. In der letzten Zeit kam er nur noch lange genug nach Hause, um sein Hemd zu wechseln und zu duschen. Ihre kleine Tochter kannte ihn kaum. Seit er vor ein paar Wochen vom letzten Runden Tisch zum Thema Polio zurückgekehrt war, war er ein anderer Mann, noch ehrgeiziger, wenn das überhaupt möglich war. Vor zwei Tagen hatte sie zum letzten Mal mit ihm gesprochen.

Ihr kleines Mädchen hatte ein Nickerchen gehalten. Sylvia hatte vor der Dusche gestanden und ihren Bauch mit beiden Händen gehalten. In den letzten zwei Wochen stieß der Kopf des Babys ständig an das Schambein. Sie versuchte, ihren Bauch anzuheben, aber das brachte keine Erleichterung.

»Wo warst du?«, fragte sie ihn.

Alberts körperlose Stimme stieg mit dem Dampf über dem Vorhang auf. »Im Labor.«

»Die ganze Nacht?«

»Ich habe auf dem Feldbett in meinem Büro geschlafen.« Sie hörte den dumpfen Aufprall, als das Seifenstück zu Boden fiel, dann sein Fluchen, als er sich danach bückte.

»Das Baby soll morgen kommen, Albert.«

»Babys scheren sich nicht um Entbindungstermine.«

»Ich schon!« Das Baby trat gegen ihre Rippen, als wollte es seine Zustimmung äußern.

»Du verstehst das nicht«, sagte er. »Dieser verdammte Salk testet an Kindern. Dorothy hat es mir erzählt.«

»Dorothy«, sagte sie.

»Salk würde es niemals zugeben. Ich muss ihn schlagen, bevor er seinen minderwertigen Impfstoff auf den Markt bringt. Ich tue, was ich kann, um meinen schneller fertigzubekommen.« Etwas schabte am Badewannenrand, als er die Seife aufhob. Sie hörte das Schmatzen der Seife in seiner Hand. »Ich habe einen Haufen Jungs im ganzen Land, die daran arbeiten, die besten Stämme zu identifizieren, mit denen wir arbeiten können. Eine andere Gruppe arbeitet daran, wie wir das lebende Virus schwächen können. Eine dritte Gruppe bereitet sich darauf vor, den Lebendimpfstoff an Freiwilligen zu testen.«

Sie legte ihre Hand an die Stelle, wo das Baby sie trat. »Welches von diesen Dingen tust du?«

»Alles.« Wasser prasselte auf den Duschvorhang, als er sich abspülte.

Der Vorhang klirrte an den Ringen; er schnappte sich ein Handtuch und kam heraus. Sie schaute auf seine Nacktheit. Das war ihr Vorrecht als seine Ehefrau. Alles, was sie sah, gehörte von Rechts wegen ihr. »Bleib zu Hause, Albert. Ich möchte dich zu Hause haben.«

Er trocknete sich ab, als würde sie nicht zuschauen. »Mach dir keine Sorgen, ich werde da sein.«

»Du bist schwer zu finden. Auch wenn du dir keine Sorgen um mich machst, wenn ich dein Baby bekomme – was, wenn es einen Atomangriff gäbe? Die Kinder und ich wären zu Asche verbrannt, bevor ich auch nur wüsste, wo du steckst.«

»Jetzt übertreibst du.«

»Tue ich das?«

»Ich bitte dich, Sylvia. Die Gefahr, dass Stalin uns bombardiert, ist weitaus geringer, als dass unsere Kinder an Polio erkranken. Ich bin näher dran als je zuvor, einen sicheren und wirksamen Impfstoff zu liefern, aber ich muss mich beeilen, bevor Salk sämtliche Forschungsgelder einstreicht. Sein Impfstoff, das verspreche ich dir, ist nicht so gut.«

Er legte seine Arme um sie. Sie sog seinen Geruch nach nasser Haut und Seife ein.

»Du möchtest doch, dass ich unseren kleinen Jungen vor Polio schütze, oder?« Er tätschelte ihren Bauch, dann schlurfte er aus dem Badezimmer.

Sie folgte ihm. »Es könnte auch ein Mädchen werden.«

»Wir haben bereits ein Mädchen. Es wird ein Junge werden.«

»Woher weißt du das?«

»Ich weiß alles.« Er lachte.

Die junge Krankenschwester mit der weißen Brille rüttelte am Rollstuhl. »Setzen Sie sich, Mommy.«

Wenn es sie in den Kreißsaal und dieses Baby sicher aus ihr herausbrachte, hatte Sylvia nichts dagegen, sich wie ein Kind behandeln zu lassen. Sie manövrierte sich vorsichtig in den Rollstuhl, bis sie und die zwölf Kilogramm schwere Bowlingkugel in ihrem Schoß sich endlich fallen lassen konnten.

Die Aufnahmeschwester kehrte zu ihrem Schreibtisch zurück. »Ich lasse Dr. Sabin rufen.«

Viel Glück. Sylvia legte ihre Hände unter ihre Brüste, während Schwester-schicke-Brille sie durch die schweren Schwingtüren schob. Sie konnte ihre Hände jetzt flach auf die Rippenbögen legen und hatte genug Platz zwischen den Brüsten und dem

Bauch. Sie hatte sogar oberhalb der Rippen noch etwas Platz. Das war neu. Ihr Baby wurde von ihrem Körper aufgenommen.

Verwirrt schaute sie auf. Sie kamen an der ledergepolsterten Enklave des Storchenclubs vorbei. Ein werdender Vater rauchte eine Zigarre und blätterte im *Man's Life,* so entspannt, als säße er in seinem eigenen Wohnzimmer. Ein anderer stützte den Kopf in die Hände. Ein dritter drückte seine Zigarette aus, sah sie und hob einen Daumen.

»Das wird ein Kinderspiel«, sagte er.

Wenn sie sich hätte bewegen können, hätte sie ihn geschlagen.

Eine weitere Tür, und sie waren auf der Entbindungsstation. Sie hörte die zigarettenraue Stimme eines Arztes, das Gelächter von Krankenschwestern. Sie unterhielten sich darüber, wer auf der Weihnachtsfeier vor ein paar Wochen was getan hatte. Sie hatte erwartet, die Schreie von Frauen in den Wehen oder das Wimmern der Neugeborenen zu hören, doch dieses Gespräch war das Einzige, was sie hörte.

Ihre Krankenschwester sagte: »Jetzt ziehen wir Ihnen einen Kittel an, Mommy.«

Ihr war kalt in ihrem Baumwollleibchen. Sylvia bewegte sich unter dem Druck des Babys, das sich seinen Weg aus ihrem Becken bahnte. Ihre Knochen wurden gegen den harten Stahltisch gedrückt.

Panik sammelte sich in ihrer Kehle. Die Wehen folgten jetzt so dicht aufeinander, dass sie dazwischen kaum Zeit zum Luftholen hatte. Sie konnte dem reißenden Schmerz nicht entkommen. Die Vorstellung, dass für jede Person auf der Erde eine Frau diese Qualen durchlebt hatte! Was für ein dämlicher Plan!

»Heben Sie den Kopf«, sagte die Schwester.

»Warum tun Sie das?«

Die Schwester fuhr fort, die Gaze um ihren Kopf zu wickeln. »Damit Sie es bequem haben.«

Hatten sie das beim letzten Mal auch gemacht? Sie wusste es nicht – man hatte sie betäubt, sobald sie das Baumwollleibchen übergezogen hatte.

Als das Licht sie blendete, zuckte sie zusammen. »Es ist so hell!«

Der Arzt kam zu ihr. »Das wird Sie schon bald nicht mehr ärgern, Mommy. Alles wird gut.«

Mit einer letzten Kraftanstrengung richtete Sylvia sich auf und stieß dabei mit dem Ellenbogen gegen eine Lederfessel. Blinzelnd sah sie das Ding an. Sie war gefüttert ... mit flauschiger Wolle.

»Dr. Aiken, ich hatte darum gebeten, wach zu bleiben.«

»Warum?«, fragte er ungläubig.

»Um das Baby zu sehen. Beim letzten Mal habe ich alles verpasst.«

»Da gibt es nichts zu sehen. Warten Sie, bis wir ihn herausgeholt, gesäubert und ihn vorzeigbar gemacht haben.«

»Ich möchte gerne ...« Sie rang nach Luft. Der Schmerz war zu heftig. »... eine Bindung mit ihr eingehen.«

»Eine Bindung?« Er lachte. »Sie werden sich noch schnell genug wünschen, jeden Tag so eine kleine Flucht zu haben. Legen Sie sich zurück und genießen Sie es, solange Sie können.«

Sylvia betrachtete die Lederfessel. Wenn diese »Flucht« so angenehm war, wieso mussten sie die Leute dann dabei fesseln?

Die Schwester befestigte die gepolsterte Gaze um ihren Kopf. »Bereit, Dr. Aiken.«

»Seien Sie ein braves Mädchen, Sylvia.« Der Arzt hob eine Spritze ins Licht, um die Dosierung zu überprüfen. »Wenn Sie aufwachen, wird ein herziges kleines Geschenk auf Sie warten.«

Sie packte seinen Arm. Der Schmerz bohrte sich tief in ihr Innerstes. Möglicherweise grub sie ihre Nägel zu fest in seinen Arm.

»Betty! Doreen!«, brüllte er. »Kommt hierher!«

Ihre Arme wurden auf den Tisch gedrückt.

Sie konnte nur ein einziges Wort ausstoßen. »Bitte!«

Er kam mit der Spritze auf sie zu. »Glauben Sie mir, später werden Sie es mir danken.«

Sie spürte den Einstich und ein heftiges Brennen. Ihre Knochen zerschmolzen.

◆

Sie war buchstäblich neben sich und beobachtete, wie ihr armes gefesseltes und gepolstertes Selbst sich wand, während der Boden ihres Rumpfes aufgeschnitten wurde und der Arzt mit dicken Metallzungen in sie eindrang. Es gab nichts, überhaupt nichts, was sie tun konnte, außer zu schreien.

◆

Sie öffnete die Augen.

Ihr Ehemann beugte sich über sie. »Hallo, du Schöne.«

Sie lag in einem Bett in einem beigen Raum mit beigen Vorhängen. Vor dem Fenster tanzten Schneeflocken. Der Raum roch nach Franzbranntwein und dem großen Rosenstrauß auf ihrem Nachttisch.

Er wischte ihr die Tränen von der Wange. »Frauen kommen immer weinend aus dem Dämmerschlaf. Ich glaube, entweder im Morphium oder im Scopolamin ist etwas, das die Tränendrüsen anregt.«

»Wo ist das Baby?« Ihre Kehle war so wund – hatte sie geschrien? –, dass sie kaum sprechen konnte. »Ist alles in Ordnung?«

»Ja, ja«, sagte er freundlich. Er tätschelte ihr Handgelenk. Sie zuckte zusammen, weil seine Berührung ihr weh tat, doch als sie ihr Handgelenk ansah, fand sie keine Prellung, keine Schramme. Das Gefühl flauschiger Schafwolle sickerte durch eine Spalte in ihr

Bewusstsein, dann stiegen weitere beunruhigende Gefühle massenhaft an die Oberfläche. Sie verschwanden rasch wieder wie ein Schwarm kleiner Fische und ließen sie mit einem düsteren Gefühl der Angst zurück.

»Es ist ein Mädchen, Sylvia.«

Sie hob ihre schweren Lider.

»Sie ist perfekt.« Er kicherte. »Wenn es dir nichts ausmacht, dass sie aussieht wie ich.«

»Ich will sie sehen.«

Sie schlief wieder ein, bis er mit dem Baby zurückkam. Er legte ihr die weich eingepackte Puppe in die Arme.

Das Baby sah sie an, mit Augen, die so grau waren wie das Innere einer Auster. Sylvias Herz in ihrem bleischweren Körper erwachte zum Leben. Sie konnte tatsächlich spüren, wie der Blick aus diesen weit aufgerissenen grauen Augen an ihren Organen zerrte, als wären sie durch eine Angelschnur miteinander verbunden. Liebe durchströmte sie mit aller Macht.

Eine Krankenschwester rief Albert zur Tür. Als er zurückkehrte, sagte er: »Dorothy Horstmann ist am Telefon. Sie sagt, es sei wichtig.«

Er ging.

Es war nicht mehr so wichtig, jetzt, wo er fort war.

Das Kind wartete auf sie und starrte Sylvia an, als könnte sie dem Baby erklären, wo es da hineingeraten war.

Sylvias Stimme war belegt von dem Kloß, der in ihrer Kehle aufzuquellen schien. »Du bist genau das, was ich gewollt habe.«

29

New York, New York, 1952

Ende April war das Wasser in der Flushing Bay braun, wie Dorothy nur zu gut vom Fenster des kleinen Flugzeugs aus erkennen konnte, als es zur Landung ansetzte. Die Tragflächen schienen das trübe Wasser fast zu berühren, und Dorothy sah sich schon unter Wasser, wie sie gegen die Decke der überschwemmten Kabine schlug, während Hüte, Aktentaschen und Sitzkissen in einem Strudel an ihr vorbeizogen.

Papa! Pop!

Sie sah Pops großes Gesicht, vor Entschlossenheit ganz zerknittert, als er sie aus dem Wasser zog.

Räder berührten den Asphalt. Dorothy wurde aus ihrer Phantasie gerissen und gegen ihren Sitzgurt geworfen. Ihre Eingeweide hüpften auf und ab wie Eis in einem Cocktailshaker, als das Flugzeug über die Landebahn rumpelte, doch das war ihr ganz recht. So konnte sie ihr Zittern nicht spüren, wenn sie an das dachte, was vor ihr lag.

»Das war ein harter Flug.« Das Sonnenlicht, das durch das Fenster fiel, beleuchtete die Schmachtlocke aus sechs Haaren, die sich aus John Pauls sorgfältig gekämmtem Haar gelöst hatte. »Wie ist es dir ergangen?«

»Gut.«

»Nicht taub vom Motorenlärm?«

»Noch nicht.« Ihr Trommelfell fühlte sich noch ganz betäubt an vom Dröhnen, aber sie würde sich nicht beschweren. Sie wusste, was für eine Ehre es war, dass der Präsident der Universität darauf bestanden hatte, dass sie in seinem kleinen Flugzeug zur Konferenz flog. Sie könnte sich vorstellen, dass sie der erste einfache außerordentliche Professor war, der jemals einen Fuß hineingesetzt hatte – und ganz gewiss die erste Tochter von jemandem wie Henry Horstmann.

»Bereit, deinen Vortrag zu halten und den Lauf der Medizingeschichte zu ändern?«

Sie hatte ihr Referat eigenhändig an Bord getragen, neben ihrer Aktentasche, und es während des ganzen Fluges von New Haven an sich gepresst wie ein Kind. »Ich sollte noch üben.«

»Was über? Du hast doch schon Vorträge gehalten.«

»Aber nicht diesen. Nicht vor der American Association of Immunologists.«

»Ach, das ist doch nur ein Haufen alter Käuze.«

»Sehr streitlustige und kritische alte Käuze, die nichts vergessen können.« Sie nahm ihre Aktentasche, die zwischen ihren Füßen klemmte. »Und die nicht besonders alt sind.«

»Danke.« Er lächelte. »Die Männer werden freundlich zu dir sein. Sei nur froh, dass du nicht Salk bist.«

Sie polterten über die Landebahn. »Warum hacken nur alle auf dem armen alten Jonas herum?«

»›Der arme alte Jonas‹ deutet an, dass er wertvolle Informationen hat, aber dann erzählt er uns nicht, was er treibt. Für meinen Geschmack hält er sich zu bedeckt. Wir arbeiten immerhin für das Gemeinwohl.«

»Letzten Herbst versuchte er, mir von seiner Arbeit am Vakzin zu erzählen, aber er kam nicht zum Ende.« Sie ließ die Schnallen ihrer Aktentasche aufschnappen. »Ich glaube, er wäre offener, wenn er sich nicht aus Scham zur Geheimhaltung gezwungen sehen würde.«

»Ich glaube nicht, dass er aus Scham nichts erzählt. Ich habe gehört, dass der March of Dimes die meisten seiner Geldmittel ihm zuschiebt, und sie waren sehr verschwiegen in dieser Sache. Ich vermute, sie wollten nicht, dass die Wissenschaftsgemeinde ihnen sagt, was sie zu tun haben. Nun, ich hoffe, O'Connor ist nicht enttäuscht. Wir werden sehen, ob er immer noch ihr Liebling ist …«, er wartete, bis sie ihn ansah, »… nachdem die Reporter heute den neuen Star kennengelernt haben.«

»John, nein! Sag mir, dass du das nicht getan hast!«

»Doch, habe ich.« Sein Grinsen war genauso jungenhaft wie seine Schmachtlocke, als ob das Kind in ihm platzen würde, um aus seinem zugeknöpften, mittelalten Körper herauszukommen. »Ich habe alle Presseleute angerufen. Sie müssen mehr über unsere Dottie erfahren. Man präsentiert nicht jeden Tag eine Arbeit, die eines Nobelpreises würdig ist.«

»Beschrei es nur nicht!«

»Gewöhn dich an das Scheinwerferlicht, meine Liebe. Du bist nicht nur die Hauptautorin einer bahnbrechenden Arbeit, sondern ihre einzige Autorin.«

Sie zuckte zusammen. Er hatte einen wunden Punkt angesprochen. Wenn es nach ihr gegangen wäre, hätte sie Eugene als Mitautor aufgeführt, aber nicht einmal Labortechniker waren als Autoren zugelassen und Tierpfleger schon gar nicht. Doch Eugene war ihr Fels in der Brandung gewesen, er war immer da gewesen, um sie zu unterstützen, wenn sie sich auf schwierige Arbeiten gestürzt hatte.

Jetzt musste sie fast lachen, wenn sie sich vorstellte, wie ungepflegt und verrückt sie in diesen letzten Monaten ausgesehen haben musste. Eine verrückte Wissenschaftlerin mit zerzaustem Haar wie alle anderen, die bis an ihre Grenzen ging, um ihre Forschung und die Lehre unter einen Hut zu bekommen. Eines Abends im Oktober war sie von der Beobachtung und der Aufzeichnung des Zustandes der Affen mit Eugene so müde gewesen, dass sie sich auf der Heimfahrt vor den unzähligen Kindern erschreckte, die sich verkleidet hatten – sie hatte ganz vergessen, dass Halloween war. Thanksgiving hatte für sie darin bestanden, im Labor Statistiken auszuarbeiten, während sie gedankenverloren die kalten Essensreste in sich hineingeschaufelt hatte, die Eugenes Frau, Viola, ihr fürsorglich hatte zukommen lassen. Der Heiligabend war wie jeder andere Abend des Jahres gewesen, außer dass sie Eugene müde nach Hause gefahren hatte. Die Straßen waren mit silbernen Glöckchen und Girlanden dekoriert gewesen, wie sie erstaunt festgestellt hatte.

Als sie am Heiligabend bei Eugenes Haus angekommen waren, hatte es angefangen zu schneien. Große Flocken tanzten im Licht der Scheinwerfer und verdeckten fast die orangefarbenen elektrischen Kerzen an den Kränzen, die in den Fenstern hingen.

»Ich werde jetzt den Weihnachtsmann spielen«, sagte er. »Danke fürs Mitnehmen, Dr. Horstmann.«

»Dorothy! Wann werden Sie mich endlich so nennen? Frohe Weihnachten.«

Er hielt den Türgriff schon in der Hand, zog aber noch nicht daran. »Ist alles in Ordnung bei Ihnen? Sie waren so still.«

Die Schneeflocken rutschten auf der Windschutzscheibe hinunter, sobald sie aufkamen. Auf ihr Beharren hin schrieben Arne und sie sich wieder, doch in der letzten Zeit waren seine Briefe weniger geworden. Wie könnte sie sich beschweren? An den meisten Abenden war sie zu müde gewesen, um den Stift über das dünne Luftpostpapier zu führen. Wenn er nur so lange durchhalten würde, bis sie diese Arbeit hinter sich gebracht hatte, könnte sie ihm alle Aufmerksamkeit schenken, die er verdient hatte, und noch mehr. Aber sie war so nah dran, so kurz davor, das Ungeheuer aus seinem Geheimversteck zu scheuchen.

Eugene wartete auf eine Antwort.

Sie wischte das Kondenswasser an der Innenseite der Windschutzscheibe ab. »Was, wenn die Gutachter der Zeitschrift den Artikel für eine Veröffentlichung ablehnen? Was, wenn sie Lücken in meiner Studie finden?«

»Das werden sie nicht. Sie haben ganze Arbeit geleistet.«

»*Wir* haben ganze Arbeit geleistet.« Sie beugte sich vor und drückte seinen kräftigen Arm. »Ich weiß nicht, wie ich Ihnen für alles danken soll, was Sie getan haben.«

Zuerst dachte sie, er würde sich ihr entziehen, doch er verlagerte nur sein Gewicht, um seine Brieftasche aus der Gesäßtasche zu ziehen. Er öffnete sie, holte ein Foto heraus und klappte das Handschuhfach auf. Der schwache Lichtschein fiel auf das Foto eines Mädchens im Krabbelalter mit Lackschühchen und einer rüschenbesetzten Mütze.

»Mein kleines Mädchen. Linda.«

»Sie ist herzallerliebst!«

»Das ist zwölf Jahre her. Sie war achtzehn Monate alt.« Er hielt den Blick auf das Foto gerichtet. »Polio hat sie geholt.«

»O Eugene, das tut mir so leid. Das wusste ich nicht.«

»Ich habe einmal gelesen, dass die alten Ägypter glaubten, eine Person würde am Leben bleiben, solange es noch jemanden gibt, der an sie denkt. Erst wenn die Menschen aufhören, an ihn oder sie ...«, seine breite Brust dehnte sich aus und sackte wieder zusammen, »... zu denken, stirbt die Person.«

Der Schnee fiel jetzt heftiger, die ersten Flocken blieben an der Windschutzscheibe hängen, bevor sie herunterrutschten. »Jeden Tag, den wir an diesem Projekt gearbeitet haben, habe ich an Linda und an all die anderen kleinen Kinder wie sie gedacht, die wir zu retten versuchen. Indem ich mit Ihnen die Schlacht im Blut kämpfen darf, geben Sie mir die Möglichkeit, meine Linda am Leben zu halten.« Er schob das Foto zurück in seine Brieftasche.

»Und, *Dorothy* ...«, sie konnte sein Lächeln im Licht des Handschuhfachs sehen, »... für mich ist das Dank genug.«

Vor dem Terminal kam das Flugzeug rumpelnd zum Stehen. Dr. Paul tätschelte ihr Knie. »Mach dir keine Sorgen. Du wirst wunderbar sein.«

Mit einem leichten Anflug von Übelkeit öffnete sie ihre Aktentasche. Sie erschrak, denn dort auf dem Stapel mit Manuskripten ihrer Kollegen, die sie in ihrer freien Zeit begutachten wollte, lag das Foto von Eugenes kleinem Mädchen.

Ihre Kopfhaut prickelte. Warum hatte er es ihr mit eingepackt? Dieses Bild war ihm so kostbar. Was, wenn sie es verlor? Warum hatte er ihr diese Verantwortung auferlegt?

»Wer ist das?« Dr. Paul schaute ihr über den Arm, als er seine eigene Aktentasche auf den Schoß hob. Unter ihrer Mütze schien das Mädchen nur aus großen dunklen Augen zu bestehen.

»Eugenes Tochter, Linda.«

»Ich wusste gar nicht, dass er eine Tochter hat.«

»Ja. Sie ist ...« Sie fing sich gerade noch.

Sie öffnete ihre Mappe, legte das Foto oben auf ihr Referat, dann schob sie beides in die Aktentasche und schloss sie zu.

Also dann, Eugene.

30

Neunzig Minuten später, nach einer Taxifahrt durch Manhattan mit seinen Wolkenkratzern und hupenden Autos und nach einem Spießrutenlauf durch die Kollegen im Foyer des Commodore-Hotels, packte Dorothy beide Seiten des Rednerpults. Ihre Eingeweide fühlten sich durch die Pause, die sie im vergoldeten Hotelbadezimmer eingelegt hatte, gereinigt an. Die Nervosität schien ihren Darm verflüssigt zu haben.

»Vielen Dank.« Das Mikrophon jaulte schrill auf. Sie trat etwas zurück. »Vielen Dank für die Einleitung, Joe«, sagte sie zu ihrem Kollegen Joe Melnick, der noch auf dem Weg zu seinem Platz war. »Es zeugt von echter Großzügigkeit, so nette Worte über mich zu sagen, nachdem du seit letztem Herbst meine Dienste in der Poliobekämpfung übernommen hast. Bitte richte deiner Frau und deinen Kindern meinen Dank aus, dass sie mir ihren Dad ausgeliehen haben.«

Die Zuhörer, die es sich in ihren Sitzen in dem riesigen Ballsaal bequem gemacht hatten, lachten leise. Joes dunkler Haarschopf bewegte sich leicht nach unten, als er zwinkerte und nickte.

»Und ich möchte Dr. Paul danken.« Sie schirmte die Augen ab und suchte ihn im Saal – da war er, gleich in der ersten Reihe, stolz wie ein Papa bei einer Schulaufführung. »Ohne Sie wäre ich nicht einmal in Yale, ganz zu schweigen davon, dass Sie mir diese interessante Arbeit ermöglicht und mich ermutigt haben, meinen Ahnungen nachzugehen. Ach, diese lästigen, bohrenden Ahnungen! Jeder Mensch darf sich glücklich schätzen, wenn er solchen

Ahnungen nachgehen darf, immer wieder angestachelt von seinem Mentor Und ich bin dankbar, dass ich den besten von allen habe. Vielen Dank, Dr. Paul.«

»Da fühle ich mich ja ganz alt«, rief er über den Applaus hinweg.

Die Menge lachte.

»Johnny«, sagte Basil O'Connor, »Sie sind ein Evergreen.«

Als das Gelächter erstarb, schaute sie vom Rednerpult aus in den Saal. Alle Legenden waren versammelt, Enders, Francis, Rivers, Albert. Sollte sie es tun? Niemand hatte je getan, was sie im Begriff war, zu tun, doch dadurch wurde es nicht weniger richtig.

»Ich möchte außerdem ...« Das Mikrophon kreischte erneut auf, eine ohrenbetäubende Rückkopplung. Sie wich ein wenig zurück. »... jemandem danken, der nicht hier sein kann, meinem Kollegen Eugene Oakley. Mr. Oakley war maßgeblich für die einfühlsame Pflege meiner Versuchstiere verantwortlich. Er war mir eine große Hilfe beim Umgang mit ihnen, was ein wahrer Segen ist, wie Sie wissen werden, wenn Sie jemals von einem ausgewachsenen Langschwanzmakak gebissen wurden.«

Die Jungs feixten. Manche zeigten sogar ihre Narben an den Händen und Armen vor.

Sie wartete, bis sie sich wieder beruhigt hatten. »Auch ihnen selbst möchte ich danken, den Affen und Schimpansen aus meiner Studie. Ohne ihr Opfer wäre ich nie in der Lage gewesen, meine Ahnungen zu beweisen. Ich hoffe, durch das Wissen, das wir durch meine Arbeit gewonnen haben, wird ihr Leid nicht vergeblich gewesen sein.«

Die Männer sahen einander an. Ein Arzt aus Michigan schnaubte verächtlich. Dorothy sprach rasch weiter, ehe sie ihr Publikum verlor.

»Vor allem jedoch möchte ich meine Arbeit diesem Kind widmen.« Sie hielt das Foto in die Höhe. »Dies ist Linda Oakley, die Tochter meines Kollegen Eugene Oakley.« Sie drehte das Bild um, um es sich anzusehen. »Linda, ich möchte dir und all den Kindern danken, die mich inspiriert haben, weiterzuarbeiten, weiterzuträumen und immer weiter alles zu tun, was nötig ist, um die Geheimnisse des Poliovirus ans Tageslicht zu bringen. Linda Oakley, ich denke an dich.«

Die Jungs wurden still. Sie blieben es, bis Dorothy ihre Lesebrille aufsetzte – ihre Augen waren schlechter geworden, seit sie vierzig geworden war. Die Zeit hinterließ ihre Spuren, ob es einem gefiel oder nicht. Mit der Brille auf der Nase griff sie nach ihrem Aufsatz. »Nun, meine Herren, lassen Sie mich von dem erzählen, was Lindas Vater die ›Schlacht im Blut‹ nennt.«

❖

Sie sammelte ihre Papiere zusammen, eine Last war von ihrer Brust verschwunden, als ihre Kollegen aufstanden und applaudierten. Sie verstanden ihre Arbeit. Sie schätzten sie – *sie,* Dorothy Horstmann.

Die Menge klatschte immer noch, als Dave Bodian zum Mikrophon trottete. Seine gummiartigen Gesichtszüge verzogen sich zu einem Lächeln, und mit großem Getue stellte er das Mikrophon tiefer. Dann sah er demonstrativ zu ihr, stellte es noch tiefer und erntete eine Runde Gelächter. Als Dorothy ihren Platz erreicht hatte und sich strahlend zwischen John und Albert setzte, hatten die Jungs sich wieder beruhigt.

Gute Arbeit, formte Albert tonlos mit den Lippen.

Oben auf der Bühne räusperte sich Bodian. »Meine Freunde, ich muss Ihnen leider mitteilen, dass ich mich nicht bei meinen Affen bedanken werde. Aber ich möchte meiner Frau danken.«

Die Jungs brüllten vor Lachen. Albert sah zu ihr und schüttelte den Kopf.

Sie wollte Albert sagen, dass alles in Ordnung war. Sie war daran gewöhnt. Sie hatte damit gerechnet. Was zählte, war, dass ihre Arbeit von diesem Kreis gut aufgenommen worden war. Dies waren die Menschen, die ihre Ergebnisse aufgreifen und umsetzen würden. Jetzt wussten sie, dass ein Impfstoff, der den Körper dazu veranlasste, Antikörper zu produzieren, das Poliovirus in einem frühen Stadium abtöten konnte, solange es sich noch in der Blutbahn befand. Sie konnten dafür sorgen, dass Polio nicht länger Eltern ihre Lindas raubte. Man stelle sich das nur vor!

Albert sah sie stirnrunzelnd an.

Was?, fragte sie tonlos.

Er deutete mit einem Nicken auf Bodian. Sie zwang sich, ihm zuzuhören. Vertraute Wortfetzen drangen durch ihre rosige Stimmung: »im Blut«, »vier bis sechs Tage«, »wir haben zum falschen Zeitpunkt gesucht«. Sie wusste, dass er dieselbe Spur verfolgt hatte wie sie, aber jetzt war es offensichtlich, dass seine Experimente nahezu identisch mit ihren waren, nur dass er mit mehr Versuchstieren über einen längeren Zeitraum gearbeitet hatte. Außerdem machte er den verblüffenden Vorschlag, dass Gammaglobuline möglicherweise tatsächlich eine brauchbare Behandlung darstellen könnten.

Als er fertig war, war der Applaus genauso begeistert wie bei ihr, und die Versammlung verlegte sich in die Halle draußen vor dem Saal. Die Reporter, die John Paul angerufen hatte, waren dort. Mit gezückten Stiften und Notizbüchern rannten sie zu Dave Bodian.

»Wie viele Jahre wird es noch dauern, bis wir einen Impfstoff haben, Dr. Bodian?«

»Bedeutet das, dass Gammaglobuline wirken?«

»Glauben Sie, Sie werden den Nobelpreis bekommen?«

»Wenn ich das tue …«, Dave streckte die Hand nach Dorothy

aus, die sich schon abwenden wollte, »… dann werde ich ihn mit Dr. Horstmann teilen müssen. Wir haben gleichzeitig die gleiche Spur verfolgt.« Er ergriff ihre Hand und zog sie zu sich. »Gratulation.«

Blitzlichter explodierten, während sie sich die Hände schüttelten.

»Edison trifft Tesla«, sagte einer der Reporter.

»Jenner trifft Pasteur«, sagte ein anderer.

»Goliath trifft David«, scherzte Dorothy, obwohl ihr Herz sank.

»Dr. H.«, rief jemand. »Zeigen Sie uns das Bild von dem kleinen Mädchen.«

Etwas in ihrer Brust löste sich. Die Fotografen traten näher, die Kameras bereit, als sie ihre Aktentasche öffnete und das Foto herausholte. Als sie es in die Höhe hielt, beugten sie sich vor.

Alle zusammen, und dann hielten sie inne.

Einer der Fotografen trat zurück.

Jemand flüsterte: »Ist sie schwarz?«

Zwei Blitzlichtgeräte wurden ausgeschaltet. Ein anderer Fotograf begann, seine Ausrüstung zu überprüfen.

Ein Reporter wandte sich an Dave und schüttelte ihm die Hand. »Ich bin Stan Halberman für das *Time*-Magazin. Was halten Sie davon, dass Sie die gleichen Entdeckungen gemacht haben wie Dr. Horstmann?«

»Das sind doch ausgezeichnete Neuigkeiten, oder nicht? Vermutlich macht es die Arbeit doppelt genau. Es gibt niemanden, von dem ich meine Arbeit lieber verifizieren ließe. Dr. Horstmann ist einer der angesehensten Köpfe auf unserem Gebiet.«

Stirnrunzelnd wandte Dorothy sich von den Fotografen ab. Die Menschen konnten so enttäuschend sein.

Dave grinste sie an. »Außerdem macht sie einen gemeinen Gin Rickey. Wo haben Sie das eigentlich gelernt, Dot? Sie könnten glatt in einer Bar arbeiten.«

»Das ist mal ein Talent.« Mr. Halberman schob seinen Hut zurück. »Sagen Sie, könnten wir ein Foto von Ihnen beiden zusammen bekommen?«

Jemand schob sie enger zusammen.

Der Fotograf von der *Time* klopfte auf den kleinen Tisch, an dem der Empfangsherr gesessen hatte. »Dr. H., Sie sitzen hier.«

Sie tat wie geheißen. Ihre Knie stießen an die Unterseite des Tisches, als wäre sie eine Erwachsene, die am Tisch eines Schulkindes hockte.

»Jetzt legen Sie Ihre Unterlagen auf den Tisch. Hier ist ein Stift. Tun Sie so, als würden Sie schreiben. Dr. Bodian, kommen Sie hierher und schauen Sie ihr über die Schulter, als würden Sie ihr erklären, wie es richtig geht.«

Dorothy versuchte, darüber zu lachen. »Ich fürchte, ich gebe keine besonders gute Sekretärin ab. Warum kann ich nicht stehen und er sitzt?«

»Das wäre merkwürdig«, sagte der Reporter. »Miss Horstmann – lächeln!«

Der Blitz erstarb. Dorothy sah nur noch Rot.

❖

Die Reporter waren immer noch draußen im Foyer des Commodore und schwärmten von Dave Bodian und seiner unglaublichen Entdeckung (die zuerst ihre gewesen war), als Albert sie längst in den Century Room geführt und ihr einen gebackenen halben Hummer Egyptienne und einen Whiskey bestellt hatte. Jetzt saß sie auf einer weichen Lederbank und stocherte mit der Gabel in den weißen und roten Hummerstückchen herum, während alle Freude aus ihr herausblutete.

Albert hörte auf, zu reden, und sah zu, wie sie den Hummer sinnlos zerkleinerte. »Du solltest das Essen nicht auf diese Weise verschwenden.«

»Tut mir leid. Ich fürchte, ich bin gerade nicht die beste Gesellschaft.«

»Du brauchst dich nicht zu entschuldigen. Aber du solltest das Essen nicht vergeuden.« Als sie zu ihm aufblickte, sagte er: »Tut mir leid, da kommt meine Kindheit zum Vorschein.«

Sie nickte. Ihre Mutter hätte sich auch über die Verschwendung geärgert. Oder, noch wahrscheinlicher, sie hätte die Reste aufgehoben, sie mit Nudeln und Kartoffeln gestreckt, um die ganze Familie und obendrein notleidende Nachbarn sattzubekommen.

Ein Kellner kam mit einem Korb an den Tisch und hielt dann mit einer Zange ein Brötchen in die Höhe wie ein Priester eine Hostie. Albert deutete auf seinen Teller. Dorothy verzichtete.

»Ich fühle deinen Schmerz.« Albert butterte sein Brötchen. »Ich spüre ihn ganz deutlich. Man hat dir den Sieg gestohlen, ohne deine eigene Schuld.«

»Ich habe so hart gearbeitet!«

»Ich weiß. Also werden wir sie alle dafür bezahlen lassen.«

Der Kellner kam, um ihnen Wasser einzuschenken. Als er fort war, sagte sie: »Danke, Albert. Ich weiß es zu schätzen, dass du versuchst, mich zu trösten. Aber ich bin wirklich nicht darauf aus, irgendjemanden zahlen zu lassen.«

»Nicht?« Er lachte. »Warte nur ein Weilchen, dann wirst du es wollen.« Er schnitt in sein Fleisch, dessen Saft auf den weißen Teller lief. »Man hat dir das geraubt, was du und ich am meisten wollen: Anerkennung.«

»Ich weiß nicht, ob mich das tröstet.«

»Ich rede davon, als Sieger aus dem Rennen zu gehen, Dorothy. Ich rede davon, die Lorbeeren zu bekommen. Das willst du doch, oder?«

»Hm. Ja. Ich denke schon.«

»Du denkst schon?«

»Okay. Ich will die Lorbeeren.«

»Dann musst du dafür kämpfen, denn alle anderen kämpfen auch dafür. Du glaubst, irgendjemand wird dir eine Pause gönnen? Du glaubst, sie werden dich verhätscheln, weil du eine Frau bist?«

»Das glaube ich ganz bestimmt nicht.«

»Richtig, das werden sie nämlich nicht tun. Sie werden dich einfach überrollen.«

»Du erzählst mir nichts Neues, Albert.«

»Dann sei schlau und werde zäh. Schließ dich mit mir zusammen, um die Welt von Polio zu befreien, du in Yale und ich in Cincinnati. Zusammen werden wir unschlagbar sein. Diese ganzen Deppen werden gar nicht wissen, wie ihnen geschieht.«

»Meinst du nicht eher, das Poliovirus wird nicht merken, wie ihm geschieht?«

Er lachte. »Stimmt.«

1953

EINE STATISTIKERIN

Das Telefon klingelte, als sie sich Edward Murrow im Fernsehen ansahen. Barbaras Mutter stand auf, schob einen rosafarbenen Lockenwickler tiefer unter ihr Haarnetz und band den Knoten ihres Bademantels neu. »Wer könnte das um diese Zeit sein?«

Ihre Mutter schlurfte in ihren Hausschuhen aus dem Zimmer. *Wer könnte überhaupt zu irgendeiner Zeit anrufen?*, dachte Barbara, während Mr. Murrow die Zigarette ausdrückte, ehe er seinem Gast eine Frage stellte. Es war nicht gerade so, dass sie mit Anrufen überschüttet würden.

Aus der Küche rief ihre Mutter mit merkwürdiger Stimme: »Barbie!«

Es war nur ein kurzer Weg vorbei am Sofa und dem selbstgebauten Bücherregal zur Küche. Ihre Mutter hielt den Kragen ihres Bademantels zu, als sie Barbara den Hörer hinhielt, während sie ihren Rollstuhl am Esstisch parkte. *Es ist Dr. Sabin,* flüsterte sie stirnrunzelnd.

Barbaras Puls wurde schlagartig schneller. Die Haarnadeln in ihren Locken, die sie für die Nacht hochgesteckt hatte, klapperten leise am Hörer, als sie ihn an ihr Ohr hielt.

»Barbara?«

Seine Stimme versetzte sie zurück ins Labor, in die Zeit, in der sie noch ganz gewesen war. Sie sah sich selbst, wie sie Seite an Seite mit ihm arbeitete und weder Essen oder Trinken noch Schlaf brauchte. Alles, was sie gebraucht hatte, war die Arbeit.

»Ja.«

»Barbara, wie geht es Ihnen?«

»Gut. Besser. Ich kann meine Hände inzwischen ziemlich gut gebrauchen.« Sie war stolz darauf, dass sie sich die Haarnadeln selbst stecken konnte, aber das würde sie ihm nicht erzählen. Als sie ihn das letzte Mal gesehen hatte, kurz nach ihrer Rückkehr von Warm Springs nach Cincinnati, hatte er sie zum Essen ausgeführt. Er musste sie füttern, und bei diesem Gedanken wurde ihr jetzt noch heiß vor Verlegenheit. Danach wollte sie ihn nicht mehr sehen.

»Das sind ausgezeichnete Neuigkeiten.« Dann schwieg er. »Ich sollte nicht um den heißen Brei herumreden. Ich arbeite mit Hochdruck an meinem Impfstoff, und ich könnte Sie brauchen.«

Ihr Herz schien sich in ihre Kehle zu schieben. »Ich fürchte, ich bin … ich sitze immer noch im Rollstuhl. Meine Beine funktionieren nicht.«

»Aber Ihr Verstand funktioniert doch noch, oder? Denn ich erinnere mich, dass Statistik immer eine Ihrer Stärken war, und ich brauche dringend einen erstklassigen Statistiker.«

»Ich habe seit Jahren nicht gearbeitet.«

»Sie würden die Ergebnisse meiner Experimente zusammenstellen.«

Hatte er sie nicht gehört? Sie hatte nicht gearbeitet.

»Und Sie würden die Ergebnisse der Daten verarbeiten, die andere mir schicken, unter anderem Dorothy Horstmann.«

»Dorothy Horstmann?«

»Soweit ich weiß, kennen Sie sie.«

»Das stimmt. Sie ist … ziemlich außergewöhnlich.«

»Das ist sie. Wir … ich … brauche Sie wirklich, Barbara. Ich bin kurz davor, einen sicheren Lebendimpfstoff zu entwickeln, der oral verabreicht werden kann.«

Das wurde aber auch Zeit.

»Barbara?«

»Ja?«

»Jetzt, da Dorothy bewiesen hat, dass das Virus durch den Verdauungstrakt in den Körper und von dort ins Blut gelangt, weiß ich, wie wir Polio mit seinen eigenen Waffen schlagen können: Wir schicken ein geschwächtes Virus direkt in den Darm und bringen mit diesem Trick den Körper dazu, seine eigenen Antikörper zu produzieren. Es wird sehr viel effektiver sein, als den Körper wahllos mit dem abgetöteten Virus zu beschießen, das man in den Arm injiziert.«

»Kindern wird es gefallen, keine Spritze zu bekommen, oder dieses schreckliche Gammaglobulin.«

»Ganz genau. Wir hoffen, unseren Impfstoff in Kürze erproben zu können. Es ist wichtig, dass wir unsere Statistiken auf Vordermann bringen, um O'Connor zu überzeugen, unsere Arbeit zu fördern.«

Neben dem Eisschrank ballte ihre Mutter die Fäuste und blinzelte voller Hoffnung.

Barbara sah sich wieder im Labor mit ihm, eine Schale mit Gewebeproben vor sich. Sie hatte die Intelligenz geliebt, die seine Augen ausstrahlten, obwohl seine Eindringlichkeit ihr auch ein wenig Angst gemacht hatte.

»Barbie, Sie sehen müde aus«, hatte er gesagt. »Sie sollten nach Hause gehen, sich etwas ausruhen.«

Sie hatte protestieren wollen.

»Stellen Sie die Schale zurück in die Kühlung. Wir werden morgen damit weitermachen.«

Ihr Kopf hatte geschmerzt, ihr Unterleib hatte sich verkrampft, und ihre Zunge hatte sich wie Sägemehl angefühlt. Trotzdem hatte sie eine weitere Glasscheibe zwischen Daumen und Zeigefinger genommen und trotzig ihr Kinn vorgestreckt. »Ich soll mich ausruhen, während diese Proben, mit denen wir das Leiden lindern könnten, nutzlos herumstehen?«

Jetzt krümmte sie sich innerlich zusammen. Schon damals hatte es übertrieben dramatisch geklungen, und in der Erinnerung klang es nur noch kitschig, aber sie hatte es ernst gemeint. Niemals hätte sie sich vorgestellt, dass sie selbst schon bald nutzlos herumsitzen würde.

Oder doch nicht?

Ihre Haarnadeln schabten über den Hörer, als sie nickte. »Wann fange ich an?«

31

New Haven, Connecticut, 1953

Die Nadel des Plattenspielers setzte knisternd auf der ersten Rille der Platte auf. Die Klänge von Beethovens *Mondscheinsonate* erfüllten den Raum.

Dorothy tapste über ihren Wohnzimmerteppich, die Füße in den Strümpfen kribbelten, weil sie den ganzen Tag auf den Beinen gewesen war. Sie ließ sich in ihren Lehnsessel fallen, zu müde, um sich die Füße zu reiben, zu müde, um ihr Mieder auszuziehen, aber nicht zu müde, um den BH abzunehmen. Die beiden Schalen des elenden Dings lagen auf dem Küchentresen, wo sie hingeflogen waren, sobald Dorothy ihr kleines Haus betreten hatte. Was für ein seltsamer Brauch, die Brüste in die Form von Kegeln zu zwingen! Bei ihren Einsätzen überall auf der Welt war ihr so etwas nur im Westen begegnet. Sie verstand nicht, was für einen Zweck das haben sollte, aber vielleicht konnten die Suri-Frauen, die sie in Äthiopien kennengelernt hatte, auch nicht erklären, warum sie Platten in ihren Lippen trugen.

Sie stieß einen tiefen Seufzer aus, lehnte den Kopf zurück und lauschte der Musik.

Sie hatte einmal gelesen, dass Beethoven dieses Stück in seinen Dreißigern geschrieben hatte, nur so aus Spaß. Er hatte es zu einer Zeit komponiert, als seine Gönner ihn mit Aufträgen überhäuften, ein Meisterwerk, nur für sich selbst. Dorothy schloss die Augen und versuchte, sich den großen Komponisten vorzustellen, wie er mit Hingabe seine Melodie spielte und sich an seiner Gabe erfreute. Doch alles, was sie sehen konnte, war Pop mit vor Freude engelsgleichem Gesicht.

Lieber Pop. Gott sei Dank hatte sie einen Vater wie ihn und den Trost ihrer Kindheitserinnerungen. An Tagen wie diesen half es ihr, sich daran zu erinnern, wie sie auf seinem nassen, wolligen Rücken gelegen hatte, als er mit ihr in das warme Wasser in den Sutro Baths watete und sein Lachen in ihrem Bauch widerhallte. Sie dachte an ihren erbitterten Wettstreit beim Wäscheklammer-weitwurf auf Milchflaschen, ein Spiel, das Mutter sich für sie für Regentage ausgedacht hatte. Erst gestern war sie von einem schrecklichen Ausbruch in Australien zurückgekehrt, ein unheil-volles Vorzeichen für die Poliosaison dort drüben. Es war nicht zu leugnen, dass Polio von Jahr zu Jahr ansteckender wurde.

In den USA waren im letzten Sommer sämtliche Rekorde gebro-chen worden. Die Zahlen hatten sich in ihr Gedächtnis einge-brannt: 21 269 Fälle von Kinderlähmung, mehr als doppelt so viele wie im Jahr zuvor, und mit 3145 auch doppelt so viele Tote. Es gab immer noch keine sichere Waffe gegen diese Krankheit.

Das Telefon klingelte. Wie immer klopfte ihr Herz heftig und voller Hoffnung, als würde Arne sie aus Übersee anrufen oder ihr auch nur schreiben, nachdem sie seine Geduld über alle Maßen strapaziert hatte. Sie hatte seit Monaten keinen Brief mehr erhal-ten. Viel eher war es Pop, den Mutter ans Telefon gesetzt hatte. Ihre Unterhaltung würde sich vor allem darum drehen, dass er sie fragte, ob sie Tony Bennett mochte, worauf sie mit ja antworten würde. Dank ihrer Schwester Catherine, die immer noch zu Hause lebte (zusammen mit Bernard und seinen Lehmkarten), mochte er Blue Velvet sehr gerne.

»Habe ich dich gestört?«, fragte Albert.

»Oh, hallo Albert. Nein.« Sie untersuchte ihre Fußsohle. Verär-gert stellte sie fest, dass sie sich auf den Dielen ein Loch in ihre Nylonstrümpfe gerissen hatte, als sie zum Telefon gegangen war.

»Ist alles in Ordnung bei dir?« Keine unbegründete Frage an einem Montagabend um kurz nach zehn.

»Ich muss dich um einen Gefallen bitten.« Typisch Albert, direkt mit seinem Anliegen herauszuplatzen, ohne sich mit Nachfragen aufzuhalten, wie es ihr gehen könnte.

»Raus damit.«

»Hast du noch etwas von dem marokkanischen Virusstamm, das du mir schicken könntest?«

»Ich glaube, ich habe noch etwas im Tiefkühlschrank im Labor.«

»Fährt irgendjemand aus Yale noch diese Woche nach Cincinnati und könnte es persönlich vorbeibringen? Jemand mit blonden Haaren, der über eins achtzig groß ist?« An Alberts Ende der Leitung lief eine Radiosendung im Hintergrund, die übertrieben dramatischen Stimmen der Schauspieler hallten an den Fliesen und dem Stahl wider. Er war immer noch im Labor. Das überraschte sie nicht. Er war nur noch unermüdlicher, falls das bei Albert Sabin überhaupt möglich war, seit Basil O'Connor und der March of Dimes kürzlich ein neues Impfstoffkomitee ins Leben gerufen hatten, ohne ihn oder jemand anders von der alten Garde dazu zu befragen. Der March of Dimes stellte sich mit seinem gesamten Einfluss hinter Jonas. »Warum kommst du nicht hierher?«, sagte er. »Wir können wunderbare Musik im Labor machen.«

Auf ihrem Plattenspieler schwollen die hohen Noten von Beethovens Sonate an und stemmten sich gegen den regelmäßigen Rhythmus der Bassstimme.

»Ich habe meine eigene wunderschöne Musik hier.« Das war also aus ihnen geworden, witzelnde Freunde. »Außerdem muss ich unterrichten. Ich war zwei Wochen weg.«

»Mach einen Tag blau. Ich bezahle dir den Flug.«

»Und was mache ich mit meinen Patienten? Joe kann nicht ständig für mich einspringen.«

»Du musst wirklich aufhören, als Ärztin zu praktizieren, so wie ich.«

»Und wie soll ich dann meine Assistenzärzte unterrichten?«

»Das weiß ich nicht, aber ich bin sehr viel glücklicher, seit frischgebackene Mütter mich nicht mehr um Mitternacht anrufen können.«

Ein feiner Chefarzt der Kinderabteilung! Dabei war Albert nicht einmal der Schlimmste. Sie hatte unzählige Kinderärzte kennengelernt, die Mütter – und Babys – verachteten. Sie fragte sich, warum diese Männer überhaupt diesen Beruf wählten.

»Betrachte dein Kommen als eine gute Tat für die Menschheit«, sagte er. »Wir können nicht zulassen, dass Salks Impfstoff unangefochten bleibt. Wir schuften hier wie Pferde – Barbara steckt bis zu den Ellenbogen in Statistiken.«

»Du brauchst sie.«

»Und ob.« Sie hörte, wie er sein Radio ausschaltete. Seine Stimme klang jetzt drängender. »Ich kann es nicht fassen, dass ein Haufen Nicht-Mediziner jetzt beim March of Dimes den Ton angibt. Jeder Wissenschaftler, der etwas auf sich hält, wird dir bestätigen, dass Salk vollkommen verantwortungslos ist. Er hat die gefährlichsten Stämme für seinen Impfstoff ausgewählt.«

»Ich würde ihn nicht vollkommen verantwortungslos nennen. Ich verstehe seine Logik. Er will gegen das Schlimmste schützen, was Polio seinen Opfern antun kann.«

»Dann sollte er den besten Schutz bieten. Sein Vakzin wirkt bestenfalls vorübergehend. Er hat mir selbst gesagt, dass er glaubt, dass man regelmäßige Auffrischungsimpfungen brauchen wird.«

Sie hatte ein gutes Gefühl, weil Jonas durch ihre Entdeckung genau wusste, wo und wann er nach Antikörpern zu suchen hatte. Wenigstens wusste er dadurch, dass Auffrischungsimpfungen nötig waren. »Regelmäßige Impfungen sind besser, als nichts zu tun. Und das wäre die Alternative, bis wir unseren Impfstoff fertig haben, seit sich das Gammaglobulin als Reinfall erwiesen hat.«

»Auf welcher Seite stehst du eigentlich?«, rief er.

»Auf der Seite der Kinder, Albert.«

Er schnaubte am anderen Ende der Leitung. »Komm einfach her, Dot. Mit deinem marokkanischen Stamm. Und alles wird dir vergeben sein.«

»Ich wusste gar nicht, dass ich Vergebung brauche.«

»Dafür, dass du jetzt nicht hier bist, ja.«

Die Bassstimme der Sonate pflügte ungerührt weiter, während die Oberstimme jammerte und kippte. »Ich wünschte, ich könnte kommen.« Das tat sie wirklich. Dieses Haus kam ihr sehr leer vor. Es gab eine Leerstelle in seiner Atmosphäre, die Art von Lücke, die in einem Haus spürbar war, nachdem die Katze oder der Hund gestorben war.

Er spürte seine Chance. »Dann komm! Komm jetzt, bevor du deinen Nobelpreis gewinnst und ich nie wieder eine Chance bei dir habe.«

»Hör auf damit. Ich weiß noch nicht einmal, ob ich überhaupt nominiert bin. Das ist geheim.«

»Nicht so geheim, dass nicht jeder wüsste, wer dafür in Frage kommt. Du wurdest nominiert, und du wirst gewinnen. Sobald ich meinen Nobelpreis für meinen Impfstoff bekommen habe, sind wir Nobelkollegen.«

Sie lachte.

»Dorothy, ich meine es ernst. Du solltest herkommen … für immer. Wir wären ein großartiges Gespann. Stell dir nur vor, wenn wir unseren Impfstoff …«

»Jetzt ist es also ›unser‹?«

»… *unseren* Impfstoff fertig haben, dann werden sie die Papierstreifen aus dem Ticker für uns aus dem Fenster werfen. Du und ich bedeckt mit Konfetti, fahren im offenen Wagen durch Manhattan.«

»Du wirst dieses Mal also nicht deine eigene Serviette zerreißen?«

»Das weißt du noch?« Sie konnte die Freude in seiner Stimme hören. »Ich mache keine Witze, Dorothy. Wir passen gut zusammen. Ich glaube, das weißt du auch.«

Worauf wollte er hinaus? Wie sollte sie ihn abweisen, ohne dabei den Anschein zu erwecken, sie wolle andeuten, dass er irgendetwas persönlich gemeint haben könnte? In diesem Moment klingelte es an ihrer Tür.

»Ist jemand gekommen? Sag mir nicht, dass es John Paul ist. Besucht er dich oft? Du weißt, dass er in dich verliebt ist, nicht wahr?«

»John ist nicht in mich verliebt.«

Albert lachte leise. »Auf gar keinen Fall! Also, geh an die Tür. Grüß John von mir. Ich warte so lange.«

Sie legte den Hörer ab. Wahrscheinlich war es John, obwohl er normalerweise vorher anrief, und außerdem war es ziemlich spät für ihn. Gab es einen Notfall im Labor? Ihre Sorge wuchs, als sie schwungvoll die Tür öffnete.

Der Wind wehte Arnes seidiges Haar in seine Stirn, als er den Hut abnahm. »Wenn der Berg nicht zum Propheten kommt, *elskede,* muss der Prophet eben zum Berg kommen.«

32

Sie schlug die Hände vor dem Mund zusammen, als der Plattenspieler gerade *Ode an die Freude* spielte. Sie lachte über dieses unglaubliche Zusammentreffen.

Arne grinste. »Ich hatte gehofft, dass du dich freust.«

»Und wie!« Wenn sie ein Hund wäre, würde sie wie verrückt wedeln. Sie ließ sich von ihm umarmen.

Es dauerte eine ganze Weile, bis sie sich lange genug von ihm lösen konnte, um ihn in die Küche zu führen. »Lass mich dir etwas zu trinken bringen. Hast du Hunger?«

Sie sah den Telefonhörer auf dem Stuhl. »O nein!« Sie ging hin und hielt ihn sich ans Ohr. »Hallo?«

»Ich fürchte, es ist nicht John Paul«, sagte Albert.

»Du bist immer noch dran? Es tut mir leid! Ich habe es ganz vergessen.«

»Das ist ein großartiges Gefühl.«

»Es tut mir wirklich leid. Ich schicke dir die Virusprobe.«

»Tu das. Danke.« Es klickte in der Leitung.

Arne stand hinter ihr, als sie den Hörer auf den Apparat legte »Habe ich gestört?«

»Das war nicht wichtig.« Nein, sie sollte offen sein. Sie hatte nichts zu verbergen. »Es war Albert Sabin. Er wollte eine Polioprobe. Wir … er und ich …«

Er nickte, bevor sie mehr sagen musste. »Das ist deine Angelegenheit. Ich weiß, wie hart du arbeitest. Komm.« Sie gingen ins Wohnzimmer, wo sie sich aufs Sofa setzten.

»Ich hoffe, du bist nicht böse auf mich, weil ich dich nicht gefragt habe, ob ich kommen kann. Vielleicht hatte ich Angst vor der Antwort.« Er zog eine Grimasse. »Ich musste dein Gesicht sehen, um es zu wissen.«

»Und wie lautet das Urteil?«

Er rieb ihre Schulter. »Es war richtig von mir, zu kommen.«

Sie lehnte ihr Gesicht in seine Hand. »Ja, das war es.« Sie lachte fast auf, als sie daran dachte, wie müde sie gewesen war. Damit war es vorbei!

Sie setzte sich auf. »Aber deine Arbeit ist auch wichtig. Wie konntest du dich freimachen?«

»Eine Zeitschrift redigieren? Nein. Ich kann etwas Ähnliches hier finden. In diesen Zeiten, in denen die Menschen nach Neuigkeiten hungern, gibt es viel Arbeit. Für dich ist es viel schwerer, die richtige Mannschaft für deine Arbeit zu finden. Das verstehe ich jetzt. Ich schäme mich, dass ich versucht habe, dich davon abzuhalten.«

»Es war nicht dein Fehler. Nichts war jemals dein Fehler.«

Sein langes Gesicht verzog sich zu einer Grimasse. »Vielleicht könntest du mir helfen, eine Unterkunft zu finden ...«

»O Arne, ich will dich hier bei mir haben.«

»Ich sehe, dass du es ernst meinen könntest.«

»Natürlich meine ich es ernst!« Sie lachte. »Ich kann es immer noch nicht fassen, dass du hier bist!«

Er ließ zu, dass sie sich an ihn lehnte. Nach einer Weile richtete er sie auf. »Dorte, glaube nicht, dass ich mein Versprechen vergessen hätte, dich zu heiraten. Ich will dich nicht darum betrügen, wenn es dir immer noch wichtig ist.«

Verlegen senkte sie den Kopf. Sie hatte vergessen, wie direkt er war. »Es ist mir wichtig, zu gegebener Zeit. Ist es dir auch wichtig?«

»Ich dachte, es wäre dir wichtig. In allen amerikanischen Filmen geht es immer darum, am Ende verheiratet zu sein.«

Sie lachte. »Mein Leben ist nicht wie in einem Film.«

»Und ich messe als Däne der Ehe nicht so große Bedeutung bei. Wenn wir lieben, dann lieben wir.«

Sie lehnte sich wieder an ihn. »Genau wie ich.«

❖

Als sie am nächsten Abend nach Hause kam, stieg ihr der Duft von Toastbrot und warmer Butter in die Nase, sobald sie die Tür aufschloss. Ihre Erschöpfung nach dem Arbeitstag löste sich in Luft auf.

Arne tauchte auf und führte sie mit einem um die Taille gewickelten Handtuch und aufgerollten Hemdsärmeln ins Haus. »Du hast gekocht!«, rief sie, während sie ihren Mantel auszog. »Etwas, das wunderbar riecht.«

»Ich bin zum Supermarkt gegangen. Es gab so viel von allem! Vier Sorten Brot, fünf Sorten Margarine, und ich habe vergessen, wie viele verschiedene Frühstücksflocken – wie sollst du dich da entscheiden?«

»Wir hören Radio«, sagte sie, während er ihren Mantel in den Garderobenschrank hängte. »Die Werbung sagt uns gerne, welche Produkte wir kaufen sollen.«

Als er zu ihr zurückkam, küsste sie seine Wange (warm, glatt und nach Rasierwasser duftend – himmlisch). »Ich habe bei einer Zeitschrift gearbeitet«, sagte er. »Mit Werbung kenne ich mich aus. Wir Dänen haben Bedenken, Dinge anzupreisen. Aber in Amerika sind sie darauf spezialisiert, die Menschen dazu zu bringen, sich nach etwas zu *verzehren*. Ich fürchte, ich werde viele Dinge haben wollen.«

»Solange ich dazu gehöre, soll es mir recht sein.«

Er lachte. »Jetzt mach es dir bequem. Ich sehe dich im Esszimmer.«

Sie machte sich im Badezimmer frisch, trug etwas *Evening in*

Paris auf, putzte sich die Zähne, und mit ihrem Haar – tat sie nichts. Es gehorchte nur seinen eigenen Regeln, wie immer. Sie schob es sich hinter die Ohren, als die Klänge der *Mondscheinsonate* nach oben wehten.

Als sie wieder nach unten ins Wohnzimmer kam, war Arne in die Küche zurückgekehrt. Sie stellte Beethoven ab und legte stattdessen Nat King Cole auf, dann setzte sie sich ins von Kerzen erhellte Esszimmer. Sie befingerte das Silberbesteck an ihrem Platz. »Ich könnte mich an diesen Service gewöhnen«, rief sie laut.

»Was ist mit Beethoven passiert?«, rief er zurück.

»Ich brauche ihn nicht.«

»Du brauchst Beethoven nicht?«

Sie lächelte still. »Ich habe dich.«

Er kam mit zwei Tellern aus der Küche, auf denen sich der Toast stapelte, dazu winzige rosa Shrimps. »Ich konnte keinen guten Hering finden«, sagte er und setzte sich zu ihr. »Für meinen Einkauf morgen muss ich weiter weg, um einen besseren Laden zu finden.«

»Morgen? Ich hasse es, dass du deine ganze Zeit mit Hausarbeit verbringst. Im Supermarkt findest du alles unter einem Dach, und wir Amerikaner neigen dazu, bei einem Einkauf genug für die ganze Woche einzukaufen.«

Er hob sein Glas. »*Skål.*«

Sie sah ihm in die Augen. »*Skål.*«

Sie ließ ihn keinen Moment aus den Augen, als sie tranken.

»Du bist ein wenig furchteinflößend mit deinem *skål, elskede.*«

Sie lachten. Ihr Inneres wurde gewärmt, noch bevor sie den ersten Bissen genommen hatte, und als sie ihn nahm, sagte sie: »Mmm, Arne, das ist wirklich lecker. Danke.«

»Gern geschehen.« Erfreut sah er ihr beim Essen zu, dann faltete er seine Serviette auseinander. »Wie kommst du an frische Lebensmittel, wenn du nur einmal in der Woche einkaufen gehst?«

»Das war hier nicht immer so«, sagte sie zwischen zwei Happen. »Ich erinnere mich noch, dass ich mit meinem Vater zum Krämer an der Ecke gegangen bin, und dann zum Schlachter und zum Bäcker.«

»Bist du nie mit deiner Mutter gegangen? Ich wurde immer von meiner Mutter mitgenommen.«

»Sie hat mich mit Pop losgeschickt.«

Sie aßen einen Moment, bevor er sagte: »Du sprichst nicht viel über deine Mutter.«

»Nicht? Sie hatte immer sehr viel zu tun und nicht viel Zeit für mich.« Sie schwieg und kaute an einem Bissen. »Eigentlich habe ich mich noch nie richtig mit ihr unterhalten.«

»Hast du es je versucht?«

Er aß und musterte sie mit fragendem Blick aus seinen salbeigrünen Augen. Sie atmete auf dänische Art tief ein. »Sie war immer zu beschäftigt gewesen mit dem Haushalt, mit meinem Bruder und meiner Schwester, mit ihrer Arbeit in der Bar. Es gab immer nur Pop und mich.«

»War das ihre Entscheidung, *elskede*?« Er sah ihren Gesichtsausdruck und streckte den Arm aus, um ihre Hand zu ergreifen. »Ich wollte keine toten Hunde wecken.«

»Schlafende.«

Er runzelte die Stirn.

»Die Hunde. Aber du hast recht. Ich habe nie darüber nachgedacht, wie sie die Dinge sieht. Wir haben einfach immer alle so weitergemacht. Ich dachte, sie wollte es so.« Sie sah ihre Mutter vor sich, wie sie in der Küche Teig ausrollte, in der Bar Gläser spülte, Flicken auf die Hosen nähte – von innen, damit man sie nicht sah. Stets hatte sie Pop und Dorothy vor die Tür gescheucht, wo sie frei waren, sich die Ishi-Ausstellung im anthropologischen Museum anzusehen, die Funken zu beobachten, die aus den Oberleitungen der Straßenbahn in der Carl Street sprühten, oder

Steine in den Teich im Japanischen Garten zu werfen. Es war ihr nie in den Sinn gekommen, dass ihre Mutter vielleicht gerne mitgekommen wäre.

»Ich hätte dich nicht belästigen sollen«, sagte Arne. »Du hast genug um die Nase.«

»Um die Ohren.«

Er lachte über seinen Fehler. »Um die Ohren. Werde ich es jemals richtig machen?«

Sie holte tief Luft und sog seine Anständigkeit ein. Er hatte recht. Ihr dröhnten bereits die Ohren, auch ohne dass sie sich um ihre Mutter sorgte. Die Poliosaison stand kurz bevor.

33

Krankenschwestern eilten mit Tabletten und Glasspritzen auf Tabletts umher, ihre Schritte untermalten den unerbittlichen Rhythmus der Eisernen Lungen. Als Dorothy stehen blieb, um die Frage eines der Assistenzärzte zu beantworten, eines ernsthaften jungen Mannes aus Indien, musste sie die Stimme heben, um ein neues Geräusch zu übertönen, das jetzt zur Poliostation gehörte: das Schleifen des Motors unter einem schaukelnden Bett.

John Paul trat vor, als sie fertig war. »Ausgezeichneter Vortrag, Dottie«, sagte er über den Lärm hinweg. »Ich glaube, du hast die Assistenzärzte von den Vorteilen des Schaukelbetts überzeugt.« Sie schauten zu dem Gerät, auf dem der liegende Patient wie auf einer mechanischen Wippe auf und ab bewegt wurde. Das Bett arbeitete nach einem simplen Prinzip: Wenn der Kopf des Patienten oben war, zog die Schwerkraft das Zwerchfell nach unten und sog Luft in die Lungen. Wenn der Kopf unten war, wurde die Luft hinausgedrückt.

»Danke. Wir brauchten dringend eine Alternative zu den Eisernen Lungen für die Patienten mit weniger ausgeprägten bulbären Lähmungen.«

Er nickte. »Du hattest recht, darauf zu bestehen, dass wir in diese Betten investieren. Ich weiß gar nicht, warum wir sie nicht schon viel früher angeschafft haben.«

Dorothy wusste, warum. Eine Frau, Dr. Jessie Wright, hatte die Betten erfunden, und genau wie Sister Kennys Methode zur Behandlung von Poliopatienten wurde ihre Idee so lange belächelt, bis genügend Männer sich für sie erwärmten. Doch Dorothy hatte keine Lust, das jetzt genau zu besprechen. Sie wollte nach Hause zu Arne. Vier gemeinsame Tage hatten ihr Verlangen nach ihm nur noch stärker werden lassen.

»Wir sollten mehr von den Betten bestellen, bevor die Poliosaison beginnt.« John legte den Kopf schräg und versuchte, ihr in die Augen zu schauen. »Du bist ja heute richtig gut gelaunt. Haben wir ein Geheimnis?« Er grinste.

Sie wollte ihm von Arne erzählen. Doch das Glück war ihr schon zu oft abrupt entrissen worden, als dass sie riskieren würde, es zu beschreien. »Vermutlich freue ich mich einfach nur, dass es Frühling wird.«

»*Frühling?*« Er zerrte an seiner Fliege und runzelte die Stirn. »Jetzt werde ich aber misstrauisch. Normalerweise geht es dir im Frühling elend, du bist besorgt, wie der Rest von uns, was für eine neue Hölle die nächste Poliosaison bringen wird. Diese hier verspricht, ungeheuerlich zu werden. Die Dottie, die ich kenne, würde sich nachts schlaflos im Bett wälzen.«

»Ich habe wenig geschlafen.« Was voll und ganz der Wahrheit entsprach.

Sie eiste sich mit der Begründung von ihm los, die Arbeit würde rufen, und schrieb gerade in ihrem Büro auf der Station ihre Berichte, damit sie Feierabend machen konnte, als Albert anrief.

»Ich habe die Probe bekommen, die du geschickt hast. Mir wäre es lieber gewesen, wenn du sie persönlich vorbeigebracht hättest«, maulte er. »Aber danke.«

»Gern geschehen.« Sie balancierte den Hörer zwischen Schulter und Kinn und fügte ihren Notizen einen Satz hinzu.

»Sag mal, wer war das denn neulich Abend? Der Gentleman, der dich besucht hat?« Er ließ seine Stimme ganz untypisch unbekümmert klingen.

Als sie nicht antwortete, sagte er: »Du hast recht. Das geht mich nichts an. Aber wer immer dieser Knabe ist, er sollte dich besser gut behandeln.«

»Ich sollte dich nicht länger aufhalten, Albert, damit du nach Hause zu deiner Familie fahren kannst.«

Er blieb in der Leitung.

Draußen auf dem Flur machte ein Arzt einer Krankenschwester ein eindeutiges Angebot.

Albert sagte: »Ich habe Salk heute angerufen.«

Dorothy überlegte, ob sie sich da draußen einmischen sollte. Normalerweise genügte es, wenn sie wie eine Walküre aus einer Wagneroper drohend in der Tür auftauchte, um einen aufdringlichen Kerl zu verscheuchen.

»Ich habe ihm gesagt, dass er sich nicht von O'Connor und diesen Kerlen drängen lassen soll, sein Vakzin fässerweise zu produzieren, bevor er so weit ist. Ich hatte einen Scherz gemacht. Ich hatte erwartet, dass er mir versichert, dass er sich Zeit nehmen würde, um alles richtig zu machen, doch stattdessen sagt er mir, dass niemand ihn drängt außer er selbst, und ja, zum Donnerwetter, er habe schon jede Menge von dem Zeug fertig. Er hat eine Laborassistentin namens Elsie Ward, die herausgefunden hat, wie man das Poliovirus in Gewebe vermehren kann, um ganze Schiffsladungen von dem Vakzin herzustellen.«

Dorothy klemmte den Hörer unter das andere Ohr. »Schön für Jonas. Was gibt es Neues von deinem Impfstoff?« Der Casanova im Flur – Dorothy kannte ihn, er war einer der Handchirurgen – war ziemlich hartnäckig. Die Schwester, eine junge Mutter von zwei Jungs, versuchte, nett zu sein, klang aber verängstigt.

»Schön für Jonas?«, rief Albert. »Er sagte, er habe noch einen Burschen in seinem Labor, Julius Youngner, der einen neuen Titertest für Antikörper entwickelt hat. Offenbar kommt es zu einer pH-Reaktion, wenn sich Antikörper im Serum befinden oder sogar das Poliovirus im Gewebe. Sie sind jetzt so weit, dass sie ganz schnell erkennen können, ob ihr Vakzin bei den Testpersonen die Produktion von Antikörpern auslöst.«

»Dieser Test würde mich interessieren.« Wenn er funktionierte, würden sie weniger Labortiere brauchen. »Teilen sie ihn?«

»Darum geht es nicht. Dorothy, Salk hat dort drüben eine ganze Fabrik. Das bedeutet …«

»Warte kurz.« Sie legte das Telefon ab und ging zur Tür, wo sie sich kurz aufbaute – Brunhilde ohne Hörner und ohne Zopf –, bis die Krankenschwester entkommen war.

»Es ist offensichtlich, dass er sich für einen riesigen Versuch rüstet«, sagte Albert, als sie zurückkehrte.

»Wenn er uns zuvorkommt, haben wir wenigstens einen Impfstoff, den wir einsetzen können, bis deiner fertig ist. Ist das so schlimm?«

Und war es so schlimm, dass sie Stolz empfand, weil ihre Entdeckung Jonas und jedem anderen Wissenschaftler in diesem Wettlauf die Tür geöffnet hatte?

Es entstand eine verärgerte Pause. »Ich verstehe nicht, warum du mir nicht hilfst.«

»Ich helfe dir, Albert, auf jede Weise, die mir möglich ist. Brauchst du weitere Stämme für dein Vakzin? Willst du die Ergebnisse der Antikörperstudie, an der ich arbeite? Ich habe es noch nicht ausformuliert, aber ich könnte es dir mündlich …«

»Egal. Einen schönen Abend noch.« Zum zweiten Mal in dieser Woche legte er mitten im Gespräch auf.

Der große Holzkasten stand auf dem Beistelltisch, als sie nach Hause kam. Sie knotete ihr Kopftuch auf und zog ihre Handschuhe aus, ohne das Ding aus den Augen zu lassen.

»Arne?«, rief sie.

»*Hej, elskede!*«, rief er aus der Küche zurück.

»Arne?« Die Glasfront des Kastens schimmerte im Licht der Bodenleuchte. »Was ist das?«

Mit einem Küchenhandtuch um die Taille kam er zu ihr. »Ein Fernsehapparat.«

»Ja, das weiß ich. Aber was hat der hier zu suchen? Wem gehört, der?«

»Uns!«

»Uns?«

Er legte einen Arm um sie, als sie das stumme Gerät betrachteten. »Als ich heute Nachmittag von meinem Vorstellungsgespräch zurückkam, sah ich Leute vor einem Ladenfenster stehen – Männer, Frauen, Kinder, und die ganze Menge lachte und rief laut durcheinander. Ich dachte, gibt es da ein Puppentheater? Einen Pantomimen? Ich wusste es nicht. Ich drängelte mich nach vorne durch. Im Ladenfenster standen eine Reihe Fernsehapparate, alle zeigten dasselbe Programm. *House Party,* sagte mir jemand. Dann sagte ein anderer: ›Seien Sie leise. *Kinder sagen seltsame Sachen* läuft gerade.‹ Aber wer sollte das durch das Fenster verstehen?«

»Ich hatte noch nie einen Fernsehapparat.«

»Ich auch nicht. Aber als ich all diese Leute so dicht zusammengedrängt sah, dachte ich, das wäre etwas, was wir zusammen machen könnten. Wenn du abends müde bist. Ich sehe doch, wie müde du bist.«

Sie küsste ihn auf die Wange. »Ich habe dich nicht verdient.«

An diesem Abend schauten sie sich ihre erste Sendung an. Sie kicherten wie Kinder, kuschelten sich auf dem Sofa aneinander und warteten, dass der Apparat sich aufwärmte. Ein glänzendes Herz mit der Aufschrift *Ich liebe Lucy* in geschwungenen Buchstaben kam ins Bild.

Es war eine alberne Sendung, trotzdem musste Dorothy immer wieder lachen. Lucy wollte unbedingt im Nachtclub ihres berühmten Ehegatten auftreten. Sie bettelte darum, ebenfalls dabei sein zu können, wenn er mit einem Barbershop-Quartett auftrat, doch ihr Gatte, Ricky, dachte gar nicht daran. Lucy blieb von der Show ausgeschlossen, also mogelte sie sich in die Nummer, indem sie vorgab, die Person zu sein, die vom Quartett rasiert werden sollte. Bedeckt von heißen Handtüchern, trickste sie alle aus … bis sie ihr Gesicht freilegten und sie frohlockte.

Arne schnappte nach Luft, als die anderen aus dem Quartett, ihre Freunde Fred und Ethel, Lucy den Mund mit Rasiercreme stopften. »Warum tun sie das?«

»Sie sollte eigentlich nicht dort sein.«

»Ich weiß, aber ist das ein Grund, sie so zu behandeln? Sie wollte doch nur bei der Show mitmachen.«

Als die Sendung vorbei war, sagte er: »Sie sind zu grausam zu Lucy.«

Sie wollte schon erklären, dass es eine Komödie war, die man nicht ernst nehmen sollte – aber war es wirklich so lustig, zuzusehen, wie Lucy so grob an ihren Platz verwiesen wurde, der, wie ihr Gatte forderte, zu Hause sei, wo sie auf die Geburt ihres Babys zu warten hatte?

Das Telefon klingelte.

»Die Leute rufen hier zu jeder Tageszeit an«, sagte Arne.

»Ich fürchte, das ist in meinem Beruf üblich.« Sie ging in den Flur und nahm ab.

»Mach das Radio an!«

»Albert?«

»Er ist auf Sendung. Auf CBS. Sie nennen die Sendung *Der Wissenschaftler erklärt sich selbst.*«

»Wer ist auf Sendung?«

»Der verdammte Wunderknabe! Beeil dich!«

Sie stellte das Radio in der Küche an und hörte zu, mit Albert am Telefon.

Als Salk seine kurze Ansprache beendet hatte, sagte sie: »Hat er gerade gesagt, dass sein Impfstoff fertig ist?«

»Wer weiß das schon? Er sagt, er hat einen, dann nein, er hat keinen. Klar wie Kloßbrühe. Er rief mich heute Nachmittag an, las mir seinen Entwurf vor und fragte mich, was ich davon halte. Er sagte, er wolle eine Erklärung verlesen, um den Schlagzeilen nach dem AMA-Treffen zuvorzukommen. Bei dem Treffen soll bekanntgegeben werden, dass sein Vakzin schon bald für einen landesweiten Versuch bereit ist. Er versucht, die Erwartungen der Öffentlichkeit zu dämpfen, aber indem er ständig darüber redet, steigert er sie nur noch.«

»Ein landesweiter Versuch. Du hattest es befürchtet.«

»Ich sagte ihm, dass er verrückt wäre, diese Erklärung übers Radio zu verlesen. Er wird einen Massenansturm auslösen. Trotzdem hat er es getan.«

»Ich habe das Gefühl, dass die Leute vom March of Dimes ihn unter Druck gesetzt haben. Sie stellen es so dar, als wäre jeder, der für die Sache spendet, ein Aktionär in der Polioforschung, und als Aktionär hast du das Recht, Ergebnisse zu erwarten.«

»Stimmt, aber glaub bloß nicht, dass Jonas es nicht liebt.«

Sie schaute zum Wohnzimmer. Der Fernsehapparat war ausgeschaltet. Sie sah Arnes Knie in der Cordhose über die Sofalehne ragen.

»Basil O'Connor reagiert nicht auf meine Anrufe«, sagte Albert. »Aber auf Salks antwortet er offenkundig.«

»Lass mich mit John reden, um zu sehen, ob er und die anderen zu Basil durchkommen. Er darf nicht alles auf Jonas setzen.«

»Danke, Dot. Ich schwöre dir, du bist mein einziger Freund.«

»Ach Albert, das ist nicht wahr.« Dabei dachte sie, dass es wahrscheinlich genauso war.

Er hielt sie am Telefon fest, um von ihr die neusten Ergebnisse ihrer Antikörperstudie zu erfahren. Sie hatte ein paar interessante

Details entdeckt, die er zu schätzen wissen würde. Als sie das nächste Mal auf die Küchenuhr schaute, stellte sie erstaunt fest, dass fünfundvierzig Minuten verstrichen waren.

Arne schlief bereits, als sie nach oben ins Schlafzimmer kam. Sie rieb ihr Gesicht mit Coldcream ein, putzte die Zähne und schlüpfte zu ihm unter die Decke. Sie legte eine Hand auf seine Brust, um zu spüren, wie sie sich hob und senkte.

Bitte verlass mich nie. Ich brauche dich so sehr.

34

Detroit, Michigan, 1953

Mit der Fröhlichkeit eines kleinen Jungen, der Doktor spielt, führte der junge Arzt die Besucher durch die Poliostation des Henry-Ford-Hospitals. Er marschierte an der Spitze der anderen Ärzte, die für den runden Tisch zum Thema Polioimpfstoff in der Stadt waren, sein strahlend weißer Kittel und seine draufgängerische Stimmung bildeten einen starken Kontrast zu den zerknitterten Anzügen und der bissigen Skepsis der Epidemiologen und Virologen, die ihm folgten. Groß, wie sie war, konnte Dorothy den ganzen Tross von hinten überblicken.

»Dies ist das Allerneueste, was es an Beatmungsgeräten gibt.« Wie ein Gebrauchtwagenverkäufer deutete der junge Arzt schwungvoll auf die vier Reihen mit je zehn Patienten in stöhnenden und zischenden Eisernen Lungen. Nur die Köpfe schauten heraus. »Wir sind das führende Poliozentrum in der Region und bieten die beste Behandlung bei Poliomyelitis.«

Dorothy fühlte sich elend. Sie konnte diese vielen Poliopatienten ganz und gar nicht als Erfolg werten. Es war Oktober, und das Land begann sich gerade erst von einer der tödlichsten Poliosaisons aller Zeiten zu erholen. Von den fünfundzwanzigtausend Poliofällen hatten über fünfzehntausend Kinder Lähmungen zurückbehalten. Mehr als zweitausend amerikanische Kinder, die jetzt womöglich auf der Straße Rollschuh fahren oder radeln oder Monopoly spielen würden, waren tot. Genauso übel sah es fast überall auf dem Globus aus. Jeder Wissenschaftler in dieser Gruppe war verbittert. Polio hatte erneut gewonnen.

John Paul lief neben ihr. Er sah ihre Miene und verzog das Gesicht. »Das ist ja die reinste Fabrik hier, was?«, flüsterte er. »Man fühlt sich ziemlich trostlos.«

Ihr alter Kollege Robbie Ward, der jetzt an einer anderen Universität arbeitete, beugte sich zu ihnen. »Was erwartet ihr? Wir sind hier in Detroit, der Heimat des Fließbandes.«

Ihr Reiseführer hörte ihn und wirkte verlegen.

»Seid nett zu ihm«, sagte Dorothy zu ihren alten Freunden.

Die Gruppe lief zwischen den Reihen zischender Geräte hindurch. Der junge Arzt blieb stehen, um die Funktionen der neuen Geräte zu erklären.

Dr. Paul hatte es nicht eilig und fiel mit Dorothy hinter den anderen zurück. »Wusstest du, dass Henry Ford am Ende den Erfolg seiner Fabriken bedauert hat? Er beklagte den Niedergang der Familienbetriebe auf dem Land, die seine Fließbänder und die Massenproduktion von Autos mit einem Schlag ausgelöscht haben. Als eine seiner Fabriken sich anschickte, die Farm zu übernehmen, auf der er aufgewachsen war, verlegte er den alten Hof und schuf ein Märchendorf drum herum.«

»Greenfield Village«, sagte Robbie, »wo die schlechten alten Tage gut sind.«

Dorothy sprach mit leiser Stimme. »Wer möchte nicht seine Vergangenheit bereinigen?«

John zog sein Kinn ein. »Wer will das?«

Der Reiseführer winkte ihnen zu, nicht zurückzubleiben. »Kommen Sie, kommen Sie! Ich möchte Ihnen unsere letzte Neuanschaffung zeigen: Schaukelbetten.«

Dorothys Blick wanderte zu einem kleinen Mädchen in einem Rollstuhl. Mit dem Blick einer Ärztin stellte sie fest, dass die Muskeln an beiden Beinen des Kindes von der Hüfte abwärts verkümmert waren. Vermutlich würde die Kleine dauerhaft gelähmt bleiben, doch sie setzte ihren Oberkörper gut ein und spielte ein

Brettspiel mit einer Patientin in einer Eisernen Lunge. Ihre Gegnerin war kein Kind, wie Dorothy überrascht feststellte, sondern eine erwachsene Frau, und dazu noch eine bemerkenswert gepflegte. Mit der dreireihigen Perlenkette, die am Gummikragen ihrer Maschine ruhte, dem roten Lippenstift und der sorgfältig gelegten Bobfrisur mit der rosa Samtschleife wirkte sie, als sei sie auf dem Weg zu einer Cocktaileinladung eingekapselt worden.

In dem Spiegel über ihrem Kopf sah die Frau, dass Dorothy sie beobachtete. »Keine Sorge! Sie können gleich drankommen. Ich halte nicht mehr lange durch. Paula hier hat mich fast geschlagen, dann kann sie Sie schlagen.«

Dorothy ging zu ihnen. »Was ist das für ein Spiel?«, fragte sie das Kind.

Paula zog schüchtern den Kopf ein. »Candy Land.«

»Ich habe jedes Kind auf dieser Station herausgefordert und habe immer noch keines geschlagen. Ich bin echt eine Niete«, sagte die Frau gut gelaunt.

»Ich bin als Nächstes dran«, sagte der Junge in der Maschine neben ihr.

Die Frau verdrehte theatralisch die Augen. »Sie wollen mich *alle* schlagen.«

Das kleine Mädchen kicherte. »Mrs. Konkle wird sogar von ihren eigenen Kindern geschlagen.«

Sie nahm eine Farbkarte auf und bewegte ihren Spielstein. Als sie auf einem Feld landete, das sie zurückschickte, und sie ihre Führung verlor, sang ihre herausgeputzte Gegnerin: »Noch mahal! Du hast nicht die oberste Karte genommen!«

Als das Kind die nächste Karte zog und es seinen Spielstein weiterziehen konnte, blinzelte Mrs. Konkle in gespielter Empörung. »Man sollte meinen, dass dieses Spiel weniger grausam ist, immerhin wurde es von einer Leidensgenossin erfunden.« Sie sah Dorothy im Spiegel an. »Ich habe meinen Mann losgeschickt, eines zu kaufen, als ich hörte, dass eine Lehrerin aus Kalifornien es sich ausgedacht hat, als sie mit Polio im Krankenhaus lag. Ich ahnte ja nicht, dass es zum Fluch meines Lebens werden würde.«

Das Kind zog eine Karte für Mrs. Konkle, dann bewegte sie ihren Spielstein auf dem Brett. »›Geh zum Candyherz!‹ Das ist der Anfang.« Das Mädchen gluckste, während ihre Gegnerin in gespielter Verzweiflung die Augen schloss.

John Paul kam hinzu und berührte Dorothy am Ellenbogen. »Dr. Horstmann, es geht weiter.«

»Ich hoffe, Sie werden bald einmal gewinnen, Mrs. Konkle«, sagte Dorothy.

»Ich heiße JoAnne. Und ich werde nicht gewinnen«, sagte sie in ihrer melodiösen Stimme. »Nicht mit diesen kleinen Haien hier um mich herum.«

Nach der ersten Runde Konferenzsitzungen mit einem strahlenden Jonas Salk in der Hauptrolle hatte Dorothy gerade genügend Zeit, um sich in ihrem Zimmer ein wenig frischzumachen. Sie überprüfte ihr Haar im Badezimmerspiegel (natürlich hoffnungslos), als es an der Tür klopfte. Sie und John Paul hatten vereinbart, sich in fünfzehn Minuten im Hotelfoyer zu treffen, um über die Straße zum Mittagessen zu gehen. Hatte sich der Plan geändert? Sie nahm ihren Hut.

Als sie die Tür öffnete, streckte Albert ihr eine Vase mit rosa Nelken entgegen – dieselben, die ihr am Morgen bei der Anmeldung auf dem Empfangstresen des Hotels aufgefallen waren.

Sie nahm die Vase. »Seit wann bist du hier?«

»Seit gerade eben. Ich hatte Probleme, von der Arbeit loszukommen. Weißt du, was für ein Tag heute ist?«

Sie stellte den gestohlenen Blumenstrauß auf die Kommode neben der Tür, um ihren Hut festzustecken. »Der achte Oktober.«

»Ja. Und …?«

»Ich weiß nicht. Hast du Geburtstag?«

»Nein. Das wäre der sechsundzwanzigste August. Dein Geschenk ist verspätet, aber du hast noch Zeit.«

»Sitzt er gerade?« Sie drehte den Kopf nach links und rechts, um ihren Pillbox-Hut zu betrachten.

»Gut genug. Du weißt wirklich nicht, welcher Tag heute ist?«

»Lass mich meine Tasche holen. Nein«, rief sie über die Schulter. Sie ging zu ihrem Bett. Die Tasche war nicht da.

Albert betrat ihr Zimmer, ohne dass sie ihn hereingebeten hätte. »Es ist der Tag, an dem der Gewinner des Nobelpreises bekanntgegeben wird.«

»Woher weißt du das?«, sagte sie und suchte nach ihrer Handtasche.

»Wieso weißt du das *nicht*?« Er sah sich um. »Wo ist denn dein Gepäck? Meine Frau würde für eine dreitägige Konferenz einen Schrankkoffer plus einen Reisekoffer und dazu vielleicht noch ein oder zwei Hutschachteln mitnehmen.«

Er war beim Bett, als sie endlich ihre Tasche fand. Sie verdrängte einen Anflug von Verlegenheit, ging an ihm vorbei und stellte sich neben die Tür. »Das Reisen für die Polioeinheit hat mir jede Eitelkeit ausgetrieben. Ich habe ständig eine Reisetasche gepackt, mit den gleichen zwei Hemdkleidern, egal ob ich nach Indien oder Indianapolis fahre.«

Sie schauten beide auf das ungemachte Bett. Sie dachte an Arne – zum ersten Mal an diesem Morgen, wie sie erschrocken feststellte.

»Ich habe John gesagt, dass ich ihn im Foyer treffe«, sagte sie.

Albert war neben dem Bett stehen geblieben. Sie ging zu ihm und griff nach seinem Arm, doch er entzog sich ihr und setzte sich.

Sie verschränkte die Arme und blieb vor ihm stehen. »Albert, ich habe es dir nicht erzählt. Ich habe einen …«

Er schaute auf. »Ich weiß, dass du einen Mann hast. Warum hältst du ihn versteckt?«

Sie wurde rot.

Er seufzte »Darum geht es nicht.« Er stützte den Kopf in die Hände.

Als er sich nicht rührte, stupste sie sein Knie an. »Was ist los?«

»Hilf mir.«

»Wobei soll ich dir helfen?«, fragte sie sanft.

»Ich spüre, dass mir die Zeit davonläuft. Ich werde nicht nur den Wettlauf verlieren, sondern auch nie einen Polioimpfstoff haben.«

»Dann streng dich mehr an. Komm schon.« Sie reichte ihm die Hand und zog ihn hoch.

Draußen im Flur warteten sie schweigend auf den Fahrstuhl und beobachteten die Zahlen über der Tür, die anzeigten, dass sich die Kabine langsam ihrem Stockwerk näherte. Albert war wirklich niedergedrückt. Sie versuchte, einen lockeren Ton anzuschlagen. »Hast du schon jemanden von der Konferenz getroffen?«

Er holte tief Luft. »Wenn du den Wunderknaben meinst, ja, gerade eben im Foyer. Die Reporter haben ihn umschwärmt wie Ameisen einen Eisstiel.«

»Ich hoffe, du warst so klug, ihnen auszuweichen.«

Er hob einen Mundwinkel. »Ich war so klug, mir Verstärkung zu holen.«

Seit dem Sommer waren die Zeitungen voll mit Artikeln, in denen der nörgelnde Dr. Sabin und der ernsthafte junge Dr. Salk gegeneinander ausgespielt wurden. Je näher Jonas seinem landesweiten Versuch kam, desto kritischer wurde Albert. Im Zug nach Detroit hatte Dorothy zufällig mit angehört, wie eine Pressesprecherin des March of Dimes zu einem Reporter sagte, dass sie

Dr. Salk nicht gegen Dr. Sabins Behauptungen verteidigen würde, der Impfstoff seines Rivalen sei noch nicht fertig. Sie würde sich auch nicht auf Dr. Salks Seite stellen und versuchen, Dr. Sabin schlecht dastehen zu lassen. Das habe sie gar nicht nötig, Albert Sabin erledige das ganz allein.

»Vielleicht sollten wir uns einstweilen alle hinter Jonas stellen«, sagte sie. »Er gibt der Öffentlichkeit, was sie will.«

Er stieß den Atem aus. »Was die Öffentlichkeit will! Wenn ein Kind Batteriesäure trinken will, würdest du es ihm erlauben?«

»Das ist ein schrecklicher Vergleich, Albert. Sein Vakzin ist weder schlecht für sie, noch ist es gefährlich.«

»Das könnte es aber sein. Wenn es schlampig produziert wird.«

»Konzentrier dich einfach auf die Entwicklung deines eigenen Impfstoffs.«

»Ich kann nicht! Er bekommt sämtliche Geldmittel!«

Der Fahrstuhl hielt mit einem *Kling* an, und die Tür öffnete sich scharrend. Neben dem Liftboy stand Dr. Paul, komplett mit Fliege und Aktentasche. Er schaute zwischen Dorothy und Albert hin und her. »Wie ich sehe, hast du dein Mädchen gefunden.«

Albert zwang sich zu einem Lächeln. »Weißt du, was für ein Tag heute ist?«

»Nein«, sagte John. »Und lass mich bloß nicht raten.«

Albert hob die Hände, als wollte er sich ergeben. »Mach ich nicht! Es ist der Nobelpreisverkündungstag.«

»Aha. Nun, dann ist es ja ein guter Tag!«

»Weiß das Komitee, wie es Dorothy hier erreichen kann?«, fragte Albert.

»Ihr zwei«, protestierte sie. »Beschwört es nur nicht herauf!«

»Du wirst gewinnen.« Albert zuckte die Achseln. »Das ist nur folgerichtig. Wer sonst sollte in diesem Jahr den Preis für Medizin gewinnen? Nun ja, außer Bodian vielleicht.«

»Sie sollte ihn nicht teilen«, sagte John. »Dorothy hat ihre Theorie Monate vor ihm bewiesen – im November. Aber er hat sie eingeholt, weil sie darauf bestanden hatte, ihre Ergebnisse ein zweites Mal zu überprüfen.«

Dorothy starrte auf die Rückseite der roten runden Kappe des Liftboys. Sie hatte die Ergebnisse ein zweites Mal überprüft, weil Dr. Paul und die anderen ihre Theorie schon einmal angefochten hatten und weil sie das kein zweites Mal erleben wollte.

Egal. Alles war verziehen. Ein Nobelpreis, ob geteilt oder nicht, würde jede Ungerechtigkeit der Vergangenheit vergessen lassen.

»Deine Entdeckung hat Polio das Genick gebrochen«, sagte Albert und tätschelte ihren Arm. »Es ist die wichtigste medizinische Entdeckung des Jahrhunderts. Ich wünschte, ich hätte sie gemacht.«

»Dass Enders Gruppe herausgefunden hat, wie man das Virus im Labor züchten kann, ist auch nicht zu verachten«, sagte sie. Tatsächlich war Enders jüngste Entdeckung ein Geschenk des Himmels. Wenn es nicht mehr nötig war, das Virus in tierischem Gewebe heranreifen zu lassen, rettete das Tausenden von Affen das Leben.

»Ach, Enders«, spottete Albert. »Er musste einfach *irgendetwas* entdecken, so reich wie er ist. Er kann es sich leisten, sein eigenes Geld in ein Projekt zu stecken, bis irgendetwas dabei herauskommt. Warum bekommen eigentlich immer diejenigen das Geld, die es gar nicht brauchen?«

Albert trug seine Abneigung gegen die Reichen ganz offen zur Schau – kaum zu glauben, dass sie einmal gedacht hatte, er sei einer von ihnen. Wie blind können wir sein, selbst wenn die Wahrheit mit wehenden Fahnen auf sich aufmerksam macht.

Der Fahrstuhl spuckte sie im Foyer aus, wo Reporter einen dichten Kreis um Jonas Salk gebildet hatten. Er schien sich wahlweise das Kinn zu reiben und dabei die Stirn zu runzeln, wie ein Weiser aus alten Zeiten, oder wie ein Schuljunge zu kichern, während er vor der Presse seine Erklärungen abgab.

»Wir sollten hinübergehen und mit ihm reden«, sagte Dorothy.

»Wirklich?«, sagte Albert.

»Ja.«

»Sie hat recht«, sagte John. »Schluck deinen Stolz herunter, Albert. Es ist gut für unsere Sache. Wir sind alle mit von der Partie.«

Als sie sich näherten, fragte gerade ein Reporter: »Dr. Salk, glauben Sie, dass die Russen eine Wasserstoffbombe haben?«

»Als wüsste er irgendetwas darüber«, murmelte Albert.

Dorothy stieß ihn an, als ein paar Nachrichtenleute sich umdrehten.

Jonas spähte über die Reporter hinweg, um herauszufinden, wohin sie schauten. »Ich denke, wenn die russischen Führer möchten, dass ihr Volk sie liebt, werden sie die Bombe vergessen und uns beim Kampf gegen Polio helfen. Sie haben da drüben genauso große Probleme mit der Krankheit wie wir … Hallo, Dr. Sabin, Dottie!«

»Dr. Sabin!« Der Kreis der Reporter formierte sich rasch neu mit Albert als seinem Kern und, weil sie dicht bei ihm standen, auch um Dorothy und Dr. Paul.

Jemand fragte: »Was sagen Sie zu Dr. Salks Ankündigung, dass der March of Dimes einen landesweiten Versuch seines Impfstoffs finanziert, beginnend im …« Der Reporter schaute in seine Notizen.

»Februar.« Jonas grinste breit.

»Februar?« Albert machte ein langes Gesicht, als würde es von der Gewissheit, dass sein Gegner gesiegt hatte, heruntergezogen.

»Haben Sie irgendetwas dazu zu sagen, Dr. Sabin?« Fast vergnügt schaute der Reporter zu einem Kollegen.

Dorothy legte Albert eine Hand auf den Arm. Er ergriff trotzdem das Wort. »Meine einzige Hoffnung ist, dass Dr. Salk vor dem Versuch sein Vakzin ohne den Mahoney-Stamm neu zusammensetzen wird …«

Jonas grinste. »Deswegen mache ich mir keine Sorgen. Mein Verfahren zur Inaktivierung tötet das Virus erfolgreich ab.«

»… da«, fuhr Albert kalt fort, »der Mahoney-Stamm die ansteckendste Variante ist, die wir kennen. Sie lähmt weit mehr ihrer Opfer als jede andere Variante, und wenn sie nicht komplett inaktiv ist …«

»Aber das wird sie sein!« Jonas hörte auf zu lächeln. »Mein Verfahren ist idiotensicher. Glauben Sie, ich würde Kinder mit etwas in Gefahr bringen, das nicht hundertprozentig sicher ist?«

»Die Inaktivierung in Ihrem Labor mag idiotensicher sein, Dr. Salk, aber werden Sie jede Charge persönlich herstellen? Sie mögen vorsichtig sein und alle Stämme abtöten, die Sie in Ihrer Mixtur haben, aber was, wenn irgendein Labor, das Ihren Impfstoff herstellt, nicht ganz so gründlich arbeitet wie Sie?«

»Das werden sie!«

»Können Sie das garantieren?«

Jonas sah die Reporter an. »Ja. Haben Sie denn etwas Besseres anzubieten? Polio wartet nicht, bis Sie das Rad neu erfunden haben. Mein Impfstoff ist fertig. Und Ihrer?«

Alberts Gesichtsausdruck zeigte nichts als Verachtung. »Hören Sie, Jonas, ich bin kein Anhänger ihres Totimpfstoffs. Jeder hier weiß das. Erstens bietet er keinen vollen Schutz – wie wirksam ist er? Zu fünfundfünfzig, sechzig Prozent? Und zweitens braucht man Auffrischungsimpfungen, jede Menge. Drittens immunisiert er nicht, wie mein Vakzin es tun wird. Und viertens brauchen Sie Spritzen, um ihn zu verabreichen. An vielen Orten gibt es keinen Zugang zu Spritzen – mit Ihrem Vakzin werden wir es nie schaffen, Polio weltweit auszurotten. Aber ich kann akzeptieren, dass es eine Überbrückungsmaßnahme ist, Jonas, wenn Sie *bloß diesen verdammten Mahoney-Stamm da rausnehmen würden*.«

Eine gertenschlanke Frau in einem mintgrünen Twinset trat hinter einem Sofa hervor. »Wie können Sie es wagen!« Ihr Kinn verschwand fast in ihrem Hals, als sie es empört einzog. »Versuchen Sie, Dr. Salk zu entmutigen? Wenn Sie ihn einfach nur seine Arbeit machen lassen würden, werden wir vielleicht nie wieder eine Epidemie haben. Stellen Sie sich nur vor – ein Sommer ohne Polio!«, sagte sie an die Reporter gewandt. »Dank diesem Mann ist das jetzt wieder möglich.«

Jonas errötete. »Vielen Dank, Lorraine, das genügt.«

»Wer ist das?«, fragte ein Reporter.

»Meine Sekretärin.«

Alle lachten.

Albert stieß Dorothy mit dem Ellenbogen nach vorn. »Wenn Sie heute einen echten Knüller melden wollen, dann sollten Sie Dorothy Horstmann kennenlernen. Sie steht kurz davor, den Nobelpreis verliehen zu bekommen.«

Die Presseleute drehten sich zu ihr um.

Dorothy spürte, wie ihre Wangen brannten. »Das ist ein Gerücht, dass ich nominiert bin. Ich habe ihn nicht gewonnen.«

»*Noch* nicht«, sagte Albert. »Sie werden es heute verkünden.«

»Wofür bekommen Sie den Preis?«, fragte jemand.

»Sind Sie Arzt?«

»Wie groß sind Sie?«

Dr. Paul legte ihr eine Hand auf die Schulter. »Dr. Horstmanns Arbeit haben wir es zu verdanken, dass wir heute wissen, wo im Körper wir das Poliovirus finden. Manche nennen das, was sie uns aufgezeigt hat, die ›Schlacht im Blut‹. Keiner dieser Herren wäre ohne Dr. Horstmann bei der Entwicklung seines Vakzins so weit fortgeschritten.« Er tätschelte ihre Schulter. »Wir in Yale sind sehr stolz auf sie.«

»Sind Sie ihr Dad?«, fragte jemand.

John zuckte zusammen.

»Das ist Dr. John Paul«, sagte Jonas. »Der Vater der Epidemiologie.«

›Hm. Dann sind Sie also doch der Vater von etwas.«

Alles lachte, auch John, obwohl man ihm sein leises Unbehagen ansah.

Albert schob ihn sanft an den Rand des Kreises. »Komm, Dad, die Sitzungen fangen an.«

Dann griff er nach hinten und nahm Dorothys Hand. Er ließ sie erst los, als sie die Tür zum Foyer hinter sich gelassen hatten.

35

Als die Kellner an diesem Abend Teller mit flambierten Cherries Jubilee auftrugen, stellte Dorothy erschrocken fest, dass sie seit zwei ganzen Tagen nicht mehr mit Arne gesprochen hatte. Eine düstere Wolke legte sich über ihre Aufregung wegen des möglichen Nobelpreises, als sie daran dachte, wie wenig sie ihn seit April gesehen hatte. Die warmen Monate waren für auf Polio spezialisierte Virologen das, was die Zeit der Jahresabschlüsse für einen Steuerberater war. Wenigstens könnte sie jetzt, wo es Oktober geworden war, anfangen, die verlorene Zeit wettzumachen, sobald sie wieder zu Hause war. Sie würde nicht mehr ständig unterwegs sein, um irgendwo einem neuen Ausbruch nachzujagen. Ja, sie würde wieder mehr unterrichten müssen, und ja, eine Menge Konferenzen standen an, und ja, sie musste die Statistiken zu ihren letzten Studien ausarbeiten, aber ... Wem wollte sie eigentlich etwas vormachen? Sie hatte nie genug Zeit. Arne konnte nie darauf zählen, dass sie da war. Er konnte sich nie auf sie verlassen.

Neben ihr rief John: »Machen Sie es aus!«

Ihr Kellner senkte den kuppelförmigen Deckel über den brennenden Haufen Kirschen.

»Ich habe zu meiner Zeit zu viele Patienten mit Verbrennungen gesehen, um einen flambierten Nachtisch genießen zu können«, sagte er zu Dorothy, als der Kellner begann, das Zuckerwerk zu servieren. Er legte den Kopf schräg. »Du bist so still.«

»Bin ich das?«

Auf der anderen Seite zündete Albert sich eine Zigarette an.

»Ich weiß, was ihr durch den Kopf geht.« Er schob sein Feuerzeug in die Tasche. »Und es ist nicht der Nobelpreis.«

»Dann bist du ein besserer Mann als ich«, sagte Dr. Paul. »Ich finde, unsere Dorothy ist undurchschaubar.« Er hob seine kornblumenblauen Augen und sah sie an. »Manchmal, meine Liebe, machst du mir Sorgen.«

»Danke, John«, sagte sie leise. »Mir geht es gut.«

Albert stand vom Tisch auf.

Dr. Paul zupfte an seiner Fliege, als er ihm nachsah. Sobald Albert verschwunden war, sagte er: »Ich schätze, ich habe ein schlechtes Gewissen, weil ich zugelassen habe, dass Dave Bodian dich eingeholt hat. Du wirst deinen Preis vermutlich teilen müssen.«

»Das ist schon in Ordnung.«

»Du solltest wissen«, sagte er ernst, »dass ich eine volle Professur für dich beantragt habe. Einen Nobelpreisgewinner werden sie nicht ablehnen können.«

Albert war immer noch nicht zurückgekehrt, als die Dessertteller wieder eingesammelt wurden. Sie ging mit Dr. Paul zurück zum Hotel, wo sie sich in ihrem Zimmer einschloss und aufs Bett fallen ließ.

Als das Telefon klingelte, verlor sie beinahe die Fassung. Sie holte tief Luft und wappnete sich. Dies könnte der Anruf ihres Lebens sein.

»Hallo?«

»*Elskede,* wie geht es dir heute Abend?«

Sie griff sich an die Kehle. »Arne!«

»Du klingst so überrascht. War ich so unaufmerksam?«

»Oh Arne, nein. Du bist ein Engel.«

Sie erzählten sich, was sie an diesem Tag erlebt hatten. Er von einer neuen Stellung als Übersetzer für einen dänischen Professor in der Physikfakultät der Universität, sie berichtete von dem Streit zwischen Dr. Sabin und Dr. Salk. Sie war so nervös, dass sie es nicht schaffte, den Nobelpreis zu erwähnen. Er wusste nicht, dass heute der Tag war, an dem die Gewinner verkündet wurden.

Sie wollte den kurzen Anruf schon beenden (aufgrund ihrer Erschöpfung, wie sie sich einredete, nicht, weil sie die Leitung nicht blockieren wollte), als es an der Tür klopfte.

Ihr Herz überschlug sich. Sie stellte sich einen Pagen mit einem Telegramm vor.

»Arne, warte einen Moment. Jemand ist an der Tür.« Ihr Blut rauschte in den Ohren, als sie den Hörer auf den Nachttisch legte und aufstand.

Sie riss die Tür auf.

Albert drückte seine Zigarette im Aschenbecher auf dem Flur aus. »Kann ich hereinkommen?« Sein Gesicht war ernst. Wollte er einen Scherz machen?

Er seufzte und ging an ihr vorbei.

»Jetzt machst du mir Angst.«

Er drehte sich um. »Der Nobelpreis geht dieses Jahr an zwei Wissenschaftler.«

»Bodian also auch? Das ist großartig!«

Er verzog das Gesicht. »Der Preis wird für die Entdeckung des Citronensäurezyklus und die Entdeckung des Coenzyms A und seine Bedeutung für den intermediären Stoffwechsel vergeben.«

»Wie bitte?«

»Genau. Zwei Männer haben ihn gewonnen, Krebs und Lipmann.«

Sie starrte ihn an.

»Nicht du, Dorothy.«

Sie ließ sich auf die Bettkante sinken.

Er setzte sich neben sie. »Wen kümmert schon Citronensäure! Haben die Jurymitglieder noch nie ein Kind mit Polio gesehen, das um sein Leben kämpft? Du hast etwas ganz Wesentliches geleistet, um das Virus zu schlagen.«

»Es ist in Ordnung, Albert.«

»Es ist nicht in Ordnung.«

»Vergiss es einfach. Danke, dass du es mir gesagt hast.«

Er legte ihr einen Arm um die Schulter.

»Es ist mir wirklich nicht wichtig.«

Er zog sie an sich. »Es ist völlig in Ordnung, dass es dir wichtig ist, Dorothy. Du bist brillant. Das hätten sie anerkennen sollen.«

»Es ist albern, es wichtig zu nehmen.«

»Weil du es wichtig nimmst, liebe ich dich.«

Sie sah ihn an. »Du weißt, dass ich dich liebe.« Er küsste ihre Stirn, dann ließ er seinen Arm auf ihrer Schulter liegen, als die schreckliche Nachricht sie allmählich erreichte.

Ein Ruck ging durch sie hindurch. Sie streckte sich nach dem Telefonhörer auf dem Nachttisch. »Arne? Bist du noch dran?«

Seine Stimme klang gepresst. »Ja.«

Sie scheuchte Albert aus dem Zimmer und wartete, bis er gegangen war. »Arne, Albert war hier, um mir vom Nobelpreis zu erzählen. Ich habe nicht gewonnen.«

Seine Anspannung strahlte förmlich durch die Leitung. »Das tut mir leid. Aufrichtig. Ich weiß, wie sehr dir das weh getan haben muss.«

Was hatte er gehört?

»Es war nicht das, wonach es sich angehört hat. Bitte entschuldige, dass ich dich habe warten lassen.«

Er sagte nichts.

»Arne? Bist du noch da?«

»Wir Dänen mögen nicht so viel von unseren Frauen einfordern. Wir verlangen nicht, dass unsere Frauen zu Hause bleiben, die Kinder großziehen und uns Männer versorgen, so wie die Amerikaner, falls die Amerikaner so sind, wie man es im Fernsehen sieht. Ich will dich nicht in meinem Haus einsperren. Aber, *elskede,* ich hatte gehofft, du würdest mich am meisten lieben.«

»Aber das tue ich!«

»Wirklich?«

»Da ist nichts zwischen Albert und mir.«

Sie hörte, wie er scharf einatmete. »Du glaubst, ich meinte Albert?«

Sie sagte nichts.

»*Elskede*. Ich meinte deine Arbeit.«

Als sie auflegte, war sie allein. Ihr Blick wanderte durch den Raum zu der Vase mit den Nelken, die Albert von der Rezeption gestohlen hatte.

Ich hatte gehofft, du würdest mich am meisten lieben.

Sie sprang auf, schnappte sich ihren Hut und lief zum Fahrstuhl. Im Foyer saßen zwei Virologen aus Ann Arbor an einem Tisch am Ende der Halle, sie stritten sich und kritzelten etwas auf ihre Servietten. Zwei Böcke, die um ihren Platz in der Hackordnung kämpften. Sie schüttelte den Kopf und ging nach draußen. Vor ihr erstrahlte das Henry-Ford-Hospital wie eine brennende Festung in der Nacht.

In seinen funkelnden Gängen, in denen es nach Desinfektionsmitteln roch, suchte sie nach der Neugeborenenstation.

Sie schaute durch die Glasscheibe auf die Reihe Baumwollkokons in ihren Körbchen. Sie lagen unter Lampen, die rund um die Uhr leuchteten. Normalerweise wurde ihr ganz leicht ums Herz, wenn sie die Babys mit ihren vollen Bäckchen sah, deren Augen wie bei neugeborenen Kaninchen geschlossen waren, oder wenn sie daran dachte, wie sie sich auf dem Arm anfühlten, schwer wie ein Sack Zucker. Aber nicht heute. Heute erinnerten die Babys sie an die Träume, die für immer Träume bleiben würden.

Dorothy war jetzt einundvierzig, im Juli würde sie zweiundvierzig Jahre alt werden. Ihr Zeitfenster, um noch ein Kind zu bekommen, war kaum noch einen Spalt geöffnet, und es schloss sich rasch. Wenn sie noch die Chance haben wollte, Mutter zu werden, musste sie sich jetzt mit Arne ins Zeug legen und die Sache ernsthaft angehen. Vielleicht müsste sie sogar aufhören zu arbeiten. Warum klammerte sie sich überhaupt so daran? Sie und ihre Leistungen würden niemals wirklich anerkannt werden. Sie sollte dem Nobelpreiskomitee dankbar sein, dass es das klargestellt hatte.

Wenn sie schlau wäre, würde sie alles daransetzen, schwanger zu werden, sich wie die Heldin aus *I love Lucy* in ein Umstandskleid mit riesigen Schleifen schmeißen und eine dieser amerikanischen Madonnen werden, die in Zeitschriften und im Fernsehen verehrt wurden. Bevor es zu spät war.

Dorothy verließ die Reihe der schlafenden Larven und stieg in den Fahrstuhl, der um diese Uhrzeit bis auf einen triefäugigen Krankenwärter leer war. Als der Fahrstuhl anhielt und ihr Mitfahrer ausstieg, konnte Dorothy selbst in der Kabine das Stöhnen und Wimmern der Eisernen Lungen auf der Poliostation hören. Ohne zu überlegen, stieg sie ebenfalls aus.

Eine Putzfrau lehnte sich auf ihre Fersen zurück, als Dorothy auf Zehenspitzen über die nassen Bodenfliesen durch den Flur schlich, wobei sie sich fortwährend entschuldigte. Als sie zum Empfangstresen kam, wies sie sich gegenüber der einsamen Krankenschwester aus, die sich vorbeugte, um im Licht der einzigen Lampe ihre Lizenz als Ärztin zu lesen.

Im Inneren des verglasten Krankensaals schepperten und wimmerten die Eisernen Lungen in der fast vollständigen Dunkelheit wie asthmatische Gefangene, die in einem Kerker mit ihren Ketten rasselten. Durch das Fenster konnte sie die schlafenden Patienten sehen, während eine Notbesetzung der Schwestern im Dämmerlicht zwischen ihnen umherschwebte. Wie sehr die Patienten doch den Neugeborenen ähnelten, die sie gerade besucht hatte! Hilflos umhüllt wie Larven, aber nicht von weichen Tüchern, sondern von Metall, das nur ihre Gesichter frei ließ. Doch während die Neugeborenen nichts anderes kannten als ihren abhängigen Zustand, kannten die Poliopatienten das Leben, das sie verpassten, sehr gut.

Wut flammte in ihr auf. Sie hatte nie etwas anderes gewollt, als dieses Ungeheuer aufzuhalten. Und sie hatte es fast geschafft – sie hatte das Biest in seinem Versteck entdeckt. Ob das Nobelpreiskomitee es anerkannte oder nicht, sie hatte es aufgespürt und war bereit, ihm das Schwert in den fauligen Bauch zu rammen, aber sie schaffte es nicht allein. Allein war sie nur eine Frau in einem Labor.

Sie schaute auf und sah ihr Spiegelbild im Fenster. *Mit Albert könntest du es schaffen.*

Doch der March of Dimes hatte ihm die Tür vor der Nase zugeschlagen. Sahen die denn nicht, wie versessen er darauf war, dieses Ungeheuer zur Strecke zu bringen? Er wollte nicht nur die Ausbrüche unterdrücken wie Jonas; er wollte, dass Polio *verschwand.* Die Krankheit ausrotten! Die Erde davon befreien! Er war genauso versessen darauf wie sie. Und dafür liebte sie ihn.

Du könntest jetzt in sein Zimmer gehen. Wer versteht deine Hoffnungen, deine Arbeit, deinen Schmerz besser als er? Wer wüsste besser als er, wie niedergeschmettert sie war?

Er würde dich hereinlassen. Das weißt du.

Ein schrilles Heulen schreckte sie auf. Ein Alarm. Hatte eines der Beatmungsgeräte einen Aussetzer?

Im Krankensaal drängten sich die Schwestern um eine der Maschinen. Dorothy ging hinein, um zu helfen.

Sie blieb, bis die Lage sich wieder beruhigt hatte. Sie wollte den Krankensaal schon verlassen, als sie eine Art Glucksen hörte. Lachte da jemand?

Sie folgte dem Geräusch entlang der Reihe Eiserner Lungen und war dabei so konzentriert, dass sie gegen einen kleinen Tisch stieß. Sie stellte ihn wieder richtig hin, als sie ein leises Klicken hörte. Eine Plastikspielfigur auf dem Candy-Land-Spielbrett war umgefallen.

Sie ging zur nächsten Eisernen Lunge. Im Schein des Nachtlichts sah sie die glitzernden Tränen, die Mrs. Konkle über die Schläfe und in ihr toupiertes Haar liefen. Selbst wenn sie Dorothy über das künstliche Atmen ihrer Maschine hätte hören können, hätte sie ihren Kopf nicht bewegen können, um sie anzusehen.

Dorothy könnte jetzt gehen. Albert würde sie aufnehmen. Er kannte den Schmerz, von der Wissenschaftsgemeinde verschmäht zu werden. Es würde den brüllenden Schmerz in ihrem Inneren ein wenig lindern. Mrs. Konkle würde nie von diesem Besuch erfahren. Und Arne nicht von dem anderen.

Pat war die erste Krankenschwester, die am Morgen kam, um die Nachtschicht abzulösen. Sie überprüfte die Naht ihrer weißen Strumpfhose – die immer noch ziemlich gerade saß, dafür, dass sie gerade eineinhalb Meilen gelaufen war – und begann ihre Runde zu den Beatmungsgeräten, für die sie verantwortlich war, um sich zu vergewissern, dass sie alle funktionierten. Die Nachtschicht sollte die Geräte zwar im Auge behalten, und diese Modelle waren zudem mit einem Alarm versehen, doch sie hatte immer Angst, eine Maschine mit einer bislang unentdeckten Fehlfunktion zu finden. Das war ihr einmal passiert, als sie noch in der Ausbildung gewesen war, und sie war nie darüber hinweggekommen. Ersticken musste ein schrecklicher Tod sein.

Das Herz klopfte ihr in der Kehle, als sie zwischen den Eisernen Lungen umherlief, erst die eine, dann die anderen Anzeigen überprüfte, bis sie die Fremde entdeckte.

Die Frau war den Proportionen nach eine echte Amazone – das Zelt, das ihr Rock über den Knien bildete, ragte weit über ihren Stuhl. Ihre Wange lehnte an Mrs. Konkles Eiserner Lunge, ihr Arm steckte in der Luke, als würde sie ihre Hand halten. Sowohl sie als auch die Patientin schliefen tief und fest.

◈

Am nächsten Abend stellte Dorothy ihre Reisetasche in der Küche ab. Sie sah die Post, die säuberlich gestapelt auf der Arbeitsplatte lag, auf der ihr Mixer, die Vorratsdosen und ein neu eingetopfter Philodendron ordentlicher aufgebaut waren, als sie es je geschafft hatte, als sie noch allein gelebt hatte. Sie schlenderte durch das Wohnzimmer, wo Arne im blauen Schimmer des Fernsehapparats saß.

Er sprang vom Sofa auf. »*Elskede.*«

»Arne.« Sie verbarg ihr Gesicht an seiner Brust. Die Tränen der Enttäuschung, die sie in den letzten zwanzig Stunden zurückgehalten hatte, brannten in ihren Augen.

Er streichelte ihr Haar und ließ sie weinen.

Ihr Blick wanderte zum Fernseher, in dem, wie sie sah, *I love Lucy* lief. In dieser Folge forderten Lucy und Ethel verdrießlich die gleichen Rechte wie Männer und ernteten dafür gutmütiges Gejohle von Ricky und Fred.

Dorothy weinte noch heftiger. Hatte sie Arne darauf reduziert, sich *das* anzuschauen?

Ihr Blick wanderte zur Treppe. Arnes Lederkoffer stand am Fuß der Treppe, sein ordentlich zusammengelegter Mantel lag obenauf.

Es war, als hätte man ihr einen blutstillenden Stift an die Augen gehalten. Ihre Tränen trockneten von einer Sekunde auf die andere.

Sie löste sich von ihm. »Arne? Gehst du?«

»Das musst du mir sagen, *elskede* – soll ich?«

Jetzt sah sie, dass alles Leuchten aus seinen Augen verschwunden war. »Arne! Ich will nicht, dass du gehst!«

Sein Schweigen ängstigte sie nur noch mehr.

Im Fernseher zankten Lucy und Ricky sich in einem Restaurant.

»Liegt es daran, dass ich dir kein Baby schenken kann?«

»Ein Baby? Nein. Natürlich nicht.« Langsam schüttelte er den Kopf. »Alles, was ich will, bist du.«

Sie wollte protestieren, doch dann hielt sie inne. So häufig, wie sie unterwegs war, hatte sie ihm das nicht gegeben.

Er strich ihr das Haar aus der Stirn. »Wenn das, was wir jetzt haben, dich zufriedenstellt, bin ich bereit, es zu nehmen. Es wäre ja nur vorübergehend, ja? Bis du das Heilmittel gefunden hast.«

»Es gibt kein Heilmittel für Polio, nur Prävention.«

Das war die Wahrheit. Es gab keine Möglichkeit, Polio zu heilen oder die Folgen für die Opfer abzumildern. Es gab nur Menschen wie sie, die bereit waren, ein Bollwerk gegen die Krankheit zu errichten. Doch sobald sie die Krankheit einmal besiegt hatten, und das würden sie, so wahr ihr Gott helfe – wäre ihre Arbeit dann vorbei? Würde sie jemals fertig sein, solange es Krankheiten gab, die kleine Kinder befielen?

Seine Brust hob sich, seine Wärme strahlte durch seinen Pullover »Ich wusste, wer du warst, als ich mich in dich verliebt habe, *elskede*. Deswegen habe ich mich ja in dich verliebt. Du sorgst dich so viel um andere Menschen.«

»Das machst du, Arne. Deswegen liebe ich dich.«

Eine schreckliche Wahrheit entfaltete sich. Nie zuvor in ihrem Leben hatte sie solche Angst gehabt.

»Liebst du Albert?«, fragte er sanft.

»Nein!«

»Weil er verheiratet ist?«

»Nein. Weil er nicht du ist.«

Er schlang seine Arme um sie. »Schhh, schhh, *elskede*. Bitte weine nicht.«

Ihr Herz, dieser blumengleiche Muskel, begann, seine Blütenblätter zusammenzufalten. Weil sie ihn liebte, durfte sie ihn nicht festhalten.

»Dorte, bitte, es muss nicht so sein.«

Doch selbst er wusste, dass es sein musste.

Sie legte ihre Wange an seine Brust, atmete seinen Duft ein, um ihn für immer zu bewahren, und lauschte ein allerletztes Mal dem Klang seines Herzens.

1954 – 1956

EINE SEKRETÄRIN

1954

Lorraine Friedman kurbelte das Lüftungsfenster auf der Beifahrerseite des Chevy herunter und lenkte den feucht-heißen Luftstrom auf sich selbst, was allerdings nicht viel half. Als sie ihre Lektüre des *Time*-Magazins wieder aufnahm, durchnässte der Schweiß weiterhin die Armblätter ihres Kleides, doch dafür waren sie ja schließlich da, nicht wahr? Um die Sauerei aufzunehmen.

Bei einer ganzseitigen Anzeige von Hart Schaffner & Marx hielt sie inne. Die Werbung zeigte einen gutaussehenden dunkelhaarigen Gentleman – der große Ähnlichkeit mit Jonas hatte, wenn man die Lücken in seinem Haaransatz auffüllen, ihm die Brille abnehmen und seinen Mund, das Kinn und die Ohren verändern würde –, der beim Telefonieren männlich die Stirn runzelte. Sie betrachtete den kühlen, maskulinen Seitenblick des Vorführherrn, die selbstbewusste Haltung seines Kinns, die Lässigkeit, mit der er mit seinen schneeweißen Manschetten am Schreibtisch lehnte. Diese Werbefachleute wussten genau, was sie taten, wenn sie ihr Produkt präsentierten. Lerne von den Experten, sagte sie immer.

»Das ist ein hübscher Anzug.« Sie hielt Jonas die Anzeige hin. Er warf einen kurzen Blick darauf, knurrte und widmete seine Aufmerksamkeit dann wieder der Straße.

Nun, es war nicht *seine* Aufgabe, sich um sein Erscheinungsbild zu kümmern, oder? Dafür war sie zuständig. Ganz gewiss nicht seine Gattin. Warum auch? Donna hatte diese drei Jungs, von denen einer schlimmer war als der andere. Lorraine konnte es ihr nicht verübeln, dass sie ihn vernachlässigte. Sie war nur zu gerne bereit, dort einzuspringen, wo Donna aufgehört hatte.

Sie hatte schon immer gewusst, dass Jonas Salk es zu etwas bringen würde, seit ihrer ersten Begegnung, als sie fünfundzwanzig und er nicht sehr viel älter gewesen war. Es war in seinem Büro im Krankenhaus gewesen, wenn man diese kleine Abstellkammer ein Büro nennen wollte. Er besaß nicht einmal einen Schreibtisch. Sie hatten auf zwei nicht zueinander passenden Bürostühlen gesessen, einen Aktenschrank aus Metall zwischen ihnen, er in seinem Laborkittel mit *Jonas Salk, MD* in Blau aufgestickt, sie in ihrem geraden Rock, dem Pullover und den Perlen, in die sie einen guten Batzen ihres WAVE-Verdienstes gesteckt hatte. Sie hatte zwar einen Collegeabschluss – als Erste aus ihrer Familie – und hatte während des Krieges in einer Schreibstube der Armee gearbeitet, aber sie hatte keine Erfahrung auf dem zivilen Arbeitsmarkt. Alles, was sie zu bieten hatte, wie sie in der Zeitungsannonce geschrieben hatte, auf die er geantwortet hatte, war ihre Bereitschaft »lange und hart zu arbeiten«.

Diese Beschreibung hatte ihm gefallen. Sie hatte schon bald gemerkt, warum. Alles, was er tat, war arbeiten.

An diesem Tag hatte er auf seinem abgenutzten Stuhl gesessen und unruhig mit dem Fuß gegen den Metallschrank getippt. »Entschuldigen Sie die Umgebung. Ich habe gerade hier angefangen. Ich habe den Dekan um ein Labor gebeten – ich habe einen Konferenzraum gefunden, der in den Plänen des Krankenhauses ursprünglich als Labor vorgesehen war. Die Anschlüsse sind bereits in den Wänden. Es ist perfekt.«

Er war sämtliche Baupläne des Krankenhauses durchgegangen, um für sich selbst ein Labor zu finden? Aber wenn der Dekan wollte, dass er sein eigenes Labor hatte, hätte er es ihm dann nicht schon längst gegeben?

»Ich habe außerdem einen Lagerraum im ersten Stock gefunden, in dem sich meine Versuchstiere unterbringen ließen, und einen Raum in der Nähe meines Labors, aus dem man meine Büros machen könnte. Es wird hier schon bald ganz anders aussehen, warten Sie es nur ab.«

Dann hatte er dieses breite Grinsen gegrinst, diese verwirrende Mischung aus Schüchternheit und unverhülltem Ehrgeiz. Es war das patentierte Jonas-Salk-Lächeln, das einen Dinge machen ließ, die man nicht tun wollte, bevor man merkte, dass man sie tat. Später hörte Lorraine Donna sagen, dass sie gar nicht die Absicht gehabt hatte, ihn zu heiraten, als sie sich kennenlernten; dass es *absolut nichts* an ihm gab, was sie anfangs angezogen hätte (sie sagte es mit unnötiger Schroffheit, wie Lorraine fand). Doch Jonas' Geheimwaffen Herzlichkeit und tödliche Entschlossenheit hatten Donna niedergemäht. Jeder erlag früher oder später dieser Mischung.

Jetzt blätterte Lorraine im *Time*-Magazin. »Welchen Anzug wir Ihnen auch besorgen, Dr. Salk, er muss auf jeden Fall aus Dacron sein. Ich habe drei Anzeigen dafür in diesem Heft gesehen. Es ist ein neues Material, viel besser als Wolle.« Sie betrachtete die Abbildung eines eleganten Mannes, der durch einen Regenschauer lief. »Offenbar können Sie zwischen zwei Sitzungen pitschnass werden und trotzdem frisch aussehen. Das Wasser perlt einfach ab.«

Er fuhr weiter.

Nun, er hatte *ein kleines bisschen* was im Kopf. Nach dem Erfolg vor zwei Jahren bei dem limitierten Versuch an den geistig behinderten Kindern im Polk State Home hatte er das Geld bekommen, um Versuche im D.-T.-Watson-Heim für verkrüppelte Kinder durchzuführen. Den Großteil des Jahres hatte er persönlich jede Spritze gegeben und jede Probe genommen, während sie *alles* aufgezeichnet hatte. Ohne sie, die den Überblick behalten hatte, welchen Impfstoff er wem gegeben hatte und wessen Blut sie auf Antikörper gegen Polio untersucht hatten, wäre seine Arbeit nutzlos gewesen. Der March of Dimes hatte ihm eine Menge Geld für diesen Versuch gegeben – eine rekordverdächtige Summe. Lorraine war es nicht einmal gestattet, jemandem zu erzählen, wie viel es war – 255 472 Dollar –, dabei waren ihre Aufzeichnungen der Schlüssel. Das Leben von Tausenden Kindern hing davon ab, und natürlich auch Jonas' Zukunft.

Es funktionierte. Als Mr. O'Connor sah, wie erfolgreich dieser Versuch war, hatte er sämtliche Geldmittel des March of Dimes Jonas zugeschoben. Jonas bekam über *eine Million Dollar*, um einen Testlauf an Schulkindern im ganzen Land durchzuführen.

Dieser Test lief gerade an. Der größte Medikamententest *überhaupt*! Eltern hatten darum *gebettelt*, ihre Kinder dazu anmelden zu dürfen. Mehr als eine Million Erst-, Zweit- und Drittklässler nahmen daran teil: 422 000 erhielten den echten Impfstoff, 201 000 bekamen ein Placebo und 725 000 dienten als Kontrollgruppe. »Poliopioniere« nannte Jonas sie. Sie hatten ihre Spritzen im April bekommen. Jetzt, wo die Poliosaison wütete, konnten Jonas und sie nur noch abwarten.

Sie tupfte sich den Hals mit ihrem Taschentuch ab und widmete sich wieder der Anzeige von Hart Schaffner & Marx. »Egal, was Sie sagen, Dr. Salk, aber Sie sehen aus wie dieser Mann.« Sie hielt das Bild in die Höhe.

Das erregte seine Aufmerksamkeit. Nach einem weiteren Knurrlaut – hörte sie da so etwas wie Vergnügen heraus? – sagte er: »Welche Zeitschrift ist das?«

Sie zeigte ihm das Titelbild mit einem Baseballspieler darauf.

Seine Augen hinter den dicken Brillengläsern blitzten auf wie Perlen. »Woher haben Sie das?«

Er brauchte gar nicht so schnippisch zu sein. »Es ist eine alte Ausgabe, von 1952. Ich habe sie aus dem Wartezimmer im Krankenhaus.«

»Tut mir leid, Lorraine. Ich bin wohl einfach nur müde. Was ich sagen wollte, ist, dass dies die Ausgabe mit Bodian und Dorothy ist.«

»Dorothy? Horstmann?«

»Sehen Sie in der Medizinrubrik nach.«

Er erinnerte sich an eine zwei Jahre alte Zeitschrift! Sein Gedächtnis verblüffte sie. Sie blätterte die Seiten durch, bis sie die Rubrik gefunden hatte. Die Überschrift lautete: »Die Schlacht im Blut«.

Das Bild von David Bodian von der Johns Hopkins und dieser netten Dorothy Horstmann nahm ein gutes Sechstel der Seite ein. Dorothy sah darauf aus, als würde sie ein Diktat von Bodian aufnehmen. Eigentlich wäre das ein gutes Motiv für ein Foto von Jonas und ihr in einem Artikel. Sie sah schon die Überschrift: *Jonas Salk teilt seine Entdeckungen mit seiner Sekretärin, Lorraine Friedman.*

Er klopfte sich auf die Hemdtasche und zog ein Päckchen Lucky Strike hervor, klopfte damit auf das Lenkrad und zog eine Zigarette mit dem Mund heraus. »Zu schade, dass ich so beschäftigt war«, sagte er, die unangezündete Zigarette wippte zwischen seinen Lippen. »Ich wäre zu gerne bei dem Treffen dabei gewesen.«

Sie legte die Zeitschrift ab und wühlte in ihrer Handtasche. Er war nicht bei dem Treffen, weil er nicht eingeladen gewesen war. Das passte für sie nicht zusammen. Warum behandelten all die großen Wissenschaftler ihn wie einen Untergebenen? Albert Sabin war der Schlimmste! Jonas hatte es nie verwunden, dass Sabin ihn vor allen Kollegen beschämt hatte, weil er eine vollkommen vernünftige Frage gestellt hatte. Sabin hatte die Frechheit besessen, zu sagen: »Wie können Sie es wagen, solche Fragen zu stellen«, als wäre Jonas ein Praktikant oder ein Kind. Unverzeihlich.

Ha! Es würde sich schon zeigen, was der alte Albert Sabin

sagte, sobald er die Ergebnisse dieser Testreihe sah! Es würde ihm noch leidtun, dass er Jonas Salk so respektlos behandelt hatte.

Sie riss ein Streichholz an und hielt es an seine Zigarette. »Glauben Sie, dass Albert Sabin und Dorothy Horstmann eine Affäre haben?«

Er zog an seiner Zigarette, bis sie aufflammte. »Nee.«

»Sie teilen dieselben Interessen. Das kann ein mächtiges Aphrodisiakum sein.«

Er blies den Rauch aus. »Haben Sie sie gesehen? Sie ist eine Riesin. Kein Mann will ein Mädchen, das größer ist als er.«

Lorraine schluckte. Sie war gut sechs Zentimeter größer als Jonas.

Aber das wollte sie ja gar nicht von ihm, nicht wahr?

Ihr Blick schweifte zur Anzeige neben dem Artikel. Offenbar waren Viceroy-Zigaretten besser für die Gesundheit. Hier stand, dass nichts von dem Nikotin und dem Teer, das sich in dem Filter verfing, in die Lunge gelangte. Sie würde Jonas ein Päckchen zum Ausprobieren kaufen müssen. *Sie* kümmerte sich um seine Gesundheit, auch wenn Donna es nicht tat.

Sie waren fast wieder im Labor. Sie holte tief Luft. Als Erstes mussten sie ihm einen neuen Anzug besorgen. Nicht nur die *Time* und andere Zeitschriften und Zeitungen würden sich um ihn reißen, sondern auch das Radio und alle drei Fernsehsender. Er konnte doch nicht in einem ausgebeulten alten Anzug zu Edward Murrow in die Sendung gehen. Sie musste sich etwas einfallen lassen, wie sie ihn schnellstmöglich zu Gimbels bringen konnte. Denn sobald die Welt sah, dass Jonas Salks Impfstoff wirkte, würde die Hölle losbrechen, und sie, Lorraine Friedman, würde dafür sorgen, dass er dann bereit war. Zusammen würden sie diesem verdammten Poliovirus in den Hintern treten. Sollte Donna sich doch um die Kinder kümmern.

36

New Haven, Connecticut, 1955

Dorothy und die Yale-Jungs hatten sich vor den Fernsehapparat gedrängt, den Mrs. Beasley hereingezerrt hatte, und warteten auf die Ankündigung, doch Tommy Francis hatte noch nicht einmal mit seinem Bericht angefangen, was, wenn man Tommys Gründlichkeit kannte, noch endlos dauern konnte. Gott wusste, wie viele Stunden es noch dauern würde, bis Jonas der Nation die Ergebnisse seines Tests verkünden würde. *Hatte* sich sein Vakzin als sicher und wirksam erwiesen, nachdem es Hunderttausenden Kindern verabreicht worden war? Könnte es endlich eine Waffe geben, um das Ungeheuer unschädlich zu machen? Dorothy konnte keine Minute länger warten. »Braucht irgendjemand etwas aus dem Laden?«, rief sie. »Kaffee«, antwortete Mrs. Beasley. So kam es, dass Dorothy wenig später im Supermarkt ein paar Blocks weiter mit einer Dose Kaffee in der Schlange vor der Kasse stand, als die Automatiktür am Eingang aufging.

Eine Frau kam hereingerannt, ihre Lacklederhandtasche schlug gegen ihre Hüfte. »Es ist im Fernsehen in Steinbergs Schaufenster! Dr. Salk hat seine Ergebnisse bekanntgegeben! Der Impfstoff, den all die Kinder in der Schule bekommen haben, diese Poliopioniere – er wirkt! Dr. Salks Impfstoff wirkt!«

Die Frau hatte ihre Neuigkeit noch nicht zu Ende verkündet, als draußen Autos zu hupen und Kirchenglocken zu läuten begannen. Durch die Schaufensterscheiben konnte Dorothy die Menschen auf die Straße strömen sehen. Es gab wieder einen V-Day.

Im Supermarkt klatschten Mütter in die Hände, jubelten oder brachen in Tränen aus. Ihre Kleinen sahen sie erstaunt an, die Kekse in den kleinen Händen waren vergessen. Hinter der Fleischtheke wurden die Wangen des Schlachters, der gerade in einem großen Haufen Rinderhackfleisch wühlte, feucht. Sein Sohn, ein Highschool-Basketballstar, saß jetzt im Rollstuhl. Für ihn war es zu spät.

Jeder wollte sofort nach Hause. Die Schlange an der Kasse reichte bis in den Gang mit den Frühstücksflocken, doch die Menschen gingen überaus höflich, fröhlich und liebenswürdig miteinander um. Fast wie damals, dachte Dorothy, in den Tagen nach dem Angriff auf Pearl Harbor – sie benahmen sich, als hätten sie zusammen überlebt. Noch war niemand tatsächlich gegen Polio geschützt, es sei denn, sie gehörten zu den Schulkindern, die im letzten Sommer an Salks landesweiter Testreihe teilgenommen hatten. Doch allein das Wissen, dass jeder schon bald geschützt sein würde, hob die kollektive Last, die sie alle so verzweifelt zu ignorieren versucht hatten, von ihren Schultern. Viele Amerikaner hatten in ihrem ganzen Leben noch nie einen Sommer erlebt, in dem sie sich nicht fragten, welches Kind als Nächstes an Polio erkranken würde.

Im ganzen Viertel war das Hupen von Autos zu hören, und die Menschen erzählten einander auf der Straße von den guten Nachrichten. Grinsend lief Dorothy durch die Menge und umklammerte ihre Kaffeedose. Wieder im Büro, übergab sie ihre Beute Mrs. Beasley, die sich die Augen trocknete, aufsprang und sie umarmte. Dann tanzte sie ins Büro, wo Joe Melnick, Robbie, der von Baylor gekommen war, und die anderen so dasaßen, wie sie sie zurückgelassen hatte – jetzt mit stinkenden Zigarren.

Joe stieß eine blaue Rauchwolke aus. »Dorothy!« Er umarmte sie, dann trat er zurück, damit sie die anderen wie eine Braut auf einem sehr verrauchten Empfang begrüßen konnte.

»Dorothy«, sagte er, während die anderen ihr auf den Rücken schlugen, »sieht aus, als hättest du gewonnen.«

»Ich?«

Die anderen lachten über ihre Verblüffung.

»Es war deine Entdeckung, die die Tür aufgestoßen hat.«

»Moment mal, wir haben alle daran mitgearbeitet! Dieser Sieg gehört uns allen.«

»Danke!« Robbie paffte an seiner Zigarre. »Das akzeptiere ich gerne. Wir haben uns alle den Arsch aufgerissen, um Polio in den Griff zu bekommen. Ich habe in diesem Monat nur acht Mal in meinem eigenen Bett geschlafen – Dottie, ich weiß, dass es für dich noch schlimmer war. Ja, der Sieg gehört uns allen, aber erzähl das mal unserem Kumpel Sabin.« Er griff nach seiner leeren Kaffeetasse und rief in Richtung Vorzimmer: »Beryl! Ist der Kaffee schon fertig?«

Joe runzelte die Stirn, sein spitzer Haaransatz schien zum Sturzflug über seine Stirn anzusetzen. »Dorothy, was glaubst du, wird Albert tun?«

Sie war nicht Albert Sabins Sprecherin, egal, was die anderen dachten. Ja, er hatte in den letzten Jahren als Erster von ihren Forschungen erfahren. Ja, sie hatten auf Konferenzen die Köpfe zusammengesteckt. Er war ihr Mitverschwörer bei dem Plan, Polio auszurotten, aber mehr auch nicht. »Er wird weiterarbeiten. Genau wie der Rest von uns. Niemand von uns ist schon fertig.«

Robbie zog den Kopf ein. »Ich wette, Sabin ist fertig.« Er pfiff leise. »Ich möchte heute Abend nicht seine Frau sein.«

»Ich möchte *nie* seine Frau sein«, sagte Joe.

Die Jungs lachten und warfen Dorothy kurze Blicke zu.

Das Telefon im Vorzimmer klingelte.

»Das ist er«, sagte Joe. »Unser Goldjunge.«

Sie schüttelte den Kopf. »Sehr witzig.«

Mrs. Beasleys verstümmelte Stimme drang durch die Gegensprechanlage. »Dr. Horstmann, es ist Dr. Paul aus Ann Arbor.«

»John?«, sagte Dorothy. »Großartig! Stellen Sie ihn auf den Lautsprecher. Wir wollen alle feiern.«

EINE EHEFRAU

Sylvia hatte den ganzen Tag auf diese Stunde hingearbeitet. Die Kinder waren gebadet und im Pyjama, sie hatten Wasser und etwas vorgelesen bekommen. Jetzt war es ruhig im Haus, bis auf das Rascheln der schweren, farbigen Seiten im *Life*-Magazin, wenn Sylvia umblätterte.

Hier war der britische Premierminister, Sir Winston Churchill, im Londoner Zoo. Offensichtlich hatte er Zeit, Löwen zu füttern und Schimpansen zu kraulen, jetzt, wo der Krieg vorbei war. Da waren Prinzessin Margaret und der gutaussehende – und leider geschiedene – Mr. Townsend. Er hielt bei ihrem gemeinsamen Picknick auf einem ihrer Schlösser eine dünne Schlange über die lachende Prinzessin. Es hieß, dass die Prinzessin sich entscheiden musste, ob sie ihren Mann oder ihren Titel wollte. Man sollte doch meinen, dass zumindest Angehörige von Königshäusern bekämen, was sie wollten, dachte Sylvia. *Wenn nicht einmal sie es bekommen, sieht es schlecht aus für den Rest von uns.*

Sie zündete sich eine Winston an, schob das Feuerzeug in ihre Rocktasche und blätterte weiter durch die Hochglanzseiten. Bei einem Artikel über eine Schauspielerin, die die wenig beneidenswerte Aufgabe hatte, Marilyn Monroe in einem Film zu ersetzen, verweilte sie etwas länger. Auf den ersten Blick zeigte das Foto zum Artikel zwei große weiße Bälle. Erst bei genauerem Hinsehen stellte sie fest, dass das arme Mädchen sich von hinten hatte fotografieren lassen, in einer engen weißen Hose. Das arme Ding schien nur aus Hintern zu bestehen.

Sylvia schaute in den Fotonachweis. Ein Mann. Das passte. Ihr Idol, Margaret Bourke-White, würde niemals eine Frau auf so demütigende Weise fotografieren. Miss Bourke-Whites Bilder fingen oft die stille Stärke von Frauen unter unerträglichen Umständen ein. Sylvia hatte das Fotografieren aufgegeben, aber wenn sie es noch tun würde, würde sie solche Bilder machen.

Auf der nächsten Seite waren Standaufnahmen aus Amateurfilmen mit dem Mädchen in Unterwäsche zu sehen. Auf drei Bildern legte das Mädchen fast alles ab, doch der Blick des Betrachters wanderte automatisch zu dem kleinen Foto darüber, ein Abdruck des berühmten Bildes von Marilyn Monroe, auf dem sie sich nackt auf einem Satinlaken räkelte. Wie sollte dieses Kind – Sylvia sah auf die Bildunterschrift – Sheree North, zweiundzwanzig Jahre alt, das jemals überbieten? Die nächste Seite zeigte den Versuch der jungen Sheree: Sie ahmte einen Betty-Garble-Schulterblick nach, während sie in Negligé, Netzstrümpfen und Stilettos posierte.

Sylvia zog an ihrer Zigarette und ließ den feuchten Rauch durch ihre Lungen streichen. Du tust, was du tun musst, wenn du weißt, dass du nicht die Richtige bist.

Das Brummen eines Autos, das die Auffahrt heraufkroch, drang durch das offene Fenster. Es war April, sehr früh, um in Cincinnati das Fenster zu öffnen, doch Sylvia mochte die Kälte, zumindest heute Abend. Ob Albert den ganzen Weg von Ann Arbor mit offenem Verdeck zurückgefahren war? Sie blätterte die Seite um, als sein Cadillac bei der Einfahrt in die Garage aufheulte, als wäre jemand einem Löwen auf den Schwanz getreten.

Die Küchentür flog krachend auf. Das Klappern der Budapester kam näher, dann stürmte ihr Gatte ins Wohnzimmer, warf seinen Hut aufs Sofa und schaltete den Fernsehapparat ein. »Mein Gott, Sylvia, weißt du nicht, was heute passiert ist?« Er riss sich die Krawatte herunter, während das Gerät aufwärmte. »Du hast es verpasst! Er ist gerade bei Edward R. Murrow in der Sendung. Ich bin, so schnell ich konnte, nach Hause gekommen.«

Sylvia griff nach einer neuen Zigarette.

Murrows langes, zerfurchtes Gesicht füllte den Bildschirm ihres neuen Fernsehapparates aus. »Heute«, sagte der Reporter gerade mit seiner sachlichen Stimme, »hat ein großartiger Berufsstand einen riesigen Schritt nach vorn gemacht, und die Nachrichten, die aus diesem Raum kamen, haben Millionen von Amerikanern das Gefühl der Angst genommen.«

Die Kamera schwenkte zu Jonas Salk. Er hatte dieses alberne überglückliche Grinsen eines Highschool-Basketball-Trainers, nachdem seine Mannschaft gerade die Regionalmeisterschaft gewonnen hat.

»Sieh ihn dir an!«, rief Albert.

Sylvia rauchte schweigend. Es war schwierig, etwas von der Sendung zu verstehen, so heftig atmete ihr Mann.

Er hob einen Finger. »Warte ...«

»Ihre Zahlen sprechen von sechzig bis zu neunzig Prozent Wirksamkeit«, sagte Murrow, »abhängig vom Poliotyp. Was ist mit einer Sicherheit von fünfundneunzig oder hundert Prozent?«

»Ja«, sagte Albert, »was ist damit, Salk?«

Jonas runzelte die Stirn. »Ich denke, dass es einer der Punkte ist, zu denen weitere Arbeit lohnenswert wäre.«

Albert riss die Hände hoch.

Murrow sagte: »Wem gehört das Patent an diesem Impfstoff?«

Jonas zeigte seine Zähne. »Dem Volk, würde ich sagen. Es gibt kein Patent.« Er kicherte. »Können Sie die Sonne patentieren?«

»Die Sonne patentieren!« Albert schlug die Hände über dem Kopf zusammen. »Ist das denn zu fassen? Er kann sein Vakzin nicht patentieren lassen, weil es nichts Neues zu patentieren gibt. Er hat nur Isabel Morgans Rezeptur optimiert und Polioviren in Gewebe herangezüchtet, um die Produktion zu vergrößern – und

414

es war Elsie Ward, die herausgefunden hat, wie das geht. Er hat nicht einmal versucht, herauszufinden, wie das Poliovirus sich im Körper verhält. Das war Dorothys Werk.«

»Alles Frauen«, sagte Sylvia.

»Was?«

Oben weinte ein Kind.

Als sie zurückkehrte, hockte er vor dem Fernsehapparat und schaltete zwischen den Sendern hin und her. Sie ließ sich ihm gegenüber in den Ohrensessel fallen.

»Ich kann es nicht ertragen«, sagte er. »Millionen von Dosen von Salks Vakzin werden heute Nacht im ganzen Land ausgeliefert. Es sollte meines sein!«

»Warum fährst du nicht einfach zu ihr?«

»Was?«

»Zu Dorothy Horstmann.«

»Sei nicht albern.«

Sie beschattete ihre Augen, um ihn anzusehen.

Er ließ sich auf die Fersen zurücksinken und starrte sie an. »Ich kann nicht zu ihr, selbst wenn ich wollte. Wenn du es genau wissen willst, sie liebt einen anderen.«

Oben weinte erneut ein Kind. Sylvias Lungen schmerzten, als würde sie bereits schreien. »Ich meinte nur, dass du sie besuchen sollst.«

Er holte tief Luft, stand auf und verließ den Raum.

Ihre Hand zitterte, als sie noch eine Zigarette herauszog, während der Fernsehapparat »*Happy Days Are Here Again*« von sich gab. Die ganze Welt feierte.

37

Die ersten Anzeichen für Probleme mit Jonas' Impfstoff zeigten sich zwei Wochen später. Dorothy war auf der Kinderstation des Yale-Krankenhauses und untersuchte ein Neugeborenes mit auffälligen Herzgeräuschen. Sie fürchtete, das Kind könnte eine Fehlbildung der Herzklappen haben. Außerdem schien das Kind taub zu sein. Sanft wickelte Dorothy das Baby neu und fragte die Krankenschwester, ob irgendjemand die Mutter gefragt hatte, ob sie im ersten Trimester der Schwangerschaft Röteln gehabt hatte. In diesem Moment kam die Abteilungssekretärin, die auf der Suche nach ihr war.

»Dr. Sabin möchte, dass Sie ihn sofort zurückrufen.«

Dorothy drückte das Baby an ihre Brust. Seit Jonas Salk seine Ergebnisse bekanntgegeben hatte, hatte Albert jeden Tag angerufen. Jedes Mal ging es um einen neuen Skandal. *Newsweek* hatte geschrieben, »der Sieg des ruhigen jungen Mannes« genüge, um ihm »einen Platz neben Jenner, Pasteur und Lister in den Medizinlehrbüchern zu verschaffen«. Der Kongress wollte Roosevelts Profil auf dem Dime durch Jonas' ersetzen. Marlon Brando wollte in einem Kinofilm über Salks Leben die Hauptrolle spielen.

Gestern hätte Albert fast der Schlag getroffen. In den Nachrichten hatte er gesehen, dass Präsident Eisenhower in Tränen ausgebrochen war, als er Jonas die Ehrenmedaille des Kongresses verliehen hatte. Der alte Ike hatte angefangen zu weinen, als er zu seinem kleinen Enkel, David, schaute, der auf dem Fußboden im Weißen Haus spielte – und der jetzt vor Polio sicher war. Der alte

Ike, der kampferprobte General, rief Albert, heulte vor der ganzen Welt wegen dieses grinsenden Küchenchemikers!

Sie übergab das Baby der Krankenschwester, dann nahm sie sich die Zeit, um Albert zurückzurufen.

Sie rief ihn von ihrem Büro aus an, an den Schreibtisch gelehnt, zu beschäftigt, um sich zu setzen. »Ja, Albert.«

»Dorothy, das wirst du nicht glauben.«

Sie seufzte. Sie wollte sich die Blutwerte der Mutter mit dem herzkranken Baby ansehen. Die verzweifelte Frau beharrte darauf, dass sie keine Röteln gehabt hatte, doch Dorothy fragte sich, ob sie vielleicht einen so milden Verlauf hatte, dass sie es nicht gemerkt hatte. Dorothy hatte zu viele Babys mit Schäden gesehen, wenn ihre Mütter sich mit dieser weitverbreiteten Kinderkrankheit angesteckt hatten, oftmals bei ihren eigenen Kindern. Es sollte wirklich eine Impfung dagegen geben.

Sie versuchte, sich ihre Müdigkeit nicht anmerken zu lassen. »Albert, wir sollten Jonas unterstützen. Ich kenne die Vorteile deines Vakzins. Ich bin da auch fast gar nicht parteiisch ...«

»Es basiert auf deiner Forschung!«

»... aber bis es fertig ist, müssen wir die Öffentlichkeit ermutigen, sich ihre Spritze zu holen.«

»Das werden wir ja sehen«, sagte er unheilvoll.

»Was willst du damit sagen?«

»Sieben Fälle von Lähmungen wurden bislang nach einer Impfung mit dem Totimpfstoff gemeldet.«

»Sieben Fälle? Was?«

»Der Sanitätsinspekteur hat die Impfungen ausgesetzt. Die Verteilung des Impfstoffs wurde gestoppt. Ich habe es gerade gehört.«

»Albert, das ist eine Tragödie. Wie kann das sein?« Sie dachte an Isabel Morgan, die Angst gehabt hatte, ihr Vakzin könnte auch nur einen einzigen Todesfall verursachen. Sie setzte sich. Bittere

Galle stieg in ihrer Speiseröhre auf wie Quecksilber in einem Thermometer.

Am anderen Ende der Leitung herrschte Schweigen.

Schließlich seufzte er tief. »Recht zu haben fühlt sich nicht so gut an, wie ich gedacht hatte. Im Gegenteil, es fühlt sich schrecklich an.«

Zwei Wochen später saß sie an einem Konferenztisch in den National Institutes of Health. Der Gummizug ihres neuen Büstenhalters scheuerte unangenehm. Sie schaute sich am Tisch um: John Enders, der erst kürzlich aus Stockholm zurückgekehrt war – mit seinem Nobelpreis für die Vermehrung des Poliovirus in Zellgewebe statt in Tieren (was ihn in ihren Augen zu einem Heiligen machte) –, der Sanitätsinspekteur der Vereinigten Staaten, Leonard Scheele, ein Mann aus Fort Wayne, Indiana, mit weichen Lippen, Bill Sebrell, der Leiter der NIH, Albert, John Paul und ein verschwitzter, verzagter Jonas Salk. Keiner dieser führenden Köpfe des öffentlichen Gesundheitswesens musste über die Impfkrise nachgrübeln, während sie gleichzeitig unter dem rauen Material eines BHs zu leiden hatten.

Die Gruppe wartete auf die Ankunft weiterer Wissenschaftler. Albert plauderte mit Enders und Sebrell, Scheele machte sich Notizen, und Jonas hatte den Kopf in die Hände gestützt, als John Paul Dorothy eine aufgeschlagene Ausgabe der *Business Week* zuschob. »Von dieser Woche.« Er deutete auf einen Absatz.

Die Nation, die erst vor wenigen Wochen einstimmig nach dem Salk-Impfstoff schrie, ist skeptisch geworden. Das Vertrauen der sehenden, hörenden und lesenden Öffentlichkeit ist ernstlich erschüttert. Die Verzögerungen bei den Schulimpfungen, das An und Aus der Impfstoffproduktion, die geheimnisumwitterten Treffen in Washington ...

Sie schaute John an. Dies war eines dieser Treffen.

... all das hat Zweifel geschürt. Niemand scheint klare Antworten zu geben. Es entsteht der Eindruck, etwas solle vertuscht werden.

Mit finsteren Mienen sahen sie sich an. Das Vertrauen in einen Polioimpfstoff – jeden Polioimpfstoff, ob mit abgetöteten oder abgeschwächten Viren – schwand rasch. Als die erschütternden Fallzahlen stiegen – 164 Gelähmte, zehn Tote bisher –, wurden Anschuldigungen laut. Im Kongress gaben die Demokraten den Republikanern die Schuld. Die NIH gaben den Produzenten die Schuld. Wissenschaftler beschuldigten den March of Dimes. O'Connor beschuldigte Albert, weil er die Kampagne für den Totimpfstoff von Anfang an untergraben hatte.

Die unmittelbare Ursache für die Fälle schien gefunden zu sein: Einer der Hersteller, Cutter Laboratories, hatte an allen Ecken und Kanten gespart und Chargen produziert, in denen das Virus nicht vollständig abgetötet worden war. Der Mahoney-Stamm, jener Stamm, vor dessen Verwendung Albert Salk inständig gewarnt hatte, hatte den Inaktivierungsprozess überlebt. Und so waren die Empfänger der betreffenden Dosen mit Polio infiziert worden, anstatt davor geschützt zu werden. Albert hatte all das vorhergesagt. Ihr ganzer Körper schmerzte vor Entsetzen.

Dr. Enders nahm seine nicht angezündete Pfeife aus dem Mund, wobei sie leise klappernd an die Zähne schlug. Dann sah er sie und John über seine Gleitsichtbrille hinweg stirnrunzelnd an. »Was ist?«

John schüttelte den Kopf.

Dave Bodian platzte in den Raum, seine gummiartigen Gesichtszüge zu einem Stirnrunzeln geformt. »Entschuldigen Sie die Verspätung. Der Verkehr ist die Hölle.«

Der Chef der NIH, Bill Sebrell, ein scharfäugiger Mann in einem Tweedanzug, stand auf, als Dave sich auf den einzigen freien Platz setzte, neben Jonas. »Also gut. Lassen Sie uns mit der Sitzung beginnen. Wie wir alle wissen …«

Die Tür wurde aufgerissen. Eine Frau in weißem Laborkittel stürmte herein.

»Bernice!«, rief Dr. Sebrell.

»Bill, verzeihen Sie, dass ich hier so hereinplatze, aber ich glaube, diese Herren …«, sie schaute zu Dorothy, und ihr dunkler französischer Knoten schabte über ihren Kragen, »… und diese Dame müssen das erfahren.«

Dr. Sebrell trat auf sie zu. »Jetzt ist nicht der passende Zeitpunkt …«

»Es ist *nie* der passende Zeitpunkt, Bill. Ich habe versucht, es dir zu sagen …«

Er fasste sie am Arm. »Bernice.«

Sie wirbelte herum, um die erschrockene Versammlung anzusehen. »Ich bin Bernice Eddy. Ich war einer der Inspektoren der NIH, die letztes Jahr zu Cutter geschickt wurden. Und was ich sah …« Sie versuchte, sich loszureißen. »Ich sah Tanks mit lebenden Polioviren und Tanks mit Viren, die für das Vakzin inaktiviert worden waren, *alle im selben Raum. Es musste* einfach zu Kontaminationen kommen.«

»Lassen Sie uns gehen.« Als sie ihre Füße gegen den Boden stemmte, rief Dr. Sebrell: »Kann mir bitte jemand helfen?«

»Als ich hierher zurück zu den NIH kam …« Für eine zierliche junge Frau, die von einem großen wütenden Mann zur Tür gezerrt wurde, leistete sie beachtlichen Widerstand. »Wir hatten achtzehn Affen«, begann sie erneut. »Als wir sie mit dem Impfstoff von Cutter immunisierten, hatten wir gelähmte Affen. Alle achtzehn.«

»Wir alle wissen um Cutters Verfehlungen«, sagte Dr. Sebrell.

»Aber ich hatte einen Bericht abgeliefert. Sie haben den Impfstoff trotzdem freigegeben. Die Affen wurden einfach weggeworfen. Wussten Sie das, Dr. Salk?« Sie riss sich los und rieb sich den Arm. »Ich gehe jetzt. Ich wollte nur, dass jeder hier es gehört hat. Guten Tag.«

Dr. Sebrell schloss die Tür hinter ihr. »Entschuldigen Sie bitte. Aber das ist für sie die Endstation.«

Dr. Enders stand auf, seine Hand umklammerte die Pfeife. »Geben Sie dieser Frau nicht die Schuld, Bill. Diese Toten gehen nicht auf ihr Konto. Jemand von uns war von Anfang an gegen einen Totimpfstoff mit dem Mahoney-Stamm. Aber Basil O'Connor musste einen Impfstoff rausbringen, irgendeinen, egal, was wir gesagt haben.«

Alberts grimmiges Lächeln schien es laut herauszuschreien. *Ich habe es euch gesagt.*

John Paul neben Dorothy ergriff das Wort. »Wir haben zugelassen, dass Experten für Philanthropie unsere Verantwortlichkeiten übernahmen. Wir haben einem ehrgeizigen Organisator die Leitung unserer Angelegenheiten überlassen.«

»Das haben wir«, sagte Dr. Enders. »Und das ist unser Kreuz, das wir zu tragen haben. Wir dürfen nie wieder zulassen, dass Entscheidungen über grundlegende wissenschaftliche Fragen nicht von uns, sondern von Leuten getroffen werden, die weder die nötige Ausbildung noch die entsprechende Einsicht haben. Diese Lektion müssen wir lernen und nie vergessen.«

Jonas fuhr sich mit der Hand übers Gesicht.

Dr. Enders beeindruckende Nasenlöcher blähten sich, als er sich an Jonas wandte. »Wussten Sie davon?«

Jonas schloss die Augen und schüttelte den Kopf.

»Wussten Sie es?«

Als sie den Schmerz auf Jonas' Gesicht sah, hätte Dorothy am liebsten geweint. So etwas konnte jedem von ihnen passieren, wenn sie zuließen, dass der Ehrgeiz mit ihnen durchging, und sie jede Vernunft vergaßen.

Enders deutete mit seiner Pfeife auf ihn. »Das ist Quacksalberei! So zu tun, als ob sich in dem Impfstoff nur abgetötete Viren befinden, obwohl Sie sich der Gefahr bewusst waren, dass auch lebende Viren darin sein könnten.«

Jonas stöhnte auf, die Augen immer noch fest geschlossen. Er schien zu schrumpfen und in sich zusammenzusacken, bis nur noch sein Anzug von ihm übrig bleiben würde.

Genug. Dorothy stand auf. »Jonas hat sauber gearbeitet. Wir haben jetzt gelernt, auf die schmerzlichste Weise, die überhaupt möglich ist, wie wichtig es ist, die Hersteller peinlich genau zu überwachen. Die Frage, meine Herren, lautet, was wir als Nächstes tun werden?«

Die Männer richteten ihre finsteren Blicke von Jonas auf sie.

»Wir können es uns nicht leisten, das Vertrauen der Öffentlichkeit noch eine Sekunde länger zu vergeuden. Wir dürfen Polio nicht gewinnen lassen.«

Auf ihrer anderen Seite bedeutete Albert ihr, sich wieder zu setzen. »Danke, Dr. Horstmann. Sie haben vollkommen recht, wie immer.« Er wartete, bis sie wieder Platz genommen hatte, ehe er aufstand. »Vielleicht wird Sie die Nachricht aufmuntern, dass ich vom *Time*-Magazin angesprochen wurde.«

Ein kurzer Blick in die Runde bestätigte Dorothy, dass die Nachricht nicht so aufbauend war, wie er dachte.

»Sie müssen wissen, dass ich für uns alle gesprochen habe, als ich einem Interview zustimmte. Der Artikel erscheint nächste Woche.« Er hielt eine Druckfahne in die Höhe, an die ein Foto von ihm in seinem Laborkittel geheftet war, wie er sinnend in die Ferne schaute.

Er las vor: »»Während Virologen immer noch zu entscheiden versuchen, ob Dr. Salks Totimpfstoff sicher ist oder wie wir ihn sicherer machen können ...« Er schaute Jonas an und hörte auf zu lesen. »Ich komme direkt zum Kern. Ich habe erklärt, dass ich für meinen Impfstoff von Anfang an ein lebendes, aber nicht ansteckendes Virus benutzt habe, anstatt ein ansteckendes Virus zu töten. Ich habe den Samen gelegt zu einer sicheren und wirksamen Alternative.«

Dr. Sebrell verschränkte die Arme. »Sie hätten das zuerst mit uns besprechen können.«

»Das haben Sie ganz richtig gemacht, Albert.« John tätschelte Dorothys Handgelenk. »Wie Dr. Horstmann sagt, wir dürfen keinen Moment länger warten, um die Öffentlichkeit zu beruhigen. Wir müssen den Menschen die Sicherheit geben, dass wir Polio besiegen *werden*.«

»Wie weit genau sind Sie in diesem Moment mit Ihrem Vakzin, Dr. Sabin?«

»Ich habe eine Versuchsreihe gestartet.«

Dorothy sah zu ihm hoch. Sie arbeiteten so eng zusammen, aber das hatte er ihr nicht erzählt.

»An Menschen?«, fragte jemand.

»Ja.«

»Wo haben Sie Ihre Versuchspersonen her?«

»Gefangene.« Dorothy merkte, dass er ihrem Blick auswich. »Aus Chillicothe.«

Die Männer wechselten Blicke. »Und wie läuft es?«, fragte Dr. Enders.

»Ja«, sagte Dorothy demonstrativ, »wie läuft es?«

»Es war eine kleine Gruppe Kleinkrimineller. Alles Freiwillige ..« Albert schaute zu Dorothy hinunter. »Dreißig Männer, vor allem Väter, die ihre Kinder schützen wollen. Sie wollten ihren Teil beisteuern.«

»Das ist eine kleine Stichprobe«, sagte John.

»Aber sie alle weisen robuste Antikörper auf. Und als ich sie dem Virus ausgesetzt habe ...«

»Sie haben sie dem Virus ausgesetzt?«, rief John. »Sie haben riskiert, dass sie sich mit Polio *anstecken*?«

»… zeigte kein Einziger von ihnen auch nur das geringste Symptom. Meine Herren …«, er lächelte Dorothy an, »… und meine liebe Dame, mein Vakzin funktioniert.«

Was war aus der Regel »Erstens nicht schaden« geworden? Diese mutigen inhaftierten Väter, die ihren Körper anboten, um ihre Kinder zu retten. Wie sehr wir doch den Edelmut derjenigen unterschätzten, die wir verachten.

»Wir brauchen einen größeren Testlauf.« Dr. Enders schob seine Pfeife zwischen die Zähne. »Jetzt.«

»Ja.« Albert sah Dorothy an. »Aber wo?«

38

Cincinnati, Ohio, 1956

Das Gesicht des russischen Wissenschaftlers hatte die raue, fast kristalline Struktur von selbstgemachtem Salzteig, dachte Dorothy. Die Rauheit wurde noch unterstrichen durch die zurückgekämmte seidig-graue Mähne. Er strich sich über die grobporige Wange, während Albert sprach.

»Es gibt einen Grund, warum mein Vakzin nicht so schnell bereit war für einen Versuch wie Dr. Salks.« Albert nickte Sylvia zu, als sie mit einem Tablett Horsd'œuvres an ihm vorbeiging. Sie stellte Sinatra leiser, der aus der Stereoanlage im Wohnzimmer säuselte, und er fuhr fort: »Es braucht Zeit und Übung, ein Virus zu erschaffen, das stark genug ist, um beim Empfänger eine Infektion hervorzurufen, und zugleich mild genug, um keinen Schaden anzurichten. Der Unterschied zwischen der Herstellung eines Totimpfstoffs und eines mit lebenden Viren wie diesem ist wie, nun ja, der Unterschied zwischen dem Schlachten und dem Züchten eines Bullen. Oder ob man einem Huhn den Hals umdreht oder ihm Kunststücke beibringt.«

Albert schaute zu Dorothy, während der untersetzte Dolmetscher des Russen seine Worte weitergab. Er verkaufte seinen Impfstoff hart. Ursprünglich waren die Russen, die mit einem der heftigsten Ausbrüche auf der Welt zu kämpfen hatten, nur an Salks Impfstoff interessiert gewesen. Ihr vorrangiges Interesse galt der Beendigung dieses Ausbruchs. Doch Albert hatte größere Pläne, wie Dorothy wusste. Er wollte Polio komplett ausrotten, und darin hatte er in ihr eine Verbündete. Auf seine Einladung hin waren sie und John Paul gekommen, um, wie er es formulierte, »diesem Kerl die Vorteile des Lebendimpfstoffs schmackhaft zu machen«.

Was wie ein privates Abendessen im schönen Haus eines bedeutenden Wissenschaftlers im waldreichen Vorort von Cincinnati aussah, war genau genommen ein von den Behörden genehmigter, unter starker Dehnung bürokratischer Vorschriften ermöglichter offizieller Besuch aus Moskau. Während Sylvia ihre Runden mit dem Tablett machte, staunte Dorothy über die bizarre Szene. Albert umgarnte den Wissenschaftler eines Landes, das die USA am liebsten auslöschen wollte – des Landes, dessen Soldaten ihn als Kind beinahe geblendet hatten –, während seine Gattin einer Frau, der sie misstraute, Häppchen anbot. Die Rettung von Leben formte merkwürdige Allianzen.

Dr. Tschumakow antwortete auf Russisch. »Das scheint eine Menge Aufwand zu sein«, übersetzte der Dolmetscher. »Jetzt, wo Sie wissen, was beim Salk-Vakzin schiefgelaufen ist, ist es sicher und bereit zum Einsatz. Unsere Kinder sterben. Wir können nicht darauf warten, bis Sie den Hühnern Kunststücke beigebracht haben.«

»Cocktailwürstchen?«, fragte Sylvia und hob ihr Tablett.

»Stimmt«, sagte Albert, als der russische Wissenschaftler ein Häppchen auf einem Zahnstocher nahm, »aber mein Impfstoff ist bereit für einen Test. Seine Vorteile liegen auf der Hand. Mein Vakzin geht denselben Weg, den das Poliovirus natürlicherweise nimmt, durch den Mund, hinunter in den Verdauungstrakt und in den Darm, wo es sich vermehrt und den Körper stimuliert, Antikörper im Blut zu produzieren. Hier ist der Wissenschaftler, der entdeckt hat, wie genau das funktioniert, Dr. Dorothy Horstmann.«

Dr. Tschumakow hörte die Übersetzung, dann ergriff er Dorothys Hand. Er sah sie an, seine großen braunen Augen verrieten seine Wertschätzung. »Meine Frau Wissenschaftler«, sagte er in stockendem Englisch. »Sie sind Held für sie.«

»Oh! Meine Güte!«

»Sie sind Frau, kennt Polio am besten.« Seine Hände waren so rau, wie sein Blick weich war. »Meine Marina würde gerne kennenlernen Sie.«

»Vielleicht könnte Dr. Horstmann mich nach Russland begleiten, um den Versuch zu starten«, schlug Albert vor. »Dann könnte Ihre Gattin sie kennenlernen.«

Während der Dolmetscher sprach, drehte Sylvia den Kopf langsam zu ihrem Mann.

Dorothy behielt ihr Lächeln bei. Dass sie möglicherweise nach Russland reisen sollte, war neu für sie. Obwohl es unter den neuen strengen Auflagen der Gesundheitsbehörde möglich war, hatte nach dem »Cutter-Vorfall« niemand in den USA Lust auf eine Versuchsreihe mit einem Impfstoff, egal ob groß oder klein. Albert sah sich gezwungen, nach einer Möglichkeit für Versuche in einem Land zu suchen, das er bis auf den Tod hasste, und das, während der Kalte Krieg eskalierte. Glaubte er wirklich, die Russen würden jemals einen, geschweige denn zwei Wissenschaftler hinter dem Eisernen Vorhang dulden?

»Dr. Horstmann kennt mein Vakzin besser als sonst jemand«, sagte Albert. »Und die medizinische Weltgemeinde kennt niemanden besser als *sie*, vielleicht sogar besser als mich«, fügte er mit aller Bescheidenheit hinzu, die er gerade so erübrigen konnte. »Sie war auf jeden Fall bei mehr Ausbrüchen dabei als jeder andere.«

Dorothy spürte den Blick seiner Frau auf sich.

Es reichte.

»Sylvia?«, fragte sie. »Was macht deine Fotografie?«

Sylvia blinzelte, als hätte ein unerwarteter Lichtstrahl sie geblendet. »Ich mache nicht mehr viel.«

»Hast du immer noch dein Atelier im Keller? Ich würde es zu gerne sehen.«

Albert sah sie an, während er fortfuhr, den Russen zu umgarnen.

Unbehaglich holte Sylvia tief Luft und führte sie dann die Treppe hinunter.

Ihr Weg führte sie an eingestaubten Kartonstapeln und Regalen mit selbst eingelegten Tomaten und Pfirsichen vorbei. Als sie einer Schneiderpuppe auswich, fragte Dorothy: »Sagtest du nicht einmal, hier unten gäbe es einen Geheimgang aus der Zeit der Underground Railroad?«

Die kalten Steinmauern warfen Sylvias knappe Worte zurück. »Es wurde zugemauert. Einsturzgefahr.«

An der Tür zur Dunkelkammer schaltete sie das Rotlicht ein und verschränkte die Arme. »Tut mir leid, es funktioniert nur noch das Rotlicht. Aber es gibt sowieso nicht viel zu sehen.«

Im roten Lichtschein erspähte Dorothy die leeren Schalen, die aufgereiht auf einem Tisch standen.

»Ich möchte, dass du weißt …«, begann Sylvia.

Dorothy drehte sich um.

»… dass ich bereit bin, alles zu tun, was nötig ist, um meinen Mann zu unterstützen. Ich werde seine Interessen immer über meine stellen. Ich habe mehr geopfert und werde es weiterhin tun, als du es dir nur erträumen kannst.«

»Ich weiß« Dorothy nickte.

Sylvia, in rotes Licht getaucht, lächelte grimmig. »Gut. Vergiss das nicht, wenn du mit ihm in die UdSSR fährst.«

»Das werde ich nicht – wenn ich fahren würde. Sein Plan, dass ich mit ihm komme, war eine plötzliche Laune und ist weder sehr wahrscheinlich, noch sagt er etwas über unsere Beziehung aus. Wir sind kein Pauschalpaket. Das waren wir noch nie.«

Sylvias Stirnrunzeln verriet, dass sie ihr nicht glaubte.

»Ich würde fahren, versteh mich nicht falsch, wenn die russische Regierung oder die WHO oder Ähnliches mich darum bitten würde. Ich bin bereit, alles zu tun, um Polio zu bekämpfen. Ich werde diesen Kampf immer über meine eigenen Interessen stellen.«

Sylvia sah sie an.

»Sylvia, wir hängen da zusammen mit drin.«

Sylvia hielt die Hand vor den Mund, und ihre Brust hob und senkte sich, während sie nachdachte. Dorothy streckte die Hand aus, um die leere Wäscheleine zu berühren, die über dem Tisch hing. Wie aufregend es für Sylvia gewesen sein musste, die Fotografien hier aufzuhängen und gespannt zu verfolgen, was sie mit der Kamera eingefangen hatte. War sie jemals überrascht von dem, was sie eingefangen hatte, Dinge, die sie durch die Linse nicht gesehen hatte, die aber die ganze Zeit dort gewesen waren?

Sylvia ließ die Hand sinken. »In diesem Licht sehen wir aus wie ein Paar roter Teufel.«

Ihre Blicke trafen sich.

Dorothy lachte leise. »Nicht wahr?«

1959–1960

EINE GROSSMUTTER

1959

Mrs. Horstmann saß im Wartezimmer des Augenarztes neben ihrem Mann. Sie waren in dem Universitätskrankenhaus, in dem Dorothy gearbeitet hatte, einer schicken Klinik mit sauberen Polsterstühlen und Musik, die aus den Lautsprechern kam. Sie war froh, dass sie darauf bestanden hatte, Henry zu baden, bevor sie hergekommen waren, und dass sie ihm seinen Anzug und sein bestes weißes Hemd angezogen hatte. Sie hatte den Termin auf Dorothys unmissverständliches Drängen hin vereinbart, bevor diese nach Russland aufgebrochen war.

Russland! Ausgerechnet Russland! Mrs. Horstmann hatte im Fernsehen gesehen, wie der Rüpel von einem neuen Anführer sich mit dem jungen US-Vizepräsidenten Richard Nixon darüber gestritten hatte, welches Land das beste sei. Dieser Chruschtschow hat Mr. Nixon in so gut wie allen Punkten widersprochen, selbst bei so albernen Sachen, ob die amerikanischen Frauen elektrische Geschirrspüler brauchten oder nicht. Sie hoffte, dass Dorothy sich von diesem Tyrannen ganz weit fernhalten würde, welche Arbeit sie auch immer dort drüben zu tun hatte.

Sie schaute auf. »*Nein*, Henry!«

Ihr Mann, der gerade einem kleinen Kind ein in Zellophan eingewickeltes Pfefferminzbonbon geben wollte, hielt inne.

Mrs. Horstmann schüttelte den Kopf. »*Nein.*«

Die Mutter des Kindes, eine blasse junge Frau, die eine Haarwäsche gebrauchen könnte, zog ihre Tochter zurück, als wäre Henry derjenige mit den infektiös geröteten Augen.

»Willst du es?«, fragte er Mrs. Horstmann auf Deutsch. Nach so vielen Jahren in Amerika kannte er immer noch wenig mehr englische Wörter als »please« und »TV« und »hamburger«.

Sie schüttelte erneut den Kopf. »*Nein.*«

Er verstaute das Bonbon in seiner Hosentasche, dann lehnte er sich zurück und stieß dabei ihre Tasche zu Boden. Sie hob sie auf, diese steife Stelle in der Hüfte zwickte schmerzhaft.

Er tätschelte ihre Hand mit seiner ledrigen Pranke und lächelte. Obwohl der Graue Star seine Augen trübte, waren sie immer noch so schön wie die des Jungen, der sie über das Stoppelfeld getragen hatte.

Sie sah, dass die Mutter des kleinen rotäugigen Mädchens sie beobachtete. Armes kleines Mädchen. Mrs. Horstmann wollte nicht, dass ihre Mutter dachte, sie würde dem Kind seine Krankheit übelnehmen, weil sie nicht freundlich zu ihm war. »Meine Tochter hat früher in diesem Krankenhaus gearbeitet«, sagte sie.

Die junge Mutter lächelte schwach und zupfte an dem weißen Peter-Pan-Kragen ihres grünen Kleides.

»Jetzt arbeitet sie in Yale. Als Professorin.«

Als das nicht so viel Anklang fand, wie es ihrer Meinung nach angemessen wäre, sagte sie: »Sie ist die führende Expertin für Polio auf der Welt. Sie wird gerufen, wenn in irgendeinem Land ein Ausbruch ist. Vielleicht haben Sie von ihr gehört – Dorothy Horstmann?«

Die Mutter schlug ihrem Kind die Hand von der Nase weg.

Peinlich berührt von dem geschmacklosen Verhalten der Mutter sagte sie strahlend: »Im Moment ist sie in Russland. Die Weltgesundheitsorganisation hat sie gebeten, die Versuche mit Dr. Sabins Impfstoff zu überwachen, um zu sehen, ob der Impfstoff sicher ist oder nicht. Ob wir hier in den Vereinigten Staaten den neuen Sabin-Impfstoff bekommen oder nicht, hängt ganz allein von Dorothy ab.« Sie lächelte das kleine rotäugige Mädchen an, das jetzt an einer Haarsträhne lutschte. »Kinder werden es lieben – Dorothy sagt, man nimmt es über den Mund ein. Keine Spritze! Wenn du also jemals einen Zuckerwürfel oder einen Teelöffel voll Sirup mit dem Polioimpfstoff bekommst, liegt es daran, dass meine Tochter, Dorothy Horstmann, gesagt hat, es ist in Ordnung.«

Die Frau hob ihr Kind schwungvoll hoch und setzte es sich auf den Schoß. Offensichtlich verstand sie hier etwas nicht.

Mrs. Horstmann öffnete ihre Handtasche und begann, darin zu suchen. »Sie war schon im *Life*- und im *Time*-Magazin.«

Die blaue Plastikhülle mit den Zeitungsausschnitten steckte neben ihrer zusammengefalteten Regenhaube. Sie zog sie heraus und faltete sie liebevoll auseinander.

»Dorothy.« Henry deutete auf das Bild im *Life*-Magazin, auf dem Dorothy einem kleinen Jungen Blut abnahm. »Das Wunder von Hickory.«

»Das ist richtig.« Mrs. Horstmann strahlte ihn an. Er *konnte* mehr Englisch als »Hamburger« und »TV«.

Die junge Mutter starrte demonstrativ zum Empfangstresen.

Die Erkenntnis traf Mrs. Horstmann, als würde jemand mit einem nassen Bettlaken auf sie einprügeln. Die Frau glaubte ihr nicht. Sie glaubte, Henry und sie wären zwei verrückte Alte.

Sie steckte die Zeitungsausschnitte zurück in die Tasche und nahm Henrys warme, dicke Hand.

Sie wusste, wer sie war. Sie war Dorothy Horstmanns Mutter. Und das genügte ihr.

39

Moskau, UdSSR

Dorothy strich den Kragen ihres Hemdblusenkleides über der Strickjacke glatt. Wenn sie auf Reisen war, genügte ihre Aufmachung vollkommen. Egal, ob sie nach Alabama oder Albanien flog, dieses Kleid gehörte zur Grundausstattung in ihren Koffer, zusammen mit einem kleinen blauen Teller. Nachdem sie es in den vergangenen sechs Wochen überall in der Sowjetunion in rostigen Waschbecken gewaschen und in Küchen getrocknet hatte, die gleichzeitig als Badezimmer dienten, war das Kleid hier im Salon des Palastes des sowjetischen Präsidenten in Moskau endgültig an seine Grenzen gekommen.

Sie sah sich in dem Raum mit den hohen Decken, den Brokatsesseln und vergoldeten Tischen um. Es war ein himmelweiter Unterschied zur Wohnung ihrer Dolmetscherin, bei der sie vorher angehalten hatten. Drei Generationen der Familie ihrer Dolmetscherin, Elena, drängten sich in einer Wohnung von der Größe einer amerikanischen Doppelgarage. Elena sagte, die Russen würden die winzigen Zweiraumwohnungen *Chruschtschowkas* nennen, und die Wohnung ihrer Familie sei eine von Millionen, die wie Honigwaben in Wohnblocks überall in der UdSSR entstanden waren. Sie waren die Antwort des sowjetischen Ersten Sekretärs auf die Wohnungsnot nach dem Krieg.

So beengt es in Elenas *Chruschtschowka* auch sein mochte, Dorothy wünschte, sie wäre jetzt dort und würde an diesem kalten Tag Mitte Oktober Tee mit Elenas lächelnder Großmutter trinken. Stattdessen saß sie alles andere als angemessen gekleidet auf diesem eleganten Stuhl, umgeben von finster dreinblickenden Männern in Trenchcoats. Sie musste fast lachen, und das lag nicht nur an der betäubenden Erschöpfung, nachdem sie fünfundvierzig Tage lang die größte Landmasse des Globus bereist hatte, um Labore, Kliniken und deren Berichte zu inspizieren. Sie, Henry Horstmanns Tochter, sollte in Kürze der wichtigsten Person in diesem gewaltigen Land erklären, ob das Vakzin, das mit seiner Einwilligung jede Person unter zwanzig Jahren in der UdSSR nehmen durfte – sage und schreibe 77 Millionen junge Menschen –, ein Vakzin, das ihm von einem Wissenschaftler aus dem Land seines Erzfeindes, den USA, zur Verfügung gestellt worden war, sicher und wirksam war?

Wenn es ein Fehlschlag war oder wenn sie seine Wirksamkeit falsch einschätzte, würde es einen Weltkrieg geben. Ein Heer aus Wissenschaftlern war 1955 in Amerika zusammengerufen worden, um den Versuch mit Jonas Salks Impfstoff auszuwerten, doch um den Studienaufbau und die Ausführung des größten Impfversuchs aller Zeiten zu überwachen, die Studie auszuwerten und die Aussagekraft der Ergebnisse einzuschätzen, war sie ganz allein.

Nein, sie stand überhaupt nicht unter Druck.

Elena, die neben ihr auf einem weiteren Brokatsessel hockte, der überhaupt nicht zu Dorothys passte, bemerkte ihren Gesichtsausdruck. »Nervös?«, fragte sie in ihrem ausgezeichneten Englisch.

Elena war strohblond, hübsch und mager, mit dem ausgelaugten, erschöpften Aussehen so vieler russischer Frauen, als hätten sie sich gerade aus dem Bett gekämpft, nachdem sie ein zwölf Pfund schweres Baby zur Welt gebracht hatten. Wenn sie lächelte, so wie jetzt, wirkte es so außergewöhnlich wie eine Kaktee in voller Blüte.

Als man Dorothy gebeten hatte, auf diese Mission zu gehen,

hatte die WHO ihr eine erstklassige Dolmetscherin versprochen, und man hatte Wort gehalten. Die WHO hatte sich bei dieser Reise so ins Zeug gelegt, als würde die zukünftige Ausrottung von Polio davon abhängen.

Was tatsächlich der Fall war.

Lächelnd schob Elena sich eine Haarsträhne hinters Ohr und wartete auf Dorothys Antwort. »Nervös? Nein«, log Dorothy. »Ich habe schon zuvor Staatsoberhäupter getroffen.« Das schon, aber der König von Marokko oder der Präsident von Ägypten wünschten ihr und ihrem ganzen Volk nicht den Tod. Was hatte Albert Sabin ihr da bloß eingebrockt?

Nichts, dem Albert sich nicht selbst ausgesetzt hätte, dachte sie und strich ihren Rock glatt. Vor drei Jahren hatte er in einem Flugzeug gesessen, in den Jackentaschen Fläschchen mit tödlichen Polioviren, gesichert in spielkartengroßen Holzkisten. Zusammen mit seinem russischen Freund Tschumakow und dessen Frau, der guten Ärztin Marina Woroschilowa, hatten sie genügend Vakzine produziert, um zehn Millionen Kinder zu impfen. Die Verteilung lief so gut, dass er und die Tschumakows sich fragten, warum sie sich damit zufriedengeben sollten, die Ausbrüche lediglich einzudämmen. Sie planten, Polio vollkommen auszurotten, eine Mission, die Dorothy einfach lieben musste.

Ein großer Hund mit drahtigem Fell trottete in den Salon, seine Pfoten klickten auf dem polierten Marmor. Dorothy tätschelte ihn gerade, als ein stämmiger Mann in dicken schwarzen Schuhen hereinstürmte. Sein schwarzer Anzug spannte über der fleischigen Brust unter dem weißen Hemd. Dorothy stand auf und streckte die Hand aus, wie man sie zuvor instruiert hatte. Er ergriff sie und legte den weißhaarigen Kopf in den Nacken.

Elena übersetzte sein Knurren. »Sie sind also die Frau mit dem Heilmittel.«

Dorothy öffnete den Mund, um zu erklären, dass sie kein Heilmittel hatte, doch dann sah sie Elenas Blick und schloss ihn wieder.

»*Wy wysokaja!*«, knurrte er.

Dorothy lächelte und sah Elena an.

»Er sagt, ›Sie sind aber groß.‹«

»Sagen Sie ihm ›Danke‹.«

Er hörte Elena zu, dann fing er an, wie ein Schnellfeuergewehr zu reden, wobei er mit den Händen gestikulierte, die so groß und faltig waren wie Baseballhandschuhe.

»Er sagt, wenn man Sie hergeschickt hat, damit er glaubt, alle amerikanischen Frauen wären so groß und schön wie Sie, dann sei die Mühe vergeblich gewesen. Er ist gerade in Amerika gewesen, wo er Marilyn Monroe und Elizabeth Taylor in Hollywood getroffen hat.«

Er sprach weiter und machte kreisende Bewegungen mit seinen Pranken.

»Er sagt, sie hätten Brüste wie die Euter der Kühe, die er als Junge gehütet hat, aber sie waren kleiner als er. Nicht besonders beeindruckend. Mit Ihnen dagegen …«

Er grinste breit, bevor er fortfuhr.

Elena errötete, als sie dolmetschte: »Mit Ihnen dagegen würde er gerne ins Bett gehen.«

Sein Lächeln für Dorothy wurde noch breiter, als wollte er seine Worte unterstreichen.

Sie konnte ihm schlecht eine Ohrfeige geben oder ihn eiskalt abblitzen lassen. Zu viel hing von dieser Mission in Moskau ab.

Damit die Kinder auf der ganzen Welt laufen, springen und spielen konnten, wofür sie geboren waren, stand sie hier in einem abgewetzten Hemdblusenkleid im ehemaligen Zarenpalast und ließ sich von einem brünstigen Diktator anzügliche Angebote machen.

Sie schenkte ihm ein freundliches, aber bestimmtes Lächeln,

das bei einem Häuptling im Amazonas in Brasilien funktioniert hatte, als dieser vorgeschlagen hatte, sie sollte ihn heiraten. »Wie hat Ihnen Amerika gefallen?«

Seine dicken Lippen senkten sich wie ein fleischiger Vorhang über seine Zähne. Er verschränkte die Arme vor der fassartigen Brust, ein Mann, dem selten etwas abgeschlagen wurde. Selbst auf Russisch klang er trotzig.

»Sie haben mich nicht nach Disneyland gelassen«, gab Elena weiter und sah noch erschöpfter aus als üblich. »Wovor hatten sie Angst? Dass ich hier eine bessere Mickey Maus erschaffe?«

Er winkte verächtlich ab, während er fortfuhr.

»Stattdessen haben sie mich zu einem Ort namens San Jose gebracht, wo es eine IBM-Computermaschine gibt. Ich sehe nicht, was für einen Nutzen dieses Ding hat. Ich habe Mathematiker für solche Arbeiten, die besten der Welt.«

Er wartete, bis Elena fertig übersetzt hatte, dann fuhr er fort.

»Aber ich habe in einer ›Selbstbedienungs-Cafeteria‹ gegessen. Sehr schlau, sehr effektiv. Ich werde so etwas hier in einer Fabrik einrichten. Es wird besser sein als die amerikanische Version.«

Er musterte sie aus schmalen Augen, als Elena für sie übersetzte, dann bellte er etwas anderes.

»Woher kommen Sie?«, gab Elena weiter.

»San Francisco.«

Er nickte wissend und feuerte weiter.

»Man hat mich dorthin gebracht. Eine hügelige Stadt. Mir wurde gezeigt, was Sie einen ›Supermarkt‹ nennen. Noch ein Konzept, das ich verbessern werde. Es wird sehr gut zu den Wohnungen passen, die ich für jeden Bürger in all meinen Städten geschaffen habe. Sie müssen bald wiederkommen, und ich werde Ihnen zeigen, was ich geschafft habe. Sie werden doch bald wiederkommen?«

»Ja. Natürlich.«

Als Elena fertig war, war sein Lächeln wieder da. Für so einen rauen und einfachen Mann konnte er überraschend charmant sein, selbst wenn er eine Sprache sprach, die Dorothy nicht verstehen konnte. Wer konnte Charisma erklären?

Chruschtschow feuerte noch mehr Worte auf sie ab. Elena hob einen ihrer heruntergezogenen Mundwinkel. »Der Erste Sekretär möchte wissen, ob Ihr Vater ein großer Mann ist.«

»Äh, ja.«

»Ist er stark? Ist er erfolgreich? Ist er so stark wie ich?« Er krümmte den Arm in der Pose eines Kraftsportlers, als Elena die Worte übersetzte.

Gerade, als Dorothy den Mund öffnete, um die Frage zu verneinen, dachte sie an ihren Vater, der sich vor so vielen Jahren im Theater zu ihr beugte, während vom Flügel auf der Bühne die *Mondscheinsonate* erklang. »Ich mag die tiefe Stimme«, hatte er geflüstert. »Es ist ihr egal, ob die hohe Stimme sich in den Vordergrund drängt. Sie weiß, dass sie stark ist.« Wie er die Beständigkeit der Bassstimme bewundert hatte, die sich bereitwillig hingibt, damit die andere aufsteigen kann. Hatte er ihr damals nicht das Geheimnis des Lebens verraten?

Chruschtschow streckte die Brust vor und sah Dorothy erwartungsvoll an.

»Ja. Auf seine Weise ist er es.«

Die Miene des Ersten Sekretärs wurde verdrießlich. Er stand vor ihr, die Hände in die Hüften gestemmt, und wollte ihren Bericht über den Versuch hören.

Schnaufend wie ein Bulle hörte er mehrere Minuten zu, bis sie sagte: »Ich habe herausgefunden, dass der orale Polioimpfstoff, der von Dr. Tschumakow und Dr. Woroschilowa in den Versuchen benutzt wurde, zu hundert Prozent sicher und wirksam ist.«

Er warf die Hände in die Luft. »Meine Ärzte sagen, er sei gut?«

»Mr. Chruschtschow, dieser Impfstoff wird die Welt verändern.

Ihr Erfolg hier hat soeben Geschichte gemacht. Wir sind auf dem Weg, Polio auszurotten.«

»Aber *meinen* Ärzten gefällt es?«

Als Elena übersetzt hatte, antwortete Dorothy: »*Da.*«

Mit einer ruckartigen Kopfbewegung stürmte er aus dem Raum.

Erst nachdem Elena und sie den Palast verlassen hatten, auf der Straße neben rostigen Autokarossen standen und ihre Kopftücher im Wind flatterten, sagte sie zu Elena: »Wir haben es überlebt!«

Elena zog ihren Mantel enger um sich, während sie ihre schmalen Brauen hob.

»Vermutlich hätte ich ihn besser bei Laune halten und behaupten sollen, mein Vater sei nicht stark.«

»Sie haben nur die Wahrheit gesagt, auch wenn er sie nicht gerne hört. Aber Ihr Vater muss ein wunderbarer Mann sein, wenn er eine so fähige Frau wie Sie hervorgebracht hat, Dr. Horstmann.«

»Dorothy. Vielen Dank. Ja, das ist er.«

Sie warteten, bis eine Mutter ihre Kinder, in einer Reihe wie die Orgelpfeifen, über die Straße geführt hatte. Sie steckten zwar in verschiedenen Schichten nicht zusammenpassender Kleider, doch sie waren rotbackig, kräftig und lachten, während sie munter drauflosplapperten. Für ihre blasse, dünne Mutter, die Wollsocken und Sandalen trug und sie voller Stolz ansah, hatten sie keinen Blick übrig.

Es traf Dorothy mit der Macht des Steppenwindes: Das war ihre Mutter. Immer gebend, immer liebend, immer opfernd, ohne dafür Dank oder Anerkennung zu verlangen – haargenau wie Mutter. Dorothys gesamte Kindheit über hatte ihre Mutter die Last der Arbeit sowohl zu Hause als auch in der Bar geschultert, damit sie Dorothy mit Pop losschicken konnte, damit sie zusammen sein konnten und damit Dorothy lernte und sich mit ihm vergnügte. Mutter hatte Pop sogar den Wischmopp aus der Hand genommen und sie zum Theater gescheucht, damit sie die *Mondscheinsonate* hören konnten. Sie hatte dafür gesorgt, dass Dorothy, sicher geborgen in Pops Liebe, ein weiteres Glied in der Kette menschlicher Güte werden konnte, die die Welt umschloss. Wieso hatte Dorothy das nie erkannt? Wie das Poliovirus, das sich unerkannt im Blut versteckte, war die Wahrheit die ganze Zeit da gewesen: Hinter ihrem lieben, starken Vater stand eine noch stärkere Mutter.

»Wollen wir noch einen Tee trinken ... Dorothy?« Elenas Gesicht leuchtete auf, als sie ihr Kaktusblütenlächeln lächelte.

»Sehr gerne. Und könnten Sie mir danach bitte helfen, ein paar Änderungen bei meiner Reiseroute vorzunehmen? Ich würde gerne einen Flug nach San Francisco buchen, sofort.«

40

Cincinnati, Ohio, 1960

Es herrschte Karnevalsstimmung. Kinder und ihre Eltern säumten den Weg zum Krankenhaus, als würden sie für die Löwenhöhle im Zoo anstehen. Die Mütter mit Hüten und Handschuhen und nicht wenige Väter plauderten und lachten unter den blühenden Kirschbäumen. Die Kinder kauerten zusammen, um sich Steine anzusehen, sangen oder zankten sich. Im Eingangsbereich des Gebäudes im Art-déco-Stil gaben Krankenschwestern jedem Kind einen Löffel Impfstoff in den Mund, dann hüpften die Kleinen mit dem rosa Plastiklöffel als Andenken davon.

Dorothy sog die nach Gras duftende Luft tief in ihre Lungen. Sich so einen Anblick auszumalen hatte ihr im letzten Herbst während ihrer zermürbenden Reise quer durch die Sowjetunion über alle Entbehrungen hinweggeholfen.

Auf der Straße vor dem Krankenhaus sagte der Zeitungsreporter zu Albert: »Sieht aus, als würden die Menschen Ihre ›Sabin-am-Sonntag‹-Impfung gut annehmen.«

Albert schob eine Hand in seinen Laborkittel und grinste. Sein dichtes, welliges Haar war silbrig geworden, und er trug jetzt eine Brille mit dicker schwarzer Fassung, trotzdem war er immer noch derselbe selbstbewusste, faszinierende Mann, den sie vor neunzehn Jahren kennengelernt hatte. »Ich habe fast mein ganzes Leben dafür gearbeitet.«

»Den Kindern scheint es zu gefallen.«

»Das sollte es auch! Der Sirup schmeckt nach Kirschen. Egal ob als Sirup oder auf einem Stück Würfelzucker, es ist etwas völlig anderes als eine Spritze in den Arm.«

Der Reporter nickte beim Schreiben. »Warum sollten wir Ihren Impfstoff nehmen, Dr. Sabin, und nicht Dr. Salks?«

Dorothy lenkte ihre Aufmerksamkeit fort von den Kindern. Sylvia, an Alberts Seite, beobachtete ihren Gatten ebenfalls aufmerksam.

Albert nahm die Hand aus der Tasche, um seine Brille hochzuschieben. »Meine Forschung hat gezeigt, dass das Poliovirus sowohl das Gewebe des Nervensystems als auch des Dünndarms infizieren kann. Weil mein Impfstoff oral eingenommen wird, geht es direkt in den Verdauungstrakt, im Gegensatz zum anderen Vakzin, das per Injektion verabreicht wird. Mein Impfstoff regt den Körper an, eigene Antikörper zu produzieren, die einen natürlichen und wirksamen Schutz bieten, ehe das Virus ins Nervensystem gelangt.«

»Es löst eine Schlacht im Blut aus.«

»Ja. Das ist eine Möglichkeit, es zu beschreiben.«

Der Reporter schob seinen Hut zurück und pfiff. »Bombig! Aber ist es sicher? Salks Impfstoff hat Menschen getötet. Woher wissen Sie, dass Ihrer das nicht tun wird?«

»Meiner ist gründlich getestet worden.«

»In der Sowjetunion, wie ich hörte.«

»Ja. Es war der perfekte Ort, um Versuchspersonen zu finden, die noch nicht mit Salks Vakzin in Berührung gekommen waren. Insgesamt wurden siebenundsiebzig Millionen Kinder …«

»Siebenundsiebzig Millionen!«

Albert grinste. »Ganz recht, siebenundsiebzig Millionen Kinder und junge Erwachsene haben meinen Impfstoff bekommen, und es gab keinen einzigen Fall einer durch die Impfung hervorgerufenen Polioerkrankung.«

»Schauen Sie hierher!«, rief ein Fotograf. Albert drehte sich zu ihm um und hob sein Kinn mit der Kerbe. Ein Blitzlicht zuckte auf und zischte.

»Ist es überprüft worden?«, fragte der Reporter.

Albert schaukelte auf den Absätzen hin und her, die Hände in den Taschen »Ja. Es wurde gründlich geprüft.«

Dorothy zupfte an den Büscheln an ihrem Hinterkopf. Sie hätte einen besseren Hut aufsetzen sollen.

»Wie können wir irgendetwas trauen, das aus der Sowjetunion kommt?«, sagte der Reporter. »Wer bürgt für diese Ergebnisse?«

Dorothy setzte ihr Lächeln auf. Sie war bereit!

Albert lachte leise. »Wer dafür bürgt? Meine eigenen Kinder! Ich habe den Impfstoff an ihnen getestet.«

Der Reporter lachte, sein Stift kratzte über seinen Notizblock. Das Blitzgerät des Fotografen explodierte erneut.

Eine Gruppe Reporter tauchte auf. »Sagen Sie«, rief einer von ihnen laut, »wie fühlt es sich an, wie ein Gott zu sein? Sie müssen sich wie Prometheus fühlen, der den Menschen das Feuer gebracht hat.«

Eine Menschentraube bildete sich um Albert, und Dorothy wurde an den Rand geschoben.

Sie spürte eine Hand an ihrem Ellenbogen. Sylvia führte sie zur anderen Straßenseite. Erst unter ein paar Kastanien, die mit ihren roten Knospen ganz zottelig aussahen, blieben sie stehen.

»Mach dir nichts draus.«

»Mir geht es gut«, brachte Dorothy heraus.

Sylvia öffnete ihre Handtasche und nahm sich eine Zigarette aus der Schachtel. »Er hat mir nicht einmal erzählt, dass er die Kinder geimpft hat, erst nachdem er Fakten geschaffen hatte.« Sie zündete ihre Zigarette an und blies den Rauch aus. »Meine eigenen Kinder. Sie sind alles, was ich habe. Sie sind alles, was er mir gelassen hat. Aber er hat nicht einmal daran gedacht, mich zu fragen.«

»Das tut mir leid, Sylvia.«

»Das braucht es nicht. Wir haben bekommen, was wir wollten, nicht wahr?«

Sie blickten über die Straße zu einem kleinen Mädchen, das den Mund für ihre Dosis öffnete und anschließend mit ihrem Löffel davonsprang.

»Ja. Das haben wir.«

1963

Eine Tochter

San Francisco, California

Mutter war einfach nicht müde zu bekommen. Weder die Fahrt durch die Wälder im Golden Gate Park in Dorothys Dodge Dart Cabrio noch die (für Dorothy) dramatische Fahrt über die rote Brücke mit heruntergelassenem Verdeck oder die Fahrt entlang der Küste oder der Ausflug zu den schlafenden Riesen von Muir Woods hatten Mutters Energie gedämpft. Jetzt stapfte sie am Stinson Beach durch die Brandung, barfuß wie ein Kind.

Dorothy lehnte sich auf dem braunen Sand zurück und beobachtete, wie Mutter innehielt, um sich mit einem Jungen zu unterhalten. Der Eimer, den er schleppte, war halb so groß wie er selbst. Sie beugte sich vor, um in den Eimer zu schauen, dann schrie sie auf, als hätte man ihr den Hope-Diamanten gezeigt. Sie wusste immer, wie man den Menschen das Gefühl gab, Sieger zu sein.

Mutters Kleid flatterte in der salzigen Luft und schmiegte sich um ihre stämmige Gestalt. Sie hatte abgenommen, seit Pop im letzten Sommer gestorben war, und Dorothy würde Catherine und Bernard helfen müssen, auf sie aufzupassen. Sie alle litten darunter, dass er nicht mehr da war. Auf Dorothy wirkten Pops Verfall und sein Tod, als hätte sie dabei zugesehen, wie die prachtvollste Redwoodtanne abgehackt wurde. Die schmerzliche Lücke, die sein Tod hinterlassen hatte, würde sich durch nichts füllen lassen.

Aber wenigstens hatte sie in seinen letzten Jahren so viel Zeit mit Pop verbringen können, wie sie ihrem Leben abringen konnte. Sie hatte so oft mit ihm die *Mondscheinsonate* gehört, sein Gesicht engelsgleich vor Zufriedenheit, dass es ihr über die schweren

Nächte auf der Kinderstation oder die langen Stunden über dem Mikroskop hinweggeholfen hatte. Manche würden vielleicht sagen, dass er zu schlichten Gemüts gewesen sei, um zu wissen, was er für sie getan hatte, doch sie wusste, dass das nicht stimmte. Selbst in seinen letzten Tagen, als die Demenz ihn umwölkte, wusste er, was er für sie war. Darin fand sie Trost.

Neben ihr am Strand hatte der Labrador einer Familie seine Nase in den Picknickkorb gesteckt und verschlang ein Sandwich mitsamt dem Wachspapier.

Der Vater lachte, als er versuchte, die Reste aus dem starren Kiefer des Hundes zu ziehen. »Das war's wohl mit meinem Sandwich!« Er stapelte Jacken und Handtücher über den Korb, um einen weiteren dreisten Überfall zu verhindern. Nachdem er sich wieder hingesetzt hatte, kraulte er den Hund liebevoll hinter den Ohren, und diese Geste erinnerte Dorothy an Eugene Oakley. Wie es aussah, hatte sich das Verständnis ihres Kollegen für die Tiere auf seinen jüngeren Sohn, Robert, übertragen, der jetzt Veterinärmedizin studierte. Eugene selbst hatte sich zur Ruhe gesetzt, und er und Viola genossen die Zeit mit ihren Enkelkindern.

Dorothy seufzte. Ihr Enkelkind war ihre Arbeit. Sie würde Yale nicht so schnell verlassen, zumindest nicht, bevor sie ein ernstes Wort mit dem Rötelnvirus gesprochen hatte, das sie jetzt ins Visier genommen hatte. Danach würde sie sich mit dem nächsten Virus anlegen, das ihr über den Weg lief.

Sie dachte an Eugenes und ihre gemeinsame Zeit im Labor, die Köpfe über der Arbeit zusammengesteckt, die ihr Leben verändern sollte. Ihr Leben hatte sich nicht geändert, nicht so, wie sie es gehofft hatte. Seines auch nicht. Aber auf lange Sicht veränderte es das Leben von fast jedem Menschen auf diesem Planeten. Sie mochte ihren Nobelpreis nicht bekommen haben, aber ihre Entdeckung hatte zu den Impfstoffen geführt, die die Anzahl der Poliofälle jedes Jahr um die Hälfte reduzierten. Auf ihre Initiative hin wurde Alberts Vakzin an jedes Kind auf der Welt verteilt. Es war keineswegs vermessen, zu glauben, dass das Poliovirus schon bald von der Erdoberfläche verschwunden sein würde, genauso ausgestorben wie der Pterodaktylus.

Mutter, die jetzt weiter draußen am Strand war, rief Dorothy etwas zu.

»Was?«, rief Dorothy zurück.

Mutter rief erneut.

Dorothy stand auf, wischte den Sand von ihrer Hose und lief zu ihrer Mutter. Sie kam an Kindern vorbei, die Drachen steigen ließen, an Teenagern, die Musik aus einem Transistorradio hörten, an Kindern, die in den Wellen tobten, an Kleinkindern mit Sonnenhüten und Windeln.

Ihr fiel ein, dass dieser Strand in einem Poliosommer vermutlich menschenleer gewesen wäre. Kinder wären im Haus geblieben und hätten darauf gewartet, dass der Schatten dieser Krankheit an ihnen vorbeizog, wie Spatzen, die sich vor dem Falken verbargen. An einem Strand voller Kinder war das kaum noch vorstellbar. Merkwürdig, dass nur das, was wir vor uns sehen, uns real erscheint. Dabei wusste Dorothy besser als sonst irgendjemand, dass nur weil etwas nicht zu sehen war, es nicht bedeutete, dass es nicht existierte. Die stärksten Mächte der Welt waren für das bloße Auge unsichtbar. Wie Viren. Wie Antikörper. Wie Liebe.

In all den Jahren hatte sie sich nach Arne gesehnt, hatte sich selbst dafür gescholten, dass sie ihn hatte gehen lassen. Es hatte Zeiten gegeben, in denen sie fürchtete, dieses Leben nicht ohne ihn ertragen zu können. Doch dann hatte sie Sylvia Sabin vor sich gesehen, die an der Tür wartete, am Telefon oder am Briefkasten, während ihre Tatkraft wie Sand durch das Stundenglas rann. Davor hatte sie Arne bewahrt, und sich selbst vor einem Leben voller Entschuldigungen. Denn egal, wie gut ihre Absichten gewes sein mochten – eine Krankheit zu besiegen würde immer ihre erste Liebe sein.

Ach Albert, ja, sie war herzlos, oder zumindest in diesem Punkt rücksichtslos.

Sie erreichte ihre Mutter, als diese stehen blieb, um einen glänzenden schwarzen Stein zu betrachten. »Willst du nach Hause?«

Mutter richtete sich auf und deutete auf das gelbe Transistorradio, das von seinem Platz auf einem Stein aus plärrte. »Das ist nicht Beethoven!«

Dorothy lauschte. Es war der neue Song der Beach Boys, *Surfin' USA*. Sie lächelte. Es kam ihr richtig vor, den Sommer wieder zu feiern.

»Aber mir gefällt es!«, rief Mutter.

»Mir auch. Wollen wir zurück nach Hause?«

»Nach Hause?« Mutters Augen hinter den dicken Gläsern wurden groß, während sie zurückschrak, als sollte sie ausgeraubt werden. »Nach Hause, wenn es noch so viel zu entdecken gibt?«

Dorothy lachte. »In Ordnung.«

Mutter lief wieder los und stach mit einem durchweichten Stock in die Brandung, und Dorothy, die Tochter ihrer Mutter, folgte ihr.

DANKSAGUNG

Am 31. Dezember 2019 informierten chinesische Wissenschaftler die Weltgesundheitsorganisation zum ersten Mal offiziell über den Ausbruch einer durch ein unbekanntes Virus verursachten Lungenkrankheit in Wuhan. Sechs Monate später, als ich während der Coronapandemie im Lockdown war, lief mir ein kalter Schauder über den Rücken, als ich dieses genaue Datum erfuhr. Denn am 31. Dezember habe ich das erste Mal die Hände auf die Tastatur gelegt, um einen neuen Roman über die durch das Poliovirus verursachte Pandemie zu beginnen. Ich hätte mir niemals träumen lassen, dass ich je über eine Pandemie schreiben würde, während ich gerade selbst eine erlebe.

Diese ersten Worte zu Papier zu bringen war eine Erleichterung für mich. Meine langjährige Walking-Partnerin, Karen Torghele, hatte mich neugierig gemacht mit ihren Geschichten von Medizinpionieren, seit sie 2015 angefangen hatte, für das Center for Disease Control and Prevention mündliche Berichte aufzuzeichnen. Ich konnte unsere Freitagstreffen kaum abwarten, wenn ich die nächste Fortsetzungsfolge über diese Seuchendetektive hören würde. Diese Menschen rannten einer Ansteckung buchstäblich entgegen, anstatt davor zu fliehen! Dann, als Karen mir Geschichten über die Helden des Wettlaufs um einen Polioimpfstoff erzählte, sprang mein Romanalarm an. Da steckte ein Buch drin!

Doch der Anfang zog sich hin. Da war das knifflige Problem, herauszufinden, wie sich die Geschichte am besten erzählen ließ. Als Autorin historischer Fiktion konstruiere ich eine Geschichte um reale Personen und tatsächliche historische Ereignisse herum, doch ich achte sehr darauf, und meine Leserinnen sollten das auch, dass diese realen Eckpunkte nur Orientierungspunkte sind. Was will ich durch diese echten Menschen und Ereignisse sagen? Ralph Waldo Emerson sagte: »Fiktion enthüllt eine Wahrheit, die die Realität verbirgt.« Welche Wahrheiten also sollten am dringendsten erzählt werden, indem ich diese Geschichte spinne? Mit anderen Worten, welche größere, wenn auch fiktive Geschichte, verbarg sich hinter den Fakten?

Als zweites Problem erwies sich für mich, wie die Geschichte über den Wettlauf um den Polioimpfstoff üblicherweise erzählt wird. Die traditionelle Version konzentriert sich auf zwei Männer, Albert Sabin und Jonas Salk, als hätten sie sich auf der Suche nach einer Wunderwaffe in ihre abgeschiedenen Labore zurückgezogen und wären dann, Jahrzehnte später, mit kleinen Fläschchen des Impfstoffs wieder aufgetaucht – wie Moses, der mit den Zehn Geboten vom Berg herunterstieg. Doch seit den Tagen von Joseph Lister, der die Operationspraxis revolutionierte, indem er die in seinem viktorianischen Labor entwickelten antiseptischen Methoden einführte, war Forschung kein einsames Unternehmen mehr. Und selbst Lister war nicht allein gewesen. Seine Frau, Agnes, hatte mit ihm zusammen an seinen Entdeckungen gearbeitet.

Schon 1916, als die Angst vor Poliomyelitisausbrüchen in Amerika zum ersten Mal um sich griff, lieferten Teams aus verschiedenen Laboren im ganzen Land Beiträge zur Forschung, wenn es ein größeres Problem zu lösen galt. Wer waren die anderen, die Salk und Sabin nach vorn gebracht hatten? Das fragte ich mich. Und noch wichtiger war für mich die Frage: Wo waren die Frauen? Wo waren die Agnes Listers?

Und dann stieß ich auf Dorothy Horstmann. Obwohl sie in den Erzählungen vom Wettlauf um den Polioimpfstoff nur selten erwähnt wird, hing die Entwicklung des Impfstoffs von ihrer Entdeckung ab. Sie vermutete, dass das Poliovirus sich im Blut finden lassen müsste und dass es auf diesem Weg aus dem Darm zu den Nervenzellen gelangte, die es zerstörte. Doch ihre Ahnung widersprach der von der Wissenschaftsgemeinde bevorzugten Theorie und wurde deshalb abgetan. Zehn lange Jahre verbissene Beharrlichkeit und methodische Forschung waren nötig, um ihre Hypothese zu bestätigen. Wie frustriert sie gewesen sein musste, die Ehre der Entdeckung mit David Bodian teilen zu müssen, der sich erst viele Jahre nach ihr dafür interessiert hatte! Noch erschütternder ist der Gedanke, wie viele Kinder hätten gerettet werden können, wenn ihre Forschung über den Weg des Poliovirus im Körper schon früher gefördert worden wäre.

Doch das war nicht Dorothys einziger bedeutender Beitrag für das Ende von Polio. Sie war die Wissenschaftlerin, die die WHO auswählte, um 1959 Sabins Massenimpfprogramm an siebenundsiebzig Millionen Empfängern in der Sowjetunion zu überwachen. Es war der mit Abstand größte Impfstoffversuch der Geschichte. Die Entscheidung, ob die Food and Drug Administration sowie die Gesundheitsbehörden anderer Länder den Impfstoff mit einem lebenden, aber abgeschwächten Virus für den Einsatz in den USA und anderen Ländern rund um den Globus zulassen würden, hing von einer einzigen Person ab: Dorothy Horstmann. Dieser leckere Zuckerwürfel, den Sie in den sechziger Jahren in der Schule bekommen haben? Man könnte sagen, dass Sie ihn mit Dorothys Genehmigung bekommen haben. Amerikanische Babys bekamen die Schluckimpfung bis 2000, als die Wildform des Poliovirus weltweit zu 99,9 Prozent ausgerottet war und die Verwendung des injizierbaren Totimpfstoffs von Salk empfohlen wurde.

Als ich bei meinen Recherchen tiefer in die Materie eindrang, traten weitere Frauen aus dem Schatten. Da war Isabel Morgan, deren Vakzin erfolgreich Affen immunisierte und die Grundlage von Jonas Salks Eintritt in den Wettlauf schuf. Wir würden heute vom Morgan-Impfstoff anstelle des Salk-Impfstoffs sprechen, wenn sie sich nicht geweigert hätte, den nächsten Schritt zu gehen: Ihn an Kindern zu testen. Sie fühlte sich gedrängt, bevor sie selbst dazu bereit war, schied aus dem Rennen aus, heiratete und half, ihren Stiefsohn großzuziehen.

Dann war da Elsie Ward, die die Technik perfektionierte, das Poliovirus außerhalb eines lebenden Körpers zu züchten. Ihrer Technik war es zu verdanken, dass Salks Labor genügend Viren herstellen konnte, die für die Vakzine für Millionen Kinder benötigt wurden.

Da war die Whistleblowerin Bernice Eddy, die feststellte, dass die Versuchsaffen, die den Impfstoff aus den Cutter Laboratories bekommen hatten, an Polio erkrankt waren. Folglich alarmierte sie die offiziellen Stellen, dass Cutter verunreinigten Salk-Impfstoff ausliefern könnte, doch ihre Warnung wurde ignoriert. Die Vakzine, die von Cutter produziert worden waren, verursachten vierzigtausend Poliofälle, zweihundert Kinder trugen dauerhafte Schäden verschiedenen Ausmaßes davon, zehn starben. Der tragische »Cutter-Vorfall« führte zur notwendigen Verschärfung der bundesweiten Reglementierung von Vakzinen, weshalb wir uns heute vertrauensvoll auf die Sicherheit von Impfstoffen verlassen können.

Wir dürfen auch Sister Kenny nicht vergessen, die die Behandlungsmethode entwickelt hat, Poliopatienten heiße, feuchte Packungen auf die betroffenen Muskeln zu legen. Sie hat der qualvollen und schädlichen Praxis ein Ende gesetzt, die Patienten in Ganzkörpergips einzusperren. Unvergessen sei auch Dr. Jessie Wright, eine Orthopädin, die sich auf die physikalische Rehabilitation spezialisiert hat, vor allem bei Patienten mit Polio und Zerebralparese. Wright führte den Einsatz des Schaukelbetts ein, eine weniger invasive (und weniger klaustrophobische) Alternative zum gefürchteten Beatmungsgerät, das unter dem Namen

Eiserne Lunge bekannt wurde. Oder Barbara Johnson, die Labortechnikerin, die sich in Sabins Labor nach dem Kontakt mit einer infizierten Gewebeprobe selbst mit Poliomyelitis ansteckte. Obwohl sie anschließend an den Rollstuhl gefesselt war, wurde sie Sabins Statistikerin. Oder Eleanor Abbott, die das Spiel Candy Land erfand, um Poliopatienten während der langen Tage, Wochen oder Monate im Krankenhaus aufzumuntern, nachdem sie selbst aufgrund dieser Krankheit eingeliefert werden musste. Oder die Tausenden namenlosen, ungenannten Krankenschwestern und Physiotherapeuten, die ihr Leben der seelischen und körperlichen Heilung ihrer Patienten widmeten. Dieses Buch hätte auch gut heißen können *The Women with the Cure*. Doch mein Herz gehörte Dorothy.

Die Dorothy Horstmann, die Sie in diesem Roman kennenlernen, beruht auf dem, was ich aus Artikeln, Briefen, Büchern, Daten und mündlichen Quellen über ihr Leben zusammentragen konnte. Doch für diese Geschichte wurde sie mein Geschöpf, so wie alle anderen Charaktere, egal, ob sie auf realen Vorbildern beruhen oder komplett erfunden sind. Dementsprechend ist Salk *mein* fiktiver Salk, Sabin *mein* fiktiver Sabin und so weiter. Die Mehrheit der Szenen in dem Buch sind von dokumentierten Ereignissen inspiriert, aber sie sind ebenfalls fiktionalisiert, wie es in Romanen üblich ist. Auch die Szenen, die vollkommen aus der Luft gegriffen sind, spielen in der Zeit des Kampfes gegen die Kinderlähmung und könnten scheinbar *genau so* passiert sein. Trotzdem ist und bleibt *The Woman with the Cure* die ganze Zeit ein Roman, keine Biographie. Wer sich für Sachbücher über Poliomyelitis und den Wettlauf um den Impfstoff interessiert, dem empfehle ich wärmstens David M. Oshinskys Buch *Polio: An American Story*, das den Pulitzerpreis gewonnen hat; ferner von Charlotte DeCroes Jacob *Jonas Salk: A Life;* von Nina Gilden Seavey, Jane S. Smith und Paul Wagner *A Paralyzing Fear: The Triumph Over Polio in America;* von Richard Carter *Breakthrough: The Saga of Jonas Salk;* sowie *A History of Poliomyelitis* von John Rodman Paul.

Neben meiner Lektüre konnte ich diese Geschichte dank mehrerer großzügiger Mitwirkender auf den Boden der Tatsachen stellen. An erster Stelle möchte ich Karen Torghele danken, sie hat das Feuer in mir entfacht, um dieses Buch schreiben zu können. Mit wöchentlichen Häppchen über Albert Sabin und Hintergrundinformationen zu Polio hat sie die Flamme genährt, bis ein dreijähriges Inferno daraus wurde. Während ich diesen Roman in Angriff nahm, führten Karens Studien dazu, dass sie zu einer Expertin in Sachen Sabin wurde, was darin mündete, dass sie seine Biographie schrieb. Ihr *Albert Sabin: A Fierce Joy* (in Druck) ist eine Pflichtlektüre für alle, die ein tieferes Verständnis für diesen berüchtigten und schwierigen Giganten der Medizingeschichte erlangen wollen.

Mein Dank geht außerdem an Dr. Larry Anderson für seine fachkundigen Ratschläge zu Virologie und Immunologie und an Dr. Jamil Stetler für seine Einblicke in die Welt der Medizin. Alle Fehler, die bei der Darstellung dieser Bereiche im Buch vorkommen, gehen allein auf meine Kappe.

Mein aufrichtiger Dank geht an den renommierten Porträtmaler Alastair Adams, der mir Dutzende von Fotos von Dorothy Horstmann zur Verfügung gestellt hat, die mir einen Zugang zu ihrer Persönlichkeit gaben. Ich hatte Mr. Adams aufgesucht, nachdem ich sein posthumes Porträt von Dorothy gesehen hatte, das die Yale University 2019 in Auftrag gegeben hatte. Ich war fasziniert davon, wie viel Freundlichkeit und Intelligenz das Porträt ausstrahlte. Es war sein Blick auf Dorothy, nachdem er Bilder von ihr gesehen hatte – und alle, die sie gekannt hatten, bestätigten diesen Eindruck. Doch vor allem war ich neugierig, was es mit einem gewissen kleinen blau-weißen Teller im Vordergrund des Gemäldes auf sich hatte. Mr. Adams erzählte mir, dass er den Teller in sein Bild mit aufgenommen hatte, weil er im Laufe der Jahre immer wieder auf Fotos von ihrem Schreibtisch aufgetaucht war und für Dorothy eine besondere Bedeutung gehabt haben musste. Mehr braucht eine Romanautorin nicht. Daraus entstand ein wichtiger Handlungsstrang.

Ich danke meiner lieben Freundin Dorte Glass für die Verwendung ihres Vornamens und dafür, dass sie mich in Dänemark herumgeführt und mir etwas über Hygge und dänische Bräuche und Überlieferungen beigebracht hat. Alle Szenen in Dänemark beruhen auf Besuchen an Orten, die wir im Frühling 2019 (vor Covid) besucht haben. Ich kann nicht erklären, wie es passiert ist, aber ihr freundliches und heiteres Wesen nahm Einzug in dieses Buch – ein Beispiel für die Magie, die Schreiben zu einem solchen Wunder und so einer Freude macht.

Ich danke auch allen an der Heimatfront, meinen Töchtern Lauren Lynch, Megan Cayes und Alison Stetler sowie Freundinnen wie Colleen Oakley, Jani Taylor, Jan Johnstone und Alison Law, die mich alle freundlich über mein Buch reden ließen, wenn wir uns in diesen langen, seltsamen Covid-Jahren maskiert zum Lunch trafen oder in der Gegend herumliefen. Danke an die Frauen aus meinem Nachbarschaftsbuchclub, die immer geduldige Zuhörerinnen waren. Von ganzem Herzen danke ich meiner Schwester Margaret Edison für ihre Rolle als Ahnenforscherin und weil sie die Ergebnisse von Volkszählungen durchforstet hat; meiner Schwester Jeanne, die mich mit ihrer liebevollen Freundlichkeit und ihrem Witz unterstützt; meiner Schwester Carolyn, die mir bei der Recherchereise durch Sabins Cincinnati (und auch sonst) mit Rat und Tat beiseitestand und eine echte Poliopionierin ist; und meiner Schwester Arlene, auf deren Güte ich mich mein Leben lang verlassen konnte.

Und wie immer gilt mein tiefster Dank meinem Mann Mike, der unerschütterlichen Bassstimme, dessen ruhige, geerdete und unbeugsame Stärke es dem Sopran ermöglicht, zu singen.

PERSONEN-/FIGURENVERZEICHNIS

Dr. Dorothy Millicent Horstmann * 2. Juli 1911, † 11. Januar 2001
Epidemiologin, Virologin, Klinikerin, war die erste Frau, die als Professorin an die Yale School of Medicine berufen wurde. Horstmann leistete bedeutende Beiträge zu den Bereichen öffentliche Gesundheit und Virologie. Am bemerkenswertesten war ihr Nachweis, dass das Poliovirus das zentrale Nervensystem über die Blutbahn erreicht.

Prof. Hugh Jackson Morgan * 1893, † 1961
Internist, Lehrstuhl für Medizin an der Vanderbilt University School of Medicine. Stellt Dorothy (aus Versehen) als Stipendiatin am Vanderbilt-Universitätsklinikum ein.

Dr. Albert Bruce Sabin * 26. August 1906, † 3. März 1993
Virologe, Professor der Kinderheilkunde und pädiatrischen Forschung an der University of Cincinnati, entwickelte den Lebendimpfstoff gegen Polio (Schluckimpfung).

Dr. Robert (Robbie) Ward
Virologe, gehört zum Polio-Forscherkreis um Albert Sabin.

Barbara Johnson
Bakteriologin, Sabins Laborassistentin, infiziert sich bei ihrer Arbeit mit dem Poliovirus und ist fortan gelähmt.

Sylvia Sabin, geb. Tregillus * 19. September 1910, † 26. August 1966
Albert Sabins erste Ehefrau, Mutter zweier Kinder, talentierte Hobbyfotografin.

Maurice Brodie * 1903, † 1939
Virologe beim Gesundheitsamt der Stadt New York und in der bakteriologischen Abteilung des New York University Medical College. Führte bereits 1935 an Affen Tests mit Impfstoffen durch, die in Formaldehyd abgetötete Polioviren enthielten. Tests mit dem Impfstoff im selben Jahr an 7000 Kindern und Erwachsenen in New York führten zum Tod von sechs Teilnehmenden und zu Lähmungen bei zehn weiteren. Das Testpro-

gramm wurde daraufhin gestoppt. Im folgenden Jahr starb Brodie an einem Schlaganfall.

Dr. Jonas Edward Salk * 28. Oktober 1914, † 23. Juni 1995
Immunologe, entwickelte im Wettlauf mit Albert Sabin den ersten Polio-Impfstoff (mit abgetöteten Polioviren).

Francis G. Blake * 22. Februar 1887, † 1. Februar 1952
Immunologe, Professor und Vorsitzender des Department of Internal Medicine an der Yale University School of Medicine, von 1940 bis 1947 Dekan der Yale School of Medicine. Führt im Roman das Bewerbungsgespräch mit Dorothy Horstmann in Yale.

Dr. John Rodman Paul * 18. April 1893, † 6. Mai 1971
Virologe, Epidemiologe in Yale. Seine Forschungen konzentrierten sich auf die Verbreitung und Behandlung von Polio. Gründete 1931 gemeinsam mit James D. Trask die Poliomyelitis Study Unit an der Yale University.

Dr. James Dowling Trask * 1890, † 1942
Epidemiologe, gründete mit John R. Paul die Poliomyelitis Study Unit an der Yale University. Führte Forschungsarbeiten zur Epidemiologie der Poliomyelitis durch, viele davon in Zusammenarbeit mit John Paul. Starb infolge einer hämolytischen Streptokokkeninfektion.

Eugene Oakley
Tierpfleger im Tierversuchslabor von Yale. Mit ihm verbindet Dorothy ein kollegial-freundschaftliches Verhältnis. Er unterstützt sie sehr in ihren Forschungen, indem er den Versuchstieren durch seine liebevolle Zugewandtheit versucht, die Angst zu nehmen. Keine historische Person.

Dr. Ted Farragut
Arzt, Romanfigur, nicht historisch.

Basil O'Connor * 8. Januar 1892, † 9. März 1972
Rechtsanwalt und Philanthrop, gründete zusammen mit US-Präsident Franklin D. Roosevelt zwei Stiftungen zur Rehabilitation für Polioerkrankte und für die Forschung zur Prävention und Heilung der Poliomyelitis: Die Georgia Warm Springs Foundation und die National Foundation for Infantile Paralysis, deren Leiter O'Connor war und die die Polio-Spendenaktion March of Dimes ins Leben rief.

Alfred Eisenstaedt * 6. Dezember 1898, † 24. August 1995
Einer der einflussreichsten Fotoreporter des 20. Jahrhunderts. Fotografierte zahlreiche Prominente, darunter Albert Einstein, Marylin Monroe

und Katherine Hepburn. Von ihm stammt auch das weltberühmte Foto »Der Kuss«, dass er am V-Day 1945 aufnahm.

Joseph L. Melnick * 9. Oktober 1914, † 7. Januar 2001
Epidemiologe in Yale, gilt als einer der Begründer der modernen Virologie. Seine Forschungen ergaben, dass der häufigste Ansteckungsweg der Polioerkrankung fäkale Verunreinigung war, gewöhnlich durch verschmutzte Hände verursacht, und dass das Poliovirus längere Zeit in der Kanalisation überstehen konnte. Zusammen mit D. H. Studie zum Nachweis, dass das Poliovirus durch Fliegen übertragen wird, zudem arbeiteten beide am Nachweis von Polioviren im Blut.

Arne Holm
Dorothys Geliebter, nicht historisch. A. und D. lernen sich im Vanderbilt-Klinikum kennen, wo Arne Penizillin organisiert für die Hilfsaktion »Weiße Busse«, in deren Rahmen ab März 1945 rund 15000 überwiegend norwegische und dänische Häftlinge aus deutschen Konzentrationslagern nach Skandinavien in Sicherheit gebracht werden. Er nimmt als freiwilliger Fahrer an der Aktion teil und wird während der Aktion bei einem Bombenangriff der Alliierten schwer verletzt.
Als Vorbild für die Romanfigur Arne diente vielleicht der Däne Christian Ovensen, der innerhalb weniger Stunden die Bereitstellung von Bussen für die Rettungsaktion »Weiße Busse« organisierte.

Isabel Morgan *20. August 1911, †18. August 1996
Epidemiologin an der Johns Hopkins University. Entwickelte einen experimentellen Polioimpfstoff, der Affen gegen den Erreger schützte. Gab ihre Forschungstätigkeit auf, weil ihr das Risiko, den Impfstoff am Menschen zu testen, zu groß war.

Howard Atkinson Howe * 29. Juli 1901, † 22. Dezember 1976
Virologe, Leiter des Polioforschungsprogramms der Johns Hopkins University, wo er und seine Mitarbeiter die Wege des Poliovirus durch den Körper verfolgten. Sie identifizierten drei Arten von Viren, und es gelang ihnen, mit einem inaktivierten Virus bei Affen Immunität gegen das Virus zu erzeugen. 1952 impfte er erfolgreich (behinderte) Kinder im Rosewood State Hospital, kurz vor den Pionierimpfprogrammen von Jonas Salk.

David Bodian * 15. Mai 1910, † 18. September 1992 in Baltimore
Mediziner und Forscher an der Johns Hopkins University. Fand gemeinsam mit Howard Howe und Isabel Morgan heraus, dass es drei grundlegende immunologische Typen (Serotypen) des Poliovirus gibt, was

erklärte, warum Zweitinfektionen vorkamen und warum künstlich herbeigeführte Immunität gegen einen Typus nicht vor Ansteckung mit einem der anderen schützte.

Harry M. Weaver * 20. März 1909, † 12. September 1977
Neurowissenschaftler, von 1946 bis 1953 Forschungsleiter der National Foundation for Infantile, unterstützte Jonas Salk bei der Entwicklung seines Polioimpfstoffs.

Hilary Koprowski * 5. Dezember 1916, † 11. April 2013
Virologe und Immunologe, erzeugte den ersten Polioimpfstoff, wobei er sich auf abgeschwächte (das heißt nicht mehr virulente) lebende Viren konzentrierte, statt der toten Viren, wie sie später in den injizierten Impfstoffen von Jonas Salk verwendet wurden.

Irena Koprowska, geb. Grasberg * 12. Mai 1917, † 16. August 2012
Pathologin, Krebsforscherin, Mentee von Georgios Papanicolaou (der den Pap-Abstrich entwickelte). Gründungsmitglied des Inter Society Council of Cytology, der heutigen American Society of Cytopathology.

Dr. Georgios Nikolaou Papanicolaou * 13. Mai 1883, † 19. Februar 1962
Pathologe, Zoologe und Mikroskopiker, Pionier der Zytopathologie und der Krebsfrüherkennung, entwickelte den Pap-Abstrich oder Pap-Test zur Früherkennung von Gebärmutterhalskrebs.

John Franklin Enders * 10. Februar 1897, † 8. September 1985
Bakteriologe, Virologe und Immunologe; erhielt 1954 den Medizin-Nobelpreis für die Vermehrung des Poliovirus in Zellgewebe statt in Tieren. Enders wurde der »Vater der modernen Impfung« genannt, und seine Entdeckungen retteten nach Schätzungen über 114 Millionen Menschenleben weltweit.

Leonard A. Scheele * 25. Juli 1907, † 8. January 1993
Mediziner, Surgeon General of the United States (Sanitätsinspekteur der Vereinigten Staaten) von 1948 bis 1956.

Will am H. Sebrell * 11. September 1901, † 29. September 1992
Ernährungswissenschaftler, wurde 1950 zum Direktor der NIH ernannt, am 31. Juli 1955 trat er in der Folge des Cutter-Skandals zurück. Durch Verunreinigungen bei der Massenherstellung des Polioimpfstoffs von J. Salk durch die Firma Cutter war es zu Lähmungserscheinungen und Todesfällen bei geimpften Kindern gekommen.

Bernice E. Eddy Wooley * 30. September 1903, † 24. Mai 1989
Bakteriologin und Epidemiologin, testete als Sicherheitsinspekteurin der

NIH den inaktivierten Poliovirus-Impfstoff von Jonas Salk auf Sicherheit. Dabei stellte sie bei dem durch die Firma Cutter hergestellten Impfstoff Verunreinigungen durch aktive Polioviren fest, die zu polioähnlichen Symptomen und Lähmungen bei getesteten Affen führten. Ihr Testbericht wurde jedoch nicht an den beratenden Ausschuss für die Zulassung von Impfstoffen weitergegeben. Der damalige NIH-Direktor William H. Sebrell Jr. wurde zwar benachrichtigt, ignorierte aber ihre Ergebnisse und lizenzierte den Cutter-Impfstoff zusammen mit den anderen Impfstoffen. Eddy wurde wegen Whistleblowing beurlaubt.

Michail Tschumakow * 1909, † 1993

Russischer Mikrobiologe, entwickelte den Impfstoff von Albert Sabin für die Massenproduktion weiter und leitete die breitangelegten Feldversuche mit Sabins Impfstoff sowie die erste Massenimpfkampagne in der UdSSR 1958–1959.

Marina Woroschilowa * 16. März 1922, † 19. November 1986

Russische Virologin am sowjetischen Institut für Poliomyelitis-Forschung, arbeitete zusammen mit ihrem Ehemann Michail Tschumakow ab 1955 an der Weiterentwicklung des Impfstoffs von Albert Sabin zur Massenproduktion und führte mit ihm die breitangelegten Feldversuche sowie die erste Massenimpfkampagne durch.